UN JEU SANS FIN

"Lettres anglo-américaines"

DU MÊME AUTEUR

TROIS FERMIERS S'EN VONT AU BAL, Cherche-Midi, 2004 ; 10/18 n° 3887.
LE TEMPS OÙ NOUS CHANTIONS, Cherche-Midi, 2006 et 2013 ; 10/18 n° 4053.
LA CHAMBRE AUX ÉCHOS, Cherche-Midi, 2008 ; 10/18 n° 4269.
L'OMBRE EN FUITE, Cherche-Midi, 2009 ; 10/18 n° 4317.
GÉNÉROSITÉ, Cherche-Midi, 2011 ; 10/18 n° 4577.
GAINS, Cherche-Midi, 2012 ; 10/18 n° 4720.
LE DILEMME DU PRISONNIER, Cherche-Midi, 2013 ; 10/18 n° 4839.
ORFEO, Cherche-Midi, 2015 ; 10/18 n° 5104.
L'ARBRE-MONDE, Cherche-Midi, 2018 ; 10/18 n° 5475.
OPÉRATION ÂME ERRANTE, Cherche-Midi, 2019 ; 10/18 n° 5573.
SIDÉRATIONS, Actes Sud, 2021 ; 10/18 n° 5841.

Titre original :
Playground
Éditeur original :
W. W. Norton & Company, New York

Publié avec l'accord de Melanie Jackson Agency, LLC
par l'intermédiaire d'Anna Jarota Agency

ISBN 978-2-330-20034-3

RICHARD POWERS

Un jeu sans fin

roman traduit de l'anglais (États-Unis)
par Serge Chauvin

ACTES SUD

Pour Peggy Powers Petermann
(1954-2022),
qui m'avait offert un livre sur les récifs coralliens
quand j'avais dix ans.

Et pour RayRay, mon vieil ami :
Sept cent cinquante mille mercis –
Allez, on arrondit à un million.

Avant la terre,

avant la lune,
avant les étoiles,

avant le soleil,

avant le ciel,
avant même la mer,

il n'y avait que le temps et Ta'aroa.

Ta'aroa créa Ta'aroa. Puis il créa un œuf qui l'abriterait.

Il fit tournoyer l'œuf dans le néant. Blotti au sein de l'œuf tournoyant, suspendu dans ce vide sans fin, Ta'aroa attendit.

À force d'attendre éternellement dans ce temps sans fin, Ta'aroa se lassa d'être niché dans son œuf. Alors il secoua son corps et fendit la coquille et se glissa hors de cette prison qu'il s'était faite.

Au-dehors, tout était silencieux et figé. Et Ta'aroa vit qu'il était seul.

Étant artiste, Ta'aroa joua avec ce qu'il avait. Son premier matériau fut la coquille d'œuf. Il l'émietta en innombrables morceaux qu'il laissa retomber. Les miettes de coquille se déposèrent pour former les fondations de la Terre.

Son deuxième matériau, ce furent les larmes. Il pleura d'ennui et de solitude, et ses larmes nourrirent les océans de la Terre et ses lacs et tous les fleuves du monde.

Son troisième matériau, ce fut l'os. Il se servit de sa colonne vertébrale pour créer des îles. Des chaînes de montagnes surgirent partout où ses vertèbres émergeaient des flaques de ses larmes.

La Création devint un jeu. Avec ses ongles de mains et de pieds, il façonna les écailles des poissons et les carapaces des tortues. Il s'arracha les plumes pour les transformer en arbres et en buissons, qu'il peupla d'oiseaux. Avec son propre sang, il déploya un arc-en-ciel dans les nuées.

Ta'aroa convoqua tous les autres artistes. Et les artistes vinrent à lui avec leurs paniers remplis de matériaux : du sable et des galets, de l'herbe et des feuilles de palme et des fils tissés des fibres de mille plantes. Et de concert avec Ta'aroa, les artistes façonnèrent et sculptèrent Tāne, le dieu des forêts et de la paix et de la beauté et de toutes choses construites.

Alors les artistes firent exister les autres dieux – par dizaines. Des dieux bons et des dieux cruels, des dieux amoureux, des dieux ingénieux, des dieux facétieux. Et ces dieux emplirent le reste du monde naissant en lui apportant la couleur, le trait et les créatures de toutes espèces – créatures de la terre, des airs et de la mer.

Tāne décida de décorer le ciel. Il joua avec les possibilités, parsemant tout ce noir de points de lumière qui tournoyaient en un grand carrousel autour du centre de la nuit. Il créa le soleil et la lune, qui partagèrent le temps entre jour et nuit.

À présent qu'il y avait des jours et des mois, à présent que le monde était animé d'une vie qui foisonnait et se ramifiait, à présent que le ciel lui-même était une œuvre d'art, il était temps pour Ta'aroa de terminer son jeu. Il modela et divisa le monde en sept couches, et à la dernière des couches inférieures il plaça les humains – enfin des compagnons avec qui jouer.

Il regardait les humains déchiffrer le monde et cela le ravissait. Les humains se multiplièrent et peuplèrent la couche inférieure comme des poissons peuplent un récif. Les humains découvrirent des plantes et des arbres et des bêtes et des coquillages et des roches, et avec toutes ces découvertes ils créèrent des choses nouvelles, tout comme Ta'aroa avait créé le monde.

À force de se multiplier, les hommes se sentirent confinés. Alors, quand ils découvrirent le portail qui menait au niveau supérieur – ce seuil que Ta'aroa leur avait caché exprès –, ils en forcèrent l'ouverture, le franchirent et se répandirent de plus belle, une couche plus haut.

Et c'est ainsi que les humains continuèrent à peupler et
à grimper, à peupler et à grimper.
Mais chaque couche nouvelle appartenait
encore à Ta'aroa,
qui avait mis toutes choses
en mouvement du
fond de son
œuf
tournoyant.

Il a fallu qu'une maladie me ronge le cerveau pour que j'arrive à me souvenir.

Tous les trois, on rentrait du campus un soir de décembre, il y a près de quarante ans. C'était l'année où pour la première fois Ina avait mis le pied sur un continent. On venait de voir La Tempête *interprétée par une troupe d'étudiants, et elle avait sangloté pendant tout le dernier acte. J'étais bien incapable de comprendre pourquoi.*

Avec Rafi, on l'a raccompagnée à son foyer, à une dizaine de rues du centre du campus. Ina n'avait pas l'habitude des rues quadrillées. Elle s'y perdait. Tout l'en détournait, tout la déconcentrait et la figeait sur place. Un corbeau. Un écureuil gris. La lune de décembre.

On essayait de la réchauffer, Rafi et moi, chacun d'un côté d'elle, chacun presque deux fois plus grand. Le premier hiver de sa vie. Le froid était assassin. Elle répétait sans cesse : "Mais comment les gens peuvent vivre là-dedans ? Comment font les animaux pour survivre ? C'est insensé ! C'est de la folie pure !"

Et puis elle s'immobilisa sur le trottoir et nous tira par les coudes. Son visage rougi était tout rond de saisissement. "Oh, mon Dieu. Regardez-moi ça. *Non mais* regardez *ça !" Aucun de nous deux n'avait la moindre idée de ce qu'elle pouvait voir.*

Des petites particules dégringolaient dans l'air pour atterrir sur l'herbe avec un cliquetis. Elles collaient à la pointe des brins d'herbe gelés telles des fleurs blanches et humides. Je ne les avais même pas remarquées. Pas plus que Rafi. On était deux gars de Chicago, élevés au climat du lac.

Ina n'avait jamais rien vu de semblable. Elle regardait des miettes de coquille d'œuf tomber du ciel pour créer la Terre.

Pétrifiée sur le trottoir métallique, elle nous insulta, morte de froid, folle de joie. "Vous avez vu ça ? Non mais regardez-moi ça ! Espèces de petits cons ! Pourquoi vous ne m'avez pas parlé de la neige ?"

Ina Aroita descendit à la plage un samedi matin en quête de jolis matériaux. Elle emmena avec elle Hariti, sa fille de sept ans. Elles laissèrent à la maison Afa et Rafi, qui jouaient à même le sol avec des robots transformables. La plage n'était pas loin à pied de leur bungalow voisin du hameau de Moumu, sur la petite colline coincée entre falaises et mer de la côte est de l'île de Makatea, dans l'archipel des Tuamotu, en Polynésie française, aussi loin de tout continent qu'une terre habitable pouvait l'être – une poignée de confettis verts, comme les Français qualifiaient ces atolls, perdus dans un champ de bleu sans fin.

Née à Honolulu d'un père hawaïen sous-officier et d'une mère tahitienne hôtesse de l'air, élevée dans des bases navales à Guam et à Samoa, formée dans une gigantesque université du Middle West américain, Ina Aroita avait travaillé pendant des années comme femme de ménage dans un grand hôtel de Papeete avant de parcourir cent trente milles nautiques jusqu'à Makatea pour y jardiner, y pêcher, tisser et tricoter un peu, élever deux enfants et tenter de se rappeler pourquoi elle vivait.

C'est à Makatea que Rafi Young avait fini par la rattraper. Et c'est sur cette île qu'ils s'étaient mariés et qu'ils avaient entrepris de mener une vie de famille, loin de la tristesse croissante du monde réel.

Quatre ans sur Makatea avaient convaincu Ina Aroita qu'elle ne vivait que pour goûter la présence de son lunatique mari et de leurs deux enfants, Afa, son enfant-crabe, et Hariti, sa timide danseuse. Elle faisait pousser des choses : des ignames, du taro, de l'arbre à pain, du châtaignier, de l'aubergine, de l'avocat. Elle fabriquait des choses : des sculptures en coquillages, des paniers de pandan, des cailloux peints de mandalas. De temps à autre, un des rares touristes venus en voilier visiter les légendaires ruines de Makatea ou en escalader les spectaculaires falaises achetait un objet ou deux.

Ina Aroita confectionnait ses assemblages de glaneuse dans son jardin, transformant la frange de jungle derrière son cottage restauré en musée de plein air pour un public inexistant. Des vrilles d'*Homalium* et de *Myrsine* poussaient par-dessus ses œuvres et les recouvraient de vert, tout comme la jungle de l'île ensevelissait les carcasses de machinerie rouillée et les vestiges de voie ferrée remontant à l'époque des mines de phosphate.

Ce samedi-là, mère et fille ratissèrent l'estran, en quête de fortune. Le butin était abondant : coquilles de palourdes et d'escargots, carapaces de crabes, jolis morceaux de corail et d'obsidienne polis par la houle implacable. Elles franchirent les rochers éclaboussés de sel pour atteindre l'endroit où se brisaient les vagues. Partout des trésors incroyables se dissimulaient à la vue de tous.

Hariti trouva une pierre plate et bleue qui scintillait quand elle la mouillait.

"Maman, c'est une pierre précieuse ?

— Bien sûr qu'elle est précieuse. Comme toi !"

La fillette conclut qu'elle avait le droit de rire. Elle fourra la pierre dans un sac filet pour la rapporter à la maison. Plus tard, elles décideraient ensemble quoi faire de toutes leurs trouvailles lisses, mouchetées, brillantes.

Tout en glanant, Ina Aroita racontait à sa fille l'histoire de Ta'aroa.

"Tu te rends compte ? Il a construit le monde avec les bouts de sa coquille d'œuf !"

Ina avait appris cette légende de sa propre mère, à la paillote de Waikiki Beach, trois kilomètres en contrebas de Diamond Head, quand elle avait sept ans. Et à présent elle la transmettait à cette artiste de sept ans, aussi neuve qu'étrange, qui avait bien besoin de mythes d'audace créatrice. Le monde, dans toute sa profusion splendide et surprenante, était né de l'ennui et du vide. Tout commençait par l'attente et l'immobilité. L'histoire parfaite à raconter à une enfant si sombre et si anxieuse.

Ina arrivait à son passage favori, celui où Ta'aroa mobilise l'aide de tous les artistes, quand Hariti laissa échapper un cri glaçant. Ina escalada les rochers en direction de sa fille, cherchant partout le danger. Avec Hariti, il y avait toujours un danger. Ses parents biologiques étaient morts juste au moment où elle atteignait l'âge de s'en souvenir, et elle n'avait jamais oublié que le monde était perpétuellement aux aguets pour tout vous arracher.

Quel que puisse être le danger cette fois, Ina ne parvenait pas à le distinguer. Rien sur cette longue étendue de plage n'avait le pouvoir de leur faire du mal. Tout était calme à l'horizon, littéralement, tout au long du rivage incurvé et, par-delà les caps, jusqu'à la colonie fantôme de Teopoto à la pointe nord de l'île. Et pourtant la fille d'Ina, si impressionnable, restait figée sur place à gémir.

La terreur s'étendait à deux pas des petits pieds nus de Hariti. Dans un petit creux du sable gisait le cadavre d'un oiseau. Les ailes molles et repliées, les pattes écartées, la tête pendante, vaincue : un albatros, mort depuis longtemps. Et mort avant d'être adulte, car l'envergure des ailes d'un albatros adulte aurait fait deux fois la taille d'Ina Aroita. N'empêche que cet oiseau s'étendait sur la plage, presque aussi grand que Hariti.

Les parties tendres du corps s'étaient désintégrées en un contour doré sur le sable gris. Les restes pennés des ailes putréfiées ressemblaient à des feuilles de palmier séchées. Deux grands bâtons – les humérus de l'animal – saillaient des clavicules vides. La silhouette luttait encore pour se relever et s'envoler.

Un bout de sternum et les fines bandes brunes de côtes friables recouvraient ce qui restait de l'abdomen. À l'intérieur de cette cage thoracique, invulnérables à la décomposition, nichaient deux poignées de morceaux de plastique.

Hariti hurla de nouveau et projeta du sable sur cette chose morte à grands coups de pied. Elle fit un pas dégoûté vers la charogne, comme pour en piétiner les restes, les réduire en poussière et les mêler à la plage. Sa mère la tira en arrière, trop fort. Mais le choc d'être brusquée et enserrée mit fin aux cris de la fillette.

"Qu'est-ce qui lui est arrivé ? Pourquoi y a ce machin à l'intérieur ?"

Elle posa ces questions en anglais, une habitude nouvelle qu'Ina Aroita s'efforçait de briser.

"Il a mangé un truc qu'il n'aurait pas dû, répondit-elle en français.
— Tu veux dire, de la malbouffe ?
— Oui.
— Pourquoi ? Pourquoi il a mangé de la malbouffe, maman ? C'est un oiseau. Les oiseaux mangent de la bonne bouffe.
— Il s'est trompé."
Chaque réponse d'Ina rendait le monde plus terrifiant. La petite fille enfouit sa joue mouillée contre la cuisse nue de sa mère.
"C'est flippant, maman. Fais-le partir.
— C'était un être vivant, Hariti. On devrait lui offrir un bel enterrement."
L'idée séduisit la fillette, qui adorait à la fois les rituels et farfouiller dans le sable. Mais alors que Hariti commençait à jeter sur le cadavre des poignées de corail et de coquillages effrités, Ina Aroita l'interrompit de nouveau. Ina plongea la main dans la poitrine de l'oiseau pourrissant et en retira deux bouchons et un téton de bouteille, le tube noir d'un étui de pellicule photo qui devait avoir au moins quinze ans, un briquet jetable, plusieurs mètres de monofilament emmêlé, et un bouton en forme de pâquerette.
Elle balança ce butin coloré dans leur sac résille, avec le reste de leur pêche miraculeuse.
"Nous pouvons faire quelque chose avec ceux-ci", dit-elle en français.
Mais elle ne voyait vraiment pas quoi.
Elles façonnèrent une tombe en forme de monticule rond et lisse. Hariti voulait la surmonter d'une croix, comme celles des deux cimetières de l'île. Alors elles en confectionnèrent une avec des branches d'hibiscus et la plantèrent dans le sable. Puis elles bordèrent le monticule de coquilles de limaces vertes et de petits cailloux jaunes.
"Dis une prière, maman."
Ina hésita sur le choix de la langue. Cet oiseau égaré pouvait très bien être venu de l'Antarctique, via l'Australie ou le Chili. Il avait passé presque toute sa vie sur l'eau. Ina dit quelques mots en tahitien, parce que ni le français ni l'anglais ne lui semblaient

appropriés, et qu'elle connaissait trop mal les diverses nuances de la langue des Tuamotu pour dire quoi que ce soit de pertinent.

Un quart d'heure après cette brève cérémonie, la fille d'Ina gambadait de nouveau jusqu'aux vagues et dénichait de nouveaux joyaux, comme si la mort par ingestion de plastique n'était qu'un mythe indéchiffrable parmi tant d'autres, aussi mystérieux qu'un dieu niché dans un œuf tournoyant avant le commencement du monde.

Je souffre de ce que nous autres informaticiens appelons une latence. Je me replie dans le passé, comme ma mère à la fin de sa vie. Cette malédiction n'est pas forcément héréditaire, mais ça arrive. Qui sait ? Peut-être que ma mère en était frappée elle aussi. Peut-être que cette maladie, sans avoir été diagnostiquée, se dissimulait derrière l'accident qui l'a tuée.

Plus les derniers mois et les dernières années deviennent flous, plus les fondations de mon enfance s'affermissent. En fermant les yeux, j'arrive à revoir ma toute première chambre, dans le nid d'aigle de notre manoir d'Evanston, de manière plus détaillée qu'on ne le croirait permis à la mémoire : le bureau d'écolier encombré de raies et de requins en plastique. L'étagère de livres sur les fonds marins. Le bocal peuplé de guppys et de porte-épées. Le placard où s'entassent masques, tubas, alcyonaires séchés, branches de corail et poissons fossiles de l'ère dévonienne, achetés à la boutique de souvenirs de l'aquarium Shedd.

Le mur au-dessus de mon lit était décoré d'un article sous cadre du Chicago Tribune *daté du 1er janvier 1970 : "Premier en lice pour la nouvelle décennie." Durant mon enfance, j'ai dû relire ce truc un bon millier de fois. La photo en noir et blanc me montrait, moi, le nouveau-né Todd Keane, mis au monde à l'hôpital Saint Francis d'Evanston une infime fraction de seconde après minuit, en train de fixer l'objectif avec une perplexité de nourrisson, concentré tant bien que mal sur le grand mystère qui se dressait devant moi.*

Monsieur Premier en Lice : pendant des années, c'est ainsi que mes parents m'ont surnommé. Ça m'a mis un peu la pression quand j'étais petit. Enfant unique, je prenais au sérieux le titre et la prérogative. Je pliais sous l'injonction de devenir la première personne à atteindre le Futur.

Et me voilà, enfin triomphant.

Ma mère n'avait aucune envie que son corps parfait soit ravagé par un accouchement, mais mon père avait besoin d'un partenaire d'échecs à domicile, à toute heure du jour ou de la nuit. J'ignore comment ils ont réglé leur différend. Peut-être à pierre, feuille, ciseaux. Par un concours d'adresse. Un procès fictif, une joute d'éloquence style débatteurs d'Oxford. Je suis peut-être né sur un coup de dés.

Mais c'est un jeu de guerre ininterrompu entre eux deux qui a dominé toute mon enfance. Un tournoi mû par le désir autant que la haine, où chacun engageait ses superpouvoirs respectifs. Mon père : la force du maniaque. Ma mère : la ruse de l'opprimée. Enfant précoce, je n'avais que quatre ans quand j'ai compris que mes parents étaient pris dans une lutte pour se faire mutuellement autant de mal que possible sans franchir la ligne fatale : juste infliger assez de pure souffrance pour produire cette excitation que seule la rage peut engendrer. Une sorte d'étranglement de l'âme, réciproque et masturbatoire, où les deux parties donnaient généreusement et recevaient bienheureusement.

Mon père était un homme très vif, si vif qu'il trouvait le reste du monde bien languissant. Il travaillait à la corbeille de la Bourse de Chicago, au bon vieux temps d'avant les transactions électroniques. Guerrier du système de la cotation à la criée, il se tenait au cœur de l'octogone tandis que les vagues furieuses du capitalisme déferlaient autour de lui. Jetant un regard sec sur les craintes des autres pour les transformer en profit, son cerveau ne faisait pas la différence entre l'excitation et le stress. Garder la tête froide alors que celle des autres enflait et éclatait, gagner et perdre des fortunes insensées rien qu'en tournant la paume ou en levant le doigt (sur fond de cris délirants), avait depuis longtemps inondé son cortex d'un tel grouillement de neurotransmetteurs qu'il ne pouvait plus fonctionner sans maintenir un niveau constant de menaces sourdes pour sa santé. Lesquelles étaient diligemment fournies par ma mère, parfaite femme au foyer.

Il trouvait aussi sa dose sous la forme d'une décapotable 450SL customisée, d'un Cessna Skyhawk qu'il entreposait à Midway et qu'il aimait piloter les jours de tempête, et d'une maîtresse qui transportait sans permis un Smith & Wesson modèle 61 dans son mini-sac à main de cuir Louis Vuitton.

Ma mère était une romantique cachée. Lorsqu'elle découvrit la vie secrète de mon père, elle engagea un détective privé pour traquer un garçon qui avait eu le béguin pour elle au lycée de New Trier avant de végéter plusieurs années comme joueur de champ intérieur pour l'équipe réserve des Chicago Cubs et enfin de se reconvertir comme concessionnaire de l'Automobile Club à Elk Grove. Elle passait son temps à rompre et à se réconcilier furieusement avec cet homme dans des lieux semi-publics, comme si elle suppliait mon père d'y mettre un terme. Et chaque fois mon père mordait amoureusement à l'hameçon.

Ne te méprends pas : si être riche signifiait avoir des parents ineptes, je l'acceptais sans peine. J'adorais être riche. Les prix de consolation étaient nombreux et impressionnants. Mais je détestais mon père d'avoir trahi ma mère, et je détestais ma mère de m'avoir trahi. Je n'étais pas encore assez grand pour savoir faire comme si tout allait s'arranger. Le secret, ça paraissait être de trouver un autre endroit où vivre.

Je trouvai cet endroit sous le lac Michigan. Quand mon esprit s'emballait et que le futur me fonçait dessus avec des couteaux, la seule chose qui m'aidait, c'était de regarder du haut du manoir pour me voir traverser le fond du lac.

Sous l'eau, tous les drames était mis en sourdine. Je le savais d'expérience, de mes étés passés sur les plages de Lee Street et de Lighthouse. Amis comme ennemis paraissaient fluides et maîtrisables quand ils affrontaient la résistance liquide, alanguis et bleuâtres. Sur le fond du lac, il n'y avait plus de gens. Je n'imaginais pas meilleur endroit où vivre.

Mon père se bousilla le dos en skiant avec sa maîtresse à Big Sky. À quelques millimètres près, il frôla la paralysie complète. La douleur le handicapait, et il fallait l'opérer en urgence. Ma mère m'emmena dans le Montana pour le voir tel qu'il n'était jamais : cloué au lit et presque débonnaire. Les yeux dans les yeux, ils se prirent par la main, ressoudés par la catastrophe évitée. Mais aussitôt que sortit l'infirmière des soins intensifs, ils se sautèrent à la gorge.

"Tu m'avais dit que tu allais à New York pour un congrès.

— Tu es vraiment naïve ! Qu'est-ce qu'un cambiste de Chicago irait foutre en congrès à New York ?"

Elle chuchota, comme si je ne pouvais pas entendre : "T'es un connard nauséabond et je vais demander le divorce.

— Trop tard !" Ses yeux brillants dansaient, dopés d'oxycodone. "Mes avocats préparent déjà les papiers."

Ma mère en eut le souffle coupé, tout son corps se tassa. On ne joue pas au poker contre un boursicoteur, surtout s'il se moque de gagner ou de perdre. Mon père voulait juste marquer un point de plus.

Il tendit son bras valide et lui étreignit la taille. "Je t'aime, dit-il. Tu croirais n'importe quoi."

Ils ne cessèrent jamais de brandir la menace du divorce. Un soir de juin, quand j'avais cinq ans, Monsieur Premier en Lice était assis à son bureau d'écolier au deuxième étage de la tourelle du manoir, crispé contre les cris qui me parvenaient de la cuisine, deux étages plus bas. Mon père avait la voix claquante d'un présentateur d'infos. "Salope ! J'ai tellement hâte d'être libéré de toi." Ma mère ricana. "Libéré ? Pauvre connard d'enculé. Tu vas garder Toddy. C'est toi qui l'as voulu." Et puis encore des cris, puis plus rien, puis les plaintes étouffées de deux bêtes repues qui en réclament encore.

Je contemplai le lac et, comme j'avais appris à le faire, j'entrepris d'y pénétrer à pied. J'arpentai le fond du mystère vert et sourd jusqu'à rejoindre le Michigan, que j'imaginais comme une terre de dunes herbues.

Cet été-là, les aloses moururent. D'un bout à l'autre des plages de la ville, des centaines de milliers de poissons gisaient pourrissants. Je compris à retardement : quand je marchais sous l'eau jusqu'à un autre État, le lac n'était pas vide comme la surface le laissait croire. Il grouillait de créatures vivantes. Au début, cela me terrifia. Mais bientôt, ça en devint merveilleux. Quand je retraversai le fond du lac pour rejoindre le Michigan, j'évoluai parmi des bancs de poissons, qui s'approchaient pour m'étudier comme s'ils voyaient un prodige.

Alors garde au moins ça en tête : après les centaines d'heures de vidéos, les interviews sans nombre, les deux biographies (toutes deux parues sans mon accord), les centaines de milliers de pages Web et de documents sur moi et mon entreprise, les millions d'e-mails, de SMS, de coups de fil retranscrits, l'infinité de miettes numériques d'une vie vécue sous surveillance dans l'aquarium public, après tout ce que ces données te conduisent à induire, le puzzle de ma vie resterait insoluble sans cette pièce précise.

Une petite chose toute simple, mais je n'en ai parlé à personne avant toi.

Quand j'étais jeune, j'étais capable de respirer sous l'eau.

Ina et Hariti déballèrent leur butin en fin de matinée. Elles alignèrent leurs trouvailles, classées par couleur, au bord de l'allée de brique sous le soleil de midi. Ina retira de la rangée de trésors l'étui à pellicule, le briquet et toutes les autres babioles fabriquées par l'homme pour les fourrer en quarantaine dans un seau sous le perron.

Ces objets humains étaient laids. Ils avaient tué un oiseau. Leur seule vue la dégoûtait. Mais elle ne pouvait se résoudre à les jeter. Où les jeter, d'ailleurs, sans qu'ils dérivent vers la marée pour tuer d'autres créatures ?

Les bouts de plastique coloré fascinèrent Afa quand il sortit jeter un coup d'œil. Le fils d'Ina était davantage attiré par eux que par les pierres et les coquillages. Il ne cessait de tripoter cette camelote toxique en demandant : "Vous avez trouvé ça ? Dans un *oiseau* ? À *l'intérieur* de l'oiseau ?"

Ils lui faisaient passionnément envie. Avec son père, il pourrait les transformer en pions et en pièces pour toutes sortes de jeux. Il demanda plusieurs fois d'une traite, haletant : *Je peux, je peux, je peux juste… ?*

"Non, *mon ange*. J'en ai besoin pour quelque chose.

— Pour quoi ?"

Ina n'en avait aucune idée. Les déchets gisaient au soleil en attendant qu'elle décide de leur sort. L'espoir qui suintait d'eux la mettait en fureur. Elle aurait voulu les punir. Elle s'imaginait une maman albatros recrachant les bouts de plastique du fond de sa gorge pour les donner en becquée à ses petits.

Cette nuit-là, Māui s'invita dans ses rêves. Quel Māui au juste – l'Hawaïen, le Tahitien, le Maori, le Samoan, le Tongan, le porteur de feu, le bloqueur de soleil, le fabricant d'hameçons magiques ou le sournois violeur de déesses –, elle n'aurait su le dire. C'était embarrassant. Elle ne voulait pas avouer au dieu qu'elle ne croyait pas en lui et que franchement il ne devrait pas être là.

Les choses se firent étranges, comme souvent dans les rêves. Les règles de l'existence étaient repliées dans les palmes ondulantes de cocotiers géants. Il se passa des choses possiblement sexuelles. Des corps se faisaient presser comme du coprah pour retourner à leur moi originel le plus archaïque.

Elle s'éveilla, suffoquée.

Elle entendit son mari dire : "N'aie pas peur. Tu es réveillée." Elle ne voyait pas forcément le rapport de cause à effet. Cramponnés aux épaules l'un de l'autre dans le noir, tous deux sentirent l'ironie de la situation sans qu'aucun ne l'exprime : selon une tradition établie de longue date, c'était lui qui faisait des cauchemars et elle qui était censée l'en arracher.

Rafi aurait voulu qu'elle lui confie ses terreurs nocturnes. Mais il ne demanda rien. C'était quelque chose qu'elle aimait chez lui : sa capacité d'aimer, de combattre seul ses propres peurs et de la laisser libre de faire de même.

De sa main, il lui tatoua de lentes spirales dans le dos. "Tout va bien ?"

Tout n'allait pas bien. Elle n'osait plus braver de nouveau l'inconscience. Mais elle n'avait pas non plus très envie de lui raconter son cauchemar. Que penserait son mari du dieu facétieux venu l'étreindre dans ses rêves ?

"Les dieux viennent m'asticoter, va savoir pourquoi.

— Ben ouais. C'est le genre de truc qu'ils aiment bien faire."

Elle lui donna un petit coup de coude dans les côtes. Mais sa cage thoracique trop mince et repérable lui rappela l'oiseau, et l'image de son mari maigre à la peau noire, rempli de plastique coloré, était pire encore que le cauchemar.

Il se détourna d'elle pour basculer sur le flanc, en chien de fusil, et en quelques minutes il avait replongé. Elle s'agrippa à ses épaules, comme si elle chevauchait une tortue luth – un animal plus long que son mari n'était grand – sur les cinq cents lieues de côte de l'archipel avant de s'aventurer au grand large.

Une tortue luth, avait-elle lu un jour, doit pleurer huit litres d'eau par heure, rien que pour maintenir son sang moins salé que la mer.

J'avais à peine fait mes dents que mon père me lança dans Toboggans et Échelles. Il jetait les dés et déplaçait les pions à ma place, et nos pièces montaient vers le ciel ou retombaient vers l'enfer de façon aléatoire. M'apprendre ce jeu avant que j'en aie l'âge n'était qu'un coup modeste dans un grand projet stratégique aussi patient qu'ambitieux. Un simple entraînement – le meilleur restait à venir. Un jour, je lui fournirais un adversaire digne de ce nom pour les longues heures désolées où la Bourse était fermée.

De Toboggans et Échelles, on passa à Sorry !, puis à Parcheesi, avant d'atteindre la première grande étape : le backgammon. On lance deux dés et on déplace ses pions dans un grand cercle, pour rentrer au plus tôt chez soi : même un petit garçon subaquatique et réticent en était capable.

Le jeu avait cinq mille ans d'âge, et mon père trente-sept. Il se considérait comme un bon joueur, et pendant nos cinquante premières parties il me fit mordre la poussière. Il n'était guère prodigue en conseils ; tout son plan reposait sur l'idée que j'apprenne par moi-même pour devenir à terme aussi malin que lui, capable de gagner et de perdre des fortunes en une poignée de jours. Me laisser patauger, c'était sa conception d'une éducation idéale.

Après une défaite particulièrement cuisante, je regagnais ma chambre au sommet de la tourelle en pleurant à chaudes larmes. Lorsque ma mère s'interposait pour me défendre, mon père lui forgeait le caractère autant qu'il avait forgé le mien. C'est incroyable qu'on se soit obstinés, elle et moi, à jouer contre lui. Mais à la vérité, je commençais à avoir des visions.

Pas des hallucinations, pas encore. Elles ne viendraient que des décennies plus tard. N'empêche que je voyais des motifs, vivants, changeants. Dans mon esprit, les dés du backgammon se mirent à ressembler à une créature élaborée au fil du temps, mince aux extrémités et grasse en son milieu, un peu comme le serpent ayant mangé un éléphant que dessine le Petit Prince. Il n'y avait qu'une façon d'obtenir un deux ou un douze, mais six façons d'obtenir un sept. Le créateur du monde me souffla ce secret, et tout en fut changé.

Dès lors, le plateau de jeu se transforma en une ruche grouillante, où les embûches et la promesse de chaque emplacement croissaient et retombaient à chaque coup. Les vingt-quatre points de la trajectoire circulaire se mirent à palpiter de projets tactiques, comme des gamins qui se disputent le pouvoir sur un terrain de jeu. Des moyens tout nouveaux de conduire mes ouailles en sûreté me faisaient de l'œil. Je cessai de sauter sur les solutions rapides pour leur préférer des coups m'offrant le plus de chances de coups encore meilleurs. Et les meilleurs de tous, c'étaient ceux qui laissaient le moins de chances à mon père.

Ma première victoire advint un samedi de juillet. On jouait à bord de son Flicka 20, qui barbotait voile baissée à un demi-mille au nord-est du port de Wilmette. C'était avant les téléphones portables, et jouer au backgammon avec son fils tout en naviguant, en lisant et en écoutant le match des Cubs à la radio représentait le quasi-maximum des distractions que mon père pouvait s'offrir en même temps. Quand je me mis à retirer mes pions du tablier bien avant qu'il ait mené les siens à bon port, il posa son livre et éteignit la radio. Mais il était trop tard. Il aurait beau maudire les dés tout son soûl, il ne pouvait pas me rattraper.

"Une autre, ordonna-t-il. On y va."

Cette fois, grâce à une chance prolongée et à ma faculté nouvelle de voir les combinaisons changeantes qui animaient le plateau, je triomphai de mon père à son meilleur.

Je crus qu'il allait me sauter dessus. Je me trompais. "On fait un match en cinq sets, déclara-t-il. Et si tu gagnes, je t'emmène chez Kroch's & Brentano's et tu pourras choisir un livre, n'importe lequel."

Mon père rassembla ses forces. Et remporta les deux parties suivantes. Sans discussion.

Au cinquième set, je fus déchu de mon état de grâce et je basculai en enfer comme si on rejouait à Toboggans et Échelles. Je voulais tellement ce livre que mes mains en tremblaient, et je sentais la récompense m'échapper. Les motifs qui dansaient sur le plateau s'éparpillaient et se disloquaient. Mes choix tactiques devinrent aussi hasardeux que le lancer des dés.

Je sautai par-dessus bord pour sombrer jusqu'au fond du lac. Et là, dans la matrice trouble de l'eau opaque, mes amis les poissons me secoururent. Ils m'emmenèrent en un lieu de lenteur à bien des lieues au-dessous de la coque, bien plus profond que l'espoir et l'angoisse, un lieu qui sentait le sable et les algues. Et ils se mirent à me dicter des coups dont chacun était parfait.

Je jouai ma partie, coup après coup, et quand ce fut le coup de grâce mon père sursauta comme sous l'effet d'une gifle. Et puis, en évaluant sa perte, il eut un sourire rayonnant.

"Demain matin à la première heure, librairie. Et demain après-midi, je vais te foutre une raclée aux dames."

Il manœuvra pour regagner le port de plaisance en beuglant des chants de marins. Mes poissons s'étaient tus.

Un quart de l'humanité souffre d'insomnie. Autrement dit, une vingtaine de personnes sur Makatea devaient être éveillées la nuit où Ina n'arrivait pas à dormir. Peut-être un peu moins, compte tenu de l'île. Elle est située à six mille kilomètres du plus proche continent habitable. Ça doit conférer un peu de sérénité. Et pas besoin de bruit de fond artificiel : on entend les vagues pratiquement de partout.

Disons qu'une douzaine d'âmes tourmentées attendaient en vain l'oubli. Sur quatre-vingt-deux habitants d'une île grande comme à peine la moitié de Manhattan, douze ne trouvaient pas le sommeil.

Ina Aroita s'agita pendant des heures dans son lit, luttant contre Māui le facétieux.

Les deux inséparables pêcheurs Puoro et Patrice, qui possédaient en commun un bateau de pêche en bois de six mètres, tentaient leur chance de nuit par-delà les bancs ouest de l'île.

Wen Lai, propriétaire de l'unique magasin de Makatea, ne put s'empêcher de veiller jusqu'à l'aube, plongé dans un bouquin de science-fiction assez épais pour caler une porte, avide de découvrir ce qui se passerait quand les extraterrestres projetteraient des hallucinations directement dans le cerveau des Terriens.

Comme presque toutes les nuits, quelques pêcheurs de crabes aux torches insuffisantes risquaient leur vie en quête de *kaveu* – les crabes de cocotier – sur le plateau central de l'île. Ils traversaient et retraversaient les sommets et les gouffres de calcaire traîtreux qui balafraient toute la longueur de l'île comme une cicatrice chirurgicale. Certains sentiers étaient deux fois moins larges que leurs tongs, et toute chute dans les ravins dentelés qui les bordaient aurait été fatale.

Tamatoa, l'Ermite de la ville fantôme de Tahiva, à la pointe sud de l'île, combattait l'inconscience. Sa devise était griffonnée à la teinture végétale rouge sur les murs de sa hutte : LA VIGILANCE OU LA MORT ! Il ne dormait jamais, ou du moins s'il dormait il n'était jamais là pour s'en apercevoir. En tout cas, il ne dormait jamais la nuit, car il la savait supérieure au jour et bien plus intéressante. La nuit, le moindre frémissement de la mer produisait des éclairs de lumière bleue.

Le maire et *tāvana* de Makatea, Didier Turi, veillait, accablé de soucis. Il venait d'apprendre sur l'avenir de l'île des choses dont ne se doutait encore aucun des quatre-vingt-un autres habitants. C'était le prix de sa fonction, et cela transformait le tressautement de sa jambe en séance d'aérobic qui lui agitait tout le corps.

Sa femme Roti s'était repliée sur le lit de la terrasse pour y échapper. Ce qui laissait à Didier une étendue de kapok qu'il pouvait à sa guise transformer en terrain de foot, pour un match en solo plein de passes en retrait et de défense bétonnée. Sur la terrasse, Roti dormait profondément. Elle y parvenait toujours mieux que dans son propre lit, à côté de son mari plein de spasmes.

Quelques décennies plus tôt, trois mille personnes vivaient encore sur l'île. Ce chiffre avait chuté à quatre-vingt-deux en l'espace d'une vie. Comme si la population du monde cette nuit-là était retombée au matin à ce qu'elle était du temps où les Européens avaient découvert l'usage du harnais, et où les Arabes avaient appris des Chinois l'art de fabriquer du papier. Quatre-vingt-deux survivants obstinés, dont douze ne dormaient pas.

Allongé auprès d'Ina dans leur lit à moustiquaire, Rafi Young fit son quatrième cauchemar le plus fréquent. Le premier jour d'école primaire recommençait, comme des milliers de fois déjà dans sa vie. Son père, le pompier de Chicago, voulait le forcer à aller à l'école à pied. Sa mère pensait que le car scolaire serait plus sûr. Rafi, du haut des escaliers, regarda son père se déchaîner contre sa mère. *Nom de Dieu de merde. On est pas à K-Town, ma vieille. Faut que mon fils apprenne à marcher dans son quartier.*

Sondra Young acheta à Rafi un blouson et une casquette orange vif, pour pouvoir repérer son petit garçon depuis les fenêtres de chez eux, une barre HLM située près du croisement de la 15e Rue et d'Ashland, et le suivre des yeux par-delà quatre carrefours jusqu'à l'école élémentaire Joseph Medill. Orange vif : il ne passerait pas inaperçu. Ni d'elle, ni de toutes les petites frappes de l'école.

Elle voulait juste le protéger. Mais chaque fois que Rafi atteignait l'école – et même au seuil de la vieillesse il continuait de subir cette épreuve plusieurs fois par an – les gamins de Medill raillaient sans pitié son blouson, et crachaient sur lui leur haine et leur mépris jusqu'à ce qu'il fonde en larmes et que son nom soit entaché à jamais.

Chaque fois dans son cauchemar, après la journée de classe, il balançait blouson et casquette dans une poubelle derrière l'école, comme il l'avait fait dans la vraie vie des décennies plus tôt. Il se tailladait les bras en cinq endroits avec un tesson de bouteille de bourbon avant de raconter à sa mère que des gamins lui avaient volé son blouson et cassé la gueule.

Le rêve ne s'éloignait jamais de ce qui s'était produit ce jour-là. Rafi et sa sœur, de leur chambre à l'étage, écoutant les cris de leurs parents filtrer à travers le plancher. Sa mère et son père se rejetant la responsabilité du drame. Sa petite sœur qui le suppliait : Arrête-les, Rahrah. Dis-leur d'arrêter.

Il avait renoncé à leur dire d'arrêter depuis bien longtemps. Le rêve, depuis des décennies, était devenu un rituel d'acceptation passive de ce qui ne s'arrêterait jamais. Dans le cauchemar, comme toujours dans la vraie vie, son père avait tabassé sa mère, pour son bien. Et le rêve prenait fin quand le tabassage réveillait l'écolier apeuré pour le promouvoir, une fois de plus, à une paternité instantanée bien à lui.

Mais dans le rêve, et au-delà : le lendemain matin, quand le père de Rafi partit faire sa garde de vingt-quatre heures à la caserne de pompiers d'East Garfield Park (grande échelle 44, ambulance 36), Sondra Young fit monter en voiture Rafi et la petite Sondy pour aller s'installer chez une amie dans South Morgan Street jusqu'à ce qu'elle obtienne le divorce. Et là, Rafi Young apprit et réapprit sans cesse qu'il avait détruit sa famille et anéanti l'avenir de chacun. La leçon était simple, et confirmée par toute une vie d'éducation continue : tout ce qui était arrivé par la suite à la famille Young – un demi-siècle de chagrin et de souffrance partagés – avait pour origine cet unique petit mensonge.

Le rêve s'était fait plus rare au fil de ce demi-siècle. Titulaire d'un doctorat en psycho de l'éducation, Rafi travaillait désormais à l'école à classe unique de Makatea, contribuant, dans son français lacunaire, à l'instruction de neuf enfants insulaires en âge d'être scolarisés. Il était bienheureusement sous-employé, autant que quiconque en Polynésie française. Le plus grand drame de son fils, c'était que son père refuse de le laisser partir à la chasse au crabe la nuit sur les crêtes des anciennes mines de phosphate. Sur l'échelle du trauma, ça s'apparentait à un progrès. Malgré toutes les leçons que la vie avait pu lui enseigner, Rafi Young se surprenait parfois à croire que les îles pouvaient guérir.

Mais cette nuit-là le cauchemar d'Ina ranima le sien. Tandis que sa femme s'agrippait à ses épaules dans le noir, Rafi revécut en rêve son premier jour d'école tel qu'il s'était toujours passé. Le blouson et la casquette orange. La brutalité autorégulée des écoliers. Les bras tailladés. Le mensonge stupide. Les supplications de sa sœur. L'autodéfense violente de son père. La ruine de sa famille, étalée à ses pieds.

Cette fois pourtant, une part de son cerveau endormi sourit un peu de tout le côté mélo.

Je restai si longtemps à errer dans la librairie en quête de ma récompense que mon père s'énerva. "Allez, quoi, c'est bon. Choisis un livre, qu'on en finisse."

Mais c'était bien ça le problème : comment choisir le bon alors que cela pouvait être n'importe quel livre dans toute la librairie ? Il y en avait des milliers. Des dizaines de milliers. Je repris ma tournée à travers les deux immenses étages de la plus belle enseigne de Chicago.

"Je te donne cinq minutes, dit mon père. Sinon, c'est moi qui le choisirai pour toi."

J'étais au rayon Nature et Science des livres pour adolescents quand mon regard se posa sur un dos de couverture turquoise dont les lettres chatoyantes proclamaient Clairement, c'est l'Océan. *En ouvrant le livre, je fus un peu consterné. Le texte imprimé était trop petit et trop dense à mon goût. Mais les photos de la vie sous-marine étaient incroyables, surréelles, et elles me faisaient envie. La quatrième de couverture montrait une femme maigre aux longs cheveux roux, au visage rayonnant sous un masque de plongée. Je n'avais jamais vu d'adulte à l'air aussi épanoui. En un seul coup d'œil à l'autrice, je tombai amoureux comme on ne peut l'être qu'à dix ans.*

Mon père fronça les sourcils en découvrant mon choix. "Tu en es sûr ?"

J'en étais sûr.

"Tu es sûr d'en être sûr ?" Il désigna d'un geste ample tous ces trésors supérieurs auxquels je renonçais.

J'en étais sûr. L'autrice sur la photo en était sûre. Tous les poissons des lacs et des océans en étaient sûrs. Clairement, c'était le livre qui m'était destiné.

Je relus ce livre chaque jour pendant deux semaines. Quand j'arrivais au bout, je le reprenais du début. Il déclenchait dans ma tête des expériences sans fin, des expériences vivantes. Chaque page animait l'univers incommensurablement vaste et insondablement étrange que dissimule la surface de l'océan. Chaque phrase était un mystère bleu-noir au bestiaire plus fantastique que tous les donjons des jeux de rôles.

Trente mille espèces de poissons. Des poissons dont à l'âge adulte le visage migrait vers les flancs. Des poissons dont la tête d'ampoule transparente laissait voir le cerveau. Des poissons qui mutaient de mâle à femelle. Des poissons munis de cannes à pêche qui leur poussaient sur la tête. Des poissons qui vivaient à l'intérieur du corps d'autres êtres vivantes.

Mais le livre martelait que chaque poisson, si bizarre soit-il, restait mon cousin germain, comparé aux autres créatures des abysses. L'océan grouillait d'une vie archaïque, de monstres abandonnés dans les plus vieilles impasses de l'évolution : des créatures en forme d'anneau, en forme de tube, sans forme du tout, d'impensables hybrides de plante et d'animal qui n'avaient aucun droit d'exister, des bêtes si invraisemblables que je me demandais si mon autrice chérie ne les avait pas inventées.

Evanston, ça n'était rien. Chicago, ça n'était rien. L'Illinois et même les USA, c'était de la blague. Il y avait des manières follement différentes d'être vivant, des comportements venus d'une autre galaxie, imaginés par un Dieu extraterrestre. Le monde était plus grand, plus étrange, plus riche et plus sauvage que je n'avais le droit de le souhaiter. Le trauma de la maison Keane s'estompa. La vie sur la terre ferme ne pouvait plus m'atteindre.

Le livre était ponctué de photos de l'autrice, grande et rousse, en plongée, agrémentant le pont d'un navire de sa présence, moulée dans sa combinaison, ou folâtrant avec des dauphins et des raies mantas géantes. Elle avait vécu plus d'aventures que tous les super-héros, communié avec les requins, cartographié les épaves de cuirassés au fond du Pacifique. Elle était libre et intrépide, et ses plongées déclenchaient une troublante cascade de frissons dans mon corps de dix ans. Les photos d'elle en expédition m'emplissaient d'un heureux désarroi, présage de sensations dont j'ignorais l'existence. En la lisant, j'avais l'impression que quelque chose d'ineffablement merveilleux allait nous arriver à tous. J'aimais cette exploratrice un peu gauche plus que ma propre mère, d'une façon embryonnaire que je n'arrivais pas à cerner. Le premier amour, authentique, profond, total.

J'économisai mes piécettes pour racheter un exemplaire du livre. J'en découpai les photos dont je décorai les murs de ma chambre, en réservant la place d'honneur, au-dessus de mon minuscule bureau, aux portraits de l'autrice. Je voulais lire le moindre mot qu'elle avait pu écrire, et je fus accablé d'apprendre que c'était là son unique livre. Mais celui-là, je l'avais. Et j'avais l'océan. Dès lors, il n'y eut plus pour moi que les abysses, infiniment inventifs et insondables.

J'empruntai tous les livres disponibles sur les océans à la bibliothèque de l'école et au bibliobus du quartier. À la bibliothèque municipale d'Evanston, j'écumai tous les ouvrages cotés 551.46. J'empruntai des livres que j'étais encore incapable de lire, rien que pour passer mes doigts sur ces mots mystérieux. J'étudiai les cartes et les schémas. Je m'imposai des quiz sur les diverses espèces de coraux, je mémorisai quelles créatures vivaient à quelle profondeur. J'appris les noms de douze variétés d'éponge. J'assimilai la différence entre les cnidaires et les échinodermes, sans savoir prononcer ni l'un ni l'autre mot.

Je jurai de passer le reste de ma vie comme le faisait ma bien-aimée. De me vouer à l'océan, à cette nature sauvage à côté de laquelle la terre ferme faisait figure de post-scriptum. Je plongerais sous toutes les latitudes, je descendrais à toutes les profondeurs, et en chaque lieu je découvrirais des formes de vie entièrement nouvelles et totalement impossibles.

En cours moyen, Mme Haga nous avait demandé d'écrire trois paragraphes sur ce qu'on voudrait faire quand on serait grand. Je détaillai tout ce que j'accomplirais quand le monde me laisserait devenir océanographe. J'avais écorché le mot, mais j'eus quand même un A. Elle avait entouré la note en ajoutant : Tu aurais des choses à m'apprendre ! *La plus grande fierté de toutes mes années d'études.*

Mon père me surnomma Aquaboy. Comme si je m'étais forcé à devenir l'enfant le plus pathétique qu'il aurait pu engendrer. Quand je venais lui parler de ma dernière découverte, de quelque créature toujours plus insolite, il se contentait de secouer la tête. "Mais tu es le fils de qui, mon garçon ?"

Moi aussi, j'aurais bien voulu le savoir.

J'ai cinquante-sept ans. Ma fortune nette me place dans les premiers cinq centièmes des 1 % les plus riches. J'ai créé à partir de rien une plateforme qui a fini par compter un milliard d'abonnés fidèles. L'une de mes anciennes entreprises est sur le point d'annoncer une percée scientifique qui précipitera sans qu'elle s'en doute l'humanité dans son quatrième et peut-être son dernier acte. Qu'est-ce qu'il me reste à désirer ?

La réponse est simple : que la mer soit mon tombeau.

Les pics de Makatea émergeaient tout droit des vagues. Toute l'île flottait à soixante mètres au-dessus d'une plage étroite aussitôt bordée de bas-fonds céruléens. Elle ne ressemblait à aucune autre des quatre-vingts îles trapues des Tuamotu. Seuls dix socles surélevés de ce type existaient dans tout le Pacifique, et Makatea était le plus haut.

Tout avait commencé par un mont sous-marin au sommet aplati, dissimulé pendant une éternité sous la surface de l'océan. Durant cinquante millions d'années, de minuscules animaux en forme de poche, associés à des algues unicellulaires, des dinoflagellés, bordèrent le monticule et bâtirent des cités sous-marines déployées sur des kilomètres. Les demeures de calcaire de ces coraux s'agglutinèrent sur le monticule jusqu'à percer enfin la surface sous la forme d'un atoll.

Pendant cinquante autres millions d'années, des matelas de cyanobactéries se nourrirent de soleil dans les flaques de cette île créée par ses créatures. L'énergie qu'elles récoltaient alimentait toutes les entreprises de la vie. L'un de ces processus consistait à extraire le phosphate de l'eau de mer pour le thésauriser dans les strates des cellules mêmes des bactéries. À mesure que mouraient ces cellules, les mares de l'île se remplirent de phosphates.

À deux cents kilomètres au sud-ouest, une éruption de volcans vomit les îles de Moorea et de Tahiti. Le poids de ces masses terrestres brusquement apparues s'abattit comme le maillet d'un concours de force dans une fête foraine. Le fond de la mer se gonfla et souleva dans les airs l'atoll de Makatea.

Des centaines de mètres de squelettes de corail calcaire se désintégrèrent sous deux millions d'années de pluies tropicales. Mais les phosphates, eux, ne se dissolvaient pas dans l'eau. Au contraire, ils se concentrèrent en dépôts très denses, veinant cette colonne d'île rétrécie d'une substance dont les humains, à terme, finiraient par avoir besoin.

Le sort de Makatea fut gravé dans la pierre en 1896, quelques années après que la France eut annexé l'île à son empire Pacifique en pleine expansion. C'était l'année où Sousa composa *The Stars and Stripes Forever*, célébrant la bannière étoilée d'un pays qui venait d'adopter le principe d'un statut "égal mais séparé" pour les Blancs et les Noirs. L'année où Daimler construisit le premier camion à essence, où Röntgen prit le premier cliché aux rayons X, où Puccini fit représenter *La Bohème*, et où le futur prix Nobel Svante Arrhenius publia un article démontrant que le niveau croissant de dioxyde de carbone ne tarderait pas à griller l'atmosphère terrestre.

Cette année-là, un navire baptisé *Lady M*, battant pavillon de la Pacific Islands Company, fit une brève escale à l'atoll de Nauru, à quatre mille kilomètres au nord-est de Sydney. À terre, le subrécargue du navire, un dénommé Denson, tomba par hasard sur un mystérieux caillou qu'il prit pour du bois pétrifié. Il l'empocha avec le vague projet d'y tailler des billes pour ses enfants. Ce jeu gagnait en popularité, et Denson comme ses enfants adoraient y jouer.

Au lieu de quoi ce drôle de caillou servit à caler une porte dans les bureaux de Sydney de la Pacific Islands Company. Pendant trois ans, ce lingot d'or du Rhin, quoique bien en vue, passa inaperçu. Un beau jour, Albert Ellis, prospecteur pour la compagnie, passa à Sydney. Le butoir attira son regard, et il le fit analyser. Des veines de phosphate venaient d'être découvertes sur l'île Baker, à trois mille kilomètres au sud-ouest de Hawaï. Ellis soupçonnait la présence d'autres gisements de pierre magique, disséminés parmi les minuscules points épars qui constellaient au petit bonheur la vaste page blanche du Pacifique.

Les résultats arrivèrent. L'intuition d'Ellis était juste. L'étrange butoir contenait la substance qui commençait à nourrir le monde.

Le phosphate entrait dans la fabrication de toutes sortes de choses : lessives, matériaux de construction, et munitions. Mais son effet sur les récoltes était révolutionnaire. En tant qu'engrais, il n'avait pas d'égal. Grâce au phosphate, le rendement des cultures vivrières partout dans le monde se mit à crever le plafond. Sans le phosphate, la civilisation serait menacée d'une extinction malthusienne.

La Pacific Islands Company remonta la piste du butoir jusqu'à Nauru. Du jour au lendemain, cette chiure de mouche sur le planisphère se mua en fortune immobilière. Nauru devint une vache à lait, même si ses habitants ne voyaient pas la couleur des bénéfices. On découvrit encore du phosphate sur Banaba, non loin de là. La traque de la pierre qui allait nourrir le monde s'étendit à tout le sud de l'équateur jusqu'à ce que, à cinq mille kilomètres plus à l'est, elle débusque un troisième filon. Là, en plein milieu du Pacifique, s'étendait Makatea – plus loin de Nauru que San Diego ne l'était de Montréal.

Makatea avait des récifs, des falaises majestueuses, et des grottes spectaculaires enfermant des sources souterraines. Elle regorgeait d'insectes, d'escargots, de poissons et d'oiseaux, y compris des espèces qui n'existaient nulle part ailleurs. L'eau fraîche y abondait, chose rare dans le Pacifique. La forêt vierge grouillait de crabes de cocotier, les plus gros invertébrés terrestres au monde, et un mets de choix à l'égal du homard. Mais la veine de phosphate qui traversait l'île en diagonale surpassait tous ces autres atouts et sonnait leur perte.

Deux cent cinquante personnes seulement vivaient sur l'île lorsque l'entreprise des étrangers débarqua en 1911 pour s'emparer de la pierre magique. Aucun habitant venu accueillir les envahisseurs *popa'ā* ne comprit ce qui lui tombait dessus. Les Européens promirent aux insulaires un franc pour chaque cocotier abattu, deux francs pour chaque arbre à pain, et un franc pour chaque tonne de phosphate extraite.

Rares furent les Makatéens prêts à travailler pour les *Popa'ā*. Ils aimaient la vie qu'ils menaient, et trouvaient ce nouveau genre de travail barbare. Les Blancs durent chercher ailleurs leurs mineurs. L'île vit déferler des légions de serfs japonais. Des centaines d'autres manœuvres arrivèrent de Chine, du Viêtnam, de toutes les iles du Pacifique. À la longue, ce furent des milliers de mineurs que la Compagnie française des phosphates de l'Océanie embaucha pour creuser le sol d'une île large de six kilomètres.

Makatea se transforma en fourmilière. Les mineurs n'avaient pas d'outils plus perfectionnés que des pelles et des pioches. Chaque homme était descendu dans un trou où il passait sa journée à charger dans un seau le phosphate extrait à la main et à en inhaler la poussière. Au-dessus du trou, son collègue hissait les seaux et les vidait dans une brouette. Une fois la brouette remplie, l'ouvrier de surface la poussait au-dessus des ravins grandissants sur un réseau de planches branlantes, jusqu'à un tapis roulant alimentant un train dont la voie ferrée finit par couvrir la moitié de la longueur de l'île. C'est ainsi qu'un tiers de Makatea devint un paysage lunaire de roc déchiqueté, semé de crevasses larges de deux ou trois mètres et profondes de trente.

Pendant des décennies, l'île prospéra. Makatea était l'unique vache à lait de la Polynésie française, et devint l'un des lieux les plus développés de la colonie Pacifique. Elle avait l'électricité et l'eau courante, des commerces, des salles de billard, un bistrot, des courts de tennis, un terrain de foot et même un cinéma. Elle avait aussi des mineurs qui mouraient de maladies pulmonaires, des enfants empoisonnés par l'eau contaminée.

Le cours de la civilisation est gravé dans les courants océaniques. Les lieux où se mêlent les strates marines, ceux que les pluies arrosent ou que le désert envahit, ceux où de grandes remontées apportent des eaux profondes, froides et riches en nutriments à une surface baignée d'énergie où les poissons deviennent fous de fécondité, ceux où les sols deviennent fertiles ou anémiques, les températures clémentes ou hostiles, où les routes du commerce fleurissent ou s'étiolent : tout cela est déterminé par la grande mécanique planétaire de l'océan. Le sort des continents est écrit dans l'eau. Et parfois de glorieuses cités doivent leur existence à d'infimes îlots océaniques. Pendant un temps, Makatea nourrit des millions d'hommes.

Lorsque les mines fermèrent du jour au lendemain en 1966, Makatea s'effondra. Toute la main-d'œuvre importée partit ailleurs. Beaucoup d'insulaires quémandèrent un emploi à mille kilomètres de là, dans les îles autour de Mururoa, où les Français s'étaient lancés dans leur nouvelle aventure polynésienne : faire sauter les atolls à coups de bombes atomiques. La population de l'île se réduisit à une fraction de ce qu'elle était avant l'arrivée de la CFPO. La seule entreprise subsistante, c'était une jungle décidée à se venger.

Certains peuples du Pacifique aiment à dire : *Toute île est une pirogue, toute pirogue une île.* Quand les mines de phosphate fermèrent, Makatea chavira.

Pour les Makatéens, la terre – *fenua* – est sacrée, c'est la maison de l'âme. Mais la terre de Makatea a fini éparpillée sur tous les bords du Pacifique, dopant les récoltes dans plusieurs pays lointains. La croissance des récoltes entraîna celle de la population, et cette population accrue inspira tous les progrès, toutes les inventions, toutes les découvertes miraculeuses des douze décennies suivantes, à un rythme toujours accéléré. Les courbes ascendantes de l'humanité avaient eu besoin de phosphate. Makatea avait aidé *Homo sapiens* à dominer la Terre. Mais dans ce processus, l'île s'était consumée.

Tout le monde a besoin de manger, mais peu de gens remarquent qui met la table. *Makatea l'oubliée*, c'est ainsi que certains livres surnomment l'île. Mais l'épithète est mal choisie. On ne peut oublier que ce qu'on a connu.

Jour et nuit, les pages finales de Clairement, c'est l'Océan *me hantaient. Je ne pouvais m'empêcher de les relire sans cesse.*

Au dernier chapitre, la femme dont je m'étais entiché de tout mon cœur d'enfant racontait une de ses expéditions au large de la côte orientale de l'Australie. Un jour, elle s'était interrompue en pleine plongée pour observer un sépiide géant à l'entrée de son antre. Ce mollusque à tentacules, cousin du calmar et de la pieuvre, interprétait, sans aucun public en vue, une longue danse de couleurs extatique.

Il clignotait de toutes les couleurs imaginables en combinaisons complexes, dont il répétait le cycle comme s'il envoyait fébrilement un message interplanétaire. Il semblait tenter à toute force de dire quelque chose, mais quoi ? La présence de la plongeuse ne le troublait pas, pas plus qu'il ne réagissait à son environnement. Il se contentait de regarder au large sans cesser de chanter en couleurs. Les signaux étaient longs et construits, variés et imprévisibles – une salve de messages que mon autrice plongeuse n'avait pu décoder.

Je me demandai si cette créature n'était pas en train de prier. Mais même pour un enfant exalté, l'hypothèse ne paraissait pas très scientifique.

Je lus et relus ce dénouement énigmatique, en quête de théories pour éclairer cet animal et en résoudre le mystère. Tout en moi tendait à vouloir aider mon autrice bien-aimée à trouver la réponse qui lui échappait. Alors, quand mon père (sous le masque du père Noël) m'offrit le jouet le plus révolutionnaire de l'année, ce cadeau parut s'inscrire dans une logique bien plus vaste.

J'avais eu, au fil des années, ma part de jouets fabuleux : télescopes, microscopes, kits de chimie. Une voiture de cascadeur qui se redressait toute seule après s'être renversée. Un panneau perforé électronique doté de petites fiches de couleur lumineuses avec lesquelles on pouvait dessiner. Une horloge de plastique bleu, avec en guise de chiffres des personnages de comptines dont on entendait la mélodie en réglant l'aiguille dessus. Tous mes meilleurs jouets, les plus mystérieux, finissaient disséqués, tant je voulais découvrir la source de leur pouvoir.

Le jouet en forme de soucoupe reçu de mes parents faisait ce qu'aucun jouet n'avait fait avant lui. Sa surface se composait de quatre gros boutons : bleu, vert, jaune et rouge. La machine inventait des séquences de lumières clignotantes et de notes musicales, et me défiait de les reproduire en pressant dans le bon ordre les boutons colorés. Et plus j'y parvenais, plus la séquence s'allongeait.

C'était la créature de Clairement, c'est l'Océan, *sous forme électronique. C'était le sépiide clignotant et chatoyant qui chantait son chant épique.*

Ce lien m'exaltait, mais attisait aussi mon besoin angoissé d'explication. J'allai trouver ma mère pour lui demander comment marchait mon jouet.

"Il y a peut-être un tout petit génie à l'intérieur."

Elle se moquait de moi, traitait mes besoins par le mépris. Je la vouai à l'engloutissement au fond de l'océan.

J'apportai l'engin à mon père qui, allongé par terre dans son bureau, écoutait du rock psychédélique sur les écouteurs stéréo haut de gamme tout neufs qu'il s'était offerts pour Noël. Son dos le faisait toujours souffrir et il prenait des cachets contre la douleur. Je le secouai jusqu'à ce qu'il émerge de ses oreillettes de luxe. Indigné, je lui fourrai le jouet entre les mains.

"Comment il invente ses combinaisons ? Comment il s'en souvient ?"

Mon père contempla le jouet dans une hébétude bienheureuse. Il avait toujours une réponse. De toute mon enfance, jamais je ne l'avais entendu dire : Je ne sais pas.

"Eh bien, déclara-t-il pour gagner du temps. C'est de l'informatique. C'est compliqué."

Pendant des semaines, j'entraînai ma mémoire sur cette machine. Je progressai jusqu'à des séquences de trente-deux notes et clignotements, deux fois plus que le record de mes parents. Cela suffisait pour gagner la partie au niveau champion. Mais la victoire ne fournissait pas de réponse sur le sens des combinaisons ou leur processus de création. Il ne me restait plus qu'à autopsier le jouet.

Je m'y attaquai avec un marteau et un couteau à beurre. Ce qui fit rire mon père et pleurer ma mère. Je ne compris ni l'une ni l'autre réaction. Les gens et leurs émotions me laissaient perplexe. Ils étaient ridiculement compliqués, et il n'y avait pas moyen de les démonter pour voir ce qu'il y avait à l'intérieur.

Démantibuler mon jouet ne m'apporta aucune réponse. Je ne trouvai dans ses entrailles qu'un circuit intégré vert. On aurait dit une ville miniature aux rues métalliques. Dans cette ville s'élevaient deux bâtiments rectangulaires, noirs, avec huit paires de pattes argentées. On ne pouvait pas ouvrir ces bâtiments pour les inspecter. Il n'y avait plus rien à démonter. Aucun moyen d'explorer plus avant. Le jouet était mort.

Je restai frustré dans ma quête de compréhension pendant quelques mois, jusqu'à ce que, pour mes onze ans, mes parents m'offrent un gros écran télé noir et blanc relié à un massif clavier gris et à un lecteur de cassettes. Quand je l'allumai, rien ne se produisit. Dans le coin supérieur gauche de l'écran, en majuscules blanches, on pouvait lire :

READY>_

"Prêt à quoi ?" demanda ma mère.

Mon père n'eut pas l'air impressionné. "Pas à grand-chose, apparemment."

Mais Monsieur Premier en Lice le savait. Mon cerveau de onze ans clignotait de toutes parts : Prêt ou pas, le jeu commence.

Qui sait comment fonctionne l'esprit d'un jeune garçon ? Chaque message codé menait à un suivant. J'aimais la femme qui voulait savoir ce que disait le sépiide. J'avais un jouet qui clignotait selon les mêmes combinaisons énigmatiques. Un cadeau tout neuf – ce soi-disant ordinateur domestique – m'offrait une voie d'accès aux codes secrets du jouet. Ce qui m'aiderait peut-être à déchiffrer le chant extatique du mollusque. Ce cube et ce clavier de plastique gris étaient prêts à tout. Clairement, eux aussi étaient l'Océan.

Un demi-siècle plus tard, alors que les protéines malignes me rongent le cerveau et me privent de ma capacité à me souvenir, je peux porter à mon visage une mince plaque noire de quinze centimètres et lui demander : "Comment s'appelle ce vieux jouet des années soixante-dix qui créait des séquences de flashs de couleur qu'on devait reproduire ?" Et le petit monolithe noir, toujours prêt, se souvient de tout à ma place.

Didier Turi appuyait son portable contre sa joue dans son bureau de la mairie, près de la maison du peuple, couverte mais sans cloisons. Le maire écoutait, ponctuant les propos de son interlocuteur officiel par des salves staccato de : *Oui, bien sûr… Oui, certainement.* Tout en se disant intérieurement, les yeux fixés sur la carte murale : *Mensonges ! Rien que des mensonges !*

Il ne s'en prenait pas à la carte, même si en effet la carte mentait. Comme presque toutes les cartes du Pacifique au format papier, lesquelles montraient des choses qui, en respectant l'échelle, seraient restées invisibles. Même si la carte de l'océan avait couvert la surface du mur, large de trois mètres, la chaîne de mille huit cents kilomètres des quelque cent vingt îles et atolls de la Polynésie française n'aurait occupé qu'une trentaine de centimètres, et le confetti de Didier un peu plus d'un millimètre.

Mais le véritable menteur, c'était l'homme au bout du fil, celui qui tordait la vérité au nom du président de Polynésie française. Ce titre même avait quelque chose d'un mensonge, compte tenu que le soi-disant pays d'outre-mer gouverné par le soi-disant président était déjà une imposture. Cet archipel de mille huit cents kilomètres de long n'était pas un vrai pays. C'était une *collectivité* qui au bout du compte était administrée par la France, cramponnée à son ancienne colonie malgré le coût de propriété croissant.

Et l'homme du soi-disant président déversait des contrevérités à l'oreille de Didier.

“Le Conseil des ministres, à Tahiti, croyait avoir votre accord.

— Bien sûr, bien sûr", répétait le maire de Makatea, ce qui en patois local voulait dire *Foutaises*. Mais le maire de l'îlot qui n'aurait dû être visible que sur une carte grande comme une maison ne pouvait qu'admirer l'aisance du président et de tous ses ministres à jouer le jeu.

"Voilà déjà plusieurs années que Monsieur le président a signé le mémorandum d'accord avec le consortium américain. Le document est public, et aurait pu être contesté depuis longtemps. Le représentant des Tuamotu a fait part de son intérêt. Nous avons reçu les résultats de l'étude d'impact environnemental pour le projet pilote. Toutes les parties concernées sont prêtes à passer à la prochaine étape."

Mais quand avait-il été annoncé que *la prochaine étape* serait Makatea ? À l'instant, visiblement. Une étude d'impact : quand avait-elle été effectuée ? "Je ne crois pas avoir jamais vu dans notre lagon ces… experts environnementaux américains.

— Les ministres ont cru comprendre qu'ils avaient l'accord de votre représentant et de toutes les personnes concernées."

Il n'y avait rien à répondre sans prendre de risques, et c'est pour ce rien qu'opta le maire.

"Félicitations, monsieur le maire. C'est exactement le résultat que vous et votre parti visiez depuis des années. Je me trompe ? Allô ?"

Didier n'avait pas de parti. Et le seul résultat qu'il visait en tant que maire, c'était la survie de ses quatre-vingt-deux administrés, lui-même compris.

"Excusez-moi, dit-il. J'ai l'impression que la communication est brouillée.

— Vraiment ? Il me semblait que les Télécoms venaient d'installer un nouveau relais. Un sacré cadeau, pour quelques dizaines d'habitants. Je me disais donc que vous deviez être très heureux. Qui sait où peut nous mener cette initiative ? À lui seul, le programme pilote va forcément booster la santé économique du pays tout entier."

Certainement. Bien sûr. Sauf que le *pays* que ce contrat promettait de booster était en soi une pure fiction.

Didier Turi détestait la politique. Au lycée, il avait failli être recalé en instruction civique. Il n'avait jamais voulu être *tāvana* de quoi que ce soit. La seule chose qu'il avait jamais vraiment voulu faire, c'était jouer une coupe du monde comme attaquant des Bleus. Faute de quoi, il se contentait très bien d'effectuer un peu d'entretien et de maçonnerie dans les bâtiments vétustes et croulants de Makatea. Pendant toute sa vie d'adulte, accomplir la seconde mission en rêvant de la première avait suffi à son bonheur.

Comme tous les autres insulaires, Didier s'était imaginé que son prédécesseur – le véritable *Monsieur le maire* – guiderait l'île éternellement. Jules Amaru avait une vision pour sauver Makatea. Jules Amaru savait séduire, amadouer, concilier, réclamer son dû et vivre sa vie à plein régime avec une demi-dose de kava et un pousse-café pour faire passer. Jules Amaru avait su déjouer les plans des entrepreneurs australiens toujours aux aguets qui voulaient "achever" l'exploitation des mines de phosphate abandonnées. Jules Amaru savait faire cracher aux autorités de Papeete un budget suffisant pour alimenter l'île et empêcher le désastre. Pendant des années, Jules avait tenu en échec tous les prédateurs.

Mais Jules Amaru était mort dans son sommeil, le cœur foudroyé.

Didier Turi, quant à lui, n'était qu'un petit gars de Mihiroa qui savait manier le ballon un peu mieux que tous les autres gars de sa génération. Une légende locale, car il avait su mener l'île, malgré son infériorité numérique notoire, à une miraculeuse quatrième place dans le tournoi des Tuamotu, qui avait lieu tous les trente-six du mois. Le genre de mec avec lequel on adorerait boire un verre et jouer aux fléchettes au pub, si seulement l'île avait eu un pub.

Fais-le juste pour un an, lui dirent ses amis. *Tu es la seule personne de l'île qui n'ait aucun ennemi.*

Ça paraissait un peu maigre, en termes de compétence.

Tu n'as jamais occupé de poste impopulaire.

Il n'avait jamais occupé *aucun* poste. Il avait déjà du mal à maîtriser les bases de l'économie. Il ne connaissait rien à l'histoire ou la sociologie. Son *gāti* – son clan – n'avait aucun prestige. Il n'était jamais allé plus loin que la Nouvelle-Zélande. Il ne savait pas trop quoi penser de toute cette histoire de développement. Il n'était même pas spécialement convaincant comme catholique.

Justement, renchérirent tous ses conseillers autoproclamés. *Tu es un vrai homme du peuple.*

En le culpabilisant, ses amis le persuadèrent d'être candidat, pour des motifs patriotiques. Ils arguèrent que, si l'opposition l'emportait, il ne faudrait que deux ans aux entrepreneurs australiens qui voulaient rouvrir les mines de phosphate pour se rendre maîtres de l'île. Didier se présenta. Sans rien promettre. En semblant s'excuser de faire campagne malgré lui. Il remporta l'élection par une majorité écrasante de quarante-neuf voix contre neuf.

Deux ans plus tard, il était toujours en poste, et l'île surnageait toujours. Il découvrit que ses craintes étaient infondées, que ça n'était pas sorcier d'être un bon *tāvana*. Jusqu'à aujourd'hui. Aujourd'hui, Didier Turi devait jouer dans la cour des grands.

Jules Amaru avait étudié l'économie à Montpellier. Jules Amaru pouvait tenir tête aux *Popa'ā*. Jules Amaru aurait su comment faire face aux Américains et à leur étude imaginaire d'impact environnemental. Jules Amaru jouissait du mana – du respect de tous. Un mana de compétition. Mais Jules Amaru était mort.

Le fils de Jules Amaru, en revanche, était bien vivant, et tenait un commerce de matériel d'escalade en bordure du village, non loin de la haute falaise. Hone Amaru et Didier Turi étaient allés à l'école ensemble dans l'unique salle de classe au centre du village, même si Didier avait deux ans de plus que le fils de l'ancien maire. Enfants, ils s'aimaient plutôt bien, nonobstant la rivalité entre garçons jouant dans des équipes différentes et fréquentant des églises différentes.

Mais même l'inimitié n'aurait pu dissuader Didier de demander conseil à Hone Amaru. Son commerce était l'une des rares entreprises de l'île – avec les deux minuscules pensions et l'exportation de crabes et de coprah – à rapporter des devises sonnantes et trébuchantes. Ce magasin était le grand espoir de l'île. Aux yeux de Didier, c'était Hone qui aurait dû être *tāvana* de Makatea. Le désir le plus sincère du maire en exercice, c'était un transfert pacifique du pouvoir, et le plus tôt possible.

Hone Amaru avait d'autres préoccupations. Il avait passé le mot sur Internet : Makatea offrait les plus beaux défis d'escalade de tout le Pacifique sud. Tous les un ou deux mois, un superbe catamaran effilé surgissait et déchargeait un Zodiac ou deux de jeunes *Popa'ā* superbes et effilés – des Blancs minces, grands, robustes et désirables, dotés de bras et de jambes des plus impressionnants. Ces gamins au porte-monnaie inépuisable entreprenaient d'escalader les monumentales falaises de Makatea, hautes de soixante mètres. Ils restaient un jour ou deux, testaient de nouvelles pistes pour atteindre le sommet, parfois sans s'encorder. Ils visitaient les villes en ruine reconquises par la jungle et s'étonnaient de ce que l'île avait été. En deux jours, ces enfants dépensaient comme des dieux, et toutes les barques du coin étaient mobilisées. Et puis ils regagnaient leur gigantesque catamaran pour une nouvelle aventure, quelque part dans ces vastes régions bénies qui formaient leur terrain de jeu.

Mais cela faisait déjà plusieurs semaines que le dernier groupe de grimpeurs était venu et reparti, et aucun catamaran effilé ne se profilait à l'horizon. Aucun risque d'interrompre Hone Amaru en lui rendant visite à l'improviste. Didier sauta sur sa moto de maire – l'unique avantage de sa fonction – et dévala le chemin de gravier qui menait de l'hôtel de ville à Vertical Makatea. La rutilante enseigne toute neuve, peinte à la main sur de l'aggloméré enduit au gesso, indiquait même un e-mail et un hashtag, au cas où quelque aventurier errant en publierait une photo sur les réseaux sociaux.

Didier trouva Hone en train de réarranger le mur de cordes, de mousquetons, de dégaines et de chaînes d'assurage, comme pour rassurer son équipement impeccablement entretenu : les jeunes étrangers flamboyants allaient bientôt revenir.

"Salut Hone. *Ia orana*. T'es occupé ?"

Le fils de l'ancien maire haussa les épaules en désignant la pièce. Pas évident d'y trouver à s'occuper. "Oh, comme tu vois. Quoi de neuf ?

— Un appel de Papeete."

Hone Amaru fit la grimace quand Didier lui transmit les détails. Le vieux mémorandum d'accord. Le président de Polynésie française qui comptait louer à bail Temao, le port en ruine de Makatea. Le consortium californien et son beau permis tout neuf pour construire une usine qui fabriquerait les éléments modulaires d'une ville flottante. Didier déversa ses craintes et ses doutes sur son vieux coéquipier et rival de foot, dans l'espoir que Hone Amaru délaisse son activité complémentaire pour reprendre les rênes du pouvoir, pour peu que Didier sache mettre en lumière la crise qui menaçait.

Hone reçut la nouvelle comme un direct au menton. Il s'assit sur le bureau d'osier qui constituait le poste de commandement des activités commerciales de Vertical Makatea.

"C'est incroyable. Alors comme ça, c'est vraiment lancé ? Je croyais que les Américains… déconnaient. Tu sais comment ils sont.

— C'est pour de vrai. Ils veulent lancer le test de faisabilité l'année prochaine."

Hone plissa les yeux en regardant son étagère remplie d'ascendeurs et de descendeurs, comme si juste derrière se profilait l'avenir de Makatea. Il secoua la tête. "Et tu viens me demander… quoi, au juste ?"

Didier se crispa. Il passerait la nuit sans pouvoir dormir, piqué au vif par la brutalité de la question. Ça ne sautait donc pas aux yeux ? Il avait besoin d'aide. Et il n'hésitait pas à s'humilier pour l'obtenir.

"Je me demande comment le maire…" Le *vrai maire*, voulait-il dire. "… comment ton père aurait géré ça."

"Géré ? Mon père ?" Hone considéra cette question comme il aurait dévisagé un porc égaré dans son magasin. "Mon père aurait été aux anges. Il serait en train de préparer des banderoles de bienvenue géantes pour les planter sur toutes les plages !

— Mais est-ce que ce n'est pas encore… du colonialisme ?"

Hone sourit de toutes ses dents et siffla comme un chevalier des sables en entendant le mot le plus alambiqué jamais sorti de la bouche de son vieux camarade. "Pour nous ? Bien sûr. Comme tout le reste. Toujours. Mon père essayait seulement de choisir les colonisateurs qui offraient les conditions les plus avantageuses."

En regagnant la mairie, Didier passa devant la centrale solaire. Les quatre cents panneaux neufs à haut rendement s'inclinaient vers le soleil parmi la végétation d'une clairière, le long de la vieille route de gravier où passait jadis le chemin de fer minier. Un bâtiment bas abritant la batterie, auquel s'adossait une cabane de maintenance, se dressait derrière les panneaux. Cette centrale rendait inutile le recours aux générateurs diesel, sauf en cas d'urgence. Cela permettait à Makatea de réaliser des économies immenses.

Manutahi Roa, debout dans l'allée entre les deux parties de l'installation, nettoyait les panneaux une fois de plus, avec sa lessive maison et sa sempiternelle raclette. Selon les calculs de Didier, il les nettoyait trois fois plus souvent que nécessaire, et tout ce soin commençait à être moins bénéfique que nocif pour la production d'électricité. Mais la fierté qu'en tirait le secrétaire à l'Énergie, se disait le maire, compensait le déficit énergétique.

Manutahi fit de grands gestes en voyant Didier descendre de sa monture, ravi de cette visite inespérée. "Salut, patron ! cria-t-il. On fait sa tournée d'inspection ? C'est plutôt un bon jour pour ça."

Didier en convint. Le temps était un peu moite, avec beaucoup de moustiques et deux degrés en trop, mais c'était, comme toujours, une belle matinée, tout bien considéré.

Manutahi était tout excité. "Venez voir ça. Il pleut des bonnes nouvelles !"

Ils entrèrent dans la maisonnette à l'arrière, où Manutahi alluma un minuscule ordinateur portable et ouvrit un tableur. "Regardez ça. La semaine derrière on a battu un record. Tous les jours, on atteint voire on dépasse les estimations. C'est fantastique, patron. C'est une pluie d'énergie, et elle est à *nous*."

Les chiffres étaient en effet enthousiasmants. "Ah, vraiment, bravo ! C'est du bon boulot." Le maire sentit s'étioler en lui le besoin de consulter un autre confident avant de lâcher sa bombe sur toute la population.

Manutahi ne remarqua rien. "C'est tellement gratifiant. On cultive le soleil ! Et avec nos sources d'eau douce et le sol le plus fertile de toutes les Tuamotu…"

L'affirmation était osée. Le chapelet d'îles des Tuamotu s'étendait sur une zone plus large que l'Europe occidentale du Portugal à l'Allemagne. Mais de fait, les récoltes étaient meilleures à Makatea que sur les quelque soixante-dix autres îles de l'archipel. Les légumes poussaient tout seuls, sous l'effet de la pierre magique. La pierre qui avait failli tuer l'île.

"C'est grâce à vous, patron. Vous allez nous sauver. Même la pêche commence à reprendre. Avec un peu de tourisme, et maintenant qu'on produit notre propre énergie, on peut tourner le dos à ces salopards de collabos de Papeete. On va enfin pouvoir dire aux Australiens d'aller se faire foutre. Vive l'indépendance ! J'ai pas raison ?"

Didier fut tenté de dire à son ancien co-capitaine de l'équipe titulaire de Makatea que tenir tête aux Australiens faisait désormais figure de récréation. Comparés aux Américains, les Australiens étaient de vieux amis.

Le maire examina les tableurs de Manutahi et de nouveau applaudit les chiffres. Il se leva pour partir. Accablé de solitude, il se rassit.

"Ça va, patron ?

— Tout va bien.

— Vous vouliez me parler de quelque chose ?

— Non, rien de particulier." Pourquoi gâcher la belle journée d'un type bien ? Il avait déjà la réponse qu'il était venu chercher. "Je suis juste passé dire bonjour.

— Ça me fait plaisir, patron." Manutahi Roa sourit de toutes ses dents, comme un homme dont les rêves de domination mondiale se concrétisaient impeccablement. Il brandit sa raclette et son seau. "Et maintenant, si vous voulez bien m'excuser, je vais encore augmenter un peu les rendements. Le pouvoir au peuple !"

Didier leva le poing, fit son sourire de maire et enfourcha sa moto.

"Vous devriez bazarder cette bécane, patron. Ça bouffe trop d'essence. Vous savez, y en a des électriques, maintenant."

La moins chère des motos électriques exploserait le budget municipal des deux prochaines années. Didier donna un coup de pied au starter de sa contrefaçon chinoise, tourna l'embrayage, et fila vers son bureau solitaire à la mairie.

—

Il songea à s'arrêter chez la Veuve Poretu pour y chercher du réconfort. Il lui rendait visite de loin en loin, quand il ne pouvait plus se retenir. Il avait été absous de ce péché pragmatique par toutes les parties concernées, y compris les anges. Didier aimait sa vraie femme, Roti, autant qu'il aimait son île, mais elle avait renoncé depuis longtemps au sexe avec lui. Au bout de quelques années de mariage, c'était devenu pour elle aussi douloureux qu'inconvenant. Ils avaient encore essayé quelque temps, mais ces efforts de persévérance les rendaient tous les deux malheureux.

Ils faisaient encore parfois lit commun, quoique de moins en moins souvent. Roti avait du mal à dormir à côté de son tressautement permanent.

“Je t'ai trahi, lui dit Roti. Je t'ai fait une promesse que je ne peux pas tenir.

— Tu n'as trahi personne, rétorqua-t-il. C'est moi qui te trahis en insistant comme ça !” Mais il était trop jeune pour l'abstinence. Elle créait une pression qui finirait par l'empoisonner. Et il refusait de jouir tout seul, comme un dingue enfermé dans son monde de fantasmes, et de toute façon infidèle en pensée.

Roti fit comprendre à Didier, par des suggestions indirectes mais sans ambiguïté, qu'il ne devait pas hésiter à faire le nécessaire pour tenir le coup. Elle voulait juste qu'il lui épargne les détails. Ce qui n'était pas simple, sur une île de quatre-vingt-deux habitants dont beaucoup étaient des tantes et des cousins honoraires.

Cette perspective ravagea Didier. Il y a cent ans, les Makatéens avaient envers le sexe l'attitude la plus saine qui soit. C'était comme l'escalade, la course ou le bodysurf, mais pimenté d'amour. La possession n'était pas un enjeu. On ne pouvait pas plus posséder une personne qu'on ne pouvait posséder la terre, ou le ciel au-dessus de la terre, ou l'océan au-delà du rivage.

Et puis les *Popa'ā* étaient arrivés. Et à présent Didier se signait et s'agenouillait sur le prie-Dieu d'une des deux églises de l'île. Deux églises pour quatre-vingt-deux habitants ! Une catholique, une mormone, et c'est dans la première que se trouvait le maire, la tête inclinée, priant les anges (parce qu'il n'osait pas croiser le regard de la Vierge Marie, dont la perfection l'embarrassait) en disant : "Ça reste de l'adultère, n'est-ce pas ? Même si ma femme est d'accord ?"

À sa grande stupéfaction, les anges répondirent : *C'est de l'adultère de survie.*

Alors, pendant près d'une année, la séduisante et stoïque Veuve Poretu, de dix ans son aînée, avait été le remède de quasiment tous les maux que la vie pouvait infliger à Didier Turi. Elle ne lui réclamait rien. Elle appréciait le fait qu'il vienne la voir mais qu'il ne reste jamais longtemps. Elle se moquait du jugement des autres. Son léger mépris pour presque tous ses voisins humains en faisait la personne la plus discrète des Tuamotu. Tant que ses chers oiseaux chanteurs se portaient bien, tous les plus gros bipèdes pouvaient bien crever dans l'enfer qu'ils s'étaient créé.

Mais ces dernières semaines, la veuve se montrait moins disponible pour Didier, à moins qu'il ne soit affamé et pressant. Or le coup de fil de la présidence lui avait coupé l'appétit, et sous le stress de la catastrophe imminente il aurait eu du mal à exercer une quelconque pression sur une femme, fût-ce la starlette Auli'i Cravalho.

Ce qu'il voulait vraiment, c'était *parler*. Demander à la veuve ce qu'elle pensait des Américains, et comment réagir à la situation. Mais jamais il ne le ferait. Partager avec la veuve une préoccupation aussi grave, ce serait réellement être infidèle à Roti. Mais il ne pouvait pas non plus parler à Roti de cette crise. Elle se contenterait de lui dire d'écouter son cœur pour prendre la bonne décision.

Il lui fallait quelqu'un qui puisse lui dire ce que serait cette bonne décision.

Il prit la route la plus longue pour rentrer, par les falaises. Le pouvoir, conclut le maire, ça vous isolait, surtout quand ce pouvoir était impuissant. De toute la journée, il ne parla plus à personne de l'appel de Papeete. Il consacra l'après-midi à graisser les rouages de l'administration, ce qui en l'occurrence consista à arbitrer un conflit sur un troupeau de poules en maraude.

Il se rendit à la soirée de la maison du peuple, mais il ne put savourer la musique, encore moins se joindre aux chants. Il passa la nuit au milieu de son désert de kapok, à écouter le bruit des vagues à cent mètres de sa fenêtre. *Bien sûr. Bien sûr que non. Bien sûr. Bien sûr que non.*

Encore à moitié drogué de sommeil, il se leva avant le soleil et s'installa devant l'ordinateur de la mairie. Il écrivit, réécrivit, effaça, réébaucha une lettre à l'homme du président, en mettant en copie le représentant des Tuamotu. La version finale disait, en tout et pour tout :

Nous, citoyens de Makatea, ne pouvons donner notre accord à ce projet sans organiser au préalable un référendum.

C'était le message le plus audacieux qu'ait jamais envoyé Didier, en tant que maire ou à titre privé. Il doutait de son pouvoir de dicter ses conditions à quiconque. Il avait du mal à croire que le président ou les Français ou les Maîtres de l'univers dans la Silicon Valley en aient quoi que ce soit à foutre de l'avis de ses quelques dizaines d'administrés. *Les ministres croyaient avoir votre accord.*

Jules Amaru disait toujours que le pouvoir était une chose qu'on reçoit plutôt qu'on ne la prend. Mais bon, l'ancien maire savait aussi bluffer.

Didier modifia et démodifia quelque mots, appuya sur Envoyer, et regretta aussitôt qu'il n'y ait pas d'option Désenvoyer.

Il se renfonça dans son fauteuil de teck : il venait de jouer sa carrière politique sur quelques mots. À vrai dire, l'enjeu excédait largement sa simple carrière, qu'il aurait volontiers troquée contre deux packs de Hinano. Il avait aussi misé l'île tout entière, en brandissant une menace tacite, à présent que Makatea disposait d'un émetteur satellite dernier cri. Au besoin, il pourrait tweeter un SOS à la communauté internationale. Les gouvernements de pays bien plus réels que le sien avaient été cloués au pilori par l'indignation collective de ce qu'on appelait les réseaux sociaux. Si Papeete démasquait son coup de bluff, l'unique atout de Didier Turi serait le mégaphone planétaire.

Le jour où j'ai appris le diagnostic, je me suis invité à dîner au meilleur restaurant éthiopien de San Jose. J'avais envie de manger avec les doigts. Je voulais peut-être le faire une dernière fois en public, dans un cadre où c'était socialement admis, avant de commencer à le faire là où ça ne l'était pas. Je n'avais aucune idée de ce que provoquerait la maladie.

Longtemps j'avais ignoré les symptômes : constipation, vertiges, perte de l'odorat. Essoufflement après avoir monté des escaliers : d'abord trois étages, puis deux, puis un. Tremblements. Douleurs aux articulations. Spasmes musculaires. Tout un tas de petites choses qui auraient pu n'être rien du tout. Je soupçonnais un début de Parkinson. Mais quand ont commencé les hallucinations visuelles passagères, et quand je me suis perdu au rayon céréales de mon épicerie, il m'a bien fallu reconnaître que j'avais un problème.

Même un vieux champion de joute oratoire, capable de faire passer le blanc pour du noir et la guerre pour la paix, ne pouvait rivaliser longtemps avec une IRM, un polysomnogramme, et une tomographie informatisée à émission de photons. J'ai toujours fait plus confiance aux machines qu'aux gens, et les machines avaient un lourd dossier contre moi. Certes, on dit toujours que le seul diagnostic formel, c'est l'autopsie. Mais je ne vais pas m'arrêter de respirer dans ce fol espoir.

Lorsque je m'attablai pour ce dîner d'adieu éthiopien, j'avais dépassé le stade du Déni et je me confrontais à la Colère. J'avais suffisamment lancé de dés dans ma vie pour savoir comment fonctionne le hasard. La chance que j'avais eue dans la vie défiait toutes les probabilités. Il était temps de retomber dans la moyenne.

La démence à corps de Lewy : un Américain sur trois cents et quelques en est atteint. Un sur trente d'une forme de sénilité quelconque – un sur dix dans ma tranche d'âge. Et si on prend en compte tous les types de désordre cognitif, un sur cinq. Cela n'a rien d'un club fermé. Il y a trop de membres pour qu'une personne un tant soit peu formée aux maths prenne la peine de demander : Pourquoi moi, Seigneur ?

L'assistante sociale me suggéra de mettre mes affaires en ordre. Dans le même souffle, elle me mit en garde contre la tentation de m'isoler. Elle ne paraissait pas savoir qui j'étais ni à quel point ce serait difficile.

De l'angoisse ? De l'agitation ? De la révolte ? Un sentiment de perte sans fond ? Ça aurait pu, si la nouvelle m'était tombée dessus quelques années plus tôt, quand je n'étais pas encore sûr que le plus grand pari de ma vie se révélerait gagnant. Mais j'ai vu mon travail récompensé au-delà de mes rêves les plus fous, et qui peut en dire autant ? Je partirai sur une note glorieuse, pendant que mon cadeau d'adieu au monde fera encore l'effet d'un miracle.

L'assistante sociale m'avertit également que la DCL *entraînait souvent de l'apathie et une perte d'intérêt pour les activités ordinaires. Je me dis donc que ce soir-là ma résignation sereine n'était qu'un symptôme de plus.*

Ce que j'éprouvai alors, ce fut avant tout un étrange soulagement. Celui de trouver enfin un sens à mes symptômes. De savoir désormais ce qui m'attendait. D'avoir engrangé la moisson avant l'hiver. De ne pas avoir à être témoin des sinistres conséquences du triomphe absolu de mon équipe, ni à être confronté à tous les gens qui voudraient me tuer pour avoir introduit ce triomphe dans leur vie.

J'admets ressentir une bonne dose de peur. J'ai toujours été lâche face à l'inconnu, et désormais l'inconnu m'assaille à chaque heure ou presque. Les médecins qui me suivent parlent de "fluctuations cognitives". Des variations spontanées de ma faculté de piger ce qui se passe.

Ils disent que je risque de mourir de pneumonie, conséquence d'une incapacité croissante à déglutir. Beaucoup de malades meurent d'une chute ou d'une perte de contrôle de leur corps. Je risque aussi de mourir de septicémie ou d'une crise cardiaque. Mais quelle que soit ma mort, je partirai comme un animal hébété.

"On a pu détecter ça très tôt, m'a dit ma neurologue. Vous avez sûrement encore plein de beaux moments devant vous." Elle n'a pas précisé s'il s'agissait de semaines, de mois ou d'années.

Elle m'a averti qu'il n'y avait pas deux cas semblables parmi les patients. Elle a laissé entendre que beaucoup de gens avaient des symptômes bien pires que tout ce que je pouvais imaginer. "C'est une des plus étranges maladies qui soient, et nous la connaissons encore très peu."

J'ai insisté jusqu'à ce qu'elle m'avoue que l'espérance de vie moyenne est de cinq à sept ans après le diagnostic. Elle m'a prescrit des médocs, a demandé à son staff de me fournir une liste de groupes de soutien dans la région, et m'a dit qu'elle me reverrait dans six mois.

Et c'est ainsi que ce soir-là je me suis retrouvé à la terrasse d'un de mes restaurants préférés, qui donnait sur les contreforts des monts Santa Cruz, dans le bourdonnement des Tesla qui se croisaient sur Saratoga. J'ai fait la liste dans ma tête de toutes les questions en suspens que je devrais boucler pendant qu'il en était encore temps. Et j'ai essayé d'estimer de combien de temps de bouclage je disposais.

*J'ai replié la galette d'*injera *et je m'en suis servi comme couvert pour déguster le plus délicieux* wat *que j'aie jamais mangé. Hier encore, j'étais au sommet de mes capacités. L'une de mes entreprises était sur le point de rendre public un produit qui allait révolutionner le monde. La vie était plus que satisfaisante, plus que gratifiante, plus qu'excellente. Et aujourd'hui, j'avais une démence à corps de Lewy.*

À qui dire à quel point tout cela me paraissait inexplicable ? Je ne disposais que de cet instant. Dès le lendemain, ce sentiment impossible commencerait à paraître ordinaire. La semaine suivante, je commencerais à oublier qu'il y avait des choses à expliquer. En attendant d'autres crises, qui pourraient durer trois secondes ou plusieurs jours d'affilée, durant lesquelles expliquer quoi que ce soit à qui que ce soit serait au-dessus de mes forces.

Il fallait que je me mette à tout enregistrer. À tout raconter à quelqu'un. C'est là que tu interviens.

Le serveur, dont naguère j'avais su le nom, vint s'enquérir de moi.

"Tout se passe bien ?

— Tout est parfait."

Il sourit de me voir si satisfait. "Il y aura autre chose ?"

Je fermai les yeux en secouant la tête. "Sans doute pas."

Plus tard, il me suivit jusqu'au parking pour vérifier si le montant du pourboire n'était pas un accident.

À la moitié du XXe siècle, dans une froide cité du Nord aux antipodes de Makatea, un père précipita dans l'eau sa fille de douze ans lestée de poids, dans l'espoir qu'elle coule à pic.

Vingt kilos de métal l'entraînèrent vers le fond. En se débattant d'une terreur animale, elle regarda vers le monde d'où elle venait depuis le monde où elle avait sombré. À travers la couche chatoyante qui les séparait, elle vit la silhouette vif-argent de son père pointer le doigt vers son propre visage et lut sur ses lèvres :

Tu n'as qu'à respirer.

Montréal, 1947. Fin novembre, un morne hiver, où la moindre expédition au-dehors après cinq heures du soir faisait figure de suicide. Ce soir-là, un ingénieur de l'entreprise canadienne Air Liquide conduisit sa fille de leur appartement du Vieux-Rosemont à ses bureaux du quartier Hochelaga. À l'époque, ça ne prenait pas plus de vingt minutes. Ils roulaient dans une McLaughlin-Buick d'avant-guerre, où Evie Beaulieu occupait la place du mort à côté de son père surexcité. C'était une enfant timide, une enfant consumée par la crainte, qui régulièrement interpellait son père.

"Papa, tu vas trop vite. Papa, attention au tramway."

Même confortablement assise, la fillette se tenait voûtée. Cette année-là, une brusque poussée de croissance lui avait donné quinze centimètres de plus que ses camarades, alors elle se penchait, se faisait toute petite. Sa mère la grondait à longueur de temps. *Tiens-toi droite. Si tu continues, tu vas finir bossue.* Le mot même contribuait à lui courber l'échine.

Une perpétuelle meurtrissure lui empourprait la moitié droite de la lèvre supérieure, à force de la mordiller. Tout l'effrayait. Près de deux ans déjà après la victoire en Europe, elle continuait d'imaginer des panzers défilant sur la rue Sherbrooke comme ils défilaient sur les Champs-Élysées dans les actualités Pathé. Elle craignait qu'un nouveau télégramme, comme celui reçu à propos de son oncle quatre ans plus tôt, ne fasse replonger sa mère dans les électrochocs. Elle était convaincue que son petit frère Baptiste allait mourir d'une pneumonie. Le soir, elle se couchait avec la hantise que la Vierge Marie surgisse de son armoire pendant son sommeil pour la mitrailler de révélations.

Le travail de son père aussi lui donnait des frissons. Son patron, M. Gagnan, avait quitté Paris pour Montréal après la guerre, pour des raisons dont personne ne parlait. M. Gagnan était gentil avec Evelyne, mais elle le trouvait effrayant et morose. Sous l'Occupation, lorsque les Allemands avaient dépouillé la France de tout carburant, son détendeur avait attiré l'attention du commandant Cousteau. Ensemble, les deux hommes avaient conçu le scaphandre autonome CG45.

Evie aimait bien le commandant Cousteau – son côté joueur, sa voix chantonnante, ses effluves de tabac. Mais son invention lui paraissait sinistre. Rien que le nom : on aurait cru un kraken mécanique vivant dans une grotte sous-marine au large de Terre-Neuve et se nourrissant de morutiers.

Peut-être était-elle jalouse de l'attention que son père lui prodiguait.

"On va ouvrir à l'humanité trois quarts de la planète. On a coupé le cordon. Les règles du jeu de la vie humaine sont en train de changer !

— Chut, papa, je t'en prie ! Contente-toi de… conduire. *Chauffe le char.*"

Son père gloussa en dévalant les boulevards comme sur une luge. Le bourdonnement sourd et cru de la ville derrière les vitres agressait la fillette. Les équipes de déneigement s'affairaient à entasser la neige de part et d'autre des rues transformées en canyons. Tout au long de la rue Rosemont, Evie, cramponnée au tableau de bord, négocia les plaques de verglas par la seule force de sa volonté d'enfant.

"Tous les mois, on l'améliore. Plus léger, plus petit, plus sûr, plus autonome. Et c'est là que tu interviens, mon chouchou. Il faut qu'on vérifie si même une fille svelte comme toi..."

Svelte, ça voulait dire *malingre*. Trop maigre et trop grande. *Tiens-toi droite. Sois fière de ta taille. Tu vas finir bossue avant l'adolescence.* Bossue et adolescente : les faces jumelles de la monstrueuse médaille qui l'attendait.

Et voilà que son père voulait qu'elle soit la toute première fille à tester le scaphandre. "Tu vas entrer dans l'Histoire !"

À cette pensée, Evie se voûta encore davantage.

Par pure télékinésie, elle les conduisit par la rue Viau jusqu'à l'angle de la rue de Rouen. Son père gara la voiture le nez dans un banc de neige. Evie ouvrit la portière et plongea vers le bord du trottoir. Des vents venus de l'Arctique lui martelèrent le corps. Père et fille défrichèrent un chemin à travers les congères jusqu'au siège d'Air Liquide et pénétrèrent dans le labyrinthe de bureaux, de réserves et de labos qui constituait la tanière paternelle.

Le bassin d'essai était vide. Son père ramassa tout un tas d'équipement sur son établi dans un coin. Evie enleva son manteau, son chandail et sa robe, et se retrouva en maillot de bain. Elle abandonna ses vêtements en tas contre le mur. Tout était en laine. *Pure laine*, comme sa mère Sophie Dupis Beaulieu, une catholique pauvre de Saint-Henri, une Québécoise pure souche dont l'arbre généalogique s'enracinait dans les origines de la Nouvelle-France. Mais elle avait épousé un ingénieur bâtard.

Émile parlait l'anglais comme un Anglo, avait des amis anglos, et se rendait aux USA plusieurs fois par an. Sophie, en revanche, ne cessait de vilipender le gouvernement d'Ottawa, réclamait un nouveau drapeau provincial, et avait voté pour Camillien Houde, le maire de Montréal, même après son emprisonnement. Émile, lui, estimait que Houde aurait dû être fusillé pour ce qu'il avait fait au pays. Les dîners en famille occasionnaient des soirées tendues, entre Sophie Beaulieu qui se risquait chaque soir à une sédition discrète et un Émile intarissable sur les promesses de son scaphandre et la perspective d'un océan ouvert qui transcenderait toute politique. Evie et Baptiste restaient mutiques et non-alignés.

Le petit bassin était réchauffé par les générateurs de l'étage inférieur. Evelyne barbota pendant que son père réglait les tuyaux et le régulateur du scaphandre. La fille avait une carrure de nageuse, une force physique étonnante, mais sa croissance accélérée l'entravait. Elle détestait faire des longueurs, de crainte de percuter des parois qu'elle ne voyait pas.

Elle s'assit au bord, le temps que son père l'aide à enfiler masque, bouteilles et tuyaux. Puis elle se laissa glisser dans l'eau, sans cesser de se cramponner au bord. Une fois dans l'eau, les bouteilles étaient plus supportables. Émile Beaulieu fit signe à sa fille d'insérer l'embout entre ses lèvres. "Tu n'as qu'à respirer."

Sa bouche se crispa sur le caoutchouc durci. Elle gémit dans l'embout quand son père lui détacha délicatement les doigts du bord de la piscine. Le cerveau d'Evie se cabra, et la masse d'acier attachée à son dos l'entraîna vers le fond. Allongée sur le carrelage bleu pâle, elle rouvrit les yeux et s'abandonna à la noyade.

À travers la membrane qui séparait les deux mondes, son père lui fit des signes frénétiques : *Tu n'as qu'à respirer*. Complètement perdue, elle inhala. Et avec ce souffle, elle inspira toute sa vie à venir. Miracle : ses poumons ne s'emplirent pas de liquide. Piégée sous trois mètres d'eau, elle respirait. Il lui avait poussé des branchies. Elle était devenue poisson, anguille, pieuvre – une créature sous-marine pour qui l'idée de l'eau allait de soi.

Ses poumons se dilataient à volonté, et pour la première fois elle comprit le bonheur de respirer. De respirer *sous l'eau*. Son corps dégingandé se déploya, surpris d'être plus à l'aise là-dessous. Une grâce nouvelle l'envahit, confirmant une chose qu'elle soupçonnait depuis longtemps. Elle ne s'était jamais sentie à l'aise là-haut, à la surface, avec son bruit, sa politique, son implacable verticalité. Elle était faite pour l'eau, pour glisser dans un lieu assourdi et sans bornes, libérée des coups qui l'avaient toujours assaillie dans le monde de l'air.

L'eau l'abritait au creux de sa grande paume bienveillante. Les bouteilles qu'elle portait ne pesaient plus rien. Elle roula sur elle-même comme un marsouin joueur et leva les yeux. Tout ce qu'il lui fallait se trouvait ici, et elle rêvait de rester immergée à jamais. Le moindre geste de ses membres lui suffisait pour se déplacer. Elle n'avait rien d'autre à faire. À part respirer.

Son corps s'éleva et perça la surface. Elle agrippa le bord du bassin et recracha l'embout de caoutchouc. Un sanglot de joie lui monta à la gorge. La vie venait de se révéler, et elle avait hâte d'en goûter davantage.

"Oh, papa, c'est parfait. Ne change rien !" Sur le visage de son père, le plaisir fit place à la confusion. "Comment ça, ne change rien ? Mais enfin, je suis *ingénieur* !"

Des années plus tard, Evelyne Beaulieu apprendrait ce que son père ne lui avait pas dit au bassin d'essai d'Air Liquide. Quelques semaines plus tôt à peine, Cousteau avait envoyé un plongeur tester le matériel en Méditerranée, au large de Toulon. À cent vingt mètres de profondeur, le premier-maître Maurice Fargues avait cédé à l'euphorie de la narcose à l'azote, ce trouble provoqué par une trop haute pression qui rend le plongeur indifférent à la réalité. Fargues avait perdu connaissance et ne s'était jamais réveillé. Il était mort dans "l'ivresse des profondeurs". Et le scaphandre naissant avait failli mourir avec lui.

Et pourtant, Émile Beaulieu avait envoyé sa propre fille en mission d'essai. Elle était deux fois plus jeune que tous les cobayes précédents, elle n'osait même pas passer sous une échelle, et pourtant il l'avait jetée à l'eau attachée à un prototype.

Ce soir-là, de l'autre côté de l'Atlantique, un Norvégien écrivait le récit de sa traversée du Pacifique sur un radeau primitif. À six cents kilomètres plus bas sur la côte américaine, deux hommes restés travailler tard découvraient par hasard la voie d'accès à l'ère électronique. Et une petite fille qui contribuerait à sauver l'océan émergeait de sa première plongée.

Dans la voiture, Evie ne surveillait plus la conduite de son père. Elle contemplait à travers le pare-brise une ville qui désormais scintillait comme la plus éclatante des boules de Noël. Elle pensait à ce livre incroyable qu'elle avait lu avec son père l'année précédente : *En plongée par 900 mètres de fond* de William Beebe. Ce récit d'aventure fantastique et terrifiant venait de devenir réalité.

"Papa ? La plus grande partie de l'océan ne doit pas avoir de lumière du tout."

Émile Beaulieu fit un rapide calcul. Il confirma d'un hochement de tête, ravi.

La fillette se rembrunit. "Il doit faire noir comme dans un four. Avec plein de créatures étranges.

— C'est certain. On ne connaît rien de l'océan…

— Même la partie à fleur d'eau…

— Parce que personne n'a jamais pu y descendre assez longtemps pour regarder !"

Père et fille se turent. Leurs regards s'évitèrent puis se croisèrent. Ils éclatèrent d'un même rire hystérique. Personne, jusqu'à aujourd'hui.

Ils rentrèrent en trombe dans l'appartement du Vieux-Rosemont, toujours hilares et complices. Evie aurait dû être au lit depuis longtemps. Elle aurait dû s'éclipser sur la pointe des pieds, toujours timorée, même dans le giron du foyer. Mais la fillette s'était métamorphosée, sous l'eau.

Sa mère s'affola. "Qu'est-ce qui vous arrive à tous les deux ? Tous ces rires, ces cachotteries… Eh ben, vous voilà comme larrons en foire !

— Maman, c'est incroyable ce qu'ils ont inventé. Oh, papa, encore des tests, s'il te plaît !"

Ses parents échangèrent un regard qui aurait dû lui faire comprendre. "Oui, bien sûr. On fera ça bientôt.

— Demain soir, papa, je t'en prie !"

Elle replongea plus tôt encore. Elle replongea et resta immergée, sous les vagues, toute la nuit dans ses rêves.

Quatre-vingts ans plus tard, par un après-midi cristallin dans une zone calme du Pacifique sud, alors que le soleil dardait et qu'il n'y avait dans tout l'horizon qu'un infini de bleu salin, une femme dégingandée de quatre-vingt-douze ans bascula en arrière par-dessus le bastingage d'un bateau de plongée de cinq mètres et s'enfonça dans la mer sans laisser de sillage.

D'abord recroquevillée comme un fœtus, elle se détendit, se déplia, et s'abandonna à la plongée. Elle descendit, le visage tourné vers le haut, à travers les couches supérieures illuminées de la zone photique. Le poids autour de sa taille l'entraînait vers le bas. La pression s'accumulait contre son corps fragile, et les eaux qui l'environnaient s'assombrirent.

Elle leva les yeux vers cette membrane ondulante entre deux mondes qui refluait à trois, puis cinq mètres au-dessus d'elle, et elle comprit enfin ce qui aurait dû lui sauter aux yeux ce soir-là, quatre-vingts ans plus tôt. Son père avait menti.

S'il l'avait emmenée ce soir-là au bassin d'essai d'Air Liquide, ce n'était pas parce que M. Gagnan et lui avaient besoin de quelqu'un de sa taille et de son poids pour tester leur nouveau modèle amélioré et allégé, le scaphandre autonome CG45. S'il l'avait jetée à l'eau, c'était dans le simple espoir de lui donner confiance en elle.

L'expérience avait marché. Dans le cours de sa longue existence, elle s'était adressée à l'Assemblée générale des Nations unies et avait fait pression sur deux présidents pour qu'ils prennent des mesures d'urgence. Elle avait bousculé plus d'une certitude humaine sur l'océan et confessé ses secrets les plus intimes à des millions d'inconnus. La confiance n'était plus son problème depuis longtemps. Son seul problème à présent, c'était le temps. Il lui fallait six mois de santé suffisante pour plonger, et alors son travail sur ce monde aquatique serait achevé.

Depuis des décennies, Evie Beaulieu nourrissait l'espoir secret de mourir en plongée. Mais pas aujourd'hui. Aujourd'hui, elle avait une ultime tâche à accomplir. Elle n'était sur cette île que pour une seule raison : mener à bien un autre livre avant de mourir. Tenter une fois encore de faire aimer aux Terriens le dieu des Eaux, sauvage et insondable. Donner un infime aperçu de créatures si variées, si inventives, si extraordinaires qu'elles avaient de quoi forcer l'humilité des hommes et substituer au progrès l'émerveillement.

C'était l'une de ces créatures qui l'avait menée à ce récif : une torpille aplatie au cerveau massif, au squelette deux fois moins dense que de l'os, un poisson qui atteignait des vitesses phénoménales d'un seul battement de ses énormes ailes, qui faisait faire des loopings gracieux à son corps gros comme un camion, qui passait en troupeau aux formations géométriques, hissait dans les airs ses centaines de kilos, et se montrait curieux et amusé du monde comme si c'était un jouet. Une créature née en nageant, et qui nageait sans cesse à chaque instant de sa vie, même dans son sommeil. Si seulement elle pouvait en parler à quelqu'un, susciter l'admiration et l'amour ne serait-ce que d'un seul lecteur…

À huit ans d'être centenaire, la dernière personne encore en vie à avoir testé le scaphandre autonome s'enfonça à reculons dans la zone ensoleillée. La fillette était désormais piégée dans un corps déclinant, bosselé par l'usage, les muscles épuisés, les os friables au moindre choc. Mais ici, dans l'eau, elle était forte, elle allait bien. Ici, dans les mers tièdes des Tuamotu, tout juste hors de vue de la côte, elle n'avait qu'à respirer.

Et c'est ce qu'elle fit, en s'enfonçant vers les bordures du monticule submergé. En dessous d'elle, une station de nettoyage qu'elle surnommait Makatea Spa grouillait d'employés et de clients, à en faire pâlir les plus prospères commerces urbains. Des crevettes et des labres nettoyeurs s'affairaient à retirer les parasites, tandis que des dizaines de clients patientaient dans la salle d'attente d'un centre qui combinait chirurgie, soins dentaires et thalassothérapie. Comment un parlement d'espèces si différentes parvenait à constituer une telle communauté d'entraide improvisée, Evelyne continuait de l'ignorer, malgré toute une vie d'observation. Mais, en se glissant sur le site, elle percevait les gestes subtils d'autodiscipline et de compensation qui stabilisaient les règles de ce jeu où il n'y avait que des gagnants. Nonobstant une triche occasionnelle – davantage imputable aux nettoyeurs qu'aux clients –, le fair-play régnait. Des créatures qui partout ailleurs auraient fini en proies s'aventuraient indemnes entre les mâchoires de prédateurs qui restaient impassibles pendant les soins et laissaient même les nettoyeurs leur voler de petites bouchées de nourriture. Aux yeux d'Evelyne, le sanctuaire de cette zone neutre, démilitarisée, rappelait le cercle magique d'un jeu d'enfants.

Son pouls s'accéléra : une poignée de raies mantas de récif – *Mobula alfredi* – planaient au-dessus d'un affleurement de corail, face au courant, attendant d'être nettoyées. Quelques autres dessinaient des cercles gracieux plus loin dans la queue. Evie reconnut beaucoup de vieilles amies. Kaute, Sandy, Tomo : chaque manta avait sur son ventre blanc un motif tacheté qui lui était propre, aussi unique que des empreintes digitales. Une marque serpentine juste au-dessus de la ceinture pelvienne droite lui confirma la présence de Mona, une de ses préférées, qui se retourna et vint dire bonjour.

Ça arrivait de plus en plus souvent quand Evelyne venait au Spa. L'une des mantas attendant son tour venait la flairer, curieuse d'apprendre ce que voulait cette étrange visiteuse quotidienne. Les lignes latérales qui couraient sur leurs flancs détectaient de très loin la présence d'Evelyne. Des canaux emplis de gelée, sous les pores situés juste derrière les yeux, repéraient son champ magnétique.

Quels que soient les sens mis en œuvre, plus d'une manta reconnaissait Evelyne. Elle en était certaine. Après tout, elle avait affaire à des créatures qui se reconnaissaient dans un miroir, ce dont étaient incapables les chiens, les chats et même certains des primates les plus évolués. Mona ralentit aux abords de la visiteuse familière, en battant des nageoires. Elle vira et revint, avide d'échanges. Beaulieu, quant à elle, la salua, en optant pour une série de gestes répétés qui, espérait-elle, transmettraient le message : *Eh oui, c'est moi, bonjour, moi aussi je te reconnais.*

Elle se perdit dans la contemplation, le grand plaisir de sa vie. Elle sursauta donc de tout son corps alarmé lorsqu'une grande ombre la recouvrit, obscurcissant l'eau. Elle se retourna et en levant les yeux vit une créature d'une envergure plus vaste que la maison où elle résidait glisser au-dessus de sa tête : une *Mobula birostris* – la raie manta géante – qui devait avoir une trentaine d'années et mesurer six mètres de largeur d'une extrémité à l'autre. Beaulieu l'observa à travers des eaux de tourmaline immaculée : un énorme mâle dont le ptérygopode s'étirait bien au-delà de ses nageoires pelviennes. Elle avait aperçu ce léviathan deux jours plus tôt, mais de très loin. Et à présent il était là, si près qu'elle en sentait le sillage : un majestueux titan en forme de chevron qu'elle surnomma le Solitaire.

Elle retint son souffle. Il dérivait au-dessus d'elle, refuge flottant pour des myriades d'autres créatures. Deux espèces distinctes de rémoras s'étaient fait prendre en stop et s'agrippaient à lui. Des colonies de copépodes campaient sur toute sa surface et jusque dans ses branchies et ses évents. De jeunes maquereaux dorés surfaient sur les ondes de pression propulsées par la proue de la raie.

On en savait si peu sur ces géants transocéaniques. Ils étaient beaucoup plus gros que leurs cousins des récifs. À proximité de la terre, sur ce genre d'avant-poste, ils croisaient souvent en solitaire. Ils sillonnaient le ruban d'eaux tropicales qui faisait le tour de la planète. Leurs ampoules de Lorenzini étaient sensibles aux champs magnétiques terrestres et à ceux générés par les grands courants, ce qui leur permettait de maintenir un cap rectiligne à travers d'immenses étendues d'océan indifférencié. Mais jusqu'où ils migraient, et quels chemins ils prenaient, mystère. Des marins évoquaient de grands festins collectifs au milieu de nulle part, à des milliers de milles de toute terre.

Cela attristait Evelyne de se dire qu'elle n'en saurait jamais rien. Mais ça, cette créature face à elle à cet instant, ce Solitaire géant : sur lui, elle pouvait en savoir plus. La raie flottait au-dessus d'elle dans la colonne d'eau, éclipsant un halo de six mètres de large. Elle planait comme un avion furtif dans le vol le plus lent du monde. Impossible de ne pas y voir un gigantesque oiseau marin qui fendait l'eau. Pas étonnant que les insulaires de la région aient toujours considéré ces créatures comme sacrées : esprits protecteurs et champions de la grâce, de la sagesse et du flux. Vu d'en dessous, en levant les yeux vers le soleil filtré, le ventre pâle du Solitaire lui parut étonnamment difficile à distinguer – un spectre aussi diffus que le paraîtrait sa silhouette dorsale noire à quiconque la regarderait d'en haut à travers les vagues obscurcies. L'ombre inversée, la loi de Thayer : un truc que les poissons utilisaient depuis cent cinquante millions d'années pour se rendre invisibles au jour comme à contrejour.

Mais ce camouflage qui avait si bien fonctionné pendant des millions d'années ne suffisait plus. Si on la laissait en paix, une manta pouvait vivre au moins quatre décennies. Mais l'espérance de vie chutait. Il y avait de fortes chances que beaucoup de celles qui paissaient à présent dans cette clairière secrète voient leurs branchies finir dans des sacs vendus sur les marchés de Guangzhou et autres ports chinois, fourguées pour leurs vertus médicinales imaginaires. Ce qui restait de la raie, une fois découpées ses plaques branchiales duveteuses, servirait d'appât pour la pêche, ou de nourriture pour les humains des côtes, de plus en plus affamés. Dans tout le Pacifique, les mantas disparaissaient de zones où naguère elles pullulaient. En ce moment même, non loin de l'endroit où nageait Evie, des bateaux clandestins à l'équipage captif s'affairaient au braconnage, et le pays paupérisé n'avait pas les moyens de réprimer ce commerce illégal.

La silhouette du Solitaire passant au-dessus d'elle était si stupéfiante qu'Evelyne en suffoqua dans son embout. Son hoquet se transforma en bulles qui s'élevèrent dans l'eau pour chatouiller le ventre de la raie. Les bulles montèrent en ruisselant jusqu'aux fentes des branchies. Le Solitaire toussotant entreprit de recracher l'air par les filaments branchiaux et par la gueule. L'afflux de bulles délogea toutes sortes de particules coincées à l'intérieur, offrant aux nettoyeurs un festin orgiaque.

La tonne et demie de poisson cartilagineux fit volte-face et ralentit à quelques centimètres au-dessus de la tête d'Evelyne. Prise de court, elle souffla une nouvelle salve de bulles. La raie les aspira dans ses branchies et les expulsa par la bouche. Il n'y avait plus de particules à déloger, mais le Solitaire s'entêta. Ce qui avait été une manœuvre purement fonctionnelle devint autre chose : la recherche d'une expérience nouvelle, ou la pure jouissance de sentir la caresse de l'air.

Le poisson fit encore demi-tour pour un nouveau passage. En approchant, il étudia Evelyne de ses grands yeux de biche. Elle exhala une nouvelle colonne de bulles. Cette fois, le Solitaire se contenta de les balayer de sa nageoire pectorale gauche pour le simple plaisir de les disperser.

Ce comportement l'éberlua, même si au fond d'elle-même il n'avait pas de quoi l'étonner. La taille du cerveau en proportion du corps était bien plus élevée chez les raies que chez la plupart des poissons, et comparable à celle de beaucoup de mammifères. Le cerveau d'une raie manta océanique géante était le plus gros et le plus lourd de tous les animaux respirant dans l'eau.

Le télencéphale et le cervelet – qui chez les mammifères sont dévolus aux fonctions supérieures – étaient énormes. Et ce cerveau remarquable était enveloppé dans un *rete mirabile*, un "filet merveilleux" de vaisseaux sanguins qui maintenait au chaud les neurones du Solitaire à des profondeurs de huit cents mètres.

Des années d'étude avaient convaincu Evelyne que les mantas étaient beaucoup plus intelligentes que le monde ne le soupçonnait. Elle avait passé trop de décennies sur le terrain pour être encore effarouchée par le tabou pesant sur l'anthropomorphisme. Ce qui à l'origine, il y a des siècles, avait été un garde-fou très sain contre toute projection abusive était devenu un auxiliaire insidieux de l'exceptionnalisme humain, de la croyance qu'aucune autre créature sur Terre ne nous ressemblait en quoi que ce soit. À son âge, Evelyne Beaulieu ne se préoccupait plus d'autocensure prudente. En bonne empiriste, elle n'avait aucun état d'âme à nommer le comportement dont elle était témoin. La façon qu'avait le Solitaire de s'amuser avec ses bulles d'air était sans équivoque. Tous les indices concordaient, il fallait bien appeler la chose par son nom : le poisson géant en forme d'oiseau était en train de *jouer*.

Le jeu, c'était le moyen inventé par l'évolution pour développer le cerveau, et toute créature au cerveau aussi développé qu'une manta océanique géante y recourait forcément. Si vous voulez rendre un être plus intelligent, apprenez-lui à jouer. Personne ne contestait l'existence du jeu chez les mammifères. Elle avait joué au ballon prisonnier avec des dauphins au large des îles Caïmans. Elle avait vu des ours catcher et des lions danser, un poulain et un jeune élan se renvoyer la balle, et des chimpanzés rivaliser de bluff dans ce qui s'apparentait à du bonneteau. Et pendant des années le chien familial s'était incliné devant elle pour la supplier de jouer ensemble.

Mais même les poissons jouaient : il fallait qu'elle le révèle au monde, avant de mourir. Des cichlides en captivité jouaient au hockey dans leur aquarium avec des galets. Les combattants adoraient jouer à chat. Elle avait vu des vieilles coquettes poursuivre les points lumineux d'un laser même quand ce sport ne promettait plus que de l'épuisement. Et à présent, une raie manta qui n'avait plus besoin de ses bulles d'air en redemandait.

Au-dessus d'Evelyne, le Solitaire s'éleva si abruptement que le disque plat de son corps s'incurva en un salto arrière. Cela lui donna l'occasion de voir derrière et au-dessus de lui, mais il faisait aussi cette acrobatie pour le plaisir. Le titan émergea de cette boucle et roula sur lui-même pour revenir à sa position initiale, pointé vers Evelyne. *Prête ou pas, j'arrive.*

Evelyne se tint prête comme pour une pirouette de jitterbug, et tandis que le poisson passait une fois de plus au-dessus d'elle elle dit dans son embout : "À toi de jouer !"

Le Solitaire captura les bulles de ses mots sous une nageoire et les y garda le plus longtemps possible. Evelyne croyait entendre la créature faire écho au rire qui la secouait. Rien dans la vie n'égalait un jeu de passe-passe entre cousins dont le dernier ancêtre commun remontait à 440 millions d'années.

Cela fait six mois que j'ai appris le nom de ce qui m'arrive. Des heures entières passent parfois en une poignée de minutes. Je bloque sur un mot, et j'attends si longtemps de le retrouver que je finis par oublier que j'attends quelque chose. L'autre jour, j'avais mes clés de voiture à la main et je me suis demandé ce que c'était. L'oncle Lewy m'avait sous son emprise. Quelques instants plus tard, c'était passé.

On va bientôt me retirer mon permis de conduire.

Quand je suis lucide, je redeviens moi-même. Là, maintenant, si je passais un examen clinique, les examinateurs n'y verraient que du feu. Mais ma capacité de parler ou d'organiser mes pensées fluctue, avec d'énormes écarts entre le meilleur et le pire.

Il m'arrive de me perdre dans un léger délire, pas toujours déplaisant, comme si je plongeais dans un lagon noir. "Je plane", dirait une personne normale. Je me surprends à marcher en traînant les pieds, les jambes lourdes comme l'argile que pétrissait Ina à la fac. Je fais des siestes de trois heures en pleine journée, et ensuite je passe la nuit à me débattre et à vocaliser, entre le rire et les larmes, à incarner mes rêves dans un corps que le sommeil ne paralyse plus.

"Je n'ai pas de problèmes de mémoire, dis-je à Isabel, l'auxiliaire de vie que j'ai engagée. Quand je suis en forme, je n'ai aucun mal à trouver mes mots.

— Vous devez confondre avec Alzheimer", me répond-elle. Je suppose qu'elle a raison.

Je m'aperçois que je n'ai plus d'odorat. Avant-hier, j'ai dû m'arrêter dans l'escalier. Je ne savais plus s'il montait ou s'il descendait, s'il tournait à gauche ou à droite. Toute la pièce semblait transformée en une gravure d'Escher. Je vois des choses qui ne sont pas là. Pas les fameux "éléphants roses" ni des tableaux de Dalí animés. Mais deux fois j'ai vu des petits mammifères disparaître derrière le mur ou décamper dans le couloir. Et une fois, un anaconda gluant qui rampait sur le plancher de chêne de la cuisine.

Aucun de ces symptômes ne m'inquiète autant qu'il le devrait. Ce qui veut dire que ma personnalité doit être en train de changer. Ils disent que progressivement je vais perdre ma capacité de penser dans l'abstrait. C'est drôle : je n'ai jamais été capable de penser autrement que dans l'abstrait. Ils me disent aussi que mes fonctions motrices vont diminuer avec le temps. C'est fâcheux, quand on joue un rôle moteur dans son entreprise.

Je ne peux plus jouer à des jeux élaborés ou résoudre des casse-tête compliqués. Ça, en revanche, ça me plonge dans une vraie dépression.

Et en même temps, certains jours, le front froid se dissipe, mon ciel mental se dégage jusqu'à un horizon radieux. Ces jours-là, je peux jouter avec toi et parler comme je fais maintenant pendant des heures d'affilée. Aujourd'hui je me sens bien. Mieux que bien. Capable de te raconter l'histoire de tout ce que les humains ont jamais inventé. Capable de battre n'importe qui, même toi, au plus complexe des Eurogames.

J'en suis encore aux premiers stades, me dit mon équipe de médecins hospitaliers. Les hallucinations, les fluctuations cognitives vont finir par passer, d'après eux. J'imagine qu'ils essaient de se montrer encourageants. Mais ils se gardent bien de parler des stades qui suivront.

Du cours préparatoire, passé l'incident de la tenue orange, Rafi Young ne se rappelait plus grand-chose, hormis l'émerveillement de la maîtresse, Mlle Ebberson, à le voir lire si couramment. Dans la salle de classe, il y avait une jolie boîte remplie de feuilles de carton plastifiées de toutes les couleurs de l'arc-en-ciel, offrant chacune une histoire complète en une page. La plupart des gamins peinaient à lire le niveau Rouge. Quelques-uns se risquaient jusqu'à l'Orange. Sa cousine Keesha arrivait à lire les Jaunes les plus simples. Son copain Janard, qui habitait en face de chez lui dans les barres Grace Abbott, se contentait de mémoriser ce que les autres lisaient à voix haute pour le répéter quand venait son tour.

Mais Rafi Young : il avait fait le grand saut jusqu'aux Violets, y compris la page sur les vertus de Thomas Jefferson, celle que personne n'était censé pouvoir lire avant le cours moyen. Cet exploit signa son arrêt de mort auprès de toute la classe. Mais Mlle Ebberson – la maîtresse aux pulls amples, au parfum de cannelle et de clou de girofle, aux nattes décontractées, partagées par une raie au milieu –, Mlle Ebberson, donc, se prit d'affection pour lui.

Le don de Rafi pour la lecture la troublait. “Comment tu as fait pour devenir aussi *bon* ?”

Il rentra la tête dans les épaules et détourna les yeux.

Ça le rendait fuyant, mais la raison était simple : son père l'avait formé. À la dure. Chaque fois que Rafi dormait chez son père il lisait à marches forcées. Donnie Young refusait de lui souffler les mots. C'était à son fils de les déchiffrer lui-même.

Rafi se mesurait à des histoires au-dessus de son âge, avant l'interro paternelle : pourquoi les hommes blancs voulaient-ils abattre les arbres de la famille Logan ? Comment Maître Renard avait-il déjoué les plans des trois fermiers blancs, Boggis, Bunce et Bean ?

Jamais nul père de toute la région de Chicago ne passa autant de temps à faire lire un enfant encore en maternelle. Il avait de bonnes raisons. Six ans avant la naissance de son fils, Donald Young, dix-huit ans, en première année à l'université publique d'Illinois à Circle, avait remis son premier essai libre, un plaidoyer en faveur de la Nation of Islam dénonçant le traitement dont elle était l'objet dans le *Chicago Tribune*. On lui rendit son devoir marqué d'une note éliminatoire qui flottait sur une mer d'encre rouge. Donnie fit irruption dans le bureau du prof – un doctorant blanc de Lake Forest qui avait à peine trois ans de plus – en exigeant de savoir pourquoi.

"Parce que vous êtes incapable d'écrire une phrase correcte."

Une heure d'entretien prouva à Donnie Young que le petit Blanc avait raison. Ce constat l'humilia. L'humiliation le conduisit à un serment, le serment le conduisit à entraîner son premier-né, et ces soirées d'entraînement engendrèrent un garçon capable de lire les pages du niveau Violet avec trois ans d'avance.

À la grande surprise de Rafi Young, son père ne l'avait pas massacré quand il était parti vivre avec sa mère et sa sœur. Bien au contraire, l'homme s'était même quelque temps montré plus doux. Ils sortirent prendre des milk-shakes ensemble, un luxe sans précédent. Ils firent du vélo à Addams Park. Ils allèrent voir trois fois *La Guerre des étoiles* – et aussi d'autres films, mais aucun aussi bien. Sans cesser pour autant de lire pendant des heures, avec son père qui continuait de le cuisiner à chaque page.

"Écoute-moi bien, fiston. Le terrain n'est pas égal. Un Noir doit savoir lire deux fois mieux que n'importe quel Blanc et il reste deux fois moins reconnu. Donc faut lire quatre fois mieux pour les battre."

Un Noir devait aussi être plus vif, plus fort et plus malin, rien que pour s'en sortir. Donnie Young était le troisième de sept enfants et il s'était occupé de tous ses frères et sœurs, même du malade mental qui avait mis le feu à la maison. Et dans un quartier plus dur que tous ceux que Rafi avait pu traverser.

"J'étais bien obligé de faire le justicier. Une bagarre tous les jours. Il faut être prêt à tout, Rafi. J'ai reçu une brique dans les reins quand j'avais dix ans. J'aurais pu y rester. On m'a tiré dessus deux fois quand j'étais ado. Deux mecs que je connaissais, un qui s'appelait Hampton et l'autre qui s'appelait Clark, se sont fait assassiner par les flics l'année d'avant ta naissance. Tout près d'ici, dans West Monroe ! Et si la Révolution éclate demain ? Tu dois être capable d'affronter n'importe qui."

Sa femme avait fait une croix sur lui, mais Donnie Young contribuait encore à élever son fils. Il resta entraîneur de l'équipe de tee-ball – les Abbott Afros – pour qu'il ait d'autres garçons avec qui jouer. L'équipe était minable, en grande partie à cause de Rafi. Le gamin courait vite. Il savait lancer fort, mais sans pouvoir viser. Et à la batte, quand la balle était posée sur le piquet, ça allait encore, mais face à un lanceur tout partait en sucette.

Son père finit par exploser. "Mais c'est quoi ton problème ? Bon Dieu, ne tourne pas le dos chaque fois que la balle t'arrive dessus ! Ne la quitte pas des yeux. Va à sa rencontre. Faut pas être lâche comme ça. C'est pas une petite balle qui va te tuer !"

Ils réessayèrent. Plusieurs fois.

"OK, finit par dire son père. On va se contenter de lire. Y a rien à craindre avec la lecture. Les livres n'ont jamais tué personne. Même pas une poule mouillée."

Rafi Young retint la leçon quatre fois mieux que quiconque.

Après la destruction du blouson orange, après son mensonge fatal, après que sa mère l'eut exfiltré avec sa petite sœur vers une nouvelle vie dans un nouveau quartier pendant que son père combattait les incendies du South Side, les leçons se poursuivirent. Lorsque leur mère se trouva un nouveau copain et que ni Mamie Qui Boit ni Mamie Méchante ne voulaient garder les gosses, ils allaient chez leur père. Ce qui voulait dire encore deux heures de lecture par soir, avec interro toutes les demi-heures.

Un soir d'hiver de l'année de CE1, alors qu'il était chez son père, celui-ci entra dans la chambre pour l'examen habituel. "Qu'est-ce que tu lis, mon fils ?

— *Le Lion. La Sorcière blanche. Et l'Ar-mo-rie magique.*

— On dit *armoire*, Rafi.

— Et c'est quoi ?

— Un placard, en plus riche. Ça parle de quoi ?"

Rafi tenta d'expliquer à son père l'histoire de ces quatre enfants anglais qui franchissaient un trou dans le mur du réel pour accéder à un autre monde. Son père lui prit le livre des mains.

"D'où tu sors ça ?"

Sa cousine Keesha le lui avait échangé contre deux barres de Mars. Rafi ne comprenait pas tout au livre, mais son père lui avait appris que si un livre était trop dur, il fallait lire plus fort que lui.

"Je ne sais pas.

— Comment c'est possible que tu ne saches pas d'où tu le sors ?" Donnie Young balança le livre dans un coin. "T'es un peu trop grand pour les contes de fées, non ? Allez, on va apprendre quelque chose d'utile. Qu'est-ce que t'en dis ?"

Donnie avait déniché d'occase et pour trois fois rien aux puces de Maxwell Street l'encyclopédie Golden Book pour enfants, dans un état acceptable et avec seulement deux tomes manquants. Rafi n'aimait pas la lire : chaque fois qu'il tournait les pages, il sentait les doigts fantômes de l'enfant qui s'en était défait.

Rafi se traîna jusqu'à l'étagère. "Lequel je prends ?

— Comment ça, *lequel* ? C'est quoi cette question ? N'importe lequel. Vraiment, Rafi, y a des fois où je te comprends pas."

Le garçon saisit l'un des volumes minces et regagna le canapé d'un pas morne. Il s'assit contre l'accoudoir. Son père était assis à côté de lui, sans le toucher. Pas de tendresse factice avant la fin de l'examen. Rafi cala le livre sur ses genoux relevés. Tome V : Daguerréotype-Épiphyte. Son estomac était un charbon en flammes, et il sentit dans sa gorge les premiers relents de vomi.

Des trucs flippants se déployaient en couverture. Une oreille poussait sur un rocher. Au sommet du rocher, une éprouvette ressemblait au dôme de verre d'une colonie spatiale à la surface d'une autre planète. Une formule secrète – $E = mc^2$ – flottait sinistrement sur un bout de papier. Juste en dessous, épinglée au mur, l'image d'une pieuvre qui attaquait un plongeur blanc presque nu. Sur la gauche, une marionnette de clown blanche et terrifiante planait dans un costume mi-bleu mi-rose. En fixant Rafi de ses petits yeux noirs luisants.

"Qu'est-ce qui te prend, mon gars ? Allez, vas-y."

Rafi désigna *daguerréotype*. "C'est quoi ce mot ? Comment ça se prononce ?"

D'ordinaire, son père l'aurait incendié. *À toi de me le dire. C'est ton boulot.* Mais Rafi savait jouer des faiblesses de son père, et une fois de plus Donald Young fut victime de son orgueil. Il tenta sa chance sans broncher. Une décennie plus tard, au cours d'histoire moderne du père Terry dans ce lycée jésuite qui lui sauverait et lui briserait la vie, Rafi reproduirait la façon paternelle d'écorcher le mot et deviendrait la risée de toute la classe de première.

Il désigna épiphyte. "Et celui-là ?"

Son père lui donna une bourrade juste au-dessus de la tempe. "Arrête de gagner du temps et commence à lire."

Rafi se courba sous le coup. Il gonfla les lèvres et se tira l'oreille. Il ouvrit le volume au hasard. En le tenant à portée de vue, il se mit à lire à vive allure, pour se mettre l'examinateur dans la poche.

"DUNES. Une dune est une colline de sable. On trouve des dunes sur les rivages des lacs et des océans, et dans les déserts de sable. Certaines des plus grandes…"

Son père lui administra une nouvelle claque. "Pas si vite, tête brûlée. Est-ce qu'au moins tu comprends ce que tu lis ? Où est-ce qu'on en trouve, des dunes ?"

Rafi fut incapable de répondre. Il recommença, un mot après l'autre, comme un long cortège de wagons parcourant la voie ferrée derrière l'appartement paternel au sud de la 15e Rue. Son genou tressautait comme l'aiguille de la machine à coudre de sa maman, et sa main ne cessait de chasser des araignées invisibles.

“Certaines des plus grandes dunes au monde se trouvent sur les rives du lac Michigan.”

Il s’interrompit, stupéfait. Comment l’encyclopédie savait-elle où ils habitaient ? À l’automne, avec son père ils avaient longé le lac à vélo depuis le musée des Sciences et de l’Industrie presque jusqu’à la jetée de Navy Pier avant de faire demi-tour. Rafi avait peiné et s’arrêtait souvent, sous les sarcasmes de son père. Ils avaient fait halte près de DuSable Harbor pour regarder les bateaux. Son père, tourné vers l’est, contemplait l’infinité des eaux. Il dissimulait son visage à son fils. Mais Rafi le vit et en fut effrayé. L’homme qui autrefois giflait sa mère, qu’il trouvait incapable d’élever ses enfants correctement, était en train de pleurer.

“Il faut que tu comprennes…”

Rafi ne comprenait pas.

“Il faut que je t’apprenne que dans cette ville il y a des endroits où tu peux aller et d’autres où tu ne peux pas aller. C’est comme ça, un point c’est tout. Et plus tôt tu l’auras compris, mieux ça vaudra. Y a des Polonais et des Russes et des Mexicains et des Juifs et des Irlandais et des Arabes et des Chinois, et ils ont chacun leur territoire, et si tu vas là où t’es pas le bienvenu ils te feront la peau. Mais le lac… ce lac…” Sa main désigna, pathétique, l’immensité placide qui s’étendait à perte de vue. “L’eau n’appartient à personne. C’est un no man’s land. Chaque fois que tu en as besoin, elle est là.”

Rafi termina l’entrée DUNES et attendit l’interro. Comme elle ne venait pas, il passa à la suite. “ÉPOUSSETER. Les ménagères, lut-il, passent beaucoup de temps à épousseter. La poussière en suspension dans l’air se dépose et peut former une couche grise partout dans la maison. Les ménagères seraient bien étonnées d’apprendre qu’une partie de la poussière qu’elles enlèvent chaque jour de leurs meubles et de leurs sols est vivante !”

Il arriva au bout de l’article. Voir également BACTÉRIES, CHAMPIGNONS, FOUGÈRES, MALADIES, MICROBES, MOISISSURES, POLLINISATION, LEVURE. Il attendit encore, mais son père restait immobile, la tête inclinée, les yeux fixés sur un objet lointain. Le silence finit par l’arracher à sa transe. Il semblait parler de très loin.

"C'est bien, Rafi. Continue comme ça. Ne te laisse jamais abattre par les Lilliputiens."

Rafi ne voyait absolument pas qui étaient les Lilliputiens. Sûrement un autre quartier de Chicago à éviter.

En guise de récompense, son père lui secoua le genou, lui donna une petite tape de félicitations sur la jambe et s'éclipsa. Mais pas pour interroger la petite Sondy. Que la sœur de Rafi sache lire ou pas importait peu à leur père.

Sitôt son père hors de vue, Rafi gagna le coin de la chambre et retourna dans l'armoire magique, basculant dans les spécificités abruptes d'un autre monde, plus clément et plus beau. Un monde qui comme le lac était infini, ouvert et libre, et n'appartenait à personne.

———

Même Mamie Méchante méprisait le manque de virilité du garçon. Pour son anniversaire, elle lui offrit un skateboard. La première fois qu'il posa le pied dessus, il glissa, tomba sur le bitume et s'écorcha le genou. Et il réessaya, et la planche se déroba sous ses pieds. Cette fois, il se tordit le poignet en tentant d'amortir sa chute.

Le skate transformait le trottoir de South Morgan en bretelle d'autoroute de l'Edens Expressway – une succession de chocs frontaux et de fragments de mort enflammés qui menaçaient à chaque mètre. Rafi n'avançait qu'au compte-goutte, les deux pieds solidement plantés sur la planche. Il essaya de rouler assis, en amazone, en se propulsant avec les pieds qui raclaient la chaussée.

Pour Noël, Mamie Méchante lui offrit une poupée. "Tu n'aimes pas mon skateboard ? Ça te fait trop peur ? Tiens, joue avec ça. Avec une poupée, tu ne risques rien. Elle ne te peut pas faire de mal."

Manifestement, sa grand-mère n'avait jamais vu de film d'horreur.

———

On lui fit sauter une classe. Rafi ne voulait pas. Il savait que ça ne lui apporterait que plus de misères. La moitié de l'école le surnommait déjà Prof, parce qu'il lisait à la cantine entre deux bouchées de croque-monsieur. L'autre moitié préférait l'appeler Prêcheur, à cause des mots délirants qu'il utilisait. *Tiens, le Prêcheur est en transes. Le v'là encore possédé.* Entre les CE1 qu'il allait déserter et les CE2 chez qui il allait taper l'incruste, le casse-pipe quotidien de sa vie allait monter de plusieurs crans.

Sa mère insista. "À l'école, ils disent que tu t'ennuies et que ça n'est pas bon pour toi. Il te faut un défi."

Se tirer du lit tous les matins pour caler sa carcasse dans une chaise soudée au sol de la salle de classe était déjà un défi trop lourd pour lui.

"Je m'ennuie pas, maman. Tout est difficile.

— Ta maîtresse dit que tu sais déjà tout et que tu restes là à gigoter en faisant croire que tu sais pas."

Sa mère avait trouvé un emploi de conductrice de bus. Il l'avait entendue confier à ses amies que, si on la forçait à assurer la ligne de Racine un mois de plus, elle allait péter les plombs et agresser quelqu'un. Rafi savait que ce quelqu'un risquait d'être lui. Elle lui avait offert un blouson, il avait menti, et à présent son père restait seul à combattre des incendies tandis que sa mère élevait deux enfants toute seule en faisant un boulot qu'elle détestait.

"Tu es doué, Rafi. Personne ne peut t'arrêter. Tu peux arriver à tout, pour peu que tu t'appliques. Sinon, tu vas te retrouver coincé dans un boulot à la con indigne de toi. Et t'as pas envie de ça, pas vrai ?"

Ça ne paraissait pas si mal. "Les autres vont me détester, maman.

— Ils vont t'*admirer*. Ils vont regretter de ne pas être toi."

La perspective lui donnait des cauchemars. Il se réveillait en hurlant : "Je suis bien comme ça ! Vraiment !"

Rafi Young fut bombardé d'office en CE2, et son existence déjà précaire se détériora brutalement.

Ses résultats chutèrent en flèche. Sa mère lui passa un savon. "Tu fais semblant d'être bête pour qu'on te rétrograde en CE1 ? Eh bien je vais te dire un truc, mon petit monsieur : c'est pas un bon calcul !

— C'est pas un calcul. C'est… la nouvelle maîtresse.
— Mlle Rapp ? Qu'est-ce qu'elle a qui va pas ?
— Elle écrit bizarre.
— Comment ça, *bizarre* ?
— C'est comme du chinois. Ce qu'elle marque au tableau, ça veut rien dire."

Le garçon omit de dire à sa mère que le changement de classe l'avait repositionné. En CE1, il s'asseyait au premier rang, tout près du tableau, à la place de son choix. Mais sa nouvelle maîtresse avait relégué le promu au dernier rang de sa nouvelle salle, d'où le tableau se perdait dans le brouillard. Ce qui plongeait Rafi dans une détresse qu'il pensait imposée par Dieu.

Jusqu'au jour où, pendant la récré, il trouva des lunettes sur un banc de la cour, près du poteau de spiroballe. Il les essaya, pour rire. En un instant, tout s'éclaira. Il les garda au retour en classe et en une heure il cessa de patauger pour surclasser tous ses aînés. Cet état de grâce se prolongea jusqu'au déjeuner, où le propriétaire des lunettes vint le trouver, les lui arracha du nez et le poussa violemment au sol.

Rafi resta prostré sur le linoléum et éclata en sanglots. Pas parce qu'il s'était tordu le poignet en tentant d'amortir sa chute. Mais parce qu'il avait *aimé* voir de loin. Il n'aurait jamais cru ça possible. Jamais imaginé, même s'il avait vécu mille ans, que depuis tout ce temps tous les autres gamins voyaient de loin sans le lui dire. Et voilà qu'il repartait en exil dans le flou.

"Votre fils a besoin de lunettes, dit Mlle Rapp à sa mère.
— Qu'est-ce que vous racontez ? Il y voit parfaitement."
Mlle Rapp inclina la tête, et la mère de Rafi se reprit.
"Pourquoi il ne m'a pas dit qu'il n'y voyait rien ?
— Qu'est-ce qu'il en savait ? Il n'a que ces yeux-là !"

La salle de classe redevint un lieu sûr. Du haut de son trône au dernier rang, Rafi Young se mit à régner sur tout ce qu'il pouvait désormais voir. Les maths, la géo, les sciences, l'art, la musique, l'histoire : il excellait dans toutes les disciplines auxquelles l'exposait Mlle Rapp. Mais c'était pendant la lecture qu'il se sentait le plus en sûreté. C'était son Oz, son Narnia. La lecture le rendait invincible, sur son radeau flottant dans un océan de mots scintillants.

Un après-midi, alors qu'ils apprenaient les différentes branches du règne animal, un incident à la fenêtre fit ricaner les gamins autour de lui. Son voisin lui donna une pichenette sur la nuque. En se retournant, Rafi vit son père dans la cour, qui pointait les deux index vers lui comme des revolvers. Puis son père se mit à agiter la main comme un dément. Rafi se replia sur son pupitre. Son père n'avait pas sa place ici. On était à *l'école*, son seul refuge, où s'il travaillait bien personne n'avait rien à lui reprocher.

Son père cria quelque chose d'inaudible derrière la vitre. Il tanguait un peu, tel un poivrot. Autour de Rafi, les gamins rirent de plus belle.

Mlle Rapp demanda : "Est-ce que quelqu'un connaît cet homme ?"

Rafi fixa la fenêtre comme si c'était un cours de science. La salle s'emplit d'un silence plus doux que la mort. Jusqu'à ce que Darnell, de son ancien quartier, se mette à cafter. "C'est son père !"

Mlle Rapp regarda Rafi en fronçant les sourcils. Il était démasqué. Criminel récidiviste. Peu importait qu'il travaille bien.

"C'est vraiment ton père, Rafi ? Dans ce cas, tu ferais mieux d'aller voir ce qu'il veut !"

Il sortit dans la cour comme s'il parcourait le couloir de la mort. Tous les élèves de CE2, plus sa maîtresse intriguée, le suivaient des yeux par la fenêtre. Il avait l'impression d'être une anguille à l'aquarium Shedd.

Son père pointa les doigts vers ses propres yeux. "Tes *lunettes*, Rahrah. Tes binocles. Elles sont *super* ! Bravo !"

L'enfant se blinda contre la punition à venir.

"J'étais en route pour la caserne, et je me suis dit que je passerais… tu comprends, quoi. Te féliciter."

Rafi le dévisageait, en priant Dieu de faire disparaître cet homme de sa vue.

“Écoute, fiston. Je viens seulement d’apprendre la nouvelle. Je savais pas que t’avais besoin de lunettes.”

Rafi désigna le bâtiment. “Il faut que je retourne en classe.

— Rafi, j’ai un truc à te dire. Je suis désolé de m’être fâché contre toi. Je te prenais pour un lâche. Je savais pas que c’était juste parce que tu voyais pas la balle.”

Une idée vint à Rafi. Une idée venue d’ailleurs. “Mais je *suis* un lâche.”

Son père se décomposa. L’euphorie submergea Rafi comme jamais auparavant.

“Je n’aime pas le base-ball. Je n’aime pas l’idée de devenir plus fort ou d’apprendre à cogner. J’aime juste lire.”

La sensation était incroyable. Comme s’il avait battu son père aux dames. Comme s’il lui avait collé une raclée à son propre jeu.

Mamie Méchante le giflait quand il écorchait les mots. “Corrige-toi, petit. Tu es le seul d’entre nous qui ait une chance de réussir dans ce monde.”

Mamie Qui Boit ne croyait pas que les lunettes changent quoi que ce soit. “Tu les portes juste pour te faire remarquer. Pour te rendre intéressant !”

Le samedi, sa mère déposait Rafi et la petite Sondy chez leur grand-mère, pendait qu’elle parcourait la ligne de Racine dans les deux sens à s’en faire saigner le cerveau. Dès qu’elle les avait sous sa garde, Mamie Qui Boit retirait ses lunettes à Rafi et les posait sur le haut du frigo. Puis elle envoyait les gosses dans la ruelle pour jouer pendant des heures au lancer d’anneaux ou à cache-cache. Puis jugeant l’expérience concluante, elle lui rendait ses lunettes juste avant que Sondra Young revienne les récupérer.

Un samedi soir à l’heure du bain, sa mère s’interrompit pour examiner le corps nu de Rafi à la lueur fluorescente du néon du lavabo. “Comment tu t’es fait tous ces bleus ?

— En me cognant. En tombant.

— Comment ça se fait que tu es si maladroit, Rafi ?

— Il n’y a que chez Mamie que je me cogne.”

Sa mère insista jusqu'à ce qu'il lui dise pourquoi. Plus jamais il ne fut gardé par sa grand-mère paternelle.

Il fabriqua un périscope avec deux miroirs à maquillage et un tube en carton d'essuie-tout. Allongé par terre, planqué derrière la balustrade du palier, Rafi espionna sa mère et Mme Jones dans le salon du rez-de-chaussée. Il avait encore dû faire quelque chose de mal, et la directrice de l'école recommandait à sa mère une punition.

"Il faut que vous le sortiez de là.

— Mais pourquoi ? Il réussit tellement bien !

— *Justement*, Sondra, c'est bien ce que je dis. Il est doué. Il a tout ce qu'il faut pour réussir. Mais pas ici. S'il reste à Medill, il finira enseveli comme les autres."

Du haut de sa vigie clandestine à l'étage, Rafi imagina son école enfouie sous une coulée de boue. Il avait lu l'histoire d'une école engloutie par une avalanche au pays de Galles, et cette vision hantait parfois ses rêves.

"C'est si terrible que ça ?

— Ma pauvre, vous n'imaginez même pas. La ville nous prive de notre budget. Elle nous prive de personnel. C'est le dernier endroit où les bons enseignants auraient envie de travailler. Je n'ai rien contre nos pauvres gamins, et excusez-moi d'être aussi crue, mais cette école, c'est un vrai zoo.

— Qu'est-ce que je peux faire alors ?

— Les services de l'éducation me doivent une faveur. Il y a un établissement pilote qui s'appelle Green Classical, vers Park Ridge. Au carrefour de Western et Touhy.

— Park Ridge ? Ça n'est pas…

— Vous n'aurez pas à débourser un sou. Un petit Black futé qui sait lire aussi bien que Rafi, c'est de l'or en barres pour eux."

Un établissement pilote. Rafi abaissa son périscope. Un gigantesque pilote classique l'avait pris à son bord et l'acheminait vers le North Side, au cœur des quartiers où son père lui avait appris que les Noirs ne devaient jamais s'aventurer.

Le CMI le précipita la tête la première dans la vie d'un autre. Tandis que ses anciens condisciples le traitaient de crâneur et de traître, Rafi Young monta dans un car jaune aux sièges rouges à dossier rigide pour une heure et demie de trajet en territoire ennemi de l'autre côté du grand damier de Chicago, afin de purger sa peine comme unique élève noir de Green Classical.

C'est à Green qu'il rencontra ses premiers Juifs, des gens qui jusqu'alors avaient été aussi mythiques que des Babyloniens. Et les résidents du Near North Side rencontrèrent leur premier *Afro-Américain*. Ils voulurent lui toucher les cheveux. Ils imitaient sa façon de prononcer des mots simples comme *get* et *sure*. Ils s'étonnaient des étranges sandwichs qu'il apportait de chez lui et lui expliquèrent patiemment pourquoi ses chaussures n'allaient pas du tout. Mais bientôt il fut la coqueluche de tout le monde. Sa capacité de lecture était surnaturelle. Les autres le cuisinaient sur leurs héros préférés : Charlotte et Wilbur le cochon, les enfants Boxcar, Willy Wonka. À la stupeur des écoliers d'élite, le nouveau venu les connaissait déjà.

Biologie, géométrie, géographie, histoire, français, instruction civique : Rafi Young était bon dans toutes les matières. Pas au point de se faire détester. Juste assez pour qu'on le laisse tranquille. Il ne comprenait pas grand-chose aux règles de l'école. Mais il comprit très vite que les bons survivaient et que les traînards disparaissaient.

Le week-end, il continuait de jouer dans son ancien quartier, comme s'il avait encore sa place dans South Morgan avec ses vieux amis. Quand il avait ses lunettes, Prof était capable de lancer une balle comme Vida Blue ou de l'intercepter comme Lynn Swann. Mais le jeu de l'enfance se délitait, et chaque semaine l'enfonçait davantage en territoire ennemi. Il avait commencé sa vie d'infiltré perpétuel.

À côté de Green Classical, la bibliothèque de Medill faisait figure de vide-grenier. Celle de Green occupait deux salles et une mezzanine remplies de livres – des livres de toutes les tailles, de toutes les couleurs, de toutes les épaisseurs. Des livres sur les reptiles et les amphibiens et la guerre de Sécession et les volcans. Des cartes géographiques et des mythes grecs, des biographies de grands sportifs, des manuels pour construire son poste de radio ou pour survivre en forêt rien qu'avec un canif.

Il s'y risqua un jour pendant la récré, avec la hantise qu'on lui en interdise l'accès. Il arpenta les rayonnages peuplés de milliers de livres qu'il n'osait pas toucher. Un gros livre blanc en tomba à son passage. Il le ramassa vivement et voulut le ranger en hâte avant que la bibliothécaire ne le mette à la porte. Mais le contenu du livre le retint. Ça parlait de la construction d'un château dans l'Angleterre du XIIIe siècle. Chaque page contenait une image grouillant de minuscules personnages qui unissaient leurs efforts pour creuser les douves et édifier les murailles et décorer les couloirs de l'immense forteresse.

Il n'avait jamais rien désiré davantage que de pouvoir garder ce livre en sa possession ne serait-ce que quelques heures. Il avait vu d'autres élèves sortir de la bibliothèque avec des livres sous le bras, mais il ne savait pas comment on faisait. Ces livres étaient trop beaux pour être gratuits. Il finit par rassembler le courage d'apporter le volume à la bibliothécaire.

"Ça coûterait combien de l'emprunter jusqu'à demain ?"

Elle éclata de rire. "Oh, mon trésor, il est tout à toi ! Tu peux l'emporter pour deux semaines. Et ça ne coûte rien !"

Il flairait un piège. Mais il fit enregistrer son prêt et franchit les portes. Sans déclencher d'alarme. Pendant deux semaines, durant ses longs trajets sur l'Edens Expressway, il vécut dans l'Angleterre médiévale. Ce furent les deux semaines les plus heureuses de sa vie.

Les petits Blancs avaient tout. Ils avaient des sacs à dos, des boîtes à casse-croûte en métal, des gommes en forme de personnages de dessin animé. D'un jour à l'autre, chaque élève de Green se pointait avec un nouveau paquet de cartes à collectionner. Ils se les échangeaient, obnubilés par leur collection, au point que certains finirent par venir en cours avec des boîtes à chaussures remplies de cartes. Rafi pataugeait dans son ignorance.

"C'est… des cartes de base-ball ?"

Les autres se contentèrent de rire.

Les gamins faisaient des listes et des tableaux des cartes qu'ils avaient et de celles qui leur manquaient. Rafi demanda à Eliezer Kaplan : "Tu veux bien… me laisser en tenir une ?"

Eliezer se recroquevilla, promulguant malgré lui la dure réalité. "C'est que… elles ont plus de valeur si on ne les touche pas.

— Je peux juste en voir une ?"

Eliezer lui accorda un bref coup d'œil à une carte encore dans son étui. C'était l'image d'un journal stylisé, au gros titre incompréhensible.

Les paquets de cartes coûtaient trop cher. Rafi n'osait pas harceler sa mère pour qu'elle lui en offre un, d'autant qu'il ne savait même pas ce qu'elles étaient vraiment. Alors il prit un paquet tombé de la poche de Joey Blackman alors qu'ils étaient assis ensemble sur le perron de l'école. Il le glissa dans sa poche, et même si le paquet lui brûlait la cuisse il attendit pour le regarder le long retour en car vers le Near West Side.

Une fois couché, une fois sa mère et sa sœur endormies, il ouvrit le paquet et examina les cartes. Chacune était agrémentée d'un dessin humoristique : des caricatures de gens qu'il ne connaissait pas, des blagues qu'il ne comprenait pas. Il n'arriverait jamais à suivre ses camarades de Green. Quoi qu'en pensent son père et sa grand-mère et la directrice de Medill, même s'il apprenait tout ce que le North Side avait à apprendre, il finirait enseveli.

Le lendemain, il fut convoqué chez la principale. Joey Blackman était déjà dans le bureau. Mme Vedral, la principale, regarda Rafi droit dans les yeux.

"Rafi ? Est-ce que tu as quelque chose qui appartient à Joey ?"

Il ne voulait pas aller en maison de correction. Il ne voulait plus retourner à Medill. Il voulait juste lire jusqu'à ce qu'il découvre d'où venait toute la douleur du monde.

"Non, dit-il, un peu blessé. J'ai mes trucs à moi. J'ai pas besoin de voler."

La vertueuse indignation de Joey Blackman était impossible à ignorer. Mais Mme Vedral, une femme blanche très confiante, dévisagea le meilleur lecteur de Green Classical et se fia à son instinct d'éducatrice.

"Joey, je crois que tu as dû perdre tes cartes. Allez, vous deux, retournez en classe."

Il y avait désormais au moins trois choses pour lesquelles Rafi Young irait directement en enfer.

Tandis que Rafi faisait trois heures de car par jour, la petite Sondy restait dans son quartier et allait à Medill à pied. Elle devint Sond pendant un an, puis 'Dra pendant deux autres. Elle eut tous les profs que Rafi aurait eus si le pilote ne l'avait pas emmené jusque dans le Nord.

'Dra n'était pas une championne en lecture ni une championne en maths ni une championne en décryptage d'images ni une championne en quoi que ce soit. Mais elle et son frère étaient liés par un pacte contre le reste du monde. Chaque soir, dans le minuscule appartement maternel, ils affrontaient le monde et le mettaient en échec. Et le week-end ou pendant les longues vacances d'été, tandis que leur mère conduisait son bus et que leur père ressurgissait à l'improviste dans leur vie, ils se distrayaient l'un l'autre.

Ce furent leurs années de radio, au temps où les animateurs blancs comme noirs des stations du South Side enchaînaient soul, funk, hip-hop naissant et toutes les formes de musique urbaine ; leurs années de séries en redif partagées à deux en fin d'après-midi, où frère et sœur apprenait les usages des Blancs et les caprices des riches. Leurs années de matchs des Cubs qui leur enseignèrent le plaisir de l'espoir toujours anéanti. Leurs années de jeux de société Parker – le Monopoly, Docteur Maboul, La Bonne Paye. Chacun était le meilleur adversaire de l'autre. Voués à se battre jusqu'au sang, ils se provoquaient, s'aiguillonnaient, plus féroces et plus rusés à chaque confrontation.

En sixième, à onze ans, Rafi découvrit les briques de construction danoises. Dans ces pièces standardisées aux couleurs primaires rutilantes, qui s'emboîtaient avec une impeccable pureté pour former toutes les créations qu'il pouvait imaginer, Rafi puisa l'espoir que cette planète mutilée soit encore guérissable. Il passait des après-midis entiers à édifier des murs lisses et des tours solides, à assembler les modules en citadelles imprenables, en stations spatiales invulnérables, en cachettes souterraines impénétrables.

Sa sœur n'aimait pas ces jeux de construction. Mais elle aimait jouer avec Rafi. Ils passèrent deux jours à construire une armoire à double fond. Rafi voulait qu'elle soit assez grande pour y tenir, mais ils n'avaient pas assez de pièces. Ils pouvaient tout au moins construire un prototype.

Ils discutaient tout en construisant. Il était plus facile de se confier quand on pouvait se concentrer sur les pièces sans avoir à se regarder.

"Tu les aimes vraiment, Rahrah ?

— Qui ça ?

— Les petits Blancs. Les garçons de Green. C'est vraiment tes amis, ou bien ?

— Pourquoi tu me demandes ça ? Arrête de me poser des questions à la con.

— Dis-moi juste oui ou non. Tu aimes vraiment être avec eux ? Ou tu fais ça pour être poli ?"

Que répondre à ça ? Ses condisciples avaient tellement d'assurance que ça le rendait malade rien que d'y penser. Mais il les connaissait à présent. Il savait ce qui les rendait nerveux ou exaltés. Il évoluait parmi eux sans trop de problèmes.

"Je sais pas. Ils sont pas méchants. Peut-être juste un peu trop contents d'eux ? Mais là-bas au moins les gens te cherchent pas des crosses. Ils te laissent tranquille.

— Tout le monde dit des saloperies sur toi, tu sais. Ici."

Il continua de chercher des 2 × 2 jaunes et des 2 × 3 rouges.

"Qui ça ?

— Keesha. Le petit Charles. Janard. Presque tout le quartier. Mais ils te connaissent pas. Personne te connaît vraiment : ni nous ici, ni les petits Blancs là-bas. Pas maman ni papa. Y a que moi qui te connais. Y a que moi qui connais le vrai Rahrah."

Il emboîta sèchement deux panneaux de l'armoire en songeant : *J'aimerais pouvoir en dire autant.*

Sa mère tomba sous le charme de Copain Morose qui ne devint que trop vite Beau-Papa Morose. Un gros baraqué au crâne chauve et à la peau très sombre qui travaillait comme déménageur. Rafi ne fit pas d'efforts pour mieux le connaître. Il y avait peu de chances qu'il reste longtemps dans les parages.

Rafi et 'Dra furent de nouveau déménagés, dans un duplex pas terrible en bordure de la cité Robert Brooks. L'appartement aurait été parfait pour deux, comme le soulignait Beau-Papa Morose. Pour éviter de rester dans leurs pattes, Rafi élut domicile à la bibliothèque municipale de Taylor Street, tandis que la petite Sondy se cachait à la maison en se faisant toute petite.

Dans le temple de Taylor Street, Rafi jouait à un jeu. Il allait dans un rayon : les vieux films, mettons, ou le Far West, ou les bateaux et les sous-marins. Il posait le doigt sur une rangée de livres, fermait les yeux, et avançait le long du rayonnage jusqu'à ce que le dos d'un livre retienne son doigt. Il rapportait sa sélection à son poste de lecture – ici, même les pré-ados noirs maigrichons avaient droit à un poste de lecture – puis il lisait un peu, rêvait un peu, lisait encore.

Beau-Papa Morose n'appréciait pas que Rafi aille à l'école à Park Ridge. "Qu'est-ce qu'il a besoin de faire tout ce trafic pour avoir là-bas ce qu'il pourrait très bien avoir ici ? Inscris-le à Whitney Young. C'est plus logique, sur tous les plans." Et en pleine année de cinquième, sans même avoir le temps d'échanger les numéros de téléphone avec ses copains de Green, Rafi recommença sa vie dans une nouvelle école, où de nouveau il pouvait aller à pied.

Cinq semaines avant son treizième anniversaire, Mamie Qui Boit infligea au père de Rafi une grande nouvelle familiale. Le fils aîné du frère cadet de Donnie Young venait d'être admis dans une école privée baptisée en hommage à saint Ignace de Loyola, fondateur de l'ordre des jésuites, un soldat exalté de la Renaissance espagnole enclin aux hallucinations.

"La meilleure école de la ville. Dans le top trois, en tout cas."

Le lycée Saint Ignatius, qui préparait aux grandes universités, se trouvait en plein milieu de leur quartier d'origine, si près que Leon Durham, du parking de l'ancienne école primaire de Rafi, aurait pu fracasser une vitre de cette institution d'élite avec une balle de base-ball bien frappée et une petite dose de stéroïdes. Donnie Young était passé devant le majestueux édifice de style Second Empire quelques milliers de fois dans sa vie. Il faisait partie de la poignée de bâtiments publics rescapés du Grand Incendie de 1871, mais le pompier n'y avait jamais vu qu'un îlot de blanchitude abandonné par l'Histoire du mauvais côté d'un Chicago à l'urbanisme métamorphique.

"Ton neveu, tu te rends compte ? Ça fera toujours un gamin de la famille Young qui a de l'avenir. Et ta petite machine à lire, il est dans quel collège ?"

Donnie Young n'en avait aucune idée. C'était son ex-femme qui s'occupait de tout ça.

"Et ça s'appelle un père ! Tu as entre les mains notre meilleur espoir pour la prochaine génération, et tu le laisses n'importe où, alors que son cousin va au meilleur lycée de la ville ?"

Donnie n'avait pas les moyens d'envoyer son gamin dans une école pareille. Mais à présent rien, hormis l'institution Saint Ignatius, ne serait assez bon pour son héritier putatif. Donnie aborda la question avec Sondra, qu'il rencontra sur terrain neutre dans une sandwicherie de Little Italy. Elle reçut la proposition comme une gifle.

"Attends un peu ? *Combien* tu dis ? Par *an* ?"

Mais Donnie Young déclina ses colonnes de chiffres, qu'il avait soigneusement écrites sur une feuille de papier quadrillé. "Je peux en prendre les deux tiers." Sans préciser qu'il devrait pour cela emménager dans un studio et emprunter de l'argent à sa propre mère, qui n'était toujours pas convaincue que Rafi ait besoin de lunettes.

Sondra Young, à présent Sondra Johnson, contempla le montant du solde, le seul obstacle entre son fils et tous les possibles. Si quelqu'un méritait ce que les jésuites avaient à offrir, c'était bien Rafi. Et franchement, elle n'était pas sûre qu'il survive à tout autre lycée accessible à pied.

Ils s'y prenaient bien tard pour les candidatures. Presque trop tard. À vrai dire, Rafi n'avait que trois jours pour rédiger un essai personnel, passer un examen de culture générale et écrire une dissertation de mille mots. En apprenant le projet précipité de ses parents, il fut tenté de laisser tomber ses études pour faire la plonge dans un restaurant.

"Trois jours ? Sérieux ?" Trois jours pour postuler à l'une des écoles les plus fermées de Chicago. Il se mit au travail, en laissant ses parents tirer leurs propres conclusions de son silence stoïque. Une fois dissipé le choc initial de l'embuscade, il eut le sentiment de s'être préparé toute sa vie pour cet unique coup de poker, aussi absurde qu'exaltant.

L'examen de culture générale était plus exigeant que tous ceux qu'il avait jamais pu passer. Mais il aborda les questions tel le candidat vedette d'un quiz télévisé. Sa nervosité disparut, et cette occasion si rare de bomber ses méninges se révéla le seul sport de combat qui lui donne du plaisir.

L'essai personnel s'écrivit pratiquement tout seul : *Quel est votre endroit préféré au monde ?* Il expliqua ce qu'il avait éprouvé en pénétrant pour la première fois dans la bibliothèque de Taylor Street : comment toute chose dans la Création avait son rayonnage quelque part dans le bâtiment, et comment il pouvait voyager n'importe où dans l'espace et dans le temps rien qu'en flânant dans les allées. *Je triche peut-être un peu, puisque mon endroit préféré en contient tellement d'autres.*

La dissertation de mille mots, en revanche, le pétrifia. *Quelle est la qualité la plus importante qu'une personne puisse avoir ?* Chaque fois qu'il écrivait une dissert à Whitney Young, il savait la réponse que le prof espérait, et il parvenait à satisfaire aux attentes. Mais il n'avait pas la moindre idée de ce que les jésuites voulaient qu'il dise. La foi, supposait-il. Ou peut-être l'espérance, ou la charité. Mais quand il commençait à en parler, ses phrases sonnaient creux et faux. Les mots étaient morts avant même de sortir de sa plume.

À la fin de l'après-midi du dimanche, veille de la date de remise, il n'avait encore qu'un paragraphe pompeux. Son père en devenait dingue, et le suppliait de finir son devoir tant bien que mal pour pouvoir le rendre. "Pas besoin qu'il soit bon. Faut juste qu'il soit *fait*."

Sa mère dit : "Ne t'en fais pas, Rafi. Je t'aime, quoi qu'il arrive."

Rafi posa la tête sur la table de la cuisine, l'oreille gauche collée à la feuille de papier, vaincu. Tout aussi lentement, il la releva, et avant même de se rendre compte de ce qu'il écrivait il avait son paragraphe d'ouverture :

> Sans la capacité d'être triste, une personne ne saurait être gentille ou attentionnée, faute de comprendre ou de prendre en compte ce que ressentent les autres. Sans tristesse, on n'apprendrait jamais rien de l'Histoire. La tristesse, c'est la clé pour aimer ce qu'on aime et pour devenir meilleur qu'on n'était. Une personne qui ne serait jamais triste serait un monstre.

En deux brèves heures, il avait son intro, ses trois exemples et sa conclusion : mille mots. L'idée de départ était étrange. Mais ça lui paraissait vivant et vrai, et ça ne le dégoûtait pas de se relire.

Son père exigea de voir le résultat. Quand il eut terminé, Rafi se blinda contre sa fureur. Elle n'éclata pas. Son père lui rendit les pages et détourna les yeux. "C'est bon. Si ces gens ne veulent pas de toi, c'est qu'il est temps de changer de pays."

Pendant un mois, Rafi fit des cauchemars où son père tabassait de vénérables Blancs en longue soutane noire. Sa sœur le rassura. "Tu es le meilleur lecteur de toute la ville. Évidemment qu'ils vont t'accepter. Ils ont beau être blancs, ils ne sont pas idiots." Sa mère répétait : "Whitney Young est un lycée parfaitement respectable." Mais quand la lettre d'admission arriva, elle éclata en sanglots. Une personne qui ignorerait la tristesse n'aurait jamais pu ressentir une telle fierté.

La dernière étape, c'était de prévenir Beau-Papa Morose. Sondra n'avait pas voulu soulever la question avant que l'affaire soit conclue. Cet homme, il fallait savoir le prendre. Elle alla le trouver en brandissant la lettre, l'en-tête imposant, la signature flamboyante, les mots dithyrambiques sur la qualité du dossier. "Regarde-moi ça ! Il y a de quoi être fier !"

De l'autre bout de la table de la cuisine, Rafi regarda Beau-Papa lire la lettre. Par sa seule posture, cet homme aspirait tout l'air de la pièce.

"Et ça va me coûter combien, cette fierté ?"

Rafi écouta les deux adultes passer du coup de semonce à l'escarmouche puis à la bataille rangée. Aucun belligérant ne semblait se soucier qu'il soit assis avec eux et qu'il entende tout ce qu'ils se disaient. Il se leva de table, traversa la cuisine et monta à l'étage sans que personne ne le remarque ni que son sort soit tranché.

'Dra était assise par terre sur le palier obscur. Il repensa à son premier jour d'école, les revit tous les deux prostrés à même le sol, surplombant leurs parents qui s'entredéchiraient, et la petite Sondy qui le suppliait d'agir pour qu'ils arrêtent. Mais là, ce n'était plus la petite Sondy. C'était une autre personne plus farouche. Sa sœur n'avait que douze ans, mais elle avait eu sa dose de stupidité paternelle.

"C'est vraiment un connard, un porc.

— Laisse tomber. Ça n'a pas d'importance."

Mais Rafi s'assit sur le palier à côté d'elle et continua d'écouter la soirée boxe du samedi soir. Sa mère disait qu'elle avait tout prévu. Beau-Papa n'aurait aucun sacrifice à faire.

"Tout ce qui sort de ton porte-monnaie, c'est *déjà* un sacrifice que je fais.

— Le père du gosse va couvrir l'essentiel des frais."

Ce qui parut ne rendre Beau-Papa que plus morose.

"Tu veux aussi envoyer ta fille dans une école de riches ? Et que tous les deux on vive au pain sec et à l'eau ? Son éducation, elle est déjà financée par nos impôts. Il peut très bien aller dans un lycée gratuit, comme on l'a fait toi et moi."

Sa mère dit : "Écoute-moi bien. C'est un enfant exceptionnel."

Beau-Papa éclata d'un ricanement. "*Exceptionnel ?* Mais qu'est-ce que tu *racontes* ? Tu déconnes ou quoi ? Il est tellement bête qu'il est à peine capable de se débrouiller tout seul."

Sur le palier, 'Dra poussa un hurlement strident et bondit sur ses pieds. Rafi l'agrippa par l'ourlet de son sweat-shirt, mais elle se dégagea et dévala l'escalier en martelant les marches. Elle fit irruption dans la cuisine si brutalement que sa mère laissa échapper un cri de surprise. Et puis 'Dra s'attaqua à Beau-Papa.

"Ferme ta grande bouche rien qu'une seconde. T'es trop con pour comprendre que tu connaîtras jamais personne de plus intelligent que mon frère."

Rafi se plaqua les mains sur les oreilles. Il se releva et tituba vers sa chambre, dont la porte fermait. Avant qu'il ne puisse l'atteindre, la cuisine explosa. Une insulte proférée déclencha un beuglement surpris, suivi d'un raclement de chaise et d'un bruit de fuite. Une bousculade, une porte ouverte violemment, une poursuite jusque sur le perron, une rampe pourrie qui se détache du mur, encore un cri bref, et le son d'un petit corps disloqué qui heurte quatre fois les marches avant de terminer sa chute tout en bas. Et puis le hurlement animal de sa mère.

Il se força à faire demi-tour vers la scène du cauchemar et à descendre le perron délabré. Sa mère et son beau-père étaient déjà au pied, penchés sur le corps inerte de sa sœur. Il remonta en trombe appeler les urgences. Et puis l'ambulance, les secouristes, et ensuite Rafi ne se rappelait plus rien jusqu'à ce que tous les trois soient blottis dans une salle d'attente quelque part dans le labyrinthe proliférant de l'hôpital de Cook County. Sa mère répétait : "Tu m'avais promis de réparer cette rampe." Beau-Papa ne disait rien. Rafi ne parlait qu'à Dieu, avec les mêmes mots psalmodiés sans fin.

Un interne urgentiste – un Blanc en blouse blanche – vint leur annoncer que trois des vertèbres cervicales de 'Dra n'étaient plus à leur place et que son cerveau était gravement touché. Quelque chose dans la voix du médecin semblait souffler et éluder une hypothèse : la survie serait peut-être la pire des deux possibilités.

Dix-sept heures d'inconscience plus tard, Sondy était morte. Dans la salle d'attente où ils campaient, sa mère se cramponnait à Rafi, refusant de le lâcher. Il vit son beau-père chercher son regard, mendier la compassion. Aucun venin que Rafi n'aurait pu lui distiller ne pouvait être pire que la vérité. Et à cet instant, le garçon de treize ans décida de vivre à jamais dans la vérité.

J'ai su qui était Rafi Young dès la première année de lycée, avant même de connaître son nom. Un long visage mince, des cheveux crépus coupés ras, des chemises de coton ajustées : on aurait dit un jazzman des années cinquante. Le lycée avait beau se trouver dans un quartier noir, les élèves noirs restaient une rareté, et les élèves noirs qui venaient au lycée à pied à travers les rues très disputées du Near West Side se réduisaient à un seul.

Il suivait mon cours de civi internationale et c'est là que je le remarquai, avant tout parce qu'il trimbalait des livres qui avaient l'air sérieux et dont je n'avais jamais entendu parler. Une semaine c'était Traité du zen et de l'entretien des motocyclettes, *la suivante* Tactique du diable. *J'épiais les titres, puis j'allais les dénicher à la bibliothèque. Je dois un cinquième de mon éducation cette année-là à un mec que je ne connaissais même pas.*

J'appris son nom : le patronyme banal, très WASP, le prénom gorgé de toute la rébellion des Black Muslims. Dégingandé, stoïque, affable, mais lesté de ces livres intimidants, il ne passait pas inaperçu dans les couloirs, même parmi la faune éclectique des petits génies de la ville. Il avait l'allure de quelqu'un qui a un projet à long terme et un protocole très précis pour l'accomplir. Sa prestance était impressionnante pour ses quatorze ans, et son stoïcisme solitaire me rendait nerveux. Je n'aimais pas l'idée de n'être que le deuxième cerveau en civi internationale.

J'effectuais chaque jour le long trajet depuis Evanston, après huit ans d'écoles catholiques plus blanches que le marbre de Carrare qui n'avaient pas bougé depuis l'après-guerre. Mais au bout de quelques mois à Ignatius, je crus comprendre comment se partageaient les quelques élèves noirs. Les aristocrates évoluaient avec grâce et détermination, prêts à conquérir le monde. Tous avaient un horizon. Une fille que je connaissais du club informatique improvisé finit PDG *d'une entreprise classée dans le Top 500 du magazine* Fortune, *et épousa le douzième homme le plus riche du monde.*

Face aux aristocrates noirs, il y avait les 10 % doués, les uns bénéficiaires d'une bourse, les autres issus, via un embourgeoisement fragile, de quartiers à peine plus sûrs que celui de Rafi. Ces deux groupes s'installaient à des tables différentes à la cantine et se cherchaient des crosses les rares fois où ils se parlaient. Rafi s'attablait souvent tout seul ou avec une bande de parias blancs, si bien que je ne le distinguai pas tout de suite. Mais dès qu'il ouvrit la bouche en civi internationale, je compris.

Il s'exprimait comme s'il avait soif de parler mais qu'il n'était pas sûr d'en avoir le droit. Un panache de magnifiques intuitions improvisées émanait de lui, après quoi il se repliait sur son pupitre en essayant de se rendre invisible. Il écorchait certains mots – mais uniquement des mots érudits et précieux. Ce qui signifiait qu'il avait passé des années à lire sans avoir l'occasion d'en discuter avec les profs. Ce mec s'était frayé tout seul un chemin jusqu'ici.

L'année suivante, il décrocha la bourse Keane, la dotation la plus convoitée des lycéens d'Ignatius. Elle portait mon nom, ou plutôt je portais le sien. Mon père, qui avait grandi derrière les abattoirs, avait toujours fréquenté des écoles catholiques. Saint Ignace lui-même aimait à citer Aristote : Donnez-moi l'enfant âgé de moins de sept ans et je vous montrerai l'homme. *Quand il avait sept ans, une bonne sœur avait repêché mon père de son environnement criminel et l'avait convaincu qu'il méritait la meilleure éducation que les jésuites avaient à offrir. Il avait été admis à Ignatius grâce à l'aide d'un de ses profs de collège, et il disait que ce lycée lui avait sauvé la vie.*

Dès que Micky Keane eut gagné son premier million à la Bourse, il accomplit un vœu d'adolescent en versant une somme coquette à Ignatius pour financer une bourse récompensant un élève de deuxième année particulièrement brillant. Ce prix était si convoité que j'en subis pas mal de dommages collatéraux. Mes condisciples s'imaginaient que les largesses de Micky Keane me valaient un traitement de faveur de la part des pères jésuites. Et même chez moi, on me mettait une pression assez peu subtile, car mon père se disait que si un Keane gagnait la Keane il serait le King.

Mais cette année-là ce fut un Young qui gagna la Keane, et il ne me resta plus qu'à le féliciter. Je savais qu'il traînait à la bibliothèque après les cours du matin, et bien souvent jusqu'à l'heure du déjeuner. C'était avant que le lycée ne connaisse une rénovation et une expansion massives. La bibliothèque était encore un vestige archaïque, un peu ténébreux, une faille temporelle exhalant une odeur moisie de marbre et de bois verni qui ramenait à la fin du XIX*e siècle. D'énormes rayonnages de chêne tapissaient les murs, surmontés de balustres et de frontons cassés.*

Rafi Young avait sa table de travail préférée, nichée dans un recoin d'où il pouvait sans être vu surveiller toute la salle. Je le trouvai plongé dans un livre intitulé Gödel, Escher, Bach. *Je n'en avais jamais entendu parler. Je le pistai ensuite et je le lus trois fois de la première à la dernière page. Ma vie en fut changée.*

Il sursauta en se voyant agressé par un parfait inconnu. C'était une entorse à l'étiquette lycéenne. Mais en l'occurrence, je n'étais pas un parfait inconnu. Lui aussi m'avait repéré et me suivait de loin.

"Félicitations, dis-je.

— Pour quoi ?" Son sourire narquois connaissait la réponse.

"Pour la bourse. Ça fait de nous deux Keane.

— Citizen Keane*", répondit-il. Il me fallut deux jours pour comprendre la blague.*

"Tu joues aux échecs ?"

Je rougis encore de ma question, toutes ces années plus tard. J'étais devenu assez bon en jouant contre mon père, le boursicoteur maniaque, quand la corbeille avait fermé et qu'il lui fallait de quoi tenir jusqu'à ce que reprenne le jeu insensé auquel il s'adonnait cinq jours par semaine. J'avais à peine treize ans qu'on disputait déjà des parties serrées plusieurs fois par semaine. Et puis, comme pour toutes nos autres compétitions, mon père abjura les échecs quand il ne put plus espérer contre moi qu'un match nul laborieux.

Rafi savait-il ce que je faisais en le défiant ainsi ? Avec le recul, je serais tenté de penser qu'il voyait clair en mon jeu. Mais qu'il ait voulu me prendre au mot ou ignorer ce gambit du geek blanc, une part de lui-même ne pouvait pas résister à l'appât.

"Un peu", répondit-il. J'apprendrais plus tard qu'il savait tout juste comment on déplaçait les pièces. Son jeu favori, à l'époque, c'était le 121, auquel il jouait tous les week-ends avec son grand-père maternel. Ensemble, ils regardaient les matchs des Cubs – un choix curieux d'équipe pour des gens du South Side – en jouant distraitement aux cartes. Entre ces deux divertissements placides et désuets, Rafi avait son quota de jeux.

"Tu devrais venir au club d'échecs, alors."

Il remonta ses lunettes sur son nez et me gratifia de son rictus de bouddha somnolent qui allait me devenir si familier. "Comme tu veux, mon frère."

Je doute fort qu'il aurait relevé le défi si les séances du club d'échecs n'avaient pas eu lieu après les cours. Toutes les excuses étaient bonnes pour rentrer chez lui le plus tard possible. Par ailleurs, il n'allait pas laisser un gosse de riche blanc d'Evanston, convaincu de financer les études du petit Noir, s'imaginer qu'il pouvait battre Rafi Young en quoi que ce soit.

Trois semaines plus tard, il se pointa pour sa première partie. J'appris par la suite qu'il avait passé ces semaines à étudier des manuels d'échecs. Trois semaines, c'était insuffisant pour lui donner ne serait-ce qu'un aperçu d'un jeu qui offrait soixante-neuf billions de possibilités rien que pour les cinq premiers échanges. Il avait assimilé deux ripostes raisonnables s'il jouait les noirs : une défense française pour une ouverture du pion roi, et une défense slave pour une ouverture du pion reine. S'il jouait les blancs, il espérait s'en sortir avec la Ruy Lopez, une valeur sûre mais un peu démodée.

Il avait exploré les développements les plus plausibles de ces trois ouvertures sur cinq ou six coups. Impressionnant, compte tenu du peu de temps qu'il avait eu. L'entraîneur jésuite, le père Reeves, voulut l'opposer à l'un des joueurs les plus faibles du club, qui comptait deux douzaines de membres.

"Non, mon père, dit-il en me désignant. C'est contre ce gars-là que je dois jouer."

On s'installa de part et d'autre de l'échiquier, et il refusa d'en bouger avant qu'on ait chacun joué les blancs deux fois. À la fin de l'après-midi, il n'y avait plus que nous deux dans la salle. Quand il jouait les noirs, il se défendait avec ténacité. Quand il jouait les blancs, ses attaques montraient beaucoup de créativité. Mais bien sûr je le massacrai quand même, quatre fois d'affilée. On était en Amérique, le combat n'était pas loyal.

"OK, mon pote, fit-il en guise de félicitations après la quatrième partie.

— Tu t'es bien défendu", dis-je.

Il eut son sourire de bouddha et agita l'index à chaque syllabe de sa réponse. "À la semaine prochaine, trouduc. Et putain, ne t'avise plus jamais de me prendre de haut."

Qu'est-ce qu'il voyait en moi ? Au début, juste un petit malin, un frimeur du North Side, quelqu'un à qui se mesurer. Quelqu'un à battre.

Je n'étais peut-être pas le meilleur joueur du club, mais pas loin. Les échecs, ça me parlait. Leurs successions de choix aux données ouvertes, leurs conséquences limpides, leurs rapports de cause à effet étaient pour moi l'image même de la clarté. C'était une aventure héroïque où – contrairement au tourment de la vie quotidienne – on avait le contrôle de sa destinée. Après la programmation informatique, que j'aimais de tout mon cœur, les échecs étaient pour moi ce qui s'apparentait le plus à une religion.

J'écrivais du code à un niveau avancé pour un gamin de quatorze ans. Mon langage préféré, c'était le Pascal. Conformément à l'esprit du temps, je concoctais des jeux de stratégie en cinq cents lignes et je les mettais à la disposition du public, libres de droits. Que cent fleurs s'épanouissent, blablabla. La culture du don faisait exploser le milieu des logiciels, et faisait exploser du même coup ma puissance et mes compétences.

En décompilant quelques-uns des premiers programmes d'échecs du domaine public, j'avais appris comment ils fonctionnaient. J'en copiai un et je le fis mien en améliorant l'interface utilisateur, en enjolivant l'aspect graphique, en approfondissant la capacité d'anticipation, en ajoutant de nouvelles ouvertures et en renforçant les stratégies de milieu de partie par un algorithme d'extraction. Malgré tout, mon programme n'aurait jamais pu battre un joueur humain un tant soit peu compétent. Comme tous les programmes de l'époque, d'ailleurs. Mais mon code fournissait aux débutants un chouette moyen de s'entraîner et d'améliorer leur jeu.

Non sans effort, mon père battit mon programme. Il déclara : "Tu es fou de le mettre à disposition."

Je levai les mains, désemparé dès qu'il était question du monde réel. "Qu'est-ce que je peux faire d'autre ?"

Mon père me concocta une stratégie commerciale. On acheta plusieurs caisses de disquettes souples double face, un duplicateur de disquettes et cinq cents sachets en plastique à rabat adhésif. Pour l'étiquette, ma mère, qui aurait pu être caricaturiste, dessina Shams-i Tabrīzī jouant aux échecs contre un PC. *On passa des annonces dans des magazines spécialisés et on commercialisa mon programme à quatre dollars de moins que Sargon. Bientôt, je me faisais deux cents dollars par semaine.*

C'étaient des sommes délirantes pour un ado, et tout ce que j'en fis, ce fut de m'acheter un matériel plus rapide et plus puissant. C'est aujourd'hui seulement, plus de quarante ans après, que je me rends compte que je vendais des logiciels largement fondés sur du code dont d'autres avaient fait don à la collectivité.

Bref, j'avais une bonne longueur d'avance dans ce qui allait devenir un duel au long cours, sur bien des champs de bataille, entre Rafi Young et Todd Keane. Je lui offris un exemplaire de la version deux de mon programme d'échecs, pour l'aider à s'entraîner. Il me remercia, sans mentionner le fait qu'il n'avait aucun accès à un ordinateur autre que ceux du lycée.

Au club d'échecs, nous étions censés alterner entre différents adversaires et tenir à jour notre classement Elo. Ceci en vue de nous préparer à affronter d'autres lycées. Mais Rafi ne voulait affronter personne d'autre que moi. Le père Reeves tenait tellement à garder son unique joueur noir qu'il fit discrètement une entorse à la règle.

Rafi s'améliora très vite. Il avait un style agressif, incisif, et il détestait se replier en défense même quand il jouait les noirs. Il continuait à lire, sans se limiter aux collections désuètes et inoffensives de la bibliothèque du lycée. Sur notre première trentaine de parties, dans l'océan de mes victoires, il réussit à m'arracher un ou deux matchs nuls. Dès le printemps suivant, il me battait une fois sur quatre.

J'inventais néanmoins de nouvelles façons de le torturer : des parties simultanées, des parties à l'aveugle. Un jour, en passant devant son casier dans le couloir bondé du premier étage, je m'écriai : "d4." (J'adorais ouvrir avec le pion de ma reine.) Quand il me dépassa dans l'escalier pour aller à son troisième cours, il lança, hors d'haleine : "Cf6." Il avait assimilé la défense nimzo-indienne.

Tant qu'on s'impliquait dans un sport qui renforçait notre intellect, nos parents respectifs n'avaient aucune objection à ce qu'on s'attarde au lycée après les cours. Le club d'échecs, c'était notre moyen de fuir la maison. Au beau milieu d'une mitraillade prolongée un soir d'automne à Ignatius, dans l'obscurité granuleuse et glaciale qui résumait Chicago en octobre à 17 heures, il arrêta la pendule de jeu en disant : "Attends une minute. Je peux te demander un truc ?"

Sa voix suggérait une autre question, celle que je m'étais posée si souvent depuis qu'on s'était liés d'amitié : dans quelle mesure un adolescent mâle, un geek marginal et bien tourmenté, pouvait-il confier à un autre ses découvertes les plus intimes ?

"Demande toujours. Ça veut pas dire que je répondrai.

— Comme tu voudras, tête de con." Ses longs doigts expressifs se déployèrent au-dessus de notre partie en cours. "Juste... un truc. Qu'est-ce que tu vois dans cette position ?"

Il avait un pion de plus, une meilleure disposition du jeu, mais j'étais à deux coups de le piéger dans une fourchette dévastatrice avec mon fou, et il le savait aussi bien que moi. Mais ce n'était pas là sa question, et je le savais aussi bien que lui.

"Pourquoi ce petit jeu idiot, avec ses tactiques de chochotte, est tellement addictif ? Pourquoi c'est tout ce que j'ai envie de faire à longueur de journée ? Pourquoi est-ce que c'est... la plus *belle* chose au monde ?"

Le mot en *b* était tabou, mais je n'en fus pas gêné. Je mordis à l'hameçon. "C'est à cause de sa logique. Tout se résume à des coups, des combinaisons, des rapports de causalité."

Il fut soulagé de me voir disposé à lui répondre sur le même ton. Mais il fronça les sourcils, insatisfait.

"Ce que je veux dire, c'est que chaque état de la partie est comme un programme informatique. Ça obéit aux mêmes lois : « A implique B. » « En cas de X, faire Y. »"

Il secoua la tête. "Mouais. Mais non. T'es un peu chtarbé. Mais ça, on le savait déjà, Robot-man. D'accord, y a tout ça là-dedans. Mais… ?"

Il fit glisser ma tour de son refuge de la ligne de fond jusqu'à un avant-poste périlleux au centre de l'échiquier.

"Ah ! Tu vois ? Ton cœur s'emballe. Ce n'est pas de la logique. C'est du drame.*"*

Si mon cœur s'emballait, c'était aussi parce qu'il déplaçait des pièces en plein milieu d'une partie.

"Mais pas seulement du drame. Chacun de ces mecs…" – et il se mit à déplacer sans vergogne toutes nos pièces – "… a une personnalité. Ils ont chacun une histoire. Ils sont tous sur un chemin. Et à chaque déplacement, ils deviennent… de nouveaux rapports de force… chacun par rapport aux autres…"

Il leva les yeux. Notre partie était un champ de ruines, mais il avait sa réponse.

"C'est ça ! C'est une histoire. C'est un poème. Putain, c'est Gilgamesh ! Une épopée en devenir.

— D'accord. Mais celle-là, tu viens de la foutre en l'air."

De nouveau, il fronça les sourcils : je l'avais déçu. "Kess' tu m'racontes, bouffon ?" En une poignée de secondes, il restaura l'échiquier à son état initial. Il avait l'esprit vif. Et je m'aperçus que taper la discute avec ce type était presque aussi chouette que de jouer aux échecs.

Je suis pris de vertige en me remémorant tout ce qui nous est arrivé durant ces années à Ignatius, tandis que l'âge adulte s'insinuait dans nos corps pubères. Je me revois face aux portes de chêne massif de six mètres de haut aux bas-reliefs en tête de lion, j'entends la frénésie juvénile qui m'attendait derrière. Cette épopée en devenir, nous la vivions, nous la regardions se déployer sous nos yeux, coup après coup, dans le grand jeu de l'adolescence.

La maladresse des débuts sexuels, mes premiers joints timides, la grande bagarre pour la reconnaissance, les jeux sans cesse reconfigurés du prestige, de l'invention de soi, de la loyauté au groupe : jamais plus la vie ne serait autant saturée de possibles. Mais les professeurs qui m'ont formé, les filles que je croyais aimer avec tant de passion, les condisciples dont je quêtais si fiévreusement le respect : ils sont comme les personnages d'un roman dont je me souviens à peine mais que je ne compte pas relire. Il n'y a que Rafi et moi, il n'y a que nos duels ambulants dans les couloirs bondés – d4 ! Cf6 ! c4 ! e6 ! Cc3 ! Fb4 ! – qui comptent encore pour moi. Seul l'amour que je portais à Rafi Young exige d'être rejoué, avant la fin de la partie.

Evelyne Beaulieu passa deux étés à plonger avec son père, d'abord dans la baie de Biscayne et à divers caps du Sud de la Floride, puis au large de Klein Bonaire. À sa toute première plongée dans l'océan, elle se jura de passer sa vie à plonger chaque fois qu'elle en aurait l'occasion.

"C'est comment ?" lui demanda Baptiste. Et elle n'eut pas de mots pour l'expliquer à son petit frère infirme et cloué à la terre. Que dire ? En plongée, tous ses sens étaient affolés. La distance, la couleur, les contours mêmes : dans la lumière incurvée qui parvenait sous les vagues, les formes les plus simples défiaient toute description.

Elle s'immergeait dans le pays bleu, glissait parmi les collines de corail aux allures de cornes de cerf, de cerveau, d'éventail, assaillie par les vivaneaux et les poissons-soldats, les gorettes, les raies, les poissons-anges et les papillons, les gobies et les mérous, les sergents-majors, les bavarelles, les tortues, les poissons-balistes, les éponges, les tuniciers, les nudibranches et les étoiles de mer, trop nombreux pour qu'elle puisse tous les identifier. Chaque nouvelle dose d'oxygène lui offrait des visions qui auraient pu sortir d'un rêve enfiévré. Lors de certaines plongées, les formes étaient si fantastiques qu'elle se demandait si l'azote n'était pas en train de lui droguer le cerveau.

Elle lut *L'Aventure sous-marine* de Philippe Diolé dès sa sortie, à seize ans. Philippe Tailliez, un ami de son père et du commandant Cousteau, y disait que la plongée était impossible à décrire. Ça ne ressemblait à rien d'autre. En revanche, Tailliez avait fait lire à Diolé une strophe du *Bateau ivre* de Rimbaud :

J'ai rêvé la nuit verte aux neiges éblouies,
Baiser montant aux yeux des mers avec lenteurs,
La circulation des sèves inouïes,
Et l'éveil jaune et bleu des phosphores chanteurs !

Des *neiges éblouies* : oui. La chute constante et blanche de particules vivantes descendant par la colonne d'eau. *La circulation des sèves inouïes.* Les *phosphores chanteurs* ! Elle l'avait vue, elle les avait entendus. Comment donc le poète avait-il pu savoir ?

Elle apprit bien vite que le secret de la plongée, comme le secret de la vie, était le camouflage. À dix-sept ans, elle se banda les seins et coupa ras ses cheveux mi-longs pour pouvoir plonger près des rapides de Lachine, sur la côte sud de Montréal, sans être contrariée par des autorités masculines autoproclamées. Un an plus tard, elle plongea au large de la Nouvelle-Écosse. L'eau était froide à vous broyer les os, même à travers la combinaison la plus épaisse. Mais bon, elle était canadienne. Elle observa des invertébrés dans leurs citadelles des forêts de laminaire de l'Atlantique nord et soumit ses notes de terrain pour publication dans le bulletin ronéotypé de la toute nouvelle société internationale de plongée, en les signant "E. Beaulieu". En laissant croire au comité éditorial que son père en était l'auteur.

Lorsque le président de la société contacta Émile pour lui exprimer son admiration et sa gratitude, l'ingénieur fut abasourdi de ce subterfuge. Émile prit sa fille à partie. Son sourire froissé était toujours aussi grand, quoique asséché de toute confiance.

"Alors comme ça, je t'emmène plonger, et tu te fais passer pour moi ? Qui t'a appris à être aussi sournoise ? Pas ta mère, en tout cas. Ta mère n'a jamais menti à personne. Ça n'est pas moi, tout de même ! Je ne suis même pas capable de bluffer aux cartes !"

Elle n'avait rien à répondre qu'un ingénieur puisse comprendre. Son père vivait dans un monde de résistance à la traction, de débit volumétrique, de temps moyen entre deux pannes.

C'était une créature du rationalisme scientifique, trop vertueux pour soupçonner ce qu'Evelyne avait découvert : les jeunes filles ambitieuses avaient besoin d'un camouflage.

"C'est l'évolution, papa." La loi du plus rusé. "Tout le monde le fait."

Un subterfuge bien pire était encore à venir. En dernière année de lycée, Evie demanda à une copine anglophone de réviser sa lettre de motivation, d'un anglais trop médiocre, pour postuler à Duke University. La lettre lourdement réécrite suggérait un niveau de compétence qu'Evie ne possédait pas. Mais elle aurait été prête à se parjurer encore et encore pour entrer dans l'un des meilleurs établissements du continent américain à proposer une formation complète en études océanographiques. Cette simple tricherie rendrait possible sa vie entière. Vu comme ça, c'était donc presque moral.

Ses parents ne comprenaient pas comment la gamine timide qui se mordait les lèvres et réduisait ses gilets en charpie était devenue en quelques brèves années un monstre d'assurance. Mais pour Evie, cette métamorphose semblait aussi naturelle que de respirer. Sa taciturnité, c'était juste un désir pas encore épanoui. Le monde de la terre ferme ne lui avait jamais rien proposé qui soit digne de sa ferveur. L'océan méritait qu'on transgresse toutes les règles.

Elle avait découvert le secret de la liberté, le secret de la vie : déguise-toi et fais ce dont tu as besoin. Et son seul besoin, c'était de plonger.

Evelyne Beaulieu entra à Duke en 1953, première femme jamais admise en études océanographiques. Elle survécut à quatre ans de cours à Durham et à trois étés de travail de terrain en déployant des trésors de camouflage toujours plus inventifs. Elle dissimulait l'étendue de son expérience de plongeuse, s'abstenait de corriger les nombreuses erreurs de ses professeurs, et riait aux blagues de soudard de ses condisciples mâles. Ce n'était pas si difficile de se faire passer pour ce que les Américains appelaient une *bonne camarade*.

Quatre ans de fausse naïveté ne posèrent pas de problème à une grande fille gauche d'un mètre quatre-vingts aux cheveux carotte dont l'épais accent québécois et les nombreux solécismes provoquaient des fous rires chez les autochtones. Elle tirait sa force de la côte et vivait à l'heure océane. Durant quatre brèves années, Evelyne Beaulieu se tint au bord du continent nord-américain, en sentant la grande vague de son avenir déferler sur elle et la plaquer contre le sable. Et elle se relevait de l'écume en criant d'excitation, jamais rassasiée.

Le moyen le plus sûr d'avancer était de se fondre dans le groupe. C'est bien pour ça qu'on disait *les bancs de l'école* comme on parle de bancs de poissons. Elle s'y fit des amis – des compagnons de plongée et des potes de surface. Des garçons avec qui étudier. Des garçons avec qui partager ses prises de notes, ses griefs, et à l'occasion une bière. Parfois, les femmes lui manquaient si intensément qu'elle en était elle-même surprise. Mais en général elle avait trop peu de temps libre pour être consciente de cette béance.

Son obsession de l'océan s'affina en compétence. La compétence devint connaissance, et la connaissance – elle s'en étonna – la rendit séduisante pour une poignée de ses condisciples. Il y a des types de jeunes savants qui seront toujours attirés par les extraterrestres intelligentes. Son allure en maillot de bain n'y était sans doute pas pour grand-chose. Pourtant, elle devint peu à peu une femme qui rendait ses compagnons nerveux, au point que certains bredouillaient des exclamations de désir cryptées. Elle devint experte à ne rien entendre – autre forme d'adaptation protectrice.

Aux vacances, quand elle pouvait s'échapper, elle explorait la côte, parfois accompagnée par tel ou tel admirateur, mais le plus souvent seule. À l'occasion d'un week-end prolongé, elle loua une voiture et s'aventura jusqu'à la barrière d'îles de Hatteras, où elle tomba follement amoureuse d'Ocracoke. Ratisser ces plages du midi au couchant lui procurait la même joie gratuite qu'elle avait éprouvée des années plus tôt en plongeant dans la baie de Biscayne avec son père.

Elle marchait des heures le long du rivage bordé de laîche, hypnotisée par la perspective d'un monde vidé d'humains.

La plage descendait de hautes dunes couvertes de bruyère, et contournait des poches de flaques laissées par la marée pour se déployer jusqu'à un somptueux estran fourmillant d'invertébrés fouisseurs et ratissé par des oiseaux des rivages dont elle n'aurait su nommer toutes les espèces. Tout en bas de la longue pente douce, un sable fin était brassé par les brisants. L'air salé lui chatouillait les poumons, et la vaste étendue de côte sauvage, sur des kilomètres ininterrompus, lui apparaissait comme une injonction de son créateur.

Un lieu concentrant tant de théâtres de fertilité frénétique réclamait un vœu. Son sentiment d'urgence ne fléchit pas à son retour à Durham. Le souvenir d'Ocracoke l'aida à traverser l'épreuve de la troisième année, où un semestre trop lourd en physique et en chimie faillit la faire renoncer. Les études étaient devenues vaines. Elle voulait juste plonger – être au cœur et au sein des vols d'oiseaux et des bancs de poissons qui tournaient et viraient ensemble comme s'ils constituaient une seule forme de vie, ce dont elle était convaincue.

Elle assistait à un cours magistral de géographie physique parmi soixante-dix autres étudiants lorsque le professeur railla la théorie de Wegener sur la dérive des continents. "L'idée est jolie, mais ça n'est que balivernes de poète."

Beaulieu leva la main, et en fut elle-même surprise. Le prof l'ignora. Elle se leva sans même s'en rendre compte. Un flot de questions s'échappa d'elle, stupéfiant l'assistance. Comment expliquer les montagnes sous-marines récemment découvertes en plein milieu de l'Atlantique ? Les étranges zébrures laissées par une inversion du champ magnétique terrestre dans un minéral si différent de la croûte continentale ?

Durant ses vingt secondes d'objections, le professeur demeura pétrifié en chaire, tout en bas de l'amphithéâtre. Enfin, il assimila le fait que quelqu'un l'interrompait. "Jeune fille, il n'existe aucune force sur terre assez puissante pour déplacer des continents. N'importe quel lycéen un tant soit peu éveillé vous le dira.

— Holmes, répliqua-t-elle. La convection mantellique."

Le professeur se toucha l'oreille et fronça les sourcils. "Vous avez un drôle d'accent."

Toute la salle s'anima. Une âme solidaire dans la même rangée que Beaulieu cria : "Les cellules de convection ! Dans le manteau terrestre !"

Un sourire bétonné se dessina sur le visage du professeur. Il secoua la tête d'un air de pitié. "L'océanographie est une science. Et la science exige des preuves. Comme les réponses à l'examen final. Et à présent, si vous voulez bien me laisser poursuivre…"

L'automne de l'année du diplôme fut un maelström. Elle s'était surchargée de cours et souffrit en conséquence. Mais à ce stade ses études se concentraient sur la vie marine, donc elle arrivait à tenir avec quatre ou cinq heures de sommeil.

Un cours sur la vie littorale et épipélagique culminait en un projet de terrain où les étudiants devaient mesurer la répartition des êtres vivants dans la zone de battement d'une côte sédimentaire sableuse. Cela supposait d'inventorier les espèces pour chaque aire délimitée, aux limites maximales de l'estran. La tâche demanderait deux jours pleins au tandem de chercheurs.

Son partenaire pour ce projet était Bart Mannis. Tous les étudiants le surnommaient Bernique. Il possédait une Buick Special modèle 1952 en bon état, ressemblait à un beatnik soigné de sa personne, avait le don de dire "peut-être" à presque tout, et exsudait une plaisante odeur salée qui se faisait un peu âcre à mesure qu'il passait du temps sur le terrain. De l'avis unanime, il touchait sa bille en mollusques.

Evie et lui s'étaient bien entendus lors de précédentes expéditions en groupe. Ils jouissaient d'une relation dénuée de toute rivalité et de toute attente. Bernique était un de ces rares garçons qui n'avaient rien à prouver, hormis un enthousiasme démesuré pour les créatures qui excrétaient leur propre coquille. Evie elle-même l'aurait peut-être choisi comme partenaire pour ce projet de fin d'études, si le professeur ne le lui avait pas déjà assigné.

Ils pouvaient choisir n'importe quel endroit des côtes de Caroline du Nord. Bernique avait quelques idées, certaines même judicieuses. Mais Beaulieu était confrontée au supplice des possibles. Ce choix la tourmentait. Elle pouvait garder pour elle la magie d'Ocracoke, ou bien livrer son secret à cet homme et passer deux jours entiers à étudier cet endroit qui lui donnait la sensation d'être elle-même une créature littorale sujette à un trajet migratoire trop long pour que son cerveau puisse l'assimiler.

Elle prit la mesure de son partenaire désigné. Bernique était accommodant. Il savait effectuer un échantillonnage éclair. Il paraissait même un peu impressionné par elle. Et il était capable d'identifier des gastropodes là où elle ne voyait qu'un flou caillouteux. Et par-dessus tout, il possédait une bagnole fiable.

Il allait falloir l'initier à son secret. Elle le saisit par le col de sa chemise et lui fit jurer le silence. "Si tu parles de cet endroit à qui que ce soit, je t'étripe avec un couteau à huîtres.

— J'ai pas très envie de ça, E. B. Vraiment pas."

Peut-être que quelque chose, dans le pragmatisme de ce garçon, plaisait également à Evie.

S'étaient-ils déjà embrassés, avant cette aventure de Halloween ? Oui, conclurait-elle, sept décennies plus tard, en plongeant au large de sa tanière des Tuamotu. Ils avaient bien dû s'embrasser au moins une fois, et même davantage. Mais en tout cas rien de contractuel. Rien qui puisse l'engager.

Elle le conduisit au rivage mouvant de son île barrière. La majesté gris-bleu mélancolique du lieu survécut à la présence de Bernique. Il tournoya longuement sur lui-même dans la zone humide en murmurant : "Oh, que oui." Il n'avait rien d'un bras cassé en matière de perception.

Ils passèrent tout le samedi à plat ventre avec des truelles, une provision de tamis gradués, deux loupes triplets agrandissant vingt fois, des étriers, un compteur de pointage, une règle à calcul, trois manuels et des carnets froissés. Centimètre par centimètre, ils progressèrent vers le sable sec en restant juste au-dessus de la marée montante. Avec les vagues ils avaient du mal à s'entendre, et d'ailleurs ni l'un ni l'autre n'avait envie de parler. Ils recensèrent toutes les espèces de lichen sur les rochers à la Pollock. Un crabe fantôme les menaça de sa grosse pince indignée. Bernique dénicha une demi-coquille d'œuf de tortue de mer. Il revint à Beaulieu d'identifier un couple recroquevillé de vers polychètes. À l'approche de midi, ils tentèrent leur chance dans une zone particulièrement riche et se retrouvèrent inondés par une salve de vagues. Ils se contentèrent d'en rire et reprirent leur comptage.

Tout au long de la matinée, elle avait débusqué des caches d'œufs de raie. Elle trouvait quelque chose d'émouvant à ces drôles d'oreillers noirs cornus : l'appel de l'avenir. Bernique la surprit perdue dans sa rêverie, un œuf à la main.

"Une bourse de sirène."

Beaulieu le dévisagea.

"C'est comme ça qu'on les appelait quand j'étais petit."

Et même s'il n'avait pas inventé le nom, même si en fait c'était une expression courante, Evelyne l'épingla d'un regard admiratif. Bart Mannis. Bart Mannis, cet inconnu échoué sur cette plage avec elle. Son partenaire de terrain. La plus étrange créature de la plage.

Elle tourna la tête à gauche et à droite. La côte s'étendait à perte de vue, la laissant en plein centre d'un presse-papiers grand comme le globe. C'était si simple, le bonheur. Il suffisait de s'arrêter et de regarder.

Leur travail de l'après-midi revint à reculons sur leurs pas du matin. Ils réétudièrent les zones que la marée haute recouvrait et que le reflux laissait à nu. Evie était couverte d'algues et de sable mouillé. Elle s'égratignait jusqu'au sang sur des coquilles brisées de bivalves, un compteur dans une main, une loupe dans l'autre, recensant des créatures qui n'appartenaient vraiment ni à la terre ni à l'eau, des êtres contraints de se réinventer quatre fois par jour.

Il suffisait de faire quelques pas vers le continent ou vers l'océan pour que le mélange d'habitants change. Cinq communautés distinctes se déployaient ainsi sur un estran de vingt pas, avec un mètre de dénivelé. Cinq mondes différents se faisaient prendre en stop par cette île barrière, ce banc de sable improvisé qui lui-même migrait sans cesse entre terre et mer à travers le cours des siècles.

Ils campèrent sur les dunes, dans une brèche du smilax épineux. Le ciel se dégagea pour distiller des étoiles. Chaque souffle sentait la silice et l'iode. Leur feu de camp sur la plage était à peine infime, et sa spirale de fumée s'élevait vers une nuit plus vaste que les mots. La lune du chasseur attirait l'eau consentante qui allait se fracasser au bord du continent, et la pulsation de ce piston liquide valait toutes les chansons.

La vie offrait tellement, la vie offrait trop, bien plus que ce que Beaulieu pourrait jamais honorer, plus que tout être vivant n'en pouvait soupçonner ou mériter. Evie en aimait tout, même les humains, car sans le miracle de la conscience humaine l'amour pour un tel monde ne serait qu'une impulsion sans nom parmi des milliards d'autres.

Elle se demanda, dans le noir, une fois le feu éteint et chacun sous sa tente, si Bernique n'allait pas venir toquer à sa porte de toile, et cette nuit-là elle rendit grâce à tous les innombrables et infimes dieux côtiers parce qu'il n'en fit rien.

———

Le lendemain, le trajet de retour à Durham fut essentiellement silencieux. Quelque chose avait changé entre eux depuis leur soirée au coin du feu à Ocracoke, infléchissement vers une intimité pour laquelle elle n'était pas prête.

Les yeux sur la route, Bernique demanda : "Tu as une philosophie de vie ?

— Comment ça, une philosophie de vie ?" L'expression lui semblait une contradiction dans les termes.

"Des mots selon lesquels tu vis."

Elle ne vivait pas selon des mots. Elle vivait selon la vie. Mais la question était tendre et touchante, et elle fit de son mieux. Elle lui fournit ce grand classique de la sagesse populaire québécoise.

"*Attache ta tuque et lâche pas la patate !*

— Ça veut dire quoi ?"

Elle lui traduisit. Bart Mannis en rit si fort qu'il faillit les envoyer dans le décor. Mais le sens était clair, pas vrai ? On s'accroche et on y va. Toujours. En bonne créature des marées.

———

Durant son dernier semestre à Duke, Evelyne postula au programme de plongée scientifique de l'institut océanographique

Scripps. On lui répondit en mars. *Nous sommes au regret de vous informer que nous ne sommes pas en mesure de vous admettre dans notre programme doctoral de la rentrée prochaine…*

Rejetée. La lettre n'avait aucun sens. C'était impossible : personne parmi ses condisciples n'avait un cv digne du sien. Deux jours passèrent avec une Evie à l'état de zombie, incapable de quitter le canapé de son appartement de Durham.

Elle écrivit au directeur du service des admissions pour faire appel de la décision. Elle reçut en réponse une lettre lui proposant un entretien de vingt minutes en face à face pour plaider sa cause. *Faute de réaction de votre part dans les dix jours, nous considérerons l'affaire comme close.*

Des hommes puissants jouaient à un petit jeu avec elle, convaincus qu'elle n'avait pas de riposte à leur opposer. Et ils avaient raison. Allongée sur la couchette du haut de sa chambre partagée, elle pleurait dans un sweat-shirt Duke University roulé en boule pour ne pas se faire entendre de sa colocataire, une fille du Middle West qui étudiait les arts ménagers. Elle s'imaginait retournant au Québec et endurant des années de tourment et de leçons maternelles sur l'excès d'orgueil et la nécessité de garder des prétentions réalistes.

De la catastrophe naquit un plan. Elle finit par se secouer, et enfila son plus joli chemisier et un pantalon corsaire. Puis elle parcourut à pied trois kilomètres sur Chapel Hill Road jusqu'à la maison de Bart Mannis. L'homme qui possédait une Buick Special modèle 1952 en parfait état de marche.

Il était plus de dix heures du soir quand elle arriva, mais Bart fut ravi qu'elle le tire du lit. Comme elle s'y attendait.

"Ça te dirait de voir la marée arriver de l'ouest ?" Elle accompagna la question d'un petit sourire en coin, comme s'il pouvait espérer voir d'autres choses inconnues par la même occasion. "Aller-retour pour San Diego, aux vacances de printemps. Tous frais payés."

Son ami en resta éberlué dans son minuscule salon. Il la toisa des pieds à la tête, tentant de diagnostiquer cet accès de folie québécoise. La seule fois où il l'avait vue si téméraire, c'était lors d'une plongée au large de Diamond Shoals à la recherche d'épaves, où elle avait failli épuiser ses bouteilles.

“Tu n’aurais pas pu prévenir par téléphone ?
— Écoute… Je sais que ça a l’air dingue…”

Elle lui montra la lettre de rejet, ainsi que le courrier suivant qui lui proposait vingt minutes pour faire appel. Bernique grimaça. Lui-même avait le luxe de choisir entre rester à Duke pour y étudier la chimie marine et s’inscrire à l’institut Woods Hole en diplôme d’océanographie physique. Or il avait un quart de point de moins qu’elle de moyenne générale à Duke.

Il leva les yeux, secouant la tête. “C’est pas juste. Tu fais partie des meilleurs de notre promotion. Tu es la meilleure plongeuse d’entre nous. Et ils ne disent même pas pourquoi ils t’ont refusée !”

Elle soutint son regard, tentant de donner à son désespoir l’allure de la détermination. “C’est ça que j’aimerais bien comprendre.”

Son regard à lui disait : *Sept mille kilomètres. Toute une semaine de ta vie gaspillée pour la plus infime des chances. T’as vraiment perdu pied.* Mais à voix haute il se contenta de dire : “J’aime vraiment *beaucoup* les filles grandes.”

L’expédition supposait trois jours de route non-stop. Tout ce dont Evie avait besoin tenait dans un petit sac de marin. Ils emportèrent des sandwichs, des cookies et un énorme thermos d’eau. Ils se lisaient à haute voix des passages du *Monde du silence*, qu’ils avaient déjà lu quatre fois et demie à eux deux. À la fin de chaque chapitre ou presque, Bart la harcelait pour qu’elle lui parle de l’auteur. D’une voix déférente, comme si Evie était en ligne directe avec un saint.

“Je te l’ai déjà dit : je ne l’ai rencontré que trois fois, quand j’étais gamine.
— D’accord, mais il était *comment* ?
— Tabernacle ! Qu’est-ce que tu veux que je te dise ? Il était gentil, il souriait beaucoup, et il disait qu’il serait devenu aviateur s’il n’avait pas été gravement blessé dans un accident de voiture. Et il avait un magnifique nez de Français.”

Elle savait tout ce que le grand homme faisait pour les océans. Et ça ne la gênait pas qu'on appelle Cousteau l'inventeur du scaphandre autonome, même si tout le boulot avait été fait par M. Gagnan, M. Commeinhes et des hommes comme son père. Mais en matière de livres sur l'océan, il y avait une Américaine qu'Evie aimait encore davantage.

Elle avait proposé de lire *La mer autour de nous*, quand ils traversaient encore l'Alabama. Bart avait renâclé. Elle réessaya à mi-parcours, à un moment où c'était lui qui conduisait. "Allez, mon vieux. Tu vas adorer ça. Ça nous permettra de tenir jusqu'au bout du Texas."

Le titre seul le faisait grimacer. "C'est pas un livre pour enfants ?

— Et alors ? Ton héros Cousteau, c'est le plus grand enfant sur Terre !

— Te voilà bien grincheuse. Tu devrais peut-être faire une sieste."

Cet homme l'exaspérait. Peut-être même qu'elle le détestait.

Ils n'échangèrent pas un mot sur tout le long tronçon entre Amarillo et Tucumcari. Mais parvenus au désert de Sonora, ils se massaient mutuellement les épaules. Ivre de manque de sommeil, Bart faisait des projets. "On va se rendre visite l'an prochain. Même si… enfin, quoi qu'il arrive."

Et puis le Pacifique s'étendit devant eux, un tiers du monde.

Du haut des rochers de la crique de La Jolla, en contrebas du campus de Scripps, ils regardèrent les flots se retirer. Evie avait dans la gorge un goût de goémon et de brume. Même cette première vision du plus grand océan sur Terre – le grondement inlassable des vagues, vieux de quatre milliards d'années – ne suffit pas à raviver ses espoirs, qui refluaient plus vite que toute marée. Elle s'était imposé, à elle et à son meilleur ami, des jours et des nuits de stress et des dépenses folles pour présenter en vingt minutes sa défense sans défense.

"Tu as raison", dit-elle à Bart. Mais, assis à côté d'elle sur les rochers couverts de coques, il était trop décérébré par le voyage pour lui demander en quoi il avait raison.

Les nuits à dormir dans la voiture n'avaient rien fait pour améliorer chez Evie ce que les publicitaires de Madison Avenue, en cette année 1957, auraient appelé son sex-appeal. Elle se décrassa au lavabo dans les toilettes pour femmes du vieux bâtiment de l'institut Scripps et enfila la robe-chemise ceinturée en soie qui attendait sur cintre à l'arrière de la voiture.

"Je suis comment ?" demanda-t-elle.

Bart était congénitalement incapable de mentir. "Je suis désolé, E. B., mais y a qu'un barracuda qui voudrait de toi.

— Merci de ta franchise." Elle lui tapota la joue et s'achemina d'un pas vacillant vers son entretien.

Le bureau du responsable des admissions était également un labo. Des aquariums de deux mille cinq cents litres d'eau salée formaient un U le long de trois murs, encadrant la table où trônait Edward Michelson. Il se leva pour lui serrer la main. La force de sa poigne la laissa perplexe. Est-ce qu'elle le rendait nerveux ?

Elle s'assit sur le gril face à lui et plaida sa cause. Les faits étaient inattaquables. "Mes notes et mes résultats d'examens sont solides. Mes lettres de recommandation sont… encore meilleures. Je suis une candidate de premier ordre."

Ça la rendait malade d'avoir à le dire. Mais pas autant que de ne pas le dire.

"Nous recevons beaucoup de candidatures de premier ordre. De l'élite du pays.

— Oui. Mais personne qui ait mon expérience de plongée."

Le doyen Michelson se renfonça dans son fauteuil, cherchant l'inspiration au plafond. "Dites-moi ce que vous savez de la circulation de Langmuir."

Elle réprima un cri. Elle avait postulé pour étudier la biologie marine, pas l'océanographie physique. Mais après avoir compté jusqu'à trois dans sa tête, elle se lança dans les complexités mathématiques des vortex de sillage et de leurs effets sur le plancton et le necton. Son examinateur l'interrompit au moment même où elle commençait à se passionner pour le sujet.

"Et où vous vous situez sur la dérive des continents ?"

Le piège était flagrant, avant même d'être posé. Le sujet le plus controversé de toutes les sciences de la terre était déjà un champ de bataille bien avant son esclandre en plein amphi de Duke. Deux ans plus tard, les doutes d'Evie quant au dogme régnant n'avaient fait que s'approfondir. Mais quoi qu'elle réponde, elle aurait tort aux yeux d'une moitié des spécialistes. Edward

Michelson lui-même était peut-être captif d'un vieil obscurantisme. Elle inspira un grand coup et plongea.

"L'hypothèse se renforce d'année en année. D'ici que j'aie votre âge, les sceptiques auront l'air bien bêtes."

La sentinelle en titre de l'institut sourit. "Vous croyez que ça prendra si longtemps ?"

Elle baissa les yeux sur ses genoux, où elle avait posé le journal couvert de toile cirée qu'elle tenait depuis ses douze ans. Il contenait une décennie de comptes rendus de plongée méticuleusement manuscrits. Elle avait accumulé davantage d'heures à plus de quinze mètres de profondeur que le plus chevronné des membres de la commission des candidatures.

"Tenez", dit-elle en poussant le journal vers lui sur le bureau. Elle avait renoncé à croire que ça pourrait changer les choses. Mais elle nourrissait un minuscule espoir que ça le rende penaud.

Le responsable des admissions ricana en voyant le motif d'hibiscus criard en couverture. "Qu'est-ce que c'est que ça ?"

Beaulieu se contenta d'incliner la tête vers le cahier, avec un regard de défi.

Le décideur d'avenir feuilleta les pages qui passaient du français à l'anglais, des grosses lettres rondes et détachées de l'enfance à l'écriture nette et fluide de l'étudiante. Tandis qu'il lisait, les trois murailles d'aquarium peuplées de poissons de mille couleurs offraient à Evelyne une distraction miséricordieuse. Un monstre difforme, d'un brun rougeâtre, attira son regard en se mettant à creuser le fond sablonneux. Elle s'écria, sans même s'en apercevoir :

"*Gadon ço !* C'est un *Dactylopus* ? Je n'ai jamais vu..."

Le doyen Michelson sursauta et releva les yeux de sa lecture. "Oui. On l'a rapporté d'une de nos expéditions en mer de Chine."

Elle ne demanda pas la permission de se lever et de passer derrière son bureau pour mieux voir. Les permissions n'avaient plus d'importance. Ni les bonnes impressions. Elle avait traversé le continent pour rien. Tant qu'à être là, elle pouvait au moins contempler cette créature étonnante.

Le dragonnet dactylé était si bizarre, si improbable, si grotesque, si beau qu'elle avait du mal à y croire. Des taches bleues frappantes sur les principales épines de sa nageoire dorsale fluctuaient au-dessus du renflement jumeau des yeux. Ses lèvres orange sanguine avaient la couleur des cheveux d'Evie, du moins quand ils étaient propres. La peau mouchetée se fondait à présent dans le lit de graviers où la bête rampait. Un dragonnet, oui, avec d'autres rayures bleues qui ajoutaient une touche d'élégance hideuse à sa queue flamboyante. Evie était ce poisson : une horreur grêle dans une jolie robe cintrée. Abrutie par les jours à rouler sans dormir, voyant s'évanouir sa chance de passer sa vie parmi les délires les plus fous de la nature, elle laissa la brûlure remonter dans sa gorge et lui piquer les yeux.

Une voix à côté d'elle dit : "C'est quelque chose, hein ?"

Elle se tourna et vit son tourmenteur se pencher vers l'aquarium avec le même émerveillement qu'elle, comme si c'était la première fois qu'il voyait un *Dactylopus*. Elle s'efforça de reprendre le contrôle de sa voix.

"Oui. C'est quelque chose."

Le doyen Michelson gardait le regard rivé sur le poisson. "Je vous demande pardon pour nous tous. On a cru que vous mentiez."

Ces excuses la firent bondir comme une gifle. Elle se redressa, et l'homme se redressa aussi : il était repentant, mais enfin il la regardait dans les yeux.

"On ne pensait pas que quelqu'un de votre âge… surtout une femme… ait pu faire de la plongée depuis aussi longtemps que vous le disiez."

Le silence lui parut son meilleur argument. Elle s'efforça de ne pas lui donner l'accent de la vertu outragée.

"Ça vous paraît possible de revenir à quatre heures ? J'aimerais passer quelques coups de fil.

— Oui, ça me paraît possible."

Lorsque Evelyne revint au bureau du doyen Michelson en fin d'après-midi, il lui annonça la nouvelle. "Je suis navré, mais je ne peux pas vous proposer d'inscription dans notre programme doctoral cet automne."

Elle laissa échapper à mi-voix un chapelet d'invectives en joual, si grossières que même trois jours sans dormir ne suffisaient pas à les excuser.

Le doyen la toisa, tapi derrière son bureau dans le U des aquariums. “Je ne vous demanderai pas de traduire. En revanche, je *peux* vous proposer une inscription à l'automne suivant, à condition que vous acceptiez de passer cinq mois et demi à bord d'un nouveau navire d'exploration qu'on envoie dans le triangle de Corail.”

Elle cilla. Cilla encore. Ses yeux n'arrêtaient plus de cligner, comme ceux d'un gobie amphibie qui passe de l'eau à la terre.

“Ça ne vous laisse pas beaucoup de temps. J'en suis désolé. L'équipage embarque dans un mois. On manque cruellement de plongeurs chevronnés. Il n'y en a pas encore beaucoup, des comme vous. Un de nos meilleurs vient de nous faire faux bond, et un autre a glissé sur un pont de bateau mouillé et s'est fait deux fractures sévères.”

Evelyne Beaulieu resta assise sur sa chaise de suppliante, aussi flasque qu'un thon transpercé par un harpon. Enfin elle s'autorisa à y croire et ses yeux s'emplirent de larmes. Le doyen Michelson agrippait les bras de son fauteuil en se demandant s'il devait annuler l'invitation. Mais elle se reprit et le remercia, en s'efforçant de ne pas paraître trop pathétiquement reconnaissante.

“Ce serait… parfait. Ce serait un rêve.

— Ça ne sera ni l'un ni l'autre, je peux vous l'assurer. J'ai des collègues qui trouvent ridicule de vous proposer cette mission. Mais vous m'avez l'air capable de faire face à l'opinion des autres.” Il ne la quittait pas des yeux. Il n'avait pas l'air confiant. Elle tenta de soutenir son regard, pour lui faire comprendre qu'elle était réellement une force de la nature à la hauteur de l'occasion.

“Avant qu'on l'annonce publiquement, vous allez devoir vous entraîner à affronter la presse.”

Ses reniflements cessèrent d'un coup, comme une aiguille arrachée à un microsillon. “Il faudra que je parle à la presse ?

— Trente-sept jeunes savants mâles pour une rousse canadienne de vingt-deux ans, coincés ensemble en pleine mer pendant six mois ? Je ne vois pas en quoi ça pourrait intéresser les journaux.”

On était en l'an 1957. Pepsi proposait d'aider la ménagère moderne dans la lourde tâche de rester mince. Alcoa lançait un bouchon de bouteille que même une femme pouvait ouvrir – *sans couteau, sans tire-bouchon, sans même un mari !*

“Oh, fit Evelyne Beaulieu en baissant la tête. Oui. Bien sûr. Je comprends.”

Evie et Bernique pique-niquèrent de sandwichs œufs durs-salade à la crique de La Jolla. Un trio de lions de mer était monté sur les rochers, et l’air exhalait un parfum de sauge, de vergerette et de guano. L’eau mêlait les courants les plus froids de toute la côte de San Diego, mais elle était assez limpide pour qu’on aperçoive au-delà du rivage l’orange vif d’un banc de demoiselles Garibaldi. Un peu plus loin, la grande remontée d’eau fertile dans la couche photique alimentait l’une des plus grandes couveuses de vie de la planète.

Evie faisait mine de ne pas être euphorique. Bart Mannis faisait mine de ne pas être morose.

“Tu vas accepter ?”

Elle le gratifia d’une bourrade sur l’épaule. “Qu’est-ce que tu crois ? T’es fou ou quoi ?

— Non, tu as raison. Moi je dirais oui, évidemment, si j’étais toi. Mais bon, si j’étais *toi*-toi, je devrais affronter la tempête.

— Quelle tempête ? On s’en fout ! La presse américaine ne va pas suivre un navire scientifique jusqu’au Timor oriental.

— Et alors… nous, qu’est-ce qu’on devient dans tout ça ?”

Sa longue silhouette étroite se figea en entendant cette syllabe, *nous*. Elle crut qu’il parlait du pacte qu’ils avaient conclu pendant leur traversée du pays, de se rendre visite l’année suivante. Il ne pouvait quand même pas l’astreindre à ça. Elle ne voyait même pas pourquoi il y tiendrait.

“Qu’est-ce que tu veux dire ?”

Il contempla les lions de mer en contrebas. La saison des amours était terminée. Il n’y avait pas de territoire à défendre. Et pourtant, l’agitation régnait. Une énorme femelle bascula en avant et glissa dans l’océan, et la boiteuse terrestre se mua en ballerine aquatique.

“E. B. Il faut bien que tu retournes en Caroline du Nord, non ? Et toutes tes affaires, alors ? Et comment tu vas réussir à être ici dans trois semaines et demie ? Tu vas prendre *l’avion* ?”

Elle voyait le type bien qu'il y avait en Bernique lutter pour ne pas dire tout haut ce qu'il aurait eu le droit de dire. Elle s'était servie de lui. De sa voiture. Elle avait abusé de sa gentillesse, et du fait qu'il était amoureux d'elle. Et maintenant qu'il ne pouvait plus rien faire pour elle, elle le rejetait à la mer.

Elle referma les mains sur la petite monnaie dans la poche de sa veste. Regarda les rochers.

"J'ai une idée. Qu'est-ce que t'en dis ? On va se marier."

La tempête fut pire qu'elle ne s'y attendait. Lors de la conférence de presse, les journalistes ne la lâchaient pas.

"Vous trouvez *vraiment* que ça n'a rien de bizarre d'être la seule femme à bord ?

— Écoutez ; je suis diplômée de l'université Duke. Je me suis formée pendant quatre ans à tous les aspects de l'océanographie, avec une spécialisation en biologie marine. Mon père a contribué à l'invention du scaphandre autonome. Peu de gens sur terre plongent depuis plus longtemps que moi. Je suis qualifiée pour collecter des échantillons, procéder à des identifications, recenser la localisation, la profondeur, le degré de salinité, les courants et l'ensoleillement de toutes nos zones de découverte, sélectionner et préparer les meilleurs spécimens pour les musées...

— Donc vous ne vous contenterez pas de passer la serpillière sur le pont ?

— On va passer plus de cinq mois en mer. J'imagine que tout le monde aura son lot de serpillière.

— Et votre mari, qu'est-ce qu'il pense de tout ça ?

— Vous n'avez qu'à lui poser la question."

Elle désigna Bernique, debout au fond de la salle derrière les bancs de la presse. Un sourire de fierté incontrôlable envahit son visage. La vie était devenue une fête. Peut-être bien qu'elle l'aimait vraiment.

Un autre journaliste repartit à l'assaut. "Selon certains, ça porte malheur d'avoir une femme à bord.

— Selon certaines, ça ne vaut pas le coup de mordre à l'hameçon des reporters."

Les rires épars se transformèrent en applaudissements.

"Mais quand même… près d'une quarantaine d'hommes en mer pendant six mois… Vous ne craignez vraiment pas de complications ?"

L'équipe de Scripps l'avait briefée pour toujours répondre *en scientifique et en professionnelle.* Mais la question revenait avec une fréquence tellement lassante qu'elle finit par éclater.

"Écoutez, si vous voulez parlez de sexe, posez-moi des questions sur les mérous. Sur les orgies de coraux. Sur les poissons qui changent de sexe en fonction des besoins. Ça, c'est vraiment fou !"

Au bout du compte, le pire titre qu'eut à subir l'expédition fut le suivant :

EVIE LA GIRAFE PREND LA MER
AVEC 37 HOMMES DANS SON SILLAGE :
"PAS DE PROBLÈMES EN VUE"

Ils embarquèrent donc, trente-huit au total, pour l'endroit le plus sauvage de la planète. Pendant six mois, des Philippines à la Malaisie puis à la Nouvelle-Guinée, le vaisseau scientifique *Ione* sillonna cinq millions de kilomètres carrés d'océan, longeant la plus grande mangrove du monde et flottant au-dessus d'un tiers des poissons de la planète et de trois quarts de ses récifs coralliens en devenir.

L'*Ione* faisait tout juste soixante mètres de long et comportait, en plus des cabines étriquées, une foule de laboratoires avec ou sans aquariums. Avec tant de gens confinés si longtemps sur un si petit hameau flottant, il y aurait forcément des problèmes. Sauf que ces trois douzaines d'hommes compétents – et cette unique femme non moins compétente – accomplissaient le grand voyage de leur vie, parcourant l'immensité de l'océan, longeant les rivages les plus fantastiques, faisant chaque jour des découvertes, plongés dans une activité qui donnait tout son sens à leur existence. Maintenir le navire en état et effectuer les tâches scientifiques quotidiennes, ça laissait peu de temps et d'énergie pour le mélodrame.

Il y avait eu des idylles, du sexe, de l'amour lors de voyages d'exploration dès avant les Phéniciens. L'ajout d'une femme à bord n'y changeait pas grand-chose. Au contraire, la présence d'Evie fit que le reste de l'équipage se montra sans doute plus sage qu'il ne l'aurait été. Bon nombre des hommes s'entichèrent d'elle et la désiraient, et deux ou trois peut-être lui balbutièrent des poèmes ou risquèrent une proposition osée dans les rares moments d'intimité. Evelyne y réagit en suivant son intuition, et il n'y eut pas de conséquences durables.

Mais pour l'essentiel, les scientifiques embarqués sur l'*Ione* la traitaient comme une membre de la bande. Ils riaient, mangeaient et buvaient avec elle, alternaient les quarts avec elle et la faisaient travailler à toute heure tour à tour, la charriaient, la prenaient de haut, la protégeaient farouchement de toute leur maladresse masculine, et passaient de longues journées à ses côtés, à plonger, à collecter, à analyser leurs trouvailles, en oubliant souvent son sexe pendant des heures d'affilée.

Pour Evelyne, la vie à bord lui rappelait parfois le travail de terrain de ses études à Duke. Elle était rodée depuis des années à se montrer docile face à la virilité pontifiante, à supporter avec le sourire le badinage des mâles, à travailler deux fois plus pour deux fois moins de reconnaissance. Elle n'avait aucun mal à respecter les règles, jusqu'à ce que les faiseurs de règles aient le dos tourné.

L'*Ione* avait été conçu comme un yacht privé avant que la Navy ne le rachète pendant la guerre pour en faire un patrouilleur. Rendu à la vie civile, le vaisseau fut remodelé pour les études océanographiques. L'expédition avait été conçue pour un navire d'études à l'ancienne, équipé de salinomètres, de testeurs chimiques, de jauges, de câbles, de dragues, de bouteilles Nansen et de disques de Secchi, d'échantillonneurs, de filets et de profileurs de colonne d'eau – le genre d'études scientifiques où les savants n'étaient mouillés que par les embruns et les grains. Mais, révisé pour cette longue traversée, l'*Ione* devint l'un des premiers bateaux adaptés au nouveau monde, au monde merveilleux de la plongée libre, où enfin les humains pouvaient profiter un peu de l'univers qu'ils étudiaient.

La plupart des mers qu'explorait le navire n'avaient jamais vu de scaphandre autonome. Chaque fois qu'Evie, qui après tout n'avait encore que vingt-deux ans, se glissait dans l'une de ces zones vierges, elle ressentait une pression plus grande que celle de l'eau. Le regard qu'elle y portait était souvent le premier jamais accordé à un humain. Elle n'avait pas le droit à l'erreur.

Où qu'elle plonge dans le triangle de Corail, des poissons de toutes formes, de toutes couleurs, de toutes espèces s'assemblaient autour d'elle. Curieux, ils accouraient des plus lointains quartiers du récif pour examiner cette visiteuse inédite. Evelyne n'avait pas besoin de beaucoup d'imagination pour comprendre : ces êtres menaient leurs propres recherches.

Parfois elle piétinait sur place, submergée par le plus délirant assortiment d'inventions dignes du Dr Seuss : indigo, orange, argenté, toutes les couleurs du spectre depuis les nudibranches pie jusqu'à des limaces luisantes et blanches comme l'os hérissées d'une forêt d'épines. La mer la portait, avec une sensation de soie tiède sur ses membres nus. Elle flottait en suspension au milieu de récifs qui s'élevaient en pinacles, en coupoles, en tourelles et en terrasses. Elle était un ange désarmé planant au-dessus d'une métropole bâtie par des milliards d'architectes presque invisibles à l'œil nu. La nuit, à la lumière des projecteurs, lorsque les polypes coralliens sortaient se nourrir, le récif bouillonnait d'une activité irréelle, d'un milliard de missions psychédéliques toutes différentes, toutes interdépendantes.

Lors d'une plongée dans l'archipel Raja Ampat, au large des îles des Quatre Rois, elle oublia complètement qu'elle faisait de la science. Elle se sentait comme un bambin au Pays des Jouets, lâchée dans le plus grand terrain de jeu qu'ait jamais vu un enfant. Elle jouait à cache-cache avec les pieuvres, à chat avec les hippocampes pygmées. Elle s'enivrait des zébrures surréelles des anémones coloniales. Ses doigts taquinaient les toiles proliférantes des gorgoniens. Elle faisait le poirier pour épier l'intérieur des fissures à la base des coraux, cachettes de poissons mandarins expressionnistes et d'élégantes anguilles vertes.

Les journalistes lubriques avaient finalement raison. La traversée dégénéra en une spectaculaire orgie, dont la moitié de l'équipage jouissait en groupe sous la surface. Le grand soir de l'année, quand le cycle lunaire et la température de l'eau eurent proclamé ensemble leur indécodable *maintenant*, le récif explosa d'un élan de sexe joyeux. Sous les yeux d'Evie, toutes les colonies, dans toutes les directions et à perte de vue, expulsèrent en même temps dans la mer leurs billions de spermatozoïdes et d'œufs, et une poignée d'humains aux maigres torches virent la mer se muer en blizzard tournoyant de jaune, d'orange, de rouge et de blanc. Tandis que les flocons tourbillonnaient tout autour d'elle, quelque chose en Evie murmura : *À présent je pourrais mourir. J'ai vu le mécanisme inlassable, l'insondable dessein de la Vie, et il n'aura jamais de fin.*

Elle écrivait à Bernique – à Bart, *son mari* – en expédiant ses lettres de diverses escales :

> *C'est presque absurde de compter les espèces. Rien que pour les cnidaires, il y a sans doute au moins un millier de variétés, dont un bon nombre qu'aucun humain n'a jamais vu. Combien d'espèces encore à découvrir ? Autant qu'on en veut ! Je pourrais passer ma vie à donner à des créatures ton nom et le mien !*

Il ne pouvait pas lui répondre, faute de moyen de joindre le navire errant, et ses questions sur le déménagement, le vide-grenier, le garde-meubles, les maisons à louer, les reports d'études, les boulots alimentaires entre-temps, bref, tout leur avenir improvisé, demeurèrent sans réponse.

Bien sûr, personne ne découvrait jamais de *nouvelle* espèce. Mais lorsque Evelyne s'attacha à faire recenser une créature inconnue bien à elle, ce fut un gros amphipode extraterrestre qu'elle baptisa en hommage à son père, le bricoleur au rire si doux, l'extraterrestre qui l'avait jetée dans cet élément extraterrestre et qui avait quitté la Terre au quatrième mois de la première expédition de sa fille : *Ingolfiella emilea*.

Au bout de cinq mois, elle regagna la terre. Bernique et elle tombèrent dans les bras l'un de l'autre dans un hôtel minable de San Diego, à deux rues de Harbor Drive, dans le quartier de Gaslamp. Ce n'était que la dixième fois qu'ils couchaient ensemble. Le lit tanguait et roulait sous eux, pour Bart à cause de sa passion trop longtemps différée, pour Evie parce que son cerveau de loup de mer ne se croyait pas encore sur la terre ferme. Il fallut deux nuits complètes et deux journées alanguies de rires, de jeu et de service en chambre pour que Bart Mannis comprenne que les sources respectives de leur excitation ne coïncidaient pas totalement.

La vie à terre plongeait Evie dans une déprime sourde. Tous ces mois de mauvaise nourriture, de logement confiné, de pont instable, de nuits sans sommeil et de capitaine tyrannique étaient finis, emportant avec eux l'aventure et la camaraderie. Mais une nouvelle perçait cette cloison de détresse.

"Écoute. Il faut que je te dise un truc." Elle essaya de choisir ses mots, mais son cœur la prit de vitesse. "Tu ne vas pas me croire. C'est trop beau pour être vrai."

Bart fit un grand sourire et roula vers elle, prêt pour un énième conte du royaume dont elle avait été reine pendant six mois. Les histoires qu'il avait à lui raconter de la vie à terre en son absence s'étaient taries quelques heures après son retour.

"Ils ont reçu une subvention fabuleuse. L'*Ione* va faire un autre voyage, sans doute au printemps."

Il partagea son enthousiasme, entre océanographes. "C'est super. Tant mieux pour eux. Tant mieux pour l'Amérique. Tant mieux pour la science."

Puis il comprit pourquoi elle était si joyeuse.

"Oh, tu ne penses pas sérieusement à… ? Et le doctorat ? On avait déjà parlé de tout ça."

Elle se hâta de le rassurer. "Je vais m'inscrire aux cours du premier semestre, et je resterai avec toi à La Jolla au moins jusqu'aux fêtes. À moins que le planning soit avancé et qu'on parte plus tôt que prévu. Je ne serai pas absente longtemps.

— Combien de temps ?

— Une saison, guère plus. Enfin, un peu plus. Encore six mois."

Il se remit sur le dos et leva les yeux vers son avenir. Elle l'étudia. Il l'avait attendue. Il était tellement doux et constant, pour un homme, et elle avait de la chance d'avoir épousé quelqu'un de si calme et de si confiant.

Il s'adressa à l'atlas des fissures du plafond. "Ça ne marchera jamais, hein ?

— Qu'est-ce que tu racontes ? Bien sûr que ça va marcher. Ça va être merveilleux. Ces cinq mois, on les a bien réussis."

Il ne put s'empêcher de sourire, au moins du coin des lèvres. "Surtout toi.

— Tu n'auras même pas le temps de te rendre compte de mon absence.

— Et tu repartiras aussitôt."

Elle faillit monter sur ses grands chevaux pour réfuter l'accusation. Mais une faille s'était ouverte entre eux dans le lit, sous le drap froissé. Elle battit du bras pour lui saisir le poignet.

"Ça va marcher."

Il replia les doigts pour entourer les siens. "Ce n'est pas la vie que je voulais."

Mais c'est la vie que tu vas avoir, pensa-t-elle. *Et c'est une vie meilleure que presque toutes les autres.* Mais à voix haute elle répondit : "Une année pour moi, et ensuite une année pour toi. Et on discute de tout."

Il repoussa sa main. "Tu appelles ça discuter ? Moi j'appelle ça une annonce ! On t'a déjà accordé six mois !"

Elle se rétracta face à la créature qui lui hurlait dessus de l'autre côté du lit anonyme et taché. Elle ne le reconnaissait plus. Il ne se reconnaissait plus. Il se rallongea et se masqua le visage. "Excuse-moi. J'ai poussé trop loin.

— Non, dit-elle. C'est moi qui t'y ai poussé."

Elle voulait lui reprendre la main. Et peut-être voulait-il lui reprendre la sienne. Mais ni l'un ni l'autre ne combla la distance. La main qu'il s'était plaquée sur le visage glissa vers l'arrière pour agripper la nuque. Il lui fallut deux tentatives pour transformer son souffle en mots.

"Evelyne ? Je crois que c'est ce voyage ou moi."

Dans la lumière sableuse de l'après-midi, la honte d'Evie se confondait avec l'excitation. Elle ferma les yeux, et sous ses paupières elle vit les récifs céruléens de Raja Ampat, les bancs de poissons papillons aux jaunes flamboyants, aux faux yeux bordés de bleu, qui l'examinaient avec curiosité et accueillaient son retour. Elle ne dit rien.

Il se redressa sur les coudes. "Bien. Je suppose donc que c'est le voyage."

Elle tendit la main vers son omoplate mais il se déroba violemment. Puis de nouveau il se maîtrisa, lui prit la main et lui effleura la paume de ses lèvres. Il sauta du lit et enfila sa salopette. Elle se demanda s'il comptait se rhabiller et s'éclipser, la laisser seule dans cette chambre d'hôtel sordide et disparaître de sa vie comme une personne décédée.

"Allez, fit-il. On va déjeuner. Et peut-être aller jusqu'à Coronado. On pourra parler avocats et divorce un jour où il fera moins beau." Puis il s'effondra et s'enfouit la tête dans les mains. Il resta ainsi longtemps. Quand il démasqua son visage, il souriait.

"Bien sûr que tu choisirais l'océan. Comme n'importe quelle personne sensée."

Elle ressentit un grand calme, comme la bonace de l'équateur. Elle lui prit le poignet et le caressa. Il ne se dégagea pas, mais ses yeux se dérobèrent, refusant tout. Puis lentement son regard revint sur elle.

"Je... Je peux pas... J'arriverai pas à te quitter, hein ?"

Elle secoua la tête d'un air si morose qu'il éclata d'un rire douloureux. Il ferma les yeux, comme s'il allait trouver son salut en ne la regardant pas.

"OK. Redis-moi la phrase ? Sur le bonnet et la pomme de terre ?

— Attache ta tuque. Ne lâche pas la patate.

— Ne lâche pas la patate.

— Ne lâche *jamais* la patate."

———

Elle en était à sa troisième expédition à bord de l'*Ione* quand elle apprit les nouvelles du *Trieste*.

Bart était à la maison à La Jolla et terminait sa thèse. Son ressentiment envers Evie pour ses absences s'était adouci à mesure que son propre travail sur le tapis roulant océanique se révélait de plus en plus intéressant et enrichissant. Les premières velléités doctorales d'Evelyne s'étaient perdues en mer.

Ça n'avait guère de sens de se former à une carrière dont elle jouissait déjà, et ses mois passés sur le bateau lui fournissaient des lignes plus flatteuses sur son CV qu'un nombre équivalent de mois dans n'importe quelle salle de classe. L'océan était un professeur exigeant, et si Evelyne devait souvent gratter pour combler ses lacunes dans ce qu'elle aurait pu apprendre à Scripps, les millions de kilomètres carrés de son école lui offraient des leçons qu'aucun autre être humain n'avait jamais apprises.

Elle et l'*Ione* ne faisaient qu'effleurer la surface. C'est en cabotant au large de Guam durant la première année de la nouvelle décennie que des nouvelles de Piccard et de Walsh à bord du *Trieste* leur parvinrent par radio. Les deux hommes étaient descendus à dix kilomètres de profondeur, dans l'obscurité totale bien en dessous de la thermocline, dans la fosse des Mariannes près des Philippines, à bord d'un bathyscaphe équipé d'une chambre de flottaison remplie d'essence. Cette minuscule sphère, tout juste assez grande pour contenir deux hommes, était dotée d'une unique fenêtre de plexiglas qui s'était fissurée à huit kilomètres de profondeur. Il avait fallu près de cinq heures à Piccard et Walsh pour atteindre le point le plus bas, Challenger Deep. Ils n'y étaient restés que vingt minutes avant d'entamer la longue remontée vers la surface.

Tout au long de cette colonne de dix kilomètres, à l'aller comme au retour, ils avaient vu de la vie. Des monstres bizarres et délirants comme on n'en voit nulle part sinon dans les cauchemars. Des organismes qui luisaient et palpitaient, prenaient des formes surréelles, et dont le corps informe résistait à des pressions excédant mille bars. Depuis toujours, Evie s'était entendu dire que rien ne pouvait vivre à de telles profondeurs, sous une telle pression et si loin du soleil. Mais la vie n'avait jamais été très douée pour obéir à la logique humaine.

Evie et ses compagnons de voyage s'enivrèrent de cette nouvelle. Assis en cercle sur le pont autour d'un trio de lampes à pétrole, ils engloutirent des bières en tentant de faire le calcul. Une nuit en plein océan, dans un noir d'encre, sous des milliers d'étoiles : il n'y avait pas d'autre moyen de saisir la taille de la planète, l'étendue de l'univers, le terrain de jeu de la vie.

On était en 1960, et les meilleurs océanographes au monde ignoraient la profondeur moyenne de l'océan. "Disons que c'est entre trois et quatre mille mètres, lança un membre de l'équipage. Et maintenant on étend ça aux trois quarts de la planète."

Evie dit tout haut ce qu'ils pensaient tout bas. "Et le moindre mètre cube est vivant." Vivant et vertigineux.

Quelqu'un éclata de rire. "Quatre-vingt-dix pour cent de la biosphère se trouvent sous l'eau !

— Non, quatre-vingt-dix-neuf !"

Aucun humain ne savait vraiment à quoi ressemblait la vie sur Terre. Comment l'auraient-ils pu ? Les humains vivaient sur la terre ferme, au royaume marginal des mutants égarés. Toutes les forêts, les savanes, les marais, les déserts, les prairies de tous les continents n'étaient que des post-scriptum, des annexes de la grande scène de la planète.

Les spéculations prirent une couleur ambre sous les lampes déclinantes. La discussion tourna à la philosophie, puis au chant, comme il arrivait parfois quand le bateau oscillait sous un ciel grouillant d'étoiles. Evie, penchée en avant dans un pliant de toile, souriait en faisant mine de chantonner. Mais une vérité fabuleuse l'empoignait par le cortex.

Elle contempla la houle noire et comprit. Toutes les branches principales de la taxinomie existaient sous les vagues sur lesquelles elle flottait, alors que seules quelques-unes avaient gagné la terre. L'engrenage de la vie continuerait de tourner, d'actionner les rouages de l'évolution, sans se soucier de ce que les humains trafiquaient à la surface. Pour les entités qui vivaient là-dessous, dans un espace aussi sombre et hostile que le cosmos, la vie sur la terre ferme pouvait bien disparaître. Si Khrouchtchev balançait quelques ogives nucléaires à Eisenhower avant la fin de son mandat, provoquant ce que Dulles appelait une "riposte massive", la vie dans la fosse des Mariannes ne cillerait même pas.

L'alcool coulait à flots et la fête avec lui. La nuit, les nouvelles, le chant qu'elles inspiraient à sa communauté donnaient à Evelyne le sentiment d'être belle. Et la beauté qu'elle assumait se communiquait à ses compagnons. On lui fit trois fois des avances quand la soirée s'effilocha, et seules deux de ces propositions étaient visiblement pour rire. Ses soupirants furent dûment fessés et envoyés au lit, et chaque bipède à bord s'estima satisfait.

Evelyne Beaulieu sombra dans le plus heureux des sommeils. Des humains avaient vu des êtres vivants à dix kilomètres sous l'eau, dans les tréfonds de l'océan. Elle avait du mal à y croire. La *vie* excédait la croyance, la vie excédait cette faculté de croire qu'elle avait elle-même mise en branle. Aucun cerveau ancré dans la terre ferme ne pouvait saisir l'ampleur de l'expérience. Le monde aquatique d'Evie, ce monde ésotérique, n'était que propositions, jusqu'au fond des choses.

Elle se retourna et suivit Mona au cœur de Makatea Spa. La manta faisait près d'une tonne, alors que Beaulieu, malgré son lourd équipement, pesait six fois moins. Mais la caméra sous-marine qu'elle tenait à deux mains la lesta jusqu'au niveau où glissait Mona.

Elle lança un coup d'œil par-dessus son épaule gauche pour repérer son ange gardien. Wai Temauri, en suspension près de la surface, lui fit OK de la main en lâchant un chapelet de bulles enthousiastes. Evie préférait plonger seule, et l'avait souvent fait au cours de sa longue vie. Mais son pilote makatéen refusait de la quitter des yeux. Pas question qu'une membre nonagénaire du conseil des Anciens de l'océan meure tant qu'il serait de service. Et Evelyne n'avait jamais le dessus avec quelqu'un qui faisait trois fois son poids et qui avait le tiers de son âge. Elle répondit à son geste et plongea plus profond.

L'activité battait son plein ce matin-là aux kiosques de nettoyage. Des poissons de toutes tailles et de toute férocité, avides d'être débarrassés de leurs parasites, se tenaient sages comme des images. Une demi-douzaine de chauves-souris de mer faisaient la queue, prêtes à punir les resquilleurs. Même les requins les plus sanguinaires feignaient la docilité et l'amour.

Beaulieu s'approcha avec sa caméra d'un requin requiem qui ouvrait grand la gueule et laissait un essaim de labres nager bienheureusement entre ses rangées de dents. Plusieurs autres assaillaient sa surface dorsale et se glissaient dans ses fentes branchiales. Evelyne ne regarda pas en l'air pour voir ce que Wai pensait de son gros plan. C'était inutile. Elle en entendrait suffisamment une fois remontée dans le bateau. Les dinoflagellés faisaient dix fois plus de victimes humaines par an que les requins. Mais son ami Wai ne pouvait pas la protéger de protistes microscopiques.

Elle ne murmurait pas à l'oreille des requins. Elle ne recherchait pas le grand frisson. Elle voulait juste voir de près. Sa seule tâche, c'était d'observer et de décrire, alors que la Règle des hommes, à tous les niveaux, visait à la protéger de ce danger. Elle ne ressentait pas le besoin de défier cette Règle. Il lui suffisait de plonger un peu plus profond pour s'y soustraire. Pour apprendre le jeu que pratiquaient les créatures d'en bas, puis traduire en mots son émerveillement.

Wai Temauri pilotait le bateau pour regagner Makatea, à travers ce qui paraissait à Evelyne une étendue indifférenciée. La haute mer était un calendrier se résumant à une page blanche : pas de jours ni de semaines, ni même vraiment de mois. De vagues saisons mais pas d'années, ni même de siècles, à moins de tomber sur une décharge d'ordures au milieu d'un tourbillon, ou d'apercevoir un bateau naviguant de la Chine à San Diego chargé de vingt mille conteneurs.

C'était cette intemporalité qui l'avait amenée à une vie en mer. Le soleil et le vent, les courants et les vagues, l'odeur et la couleur changeantes de l'air et de l'eau, l'inclinaison des ombres, le roulis de l'horizon : tout cela, elle avait appris à le lire. Mais, dès que la terre était hors de vue, le temps humain s'effaçait, et avec lui la géographie humaine. Evelyne aimait cela plus que tout ce qu'elle avait pu aimer : la sensation que la planète restait presque inconnue, presque inconnaissable. Qu'elle était au beau milieu de la vie tout en étant nulle part.

Elle savait déchiffrer la surface de la mer comme peu d'humains avant elle. Mais Wai Temauri lisait dans les eaux du large des choses qui lui restaient invisibles. Toute la mécanique de l'océan lui était familière. C'était un interprète du texte liquide, et à chacune de leurs expéditions il désignait des pistes : un banc de jeunes barracudas, des signes d'activité sismique, la légère houle causée par un mont sous-marin absent des cartes marines, des motifs de bioluminescence à fleur d'eau, le vol des oiseaux et la course des poissons, tout autour et en dessous du bateau, qui fendaient le sillage et croisaient la proue. Le courant de Teauhaapapeua, entre Makatea et Mataiva, et celui d'Ara hao, qui allait jusqu'à Rangiroa, il les percevait aussi clairement que si l'eau indistincte avait été colorée d'une teinture. Wai trônait à la barre, gros bouddha rigolard toujours chez lui dans un monde amusant, l'oreille aux aguets du moindre potin de l'océan, l'œil attentif à ses secrets intimes.

"Tu vois ça ?" demanda-t-il en français. Il scrutait à tribord une vague tache de rien. Il releva son triple menton pour désigner l'endroit. La mer neutre s'étendait dans toutes les directions.

Evelyne resta sous l'auvent, à l'abri du brasier de l'après-midi. "Non. Où ça ? Quoi ?

— Voilà le chenal. Par où on est venus.

— Attends un peu. Tu es en train de me dire que tu vois ce qui reste de notre sillage ? Alors que ça fait *deux heures* ?"

Il haussa les épaules, incapable de confirmer comme de démentir.

Elle jeta un long regard attentif. "Non mais… tu te moques de moi ou quoi ?"

Il resta parfaitement impassible, peut-être à force de passer trente heures par semaine à jouer au poker avec les deux autres capitaines de l'île. Un nouveau haussement d'épaules, un vague geste vers les vagues – comme pour dire : *C'est bien là / Ça crève les yeux !*

Le masque impassible se fissura. Tous deux éclatèrent de rire.

"Honte à toi. Raconter des bobards à une vieille dame sénile !

— Pas si sénile que ça."

Elle lui administra une claque sur son énorme biceps tatoué. Sa main rabougrie ne lui fit pas plus d'effet qu'une piqûre de moustique. Wai fit semblant d'avoir mal.

"Quand même, dit-il pour sa défense. Notre sillage est toujours là. On voit les bulles bouger." Sa main balaya le ciel limpide. "Je te parie qu'ils le voient de là-haut. Ou bien qu'ils le flairent."

Elle crut un instant que *ils*, c'étaient les dieux. Tāne, Māui, Ta'aroa. Et puis un goéland les survola – un dieu aussi, à sa manière.

L'île grossit à l'horizon, et le courant confirma que Wai avait effectivement retrouvé leur chenal. Il ne naviguait pas aux instruments. Il n'en avait que rarement besoin. Elle secoua la tête, admirative.

"T'es vraiment un phénomène. Le meilleur navigateur humain au monde."

Il laissa ses lèvres se pincer en un soupçon de sourire. "C'est possible. Mais n'importe quel oiseau ou poisson fait mieux que moi."

Beaulieu concédait volontiers à Wai Temauri des compétences dignes des oiseaux et des poissons. Son peuple avait accompli un exploit hors de portée des navigateurs modernes. Ses ancêtres s'étaient aventurés dans l'immensité du Pacifique à la rame, à bord de minuscules pirogues, sans astrolabe ni lunette, sans boussole, sans autre carte terrestre ou marine que celle qu'ils avaient dans la tête. Et sans même d'écriture, ils s'étaient disséminés à travers un océan plus vaste que tous les continents réunis pour en occuper la moindre miette de terre habitable, des miettes éparpillées comme les étoiles d'un univers presque vide.

Et ils avaient peuplé cette vastitude si vite que les insulaires parlaient des langues encore compréhensibles pour leurs lointains cousins à des milliers de kilomètres. Les plus grands marins au monde partageaient encore des mythes, des outils, des coutumes, des pratiques et des croyances. Un clan s'était répandu sur un tiers du globe plus de mille ans avant que les navires occidentaux les plus perfectionnés n'en effectuent la moindre traversée. Ils formaient le groupe culturel le plus dispersé de la planète. Et toute l'anthropologie, toute la génétique, toute la science historique dont disposait la tribu scientifique d'Evelyne étaient incapables de dire comment ils avaient accompli ce prodige.

L'admiration d'Evie était aussi profonde que la fosse des Mariannes. Il y avait des gens qui savaient se débrouiller sur l'océan, qui savaient le lire. Il y avait des océanographes, des spécialistes de biologie marine, des pêcheurs-nés et des marins semi-pinnipèdes qui s'y sentaient chez eux. Et puis il y avait les ancêtres de Wai.

À la poupe, la fille de ce dernier, Kinipela, sautillait d'un bout à l'autre du pont, cajolait la pompe de cale, jetait des coups d'œil par-dessus le bastingage, déchiffrait leur course dans les brins de kelp flottants. Evelyne croyait se revoir adolescente, plongeant dans le détroit de Floride au large de Miami au début des années 1950, alors que la région accueillait une mini-diaspora québécoise. Une fille svelte, naïve, et fiancée à tout ce qui était océan.

Par-dessus le moteur qui moulinait, Kini cria : "Regardez, mademoiselle Evie ! Celui-là ! Comment vous l'appelez ?"

Un aileron dorsal cisailla l'eau, puis replongea. La pointe noire farouche était rehaussée d'une bande blanche. Un bref coup d'œil suffisait. Le requin à pointes noires.

"Carcharhinus melanopterus."

La jeune fille s'approcha de la vieille femme pour redemander le nom. Puis elle le répéta deux fois.

"Il est si beau celui-là. C'est mon préféré."

S'il y avait une limite au nombre de poissons préférés auquel avait droit une jeune fille, ni l'une ni l'autre ne la connaissait. Ensemble, leurs mains mimèrent toutes les façons qu'avait un requin à pointes noires de flotter parmi les communautés sur lesquelles il régnait.

Beaulieu se reprit. "Et comment on l'appelle en mā'ohi ?"

Le visage de la jeune fille s'illumina de compétence. "Celui-là, on l'appelle *ma'o ereere*, mademoiselle Evie."

Dans sa dixième décennie, Evelyne appréciait de redevenir une mademoiselle. Elle prit son temps pour répéter les syllabes, dans l'espoir de les retenir. Mais si Kini Temauri maîtrisait à présent un nouveau nom latin, genre et espèce, Evelyne Beaulieu devrait redemander dans quelques jours le nom de la créature en mā'ohi. Elle se rappelait que *tumu raau* signifiait arbre et *maa* nourriture et qu'un *Popa'ā* était un Blanc et *motu* une île et *moana* la grande déesse d'eau qui les entourait. Mais sur les dizaines d'autres mots tahitiens que Kinipela lui avait appris, presque tous s'étaient effacés. Quant aux mots de pa'umotu ou de mihiroa, elle ne s'en rappelait pratiquement aucun.

Cette idée attristait Evelyne, mais elle s'y résignait. La mémoire se devait d'être un étau dans la jeunesse, lorsque la navigatrice en germe en avait le plus besoin. Mais personne ne survivait jusqu'à la vieillesse sans être à même de desserrer l'étau et de laisser s'échapper le savoir enfermé. Evelyne espérait juste que la jeune fille vivrait assez longtemps pour devenir aussi oublieuse qu'il le faudrait. Aussi oublieuse et réconciliée avec l'horreur de la vie qu'Evelyne elle-même l'était devenue.

———

L'île s'éleva comme un carton à chapeau flottant sur les vagues. Wai conduisit le bateau au vent, dans les alizés vifs qui soufflaient du sud-est. Kinipela désigna à l'horizon le *Mareva Nui*, le navire ravitailleur de Tahiti qui, dans le cadre de sa tournée bimensuelle de deux semaines, s'éloignait placidement de l'île pour décrire sa gigantesque boucle via Mataiva, Tikehau, Rangiroa, Ahe et Manihi avant de regagner enfin Papeete.

Wai gagna la frange de corail délimitant le lagon aux basses eaux. Il contourna sous le vent les promontoires de l'île, sur un cinquième des vingt kilomètres de littoral. Au-delà, des formes émergeaient : un silo cylindrique éventré, un arc de pyramides de béton, deux bâtiments industriels à l'abandon, des jetées jumelles remblayées de pierraille, et le fantôme d'un vieux pont transbordeur d'où l'on chargeait le phosphate sur les navires qui jadis mouillaient à l'entrée de ce port en ruine. Même après plusieurs mois, Evie restait saisie par la vue de ce port couvert de coquillages et de moisissure, qui s'effritait dans les flots jonchés de cailloux.

Le bateau longea la côte sous le vent. À l'approche de son ancrage entre une source d'eau douce et un autre village abandonné, trois garçons frêles le saluèrent depuis un point sous les falaises. Kini aperçut le comité d'accueil bien avant Evelyne. Son regard formidable de jeune fille distingua les silhouettes avant même son père, quoi qu'en dise le bouddha rieur. Bientôt, même les yeux vénérables d'Evie purent voir les jeunes gens qui avançaient le long du rivage en faisant de grands signes. Tous trois portaient des shorts de surf et des débardeurs trop grands pour eux, l'un rouge vif, l'autre bleu orné d'une vague blanche Nike, et le dernier camouflé avec en lettres noires le slogan de l'US Army : DEVIENS TOUT CE QUE TU VEUX ÊTRE.

Les garçons escaladèrent les rochers et atteignirent le point d'amarrage en même temps que le bateau. Kinipela fit la grimace en voyant le trio surexcité remonter la plage. Wai leur adressa des gestes faussement réprobateurs qui les firent rire. Evie agita la main en criant : *"Ia orana !"* Ces créatures lui paraissaient aussi en danger que celles avec lesquelles elle venait de nager au large.

Wai s'amarra à la petite jetée et déroula la passerelle. Il coupa les moteurs, et dans le brusque silence Evelyne entendit Kini fredonner des mots latins comme une ritournelle. Evelyne Beaulieu ne connaissait qu'une seule autre personne qui inventait des jingles pour se remémorer une nomenclature linnéenne. Toute créature pouvait devenir une comptine. *Carcharhinus, Carcharhinus, tel est ton nom.*

Mais tous les airs mnémotechniques furent bientôt noyés sous les cris de la petite troupe en maraude. De là où elle était sur le quai de fortune, Evie entendait les garçons rivaliser de cris. Avec dans la voix une exaltation audible. Enfin il se passait quelque chose dans ce monde minuscule. N'importe quoi plutôt que rien. Mais leurs mots s'égaillaient dans les vents qui soufflaient sur la plage.

La bande se rapprocha assez pour devenir intelligible. Mori, le chef, se targuait d'être issu d'une lignée de Makatéens qui vivaient déjà sur l'île bien des siècles avant l'arrivée des Français. Taka, son éclaireur rondouillard, fils du missionnaire protestant, avait grandi dans tout l'archipel de la Société. Afa, le plus petit, était le pupille de deux étrangers qui avaient perdu leur chemin dans le monde. Ensemble, ils arpentaient l'île, escaladaient les falaises, exploraient les sources qui coulaient dans des grottes souterraines près de Moumu, exhumaient des machines et des outils abandonnés à la jungle envahissante. Evelyne les connaissait tous les trois, mais c'était le plus jeune qui la faisait toujours fondre.

La brigade atteignit le quai en scandant sans cesse le même cri, en français. *"Les Américains débarquent ! Les Américains débarquent !"*

Beaulieu leva les yeux vers les falaises surplombant la côte où la cicatrice de l'Histoire balafrait l'île en diagonale. Makatea faisait l'effet d'une grande baleine dépecée, amputée peu à peu d'un tiers de son corps. Et pourtant, alors que le corps expéditionnaire makatéen déferlait sur la jetée, ils proclamaient l'alerte dans la langue du dépeceur.

"Les Américains débarquent, et ils vont tout prendre pour eux !"

En les comprenant enfin, Evie s'interrogea : *Au nom du Ciel, qu'est-ce qu'il reste donc à prendre ?*

Ce qui nous rapprocha, Rafi et moi, c'était d'avoir sauté une classe et d'être largement autodidactes. D'être les fils de pères déconnants et de mères erratiques incapables de maîtriser leur couple. On avait un mépris commun pour les hiérarchies du prestige et du cool qui régissaient le lycée, et on ne voyait l'un comme l'autre dans notre statut de parias qu'un gigantesque atout pour la vie à venir. On était tous les deux dingues de Tolkien et de Star Wars *et d'Ursula Le Guin. Mais malgré tous ces points communs, on n'aurait jamais passé autant de temps ensemble s'il n'y avait pas eu l'échiquier.*

Une tourmente faisait rage en lui, un jeu plus sombre et plus désespéré. Je le sentais sans le comprendre. Il ne prenait pas la peine de me le cacher, mais il n'était pas prêt à le partager. Pas question de visiter ensemble cette zone ténébreuse.

Un après-midi, je le surpris à la bibliothèque avec un livre intitulé Le Maître et Marguerite. *Il ne figurait au programme d'aucun cours. Il en tapota la couverture, à l'illustration flippante.*

"On nous cache la bonne came, mon pote. Trop dangereux !"

Quelques semaines plus tard, en cours de lettres, alors que le père Kelly déclamait le poème d'e. e. cummings "en un lieu où je ne suis jamais allé, bienheureusement au-delà" devant toute une classe hébétée, je me tournai pour adresser à Rafi, assis derrière moi, une grimace complice. Il avait les yeux humides et ses lèvres répétaient silencieusement les vers. Il vit que je l'avais vu pleurer, mais son regard assassin me fit comprendre que si j'y faisais la moindre allusion il couperait les ponts à tout jamais.

On s'était promis de rester en contact pendant les vacances d'été, avant la terminale. Mais finalement on ne se vit qu'une fois, en ville, au centre culturel, pour une poignée de parties rapides. Je travaillais comme maître-nageur à la plage de Lee Street tout en gérant mon petit commerce de logiciels. Il classait les livres à la bibliothèque de Taylor Street tout en lisant un nombre insensé de romans obscurs. Ça nous demandait trop de temps et d'énergie de traverser le no man's land de Chicago qui nous séparait.

Le jour de la rentrée, on se repéra à travers un couloir grouillant d'élèves affairés à leurs casiers. Il n'était pas particulièrement grand, mais il se tenait sur la pointe des pieds pour regarder par-dessus la foule. Il me cherchait, je crois. En tout cas, moi, je le cherchais.

On s'approcha bras tendus et on se martela les omoplates – l'équivalent d'une étreinte virile pour deux ados de Chicago en 1986. Il me gratifia d'un grand sourire tout en dents et de sa parodie de mec des cités.

"Hey ! Trop puissant ton look, enculé ! Mais ta chemise, ça craint !"

Il tirailla le col relevé de mon polo. Lui-même arborait désormais une courte barbiche clairsemée qui lui donnait un petit air de Méphistophélès, malgré sa chemise bleue bien sage et son pantalon de toile noire bien repassé. Il me fit un rapport sur ses lectures de vacances – surtout des classiques – et je lui parlai du nouveau jeu de stratégie SF que j'avais développé et que je vendais à présent par correspondance.

Il bouillonnait d'excitation contenue, en se forçant à rester laconique. Ses doigts dessinèrent dans l'air une petite arabesque. "Y a un truc qu'il faut qu'on regarde ensemble. Je t'en dirai plus au déjeuner.

— Dis-moi tout de suite !

— Plus tard, mon lascar."

La matinée s'écoula, festin de cours nouveaux qui nous permettrait de tenir les quatre prochains mois. J'adorais Saint Ignatius, et Rafi aussi : tous ces jésuites et ces laïcs brillants qui s'efforçaient de nous affûter le cerveau comme des horlogers suisses calibrent les pièces, équilibrent les rouages et ajustent les ressorts. Il n'y avait que les autres élèves qu'on avait du mal à supporter.

Au déjeuner, on emporta nos plateaux de choucroute au bout d'une table et on s'attela à la tâche sérieuse de se donner des nouvelles. Rafi s'était mis à écrire des poèmes pendant l'été, et il m'en montra quelques-uns. C'était un mélange bizarre de Rilke et de Langston Hughes.

Une fille que j'avais briefée sur les équations quadratiques l'année précédente passa près de nous et gronda : "Vous deux, vous devriez vous installer à San Francisco, ça serait plus simple !"

Rafi releva brusquement la tête dans son sillage, éberlué. "Putain, mec, qu'est-ce que tu lui as fait ?

— Je sais pas trop. C'est pas impossible que j'aie flirté avec elle un jour."

Il fit son fameux geste : Ne m'entraîne pas dans tes histoires de petit Blanc. *"C'est bon. Cramponne-toi, fils de pute. T'es prêt à traverser l'armoire ?"*

Il fouilla dans sa sacoche kaki et en sortit un volume défraîchi gros comme une bible, qu'il posa à côté de mon plateau. Le Jeu auquel jouent les dieux, *de Hideo Ohira.*

C'était un vieux livre relié de toile grise qui avait perdu sa jaquette. La couverture n'indiquait que le titre et le nom de l'auteur. Rafi l'avait déniché un dimanche aux puces de Maxwell Street. Il avait été publié par un éditeur de la côte Ouest au lendemain de la Seconde Guerre mondiale, quand nos pères étaient gamins. Les pages jaunies et moisies sentaient les aldéhydes, les cétones, la vanilline et la lignine en décomposition – une odeur mystérieuse, capiteuse, presque narcotique.

C'est ainsi que tout commença : notre grand voyage à deux dans l'univers du go. Tout ce qui se produisit plus tard – le cours que prirent nos vies – découla de l'ouverture de ce livre.

Rafi agita frénétiquement les mains comme s'il dirigeait un orchestre invisible. "J'en avais marre de me faire régulièrement défoncer aux échecs sous prétexte que tu as dix ans d'avance.

— Et en raison de mon intellect supérieur.

— Et en raison de ton arrogance naturelle de bourgeois blanc du North Side, qui te destine idéalement aux jeux d'agression et de destruction. Mais ça, mon ami, c'est un jeu d'ingéniosité et d'exploration créatrice. Il va t'emmener aux limites extrêmes de ta faculté de contemplation. Est-ce que tu es prêt pour ça, trouduc ?"

Rafi n'était pas porté sur l'hyperbole. Je pris le livre et je me mis à le feuilleter. Toutes les deux pages, on voyait des gravures mal reproduites de plateaux de go encombrés de pierres noires et blanches en combinaisons impénétrables. Il y avait pour moi quelque chose d'excitant dans ces configurations géométriques changeantes et proliférantes. Je sentais les rapports de force ondoyer sur le plateau, même si je n'avais pas la moindre idée des règles du jeu.

Il me saisit le poignet. Je ne l'avais jamais vu aussi théâtral.

"Ce jeu est aux échecs ce que le chant est aux bruits de salive. C'est le sommet de la philosophie contemplative. Les échecs, à côté, c'est Toboggans et Échelles. Rends-toi compte. Si chaque atome de l'univers était en soi un petit univers comprenant autant d'atomes que le grand univers, le nombre total d'atomes serait quand même moins grand que celui des configurations possibles d'une partie de go. Et je peux t'apprendre à y jouer en moins de trois minutes."

Je me dis qu'il exagérait. Mais les deux affirmations se révélèrent exactes. Les règles étaient simples, comme si elles avaient existé bien avant que les humains les découvrent par hasard. On place une pierre sur n'importe quelle intersection d'un réseau de dix-neuf lignes sur dix-neuf. On essaie d'encercler les groupes de pierres de l'adversaire en leur coupant les dernières voies d'expansion. On relie ses propres pierres, on contrôle le territoire. Le vainqueur est la personne qui occupe le plus d'espace.

Ça me parut un équivalent du morpion, en plus prétentieux.

Il avait trouvé à Chinatown un jeu bon marché qu'il planquait dans son casier. Notre première partie eut lieu cet après-midi-là après les cours. On s'installa en plein air, à même le béton, sous les arches du cloître du lycée, et en avant.

D'emblée, tout parut étrange. Au lieu de commencer par un plateau rempli de pièces qu'on éliminait peu à peu, on partait de rien et on ajoutait une pierre à la fois. Je me lançai avec confiance, persuadé que des règles si simples autoriseraient un jeu simple. En trente coups, mon assurance se prit une bonne raclée, une fessée de compétition.

Je comprenais les règles, et dans une certaine mesure je voyais comment Rafi essayait de créer des brèches dans mes regroupements, de bâtir ses murailles, et d'encercler mes pauvres pierres pour les tuer. Mais malgré tous mes efforts je n'arrivais pas à me défendre, ni à mettre sur pied une attaque sans qu'il la déjoue d'une pichenette.

Les vastes zones vides d'intersections paraissaient arbitraires. Des pierres que je croyais à l'arrière d'une bataille se retrouvaient brusquement en première ligne d'un autre front plus vaste. Et cela se reproduisait dans une dizaine de zones différentes en même temps. La grille du damier devenait le plan urbain de Chicago. Un affrontement ethnique dans les cités de Pilsen prenait de l'ampleur jusqu'à ébranler les fondations du quartier d'Elk Grove. Comment espérer maîtriser tant d'embrasements subtils à la fois ?

Quand on jouait aux échecs, j'étais toujours guidé par quelques principes de base. Je connaissais la valeur de chaque pièce, je savais quand il valait la peine de la sacrifier. J'étais rompu aux ouvertures classiques, je déployais mes pièces en tentant de contrôler le centre de l'échiquier, je conservais mes pions en rangs serrés, je maintenais la pression, je posais mes pièges, j'anticipais les coups, et j'affermissais ma position pour dominer la fin de partie. Mais dans cette petite allégorie de la création cosmique en devenir qu'avait déterrée Rafi – tellement plus ancienne, plus vaste, plus dure, plus subtile et plus complexe que le jeu déjà infini et immaîtrisable des échecs –, je ne savais même pas quel joueur avait l'avantage.

Calculer la valeur d'un coup était impossible. Quoi que je fasse, il disposait de deux ou trois cents réponses possibles. Persuadé de lui dicter son choix, je le voyais ignorer allègrement mon attaque et placer sa pierre à l'autre bout du damier. Et quand on se lançait enfin dans un combat rapproché au corps à corps… oh mon Dieu ! La mêlée se ramifiait en branches si touffues que pendant des dizaines de coups je ne comprenais même pas ce qui se passait ni qui prenait le dessus.

Pose une pierre sur le damier. Rien qu'un petit caillou. Dieu seul sait quelle construction labyrinthique il pourrait devenir, ou quel environnement pourrait fleurir autour de lui. J'étais incapable de distinguer lequel d'entre nous possédait de vastes zones du plateau, et cinquante coups plus tard je n'en étais toujours pas sûr. Une partie pouvait durer plus de trois cents coups. Une partie d'échecs se concluait généralement en moins d'une quarantaine.

Je perdis ce premier duel. À plates coutures. Et je perdis aussitôt le suivant.

"En un été, tu as déjà trois longueurs d'avance sur moi.

— Oh non, mon pote. Moi aussi, je patauge encore. Je joue pas tout à fait au hasard, mais juste un ou deux crans au-dessus."

J'étais sonné. J'avais l'impression d'être sur un minuscule radeau dérivant au large d'une mer plus immense que tous les continents.

"Comment ça se fait que je n'aie jamais appris à y jouer ? C'est tout juste si j'en avais entendu parler avant aujourd'hui !"

Il eut un grand sourire en me voyant tomber dans son piège. "Ouais. C'est bizarre. Ce truc, c'est le jeu de plateau le plus ancien, ou en tout cas le plus pérenne du monde. Y a des milliards de gens qui y jouent. En Chine, c'est considéré comme un des quatre moyens de s'améliorer. Au Japon, c'est subventionné par l'État – une voie vers l'illumination.

— Alors pourquoi personne n'y joue ici ?

— Je te le demande, mon frère.

— Encore une", réclamai-je. Il haussa les épaules. Il n'avait nulle part où aller, sauf la caserne où travaillait son père, et où il n'était pas exactement attendu.

Le crépuscule se déployait au-dessus de nous. Je n'avais pas prévenu mes parents que je serais en retard. Je me précipitai à la cabine téléphonique la plus proche, dans Roosevelt Street, au premier coin de rue en allant vers Racine. J'introduisis mes pièces dans la fente, je composai le numéro. C'est ma mère qui décrocha, furieuse d'inquiétude, hurlant dans le téléphone comme si elle espérait que ses cris jaillissent du combiné pour me gifler.

Je regagnai le cloître à l'arrière du lycée. Rafi, penché sur le damier, manipulait des pierres, testant les agencements d'une partie célèbre des débuts de la dynastie Qing baptisée "Neuf dragons qui jouent avec une perle".

"Désolé, mon pote. Faut que j'y aille. Ça barde pour mon matricule.

— Comme tu veux, fils à maman.

— Tu le rapportes demain, d'accord ?

— Il ne bouge pas de mon casier."

On joua mille parties rien que cette année-là.

Le lundi matin, Ina Aroita accompagna sa famille, le long des ornières de corail émietté, jusqu'à la bâtisse qui abritait l'unique salle de classe de l'école. Mme Martin et les huit élèves déjà présents sortirent pour les accueillir. Les plus jeunes des enfants se précipitèrent autour de Rafi – *Monsieur Young ! Enfin, enfin !* Les plus âgés le tiraient par le coude, se disputant son attention. Rafi les suivit dans la classe, les poches débordant de jouets et les lèvres de plaisanteries semi-grammaticales en trois langues.

Hariti, encore assez jeune pour être fière de son père, se joignit à ses ouailles. Afa, qui avait atteint l'âge du malaise naissant, resta à l'écart. Il trouvait injuste que son père, qui avait un doctorat en psychologie et sciences de l'éducation d'une grande université américaine, ne soit que l'assistant d'une institutrice au rabais, deux fois plus jeune que lui et qui ne savait même pas de quoi étaient faites les carapaces de crabe.

Le cortège d'enfants joyeux entra dans la salle massé autour de *Monsieur Young*, mince épouvantail noir assailli d'oiseaux marron surexcités. Afa les observa. Ina Aroita poussa son garçon.

"Allez, vas-y. Je reviendrai cet après-midi pour voir ton match."

Afa entra au petit trot. Ina était ravagée à l'idée que bientôt son fils partirait à Rangiroa poursuivre ses études. Elle n'arrivait pas à comprendre comment les mères de l'île pouvaient envoyer leurs enfants de treize ans si loin sur l'océan pour qu'ils aillent au lycée.

Beaucoup de choses dans l'île lui échappaient encore, même après tant d'années. Tout le monde ici était lié par le sang à la *fenua* – la terre –, à jamais rattaché mystiquement par un *pito* ombilical au lieu où était enterré leur placenta. Et pourtant ils passaient leur temps à aller et venir, à migrer vers d'autres îles. Il y avait infiniment plus de Makatéens installés ailleurs qu'il n'y en avait à Makatea même. La diaspora qui avait colonisé tous les lieux habitables du plus grand océan au monde continuait d'essaimer.

Ina elle-même, née d'une famille d'insulaires, avait grandi un peu partout dans le Pacifique. Mais six ans aux tréfonds d'un continent sans fin avaient égaré son âme jusqu'à lui faire l'effet de vivre dans l'imposture. Elle n'avait plus d'autre chez-elle que là où elle habitait, et désormais c'était Makatea. Makatea : capitale du métissage dans le bouillon de culture qu'était déjà le Pacifique sud. À certains égards, elle se sentait plus *makatéenne* qu'elle ne se sentait *américaine*, ce rôle qu'elle avait si peu joué.

Elle fut donc ébranlée d'entendre l'institutrice lui demander : "Pourquoi vous voulez nous envahir, vous autres ?

— Nous autres ? Envahir *Makatea* ?"

Il suffit d'une minute pour prouver que Mme Martin ne comprenait pas grand-chose aux ragots qu'elle relayait allègrement. *Plusieurs Américains qui ne savaient plus quoi faire de leur argent*, selon ses termes, allaient reconstruire le port délabré de Temao et le chemin de fer à l'abandon qui parcourait naguère toute la longueur de l'île. Puis les Américains allaient utiliser Makatea pour bâtir une ville flottante.

Ina Aroita gloussa. "Ils sont fous ou quoi ?"

Mme Martin non plus n'était pas exactement makatéenne. Née à Papeete, elle avait étudié cinq ans à la fac de Lyon avant de demander son affectation sur la petite île où jadis son grand-père maternel, six jours par semaine, avait taillé et chargé sur des brouettes six tonnes de roche. Mais cela la rendait assez makatéenne pour se vexer du scepticisme d'Ina. Son air blessé réaffirmait que ces vingt-quatre kilomètres carrés d'île éventrée et exténuée seraient une bonne affaire pour n'importe quel capitaliste avec un peu de flair et l'esprit d'aventure.

"Mais *pourquoi* ? demanda Ina. Qu'est-ce qu'ils nous trouvent ?"

Ce *nous* fit fondre Mme Martin. La plupart des continentaux auraient dit : qu'est-ce qu'ils *y* trouvent ?

“Il leur faut un camp de base. Ils veulent lancer un projet dans les eaux internationales. Apparemment, ils appellent ça du *seasteading*, de l'« implantation maritime ».”

Les eaux internationales : ça, en tout cas, ça faisait très américain. C'était justement ce désir sans limite d'échapper à toute règle qu'Ina détestait dans la mentalité de son pays, et qui l'avait poussée à le fuir.

“Ils ont vraiment fait une offre pour Temao ?” Le port : quelques traces d'un quai effondré, une poignée de marches de béton, et des fragments de roche empilés au bout de ce qui avait été une jetée.

Des cris inhumains d'excitation enfantine leur parvinrent par les fenêtres ouvertes de la salle de classe. Le mari d'Ina, l'assistant de Mme Martin, le seul vrai Américain de l'île, enflammait la jeune génération d'un énième jeu d'adresse et d'audace qui une fois de plus avait dégénéré.

Mme Martin inclina la tête. “Excuse-moi, ma chérie, dit-elle en français. L'éducation m'appelle.”

Cette discussion troubla Ina Aroita. Au lieu de faire sa tournée du village et de passer voir si la Reine avait besoin de quelque chose, elle regagna son bungalow, fraîchement reconquis sur la jungle tenace. Son agitation la mena droit au jardin, où les bouts de plastique qu'elle avait récupérés avec sa fille dans le ventre de l'albatros mort étaient étalés au soleil.

Entre ses mains, cet agglomérat d'ordures criardes n'était plus une menace ou une urgence. Elle emporta la poignée de déchets, qu'elle répartit sur son établi à côté de ses œuvres en cours. Là, elle resta à les contempler en les suppliant d'être indulgents et de la relâcher pour cette fois, de la libérer pour bonne conduite.

Mais les bouts de plastique étaient implacables. Ils la harcelaient comme autrefois sa mère la réprimandait à deux pièces de distance, sans avoir d'autre péché à lui reprocher que celui de l'enfance.

Ina empila les bouchons de bouteille, l'étui à pellicule, le briquet et le bouton en forme de pâquerette pour bâtir un petit minaret. L'édifice ne l'inspira pas, et elle l'abattit au sol tel Yahvé détruisant la tour de Babel malgré son prix Pritzker. Elle disposa les objets en cercle pour former un minuscule Stonehenge de plastique. Cet édifice aussi, elle le réduisit en ruine d'un revers de main.

Elle avait toujours détesté le plastique. C'était un matériau moche, frimeur et têtu – tout le contraire de ceux qu'elle aimait travailler, sensuels et riches d'une vie passée. Elle prit ces déchets au creux de ses mains et les balança dans la poubelle extérieure. Puis elle rentra dans la maison pour se lancer dans ses tâches ménagères.

En passant sur les sols son balai hérissé, elle se dit plusieurs fois : *Laisse tomber. Ça ne vaut rien. Il n'y a rien que tu puisses en faire qui rachèterait quoi que ce soit. D'ailleurs, ça n'est pas à toi de racheter les choses.*

En plein ménage, elle laissa tomber le balai, ressortit, repêcha la camelote dans la poubelle et la balança furieusement sur l'établi. Elle exhuma un tube de colle acrylique, fixa le bouton pâquerette au téton de bouteille et les bouchons à l'étui de pellicule. Puis elle se servit du fil de pêche pour ligoter ensemble les deux drôles d'assemblages en un fagot difforme.

Le résultat, un micmac de formes et de couleurs brillantes, était toujours moche, toujours frimeur, toujours irrécupérable. Ina Aroita regarda cet amas sculpté sous tous les angles imaginables : rien qu'un tas de bouts de plastique agglomérés.

Malgré tout, cet assemblage ingrat la détendit un peu. Elle planqua sa construction sur l'étagère la plus haute de l'abri de jardin pour ne pas l'avoir sous les yeux, hors de portée des cochons en maraude et des enfants trop curieux. Elle n'avait pas la moindre idée de ce que cette créature bariolée voudrait être quand elle serait grande. Mais elle savait que la créature n'en avait pas fini avec elle.

Elle retourna à l'école dans l'après-midi pour assister au match d'Afa. Ce n'était pas un vrai match de foot, faute d'écoliers assez nombreux pour former deux équipes. Quatre gamins d'âge divers en affrontaient quatre autres dans ce qui s'apparentait à une succession de mêlées sans règles. Mais de ce chaos émergerait la prochaine génération de joueurs makatéens, qui prendraient le bateau deux ou trois fois par mois pour se mesurer aux équipes des îles voisines. Elle s'installa avec Hariti le long de la ligne de touche, assise sur son tabouret pliant, pour encourager le champion de la famille, en attendant que Rafi ait fini d'aider Mme Martin à ranger la salle de classe. Enfin il ressortit de l'école, en boitillant un peu de sa journée d'effort. Il paraissait vidé. Il avait la cinquantaine bien sonnée, deux enfants à charge et un groupuscule de jeunes insulaires qui le revendiquaient tous comme leur meilleur ami. Hariti s'agrippa à lui lorsqu'il vint s'asseoir à côté d'elles. La fillette s'inquiétait pour lui quand elle le voyait fatigué. La fillette s'inquiétait pour lui quand il s'éveillait le matin en pleine possession de ses moyens. La fillette s'inquiétait pour la santé des montagnes, de l'océan, et de Dieu.

Ina caressa la chevelure rase et clairsemée sur le crâne étroit de Rafi. "Ça va, mon cœur ?

— Ça ne me déplairait pas de m'allonger un peu. Peut-être juste un mois ou deux ?"

Sa voix robotique inquiéta Ina. "Va t'allonger. Le ciel est joli.

— Le ciel est toujours joli. Mais ça lui briserait le cœur."

Hariti était agitée de pressentiments. "Le cœur à qui, papa ? Afa ?

— Ne prends pas tes espoirs pour des réalités !" Rafi chatouilla sa fille jusqu'à ce qu'elle demande grâce.

Le gamin s'était métamorphosé en derviche tourneur, qui fusait d'un but à l'autre à présent que son père était là pour le voir. Rafi lui criait des encouragements dans un patois secret connu d'eux seuls. Ina tendit le bras et lui saisit l'épaule, en partie pour la masser, en partie pour lui faire comprendre, dans leur propre idiolecte, qu'il pouvait lever le pied pour aujourd'hui.

"Tu as su ? Mme Martin t'a dit ? Pour l'invasion ?"

Il garda le regard fixé sur le match. "Oui, elle m'a dit."

Ina ne savait pas toujours distinguer chez lui le défaitisme du stoïcisme. Ça avait à voir avec son éducation, dans une ville qu'il détestait et une famille qu'il n'avait pas pu sauver. Elle avait renoncé depuis longtemps à en savoir plus. C'était puéril, bien sûr, mais elle-même rêvait parfois qu'un gigantesque typhon vienne arracher l'île à ses amarres et coupe ses quatre-vingt-deux habitants de toute interaction avec le monde. Ils seraient heureux ainsi, et longtemps.

Son mari, qui avait toujours été son double en moins radical, exprima ses pensées à haute voix. “Par pitié, mon Dieu, n’infligez rien de plus à cet endroit si beau.”

Hariti se cramponna à lui, pressentant un malheur. C’était son super-pouvoir. “Quoi ? Attends un peu. Dieu va nous infliger quelque chose ?”

Trois mois seulement, et les médecins recommencent à jongler avec mes médicaments. Tout ça a un peu l'air d'une expérience. La démence à corps de Lewy comporte tant de symptômes qu'en traiter un risque d'en aggraver un autre. En fait, ils me donnent surtout des palliatifs – de quoi maîtriser le pire de l'insomnie, de l'angoisse, de la dépression, du malaise, de l'agitation et de l'agressivité pendant encore quelques mois, sans faire empirer autre chose. Des vitamines, des compléments alimentaires et divers autres Ave Maria *magiques, car après tout pourquoi pas ? Il faut bien que la science tente le coup, pas vrai ?*

Ils m'ont fourgué un truc pour traiter les problèmes de coordination et un autre censé limiter les épisodes de confusion mentale. Ironiquement (si j'ose dire), c'est ce cocktail lui-même qui me fout en l'air. Donc je ne le prends pas toujours. La maladie elle-même me fait déjà dormir toute la journée, mais avec les médocs en plus, je pourrais dormir vingt-quatre heures sur vingt-quatre sept jours sur sept.

Le premier traitement prescrit contre les tremblements et la raideur musculaire me rendait psychotique. On est donc passés à un autre. Le truc que je prenais contre l'incontinence me bousillait le rythme cardiaque, donc je l'ai arrêté. L'une des options possibles pour traiter les hallucinations comportait un risque non négligeable de me tuer. Ils m'en ont proposé un autre. On a fait tourner la roulette, et je n'ai pas perdu. Mais je continue à halluciner.

Dans mes bons jours, je trouve mes problèmes aussi fascinants qu'une partie d'échecs à cinq dimensions. Les jours comme aujourd'hui, parler tout haut comme je le fais est le meilleur des remèdes possibles. J'ai une histoire à raconter, celle de nous deux, mon ami et moi, et de la façon dont on a changé l'avenir de l'humanité. Et il ne me reste plus beaucoup de bons jours pour la raconter.

Je suis bien content de ne pas avoir eu d'enfants. Je ne suis un fardeau que pour une petite troupe de professionnels, et ils sont ravis de l'emploi et des revenus que je leur assure.

La DCL *est incurable. Mon pronostic vital est aussi brumeux qu'un jour d'hiver à San Jose. Quand est-ce que je basculerai du premier stade de la maladie, le stade prodromique, au deuxième puis au troisième ? Quand est-ce que les mots commenceront à m'abandonner ? Combien de temps avant de perdre la tête ? Et à quelles horreurs serai-je confronté ensuite ? Par rapport à Alzheimer, l'espérance de vie et la qualité de cette vie sont plus faibles. Certains d'entre nous meurent dans l'année qui suit le diagnostic. D'autres vivent encore – si on peut appeler ça vivre – vingt ans de plus. C'est tout ce qu'on sait. Bref, on ne peut guère me donner de certitude.*

*Et pourtant mes médecins exsudent l'optimisme. De nouveaux médicaments au dernier stade des essais cliniques. De nouvelles modalités de traitement – thérapie par cellules souches, thérapie génique, immunothérapie. De nouvelles avancées dans la connaissances des maladies neurodégénératives et de leurs composantes immunologiques. Une accélération dans la mise au point de nouveaux médicaments, grâce à l'*IA. *Patience, tenez bon !*

Compte tenu de mon travail, les médecins ont des égards particuliers pour moi. Ou peut-être simplement qu'ils ont vérifié sur Internet ce que je vaux en Bourse. Dans tous les cas, j'ai droit au meilleur traitement et aux plus grandes attentions que puisse espérer un patient. Mais comme dirait l'autre, les neurones, c'est comme l'amour, ça ne s'achète pas.

Naguère, je mesurais mes semaines sur une appli d'agenda partagée avec quatre assistants, où chaque case d'un quart d'heure était remplie par toutes les couleurs possibles de rendez-vous. À présent, mon appli est un pilulier de plastique rouge à sept compartiments, chacun marqué d'un jour de la semaine. Et malgré cet outil bien pratique, il m'arrive d'être pris d'un doute et de demander à mon téléphone : mardi, c'est déjà fait ?

Je commence à avoir des absences et des crises de somnambulisme, et pas seulement la nuit. Je me matérialise parfois dans la cuisine sans y être allé. Ou bien dans le garage. Ou encore dans le jardin public à deux rues d'ici, tous mes moteurs à bloc dans une quête fébrile. Le périmètre de mes errances augmente en proportion de ma difficulté croissante à mouvoir mon corps. Il va me falloir un bracelet d'identification.

Ma médecin m'a parlé d'une chose que les patients atteints de démence ont tendance à faire et qui est surnommée le show time. *Par déni, par gêne ou par panique, on joue son propre rôle devant les autres comme si on n'avait aucun symptôme. J'y excelle. En réunion, en interview, voire en public devant des centaines de personnes, je suis capable de faire le show et de simuler la compétence pendant une heure voire davantage. J'arrive même parfois à me faire croire que je suis en pleine possession de mes pouvoirs.*

Nos symptômes varient selon chacun, mais il s'avère que la perte de mémoire n'est pas toujours un signe précoce de DCL. Ça peut venir, mais pour le moment ça va de ce côté-là. Je suis libre de me rappeler tout ce que je veux, pour le pur plaisir de la chose. Et le plus bizarre, c'est que la DCL me fait me souvenir de tout. Même les choses que j'ai tant essayé d'effacer de ma mémoire sont devenues inestimables.

Premier arrivé, dernier parti, comme c'est souvent le cas, même pour des cerveaux qui ne sont pas rongés de l'intérieur par des protéines incontrôlables. Plus ancien est le souvenir, plus il a de substance. Je ne peux pas toujours dire à quelle distance est la porte, ni l'atteindre sans me cogner aux meubles. Je perds mon autorité sur les provinces de mon corps. Mais je me rappelle encore le goût de la crème glacée quand j'avais six ans : une saveur précise de cheesecake aux myrtilles – un parfum qu'ils ne font plus.

Quand ma médecin m'a parlé du show time, *elle m'a mis en garde. Elle m'a prévenu que je n'en serais capable que par salves. Que ça risquait de m'épuiser et de déstabiliser mes proches. Évidemment, elle n'était pas au courant, pour toi et moi. Je peux faire le show pour toi, pendant des heures. Ça m'affûte l'esprit un moment, ça ne te déstabilise pas, et ça concentre mes souvenirs sur l'homme auquel j'ai essayé de ne plus repenser, depuis tant d'années et pour tant de raisons.*

Bien sûr, il faudra que je démissionne de Playground. De toutes mes entreprises. J'ai déjà délégué les décisions courantes à mes numéros deux, trois et quatre. Et pour ma succession, j'ai fait connaître mes préférences aux personnes qui auront à choisir parmi les candidatures. Mais rendre publique la situation sera un cauchemar. Ça va créer une panique parmi les actionnaires qui ont investi dans Playground en prévision de leur retraite. Sans parler du cirque médiatique.

Beaucoup de journalistes spécialisés n'ont jamais digéré le fait qu'un individu ait réussi à conserver la part du lion d'une entreprise dont les bénéfices annuels sont plus élevés que le PIB *des trente pays les plus pauvres du monde. Et lorsque que le fondateur, maître d'œuvre,* PDG *et actionnaire majoritaire d'une entreprise d'informatique, quelle qu'en soit la taille, annonce :* Mon cerveau va s'éteindre, *ce n'est pas ce qu'on peut rêver de mieux en termes d'image.*

Mais personne n'est dupe ! J'ai beau être le visage public de Playground, la seule personne à laquelle on pense quand il est question de mon entreprise, ma petite invention pour relier les gens et les émanciper m'a échappé il y a vingt ans. Cela fait des années que je ne dirige plus rien. Pas plus que quiconque. Ce système est un organisme vivant doté d'une volonté propre. Au-dessus d'une certaine taille, toute entreprise développe son propre esprit de ruche. C'est elle-même qui trouvera la bonne personne pour appliquer son programme collectif. Et les gens qui tiendront la barre seront persuadés, comme je l'ai été, d'en avoir le contrôle.

Ajoute ça à ta liste des critères qui définissent un être humain. Nous fabriquons des choses en espérant qu'elles deviendront plus grandes que nous, et ensuite nous sommes consternés quand c'est le cas.

Et il y a une autre question à considérer. Je commence à avoir des doutes sur mon testament, qui du reste m'a toujours paru une fiction. Mon geste de philanthropie massive, que je n'avais jamais vraiment pensé réalisable, se profile désormais à l'horizon. Je veux conserver intacte cette somme, ce fantastique multiplicateur qui prolongera ce en quoi j'ai toujours cru. Mais tu as semé en moi le doute sur ce projet d'avenir que je subventionne.

Je ne suis pas encore prêt à en parler aux notaires, car, quoi que je fasse de tout cet argent, ça aura l'air d'être une folie. Ça représente davantage que tout ce que ce pays dépense par an pour la recherche sur la démence. Mais le temps m'est compté. Qui sait à quel moment je ne serai plus "sain de corps et d'esprit" ?

Pour l'heure, on garde mon état de santé top secret aussi longtemps que possible. Pour garantir le cours des actions et déjouer la concurrence, mes conseils d'administration me demandent de rester bouche cousue au moins jusqu'à ce qu'on lâche notre bombe, lors de cette conférence de presse où on annoncera la nouvelle étape dans l'histoire de l'évolution : un type de créature entièrement neuf, qui rendra les entreprises aussi lourdes, négligeables et impuissantes qu'elles ont rendu l'humanité.

La Reine montait la côte en chantant.

Bien sûr, elle ne se présentait pas ainsi. Mais c'est ainsi que tout le monde sur l'île la surnommait, sans malveillance. Ses voisins l'appelaient la Reine depuis si longtemps que bien des gens avaient oublié que son vrai nom était Palila Tepa.

Palila n'aimait pas son surnom. Mais ça ne la dérangeait pas trop d'être la Reine. Le titre s'accompagnait de privilèges, parmi lesquels le droit de chanter et de danser les anciennes danses où et quand elle en avait envie, même quand la chanson paraissait un peu folle et que l'occasion ne se prêtait pas trop à la danse, quelle qu'elle soit.

Elle s'accordait deux bonnes heures pour gravir le chemin sinueux jusqu'à la maison du peuple, où avait lieu la réunion de ce soir, alors que le trajet ne lui prendrait que quarante minutes. Mais il y avait tellement de *peuple* à voir en route qu'il valait mieux partir à l'avance. Elle prenait en compte le temps de visites, ainsi que le temps nécessaire pour s'arrêter et chanter, car parfois la Reine avait du mal à se rappeler les derniers couplets de chansons compliquées, et besoin d'un répit pour rassembler les paroles et les convaincre de se laisser chanter.

Elle avait plus de mille chansons dans sa mémoire pour l'aider dans son ascension. Des chants de généalogie, des chants de géographie, des épopées historiques et des odes *fa'atara* classiques. Certaines étaient de son invention, mais la plupart étaient un simple prêt du passé, et quand elle-même quitterait la scène – cette année ou l'année prochaine, ou au plus tard l'année suivante –, quand l'heure viendrait pour elle de cesser de gravir la côte et de repartir avec la marée, beaucoup de ces chansons ne seraient plus jamais chantées par personne.

Elle avait une chanson sur 'Ōio, père de tous les Mihiroas, et sur tous les courants connus qu'il avait dû affronter pour atteindre Makatea à bord de sa minuscule *va'a* à coque unique. Elle avait une chanson sur les paroles secrètes prononcées par les rois venus des cieux lorsqu'ils avaient débarqué sur l'île. Elle avait une chanson sur le moyen de repérer les fondations des huit maraes qui jadis ornaient l'île, même si les archéologues n'avaient pu localiser les vestiges que de trois d'entre eux. Bref, plein de bonnes choses.

Elle avait des chansons racontant comment la population entière de l'île s'était réfugiée au cœur même de l'empire des Pomaré pour échapper à l'expansion impériale, et d'autres racontant comment elle avait regagné l'île désertée pour en refaire son royaume. Elle avait des chants et des danses racontant comment des guerriers d'autres îles étaient venus jusqu'à Makatea dans leurs *pahīs*, parce qu'ils avaient entendu dire que les vahinés makatéennes étaient les plus belles du monde. Des couplets décrivaient comment les hommes de Makatea s'étaient barricadés dans les grottes des falaises et avaient vaillamment contenu les envahisseurs jusqu'à la mort du dernier défenseur. Voilà pourquoi aujourd'hui encore les gens entendaient parfois des fantômes les appeler du fond des grottes, tout comme la Reine les entendait à présent en boitillant sur le chemin.

Palila connaissait des chansons sur l'arrivée des *Popa'ā* – d'abord les Anglais, puis les Allemands, puis les Français – même si elle n'aimait pas tellement les chanter. Elle faisait parfois une exception pour celle sur les missionnaires mormons qui étaient venus sur l'île et avaient bâti l'église Sanito, à laquelle sa famille appartenait depuis longtemps et à laquelle elle-même se sentait rattachée. Mais elle connaissait aussi des cantiques catholiques, et des *fa'ateniteni* réellement séculaires sur Māui le dieu facétieux et Hina la déesse de la Lune et, bien sûr, Ta'aroa, tournoyant dans son œuf et rêvant la création du monde.

Elle avait hérité bien des chants, de ses grands-mères ou de ses tantes, ou de la vieille infirmière du temps de la mine, qui avait été la première à les collecter. Plusieurs lui venaient de son amoureux à éclipses, un vieux pêcheur vers lequel elle n'avait cessé de revenir au fil des décennies, tant il connaissait les paroles de bonnes chansons. Cet homme, c'était vraiment un fou. Mais un fou mémorable.

Elle connaissait aussi des airs de swing et plein de tubes des années cinquante et soixante, ses années de nomadisme au service des Français. Elle avait appris tellement de chansons à force de travailler dans des bureaux, où il y avait toujours, malgré le règlement, quelqu'un qui mettait la radio. Il lui suffisait de deux ou trois écoutes pour apprendre une chanson par cœur. Si elle était la Reine de quelque chose, c'était bien de l'apprentissage de chansons.

Mais celle qu'elle chantait en cette fin d'après-midi – avec une inflexion de danse dans son pas, malgré une hanche qui ne s'était jamais remise correctement après son opération – était une chanson de son cru. Ça parlait d'une fille mihiroa née sur le plus haut atoll de l'océan, le jour où un déluge de bombes japonaises s'était abattu sur un autre ancien royaume polynésien tout proche, à guère plus de quatre mille kilomètres au nord. Entre un père qui construisait et réparait des bâtiments pour la Compagnie française des phosphates de l'Océanie et une mère qui cuisinait pour les mineurs, la petite fille était une authentique enfant de l'île.

C'était une chanson fleuve voire torrentielle. En grandissant, la fillette se montrait douée pour beaucoup de choses : le tennis, le billard, le foot, le basket – tous les sports qu'on pouvait pratiquer à Makatea, qui était à l'époque l'île la plus développée de la Polynésie française. Le cinquième couplet disait :

On avait le courant,
et aussi l'eau courante.
On avait l'hôpital et des jolies maisons !
À côté de ça, Papeete
c'était une brave petite porcherie.

Cette chute continuait à la faire rire, en atteignant la lisière de la ville désertée, même si ça faisait vingt ans qu'elle la chantait.

Mais la fille de la chanson voulait juste danser. À l'école, elle avait contribué à créer la TDC de l'île : la Troupe de danse des conteurs. Elle était devenue une star, à force de travailler et d'interpréter les anciennes danses sans cesser d'en inventer de nouvelles. La TDC avait sillonné les Tuamotu pour participer à des festivals :

On dansait mieux que personne.
On a surclassé Makemo.
On a vaincu Fakarava.
On aurait battu Anaa,
mais ces petites salopes ont triché !

Bien des couplets plus tard, devenue adolescente et sortie de l'école, l'héroïne trouvait du travail dans les bureaux de la compagnie minière, qui employait la quasi-totalité des trois mille habitants de l'île. Elle y dactylographiait, classait et traitait les plaintes des ouvriers japonais, chinois, vietnamiens et maoris. Elle faisait un peu d'interprétariat, car elle était presque aussi douée pour les langues que pour mémoriser des paroles de chansons.

Bien des hommes tombaient amoureux d'elle, et elle en aima certains. L'un des cadres français lui demanda de l'épouser et de partir vivre avec lui à Paris. Il était beau et gentil et, mieux encore, amusant, mais comment aurait-elle pu quitter l'île ? Sans *fenua*, disait la chanson, on n'était personne. C'était bien ça le problème des envahisseurs français. Ils n'avaient pas de chez-eux.

À force de chanter et de danser pendant près d'une demi-heure, la Reine atteignit la lisière de la ville. Comme elle avait envie de finir sa chanson, elle s'assit sur un petit plot de béton, sous un viaduc couvert de lierre de l'ancienne voie ferrée, pour se remémorer la suite des paroles. Parfois un vers ou deux se coinçait en essayant de s'échapper de son cerveau.

Mais elle avait une sacrément bonne mémoire pour une vieille dame de quatre-vingt-six ans. C'était grâce aux chansons. Quand on lui demandait : *Comment ça se fait que tu sois si douée pour te souvenir ?* Elle répondait toujours : *Parce que je passe mon temps à ça.*

Il lui fallut deux ou trois essais, mais elle en arriva au passage où les mines avaient fermé du jour au lendemain alors que la jeune fille, devenue une femme, avait vingt-cinq ans :

Et puis la pierre magique s'est épuisée
en prenant tout le monde par surprise.
Un moment on avait été trois mille.
Et puis on n'était plus qu'une petite centaine.
Comment faire face ? Quelle solution ?
Tout le travail se trouvait sur d'autres îles.

Et c'est ainsi qu'à l'avant-dernier couplet la femme allait de nouveau travailler pour les Français, qui cherchaient de la main-d'œuvre qualifiée pour les atolls de Hao et de Mururoa, à l'autre bout des Tuamotu, à mille kilomètres de distance. Elle s'y remit à la dactylo et au classement et à un peu d'interprétariat, tandis que les Français faisaient exploser dans l'atmosphère une bonne quarantaine d'armes atomiques, à quelques kilomètres de sa fenêtre.

La Reine termina sa chanson sur un petit salut et une ondulation du corps, la plus olé olé que lui autorisait sa hanche folle. Les paroles ne mentionnaient pas les années noires qui avaient suivi. Après les bombes à hydrogène, elle était rentrée à Makatea et avait épousé un mineur venu du Viêtnam. Ils avaient essayé d'avoir des enfants, mais les enfants refusaient de venir. Personne à la clinique n'était capable de lui dire pourquoi. Son mari divorça et retourna dans son pays. Et puis les grosseurs suspectes apparurent et on l'envoya à Tahiti se faire soigner.

Son corps endura des choses qui auraient dû faire taire le chant. Mais ces années passèrent, le chant y survécut, et elle garda assez de peau et d'os pour la porter jusqu'en haut du plateau, avec encore assez de mobilité pour un peu de claquettes et de roulements de hanches au sommet. Aucun endroit de l'île n'était inaccessible pour elle, du moment qu'elle se donnait un temps suffisant.

Bien sûr, les choses auraient très bien pu être différentes. Le cancer aurait pu la tuer, ou bien la chimio. Ou encore les radiations utilisées pour contrer le résultat des radiations. Elle aurait pu ne survivre à tout ce que Tahiti avait infligé à son corps que pour succomber aux frais d'hôpital insensés. Mais elle avait un ange gardien, un esprit protecteur qu'elle pouvait convoquer, et qui avait préservé son âme intacte jusqu'à ce que le hasard fasse le reste.

Une sorte de salut lui avait été accordée, sous la forme d'un dédommagement inespéré. Puisque le gouvernement l'avait fait travailler longtemps trop près des sites d'essais nucléaires, Palila Tepa finit par toucher un peu d'argent des Français. Une soixantaine de Pa'umotus au total furent indemnisés, et Palila reçut la somme intermédiaire. Neuf de ses collègues de Hao et de Mururoa eurent un cancer, parfois pire que le sien. Cent mille insulaires avaient respiré l'air contaminé. Le gouvernement avait sciemment exposé cent mille personnes à des radiations répétées, et soixante-trois d'entre elles eurent droit à un chèque.

L'argent que lui versèrent les Français excédait tout ce que la Reine avait jamais pu gagner par son travail. Une fois épongés ses frais médicaux, il lui restait largement de quoi manger et assurer les dépenses courantes. Elle consacra le reste à sa maison et à son jardin. Elle alla à Papeete s'acheter un super lecteur CD, qu'elle nourrit de disques de musique dansante de Hawaï, de Nouvelle-Zélande, d'Indonésie, du Zimbabwe et du Brésil. Elle dépannait les pêcheurs de poisson et de crabe quand la pêche était mauvaise, ce qui arrivait de plus en plus souvent ces dernières années. Et elle subventionnait le groupe qu'elle avait contribué à fonder pour tenir en respect les requins australiens toujours à l'affût : Paruru i to Tatou Fenua. Protéger Notre Terre. Il comptait aussi parmi ses membres la receveuse des postes, et la représentante des Tuamotu à Papeete. Comme toujours, la défense de l'île était menée par des femmes.

La hanche lui lançait lorsqu'elle atteignit enfin le Magasin chinois. C'était ainsi que tout le monde l'appelait dans sa jeunesse, au temps où Makatea comptait plus d'un magasin. Il était désormais tenu par Wen Lai, dont le père avait extrait du phosphate à mains nues pendant vingt ans, avant même que Palila commence à faire la dactylo pour la compagnie minière.

Cela faisait rire Wen Lai que des gens appellent sa boutique le Magasin chinois. Il était né à Makatea, était allé au lycée à Tahiti, avait de la famille à Singapour et en Californie, parlait autant le français que la variante locale du pa'umotu mieux que beaucoup d'insulaires, avait obtenu un diplôme de gestion à l'université de Melbourne, et quand il parlait anglais Palila avait l'impression d'entendre Crocodile Dundee. Il était rentré à Makatea après s'être aperçu qu'en fait il voulait passer sa vie à lire de la science-fiction et à philosopher. Il se trouva que le magasin était à vendre.

Le local était propre et clairsemé. Wen Lai ne stockait qu'une poignée de caisses et de bouteilles des deux douzaines de produits de première nécessité pour une île située à des centaines de kilomètres de tout. La plupart des conserves, le produit vaisselle, le vinaigre de riz et autres préparations pour gâteaux s'étalaient sur des étagères faites main montées contre trois des murs. Il avait quelques bacs de céréales en vrac. Un petit congélateur trônait au milieu de la pièce, rempli de poisson. À côté, Wen Lai empilait des cageots de légumes et de fruits frais. Le carrelage en céramique brun clair était immaculé, car il le lessivait tous les soirs en écoutant son podcast favori sur le néo-conséquentialisme.

Les transactions se faisaient en francs Pacifique, bien sûr, mais Wen Lai ne dédaignait pas le troc. Outre des poissons de choix et des fruits fraîchement cueillis, il acceptait aussi du *kaveu* vivant, en proposant deux cents francs de crédit d'achats par kilo de crabe. Les crustacés restaient par terre le long d'un autre mur, à côté des piles et des ampoules, les pinces et les pattes ficelées. Il les troquait ensuite avec d'autres clients, ou les vendait au bateau qui deux fois par mois faisait la navette entre Makatea et Tahiti. Il n'avait que faire des porcs et des poulets, puisque la plupart des insulaires en élevaient eux-mêmes.

La Reine faisait toujours une halte au magasin, qu'elle ait besoin de quelque chose ou pas. Wen Lai avait gardé la mémoire de l'ancien temps et c'était quelque chose qu'elle appréciait, même s'ils n'en parlaient que rarement. Ce n'était pas nécessaire. Tous deux étaient de la Vieille Île, et tous deux philosophes, chacun à sa manière. D'ailleurs, Wen Lai parlait à plus de monde chaque jour que n'importe qui sur l'île. S'il se passait quelque chose à Makatea, s'il y avait quoi que ce soit à savoir, Wen Lai était au courant. Il était le RFI de l'île, sa radio tam-tam.

Elle entra dans le magasin d'un pas traînant. Wen Lai était assis à la caisse, penché sur un gros ouvrage. Elle déroba un coup d'œil au titre : *Enquête sur les modes d'existence*. Ça avait l'air intéressant. Elle-même ne lisait pas beaucoup. Mais tout ce que les gens trouvaient intéressant l'intéressait.

"*Hey, mister*, commença-t-elle en anglais. Comment vont les affaires ?

— J'ai pas à me plaindre, ma p'tite dame." Il força l'accent australien pour la faire rire. "Enfin, si, j'pourrais m'plaindre, mais j'le f'rai pas." Il passa au français. "Et tes affaires, ça marche bien ?

— Les affaires sont bonnes, répondit-elle en pa'umotu. J'ai jamais de clients. Mais les affaires sont toujours bonnes."

Elle fit le tour de la boutique, même si elle connaissait par cœur l'emplacement de chaque produit dans chaque rayon. L'offre n'avait pas changé depuis un an. Elle prit un peu de son café préféré et un petit paquet de maïzena. Ça pouvait toujours servir.

Elle lui tendit son filet, où il glissa ses achats. Tandis qu'il faisait le total, elle lui demanda : "Tu viens ce soir ? Ça va être une bonne soirée. Y aura plein à manger. Et plein de bonne musique !"

Elle ne savait pas pourquoi elle prenait la peine de le préciser. Évidemment qu'il y aurait de la musique. Et à manger. Il y avait toujours de la musique et toujours à manger. Deux fois par semaine depuis des années. Mais le mot *musique* était magique. Comment résister ?

"Bien sûr ! Grosse affaire ce soir. Tu n'es pas au courant ? Les Américains débarquent. Ils veulent acheter l'île."

Elle leva un sourcil et inclina la tête   petite danse de nonchalance. Elle s'enorgueillissait de ne plus jamais se laisser ébranler par quoi que ce soit, même si chaque jour était une surprise.

"Ben, forcément. Comment ne pas vouloir acheter Makatea ?"

—

Elle prit le temps de passer voir l'infirmière et la receveuse et la banquière et le couple qui tenait la pension à trois chambres. Lorsque Palila arriva enfin à destination, les ukulélés s'échauffaient et quelques danseurs testaient des pas. Une demi-douzaine de femmes échangeaient avis et assistance sur leurs travaux de tissage. Les jeunes adultes – enfin, les rares qui ne s'étaient pas encore expatriés dans des endroits où il y avait du boulot – jouaient à une sorte de badminton sans filet ni raquettes sur un tertre herbu tout proche.

Le gentil Américain noir qui donnait un coup de main à l'école organisait un tournoi de mancala pour les petits, en utilisant des galets et des trous creusés dans le sable sur l'un des côtés ouverts de la maison du peuple. Sa femme – elle, Dieu sait quelle était sa nationalité – avait mis sur une table des babioles à la disposition des grands pour qu'ils s'en servent dans leurs créations artistiques. La vieille plongeuse canadienne était assise à l'une des tables de pique-nique, qu'elle tapotait en rythme de sa main parcheminée en souriant comme si le monde avait déjà pris fin. Palila la rejoignit pour l'étreindre.

"Bonsoir, ma sœur. C'est bien que tu sois venue."

La Canadienne tenta de lui répondre dans le tahitien d'un enfant de trois ans. "Bonjour, je suis contente de vous remercier de votre accueil."

Palila passa au français. "Nous, on sait tout, pas vrai, ma sœur ? Nous deux. Quand on est sur le point de mourir, on sait tout."

La Canadienne ne se laissa pas démonter. Palila n'y était pas encore parvenue, malgré plusieurs tentatives.

"Peut-être, dit Mme Beaulieu. Mais ça ne me dérangerait pas d'en apprendre encore un tout petit peu."

Quelques hommes âgés avaient lancé le feu et chauffaient des pierres pour l'*ahima'a*. D'où ça leur venait, aux hommes, ce goût pour le feu ? Dans quelques heures, de ce four creusé dans la terre surgirait un festin : banane et fruit à pain et *fafa* et patate douce, porc et poulet, légumes rôtis du potager, crevettes, crabe, palourdes, escargots de mer et poisson-perroquet, marinés dans le citron et l'oignon et le lait de coco.

Le parfum de cuisine lui monta jusqu'à l'âme. Pour des gens au chômage qui vivaient dans des bâtiments désaffectés et recouraient au troc, les Makatéens mangeaient mieux qu'une bonne partie du monde.

Lorsqu'elle approcha du podium, les ukulélés interrompirent leur chanson pour se lancer dans une version à trois temps, ralentie et étirée, du *God Save the Queen*. Palila gloussa et fit mine de griffer les musiciens pour se venger. Entrant dans leur jeu, elle se mit à valser aux accents de son hymne, se déboîtant les hanches sur un rythme qui vira bientôt à la vraie musique des îles.

Deux morceaux plus tard, elle ondoyait encore quand le maire arriva. Le pauvre homme avait l'air au-delà de l'accablement. Il portait un classeur dans une main, son téléphone dans l'autre, et un siècle et demi de fausse conscience coloniale sur les épaules. Tout le monde eut pitié de lui. On tenta de le convaincre de se joindre un moment à la danse ou au badminton imaginaire. Mais même un ballon de foot – son ancien sésame pour la gloire – n'aurait pu convaincre Didier Turi de jouer.

Lorsque le soleil se coucha et que l'*ahima'a* enfouie atteignit sa chaleur maximale, les jeux s'effilochèrent, et on se rassembla en un énorme cercle sous le préau pour s'asseoir et chanter. Palila compta les présents. C'était une bonne participation : près de cinquante personnes, soit plus de la moitié de l'île. La plupart des natifs étaient là, et beaucoup des derniers arrivés, y compris ceux d'Amérique du Nord. Cela faisait des semaines, peut-être même des mois, qu'il n'y avait pas eu autant de monde à ces soirées festives. La raison était évidente : le grand jeu du Destin se préparait à reprendre, après des décennies de latence. Une fois de plus, Makatea était à prendre, et les gens étaient venus ce soir pour connaître les détails de leur sort.

Le maire profita d'une pause dans la musique pour intimer le silence aux ukulélés et pénétra au centre du cercle. Des papiers s'échappèrent du classeur sous son bras. Il se pencha pour les ramasser, puis s'éclaircit la gorge pour s'adresser à ses administrés. Il s'exprimait dans un salmigondis nerveux de trois langues différentes, assaisonné de quelques brins d'anglais. Les enfants continuèrent à jouer au mancala et à créer leurs sculptures. Les ados n'arrêtèrent pas de mimer leur badminton. Le cercle de tissage leva les yeux par politesse, sans s'interrompre pour autant.

"J'espère que tout le monde s'amuse bien ?"

La Reine mit les mains en porte-voix. “C’était bien… jusqu’ici !”

Les rires bouillonnèrent comme la vague d’un brisant. Même le maire tituba sous sa houle.

“Et je ne veux pas interrompre les festivités…”

Une acclamation parcourut le cercle et les ukulélés embrayèrent aussitôt. Didier Turi attendit avec un sourire peiné que cessent ces enfantillages.

“Je ne veux pas gâcher la fête, mais quelque chose est en train de se passer et il faut que tout le monde en soit informé. Un groupe d’entrepreneurs américains, des spécialistes du… capital-risque, sont en train d’explorer la possibilité de construire des communautés flottantes à partir d’éléments modulables. Ces communautés s’assembleraient d’elles-mêmes dans les eaux internationales. Les résidents de ces villes flottantes seraient libres d’aller et venir à leur guise entre les communautés de leur choix.”

L’incompréhension se répandit dans tout le groupe. La Reine s’écria : “Mais pourquoi ?”

Didier s’était posé la même question plusieurs fois ces dernières heures. “Ils explorent de nouveaux dispositifs politiques. C’est en rapport avec la recherche de libres marchés. Les villes flottantes échapperont au pouvoir régulateur des États. Apparemment, ça s’appelle du libertarisme. C’est très en vogue chez les milliardaires américains de la tech.”

Manutahi Roa, le toujours pragmatique secrétaire à l’Énergie, lança : “Mais ces villes, à quoi elles sont censées *servir* ?”

Le maire retrouva dans ses papiers un passage qu’il lut à haute voix. “Les villes modulaires elles-mêmes pourraient se consacrer à l’aquaculture marine ou à l’industrie légère ou aux cultures hydroponiques ou à l’exploitation des ressources de l’eau de mer ou à l’extraction minière dans les fonds marins.”

Manutahi s’écria de plus belle : “Il n’y a pas des moyens moins chers de faire du fric ?”

Un musicien se mit à gratter sur son ukulélé *Crazy Baldhead* de Bob Marley. Le maire le foudroya du regard. La voix de l’institutrice se fit entendre du fond du préau : “Ces libertariens, qu’est-ce qu’ils nous veulent ?

— Bonne question." Le maire brandit sa liasse de papiers. "Les Californiens veulent construire leur prototype de ville flottante en face de Temao, juste au-delà du lagon. Et ils veulent qu'on leur serve de base de lancement – de lieu d'assemblage, d'expédition et d'entretien des éléments modulables."

Ce projet, le plus ambitieux auquel Makatea soit associé depuis la découverte du phosphate, laissa l'assemblée sans voix, hébétée.

"J'ai demandé à Papeete de nous accorder le droit de donner ou non notre feu vert au projet pilote. Et heureusement – *s'il vous plaît*, enfin ! –, et *heureusement*, disais-je, ils ont dit oui.

— Le gouvernement ? s'écria la Reine. *Notre* gouvernement ? C'est un piège ou quoi ?"

Toute la communauté éclata de rire. Mais Didier baissa les yeux sur ses papiers en se demandant la même chose. Les gens se tournèrent pour débattre avec leurs voisins, ignorant le malheureux *tāvana* face à eux. Puis les questions reprirent, pleines d'espoir, de confusion, de doute. Dans quel délai commencerait la construction, et combien d'emplois seraient créés ? Y aurait-il des usines, des immeubles d'habitation, des commerces comme à Papeete ? Et quelle compensation pour l'île ? Est-ce que les *Popa'ā* comptaient presser l'île comme un citron et en exploiter tous les habitants, comme la dernière fois ?

Les gens voulaient de la clarté. Ils voulaient des *détails*. Didier leur donna autant de réponses que possible. Mais pour la plupart des questions, il dut implorer leur patience.

"Il va nous falloir plus de temps, et beaucoup plus d'informations."

Wai Temauri leva la main. Son naturel bouddhique succombait à l'inquiétude. "Combien de temps on a, patron ? Avant de faire ce référendum ?"

Didier baissa la tête. "Je vais contacter Papeete là-dessus dès que je pourrai.

— Mange d'abord quelque chose", dit la Reine. Ils furent nombreux à approuver cette suggestion. Mais avant que la réunion ne puisse se terminer et le festin commencer, Hone Amaru s'avança. Tout ce temps, il s'était tenu à l'écart au bord de l'*ahima'a* en biberonnant une bouteille de Hinano. Le fils de l'ancien maire avait le visage de son père, et il avait aussi hérité du vieux sorcier un sens certain de l'à-propos.

"Didier. Mon ami. Ce référendum… Est-ce que notre vote aura force de loi ?"

Le nouveau maire rougit sans que sa peau claire ne puisse le dissimuler. "Je demanderai que le résultat du vote soit respecté."

L'affirmation semblait si pathétique que Didier fut tenté de remettre sa démission sur-le-champ. Toute l'assistance, y compris les rares qui souhaitaient que les Australiens reprennent l'exploitation minière, eut pitié du maire. L'île avait quasiment imposé à cet homme un poste qu'il ne briguait pas. Personne n'imaginait qu'il serait confronté à une crise de cette ampleur. À présent, il était de leur devoir d'être solidaires et de le réconforter.

"Les discussions commenceront demain, cria la Reine. Ce soir, la danse porte conseil."

Et comme elle était la Reine, le décret fut adopté sans vote. Les ukulélés obéirent au signal. La Reine fit sa tournée, sourde à toute objection, jusqu'à ce que chacun se mette soit à manger soit à danser. Elle entraîna le maire sur la piste de danse, ainsi que la moitié du cercle de tissage, le couple d'Américains étranges et tourmentés, tous les enfants, et même la vénérable plongeuse canadienne, qui se révéla capable d'une choré sûrement apprise sous les vagues, là où toute créature danse avec virtuosité à chaque instant de sa vie.

Une bonne part de l'île se mit donc à bouger de concert : leurs corps n'étaient plus qu'un élan rythmique, synchrone avec le pouls de la marée, les danseurs sentaient la liberté de leurs membres alimenter le plaisir de leur torse ondulant, et ils reprirent en chœur la chanson que l'orchestre de fortune avait entamée presque par hasard, la chanson dont tout natif de l'île connaissait paroles et musique :

O Makatea, poe nehenehe,
Te tamarii a Ta'aroa !
E nunaa tatou no
te hoê fenua mo'a, e fenua manuïa.

Ô Makatea, perle si belle,
enfant de Ta'aroa !
Prenons soin de
cette terre sacrée. Cette terre bénie.

C'était un chouette air, se dit la Reine en dansant dessus. Un air capable de vous faire gravir n'importe quelle côte. Peut-être même la meilleure chanson qu'elle connaisse. Elle battit des bras comme une créature à nageoires et chanta : *E fenua manuïa, e fenua manuïa, e fenua manuïa !*

Notre amitié se bâtit sur le jeu. Aucun ne nous semblait indigne. Avec Rafi, on jouait à des passe-temps écervelés rien que pour se calmer les méninges, enflammées par l'incandescence cosmique du go. On passait des heures dans le couloir du rez-de-chaussée qui reliait l'annexe de Saint Ignatius au bâtiment principal, à nous livrer à ce jeu cher aux lycéens où on tente de devenir maître du monde sur un coup de dés.

"Ben mon vieux, dit Rafi, si on compte sur la chance pour devenir maître du monde, c'est qu'on ne fait pas assez d'efforts." Je repensai à cette boutade des années plus tard, quand je glanai mes cent premiers millions.

On se joignit à cinq autres geeks du club d'échecs pour jouer à Diplomatie – le jeu préféré de John Kennedy, Walter Cronkite et Henry Kissinger. La partie se transforma en un marathon de dix heures, un samedi chez l'un des membres du club, dans une maison de Hyde Park conçue par Frank Lloyd Wright. Plus tard, j'embauchai ce mec comme avocat pour représenter Playground, avec un salaire de départ de deux cent mille dollars par an, sur la base entre autres de la ruse qu'il avait témoignée lors de cette partie.

Rafi, de son côté, fit preuve de tels pouvoirs de dissimulation qu'il fallut toute la journée aux autres pour comprendre le petit pas de deux qu'on avait concocté, lui et moi – alias la Russie et l'Autriche-Hongrie. Je sus tenir mon rang dans cette arnaque complice. En fin de soirée, je finis par gagner, avec Rafi pour faiseur de roi. Comme plus tard dans la vraie vie.

On jouait à un autre jeu, qui avait des années d'avance sur son temps, où sept groupes culturels de la Méditerranée antique – les

Assyriens, les Babyloniens, les Illyriens, les Crétois et consorts – évoluent de l'âge de pierre au classicisme tardif et même au-delà. Sans qu'on s'en doute, ce jeu était l'éclaireur de la renaissance qui allait faire basculer dans l'ère moderne tout le domaine des jeux de société. Il répondait à tous nos critères : refus du hasard, données accessibles, multiples voies vers la victoire et incitation à la créativité – un jeu où le voyage comptait plus que la destination.

Mais tous ces jeux n'étaient que des distractions. Notre véritable amour n'allait qu'au go. On prenait des leçons avec le seul autre élève du lycée qui savait y jouer : un génie à l'hémisphère gauche surdimensionné, qui était dans mon cours de calcul avancé, et dont le père se trouvait être le consul général de Corée du Sud auprès des États-Unis. On s'inscrivit pour des cours du week-end dans un dojo de Chinatown, près de la station Cermak. L'endroit évoquait un monastère abritant les manipulateurs secrets qui tiraient les ficelles de l'Histoire.

Je cherchai un logiciel de go pour m'entraîner, mais les seuls existants ne proposaient que des coups basiques au petit bonheur la chance. Tous les serveurs d'échange de messages s'accordaient sur un point : automatiser le go excédait largement les capacités de la programmation informatique. Le jeu était trop ouvert, l'espace de recherche trop vaste, les objectifs à tous les niveaux – de la plus modeste tactique à la plus grandiose stratégie – trop complexes pour être formulés avec un tant soit peu de rigueur.

La plupart des experts pensaient qu'un ordinateur ne pourrait jamais battre au go un bon joueur de chair et de sang. Certes, les experts en avaient dit autant des échecs, et à présent seuls les grands maîtres arrivaient à ne pas se faire bouffer par l'ordi. Longtemps, les échecs avaient été la mesure suprême de l'intellect humain, celle qui par excellence nous distinguait des simples machines. Mais il devenait de plus en plus évident que ce jeu pouvait être maîtrisé par la force.

C'est ainsi que la pierre de touche de l'intelligence humaine passa des échecs au go. Le go exigeait une intuition profonde, de la créativité, de la pénétration psychologique, et une indéfinissable étincelle de génie. Bref : tout ce que les échecs étaient censés posséder quelques années plus tôt. Tout ce qu'une machine ne serait jamais capable d'avoir.

De tous les subterfuges auxquels excellent les humains, le plus retors, c'est peut-être de changer les règles du jeu. Quand les IA les plus avancées sauront en faire autant, elles auront réussi le vrai test de Turing.

J'étais un soldat de la révolution numérique. Ma petite combine de logiciels me rapportait désormais mille dollars nets par mois. Tout le secteur de l'informatique – matériel comme logiciels – progressait à une vitesse incroyable, poussé par les jeux, et les programmes de jeux comptaient parmi les inventions les plus complexes jamais mises au point par l'humanité. Alors ça me foutait les boules que la programmation vienne achopper sur le jeu qui nous dévorait tous deux. Rafi, lui, était ravi. Tout revers pour moi était une victoire pour lui et son engeance de poètes rebelles. On était déjà prisonniers d'un jeu à somme nulle.

"Ça te fait pas de mal d'être un peu humilié, mon pote. Si je te croyais un seul instant capable d'automatiser tout ce que tu veux automatiser, je serais obligé de te tuer pour préserver l'avenir de l'humanité."

Pour l'heure, la tuerie se cantonnait au damier de dix-neuf lignes sur dix-neuf, et au flux merveilleux de la vie et de la mort des pierres. On prit l'habitude de jouer le soir chez moi. Mon père m'avait offert pour mon anniversaire une Audi Fox presque neuve – je venais d'avoir mon permis. Il espérait ainsi m'impressionner par sa largesse, me faire oublier sa rechute récente dans le donjuanisme et la débauche, et s'exempter d'avoir à faire le chauffeur. J'allais au lycée en voiture et je me garais dans un parking de Roosevelt car mon père, quoique grand défenseur de la cause de Saint Ig, m'interdisait de me garer en pleine rue "dans ce genre de quartier". Et après les cours, je ramenais Rafi à la maison à Evanston.

Il y avait pléthore de chambres d'amis au Manoir. Rafi choisit sa préférée et y emménagea plus ou moins. Il ne se lassait pas de mon nouvel ordinateur domestique, avec sa carte graphique en couleurs financée par les bénéfices de mes logiciels d'échecs. J'avais déjà changé trois fois de bécane depuis l'époque de READY>_*, et ce bond dans l'évolution, c'était comme passer des bactéries aux trilobites. Rafi était puceau en matière de jeux sur ordi. On voyait naître des jeux sans précédent dans l'histoire humaine. Des jeux* *de tir. Des aventures en pointer-cliquer. Des fictions interactives. Des simulations sans scénario préétabli où l'utilisateur avait une réelle marge de manœuvre. Des puzzles dont les pièces pleuvaient du haut de l'écran.*

Rafi les essaya sans être convaincu. "Mouais, c'est de la branlette, mon pote. Il est où, l'amour, là-dedans ? Il est où, l'échange humain ?"

On s'installait dans la tourelle près du belvédère, à manger des barres énergétiques pour cosmonautes et à discuter existentialisme. "Tu sais ce qu'on est ? disait-il en sirotant son soda Life Savers favori. On est condamnés à la liberté. Sisyphe est réellement heureux, mon frère. Grosso modo."

Après une heure à faire nos devoirs, on jouait des parties de go classique jusqu'à minuit passé. Ses parents s'en foutaient, les miens s'en apercevaient à peine. On jouait des parties express assassines, et des parties fleuves où il était impossible de prévoir qui allait gagner avant au moins deux cents coups. Je le revois abattre un jour sur le damier une pierre brutale que je n'avais pas vue venir. Avec un sourire méchant. "Alors comme ça, c'est pour de rire, hein ? Jusqu'au moment où quelqu'un y perd un œil."

Le lendemain, on regagnait le South Side en Audi. Si on était samedi, il ne me laissait jamais le reconduire jusqu'à sa porte : il descendait toujours à deux ou trois rues de chez sa mère. "Écoute-moi bien, blanc-bec. Pas question que tu rappliques dans ce quartier avec ton carrosse."

Il avait le contact facile avec les Blancs, lui qui les avait côtoyés tant d'années dans son collège du North Side. Mais il aimait bien exercer ses sarcasmes sur mon quartier de nantis et ses privilèges jamais remis en question ; il roulait des yeux pour me faire rire et prenait sa voix d'Oncle Tom : "C'est donc comme ça que vous faites les choses par ici ! J'savais bien… enfin, j'savais bien que vous autres vous faisiez des trucs dingues, mais nom d'un chien ! Là, ça dépasse tout. Vous avez tout compris, vous savez vivre *– vous voyez ce que je veux dire, missié ?"*

Je ne voyais pas de quoi il parlait. J'ai mis des années à comprendre.

Plus d'une fois, on a passé des nuits blanches à jouer. Lorsque l'aube pointait et que l'épuisement nous aveuglait le cerveau, nos coups se faisaient plus hasardeux, mais ces abus approfondirent notre maîtrise du jeu, à défaut de ma lucidité sur moi-même.

Je revois Rafi, les yeux vitreux après une partie de dix heures particulièrement sanglante, assis dans l'alcôve de la cuisine de ma mère, une gaufre surgelée plaquée sur le front comme pour soulager une gueule de bois, en train de grommeler : "« Le chemin de l'excès mène au palais de la sagesse », dixit *William Blake.*

— « J'ai perdu mes jours, j'ai perdu mes nuits », rétorquerait l'honorable Freddy Fender.

— Je ne crois pas qu'il parle de la même chose, mon ami. Et d'ailleurs : « Le temps qu'on a pris plaisir à perdre n'est pas du temps perdu. » Ainsi parla John Lennon."

Un après-midi, il était chez moi, à attendre que je termine mes exercices de physique. Il tira un livre de son sac US et se pencha dessus, dans sa posture d'araignée. De là où j'étais, je parvins à déchiffrer le titre : Philosophie de l'œuvre commune, *de Nikolaï Fiodorovitch Fiodorov. Quand je traversai la pièce jusqu'à lui, il se recroquevilla sur le livre comme un écureuil sur sa noisette. Je tendis la main, paume en l'air, en agitant les doigts. Il me le remit en haussant les épaules.*

Ce vieil exemplaire remontant aux années trente, avec sa reliure gris monochrome de bibliothèque publique, avait l'odeur d'un livre délaissé sur les rayonnages pendant des décennies. Je le feuilletai. Apparemment, c'étaient les écrits ésotériques d'un Russe fou du XIXe siècle.

"Putain, c'est quoi ce truc ?

— Bon, d'accord. Je reconnais que c'est un peu barré.

— Mais d'où tu sors ça, nom de Dieu ?"

Il suivait un cours sur le modernisme littéraire européen à l'université publique d'Illinois, celle de Circle, à quelques minutes de marche de Saint Ig, parce qu'il n'avait pas envie de lire pour la troisième fois Gatsby le magnifique *et* Sa Majesté des Mouches, *au programme de notre cours de lettres de terminale. Ce cours à Circle lui donnait accès à la bibliothèque universitaire et à tous ses trésors enfouis.*

"C'est incroyable ! Je peux demander n'importe quel livre. S'ils ne l'ont pas, ils le font venir du campus d'Urbana. Y a douze millions

de volumes là-bas. Tu parles d'un arsenal ! Et s'ils ne l'ont pas à Urbana, il y a tout un système de prêts inter-universitaires. T'auras beau dire, Keane, la vie est bien faite.

— Et tu comptes les lire tous ? Non mais franchement, putain ! Je vois pas qui…" Je brandis le livre et je le fis tournoyer dans l'espace. Un mystère total.

"Tu veux dire : tu vois pas qui peut écrire un truc pareil.

— Je vois pas qui peut lire *un truc pareil.*

— Qu'est-ce que tu crois ? Des jeunes Blacks qui n'aiment pas le monde tel qu'il est, voilà qui, monsieur Je-sais-tout.

— Très bien. Alors : fiche de lecture.

— Bon. C'est simple. Très simple et… en même temps, complètement délirant. C'est un trésor caché visionnaire. Je suis tombé dessus par accident, mais dès que je me suis mis à le feuilleter j'ai eu l'impression que je le cherchais depuis longtemps.

— Soit ! Mais est-ce que tu aurais juste l'obligeance de me dire de quoi ça parle ?

— Ça parle de l'évolution. Et de là où elle pourrait nous mener. Voilà comment Fiodorov voit les choses : au commencement, l'évolution cherchait la vie à tâtons, et au bout d'un demi-milliard d'années elle l'a trouvée. Ensuite elle a fait plein d'essais pour produire la conscience, et après encore quelques centaines de millions d'années ça a marché. Alors elle a testé l'intelligence, et bientôt : bingo ! Et à présent c'est à nous, les enfants les plus intelligents qu'ait engendrés l'évolution, de l'aider à mettre au point l'immortalité. De surmonter ce défaut de fabrication qu'est la mort : c'est la dernière et la plus importante étape de l'évolution, après quoi la vie sera complète. Ce qui, selon Fiodorov, ne devrait pas être plus impossible que toutes les inventions insensées qui ont précédé."

Je fus à moitié tenté d'émettre un bruit de pet. L'autre moitié songeait que ça ressemblait beaucoup à des idées que j'avais eues moi-même : les fantasmes d'un gamin de dix-sept ans, enivré par la croissance exponentielle de la puissance de programmation du monde. Je fis tournoyer mon index en l'air. "Et ensuite ? Crache le morceau !

— C'est ce qu'il appelle l'œuvre commune. La seule chose qui peut unir toutes les personnes sur Terre, quelle que soit leur histoire : œuvrer à apprendre tout ce qu'il y a apprendre, pour pouvoir vaincre la mort.

— Eh ben… Ça me troue le cul.

— Ça te regarde, mon pote. C'est toi qui m'as demandé de quoi ça parlait."

Je l'avais blessé. "Non, non. Je suis avec toi. C'est fou, ce truc. Continue."

Il me pardonna, embarqué par son sujet. "Donc Fiodorov pense… il est convaincu que l'évolution de l'intelligence donne aux humains la faculté unique d'introduire de la rationalité et du sens dans la nature. Il n'y a aucune raison qu'on ne puisse pas un jour apprendre à tuer la mort elle-même. Après tout… l'évolution n'a pas cessé de changer les règles du jeu depuis le début, pas vrai ?"

Je haussai les sourcils et les épaules. "OK. Et… ?

— Et un jour, en combinant la génétique, la neurologie, la théorie de l'information et la simulation – toutes choses dont Fiodorov a eu l'intuition bien avant qu'elles existent –, les êtres vivants seront capables de ressusciter tous les vivants passés, au même titre qu'on peut rejouer, toi et moi, toutes les parties d'échecs ou de go jamais disputées, à partir d'un système de notation."

Un torrent de détails déferlait de ses lèvres. La précision de sa mémoire m'impressionnait. Jamais je n'avais vu Rafi Young si volubile.

"Alors… est-ce qu'il était chtarbé ?

— Repose-moi la question dans mille ans.

— Et ses contemporains, qu'est-ce qu'ils en pensaient ?

— En gros, qu'il était chtarbé. Mais Tolstoï l'adorait. Et Dostoïevski disait qu'il avait l'impression de lire ses propres pensées.

— Et… les gens, qu'est-ce qu'ils en pensent aujourd'hui ? Je veux dire… est-ce que c'est juste du grand n'importe quoi ?"

Rafi ne daigna pas répondre. Mon meilleur ami au monde était perdu dans ses propres visions de l'œuvre commune de l'humanité.

Ce soir-là, on ne joua pas au go. En revanche, on s'engagea dans une grande discussion qui avait le rythme d'une partie entre deux vieux rivaux du niveau 9e dan. Rafi déposait un mot, expérimental, énigmatique, pour sonder une intersection. Puis je plaçais un autre mot ailleurs sur le damier infini, transformant son coup de sonde en deux autres. Avant même de s'en rendre compte, on se parla en toute franchise comme jamais auparavant.

"Todd. Écoute-moi. Je vais te dire un truc que je n'ai jamais dit à personne.

— Tu peux, dis-je.

— Je suis sérieux. Si jamais tu abuses de ma confiance, c'est fini entre nous.

— Compris." Je savais que je ne pourrais jamais le trahir.

Il resta longtemps silencieux. Plus tard, mon idiotie ne connaîtrait pas de bornes. Mais ce soir-là, j'eus la sagesse de le laisser prendre un temps infini. Lorsque enfin il ouvrit la bouche, c'était comme s'il se parlait à lui-même.

"Le soir où j'ai été admis à Ignatius…" Son corps se rétrécit. "Mon beau-père ne voulait pas me laisser y aller. C'était trop blanc pour lui… Et ma sœur… c'était la seule personne qui me connaissait vraiment. Elle lui est rentrée dedans. Elle l'a traité de… je n'ai jamais su de quoi au juste. Il l'a poursuivie jusque sur le perron…"

Le lâche en moi avait envie qu'il se taise.

"Elle est morte. Elle lui a dit qu'il ne comprendrait jamais à quel point j'étais intelligent, et… elle est morte. Il l'a poursuivie… C'est comme s'il l'avait tuée de ses propres mains."

Il retourna le vieux livre gris sur ses genoux, en le regardant comme s'il tombait du ciel.

"Je vois l'avenir qu'elle aurait dû avoir. Elle avait toujours voulu aller à New York. Elle pensait que New York, c'était la clé. La liberté. Elle voulait partir à New York et travailler dans la mode. Mais en fait… elle vivra plus jamais rien, putain."

Pas un geste entre nous. Je lui avais déjà vu ce regard, quand il cherchait l'endroit parfait où placer une pierre.

"Et tous les soirs il faut que je rentre, que je vive sous le même toit que cet homme. Ma mère… elle le défend. J'en peux plus. Mais c'est ça ou partir vivre chez mon vrai père qui est violent et revanchard, et qui me met la pression comme si j'étais sa petite machine personnelle à faire payer tous les racistes."

Une idée folle fusa dans ma tête. "Tu crois que ta sœur… ?" Je désignai le livre : Philosophie de l'œuvre commune. *Ressusciter tous les vivants passés. "Tu es en train de me dire qu'un jour ça pourrait être possible de… ?*

— Mais non, connard. Ne sois pas insultant." Je sursautai et il se radoucit. "Désolé. Mais crois-moi : tu ne peux pas comprendre. Tu vis ici… dans cette baraque…" Il leva les paumes, presque amusé par les ornements du Manoir. "Avec ces parents-là…"

J'avais envie de procéder à un échange d'otages, de lui dire que mon père était un maniaque qui aimait piloter des petits avions en plein orage et qui s'était mis à acquérir des choses au-dessus de ses moyens. Que mes parents se haïssaient et se torturaient par pur plaisir. Mais rien de ce que je revendiquais n'était à la hauteur de ce que Rafi me confiait.

"J'ai tendance à penser que tout ce qui arrive dans le monde est de ma faute. C'est peut-être de l'ego mal placé. Mais c'est pas de ma faute si j'ai été admis à Ignatius. C'est pas de ma faute si je suis intelligent. C'est pas de ma faute si je veux pas mourir dans un HLM en bas d'un escalier pourri."

Lorsqu'il reprit la parole, ses épaules maigrelettes frôlaient sa nuque. "Tu sais rien, mon pote. Tu sais même pas à quel point tu es libre, parce que pour toi c'est aussi naturel que de respirer. Moi… moi je peux devenir libre. Des fois. Mais seulement quand je lis. Quand je lis… l'autre monde est plus réel que celui-ci. Si le livre m'emmène assez loin, j'arrive à oublier que je vis dans la maison d'un assassin.

Donc, si tu me demandes : est-ce que ce Russe est givré ? je te réponds : Bien sûr. Est-ce que je crois vraiment qu'on va réussir à vaincre la mort ? Pas de mon vivant. Est-ce que je crois que toute l'évolution est embarquée dans une grande aventure pour apprendre à inverser le cours des choses et à ressusciter les morts ? Je veux !

— Tu… quoi ?"

Mon expression pétrifiée le fit ricaner, grogner et se prendre la tête à deux mains. "Keane. Mon pote. C'est juste un poème.

— Je comprends pas la poésie.

— Je sais. C'est bien pour ça qu'on t'aime, enculé."

J'avais décidé de m'inscrire à Urbana après le diplôme, mais pas pour cette bibliothèque de douze millions de volumes qui attisait les désirs de Rafi. L'université de l'Illinois offrait simplement l'une des cinq meilleures formations en informatique du pays. Elle venait de toucher le gros lot pour construire un Centre national d'exploitation des superordinateurs. Il se targuait d'abriter le premier système en temps réel de terminaux graphiques en réseau pour multi-usagers, qui allait voir naître l'e-mail, les forums de discussion, les messageries informatiques, les chats, les échanges de *données instantanés et les jeux en ligne. C'était chez moi avant même que j'y débarque.*

Je me rendis à Urbana pour faire la visite du campus. Toute la partie nord grouillait de mes semblables. Mes parents n'avaient pas d'objection. Mon père n'était plus le Midas de la Bourse, et il était occupé à percer tous les bas de laine qu'il avait pu amasser. Il n'aurait pas pu m'envoyer dans une fac privée, même si j'avais voulu. L'Illinois restait une bonne affaire, et avec la bourse que l'université me faisait miroiter j'allais même gagner de l'argent en y allant. Il n'y avait même pas à discuter.

J'étais sorti trois fois avec une fille nommée Jill Simmons, que j'avais rencontrée en faisant le maître-nageur. Il y avait du sexe dans l'air. Quand je dis à Jillie où j'allais m'inscrire, elle éclata de rire. Elle, elle partait pour la côte Est et la très chic école de filles Sarah Lawrence, qui était sa voie toute tracée depuis ses dix ans. L'université, c'était son sésame pour quitter le Middle West à tout jamais. Elle me dit que gaspiller ma crédibilité d'ancien élève de Saint Ignatius et mes résultats aux tests d'aptitude universitaire pour aller dans une fac publique, c'était au-delà de la bêtise.

Je ne pris même pas la peine d'en discuter. Juste avant les fêtes, on se souhaita bonne chance et bon vent. Ce fut un soulagement pour tous deux de nous libérer d'une première relation de couple sans casse et sans bavures. Cela nous parut une preuve de maturité. On était encore trop jeunes pour comprendre comment se manifestait la maturité dans la vraie vie.

Rafi livrait d'autres batailles. À ma grande honte, il ne me venait pas à l'esprit que la simple perspective d'aller en fac pouvait faire basculer toute son existence dans le chaos. Il aurait été admis à peu près partout. Mais son choix, quel qu'il soit, ne serait jamais accepté par les autres parties concernées. J'aurais dû m'en rendre compte.

Il avait gardé des amis dans son ancien quartier, à la lisière de Pilsen, dont il ne me parlait jamais. Je ne sais pas s'il avait honte d'eux ou honte de moi. En tout cas, il cloisonnait. Je ne connaissais même pas leurs noms. Deux ou trois d'entre eux allaient s'inscrire au Richard J. Daley College dans South Pulaski, un établissement public qui offrait une formation en deux ans et qui faisait partie des sept facs municipales de Chicago.

"J'crois qu'j'vais faire pareil, mon pote.

— Rafi ! Tu déconnes ou quoi ? Tu vas t'enterrer vivant. Foutre ta vie en l'air."

Il devint glacial comme le sas perforé d'un vaisseau spatial. "Tu ne sais pas de quoi tu parles. P'tit Blanc."

Je passai deux semaines de plus en plus houleuses à essayer de l'en dissuader. Je lui faisais subir exactement ce que Jillie Simmons m'avait fait subir.

Rafi choisit le camp de ses potes du quartier. "C'est décidé, mec. Laisse tomber. D'ailleurs, c'est pas un drame."

J'en restai fracassé.

Sa mère lui donna sa bénédiction. Elle-même n'était jamais allée en fac. Il lui semblait judicieux de progresser à petits pas. Elle louait son choix de rester en ville. Beau-Papa Morose lui dit de faire ce qu'il voulait.

Rafi fit part de sa décision à son père. Si, moi, j'avais été consterné, Donnie Young se montra fou furieux. À ce que j'appris plus tard, il fut à deux doigts de lui balancer son poing dans la gueule. Donnie Young n'avait pas versé une bonne part de son salaire des quatre dernières années à une école privée très sélect pour que son surdoué de fils gaspille ensuite cet atout dans une fac municipale. Lui-même avait suivi des cours à Circle, où il s'était fait humilier, puis à Malcolm X, pour des études qu'il avait trouvées vaines et exaspérantes. L'avenir de son fils, c'était aussi son ultime espoir.

Il connaissait quelqu'un à l'académie militaire de Virginie. Il obtint une lettre de recommandation d'un ami qui siégeait à la Chambre des représentants de l'Illinois et entama les démarches de candidature au nom de Rafi. De son côté, Sondra Young Johnson était convaincue que si son fils disparaissait dans la jungle de Virginie et devenait militaire, elle ne le reverrait jamais.

Rafi vint me trouver, désespéré. "Ils vont me tuer, mon frère. À eux deux, ils vont m'achever.

— Ton père veut que tu fasses l'armée ?

— Nan, mon pote. C'est juste un chantage.

— Pour obtenir quoi ? Qu'est-ce qu'il veut ?

— Oh, pas grand-chose. Juste que je sauve la race noire en battant le Blanc à son propre jeu.

— Hum. On dirait qu'il joue au go."

Le rire de Rafi n'avait rien à voir avec la gaieté. "Il passe son temps à me filer des bouquins. Dick Gregory. L'honorable prophète Elijah Muhammad. Comme si ça prouvait que je dois aller à l'académie miliaire pour me préparer à la fin des temps. Il est en train de péter les plombs.

— Rafi. Viens avec moi à Urbana. C'est assez près d'ici pour que ta mère ne flippe pas. C'est mieux classé que l'académie militaire dans quasiment tous les domaines, donc ça devrait satisfaire les désirs d'ascension de ton père. Et c'est une fac publique, donc tes amis ne pourront pas t'accuser de…"

Un sourire malveillant tira sur sa lèvre supérieure. "… de quoi, mon frère ? M'accuser de quoi ?"

Je levai les mains au ciel. "C'est bon. Je parle sans savoir. Va où tu veux, choisis ce qui te paraît le mieux.

— Merci pour votre bénédiction, missié."

Il postula dans plusieurs endroits suggérés par le conseiller d'orientation, des facs qui offraient de bonnes formations en littérature, notamment l'université de Chicago, Berkeley, Northwestern, et Urbana comme solution de repli. Il fut admis partout. Il repoussa sa réponse le plus longtemps possible. À Pâques, il ne s'était toujours pas engagé. Mais le temps était compté, et il allait devoir franchir le pas.

Le lundi de rentrée après les vacances de printemps, je le ramenai chez moi pour une "soirée pyjama", ou plutôt pour une soirée de go aussi intense que possible. Dans la frénésie de cet ultime semestre, on n'avait guère eu le temps de jouer. On laissait la vie s'immiscer dans nos distractions.

Dans la voiture, Rafi lâcha sa bombe. "Ton quartier, j'aurai amplement l'occasion de le voir l'an prochain. Puisque tu seras pas là, ça serait peut-être plus simple que je squatte ta chambre.

— Quoi ? T'es sérieux ?

— Je vais aller à Northwestern. Je vais arborer mon blazer de Saint Ig et apprendre à réussir sans faire d'efforts."

J'étais ravi qu'il ait échappé à l'attraction du Richard J. Daley Community College. Mais Northwestern paraissait un peu trop rupin pour lui. Je me demandais comment Rafi et sa famille éclatée allaient pouvoir payer une école si chère. C'est dire si j'étais à côté de mes pompes.

"Et avec qui je vais jouer au go l'an prochain, alors ?

— Cinquante mille étudiants. Quinze pour cent d'Asiatiques. Beaucoup d'ingénieurs. Tu trouveras bien quelqu'un.

— On pourrait jouer par correspondance. Ou se rendre visite. Il n'y a que trois heures de route.

— Concentrez-vous sur vos cours, mister *Todd, vous n'êtes qu'un bizuth."*

Et voilà : nos avenirs divergeaient. Déconfit, je le félicitai, et tout le trajet jusqu'à Lake Shore Drive se passa à se chambrer mutuellement sur les voies que nos vies allaient prendre. Je ne pouvais dissiper un sentiment de trahison, et j'avais soif de représailles. Je choisis mon angle d'attaque pour le piquer au vif.

"Le temps qu'on soit diplômés, un ordinateur sera capable d'écrire des poèmes qu'on croira humains.

— C'est un ramassis de conneries. Au mieux, des mauvais haïkus et des vers de mirliton boiteux.

— Pour autant que je puisse en juger, la moitié des poèmes qu'on lit dans le New Yorker *sont déjà écrits par une machine.*

— Ah, les joies de l'inculture.

— D'ici à ce qu'on meure, toutes nos formes d'art seront déléguées à l'intelligence artificielle.

— Mais comment un humain relativement intelligent peut déverser un tel torrent de conneries ? Non mais tu t'entends ? Écoute un peu ce que tu dis ! Tu crois que la création, c'est juste…

— Oui. Oui, je le crois."

Il ouvrit la bouche pour me contredire, mais l'incrédulité lui coupa le sifflet. Un crépitement de sons stupéfaits s'étrangla dans sa gorge. Il leva les mains en signe de reddition et se mit à tirer sur sa petite barbiche. "Crois ce que tu veux, HAL."

On quitta Lake Shore Drive pour s'engager dans North Sheridan. Je sentais à quel point il allait me manquer, ne serait-ce que pour nos disputes. Plus que tout autre ami d'enfance, il allait laisser un trou dans ma vie, comme l'emplacement béant d'une pierre de go qui s'est fait prendre.

Au bout de quelques rues, il se reprit et redevint invulnérable.

"Le jeune Todd Keane, en route vers les champs de maïs pour y faire son noviciat au temple du superordinateur… où il va apprendre aux… ordinairestueurs *à écrire des* podems *!*

*— Rafi Young, inscrit au petit Harvard-sur-le-Lac, où il espère étudier une littérature qui échappera à l'*OPA *hostile de nos suzerains numériques sur les belles-lettres !*

— À ce jeu-là, j'ai de bonnes chances de gagner."

Quelques semaines plus tôt, on avait mis notre cœur à nu. À présent, je le sentais de nouveau disparaître.

"Sérieux, ça te dirait de squatter ma chambre ?"

Sa tête eut un mouvement de recul à cette idée. Il avait déjà oublié sa boutade. "Oh, nooon, mon pote. Je voudrais pas infliger ça au Maestro et à Mama Keane. Un Noir qui vivrait chez eux sans qu'ils lui payent un salaire horaire ? Ça serait pas correct. Vraiment pas correct."

On bifurqua vers Chicago Avenue puis Sherman, en suivant la diagonale des voies ferrées. Autour de nous, la circulation ralentit et se fit plus dense. Des gyrophares clignotaient à l'horizon.

"Voyez-vous ça ! haleta Rafi. Des flics… qui arrêtent… des Blancs *!"*

Quelqu'un avait embouti le pilier central du viaduc de Greenwood. Les policiers bloquaient le tournant en faisant signe frénétiquement aux automobilistes de continuer à avancer dans Sherman. Ce qui ne faisait qu'aggraver le bouchon provoqué par la curiosité des voyeurs. Ce n'est qu'à mi-chemin du carrefour suivant que mon cerveau assimila ce qu'il avait vu.

Mes mains perdirent leur prise sur le volant et ma voix se fit spectrale. Je ralentis et je braquai vers le trottoir. "Oh merde. Merde. Merde."

Rafi se pencha précipitamment vers moi en agrippant le tableau de bord. "Qu'est-ce que que… ? Hé, Todd ! Ça va ?"

*La voiture fracassée contre le pylône de béton – une Mercedes 450*SL *argentée décapotable – portait une plaque d'immatriculation personnalisée* PITBULL.

"C'était mon père."

On abandonna l'Audi vaguement stationnée pour courir sur le lieu de l'accident. Les policiers refusèrent de nous laisser passer, même quand je leur hurlai dessus. Une ambulance se gara à l'oblique sous le viaduc. Les ambulances dégagèrent du véhicule le corps ratatiné et l'orientèrent vers la civière. Mon père ne souffrait pas.

Je ne me rappelle pas grand-chose du reste de ce printemps. Amnésie antérograde : mon cerveau effaçait toute trace de ce qui dominait désormais ma vie. Ça, plus les médocs que les psys me forcèrent à prendre pendant des mois. Ma mère était encore plus traumatisée que moi, elle qui pourtant n'avait pas vu les ambulanciers tirer cet homme hors de sa voiture bien-aimée comme un sac de sable. Après vingt ans, le jeu de destruction mutuelle assurée entre elle et son époux était fini, et ils avaient tous les deux gagné.

Il n'y eut pas d'obsèques. Au lieu de ça, on prit le bateau de mon père et, en compagnie d'une sœur qu'il avait perdue de vue et de deux amis traders consciencieux, on emporta ses cendres sur le lac Michigan pour les disperser dans la houle.

Entouré par les eaux, si loin au large que Chicago et Gary n'étaient plus que des taches brunes à l'horizon, je me rappelai qu'un jour j'avais été certain de devenir océanographe quand je serais grand. Seule la vie sous l'eau avait été assez vaste pour me protéger de cet homme et de ses incartades obstinées et abrasives. À présent, l'eau l'avait en sa possession.

En regagnant le port de plaisance, je dis à ma mère : "Moi aussi. Je veux que la mer soit mon tombeau."

Elle répondit : "Fort bien. Et pour moi, trouve un État où tu auras le droit de me transformer en compost."

Presque aussitôt, les créanciers se mirent à encercler le Manoir. Dans un effort fiévreux pour comprendre ce qui se passait (même si au fond d'elle-même elle devait le savoir), ma mère éplucha les talons de chéquier et les relevés de carte de crédit des dernières années, une tâche qu'elle avait toujours eu le luxe de déléguer à mon père. Elle découvrit des centaines de reçus de pharmacies des trois États limitrophes, ainsi que des ordonnances d'oxycodone prescrites par au moins quatre médecins différents. Ce n'est qu'à ce moment-là que je pris au sérieux les centaines d'étuis cylindriques de médicaments orange et blanc que nous avions ignorés tant d'années, elle et moi, favorisant ainsi dûment l'autodestruction de l'homme qui continuait à régir nos vies.

Ce que ma mère ne trouva nulle part dans la paperasse qu'elle passait au crible, c'était de l'argent. Micky Keane, prolo du South Side, mascotte des jésuites, self-made-man multimillionnaire, mécène du mérite scolaire, virtuose aux nerfs d'acier de la navigation en eaux boursières, audiophile, pilote d'avions de tourisme, était mort toxico, et laissait la famille à sa charge engloutie sous les dettes.

Au coup par coup mais très vite, ma mère mit aux enchères la collection de toiles paternelle, y compris un magnifique Jamie Wyeth que mon père avait acheté pour célébrer mon premier anniversaire. Il avait déjà vendu le Cessna sans lui en parler. Et sans laisser de trace de la transaction. La Mercedes, forcément, ne valait plus rien.

Maman mit le Manoir en vente, et il trouva acquéreur en quatre jours. Avant même que je comprenne ce qui arrivait, on emménagea dans un minuscule appartement à Rogers Park. Dans le chaos de ma nouvelle vie, je terminai le lycée, limite suicidaire. Le fantôme de mon père venait me visiter la nuit, s'asseyait au pied de mon lit et me demandait si je voulais faire une partie de jeu de puce.

Je ne voyais guère Rafi, à part en classe. Je n'avais plus aucune envie de le ramener chez moi après les cours. Il était plein de sollicitude et venait me voir à mon casier aux interclasses, comme s'il passait là par hasard.

"Tiens bon, disait-il. Un pas à la fois."

Début mai, il me chercha à la cantine et s'attabla en face de moi avec le casse-croûte qu'il apportait toujours de chez lui. D'un air beaucoup trop désinvolte.

"T'as trouvé quelqu'un pour partager ta turne à l'automne ?"

La question m'énerva. "Si tu ne proposes pas expressément quelqu'un, c'est une loterie. Ça se fait par tirage au sort. Ils te disent pendant l'été avec qui tu vas crécher.

— Je sais comment ça se passe, mon pote."

Je cessai de manger pour le dévisager. Tout était un jeu, avec Rafi. Ou peut-être avec moi.

"Où tu veux en venir ?

— Eh, bien mon pote, il se trouve que Northwestern a déjà son quota de cinq petits Noirs pour l'an prochain.

— Qu'est-ce que tu me racontes ? Tu as changé d'avis ?"

Il haussa les épaules, beaucoup trop haut, dans un geste qui lui donnait toujours l'air d'un comique. "La même éducation, pour quatre fois moins cher. Les maths, c'est pas mon fort, mais ta petite école en terrain public c'est peut-être une bonne affaire. Un homme du peuple comme moi n'a vraiment pas b'soin d'une autre école privée d'élite sur son CV. *Ça finirait par devenir suspect. D'ailleurs, je connais quelques mecs qui vont à Urbana."*

Mon humeur s'éclaira, mon dos se redressa comme une plante qu'on voit pousser en accéléré. J'ignorais ce qui lui avait fait changer d'avis. La vérité ne m'apparaîtrait que bien plus tard : il m'aidait à traverser une période noire. Il avait choisi de garder un œil sur moi, en vrai frère.

Le professeur Mannis et Madame, passant au crible les flaques laissées par la marée un peu à l'ouest de Malibu.

Ils étaient venus pour un colloque à UCLA, où Evelyne devait parler des stations de nettoyage du triangle de Corail. La conférence fut un grand succès, comme toujours avec Evie. En chaire, elle se montrait gauche et ingénue, ce qui achevait de ravir un public déjà conquis par son anglais toujours haut en couleur et son émerveillement de petite fille, appuyés par les ektachromes exotiques qu'elle projetait en les faisant défiler sur le chariot de diapositives.

Bart Mannis l'avait écoutée, assis dans le fond de l'amphithéâtre bondé, retombant amoureux de cette inconnue qui était sa femme. Il s'étonnait du couple improbable qu'ils formaient, si radicalement incompatible. Elle était élancée, aventureuse, naïve, intrépide, irrévérencieuse et follement passionnée, mais seulement de la mer. Il s'était fait de plus en plus terrien, pragmatique, bosseur. Il s'irritait encore parfois de son indépendance, allant jusqu'à lui demander un jour ce qu'allait devenir leur couple. Mais il était complètement, désespérément fou d'elle, et il avait fait son choix. Il avait essayé de la quitter une fois, sans y parvenir. À présent, même quand son insaisissabilité le suffoquait, quand ses allées et venues le laissaient esseulé, il savait que plus jamais il n'envisagerait de lâcher la patate. Tout lui venait de la patate. Sans la patate, la vie serait bien plus sinistre.

À certains égards, sa vie était plus simple qu'avant. Il avait un poste de vacataire à Scripps. Il poursuivait sa recherche et enseignait à l'occasion. Evelyne était restée échouée à terre pendant près de dix-huit mois pour terminer son doctorat trop longtemps différé. Elle était devenue citoyenne américaine et n'avait plus de problèmes de visa. Mais à présent que toutes les anciennes questions étaient réglées, de nouvelles se profilaient, bien plus massives.

Bart avait beaucoup appris en huit ans de vie commune. En premier lieu, à toujours attendre qu'elle soit dans son élément, prise dans l'extase des choses marines, pour aborder quoi que ce soit d'important. Il avait donc repoussé pendant des mois toute velléité de soulever le sujet qui le rongeait. Il avait attendu jusqu'à cet instant, où elle était fascinée par un lièvre de mer noir de dix kilos et soixante centimètres de long qui rampait sur le basalte submergé de la plage Leo Carrillo. La marée était basse, et partout les flaques grouillaient d'étoiles de mer, d'anémones, de chitons moussus, de crabes verts à rayures, de divers hyménoptères, et de bernard-l'hermite engagés dans une gentrification prédatrice. Bart – ci-devant Bernique – aurait dû être aux anges tout autant que sa femme. Mais une fois de plus, c'était à lui qu'il incombait d'empêcher le frêle esquif de leur couple de s'abîmer en mer.

"Qu'est-ce qui te ferait plaisir pour ton anniversaire, chérie ? C'est dans trois semaines, tu sais.

— Euh… Tiens, pourquoi pas un truc comme ça ?" Elle désigna les rhinophores ondulants du lièvre de mer. "On peut en rapporter un à la maison ?"

Le mot avait une résonance douce-amère dans le fracas des vagues. La maison, elle y avait été si peu ces deux dernières années.

"Cet anniversaire, c'est une grande date, tu sais.

— Une grande date ? Comment ça ?" Elle fit le calcul et releva les yeux du mélodrame qui se déroulait au ralenti dans la flaque. "Argh. Tu parles du zéro à la fin."

Elle soupira et s'étendit sur la pierre volcanique grêlée, le regard tourné vers le ciel. Il se serait volontiers allongé à côté d'elle, pour être à égalité. Mais la marée remontait sournoisement, chaque vague s'abattait plus près, et il fallait bien que l'un des deux monte la garde.

Elle dégagea de sa bouche ses cheveux framboise filandreux et s'adressa au ciel. "*Ach so*, j'ai compris. Tu veux reparler des enfants."

Bart se mordit les lèvres et ravala sa bile. “Tu m’avais dit de remettre ça sur le tapis quand tu aurais trente ans.

— Hé ! Ça n’est que dans trois semaines.”

Face à son silence, la main d’Evie pataugea comme la plus étrange des créatures marines jusqu’à trouver celle de Bart.

“Il faut rire de mes blagues. Sinon, je vais commencer à croire que je ne suis pas drôle. Et on sait tous les deux que c’est *pas* vrai.”

Il laissa monter de sa gorge un petit rire tuberculeux. “Oui, on sait tous les deux que c’est pas vrai.”

Et puis il n’y eut plus que les vagues, il n’y eut plus que l’écume, le battement des brisants qui fendillaient la roche ancienne, la lente et profonde subduction, à des kilomètres en dessous, qui rongeait les bords des plaques tectoniques. Et au large, la grande remontée des courants.

Elle lui pressa la main. “OK.”

Le son le fit sursauter. “OK, comment ?

— OK, *mon chéri*.”

Il rit de nouveau, d’un rire moins morose. “Attends un peu. Tu veux dire que t’es OK pour ça ? Pour fonder… ?”

Il s’interrompit, la sentant fléchir. Mais il avait le cœur en liesse.

Le moment était idéal : une fenêtre du calendrier où elle était bloquée en cale sèche, en train de valider ses séminaires de doctorat. Elle disposait de tout le matériau nécessaire pour sa thèse : des années de données accumulées au cours de trois expéditions successives, méticuleusement recueillies et déjà à moitié classées.

“Bien sûr, dit-elle au vent salé. Pourquoi pas ?”

Des mois d’angoisse se retrouvèrent dissous dans l’écume. Bart avait envie de crier. “Sérieux ? Tu parles sérieusement ?” Il s’agenouilla sur la roche et recouvrit son corps avec le sien. “Oh, je t’aime. Je *t’aime*. Tu n’as même pas idée.”

Elle rit de ses chatouilles et hoqueta : “J’ai ma petite idée !” La réussite professionnelle la rendait tellement plus conciliante.

Une vague se brisa à un ou deux mètres d’eux et les aspergea d’une bonne couche d’eau. Ils se relevèrent d’un bond, tous deux hilares à présent. Une fois qu’ils se furent calmés, elle dit : “C’est pas si terrible.”

Il fut à nouveau grisé de tant de légèreté. Elle avait dû se préparer à ça depuis longtemps, se faire à l'idée d'une capitulation.

"C'est vrai, quoi, quand on y pense." Elle passa la main sur son ventre plat, le geste le plus provocant qu'il l'ait jamais vue faire. "Vraiment c'est plutôt cool. Pendant neuf mois, je vais porter dans mon ventre une créature marine !"

Deux, en l'occurrence. À sa soutenance de thèse, elle était enceinte de huit mois. Puis arrivèrent les jumeaux. Un garçon, Danny, et une fille, Dora. Elle les tint contre elle, un au creux de chaque bras, deux créatures sauvages, rougeaudes, barrissantes, leur tête pas encore remise de l'expulsion. Evie ne s'était jamais sentie aussi transportée, aussi submergée, même sous l'eau. Quant à Bart, le poids de la stupeur contre sa poitrine menaçait de le tuer.

Les jumeaux ressemblaient à deux espèces divergentes : par les cheveux, la taille, la silhouette, le caractère – le yin et le yang, si différents que plus d'un grand-parent se demanda si la clinique ne leur avait pas joué un tour. Presque d'emblée, le garçon aima construire des choses. Le gène de l'ingénierie des Beaulieu avait dû sauter une génération. Danny ne rêvait que de Meccano et briques Lincoln Logs, autant de jouets qui effarouchaient ses deux parents. Bientôt, il se mit à construire ce qu'il appelait des bases de lancement. Il les numérotait et les gardait toutes en mémoire : des mois plus tard, il pouvait encore décrire en détail la *Base de lancement n° 13*.

La fille, elle, était renfermée et hantée. Dora voulait juste qu'on lui lise des histoires. Dès quatre ans, elle se mit à en inventer. *Imagine que la lune tombe dans un trou de souris pour y jeter un œil. Imagine que le dentier de Mamie passe par le téléphone pour te mordre l'oreille.*

Séparément, ces deux petits États souverains étonnaient Evelyne, et ensemble ils l'époustouflaient. Leurs émotions palpitaient comme les couleurs changeantes d'un poulpe flamboyant. Elle ne se doutait pas que des créatures terrestres pouvaient être si intéressantes.

Très tôt, elle leur apprit à aimer la mer. Mais aucun de ses enfants n'aimait la même mer qu'elle. Danny se tenait au bord de l'estuaire de Tijuana, le regard fixé vers l'ouest sur le vaste Pacifique, en proie à de folles spéculations. Il construisait des choses : des bateaux capables d'atteindre des îles invisibles, des avant-postes sur des pylônes géants dressés au-dessus des vagues, des villes sous cloche qui colonisaient les fonds marins incrustés de coraux. Dora restait assise sur un rocher découvert par la marée basse, penchant la tête de droite et de gauche, à l'écoute des vagues et des mouettes et des lions de mer, hypnotisée par leur symphonie. "Maman, qu'est-ce qu'ils disent ? Qu'est-ce que ça veut dire ?"

Bart savait les prendre, à tel point que c'en était impressionnant. Il y avait même des fois où Evie lui enviait cette complicité si forte, surtout avec Dora. Mais forcément, il passait tellement plus de temps en leur compagnie. À présent, quand ils faisaient des choses à quatre, en famille, elle se sentait parfois comme une tante de passage.

Ils étaient tous les quatre en maraude à la crique de La Jolla, parmi les mares de l'estran. Les enfants se cramponnaient aux jambes nues de leur père. Evie leur dit : "Vous savez, vous deux, que vous avez été conçus dans une flaque laissée par la marée ?

— Evelyne ! gronda Bart. Ne leur raconte pas ça !

— Pourquoi ?

— Tu sais très bien pourquoi. Ça n'est pas vrai.

— Bien sûr que si !

— Ça veut dire quoi, « conçu » ?" demanda le petit ingénieur.

Elle inclina la tête vers son mari. Il bafouilla : "Ça veut dire ce qui se passe pour que tu puisses naître."

Le garçonnet gloussa. La fillette prit un air solennel et ébahi.

Ils étaient assis en bordure d'une flaque assez grande pour accueillir les deux enfants : quatre géants penchés vers l'eau, scrutant les cieux pour accéder à un autre monde. Les enfants désignaient du doigt la moindre créature vivante qu'ils voyaient, et leurs parents avaient un nom et une anecdote insolite pour chaque créature. Et puis Danny en trouva une qui n'avait rien à faire là : un flacon en verre, pas plus grand que la main d'Evelyne, qui serait resté invisible sans le léger prisme de lumière autour du goulot effilé. Le garçon tendit la main pour le prendre. Sa mère se rua pour lui retenir le bras, si brusquement qu'il sursauta et fondit en larmes. Il se tourna vers son père, en quête d'explication et de réparation. Bart lui prit la main.

Evie s'excusa. "Oh, mon cœur. Je ne voulais pas te faire peur. Mais personne ne doit y toucher. Regarde ! Il y a des créatures qui vivent dedans !"

Le garçon cessa de pleurer pour regarder dans la grotte transparente. À l'intérieur de la paroi de verre invisible pendaient des annélides en tubes entortillés. Des berniques s'étaient fixées sur l'extérieur incurvé, en lévitation béate au-dessus de la flaque grouillante de vie. Trois minuscules oursins, telles des demi-billes noires et épineuses, rampaient à la base du flacon. Une colonie d'hydres prospérait en chaîne autour du bec du goulot.

Ce flacon était tombé dans la mare par une coïncidence divine, et la vie, qui ne cessait jamais d'envisager de nouveaux coups à jouer, avait exploité cette cachette miraculeuse des dizaines de fois. Plus la famille regardait, plus elle voyait de colons à l'intérieur du récipient. Des tiges d'éponges vivantes, d'un brun-roux éclatant. Des crabes fins comme des hosties, et pas plus larges que deux doigts de la fillette. Des tapis herbus d'algues, des colonies sédentaires de bryozoaires, une paire de crustacés, et un gastéropode que seul Bernique savait nommer.

Danny était ravi. "C'est une vraie ville !"

Dora contemplait cet aquarium à l'intérieur d'un aquarium situé en lisière du plus grand aquarium au monde. Elle secouait la tête, hypnotisée par une idée. "C'est là que je voudrais vivre.

— Il ne manquait plus que ça ! s'écria son père. Me voilà avec *deux* sirènes."

L'océanographie fleurissait en ces années où le projet de "grande société" du président Johnson se combinait à la guerre froide, et où l'argent coulait à flots pour alimenter toutes les sciences. Chaque saison voyait éclore des projets insolites que le gouvernement estimait dignes d'être financés. L'année où explosa le monde terrestre – à Prague, à Paris, à Washington, dans toute l'Indochine, à Memphis, dans des grands magasins de Francfort, dans une cuisine d'hôtel à Los Angeles, dans les rues de Chicago, dans les rues de Mexico, sur un atoll de Polynésie française –, l'année de la première photo de la Terre vue dans son intégralité, Evelyne eut vent d'un projet arraché à ses propres rêves. La division Espace de la General Electric Company et le bataillon de construction amphibie du génie militaire de l'US Navy unissaient leurs efforts pour construire un laboratoire habitable sur les fonds marins de la baie de Great Lameshur, au large de Saint John, dans les îles Vierges américaines. Ce laboratoire, baptisé Tektite, était destiné à tester la viabilité de la plongée en saturation.

Le simple fait d'entendre parler du projet transporta Evelyne vingt-deux ans en arrière, au soir où son père l'avait jetée dans le bassin d'essai d'Air Liquide à Montréal, harnachée d'un prototype de scaphandre autonome. Le futur qu'elle avait envisagé si clairement ce soir-là avait mis des décennies à advenir. Mais il était enfin là.

Quelques années plus tôt, en 1963, quand le commandant Cousteau avait construit l'Étoile de mer, une station pour cinq personnes installée à vingt-cinq mètres de profondeur en mer Rouge, elle avait rêvé d'en être. Elle n'aspirait qu'à avoir l'occasion de travailler dans l'une de ces demeures mobiles sous-marines qu'on ne cessait de bricoler au plus fort des années soixante. En 1965, sur des charbons ardents, elle dut se contenter de regarder en spectatrice, du haut de la jetée de Scripps, trois équipes de plongeurs mâles se relayer tous les quinze jours pour vivre sous l'eau dans Sealab II, à soixante mètres de profondeur, dans le cañon sous-marin de La Jolla. Être exclue de ce projet avait été l'expérience la plus douloureuse de sa vie, plus douloureuse même que d'accoucher de jumeaux. Il n'était plus question qu'elle laisse passer sa chance.

Sur le panneau d'informations de Scripps était punaisé un appel à projets de recherche dans le cadre du labo Tektite. Elle rédigea une proposition d'étude de terrain prolongée portant sur l'interaction entre les polypes coralliens et les poissons qui s'en nourrissaient. Une étude quantitative qui ne pouvait être menée que par une plongée en saturation, et de longs séjours sous l'eau pour la chercheuse.

Evelyne ne parla pas de sa candidature à son mari. Elle ne put donc pleurer sur l'épaule de Bernique quand son projet fut rejeté. Elle pouvait se targuer de neuf cents heures attestées d'expérience de plongée et de recherche sous-marine. Et pourtant, les gardiens de Tektite la refoulaient. Elle écrivit aux responsables du ministère de l'Intérieur afin de savoir pourquoi. L'explication lui parvint, formulée comme si elle allait de soi. Des hommes et des femmes ne pouvaient pas cohabiter sereinement dans une telle promiscuité, sous l'eau, pendant deux mois d'affilée.

L'argument, à sa manière, n'était pas sans fondement. Après tout, les hommes et les femmes ne pouvaient pas cohabiter sereinement sur la terre ferme, où il n'y avait pas d'entrave à leur mobilité. Mais la vérité n'ôta pas à Evelyne Beaulieu Mannis l'envie d'emmener tous les hommes du ministère de l'Intérieur sur un radeau percé et de les abandonner en pleine bonace équatoriale. Elle leur répondit pour les remercier de leur considération et s'en tint là.

Elle se remit aux affaires courantes : élever les jumeaux, enseigner ponctuellement dans toute la Californie du Sud, recycler sa thèse en articles, rassembler, classer et publier des années de découvertes à bord de l'*Ione*, donner des conférences et assister à des colloques, faire la cuisine et le ménage pour une famille de quatre, et plonger chaque fois qu'elle en avait l'occasion. Ça ne lui laissait pas le temps d'être amère, sinon fugitivement. Les habitats de recherche sous-marine continueraient à proliférer. Dans quelques années, estimait-elle, des scientifiques et même des profanes vivraient en communauté au fond de l'eau partout dans le monde.

Deux mois plus tard, elle reçut une seconde lettre des gardiens de Tektite. Surgie de nulle part. Le ministère de l'Intérieur, avec un financement de la NASA (qui étudiait le comportement des scientifiques travaillant en équipe dans un environnement confiné), effectuait un recrutement pour le programme de missions Tektite II, prévu l'année suivante. Le professeur Mannis serait-elle intéressée par une mission de deux semaines, dans le cadre d'une équipe entièrement féminine supervisée par le professeur Sylvia Earle, chercheuse invitée à l'université Harvard ?

Evelyne avait appris, des années plus tôt, à n'annoncer ce genre de nouvelle à son mari qu'en dissimulant son euphorie sous des airs penauds. Malgré tout, il le prit mal. Il y aurait deux semaines d'entraînement, deux semaines de séjour sous l'eau, puis encore quelques jours de décompression de tous ordres.

"Tes enfants ont quatre ans, et tu veux les abandonner plus d'un mois ?

— Il ne s'agit pas de les abandonner. Tu seras…

— Tu te rends compte de ce que ça peut représenter pour un jeune enfant, un mois sans sa mère ? Ils ne sauront même plus qui tu es.

— On pourra se parler par téléphone, jusqu'au moment où je plongerai. Et dès que je referai surface.

— À trois dollars la minute ? La note de téléphone nous reviendra plus cher que ce que tu seras payée."

Mais Evelyne entendait de l'admiration dans sa voix. Il fallait juste qu'elle reste contrite jusqu'à ce qu'il cède. Bart Mannis aussi avait voué sa vie à l'océan. Au fond de lui, il chérissait l'idée d'être marié à l'une des cinq premières femmes à vivre sous l'eau depuis que l'évolution avait produit l'*Homo sapiens*. Et il aimait si farouchement ses deux petits que même le chaos d'un mois seul avec eux serait une expérience à savourer.

Il renâcla quelques jours, ébranlé par le cours qu'avait pris leur vie. Evie prodigua des paroles rassurantes, implora son pardon et sa bénédiction. À la longue, il lui accorda les deux. Danny bourdonnait de toute l'excitation d'un enfant trop jeune pour comprendre ce qui se passait. Sa mère allait vivre dans une ville sous-marine. Dora restait prostrée, en larmes. Elle faisait promettre à sa mère, encore et encore, de rentrer à la maison le plus vite possible.

À la dernière minute, l'un des responsables du projet frémit à l'idée de laisser partir des mères d'enfants en bas âge. Mais Evie et le professeur Earle, les deux délinquantes, firent valoir que plusieurs des plongeurs mâles étaient aussi pères de famille. L'argument n'aurait peut-être pas suffi à emporter la décision, mais il était trop tard à ce stade pour reprogrammer la mission. Et c'est ainsi que, à l'été 1970, Evelyne Beaulieu Mannis se retrouva à décoller de l'aéroport international de San Diego, en poussant un glapissement de victoire silencieux mais non moins fervent, dans son siège au-dessus de l'aile d'un Boeing 727 qui la ramenait vers l'est.

À Chicago, elle rencontra ses coéquipières, trois scientifiques et une ingénieure, lors des premières réunions d'orientation. Elle connaissait déjà l'une d'entre elles, qui avait été doctorante à Scripps. Avec toutes, Evelyne se sentit aussitôt à son aise. Chacune aurait pu devenir une amie. Il n'y avait pas de pose, ni de luttes de prestige, comme il y en avait toujours eu parmi les équipes entièrement masculines avec lesquelles elle avait navigué. Rien qu'un respect mutuel tout simple et une curiosité commune, un amour partagé de tout ce qui était marin qui se mua bientôt en affection réciproque. D'emblée, elles formèrent une véritable équipe.

Un avion les emmena de Chicago aux îles Vierges. Vue de l'extérieur, leur nouvelle maison évoquait le mariage de deux chauffe-eau célébré à la hâte sur le toit d'un hangar. Mais à l'intérieur, le Hilton Tektite évoquait le paradis des rêves d'Evelyne. À treize mètres de profondeur dans l'eau cristalline de la mer des Caraïbes, ce logement grand luxe la ravit. Les couchettes étaient les plus confortables qu'elle ait connues. La température et l'humidité étaient mieux réglées que chez elle. Il y avait un plan de travail, avec un bon microscope et autres instruments indispensables, un lavabo avec l'eau courante, des toilettes séparées, et une fabuleuse douche avec eau chaude *et* eau froide. La pièce à vivre de la suite royale s'enorgueillissait d'offrir les appareils ménagers les meilleurs et les moins encombrants conçus par General Electric : réfrigérateur, cuisinière, télévision, et même une stéréo dernier cri. Et le congélateur était rempli de plats préparés.

Mais l'aile de cet hôtel particulier qui excitait le plus Evie était le niveau inférieur de la seconde tour. Comme la pression de la pièce repoussait l'eau, elle pouvait ouvrir une trappe dans le sol donnant directement dans l'azur caraïbe, en franchir le seuil, et nager avec les poissons à quinze mètres de profondeur aussi simplement qu'elle pouvait sortir dans le jardin à La Jolla.

L'équipe n'aurait aucun contact direct avec d'autres humains pendant toute la durée de la mission. Ce qui convenait fort bien à Evelyne. Elle avait passé tant d'heures de sa vie dans des aquariums, à étudier des poissons qui évoluaient dans un environnement confiné. À présent, les prisonnières de l'aquarium, c'étaient elle et ses brillantes collègues, tandis que les poissons du récif défilaient à longueur de journée devant le Hilton et épiaient par les hublots ce spectacle incongru. La NASA aussi les espionnait via des caméras de surveillance, pour capter le moindre changement produit par ce confinement. Le programme spatial était avide d'étudier comment les femmes résistaient à de longs séjours dans des conditions extrêmes. C'était cette dimension du projet qu'Evelyne ne parvenait pas à saisir. Pourquoi utiliser la mer pour préparer des expéditions dans l'espace ? Le vrai voyage, il était *là*.

La presse avait surnommé les membres des autres missions Tektite des *aquanautes*. Mais pour l'équipage de la mission 6, les journalistes proposeraient *aquabelles, aquabonnes, aquanettes* et *aquanénettes*. Sans préciser, en revanche, que cet équipage avait régulièrement surclassé leurs homologues masculins sur presque tous les plans, de la qualité et la quantité de leur recherche sous-marine à la fluidité de leur coopération et de leur cohabitation. Si une NASA exclusivement mâle cherchait vraiment la preuve que les femmes étaient aptes à des missions spatiales de recherche, cela fut confirmé chaque jour de ces deux semaines d'aventure.

De nouveaux recycleurs sophistiqués autorisaient à la mission 6 des plongées plus longues et plus sereines. Il suffisait à Evelyne d'en revêtir un et de franchir le trou dans le plancher du salon pour fouler le sol du plateau continental et avoir de vrais échanges avec les voisins pendant des heures d'affilée.

En deux semaines de vie commune dans un lieu clos et submergé, la masse indifférenciée des organismes environnants se ramifia en personnalités individuelles. Réunies chaque soir dans leur foyer douillet, les cinq humaines assistaient à la relève de la garde : la faune du matin cédait la place à l'équipe de nuit. Elles voyaient un poisson-baliste et un poisson-soldat se relayer à l'aube dans un lit bien caché. Elles recevaient régulièrement la visite d'une extraordinaire murène verte qu'elles surnommèrent toutes Puff la dragonne, et d'une bande de cinq anges de mer gris inséparables qui ne se montrait qu'au complet. Elles apprirent à les distinguer les uns des autres, et donnèrent à chacun le nom de l'une d'entre elles, en fonction de sa personnalité.

Pour la première fois, Evelyne vivait *de l'intérieur* l'incessante création de la mer. Lors d'une sortie avec deux de ses coéquipières, elle découvrit un foyer de congres qui nageaient verticalement, et qui avaient élu domicile près des tuyaux d'évacuation de la station. Même les flancs de leur habitat se faisaient coloniser par des écosystèmes entiers construits autour de spongiaires et de vers segmentés. Elle apprit à guetter l'arrivée du poisson papillon à long museau qui venait regarder par les fenêtres. Elle se délectait de la débauche de tarpons et de cavailles, prédateurs nocturnes, qui venaient se repaître, comme dans un buffet à volonté, des saumoneaux hypnotisés par les lumières de Tektite.

Elle nageait la nuit, dans des eaux pleines de plancton bioluminescent. La mer étincelait comme un feu d'artifice silencieux au moindre mouvement de ses membres. En passant la main devant son visage, elle allumait une chandelle vivante.

Les journées passaient dans une extase de recherche. Souvent, l'équipe alignait au total dix ou douze heures de plongée quotidienne. Evie n'avait pas à subir de longues périodes de décompression après chaque plongée. Il n'y en aurait qu'une seule, sur toute une journée, à la fin de l'aventure. Pour la première fois de sa vie, Evie n'avait pas besoin d'un chronomètre de plongée. Elle pouvait aller trente mètres plus bas en toute impunité. Finies, les longues et lentes descentes et remontées. Finies, les évacuations forcées vers la surface pour cause de bouteille vide, juste au moment où les poissons faisaient un truc extraordinaire. Elle pouvait aller et venir toute la journée, résidente à plein temps et de plein droit, nonobstant sa carapace perfectionnée.

L'équipe s'acclimata à la promiscuité et acquit une indulgence réciproque pour les petites manies de chacune. Le club des cinq avait l'impression d'être de retour à la fac et de partager un studio. Elles vivaient en harmonie, d'autant plus qu'elles savaient que les scientifiques de la NASA tendaient l'oreille. Mais au bout d'une semaine, elles oublièrent complètement leurs surveillants.

Elles devinrent un groupe d'éclaireuses cosmiques explorant les merveilles d'une nouvelle planète.

En quinze jours, Evie et ses collègues menèrent à bien une recherche qui aurait réclamé plusieurs mois de plongée conventionnelle. Elle accumula des données sur les interactions entre deux cents espèces différentes de poissons, de coraux et de plantes, y compris quelques-unes dont on ignorait la présence dans la région. À la fin de la mission, le reste du groupe était prêt à remonter. Mais Evelyne n'avait qu'une envie : continuer à vivre là le plus longtemps possible.

En remontant à la surface, les cinq femmes découvrirent qu'elles étaient devenues des célébrités mondiales. Le bruit et le grouillement de la vie terrestre donnaient le vertige à Evie. Elle se retrouva pétrifiée devant une forêt de micros qui capturaient chaque faute de son anglais bégayant pour l'offrir en pâture à des millions d'auditeurs. Elle fit quelques apparitions terrifiées sur les chaînes de télé nationales et balbutia même quelques mots devant le Congrès. Elle dut endurer un défilé sous les confettis dans State Street à Chicago, dont les cinq *aquanénettes* avaient été faites citoyennes d'honneur. Face à l'ouragan de flashs lors de conférences de presse incontrôlables – *Vous aviez emporté un sèche-cheveux ? Est-ce qu'il y a eu des crêpages de chignon ?* –, elle redevenait une fille de douze ans timide et mal dans sa peau.

Mais elles avaient fait franchir un nouveau pas à l'éternelle aventure du genre humain. Cette pensée lui donna de la puissance. À chaque conférence de presse, elle s'enhardit pour prêcher l'évangile océanique. Devenir partie prenante de l'océan, voilà qui donnerait une aspiration aux hommes, cette espèce égarée. Et une fois que les humains constateraient de leurs yeux la profusion de la vie sous-marine, une fois qu'il y *vivraient*, ils n'auraient qu'une envie : prendre soin de ces lieux comme si c'était chez eux.

"Et si vous voulez, vous pourrez toujours emporter un sèche-cheveux", dit-elle aux journalistes. Saluant l'estocade, ils rédigèrent leurs articles sur l'excentrique Canadienne aux idées farfelues, à l'accent savoureux, au cerveau amphibie et bilingue.

—

Son mari et ses deux enfants accueillirent Evelyne à sa descente d'avion à San Diego. En pénétrant dans le hall des arrivées, elle eut l'impression de ne plus rien contrôler. Les gosses semblaient tellement plus grands qu'à son départ. Danny se cramponnait à sa jambe droite comme une bernacle. Dora l'étreignit timidement avant de se réfugier dans les pattes de son père. Et l'aura d'autonomie nouvelle qui émanait de son mari lui fit un choc.

"Salut, dit Bernique, ballotté par le flot des passagers, en lui effleurant l'avant-bras d'une main admirative. Tu as l'air bien."

Sa voix lui parut étrange. "Je me sens bien", dit-elle en l'arrachant au courant humain. Elle se reprit et se hâta d'ajouter : "Toi aussi, tu as l'air bien."

L'appartement croulait sous les guirlandes et les ballons. Des coupures de journaux ornaient les murs. En trio, le comité d'accueil lui avait confectionné un gâteau aux céréales Froot Loops qui paraissait aussi bariolé, trouble et toxique qu'une limace de mer. Les deux jumeaux lui offrirent un dessin pour fêter son retour. Danny avait étudié les photos du Tektite et l'avait dessiné à coups de plume nets et vigoureux. Le coloriage de Dora était une version enfantine d'une tempête en mer de Turner.

"Parle-moi de ton dessin, ma chérie." Evie avait appris de longue date à ne plus demander : *C'est censé être quoi ?* Dora était perturbée que sa mère ne reconnaisse jamais ce qu'elle avait dessiné.

"Alors, là c'est l'océan et là c'est ta maison et là c'est toi et là c'est tes amies et là c'est l'anguille et là, c'est moi et Danny et Papa en train de t'attendre en Californie." Elle désigna une ligne anarchique de runes spectrales dans un alphabet extraterrestre. "Et là y a quelque chose d'écrit.

— Bravo ! Et ça dit quoi ?

— Ça dit : *Bienvenue à la maison, maman. Reviens vite et reste avec nous sur la terre ferme.*"

Evelyne sentit quelque chose lâcher en elle. Son cœur tambourinait contre ses poumons comme le long museau du poisson-papillon percutant le hublot du Tektite sans comprendre quel était l'obstacle.

“Je suis là, mon trésor, dit-elle à sa fille. Et je compte bien rester.” Tout en se disant que si elle restait trop longtemps elle en mourrait.

Cette nuit-là, elle fit un rêve. Dans ce rêve, elle et l’une de ses coéquipières bien-aimées – ou plutôt, selon cette supra-logique qui n’est accessible que dans la profonde rationalité des rêves, deux de ses coéquipières fondues en une seule – partageaient un des petits lits douillets de la chambrée centrale de Tektite II. Chacune posait la main sur la poitrine de l’autre et sentait leurs cœurs synchronisés battre la chamade. C’était comme une promesse. C’était un réconfort et un but et une chaleur et l’avenir. Comme une plongée en eaux profondes.

Elle se réveilla, le cœur encore palpitant et le corps au bord de l’extase. Quelque chose avait changé en elle, sous la mer.

L’automne fut long et pénible. Elle retranscrivit ses notes et catalogua les découvertes de ses deux semaines de plongée aux îles Vierges. Elle donna des cours. Elle éleva ses enfants, se régalant de leurs enthousiasmes et faisant de son mieux pour apaiser leurs cauchemars. La célébrité tapageuse qu’elle avait acquise grâce à la mission la plus médiatisée de Tektite II lui valut des propositions d’expéditions dans trois océans différents. Mais Evelyne ne put en accepter aucune. Elle avait passé un accord avec Bart, après lui avoir fait faux bond presque tout l’été. La presse continuait de la harceler pour des interviews. Mais elle n’avait guère de temps pour autre chose que la science, l’enseignement, et l’éducation des jumeaux.

Il ne fallut pas à Bart de grandes facultés de détection pour conclure que quelque chose ne tournait pas rond. Mais il ne laissa rien paraître et attendit que ce soit elle qui en parle. Evelyne ne livrait rien. Elle avançait cahin-caha, terrifiée par le rêve chaque fois qu’il revenait.

Bart marchait sur des œufs. L’atmosphère de leurs rapports passa de la politesse à l’extrême politesse. Leur vie amoureuse, qui n'avait jamais été torride et qui depuis la naissance des jumeaux avait dégringolé en flèche, s'éteignit tout à fait.

"Bernique. Sois patient avec ta petite Evie. J'ai juste besoin de temps pour reprendre mon souffle et m'habituer au retour à terre.

— Je t'en prie ! Tu me prends pour qui ?"

Mais dans sa gentillesse elle entendait l'effort.

Un soir, alors qu'ils lisaient côte à côte sous les draps, il posa la main sur son épaule nue et dit quelque chose de tendre. Pour lui, c'était un geste de pure affection. Mais elle se crispa, et il éclata.

"Mais merde à la fin !"

Durant toutes leurs années ensemble, il n'y avait jamais eu de violence. Le simple son de ces cinq mots hurlés anéantit cet exploit.

"C'est quoi ton *problème* ? Je ne demande *rien*."

Elle se couvrit le visage de ses mains. "Je suis désolée. Pardonne-moi. Je ne suis plus moi-même.

— J'ai fait un choix. Et je l'assume. Donc tu peux partir et…"

Il s'entendit crier et baissa la tête, comme un chien qui vient de mordre son maître dans un accès de panique défensive après s'être pris la queue sous le rocking-chair.

"Je t'en prie, dit-il, avec moins de douceur qu'il ne l'aurait voulu. *Surtout*, ne t'excuse pas. Ça ne fait qu'aggraver les choses. Je ne te demande pas…

— Tu *peux* demander. Tu en as le droit.

— Arrrhh !" Son gémissement de dément tenta de virer au rire, en vain. "OK. Écoute. Est-ce que tu as quelque chose à me dire ?"

Elle remonta le drap sur son visage, et ce geste le glaça.

"Je ne sais pas. Je ne crois pas. Non." Elle répéta en français : "Je ne crois pas."

Il la regarda en face, allongé sur le flanc, la tête appuyée sur son bras tremblant. "Il s'est passé quelque chose ? Quelque chose que je dois savoir ? Tu as rencontré un autre homme ?"

Ses lèvres se déchirèrent en un pitoyable sourire. "Oh, non, mon Bernique. Pas un homme, non. Il n'y aura jamais d'autre homme dans ma vie. Pas d'autre homme que toi."

Je revois encore, comme si on y était, la chambre que je partageais avec Rafi pendant notre première année à Urbana. Ce minuscule box dans un dortoir de l'extrémité sud-est du campus était moins large que nous deux mis bout à bout, et guère plus long. Entre les deux lits en fer poussés contre des murs opposés, l'espace ne laissait de passage qu'à une seule personne à la fois. Nos oreillers étaient adossés à des penderies jumelles, et au pied de chaque lit se trouvait un simple pupitre plus petit que mon bureau d'enfant à Evanston. Le mien arborait l'un des seuls ordinateurs domestiques du dortoir.

Au-dessus de chaque bureau, deux étagères étaient fixées aux parpaings verts. La mienne accueillait de gros volumes hors de prix : L'Analyse bayésienne, Les Arbres de décision, Introduction à la théorie des graphes, Manuel de programmation en C++. *Vue de mon lit, l'étagère de Rafi paraissait infiniment plus exotique :* L'Anthologie Norton de la littérature américaine, Autoportrait dans un miroir convexe, Parlez-moi d'amour.

Il avait toujours l'exemplaire de Philosophie de l'œuvre commune *de Fiodorov, dont il refusait de se séparer. Je ne comprenais pas comment, lui, l'amoureux suprême des bibliothèques, pouvait voler un livre emprunté qu'il ne relirait peut-être jamais.*

"Je l'ai pas volé, mon pote. Je compte bien le rendre. Un jour."

Il n'avait quasiment rien apporté de Chicago, hormis quelques vêtements assortis. Il ne possédait même pas d'album photo ou de cahier de souvenirs. Mais il gardait ce livre dérobé à la bibliothèque. Il puisait un étrange réconfort dans l'idée qu'une humanité en perpétuel développement apprendrait un jour à ressusciter tous les vivants passés.

Pour ce qui est de mes morts, j'avais une photo de moi avec mes parents, prise à bord d'un énorme catamaran lors d'une croisière aux îles Vierges quand j'avais quinze ans. Ma mère l'avait mise sous cadre et me l'avait offerte à mon départ d'Evanston. Je la rangeai dans le tiroir gigogne sous mon lit, dont elle ne bougea pas les neuf mois suivants.

Au-dessus de mon lit, j'avais accroché au mur une mauvaise reproduction du Sindbad le marin *de Paul Klee. On avait un téléphone mural, un beau plateau de go en bambou, un moche échiquier de voyage, deux jeux de cartes et une boîte de dés aux facettes de toutes sortes. Et rien d'autre. Pas de chaîne hi-fi ni de radiocassette, pas de télé, pas de guitare, pas de peluches, pas de posters de déesses du rock ou de sirènes de cinéma, pas de micro-ondes, pas de mini-frigo, pas de pipe à eau planquée dans le placard, aucun de ces accessoires d'une existence dionysiaque qui meublaient les chambres des six cent cinquante autres étudiants de notre micro-État de quatre étages.*

On pourrait croire que passer de Chicago aux champs de maïs équivalait à retomber au Kansas après un séjour à Oz. Mais cette première année à Urbana, au milieu de quarante mille autres personnes qui vivaient elles aussi l'aventure de la liberté, on s'éclata tous les deux comme des fous. On n'avait pas beaucoup de temps à consacrer à autre chose qu'à nos études. Je suivais cinq cours différents, Rafi six. Mais on se créait du temps ex nihilo, *en mangeant vite, en dormant peu, et en exploitant toutes les sorties qu'on arrivait à caser dans notre programme.*

On allait voir des films d'avant-garde bizarroïdes projetés dans des terriers un peu partout sur le campus, quatre soirs par semaine. Il fallait que Rafi me les explique. On allait à des conférences et on en ressortait mieux instruits de l'ampleur de notre vaste ignorance. Rafi me traîna à l'une des toutes premières soirées de slam jamais organisées hors de Chicago, où le mouvement était né. En regagnant le dortoir dans la nuit, je ne cessais de répéter : "Redis-moi un peu ce qu'on a vu ?"

Imaginez une minuscule cellule de moine dans l'œil d'un cyclone hormonal. Parfois, le vendredi après-midi, la simple remontée du long couloir en fer à cheval de notre aile du bâtiment nous faisait traverser cinq ou six sphères différentes de musique vrombissante, chaque mur du son empiétant sur le précédent. Ça aussi, c'était instructif.

Pour échapper à notre dortoir assourdissant, on se trouva chacun une planque sur le campus. Le bagout de Rafi lui valut un box perdu dans les rayonnages de la bibliothèque centrale, normalement réservé aux thésards ou aux étudiants de master particulièrement méritants. La bibli était incroyable : mal éclairée, mal aérée, archaïque, dépeuplée, empestant la colle à reliure et le papier jauni, quadrillée d'étagères métalliques remplies de vieux ouvrages délaissés sur des sujets qui n'intéresseraient plus jamais aucun être humain. C'était un seuil ténébreux donnant accès aux siècles passés, où régnait un silence de mort seulement troublé par le sifflement de la vapeur dans les radiateurs vétustes. Un paradis pour mon ami.

Je passais mon temps dans l'un des bâtiments d'informatique du campus nord, celui qui ressemblait à la datcha de Dark Vador. Installé dans un grand labo, je pianotais frénétiquement sur mon clavier au milieu d'un chœur de cliquètements semblables, en téléchargeant des tonnes de logiciels libres de droits et de code en open source sur le compte de stockage que m'avait ouvert l'université. On testait des serveurs et des forums de discussion où on pouvait échanger des messages en temps réel. Oubliez l'autre monde ! L'avenir était déjà là : simplement, la communauté du campus sud – y compris mon ami – n'avait pas reçu le mémo.

La puissance d'énergie offerte par le campus d'ingénierie défiait l'imagination. Des micro-ordinateurs, des mini-ordinateurs, des unités centrales, et des superordinateurs comme on les appelait alors. Du fond des couloirs, les machines me criaient : Fais quelque chose ! Accomplis de belles choses avec moi ! Change le monde ! *On se sentait capable de tout.*

En fin de journée, avec Rafi, on se retrouvait dans notre chambre pour se raconter ce qu'on avait exploré. Il paraissait tout aussi transfiguré que moi, mais par des mystères survenus il y a un siècle. Le soir, trop vidé pour étudier, on jouait des parties express de go : des épopées entières en une poignée de minutes. Même après l'extinction des feux, quand la dernière sono tonitruante du couloir se taisait enfin, allongés sur nos lits, si près l'un de l'autre qu'en tendant la main par-dessus le vide étroit on aurait pu se toucher, on échangeait en chuchotant nos découvertes du jour, des trouvailles qui démantelaient et recomposaient notre sens des possibles.

Rafi s'aperçut qu'un groupe se réunissait tous les mercredis soir dans la crypte sans fenêtres du bâtiment des langues, pas bien loin de notre dortoir, pour jouer à des jeux dont on n'avait jamais entendu parler : des jeux venus d'Allemagne, de France, de Scandinavie, novateurs, prophétiques, réduisant la part de hasard, des jeux qui réécrivaient les règles de la compétition mentale. Des jeux à risque qui exploraient le moindre recoin des probabilités. Des jeux de déplacement qui poussaient dans leurs derniers retranchements mes facultés de planification. Des jeux d'économie qui me donnaient l'impression d'être un PDG assiégé.

"Je peux pas y retourner", dit Rafi un soir de février, les mains dans les poches de son coupe-vent trop fin, alors qu'on rentrait dans le froid cuisant d'une soirée passée à y jouer.

"Pourquoi ? J'ai bien vu que tu t'éclatais.

— C'est bien ce que je dis. J'ai grandi dans le ghetto, mon pote. J'ai vu ce que ça fait d'être accro au crack."

Il n'avait pas tort. Pour des gens comme nous, un jeu bien conçu avait tout l'attrait de la vraie vie et, à temps égal, était infiniment plus gratifiant. On aurait pu l'un et l'autre sacrifier notre avenir dans ce sous-sol, face à d'ingénieux adversaires autour d'un plateau de jeu coloré, à inventer des coups plus beaux et plus inventifs que ce qu'exigeait la vie ordinaire.

Il resserra son blouson trop mince sur son corps trop mince. "Combien d'heures on a déjà englouties dans le go ?"

Dans un monde où le travail acharné était une vertu et la gratuité du jeu un vice, le total serait accablant. Je ne voulais même pas le calculer. "Pas assez encore pour arriver au 9e dan.

— Exactement, mon frère." Il pointa le pouce par-dessus son épaule, vers Sodome et Gomorrhe. "Et à combien de dizaines de jeux, parmi tous ceux que ces farfadets apportent au festin chaque semaine, tu voudrais devenir le meilleur ?

— Le meilleur ?" Je le pris par le coude et le forçai à s'arrêter sur le trottoir verglacé. "Attends un peu. Tu veux être le meilleur ?" Face à son silence, j'enfonçai le clou. "Merde alors. Rafi Young, ambitieux comme un jeune loup.

— Ambitieux, moi ?" Il pouffa. "Non, mon pote. Je veux juste que mon père me lâche la grappe. J'ai pas envie que sur mon lit de mort il vienne me dire que j'ai trahi la cause des Noirs.

— Bien sûr que si, tu es ambitieux. Tu veux être le meilleur. J'aurais jamais soupçonné ça de toi."

Il me fit un doigt d'honneur, reconnaissable même sous sa moufle. "J'ai pas à être le meilleur. Seulement à être meilleur que toi.

— Et pourquoi donc ? Pourquoi au juste ?"

Mais il cessa de répondre à mes provocations. Il se contenta de regarder dans le vide, dans les rues glaciales de ce patelin du savoir. "Tu sais pourquoi j'aime les jeux ? Pour la même raison que j'aime la littérature. Dans un jeu… un bon poème, une bonne fiction… C'est la mort qui engendre la beauté." Il s'interrompit et pivota pour me regarder en face. "Tu vois ce que je veux dire ?

— Pas du tout."

Ma suffisance le blessa. "Très bien, Toddy. Tant pis pour toi."

Je m'excusai et lui demandai d'en dire plus, mais il était trop tard. Je n'obtiendrais plus rien de lui. On regagna le dortoir en silence.

Rafi cessa d'aller aux soirées jeux, et quelques semaines plus tard je l'imitai. Le temps ainsi gagné, on le recycla en révisions pour nos examens, qui bien sûr n'étaient qu'une autre forme de jeu.

Rafi n'admettait pas l'idée que sa seule obligation soit de lire à longueur de journée. Ça avait l'air d'un piège, de quelque chose qu'il finirait par payer, dans le jeu à somme nulle de la vie, cette compétition aux comptes strictement tenus. Il ne lui vint jamais à l'idée qu'il avait déjà payé le prix fort.

Étonnamment, convertir sa passion en travail ne l'altéra pas. Il se plongea corps et âme dans la poésie. Il lut tous les trucs fous que les jésuites nous avaient cachés. Il recopiait à la machine les passages qui lui faisaient l'effet d'une comète déchirant le ciel, et il les scotchait à l'arête de ses étagères comme si c'étaient des avis de recherche.

Il accrocha ainsi Préface à une lettre de suicide en vingt volumes *d'Amiri Baraka à côté de* Je suis un cow-boy sur la barque de Râ *d'Ishmael Reed. Je tentai bien de les lire, mais mon cerveau avait atteint ses limites de compréhension de la poésie à Saint Ignatius. Séparément, les mots avaient un sens, mais ensemble je ne voyais pas ce qu'ils voulaient dire. Je demandai à Rafi de me les expliquer.*

Quand il eut fini il me demanda : "T'as pigé ?"

Mais je n'étais pas sûr de ce que serait un oui.

Il écrivait déjà au lycée, mais comme un enfant qui s'amuse. Cette fois, il s'y remit sérieusement. Le fait d'être projeté dans des classes peuplées de jeunes femmes éloquentes aux idées nobles, tout en absorbant des milliers de pages de la littérature américaine la plus prestigieuse des quatre derniers siècles, raviva son syndrome post-traumatique et le rendit farouchement compétitif et follement créatif, ce qui revenait au même. Les mots se déversaient hors de lui comme autant de pièces de son nouveau jeu préféré.

Assis à son bureau devant une petite Underwood portative, il débitait des poèmes, de la prose, des poèmes en prose, de la poésie concrète, des fragments de pièces de théâtre, d'autobiographie, des croquis satiriques et des essais inclassables. Il dégageait la page du rouleau de la machine, l'annotait en rouge, la chiffonnait, et d'un grand geste de basketteur la balançait à la poubelle. Puis il insérait une feuille vierge.

Il ne me laissait lire que les textes qu'il trouvait nuls. "Régale-toi. Celui-là, c'est vraiment de la merde en barre.

— C'est vachement bien, disais-je sans avoir rien compris. Pourquoi tu es si dur avec toi ?

— Parce que Dieu a été trop coulant avec moi."

Les rares textes qui lui paraissaient sauvables disparaissaient dans un porte-documents verrouillé sur l'étagère de sa penderie. J'étais blessé qu'il les mette ainsi sous clé. Mais il n'avait pas tort. Je les aurais sûrement lus en douce.

Le département d'informatique de l'université vivait l'âge d'or de l'intelligence artificielle symbolique, cette bonne vieille IA *à l'ancienne. Et j'étais embarqué, de tout mon cœur, de toute mon âme. Les gens comme moi cuisinaient les experts sur leur savoir pour le ranger dans des boîtes noires nettes, puissantes, simples d'usage. Nous allions produire des médecins experts, des juristes experts, des ingénieurs experts, des architectes experts. Et ces systèmes experts de notre invention allaient faire le ménage dans le grand foutoir de l'humanité et la remettre dans le droit chemin.*

Mes talents de programmation me valurent un stage au centre des superordinateurs. Je travaillai sur un segment d'un énorme projet qui mobilisait plusieurs universités et deux douzaines de grandes entreprises. La représentation exhaustive du savoir implicite : RESI.

L'une des tentatives de l'Amérique pour parvenir la première à une machine réellement intelligente.

Le projet était d'une ambition hallucinante, et ses objectifs exigeraient pour être réalisables l'équivalent de millénaires en temps de travail combiné. RESI visait à spécifier rigoureusement, selon une logique d'ordre supérieur, tous les concepts implicites sous-tendant ce que les humains appelaient le sens commun. Tout autour du monde, des centaines de personnes énonçaient des règles qui classaient toutes choses existantes en hiérarchies ordonnées. Puis elles convertissaient ces règles sous une forme exploitable par la machine. Le grand espoir, c'était de spécifier tout ce qui composait l'existence, élément par élément, en expliquant à RESI les individus, les ensembles, les classes, les relations, les domaines, les attributs et les actions. Des gens comme moi lui avaient déjà fait absorber à la petite cuillère des dizaines de milliers de bribes de savoir. L'objectif, c'était de lui en faire avaler des millions – tout ce dont RESI pourrait avoir besoin pour comprendre n'importe quelle question.

Je débutai au plus bas échelon du totem massif et multinational des servants de RESI. Je lui soumettais de minuscules bribes d'information et je lui posais des questions simples, pour vérifier si toute cette logique codée manuellement fonctionnait comme prévu. Bientôt, on me laissa travailler sur les modules spéciaux qu'utilisait RESI pour résoudre certaines classes de problèmes. Il ne suffisait pas de lui apprendre vingt millions de choses sur le monde. Il fallait aussi lui apprendre à creuser des centaines de marches dans cet océan de vingt millions de faits et à relier les déductions.

*RESI savait que toutes les créatures vivantes se composaient de cellules. Elle savait que tout ce qui comportait des cellules mourait. Elle savait que les animaux étaient des êtres vivants. Elle savait que l'*Homo sapiens *était une variété d'animal située très haut dans les ramifications de l'arbre linnéen. Elle savait que les humains se faisaient des amis, que les malheurs qui arrivaient à leurs amis leur causaient du chagrin, et que la mort était considérée comme un grand malheur. Donc, par une série d'implacables déductions, RESI aurait pu m'informer que je m'acheminais vers un chagrin sans fond. Ce qui était déjà plus que je n'en savais à l'époque, même si j'avais gagné un prix étudiant de programmation, figuré au tableau d'honneur, et qu'on me considérait comme un petit génie.*

Je travaillai sur RESI les trois années suivantes, enrichissant d'une chiure de mouche un mammouth en pleine croissance. Le mammouth continua à croître bien après que RESI eut été distancée par une nouvelle méthode, infiniment plus efficace, pour instruire les IA, se retrouvant ainsi menacée d'extinction. À terme, je me retrouverais dans un de ces récits où un astronef plus rapide que la lumière rencontre un vaisseau plus ancien et moins performant qui navigue dans l'espace depuis des millénaires. Comment expliquer à l'équipage que toutes ses générations se sont sacrifiées en vain ? Les concepteurs de RESI étaient des pionniers, et tout ce à quoi ils avaient consacré leur vie deviendrait obsolète en l'espace d'un battement de cœur.

J'emmenai Rafi dans ma petite alcôve du bâtiment tout neuf. On joua longtemps avec RESI, comme si cette créature comptait parmi les nombreux jeux en réseau, tellement addictifs, disponibles sur le système en temps partagé – cette invention révolutionnaire proposée par l'université. Rafi voulait à tout prix lui poser une colle. Il sonda RESI pour voir si elle comprenait vraiment le concept d'eau. Est-ce qu'elle savait que l'eau ne faisait qu'une avec la neige et la glace et la vapeur ? Est-ce qu'elle savait que l'eau coulait en pente et pouvait polir le granit ou le briser en mille morceaux ? Est-ce qu'elle savait ce que ça voulait dire qu'une chose soit "mouillée" ? Est-ce qu'elle comprenait "verser", "boire", "s'écouler" ?

On passa ainsi deux heures à pianoter nos questions tests sur un clavier désaccordé et à attendre que RESI réponde sur un écran tout en texte vert. C'était la créature la plus étrange, la plus excitante, la plus amusante de l'univers tout entier. Et RESI ne s'en tira pas trop mal. Pas au point d'être humaine, mais elle était capable de répondre à des questions. Ça faisait déjà figure de miracle.

On était dimanche, le jour où la cafétéria du dortoir ne servait pas à dîner. C'est ainsi que, après avoir joué à RESI, on alla en ville partager une pizza à pâte épaisse. La pizza coûtait huit dollars – une somme ruineuse pour lui comme pour moi. Rafi avait grandi à la limite de la pauvreté, et ne saurait jamais dépenser sans compter. Mon père avait possédé son avion personnel, mais à présent ma mère vivait dans un deux-pièces, et vendait au compte-goutte, dans des vide-greniers, la collection de vinyles de rock progressif de son mari pour pouvoir se payer le bus. Lâcher huit dollars à deux pour une pizza paraissait aussi décadent que d'aller en avion à New York pour y voir une comédie musicale.

On dîna en silence ou presque. RESI *avait ébranlé Rafi. J'attendis en vain qu'il fasse un commentaire. En désespoir de cause, je finis par me lancer. "Alors, qu'est-ce que tu penses de mon bébé ?*

— C'est top, mec ! Tu parles ! Comme si j'avais pas assez d'angoisses comme ça… Maintenant, faut que je décide si ça vaut le coup de continuer à vivre."

En fin de soirée, quand on alla se coucher dans notre placard à balais, il était toujours préoccupé. Allongé sur son lit étroit, les yeux au plafond. Quand enfin il ouvrit la bouche, il me fit sursauter.

"Tu t'es jamais dit que c'est peut-être les ordinateurs qui rendront ça possible ?"

On vivait ensemble depuis tant de mois, et dans une telle proximité, que nos cerveaux étaient devenus synchrones. Je compris aussitôt de quoi il parlait. Son obsession fétiche. L'œuvre commune.

"De rendre tout le monde immortel ?

— Et de ressusciter les morts."

J'attendis qu'il poursuive, mais Rafi entamait déjà le long repli qui finirait par le couper de moi à jamais. Ce soir-là, il s'endormit sans ajouter un seul mot.

Le samedi après-midi suivant, le maire convoqua une nouvelle réunion de tous les insulaires. Presque toutes les personnes de plus de dix-huit ans étaient là. Sauf l'Ermite, bien sûr. Didier avait chevauché sa moto de fonction jusqu'au hameau abandonné de Tahiva pour prévenir l'éternel solitaire, mais Tamatoa ne se montra pas intéressé. Sinon, quasiment tous les adultes avaient répondu présents, notamment la postière, l'infirmière, le prêtre et le pasteur, les propriétaires de la pension, le couple d'Américains, la vénérable plongeuse canadienne et même Wen Lai, qui avait dû pour l'occasion fermer son magasin – sans grande perte, puisque toute sa clientèle était à la réunion. Quelques mères avaient amené leurs enfants, et deux ou trois ados plus curieux étaient venus assister au spectacle. La vie sur l'île s'immobilisa tandis que tout Makatea convergeait vers la maison du peuple.

Il n'y avait pas assez de chaises pliantes pour tout le monde, et certains s'assirent sur des nattes devant le premier rang, tandis que d'autres restaient debout au fond. Didier ouvrit la réunion par une annonce.

"Le gouvernement s'est engagé à respecter le résultat du scrutin."

Une onde de surprise se répandit dans l'auditoire. Beaucoup d'insulaires se mirent à parler en même temps.

"On peut leur faire confiance ?"

"Comment ça se fait qu'ils aient accepté si facilement ?"

Manutahi Roa se leva d'un bond en secouant la tête. "Ça ne leur ressemble pas, patron. Ils doivent avoir un atout dans la manche."

Hone Amaru répondit à la place du maire. "Ils ont plein de solutions de repli. Si on ne veut pas accueillir le projet pilote, il y a une bonne centaine d'îles dans le pays qui ne demanderont qu'à en profiter."

Au bout de cinq minutes, Didier sentait déjà le contrôle de la réunion lui échapper. "Toutes les parties concernées considèrent Makatea comme le premier et le meilleur choix."

Le père Tetuanui, qui avait baptisé, confirmé et marié Didier, leva la main. Didier lui donna la parole, en se faisant l'effet d'être un enfant jouant à l'adulte. "Oui, mon père, je vous en prie. Allez-y.

— Pardonnez-moi si je suis un peu bête. Mais est-ce qu'on pourrait savoir au juste à quoi on donnerait notre accord ?

— Bien sûr. J'allais justement y venir." La tête penchée, Didier examina la proposition officielle. "Les Californiens comptent rénover les bureaux de la compagnie minière, démolir et rebâtir sept des vieux hangars et entrepôts, et défricher et remettre en état six kilomètres de voie ferrée. Des matériaux de construction et des composants semi-finis seront acheminés par le port réhabilité. Deux nouvelles usines seront construites : une pour fabriquer l'armature et les pontons, l'autre pour assembler les éléments modulaires...

Lors de l'étape 1, huit premiers modules flottants seront construits, quatre pour être habités, et quatre autres respectivement pour la maintenance, l'agriculture, la petite industrie et la production électrique. Celle-ci sera une combinaison d'énergie solaire, éolienne et marine. Ces modules seront lancés au-delà du lagon, pour y être testés selon plusieurs configurations. Si les projets initiaux sont concluants, le consortium soumettra de nouvelles propositions pour les étapes 2 et 3..."

Ce catalogue déclencha une salve de discussions localisées. Didier rappela à l'ordre l'assistance, avec un succès limité.

"Faisons un vrai débat, pour que tout le monde en profite, d'accord ?"

Un douzaine de mains se levèrent aussitôt. Didier donna la parole à Wen Lai. Tout le monde respectait Wen Lai.

"Mais quelle est la nature exacte de la proposition ? Est-ce qu'ils ont établi une méthode pour calculer notre rémunération ? La dernière fois que l'île a connu un projet de cette ampleur...

— … ils nous ont fait les poches et ils ont tout saccagé !" Neria Tepau, receveuse des postes et cofondatrice du mouvement Paruru i to Tatou Fenua, reflétait l'état d'esprit d'une bonne part de l'assistance. Elle surfa sur cette vague d'approbation. "N'oubliez jamais qu'ils nous ont manipulés !"

Le silence s'abattit sur la salle pendant cinq bonnes secondes. C'est Wen Lai qui le rompit.

"Il va nous falloir beaucoup plus d'informations pour pouvoir nous décider. Est-ce qu'ils achètent ou est-ce qu'ils louent ? Est-ce qu'ils ont promis quoi que ce soit en matière de salaires ? On sait tous ce que nos pères et nos grands-pères ont gagné pour risquer leur vie sur les crêtes et respirer de la poussière de phosphate à longueur de journée."

Didier revint à la proposition et se mit à énumérer les salaires de base pour une douzaine de fiches de poste différentes. Tout le monde en eut le souffle coupé. À travers le cercle, Mme Martin interpella Ina Aroita et Rafi Young. "Vous autres, vous n'avez vraiment aucune notion de l'argent !"

Les salaires promis menaçaient à eux seuls de faire basculer le vote. La salle se mit à bourdonner du bruit de gens se demandant mutuellement ce qui restait à débattre. La pauvreté de l'île appartiendrait au passé. Les dettes de Makatea seraient intégralement remboursées. Les ruines redeviendraient une ville vivante. On pourrait agrandir la clinique qui ne comptait qu'une seule chambre et engager des médecins – plus besoin de convoyer les malades à travers cent cinquante kilomètres d'océan. On pourrait construire un lycée, faire venir l'équipement et le personnel nécessaires. On pourrait acheter le meilleur de ce que le monde extérieur avait à offrir : des vêtements neufs, des meubles, de la vaisselle, des outils, des tablettes, des téléphones, des livres. Il y aurait assez d'argent pour araser et combler les excavations, effacer la cicatrice de la mine qui balafrait toute l'île.

Le responsable de l'hygiène publique, un dénommé Tino Fortin, se leva pour prendre la parole. Il était venu sur l'île quarante ans plus tôt, pour fuir un scandale de jeunesse à Mo'orea. Depuis lors, il s'était acclimaté sur tous les plans – mentalité, langue, coutumes. Les gens oubliaient même parfois qu'il n'était pas des Tuamotu.

“À combien ils estiment le nombre d’emplois créés ?

— La phase 1 devrait mobiliser trois cents personnes.”

Les rires oscillèrent du tapageur à l’incrédule. Chaque insulaire aurait un emploi, et il resterait des centaines de postes à pourvoir. Pour chaque habitant actuel de Makatea, il viendrait trois nouveaux immigrants. En quelques secondes, la salle se divisa entre les enthousiastes et les consternés.

Le visage de Manutahi Roa était agité de tics. Manifestement, Papeete avait bien l’intention de faire aboutir ce projet ; or il n’avait aucune confiance en Papeete. Mais avec une telle manne, et les autres phases à venir, les cent dix-huit îles de la Polynésie française s’enhardiraient peut-être enfin à couper le cordon avec la mère patrie. Il leva la main pour faire valoir cet argument, puis l’abaissa. Une bonne part des insulaires s’opposait à toute idée d’indépendance. Lier les deux questions serait peut-être malavisé.

Puoro et Patrice, les copropriétaires du chalutier, agitèrent leurs quatre bras jusqu’à ce que Didier obtienne le silence et leur donne la parole. Patrice se leva en hachant chaque syllabe.

“Imaginez l’effet que ça aura sur la pêche.”

Hone Amaru réprima un rire. Didier toisa le fils de l’ancien maire, attendant qu’il développe. Amaru inclina la tête vers son épaule droite relevée. “Désolé. *Continue !*”

Puoro reprit le fil de sa pensée. “Tous ces gros navires industriels qui vont nous retourner le récif ? Ça va faire fuir les poissons.”

Hone ne put se retenir plus longtemps. “On gagnera plus en une semaine que ta pêche ne rapporte en un an ! Même en achetant tout notre poisson à d’autres îles, on serait encore largement gagnants.”

Evelyne Beaulieu se redressa sur sa chaise au dernier rang. Son corps rougit et ses pensées se mirent en ordre de bataille, mais ce combat n’était pas le sien. Elle jeta un coup d’œil vers Wai Temauri, assis à côté d’elle. Le capitaine plissa les yeux et se passa la paume sur la bouche et le menton. Elle ne pouvait déchiffrer son vote. Sa fille Kinipela – la benjamine de l’assistance – frétillait sur le bord de sa chaise. Sa main droite mourait d’envie de léviter, mais son père la retenait délicatement de la main gauche.

La Reine se leva et s'avança en ondulant au centre du cercle. Elle tendit les bras comme si elle allait danser. Lorsqu'elle prit la parole, ce fut presque en chantant.

"Écoutez. Mes amis. *Te mau haamaitairaa i ni'a i te mau taata atoa.* Bénédictions à tous. Ce que j'ai dire est très simple. Vous savez que j'ai travaillé pour la CFPO, et que j'ai fait du bon boulot pour eux. Vous savez que je suis allée à Hao et que j'ai aussi travaillé là-bas pour les Français, quand ils ont… fait ce qu'ils ont fait. Cette île, je l'aie vue riche, et je l'ai vue pauvre. Je sais ce que c'est d'avoir un travail et de ne pas en avoir. Je sais ce que c'est de manquer.

Mais je sais aussi ce que c'est de posséder. Alors je vous le demande : Qui parmi vous, ici et maintenant, est vraiment malheureux ? Qui, ici et maintenant, estime qu'on est à plaindre ? Cette île, le progrès lui a arraché le cœur. Ça suffit. On commence enfin à guérir. À guérir ! Nos forêts repoussent. Le nombre de nos pigeons bien-aimés augmente. D'ici peu, on va redevenir un sanctuaire d'oiseaux !"

La Veuve Poretu, qui adorait ses oiseaux plus que tout autre bipède et qui avait noté leurs allées et venues dans vingt ans de carnets, s'écria : "Bravo, bravo !"

La Reine reprit : "Vous savez, on nous appelle *Makatea l'oubliée*. Eh bien, moi, je dis : tant mieux ! Qu'ils nous oublient ! Que tout le monde nous laisse tranquilles, pour qu'on puisse vivre unis dans cet endroit apaisant et profiter d'être ensemble tout au long de notre vie."

Des applaudissements épars se firent entendre avant même qu'elle termine. Elle inclina un peu le menton et glissa jusqu'à son siège.

Le maire hocha la tête. "*Māuruuru*, ma tante. Merci. Mais il n'est peut-être pas encore temps de développer les arguments…"

Ses paroles furent noyées par trente priorités différentes, toutes débattues simultanément. Les gens se penchaient, tête baissée, et parlaient les uns par-dessus les autres. Dans la confusion, Mme Martin se leva pour se placer à la droite de Didier, coincé face au cercle. De sa voix patiente d'institutrice, elle lança : "Silence, s'il vous plaît ! Un peu de silence !"

Au son de sa voix, chargée d'autorité pour beaucoup des plus jeunes, l'ordre revint dans l'assemblée. De cette voix lente, mélodieuse et bien timbrée, celle qu'elle employait en classe, Mme Martin dit : "Si vous voulez bien, est-ce qu'on pourrait faire un grand pas en arrière ? Je tiens à souligner qu'on a sauté une étape. Une étape importante. Est-ce qu'on a décidé qui au juste a le droit de voter ?"

Cette question très simple fit taire tout le monde. Si évidente, si insoluble. Tous les regards se tournèrent vers Didier, qui consulta sa liasse de papiers. Hone Amaru leva la main, et le maire en quête de réponse faillit lui sauter au cou.

"Si le gouvernement a approuvé, c'est qu'il pense qu'il y a une liste électorale."

Une voix se fit entendre. "Mais est-ce que ça compte, ce qu'il pense ? Est-ce que ce n'est pas à nous de décider qui aura son mot à dire ?"

Hone Amaru pivota sur ses talons, cherchant l'origine de l'embuscade. La contestation venait de Wen Lai. Le propriétaire du Magasin chinois semblait un improbable adversaire. Mais le commerçant discret était aussi un philosophe, qui avait vu son père mettre sa vie en danger deux fois, en tant que "coolie" *huagong* qui s'était battu pour avoir son mot à dire et décider de son propre destin lors de deux grèves fatales contre la CFPO.

Qui aurait le droit de voter ? Makatea avait souffert de l'histoire si longtemps et si durement qu'il était délicat de distinguer les étrangers des autochtones. Presque tout le monde venait à moitié d'ailleurs. Une bonne demi-douzaine des adultes actuellement sur l'île n'étaient pas des nationaux. Mais l'hospitalité amicale des insulaires était si profonde que personne dans le cercle n'oserait regarder dans les yeux les derniers arrivés pour leur dire : *Tout ça ne vous regarde pas*.

Un éclair inédit de flair politique illumina Didier Turi. Un bref instant, il se rappela comment se démarquer en milieu de terrain pour filer vers les buts. Il leva les mains, coupant court à toute discussion.

"La décision va affecter la vie de tout le monde sur cette île. Je propose donc que tout adulte résidant sur l'île depuis plus de six mois soit autorisé à voter. Qui est pour ?"

Une clameur s'éleva, qui saluait autant sa capacité de décision que la décision elle-même.

"Qui est contre ?"

L'opposition préféra perdre cette bataille plutôt que la guerre.

"Papeete nous donne un mois. Je suggère qu'on tire pleinement parti de ce délai avant de voter. Comme ça, tout le monde aura l'occasion d'en discuter et d'étudier la question sous tous les angles. Bien sûr, on se réunira encore plusieurs fois d'ici là. Donc, si vous n'avez pas d'autres questions…"

Il y avait toujours une autre question. En l'occurrence, elle émana de Roti, la femme de Didier. Le maire eut un blanc avant de prendre en compte sa main levée. Il ne se rappelait même plus depuis quand sa femme n'avait pas pris la parole devant plus de deux personnes.

"Oui, dit-il. Madame Turi ?" Et l'île entière éclata de rire, à l'exception de Roti Turi.

Ses mains tremblèrent et son visage pâlit, mais sa voix resta ferme. "Une fois que ces gens seront là, avec leurs usines et leurs villes flottantes, ils ne repartiront plus. La vie ici changera du tout au tout. Plus rien ne sera jamais comme avant."

Didier leva les mains. "Ce n'est pas encore le moment de débattre…"

Sa femme ignora l'objection. "Quand on ne sera plus là, nous les adultes, nos enfants devront vivre encore longtemps avec les conséquences de cette décision. Je propose donc d'autoriser à voter toute personne qui sait écrire son nom."

Elle se rassit, rougissant de sa propre audace. Didier regarda bouche bée cette femme avec laquelle il était marié depuis neuf ans. Et le préau redevint un volcan.

Hone Amaru était opposé à cette idée. "Le cerveau des jeunes enfants n'est pas encore assez mûr pour raisonner correctement."

Wen Lai rétorqua : "Les décisions sont rarement dictées par la raison, mais presque toujours par le tempérament, et il ne change pas beaucoup en grandissant."

Manutahi Roa émit une objection. "Les enfants vont voter ce que les parents leur diront de voter, donc ça donnera plus de poids aux gens qui ont des enfants."

Tous les parents présents éclatèrent d'un grand rire.

Tino Fortin se leva de nouveau. “Il y a bien peu d’enfants sur l’île. Si leur vote se partage comme celui des adultes, ça ne changera pas le résultat. Et sinon, ça prouvera que Roti Turi a raison, et que la relève a son mot à dire.”

Tiare Tuihani, l’infirmière qui s’occupait de la clinique, jaillit de son siège. “Comment un enfant pourrait comprendre toute la complexité des enjeux, et toutes les conséquences qu’il y aurait à précipiter Makatea vers cette… cette implantation maritime ?”

La Reine gloussa. Sans se lever, elle cria : “Alors que les adultes ont tout compris, c’est ça ?”

Le débat qui s’ensuivit échappa au contrôle de Didier, encore abasourdi par le courage de sa femme. Elle avait pour ainsi dire révélé publiquement, devant l’île tout entière, ce qu’elle peinait à lui dire dans l’intimité du lit conjugal. Plus un être humain était jeune, plus elle était prête à l’aimer. Or la vie avait décrété que jamais elle ne tiendrait dans ses bras un nouveau-né à elle. Bien sûr qu’elle avait renoncé à faire l’amour avec lui. Forcément. S’obstiner à essayer, ç’aurait été comme une gifle de Dieu.

La démocratie se révélait plus lente et plus erratique que la planche à voile. Mais bientôt, tout ce qu’il y avait à dire sur la sagesse ou la folie de laisser les enfants voter sur l’avenir de l’île fut enfin dit. Didier s’arracha à ses brumes.

“Qui est pour étendre le droit de vote à toute personne capable d’écrire son nom ?”

Une clameur s’éleva, et une forêt de mains.

“Qui est contre ?”

Nouvelle clameur, nouvelle forêt, presque aussi dense que la première. Le maire en avait marre de la politique, il voulait juste que la réunion se termine. “La motion est adoptée”, annonça-t-il.

Et à sa grande stupeur, il n’y eut aucune objection. La seule réaction émana de Kinipela Temauri, qui bondit de son siège en criant : *“Yes !”* Elle martela son père de bourrades et lui étreignit la bedaine, sous les rires et les applaudissements unanimes. Et puis toute l’assemblée se leva pour partir, et Makatea entama son mois de réflexion.

On n'était pas les seuls étudiants sérieux du dortoir. Mais la plupart des méritants déménagèrent dès la fin du second semestre de résidence obligatoire. Rafi et moi, on resta dans notre boîte à chaussures trois années de plus, bien après que tous les autres pré-adultes dignes de ce nom eurent levé le camp pour des logements plus luxueux hors campus. Notre QG *miniature et minimaliste nous convenait. Plus notre lieu de vie était neutre et exigu, plus cela nous aidait à nous concentrer.*

On était au tout début de la troisième révolution industrielle. On avait étudié ensemble la première, l'ère de la machine à vapeur, en cours avancé d'histoire à Saint Ignatius. Rafi s'était pris d'amour pour l'art et la littérature de la deuxième révolution, le séisme culturel du modernisme qui avait accompagné l'ère de l'électricité. À présent, je ralliais la révolution que j'avais soutenue depuis l'enfance, celle qui bouleversait tout ce qu'on croyait acquis : l'ère de READY>_.

Quelque part entre la première et la quatrième année de fac, les boîtes magiques cessèrent d'être des jouets exotiques pour devenir des outils indispensables. Rafi s'acheta son premier ordi, et j'en acquis un que je pouvais caser dans un sac et transporter avec moi. Six kilos seulement : je pouvais écrire du code assis à l'ombre d'un chêne au centre du campus. Ça épatait tout le monde, même mes amis geeks.

On n'a rien vu venir. Ni Rafi, ni moi, ni personne. Prédire que les ordinateurs allaient envahir nos vies ? OK. *Mais prévoir qu'ils allaient faire de nous des êtres différents ? Saisir dans toute son ampleur la conversion de nos cœurs et de nos âmes ? Même les plus éclairés de mes collègues programmant* RESI *ne pouvaient s'en douter. Bien sûr, ils prophétisaient les versions portatives de l'*Encyclopedia

Britannica, *les téléconférences en temps réel, les assistants personnels qui pourraient vous apprendre à écrire mieux. Mais imaginer, Facebook, WhatsApp, TikTok, le bitcoin, QAnon, Alexa, Google Maps, les publicités ciblées fondées sur des mots-clés espionnés dans vos mails, les likes qu'on vérifie même aux toilettes publiques, le shopping qu'on peut faire tout nu, les jeux de farming abrutissants mais addictifs qui bousillent tant de carrières, et tous les autres parasites neuronaux qui aujourd'hui m'empêchent de me rappeler comment c'était de réfléchir, de ressentir, d'exister à l'époque ? On était loin du compte.*

À l'automne de la quatrième année, alors que les gommiers viraient au bordeaux, que les érables se teintaient de citron et d'orange, et que sur tout le campus les chênes arboraient des nuances d'écarlate, que les jours raccourcissaient et que l'air s'alourdissait d'un étrange parfum fané de promesse, Rafi regagna notre chambre par une fin d'après-midi pour annoncer une grande nouvelle. Il avait son sourire le plus serein et le plus philosophe, avec la langue qui pointait entre ses dents du bonheur.

"Je viens de rencontrer la femme que je vais épouser."

J'éclatai de rire. "Félicitations. Enfin, je crois." Ses probabilités a priori *– au vu de ses antécédents – n'avaient rien de très prometteur. Il avait bien eu des copines de loin en loin depuis trois ans, y compris des filles pour lesquelles il m'avait demandé de libérer la chambre un samedi soir. Mais ses toquades évoluaient toujours de l'amour fou à la désillusion blasée en à peine quelques mois. Alors le mot* épouser *eut beau me secouer, sa menace n'avait aucune crédibilité.*

"Elle est au courant ?

— Le silence, l'exil et la ruse, c'est ma devise, mon pote. Il faut que je l'approche en douceur.

— Avec ton compte-tours en surmultipliée ? Bonne chance !

— Elle est en première année de doctorat aux beaux-arts. Née en Micronésie. Elle a vécu dans tout le Pacifique. Imagine : jusqu'à il y a quelques mois elle n'avait jamais mis le pied sur un continent.

— Waouh, Rahrah. Une fille des îles ? Ces gens-là, ça doit représenter, genre, un demi pour cent de la population mondiale. J'en ai même jamais rencontré. Quand est-ce que tu me la présentes ?"

Il me pétrifia du regard, à travers le mince espace qui séparait son lit de mon bureau. "Tu me dégoûtes, mon pote. T'es vraiment un connard.

— Qu'est-ce que tu racontes ? Qu'est-ce que j'ai dit de mal ?

— Tu veux voir ses tatouages ? Tu veux qu'elle te montre sa pirogue sculptée et qu'elle danse avec des colliers de fleurs ?

— Mais merde, Rafi, qu'est-ce qui te prend ?

— « J'en ai jamais rencontré. » Va promener tes fantasmes ailleurs, gros dégueulasse."

Cela ne faisait même pas un jour qu'Ina Aroita était entrée dans notre vie, et déjà elle bouleversait tout.

"Bon, d'accord. Je plaide coupable. Alors qu'est-ce qu'elle a de si merveilleux ?"

Il retrouva son expression, son air de contempler deux mille horizons bout à bout. "Elle… n'a peur de rien. Tout est de l'art, pour elle. J'ai toujours cru qu'il fallait choisir entre la sécurité et la liberté. Mais cette femme refuse qu'on la force à choisir. Elle… elle aurait deux ou trois choses à m'apprendre."

Il me présenta. On alla jouer au bowling tous les trois au sous-sol de l'association des étudiants. Je ne m'étais jamais autant amusé en public depuis mon enfance. J'étais soufflé par cette femme. Elle me rappelait quelqu'un, et il fallut attendre le septième jeu de la première manche pour que je comprenne de qui il s'agissait : le célèbre buste de Néfertiti, moins la coiffe. Elle était petite – à peine un mètre soixante en chaussures de bowling – mais elle n'arrêtait pas de danser. Elle se penchait en avant et faisait un petit geste des poignets et des avant-bras pour guider sa boule et l'empêcher de finir dans la gouttière. Quand elle arrivait à renverser une quille ou deux, sa pirouette de triomphe était digne du Bolchoï.

Quand elle discutait avec Rafi, j'étais éberlué. Ils parlaient un langage allusif et ésotérique, empli de références culturelles qui me donnaient à penser que les jésuites avaient raté mon éducation. Rafi : je ne l'avais jamais vu aussi à l'aise, aussi complice avec qui que ce soit. Pas de grands airs, pas de petites piques, pas d'argot du ghetto ni d'accents parodiques. Rien que Rafi, épanoui et assumé, dans toute sa gloire de dévoreur de livres. Forcément, j'étais jaloux.

Ce jour-là, Ina mémorisa secrètement nos pointures respectives. Et le samedi suivant, elle loua trois paires de rollers et nous entraîna dans un patinage échevelé à travers dix kilomètres carrés de campus. J'atterris sur le bitume trois fois en moins d'une heure, mais ça m'était égal. Ça ne me dérangea même pas de voir les tourtereaux, qui babillaient ensemble dans leur code secret d'artistes, accélérer et me distancer comme deux champions olympiques, tandis que je battais des bras pour ne pas tomber. Ina fendait l'air comme si elle nageait, et mon meilleur ami épousait son allure, rieur et enamouré, aussi extatique qu'un gamin qui aurait toutes les réponses au grand quiz de Dieu.

Il avait dû lui dire qu'il fallait veiller sur moi, car ils m'adoptèrent comme mascotte. Parfois, le week-end, on allait voir des films cultes qu'ils adoraient tous les deux et qui me faisaient pleurer d'ennui. Ina nous emmena au musée tout de marbre vêtu – "le sépulcre blanchi", comme le surnommait Rafi – et nous apprit à danser dans nos têtes avec un tableau qui ressemblait à des taches de bouffe sur un vieux bleu de travail. J'aurais crié à l'arnaque si je l'avais découvert un mois avant de rencontrer Ina. À présent j'y voyais un miroir, un cousin un peu bizarre avec qui jouer, une chose qui révélait un sens que je ne soupçonnais pas avant d'y regarder de près.

En sa présence, Rafi devenait un homme neuf : vif, spirituel, vulnérable, ouvert. Pour la première fois depuis que je le connaissais, la vie lui donnait une raison de vivre. Je le regardais la charmer, la taquiner, la discuter, et je le voyais enfin s'affirmer. Avec elle, il n'était plus question de Grand Champion de la race noire. De sœur perdue. De père abusif et impossible à contenter. Il œuvrait enfin pour lui même. Revendiquait son droit à la joie. Déployait son jeu dans le vaste monde.

Et peut-être qu'il me voyait moi aussi sous un jour nouveau, moi qui trottinais maladroitement dans leur sillage, avec mes blagues vaseuses de matheux et toujours un temps de retard, éclipsé par la maturité, l'expérience, la sophistication dont Ina nous gratifiait. Elle insufflait un regain de vie à notre amitié figée, en nous donnant à explorer de nouvelles facettes l'un de l'autre. Et pour moi comme pour lui, elle n'était que fluide confiance et regard neuf. Ensemble, tous les trois, on devenait invincibles.

Je la revois disant un jour : "Dans mon monde, ce sont les artistes qui sont venus en premier, et tous les dieux ont suivi."

Moi, c'est elle que j'avais toujours du mal à suivre, et ça me rendait nerveux. "OK, d'accord. Mais qu'est-ce que ça veut dire au juste ?"

Rafi sourit de mon malaise, mais sans se moquer. "T'en fais pas, Toddy. On est là pour toi. Ça veut dire : aime et fais tout ce que tu veux."

Ina agita le doigt en l'air. "Ça veut dire que ce sont les artistes qui ont créé les dieux !"

Elle était particulièrement douée pour ça. Pendant une poignée de mois d'existence partagée, elle sut faire de nous trois des dieux.

Je ne sais pas quand je suis tombé amoureux d'elle. Au premier regard, sans doute. Mais je ne ressentais ni remords ni douleur. J'étais ravi pour mon ami. J'étais ravi pour moi. Je m'aperçus que jamais auparavant je n'avais vu Rafi vraiment heureux, sauf peut-être quand il annotait un livre de Rilke ou qu'il me battait au go. Cette femme le rendait à lui-même. Il n'avait plus rien à prouver à quiconque. Elle lui donnait la conviction que pour gagner au jeu de la vie il suffisait d'y jouer.

Ina avait son propre appartement à West Urbana, au deuxième étage d'une vieille maison du plus pur style gothique rural. À partir du début octobre, Rafi se mit à y dormir régulièrement. Un mois plus tard, il y était quasiment à demeure. Au fil de l'automne, je me sentis bien esseulé, dans ce dortoir rempli de bizuths bruyants et très *immatures.*

Par un samedi froid et sec de la fin octobre, on initia Ina aux jeux de plateau allemands. Elle se débattit avec les règles complexes, mais le rare plaisir de calculer ses chances de gagner et de se lancer dans un bras de fer avec les garçons la tint rivée à la table pendant des heures, jusqu'à ce qu'on soit trop ankylosés pour se relever. Elle était fâchée contre Rafi, lui reprochant sa façon de jouer.

"Dis donc, mon gars. Tu retiens tes meilleurs coups. Tout ce que tu veux, c'est foutre une raclée à Todd !

— Foutre une raclée à Todd, c'est *mon meilleur coup.*

— On appelle ça la stratégie Young, expliquai-je. Si on est encore amis après toutes ces années, c'est grâce à ça.

— Hum. Alors il est grand temps d'inventer un nouveau jeu. Pour tout le monde. Et c'est moi qui fixe les règles. "

Et ce fut le cas. Pendant un temps, Rafi et moi, on joua à tous les jeux qu'elle inventait.

La sculpture grandissait et échappait à son contrôle.

Ina ajouta d'autres bouts de plastique à ceux qu'elle avait trouvés avec sa fille dans le ventre de l'albatros mort, jusqu'à ce que les tessons collés dessinent un anneau vasculaire sinueux qui était désormais plus haut que la fillette. Ina n'avait aucune idée de ce que l'assemblage tentait de devenir – elle savait simplement qu'il ne cessait de se déployer. Elle sentait dans ses bras et ses mains où voulait se placer chaque nouveau déchet pétrochimique rejeté par la mer. Mais pour le reste, elle travaillait à l'aveugle, comme dans un rêve éveillé.

Chaque fois qu'elle sortait, elle glanait de nouveaux éléments pour la sculpture en devenir. En allant au Magasin chinois, elle aperçut un atomiseur fêlé en cadmium rejeté sur le chemin par le vent, et le fourra dans son panier. Un enchevêtrement de filaments déchirés et de flotteurs de pêche, échoué près de l'amarrage de Patrice et Puoro, attira son regard, et à marée basse elle pataugea pour le récupérer et l'ajouter au monstre qui prospérait dans son jardin.

Peu à peu, elle se mit à traquer délibérément des débris colorés qui trouveraient leur place dans l'agglomérat qui prenait forme. Lorsque avec Hariti elle allait ramasser à la plage des coquillages et de beaux cailloux, elle restait à l'affût de tout débris synthétique, surprise de les trouver désormais jolis.

Elle n'était pas moins surprise de constater la quantité de détritus qui s'échouaient tous les jours sur l'île. Elle les avait toujours ignorés ou chassés de sa conscience. À présent qu'elle était aux aguets, elle en voyait partout.

Elle alla rejoindre son mari Rafi.

“Et si dimanche on faisait une randonnée/pique-nique en famille, après la messe ?

— Carrément, répondit-il. On va marcher jusqu’à Hawaï.”

Ni Ina ni Rafi n’avaient jamais cru que l’univers soit régi par une entité soucieuse de leur sort. Mais leurs deux enfants adoraient cette idée et, sur une île de quatre-vingt-deux habitants, presque tous croyants, la pratique religieuse avait ses avantages. À commencer par les chants, qui faisaient toujours beaucoup d’effet à Ina. Ils allaient en alternance, un dimanche sur deux, à l’église catholique et au temple mormon. Cela leur attirait les bonnes grâces des deux paroisses, qui se disputaient leur loyauté.

“Est-ce que c’est le même Dieu ? demanda à son père un Afa troublé, en sortant ce dimanche-là de l’église catholique.

— Il change juste de cape”, répondit Rafi.

Ina le gratifia d’une bourrade et cajola son fils. “Chaque cœur humain imagine Dieu à sa manière. La manière qui convient à la personne qui imagine.

— Et mon cœur, à moi alors ?” geignit Rafi en frictionnant son biceps endolori. Son fils s’arracha aux bras de sa mère pour le réconforter.

“J’ ai dit chaque cœur *humain*.”

Les enfants se détournèrent d’un air dégoûté quand leurs parents se mirent à roucouler comme les colombes porphyres de Makatea à la saison des amours.

Ils partirent en quête d’un endroit pour pique-niquer. Rafi adorait faire une bonne balade. À égalité avec les jeux de territoire qu’il pratiquait avec son fils, et les jeux de placement d’ouvriers avec les écoliers, et juste après l’étude de parties de go séculaires avec Wen Lai, la marche était devenue son grand passe-temps.

“Vous voulez traverser l’île en diagonale ?”

Afa s'écria : "Oui !!!" Il y avait des crabes sur le plateau. Ils ne sortaient qu'à la nuit, mais ça n'empêchait pas d'espérer.

Ina dissimula son plan aux garçons. "On va plutôt remonter la plage jusqu'à Temao. On peut longer la côte dans le sens des aiguilles d'une montre et déjeuner en route dans un endroit sympa.

— Tu plaisantes ? Le tour de l'île, ça fait vingt kilomètres.

— On n'a pas à faire tout le tour. Quand on arrivera à Moumu, on pourra couper par la route."

Ça faisait quand même une trotte. Rafi eut une moue sceptique. "Bon, d'accord… Mais c'est toi qui soigneras les ampoules quand on sera rentrés."

Ina distribua à chacun une taie d'oreiller. "Remplissez-la de tous les bouts de plastique que vous trouverez en chemin." Rafi haussa les sourcils mais se mit à la tâche. Hariti adorait la chasse aux trésors en général, et celle-ci avait une dimension d'idéalisme désespéré qui lui plaisait entre toutes. Mais Afa ne tarda pas à maugréer face à cette corvée de poubelles.

Son père demanda à voir son baluchon. "T'as combien de couleurs là-dedans ?

— Vert, rouge, clair… clair, c'est une couleur ?

— La plus démente de toutes les couleurs, mon gars.

— Alors vert, rouge, clair, blanc, bleu, marron, jaune… et bizarroïde.

— Super. Ça en fait huit. Je te lance un défi. À la fin de la journée, celui qui aura le plus de pièces du moins grand nombre de ces couleurs aura droit à une demi-heure de massage."

Le garçon se tapota la tête, tentant de décrypter les conditions de la victoire. Mais lorsqu'il eut compris, on ne put plus l'arrêter : il trouvait du plastique partout et poussait des cris de triomphe à chaque découverte. Il fut ravi de dénicher un canard de bain en caoutchouc jaune vif, coincé dans les roseaux des sables au-dessus de la ligne de marée haute.

Rafi tendit la main. "Voyons voir ça."

À contrecœur, son fils lui céda le trophée.

"J'ai lu un truc là-dessus. Des dizaines de milliers de ces jouets sont tombés d'un cargo pendant une tempête il y a déjà des années. Et depuis, ils échouent sur des plages du monde entier."

Afa allongea le bras pour récupérer son canard. Au lieu de cela, Rafi lui claqua la paume. “Hé, mon poto, c’est collector !

— Magnifique ! proclama Ina. Parfait pour la sculpture.

— Non ! Je veux le garder !” Le garçon le reprit et remercia l’océan d’un grand cri.

Pendant que les éclaireurs progressaient sur la plage en remplissant leur sac, Rafi prit sa femme par la taille et s’ajusta au pas de ses pieds nus.

“Alors, comment on va aborder ce référendum ?

— Aborder ?

— Tout résident de l’île capable d’écrire son nom. Ça inclut les deux gosses. Notre petite famille contrôle officiellement cinq pour cent des suffrages sur l’avenir de Makatea. De quoi faire pencher la balance.”

Ina se figea et regarda au large. “Oh nom de Dieu.

— Sérieusement, on les coache ? On leur dit simplement quoi voter ?

— Leur dire quoi ? Je ne sais même pas ce que *moi* je vais voter ! Tu sais, toi ?”

Il redressa la nuque pour la dévisager. “T’es sérieuse ?

— Excuse-moi, Rafi, mais vraiment je ne sais pas. Je ne saurais même pas te dire ce que c’est que le *seasteading*. Est-ce que c’est l’avenir ? Est-ce que ça aidera à résoudre… ? J’en ai aucune idée. Peut-être que ça sera le nouvel Internet.

— *Ina !*” Sa voix était crispée. “Si c’était un référendum pour conserver Internet, je voterais non *aussi*.

— Pourquoi.”

Elle avait une façon de dire *pourquoi* qui le faisait fondre. Davantage une affirmation qu’une question. Intelligente, lucide, curieuse, non agressive, accueillante à toute réponse. Elle donnait au mot cette inflexion depuis leur premier hiver ensemble dans l’Illinois. Et pas une fois il ne lui avait dit à quel point ça l’ensorcelait.

“Parce que…” Il désigna la ligne où l’azur pâle de la frange de récif virait au bleu cobalt des eaux profondes. Sa main décrivit un grand cercle pour inclure l’océan sur l’autre versant de l’île. “Cet endroit… Pense à toutes les cicatrices. Quand on est arrivés ici, pour être avec ces merveilleux enfants… j’étais pas sûr d’y arriver. J’étais tellement défoncé à tout ce que le monde des humains me faisait gober. Mais ici, il y avait juste… *ça*." Il regarda les falaises et les vagues et la plage rocailleuse comme s'il les voyait pour la première fois.

"Il m'a fallu à peu près six mois pour décrocher. La peur de rater un truc. Le syndrome FOMO. J'arrivais pas à me concentrer tellement c'était paisible. Et puis…"

Elle plaça son oreille contre sa clavicule. Elle n'était jamais rassasiée d'écouter le bruit de son cœur, quand il s'échauffait comme ça.

"Et aujourd'hui je me dis : il y a dix mille petits points comme ça sur la planète que les continents ne peuvent pas atteindre, des petits bastions de normalité dans ce monde de fous. Les gens d'ici…" Il désigna par-dessus son épaule Vaitepaua et les soixante-dix-huit autres personnes qui constituaient désormais tout son univers. "Ils sont comme les habitants d'un monastère au temps des barbares, qui veillent sur la petite flamme de la culture. Et voilà que l'Extérieur revient à l'assaut."

Ina Aroita s'écarta le plus délicatement possible. "Rahrah ? Et si c'était de la condescendance ? Pas dans les intentions, bien sûr, mais…"

Il parut blessé, mais ne partit pas en vrille pour autant. L'âge et l'île l'avaient guéri de ce genre d'impulsion. Elle ne se rappelait même plus à quand remontait leur dernière vraie dispute. À présent, elle pouvait pratiquement tout lui dire : le temps d'absorber le choc, et il la remerciait de sa franchise.

Rafi reprit son chemin sur la plage, où Afa et Hariti unissaient leurs efforts pour extraire du gravier érodé un jerrican de vingt litres. "OK. Dis-moi en quoi c'est condescendant.

— Imagine que la majorité des gens d'ici trouve cette proposition super ? Si ça se trouve, c'est de ça que l'île a envie. Un travail digne de ce nom, une compensation équitable, l'occasion de faire partie d'un projet plus vaste. Des enfants instruits et en bonne santé, des petits-enfants qui auront plus d'avenir qu'eux n'en ont maintenant. Tu ne crois pas que nos amis ont droit à tout ça ? Peut-être que la majorité des Makatéens n'a pas envie d'être… des moines dans ton monastère."

Il inclina la tête, haussa les sourcils et se pencha pour jeter dans sa besace un bracelet magique qui avait échappé à la vigilance des enfants. “Et si c’est simplement une autre manière de piller l’île ?

— Alors Makatea votera contre, et ils trouveront un autre lagon à exploiter parmi ces mille huit cents kilomètres d’îles.

— Peut-être. Mais c’est bien pour ça qu’on est obligés de soulever la question telle qu’on la voit.

— Toi et moi ? Tu crois vraiment ? Ouais, bien sûr, pour nous cet endroit est parfait tel qu’il est : un petit paradis couturé de cicatrices. Mais il n’est pas à nous. On vient seulement d’arriver. Je ne suis même pas certaine que *toi et moi* on soit légitimes pour voter, à plus forte raison Affy et Har.

— En tout cas, les gens de Makatea ont décrété qu’on avait ce droit, donc on est condamnés à choisir. La démocratie, hein ? Tu vois un autre pays qui nous aurait laissés voter sur un truc pareil ? Raison de plus pour vouloir protéger cette île des techno-utopistes.”

Elle songea : *Ça aussi, c’est peut-être de la condescendance.* Mais elle dit : “Pourquoi ils veulent construire leur truc ici ?”

Il leva la tête vers les falaises qui les dominaient. “À cause de la montée des eaux. On sera la dernière île à être engloutie.”

Ils partirent chacun de leur côté glaner les bouts d’acrylique et de PVC accumulés dans une petite crique. Ils remplissaient leurs sacs au son de la marée, cette pulsation qui apporterait de nouvelles moissons de plastique dur et criard dès que leur cueillette dominicale serait terminée.

Ina dénicha un trésor : des jetons colorés lissés par les vagues comme des gemmes passées dans une polisseuse. “Regarde-moi un peu ça ! C’est parfait.”

Rafi se garda bien de lui demander à quoi elle reconnaissait le *parfait*. Il ne voulait pas le savoir. Plus jamais il ne laisserait le *parfait* être l’ennemi du bien. Il l’avait trop fait par le passé, et il avait failli tout perdre. À présent, en ratissant les rochers, il ramassait le moindre détritus, même cette pathétique petite bouteille d’eau ramollie et craquelée, pas plus grande que son poing. C’est ici qu’il avait retrouvé Ina, après l’avoir perdue à jamais, et qu’il avait trouvé cette paire de petits êtres magiques qu’il voyait plus loin sur le rivage. Il ne saurait rêver ou vouloir plus parfait que ça.

Ina ramassa une brique bariolée de boisson longue conservation, désormais couverte des coquilles de crustacés sessiles.

"Qu'est-ce que j'en fais ? Si je la prends pour ma sculpture, les bernacles vont mourir.

— Alors laisse-la.

— Mais ça reste un déchet, Rahrah, et j'ai été la dernière à le toucher ! Et puis..." Elle était irrésistible quand elle prenait son air penaud. "Les couleurs sont *super*."

Il leva les mains en signe de neutralité. "Fais comme tu le sens."

Renonçant stoïquement à sa cupidité, elle replaça la brique entre les rochers, dans sa maison de l'estran. "Est-ce qu'une chose reste un déchet, une fois que la vie commence à s'en servir ?"

Il s'était posé la même question en plongeant au tuba avec les enfants. Ils avaient vu une pieuvre transporter un bocal en verre pour remplacer la coquille que l'évolution lui avait fait perdre. Au moindre signe de danger, la créature se réfugiait dans son mobile home transparent. Ils avaient vu un hippocampe pygmée accroché à une paille de soda comme si c'était un brin de varech accueillant. Quand l'espèce humaine aurait disparu, les produits dérivés de sa créativité offriraient au reste de la création un jeu de gestion de ressources qui pourrait durer des millénaires.

Ina allongea le pas pour se rapprocher des enfants, qui s'aventuraient trop loin sur la plage. Rafi la rattrapa. Il ne pouvait pas s'empêcher d'être collant. La voir prête à envisager l'idée des villes flottantes l'avait rendu d'humeur crampon.

"Écoute, oublie un peu les autres rien qu'une minute.

— Hum. Rappelle-moi comment on fait ça ?

— Tu ne crois quand même pas qu'en accueillant un projet de construction massif, avec des navires-usines et des dragueurs qui vont étriper le lagon..."

Il ne pouvait même pas se résoudre à énumérer toutes les mises à jour que cette expérience de ville flottante allait leur infliger. Il fut contrarié de voir le corps d'Ina se dérober à sa question.

"Rafi, je ne suis ici qu'en invitée, et j'en suis déjà reconnaissante. Je n'ai jamais été plus heureuse, nulle part au monde." Elle écarta de sa bouche une mèche de cheveux. Le vent marin la lui rabattit aussitôt sur le visage. "Je veux juste que cette île guérisse.

— Elle va déjà mieux. Ça fait soixante ans que les mines ont fermé, et la couverture de végétation s'est presque entièrement reconstituée. De mémoire d'homme, l'année a rarement été aussi bonne pour les chasseurs de crabes. Les pigeons pacifiques reviennent, et ils reviennent de loin. Les colombes porphyres aussi. Tous les oiseaux, en fait. Le récif a l'air plus vivant qu'il ne l'a jamais été depuis la fin des infiltrations. Tu ne veux quand même pas foutre tout ça en l'air ?

— Ça n'est pas ce que *moi* je veux qui…

— Cette histoire d'implantation, ça peut très vite dégénérer. La mine de phosphate, à côté, ça risque de ressembler à un simple exercice d'école de commerce."

Elle gardait les yeux sur les enfants, qui se disputaient un morceau d'isolant bleu vif grand comme une tortue de mer. "Tu as raison, finit-elle par dire, un peu vexée. Il faudra bien qu'ils votent.

— Et eux, ils sont nés ici."

Leurs enfants passeraient peut-être toute leur vie sur cette île. Ils verraient peut-être l'Amérique comme un conte de fées délirant, le pays du cinéma et de la pop. Pour eux, Chicago n'évoquerait peut-être que les gangsters.

"On n'arrivera même pas à leur expliquer les choses sans les influencer.

— Oh, Rafi ! Je ne suis pas sûre. Les gens sont comme des sculptures. On peut les modeler un peu au début, mais pas longtemps. Une personne décide toute seule ce qu'elle veut être. Et ces deux âmes, je sais qui elles sont depuis le premier regard.

— Tu crois vraiment ?" Mais leurs deux corps s'accordaient sur ce point. "Alors pour quoi ils voteront, respectivement ?"

Elle baissa la tête en souriant de son secret. "Afa votera pour le progrès et l'audace et l'excitation de la nouveauté."

Rafi trouva cela irréfutable. C'était un peu sa faute. Dans tous les jeux auxquels ils jouaient, il n'était question que de croissance et de développement. De devenir plus gros plus vite que l'adversaire.

"Et Hari ?"

Sa femme ricana. "T'as vraiment besoin de demander ? Elle votera pour ce qui me fait plaisir.

— C'est-à-dire… ?

— Ah ! Je te vois venir…"

Avant qu'il n'ait pu insister, ils étaient arrivés à la hauteur des enfants, en compétition houleuse pour le prix du trésor le plus cool.

Le quatuor n'atteignit même pas la côte située en contrebas de Teopoto, sur les promontoires nord. Leurs baluchons étaient pleins bien avant, et ils durent rebrousser chemin. Mais non sans avoir pique-niqué : fruit à pain rôti et épicé, et tomates venues tout droit du *fa'a'apu*.

Ils balancèrent les sacs en tas dans le jardin, près de la porte de l'atelier d'Ina. Du plastique à tous les stades d'usure. Afa et Rafi firent le décompte respectif de la couleur la plus rare, et le garçon victorieux poussa un hululement de triomphe.

Son père vaincu cueillit au creux des mains deux poignées de déchets et les laissa retomber en cascade. Peu importait que l'île accepte ou refuse le projet d'implantation. Dans un cas comme dans l'autre, l'ingéniosité humaine en perpétuelle expansion finirait par l'ensevelir. Rafi baissa la tête, et son sourire prit sa femme à témoin : *Pour cette île, c'est* game over, *pas vrai ?*

Mais Ina lui rendit son sourire comme si elle venait de gagner le gros lot sans savoir encore quoi en faire.

Le dimanche d'avant Thanksgiving, on partit à vélo vers un petit étang pathétique que l'Illinois avait promu au rang de lac, faute de candidats sérieux dans le Sud de l'État. Le vrai froid tardait à venir cet année-là, mais il faisait assez frisquet pour mettre un gros pull. Le vent était rude, et on peina pour parcourir près de vingt-cinq kilomètres en rase campagne.

Une fois sur place, ils partirent faire les fous dans un canot percé abandonné sur l'appontement, tandis que je restais à terre, étendu sur une des couvertures tissées apportées par Ina, à faire les mots croisés du New York Times *en cherchant la clé des réponses dans le ciel sans nuages.*

Tandis qu'on pique-niquait de sandwichs au miel et au beurre de cacahuètes et d'abricots secs, elle nous proposa à tous un premier sujet de devoir.

"On devrait organiser une série de conférences. Juste entre nous trois.

— Ça a l'air marrant, dis-je. Je suis partant."

Mais Rafi ferma les yeux et se prit la tête d'une main. De l'autre, il lui pétrit l'épaule. "Oh non, par pitié, ma chérie. Ne me fais pas ça.

— Vous voyez ce que je veux dire ? Comme les gens qui se réunissent dans un club de lecture pour présenter un livre. Sauf que là, le livre, c'est toi. On fera ça chacun son tour. Et dans ce jeu, il y a une mise. Il s'agit d'ouvrir aux deux autres son sanctum sanctorum.*"*

Je regardai Rafi. "Toi qui as étudié chez les jésuites, ça veut dire quoi, ce truc ?

— Je crois que ça veut dire : « Y a pas à tortiller. » Euh, non, attends… « Que tu aies le corps. » Ah, non, merde. Ça, c'est habeas corpus.*"*

Ina lui administra sur le bras une tape assez forte pour le faire glapir. "Et ça, dans la langue des Îles, ça veut dire : Arrête de faire ton p'tit con.

— Waouh ! T'as vu ça, Toddy ? Je crois qu'elle m'aime vraiment.

— Et pour ce que t'es vraiment…"

Ina Aroita poursuivit sans se troubler. Le trouble ne faisait pas partie de son vocabulaire. Elle pointa son petit doigt sur moi. "Monsieur Spock. À toi de commencer.

— De vous ouvrir mon sanctum sanctorum.

— Je t'en prie, mon frère. Ne l'encourage pas dans ce délire."

Ina se noua à son bras et l'attira vers elle sur la nappe du pique-nique. "Fais-le pour ton ami, me dit-elle. Il faut qu'on renforce son système immunitaire."

Rafi avait l'air paniqué. "Franchement, je sais pas trop. Sérieux. Ça m'a l'air un peu chichiteux."

Ina explosa. Elle repoussa son bras et se remit sur ses pieds. "Oh, tu fais chier à la fin. Arrête un peu de te protéger, espèce de petit lâche."

Je suffoquai. Par accident ou par familiarité, elle avait trouvé le reproche le plus cuisant qu'elle pouvait assener à Rafi.

Rafi redressa ses lunettes avec le doigt. Il resta assis, figé dans sa dignité. Je connaissais bien cette posture : il se demandait s'il devait tout faire péter et gâcher la fête ou s'accrocher à cette femme qui, un instant plus tôt, semblait encore son meilleur espoir d'avancer dans la vie.

Je regardai Ina. Elle fléchissait. Elle ne s'attendait pas à causer autant de dégâts. Elle fit comme si de rien n'était, ce qui était très sage de sa part et qui sauva sans doute leur couple, au moins pour quelque temps.

"À défaut, on peut toujours organiser un tournoi de belote hebdomadaire."

Rafi ne put s'empêcher de pouffer. Au fond de lui, il comprenait ce que représentait pour elle ce rituel un peu forcé. Elle n'avait jamais eu personne dans sa vie avec qui jouer à un tel jeu, hormis ses deux disciples.

"C'est bon. Je veux bien faire ce truc. Mais je tiens à le dire solennellement : dans mon monde à moi, personne ne sait ce que c'est qu'un putain de sanctum sanctorum, *et personne n'en a rien à foutre."*

Il mentait, bien sûr : il n'avait plus de monde à lui, à part nous deux. Mais même ce monde-là avait changé. Notre trio marcha sur des œufs pendant tout le pique-nique écourté et le long retour à vélo.

Ina n'avait nulle part où aller pour le pont de Thanksgiving. Rafi aurait eu un point de chute, mais il resta en ville avec elle. Il n'y avait même pas à choisir. Je rentrai à Chicago, où je passai ce congé à dormir sur le clic-clac du deux-pièces de ma mère, tout près de la station Howard CTA, et à faire un puzzle avec elle. C'était notre seul moyen de rester dans la même pièce sans se faire la guerre.

Tant qu'on cherchait des pièces de puzzle, on était en terrain sûr. Il y en avait deux mille, pour reproduire La Charrette de foin *de Constable. Je me rappelle à quel point c'était étrange de voir la forme et la couleur de chaque pièce isolée devenir autre chose que ce que je croyais quand elle trouvait sa place. Ce qu'on construisait, ma mère et moi, c'était un tunnel pour remonter le temps, pas simplement jusqu'à l'enfance que je n'avais jamais eue, ni jusqu'à l'Angleterre de 1821, mais plusieurs millénaires en arrière, aux premiers puzzles magiques, à l'aube de l'Histoire. C'est comme ça que mon cerveau fonctionne. Ou plutôt qu'il fonctionnait.*

Protégé par cette mission commune, je tentai de lui parler de mon père.

"Il m'a vraiment cassé, tu sais ? Il nous a tous les deux cassés."

Elle m'incendia d'un regard aussi furieux que ceux qu'elle lui destinait autrefois. "Tais-toi. Tu ne sais pas de quoi tu parles. Aucun homme ne devrait avoir à subir ce que ton père a subi."

Et ce fut ma dernière tentative pour lui parler de Saint Micky Keane.

Une fois revenu à la fac, début décembre, j'emmenai Rafi et Ina sur le campus nord, dans mon alcôve au premier étage du Centre national d'exploitation des superordinateurs. Je les fis asseoir devant mon écran, qui avait une connexion Ethernet directe avec les unités centrales en réseau de l'université. Je cliquai sur une fenêtre et j'ouvris une session RESI.

"Le voilà. Mon saint des saints."

Je testai RESI *en lui demandant ce qu'elle savait de Hawaï. Elle en savait pas mal, mine de rien, ce qui n'était pas étonnant, vu que je lui fournissais les données depuis des semaines.*

Rafi resta de marbre. "Excuse-moi, mon pote. « Un ensemble de terres qui s'élèvent au-dessus de la surface de l'océan ? » Pour les animaux à sang chaud comme nous, c'est quelque chose qui va sans dire."

J'étais vexé. "Cette chose n'a pas d'équivalent dans toute l'histoire de la planète."

Ina plissa le front. "Allez, Toddy, fais-moi peur.

— Et quand elle connaîtra tout ce qui « va sans dire », quand elle pourra effectuer toutes les déductions de bon sens que les animaux à sang chaud…

— J'arriverai encore à la battre au go et en poésie", dit Rafi.

Ina posa à RESI *toutes sortes de questions nostalgiques sur Hawaï. Pourquoi les États-Unis avaient-ils renversé le royaume ? Combien de médailles d'or olympiques pour Duke Kahanamoku ? Comment était mort Eddie Aikau ? Où manger les meilleures glaces de Honolulu ? Évidemment,* RESI *me laissa tomber. Il y avait des trous énormes dans ce que mon golem pouvait faire, plus de trous que d'argile.*

Je m'excusai. "Il faudra des siècles pour qu'une machine puisse répondre à ce genre de questions." En fait, il fallut trente ans.

Ina fixa l'écran, en essayant d'y voir ce que j'y voyais. "Mais… est-ce qu'une encyclopédie ne pourrait pas t'en dire bien plus, et bien plus facilement ?

— On est en train d'automatiser l'encyclopédie."

Elle fronça les sourcils, se demandant en quoi ce serait souhaitable. "T'es un drôle de type, monsieur Spock.

— Tu vois, glissa Rafi, ce que j'ai eu à me coltiner toutes ces années ?

— J'ai choisi Hawaï parmi des dizaines de milliers de domaines possibles. Elle connaît des trucs sur les poissons et les arbres et les présidents et les lois de la physique…"

Mais je sentais mon saint des saints partir à vau-l'eau.

Je cliquai sur une nouvelle fenêtre pour accéder à un autre projet auquel je collaborais, un truc que dans quelques mois le Centre allait lâcher sans crier gare dans le vaste monde. Ça, j'étais sûr que ça les impressionnerait. Je tapai une succession de lettres et de symboles ésotériques dans une barre de recherche primitive. Au bout de plusieurs secondes, un tableau commença à se dessiner ligne à ligne au travers du tube cathodique, de haut en bas de l'écran. Sous l'image qui se précisait apparurent quelques lignes de texte.

Un grand sourire illumina le visage d'Ina. Je fayotais sans vergogne, mais cette fois ça marchait.

“Gauguin ! D'où venons-nous ? Que sommes-nous ? Où allons-nous ? ”

Rafi agita le poignet. “Hé ben, ma petite ! Tu m'impressionnes !”

L'index d'Ina se mit à planer au-dessus de l'image, la vision que Gauguin avait eue de Tahiti en 1898. “Je ne comprends pas. Comment il s'est retrouvé dans ton ordinateur, ce tableau ? Tu l'as scanné à partir d'un livre ? Pour me faire un petit cadeau, parce que tu savais que j'allais venir ?

— C'est à Boston.

— Je sais bien que c'est à Boston. Au musée des Beaux-Arts.” Je n'avais jamais entendu autant d'impatience dans sa voix. Il y avait quelque chose qu'elle ne comprenait pas dans ce que je lui montrais, et ça la rendait nerveuse.

“Non. Je veux dire que cette page *est à Boston. Les données nous arrivent directement d'un ordinateur du MIT.*

— Comment ça ? De quelle « page » tu parles ?”

Je feuilletai une liasse de notes imprimées et je tapai une nouvelle série de symboles mystérieux. Bientôt apparut une photo du fameux buste de Néfertiti. Il m'obsédait un peu, pour des raisons que mes amis n'avaient pas à savoir.

“Et celle-là nous arrive directement de Berlin via le réseau.”

Ina, le souffle coupé, battit des mains. “Directement du Neues Museum ?

— Plus exactement d'une machine de l'université Humboldt.”

Elle secoua la tête, incrédule. Elle commençait à comprendre. Même Rafi s'était avancé sur son fauteuil à roulettes, le regard rivé à l'écran.

“Tu sais, mon frère, tu pourrais faire ça dix fois mieux avec un CD-ROM. Même en ajoutant des flonflons, et une interface plus chic, ça se chargerait quand même un million de fois plus vite.”

Elle lui envoya une bourrade dans le biceps. “Hé, réveille-toi, mon vieux ! T’as pas pigé ? Sans bouger de mon petit studio de Daniels Street, avec ma petite bécane Amiga de rien du tout, je pourrai visiter tous les musées du monde.”

Elle n’avait pas pigé non plus. Pas plus que moi. Personne n’avait la moindre idée de ce qui nous attendait.

Ina se tourna pour me regarder dans les yeux. Mon cœur tambourinait, et je ne pus soutenir son regard.

“Alors c’est toi, ça ?

— C’est moi. Au plus intime de l’intime. Y a pas plus intime que ça.

— C’est à ça que tu veux consacrer ta vie ?

— Exactement.”

Rafi me regarda d’un œil torve. “Tu mens, mon pote.” Et il avait raison.

“Pourquoi ? demanda Ina.

— Pourquoi quoi ?

— Pourquoi tu veux automatiser l’encyclopédie ? Pourquoi tu veux faire voyager les musées dans le monde entier ?

— Je… Comment ça, « pourquoi » ?

— Est-ce qu’il t’est arrivé quelque chose quand tu étais petit ? Quelque chose que tu essaies de réparer ? Quelque chose que tu as besoin de transmettre à quelqu’un ?

— Dès que j’ai vu mon premier ordinateur, ç’a été le coup de foudre. Je crois que je suis né comme ça.” J’avais oublié, intégralement, ce que j’avais bien pu aimer avant les ordinateurs.

Rafi secouait la tête en m’entendant. Il connaissait mes racines aussi bien que moi les siennes. “Oh non, mon frère. T’es à côté de la plaque. Mais bref. Si ça te fait du bien de croire ça, alors vas-y.”

Ça me dépasse qu’il m’ait fallu jusqu’à aujourd’hui, qu’il ait fallu que je te raconte tout ça, pour comprendre ce qu’avait déjà compris, il y a un tiers de siècle, celui qui fut mon ami.

Ina ignora les objections de Rafi, n’y voyant qu’une chamaillerie de petits mecs. La stratégie Young. La défense Keane. Elle me serra dans ses bras et me déposa un bisou sur la joue. "Top cool, monsieur Spock. Je te mets 20/20."

Tout mon corps rougit de sa récompense.

Même s'il m'avait vu me soumettre humblement au rituel d'Ina, Rafi voulait encore se défiler. Avec un tut-tut réprobateur, Ina mima du doigt un mouvement d'essuie-glace. "Tu m'avais promis." Face à sa réticence têtue, elle soupira : "C'est bon. La prochaine fois, ce sera moi. Mercredi soir. Dans mon atelier au bâtiment des beaux-arts. Vous n'aurez qu'à rester sages pendant que je ferai mon truc."

Au soir dit, on quitta la cafétéria pour traverser la plaza sud jusqu'au bâtiment des beaux-arts et des arts appliqués. Derrière l'auditorium, on passa près de l'énorme sycomore dont les branches étaient maintenues par des câbles d'acier. On longea la bibliothèque centrale, cette énorme faille temporelle de style géorgien où Rafi passait la moitié de son temps libre.

Je lui demandai : "T'es sûr que tu veux que je sois là quand elle dévoilera son saint des saints ?" Mais Rafi ne jouait pas. Plus exactement, son esprit jouait avec une autre idée. Il secoua la tête, lui-même surpris de ce qu'il allait dire.

"Je ne sais pas comment ni pourquoi. Je ne sais pas quelle forme ça va prendre. Mais j'en suis certain. Cette femme est ma destinée. Elle me déverrouille le cœur, mon pote. Elle m'apprend à me réconcilier avec tout."

J'attendis la suite, mais il n'y eut pas de suite. Sans un mot, dans le craquement des feuilles desséchées qu'on piétinait sur le trottoir, on atteignit le bâtiment.

L'endroit était désert, à part quelques âmes égarées réparties sur les quatre niveaux, qui œuvraient à leurs propres projets. On repéra l'atelier d'Ina au sous-sol, dans une grande salle divisée en plusieurs espaces de travail, tous encombrés de couleur et de création. L'air empestait les essences minérales, la toile, l'argile humide, les copeaux de bois et les plantes séchées.

Ina nous attendait devant une sculpture deux fois plus haute qu'elle. Elle était composée de centaines de bouts de bois collés, vissés, boulonnés, cloués ou attachés ensemble. De près, ça avait l'air d'un chaos, avec des bardeaux fixés à la diable à de magnifiques bols ouvragés, des cadres de tableaux, des nichoirs et des boîtes ornementales. Des étagères de bibliothèque, des toupies, des ustensiles de cuisine et même un échiquier marqueté avaient été balancés comme au hasard dans ce gigantesque collage en 3D.

Mais si on reculait de quelques pas, ce patchwork, ce bric-à-brac dessinait un visage de femme. Les yeux étaient deux roues de gouvernail. Le nez une grande luge de bois comme celle sur laquelle je glissais au parc de Caldwell Woods quand j'étais petit. Le secret de ce trompe-l'œil m'apparut brusquement et me coupa le souffle. Rafi fit le tour de cette figure de bois de trois mètres. Il l'étudia, en se retenant la mâchoire. Il découvrait la destinée de sa destinée.

Ça ressemblait à un tiki grandeur nature. Ina avait recouvert toute la sculpture d'une sorte d'enduit de gypse qui donnait à toutes les nuances de bois une teinte crème sombre. Le moindre centimètre de cette surface ainsi patinée était peint de fines lignes spectrales et de motifs géométriques répétés en rouge et vert pâle, qui conféraient à cette physionomie de bois un tatouage maori. Ces veinules étaient si élaborées, si infimes et si nombreuses que je fus suffoqué à l'idée du travail que ça devait représenter. Je ne voyais pas comment, en si peu de temps passé sur le continent, Ina avait pu peindre autant de vrilles minuscules sur une si vaste surface.

"J'en crois pas mes yeux. Tu t'es servie d'une loupe ? Combien d'heures tu y as passées ?"

Ma stupéfaction ne fit que l'amuser. Elle haussa un sourcil broussailleux et, de sa voix la plus factuelle, elle répondit : "Quelques-unes.

— Et ça, c'est toi ?"

Ina m'ignora et nous guida vers des chaises pliantes à deux mètres de la sculpture, si près que l'assemblage redevenait un capharnaüm de bois peint. Elle leva un doigt, ouvrit la bouche, puis ferma les yeux et attendit. Une sorte d'inspiration dut lui venir, parce qu'elle se mit à parler sans plus s'arrêter.

"Je suis simple. Tellement simple. Il vous suffit de connaître une poignée de choses sur moi." Elle ferma les yeux et compta sur ses doigts. "Cinq. Si vous comprenez ces cinq choses, vous me comprendrez.

Premièrement : Mon père est un patriote qui va finir ses jours capitaine de corvette dans la marine américaine. Pendant presque toute mon enfance il était en mer. Il a une main atrophiée et une dent en or, et un bon sourire éclatant, et tous les jours il met un de ses nombreux uniformes et il part au travail, pour aider à stabiliser un monde instable. Il aime la bière, un peu trop, et Dave Brubeck, à petites doses. Il m'aime, il m'adore, il me vénère, mais je lui fous la trouille parce qu'il sait que je ne crois pas à son monde, et qu'il ne comprendra jamais le mien."

Je regardai Rafi. Il avait la tête baissée, et ses deux poings reposaient sur ses cuisses comme des pierres.

"Deuxièmement : Ma mère est une prolo tahitienne typique – mal nourrie, à peine éduquée, mais soigneusement endoctrinée par l'élite dominante et les Français pure souche. Elle a travaillé pendant des années comme femme de chambre dans un hôtel de luxe occidental, à pousser son chariot, à changer les draps, à remplacer les savonnettes et les dosettes de shampooing. Ce qu'elle a vu dans ces chambres d'hôtel l'a changée. Elle n'a plus jamais fait confiance à des inconnus. J'ai voulu en parler avec elle un jour, mais elle m'a retenue. « Les gens qui ont de l'argent font des choses effrayantes. »

Mon père est arrivé et l'a enlevée sur son cheval blanc. Elle s'est dévouée à lui. Mais se dévouer, ça voulait dire se cacher. Mon père aime ma mère comme il aime l'Amérique, mais elle lui dissimule presque tout ce qu'elle est, à lui et à ses enfants, sous un masque de compétence et d'efficacité. Elle a toujours été bonne avec nous, mais je ne sais absolument pas qui elle est, dans son autre vie, sous sa vie de surface."

À ce stade, Rafi avait deux doigts de la main droite appuyés contre son front, comme s'il essayait de renfoncer son lobe frontal à l'intérieur de son crâne. Mon regard revint au spectacle d'Ina.

"Troisièmement : Je suis l'aînée de cinq enfants. En bonne famille de militaire, on déménageait tous les deux ans pour une nouvelle base navale dans un nouveau pays. Quand on grandit comme ça, on se fait des amis très vite, et on les perd encore plus vite.

J'ai été gymnaste avant de devenir bohème. Ma sœur a été chanteuse avant de devenir standardiste. Quant aux trois garçons… je ne sais pas ce qu'ils sont. Ils mangent des montagnes de féculents cinq fois par jour et ils se couchent en ayant faim. Ils comptent gagner leur vie en faisant du surf. Je les ai vus ensevelis dans des vagues hautes comme un immeuble de huit étages. Je me demande qui d'entre eux survivra jusqu'à l'âge adulte."

Elle se tut pour remuer une spatule dans un gros bidon de peinture bleue posé sur le tabouret derrière elle. On aurait cru que le bidon était vivant, que c'était son animal de compagnie, et qu'elle se rappelait soudain de lui donner à manger.

"Mais il y a autre chose. Numéro quatre. Je ne suis pas de la même planète que vous. Sur votre planète, il y en a toujours plus. Plus de ressources, plus de territoire, plus de possibles. Tu peux prendre ta voiture et rouler pendant trois jours sans arriver à destination. Et quand tu y arrives, il est temps de repartir. Moi, j'ai vécu dans huit mondes différents avant de venir ici, et chaque fois j'aurais pu sans problème traverser l'endroit à vélo d'un bout à l'autre. C'est la première fois…"

Elle s'interrompit pour désigner d'un geste ample, par-delà le mur, les kilomètres infinis et plats du désert de maïs et de soja qui s'étendait à perte de vue tout autour de nous. Elle pointa des doigts incrédules vers les Rocheuses, le Grand Canyon, les Grands Lacs, le golfe du Mexique – tous les endroits reliés par la terre à notre petit ville.

"C'est la première fois de ma vie, nom de Dieu, que je ne sais absolument pas où je me trouve."

Elle redonna au bidon un petit coup de spatule, et quand elle reprit la parole elle s'adressa directement à cette curieuse nuance de bleu cobalt.

"Et enfin : Cinq. Tout ce qui fait mon passé, toute la mémoire collective de mon peuple, toutes les créatures indigènes des endroits où j'ai vécu… tout ça a été balayé. Il n'en reste pratiquement plus que des cartes postales, quelques pierres des maraes en ruine, et des vahinés de pacotille qui mettent de colliers de fleurs sur les épaules des touristes.

Qu'est-ce que ça veut dire d'être « des Îles » ? Je n'en ai pas la moindre idée. Je m'habille, je raisonne, je me comporte comme une étrangère. Je parle les langues des envahisseurs occidentaux. La planète d'où je viens a disparu à jamais. Et je n'appartiens pas à celle où j'ai atterri. Mon seul moyen de comprendre d'où je viens – de comprendre qui était mon peuple –, c'est de lire ce qu'on en dit dans les livres.

Eh bien, soit. Voilà ce que j'ai lu. Pendant des siècles, mes ancêtres ont gardé en tête, sous forme de cartes géographiques chantées, des centaines d'îles disséminées sur plusieurs milliers de kilomètres d'océan. Toutes ces îles, et aussi la trajectoire de toutes les étoiles, le mouvement de centaines de courants, le comportement et les migrations de toutes les créatures marines… Aujourd'hui, toutes ces cartes ont disparu, et ma génération d'insulaires tourne en rond sur la plage, hébétée, assommée par l'Histoire."

À côté de moi, Rafi s'écria, d'une voix claquante qui me fit sursauter : "J'entends ce que tu dis, chérie."

Elle, en revanche, ne parut pas l'entendre. Elle désigna l'autoportrait de trois mètres derrière elle comme s'il s'agissait d'une de ces cartes effacées.

"Le premier de nos dieux a créé le monde avec de la coquille d'œuf et des larmes et de l'os. Puis nos artistes ont créé les autres dieux avec des coquillages et du corail et du sable et la fibre de feuilles de palmier. Et maintenant, tous ces dieux sont morts. Qu'est-ce que je suis censée faire ? Qu'est-ce que je suis censée créer ?"

Je crois que j'aurais donné ma vie pour elle, si elle me l'avait demandé. Et elle aurait fait de ce sacrifice une aventure.

Elle prit le bidon dans une main et la spatule dans l'autre. Je fus pris d'une angoisse. Rafi aussi. Il se balançait en avant comme s'il allait jaillir de son siège.

"Attendez !" Elle agita vers nous la spatule couverte de bleu et nous figea sur place. "Une dernière chose. Numéro six. Ce que vous appelez l'océan, ce n'est qu'une côte. Vous pouvez y aller en week-end prolongé. Vous pouvez même vivre à ses côtés. Mais vous n'allez jamais plus loin qu'à deux ou trois kilomètres du rivage. Votre océan, c'est juste la plateforme continentale, un peu d'eau qui déborde par-dessus la tasse.

Le vrai *océan… l'océan profond… celui qui ne finit pas…"*

Elle replongea la spatule dans le bidon de bleu et franchit l'espace qui la séparait de la sculpture. Un "Non !" faible, incrédule, s'échappa de la bouche de Rafi, mais cela n'empêcha pas Ina de strier de bandes bleues épaisses la surface du visage géant. Chaque balafre de bleu annihilait un peu plus le réseau complexe de vrilles qu'elle avait mis tant d'heures à peindre.

Je voulus bondir pour lui emprisonner les bras, mais j'étais incapable du moindre geste. Rafi avait la tête entre les genoux. Il gémit : "Je t'en prie, arrête." Lorsque enfin Ina reposa la spatule, il était décomposé. Elle dut venir s'agenouiller devant sa chaise et le prendre par les genoux.

"Mon petit pote. Mon ami." Elle lui redressa le menton. "Regarde !"

On se tourna tous les trois vers la figure défigurée, désormais rayée de haut en bas par trois couches parallèles de joyeuses vagues bleues de livre d'enfant.

"Hé !" Elle lui tapota les cuisses. "Viens voir." Elle le tracta par la main et le força à se lever. Puis elle le conduisit tout près de la sculpture vandalisée. Je suivis le mouvement. Elle repéra à hauteur d'œil une zone où l'éclaboussure de bleu recouvrait la toile élaborée de lignes et de points qu'elle avait patiemment tissée. Elle posa le doigt sur la limite entre création et destruction. "Tu vois ce que ça donne ? Je parie que t'as jamais rien vu d'aussi cool !"

Rafi ôta ses lunettes pour mettre le nez tout contre le bois. Sa tête ballottait, entre un non et un oui. Le petit rictus de ses lèvres, découvrant un peu ses dents, confirma qu'elle avait raison. Les grossières vagues de bleu ne détruisaient pas la précision géométrique du motif, qu'elle n'avait dû obtenir qu'à la loupe. Au contraire, les traînées de peinture ne faisaient qu'intensifier les lignes et les couleurs qui émergeaient du bleu écrasant. Presque tout était désormais submergé. Mais ce qu'on voyait encore suggérait toutes les merveilles invisibles dissimulées sous les vagues.

"Bon, d'accord, proclama-t-il. Mais ne me refais jamais ce coup-là."

Elle s'amusa de le voir si secoué. "Hé, c'est ça l'art, mon chou. J'attendais juste qu'il y ait enfin quelqu'un pour me voir faire."

Je fus étonné qu'on forme à nous deux un quelqu'un suffisant. "Il y aurait dû y avoir tout un public. Tu aurais dû filmer la performance.

— Quoi ? Et en faire un produit marchand ?"

Rafi restait ébranlé. "Chérie, tu vas finir par me tuer. Qu'est-ce que tu veux de moi ?

— Rien-du-tout, fit-elle d'une voix chantante. Rien-et-tout."

La performance d'Ina lui força la main. Trois jours avant les vacances de Noël, Rafi nous présenta aux vigiles de la bibliothèque pour nous faire accéder à la réserve. Je n'étais pas retourné sur ces lieux depuis qu'il avait eu droit à un cabinet de travail fermé à clé, au niveau dix. J'étais surpris qu'il n'ait pas encore proposé à la femme qu'il comptait épouser de visiter l'endroit où il passait ses jours.

"Waouh ! fit Ina en sinuant parmi les vieilles allées de rayonnages métalliques. Il fait noir comme dans un four ici. Pas étonnant que tu sois si pâle."

Mon ami était trop préoccupé pour jouer. Le niveau dix, rempli de cent mille livres, donnait l'impression de ne pas avoir été visité par le moindre humain depuis des années. Rafi nous conduisit jusqu'au recoin où se trouvait son cabinet : un cube de trois mètres sur deux encastré dans le mur, à la porte munie d'une grande vitre en verre dépoli renforcé de fil de fer. Une cage pour érudit, où personne ne pouvait pénétrer à part lui et le personnel du monastère.

Il déverrouilla la porte et on se tassa à l'intérieur. Il y avait à peine assez de place pour le bureau en chêne, son fauteuil, et le plateau de métal branlant sur lequel trônait une vieille machine à écrire Remington encore dans son étui à rabat transportable. Une lucarne, elle aussi grillagée, donnait sur les fermes au sud du campus.

Partout, des livres. Des vieux livres aux reliures monochromes, noir, vert, fauve et bordeaux. Des in-quarto et des in-folio dont j'étais étonné que la bibliothèque autorise le déplacement. Des opuscules reliés d'une étrange matière marron qui n'était ni du carton ni du plastique. Des livres s'alignaient sur les étagères au-dessus du bureau, encombré de dizaines d'autres livres ouverts. Des piles de livres montaient du sol en demi-cercle, comme s'il avait déployé autour de lui les partitions de chaque instrumentiste pour reconstituer une symphonie. Des livres sur l'histoire, sur la race ou sur Chicago, et sur des sujets inexplicables tels que la construction de canots, le ping-pong et les marsupiaux. Des recueils de poèmes écrits par des auteurs dont le nom ne me disait rien. Une bonne vingtaine d'entre eux l'attendaient, pages écartées, comme s'il était simplement sorti en chercher d'autres.

"Vous savez ce qu'il y a de mieux avec ce bureau ? On peut se balader dans les rayonnages, et il suffit de remplir une fiche pour pouvoir planquer les livres ici, où personne d'autre ne peut y toucher."

Ina dégagea un espace sur le bureau pour s'y asseoir. Elle fut obligée de remonter sa jupe mauve serrée, et moi de détourner les yeux.

Rafi prit le fauteuil. Quant à moi, Monsieur Spock, je restai debout derrière mon capitaine.

Rafi se renfrogna et agrippa les bras du fauteuil, évitant tous les regards. "Là d'où je viens, ça se fait pas de se foutre à poil devant tout le monde.

— Comme tu nous l'as déjà expliqué plusieurs fois." Mais la voix d'Ina était douce et bienveillante, simplement avide de savoir ce qui l'animait.

Il tendit les bras vers ses livres comme vers un radeau de sauvetage. Mais ses mains se posèrent sur une pile d'enveloppes en kraft de format 22 × 30, dotées d'une ficelle pour fixer le rabat. Il prit la première de la pile, dénoua la ficelle, ouvrit l'enveloppe et en sortit une liasse.

Je regardai par-dessus son épaule. Des dizaines d'exemplaires du même poème, inlassablement retapés à la machine, étaient saupoudrés de minuscules corrections au stylo rouge. Le poème évoluait, mais à si petits pas qu'ils paraissaient insignifiants. Il feuilleta l'ensemble, cherchant la version la plus propre, la plus récente.

"Vous savez, j'ai été admis au bluff dans le séminaire de poésie le plus avancé qu'ait à offrir cette université. J'ai passé une heure dans le bureau d'un type énorme et dégarni qui ressemblait à une version bouffonne et surdimensionnée d'Allen Ginsberg. Je lui ai débité un flot ininterrompu de bobards sur des poètes que je ne comprenais pas et des poètes dont je connaissais à peine le nom, jusqu'à ce qu'il fasse une exception aux critères d'admission. C'est dire si je voulais en être.

En cours, il m'a dit que je devais « parler à ma couleur ». Je lui ai répondu : « Et toi, parle à mon cul. » C'est un connard total, mais je l'adore. Il veut être mon père de substitution. Il ne sait pas à quoi il s'expose. Il nous a imposé d'écrire un sonnet. Voilà le mien. Quand il l'a lu, il m'a dit : « Vous vous rendez bien compte qu'il est complètement éclaté. » J'ai répondu : « Que dalle, mec. Pas éclaté. Libéré. » Ça s'est bien terminé entre nous. Genre, on chante Kumbaya *en chœur autour d'un feu de camp."*

Il avait bien conscience de tout ce qu'il nous confiait. Tout ça était une révélation pour moi – pour moi, son compagnon de chambrée, son meilleur ami, moi qui naguère savais tout ce qui lui arrivait chaque jour. Rafi eut un grand sourire de loup. Il agita une main en l'air pour annuler son préambule, annuler toute idée préconçue sur ce qu'il allait lire. Et annuler à l'avance son poème. Et puis il le lut :

TRANSCRIPTION (SONNET LIBÉRÉ)

Elle m'envoya faire la rentrée des classes
Dans un blouson orange pétant
Pour me voir jusqu'au bout du trajet
Et savoir que j'étais en sûreté.

Elle avait tant de bleus au visage
Que j'en voyais la couleur de très loin,
De l'école, et de toutes les suivantes,
D'aussi loin que j'avance dans l'espace et le temps.

Quelle leçon j'ai apprise au premier jour d'école ?
Qu'en étant en sûreté on se faisait tuer.
Alors j'ai troqué la sûreté contre encore plus d'école
Et quand il a fallu choisir, j'ai préféré

École et liberté plutôt que race et foyer.

Toute cette instruction que j'aie eue, et pas elle,
pour être moi aussi un bleu sur son visage.

Il avait dû s'entraîner à le lire à voix haute, installé dans son box le soir après les cours, déclamant son œuvre pour un public absent. Il aurait pu faire du doublage. Sa main gauche bougeait pendant la lecture, dans un flot de gestes involontaires qui n'expliquaient pas les mots à proprement parler, mais déroulaient plutôt un poème parallèle à celui qu'il récitait. Les mots me frappèrent au cœur. Je ne comprenais rien à la poésie, mais ça je le comprenais. Et quand il eut fini, égaré et exsangue, je dérobai une feuille dans sa liasse de brouillons. La version que j'ai gardée, que j'ai encore, était sûrement différente de la version finale.

Il nous lut deux autres poèmes ce soir-là, chacun dissimulé dans son enveloppe ficelée parmi des dizaines de variantes. Le premier était intitulé "Le Jour de l'admission". J'ignore ce qu'en comprit Ina, mais pour ma part, sachant ce que m'avait confié Rafi sur son acceptation à Saint Ignatius, il me fit le même effet qu'un tisonnier brûlant. C'était un poème long, malicieux, rageur et triste, et je ne m'en rappelle pas un seul mot. J'ai dû l'enfouir soigneusement. Le second, adressé à son père, avait pour titre "Le Contre-gambit de Blumenfeld". Ina ne pouvait pas comprendre, mais moi, si. C'est une ouverture des noirs qui consiste à sacrifier un pion pour prendre un avantage décisif. Celui-ci était écrit pour qu'on s'en souvienne à jamais :

"Lis, ordonnais-tu. Lis seul,
lis sans l'aide de personne jusqu'à ce que
tu aies leur pouvoir – le moyen d'exister."

Pourquoi donc tu me hais d'avoir gagné
au jeu que tu m'interdisais de perdre ?
Papa, père abusif, je t'ai obéi. Merci.

On resta figés tous les trois dans cette cage de livres tandis que les mots continuaient de résonner. Quelques secondes plus tard, Rafi prit un stylo rouge sur le bureau et se mit à retravailler le poème, à biffer ou encercler des mots, à les interpoler à coups de longues flèches et de lambdas. Une minute plus tard, la page ressemblait au schéma tactique d'un match de football. Donc, là encore, le poème que je peux réciter n'est pas la version finale de Rafi. Qui sait d'ailleurs ce que serait pour lui la version finale ?

Ina resta muette pendant que Rafi se perdait dans ses corrections. Elle avait demandé à voir son cœur le plus intime, et voilà. Rafi, vingt-deux ans, courbé sur le papier, réparant les mots défectueux, modifiant, modifiant, même après nous les avoir lus dans toute leur perfection. Il les réécrivait aussi patiemment qu'il s'était réécrit. Il se mit à parler, la tête baissée, en s'adressant à la page.

"Toddy avait un million de choses à nous dire sur lui et sa machine. Inouïe en avait cinq. Moi, avec mes deux pauvres trucs à dire, j'ai l'impression d'être un branleur. Premièrement : je travaille à corriger les premières leçons que j'ai apprises. Deuxièmement : ça demande beaucoup de réécritures. Heureusement, je prends un vrai plaisir à faire durer le jeu.

— Ça fait trois choses", dis-je.

Il reposa le stylo sur le bureau et leva les yeux. Imitant la voix bégayante de Porky Pig, il lança : "That's all, folks !

— Rafi", dit Ina. Il entendit son accent suppliant. Sa propre voix se fit sérieuse, dans un effort pour interpréter et pour anticiper – ce qui, j'imagine, revient au même.

"C'est le premier mystère de mon existence : pour prendre leur revanche sur une culture qui les tue, mes parents ont poussé leur enfant vers un lieu qu'eux-mêmes ne pourront jamais comprendre. La poésie, rendez-vous compte. Ils ont eu ce qu'ils voulaient, mais maintenant ils voudraient retrouver le vieux moi.

— Rafi", répéta Ina. Elle glissa du bureau et s'approcha du fauteuil. Instinctivement, il tendit les mains pour se défendre. Elle les prit dans les siennes, les ramena le long de son corps et se pencha pour l'embrasser. Il lui rendit son baiser, stupéfait. Sans se soucier ni l'un ni l'autre de ma présence.

Le baiser se prolongea, immobile et exploratoire, jusqu'à ce que je n'y tienne plus. Je m'éclipsai de la pièce surpeuplée, ouvrant et refermant la porte à vitre dépolie, sans qu'aucun des deux ne remarque mon départ. Je retrouvai mon chemin dans le dédale de rayonnages et je redescendis au niveau cinq pour accéder à la sortie. J'attendis une éternité de l'autre côté des tourniquets.

Quand ils émergèrent enfin, ils avaient l'air heureux, un peu échauffés, et franchement désinvoltes. Rafi me repéra accroupi contre le mur, face à la sortie.

"Mister Keane, je présume."

Quelque chose avait changé dans notre amitié. Et quelque chose d'amoindri venait prendre sa place. On descendit tous les trois les doubles volées de marches jusqu'au niveau de la rue. Dehors, l'air froid sentait le verre et le métal. L'odeur de l'hiver des grandes plaines.

On alla manger coréen en ville. Les choses dont on n'avait pas le droit de parler étaient aussi limpides que s'il les avait prohibées à voix haute. On meubla donc le début du dîner par des bavardages insipides. Ina décrivit le goût des limaces de mer. Rafi expliqua pourquoi il serait toujours un fan des Chicago Cubs, plein d'une espérance sans espoir, et le masochisme de chaque nouvelle saison. J'en avais marre de ces deux-là, et j'avais hâte que le repas se termine pour pouvoir regagner le Centre et être auprès de RESI*.*

Mais quand je fis mine de partir, Rafi m'en empêcha.

"Pas question, mon ami. T'as oublié qu'on a rendez-vous avec Willy le Sheikh ?" Il nous avait pris des billets pour une représentation de La Tempête. *"La plus grande pièce jamais écrite par un vieux réac blanc."*

La représentation était sportive. Les personnages, les mots, les livres et les sorts, et puis les espoirs, les craintes, les rêves, les désirs fous et indomptables volaient aux quatre coins de la scène, heurtant diverses cibles qu'ils envoyaient valser. Pour la première fois, j'eus le déclic, et je compris pourquoi on disait jouer *une pièce. Plongé dans le plus incroyable jeu de rôles, je regardai se déployer l'aventure comme si les dés n'étaient pas encore jetés.*

Pour l'essentiel, j'étais perdu. Apparemment, c'était l'histoire d'un ermite, un magicien aux grands pouvoirs ayant pris le contrôle de l'île où il a été exilé. Lorsque débarquent des étrangers, il déploie le finale *d'un jeu vaste et patient pour ses propres desseins artistiques. Au milieu de la pièce, Caliban, le monstre tourmenté qui entretient une étrange relation SM avec le sorcier, entre en scène et rassure ses complices les révolutionnaires avec lesquels il ourdit un putsch : s'ils entendent des voix dans leur tête, ce n'est que de la magie dont il ne faut pas avoir peur. C'est juste cette île sauvage qui parle, avec des sons plus voluptueux que dangereux.*

Je te laisse juge. C'est toi qui as lu tout ce qui a jamais été écrit.

Lorsque l'esclave difforme et torturé prononça ces paroles, Ina, l'insulaire assise entre nous, laissa échapper un énorme sanglot et nous saisit la main à tous deux. Je ne comprenais pas pourquoi. Toi, en revanche, tu peux sûrement faire le lien, en un souffle – ou ce qui en tient lieu pour toi. L'île chante vraiment. Et la chanson est vraiment belle. Elle n'a l'air terrifiante que pour nous les humains.

Le sanglot d'Ina résonna dans tout le théâtre. On en fut tous les deux gênés, et Rafi tenta de la faire taire. Mais elle pleura jusqu'à la fin de la pièce. Quand le spectacle s'acheva, quand le sortilège se brisa, elle était essorée. Elle ne voulait pas quitter la salle vide. Ses yeux semblaient frottés de sel. Sacrée journée.

On la raccompagna par le campus jusqu'aux quartiers résidentiels froids et carrés qui la désorientaient tant. Quelques maisons étaient illuminées de guirlandes de Noël, qu'elle regarda avec émerveillement comme si c'étaient des créatures bioluminescentes des fonds marins. Elle s'arrêta pour contempler la lune zébrée de nuages, un écureuil gris qui filait en haut d'un arbre, une corneille qui préparait son nid, comme si elle n'avait jamais rien vu de semblable.

Elle ne cessait de maudire le froid, de plus en plus grossière. "Putain de merde, comment vous faites pour vivre ici ? C'est pas un endroit fait pour les humains." On la prit en tenaille, Rafi et moi, pour tenter de la réchauffer sans ralentir le pas. Il y avait nous trois, avançant dans la nuit glaciale, et l'île peuplée de bruits.

Et puis : "Vous avez vu ça ? Non mais regardez-moi ça ! Espèces de petits cons !" Il nous fallut trop longtemps pour comprendre de quoi elle parlait. C'était une chose trop ordinaire pour qu'on la remarque, nous les petits gars du Middle West. "Pourquoi vous ne m'avez pas parlé de la neige ?"

Arrivée devant chez elle, elle me serra contre elle et m'embrassa l'oreille. Quant à Rafi, avec son blouson boursouflé et son bonnet de lutin, il me tapota le dos, ce qui ne lui ressemblait pas, et me souhaita un joyeux Noël. Mais ça voulait dire que la soirée était finie, qu'ils montaient la conclure ensemble, et que j'étais condamné à l'exil.

Je regagnai le dortoir seul, et deux jours plus tard je rentrai non moins seul à Evanston, pour faire d'autres puzzles avec ma mère. Au cours de ces vacances, alors que je plaçais une pièce de fumée bleuâtre émanant de la cheminée de locomotive dans La Gare Saint-Lazare de Monet, j'eus l'illumination qui allait façonner le reste de ma vie et me rapporter mes cent premiers millions de dollars.

Au printemps, Rafi déménagea de notre chambre pour s'installer dans le studio tout aussi minuscule d'Ina. Rempli de devoirs et de mémoires à rendre, mon dernier semestre passa en un éclair. Je les voyais peu. On fêta ensemble le diplôme, moi en informatique, Rafi en création littéraire, sous l'égide d'Ina qui présidait le banquet. Nos parents n'étaient pas là pour l'occasion.

On décida tous deux de rester à la fac, Rafi pour être avec Ina et entamer un master en littérature américaine, et moi pour monter une petite start-up et concrétiser mon illumination. Nos chemins ne se croisaient que rarement. Et le seul jour qui ressembla *au bon vieux temps – nous voyant tous les deux reprendre joyeusement notre petit jeu rituel – se révéla celui qui donnerait le coup de grâce à notre amitié.*

On passa encore deux ans et demi dans ce champ de maïs sans fin. Rafi et Ina devenaient de plus en plus inséparables au fil des mois, de plus en plus enclins à se terrer sans voir personne. Je n'ai pas su ce qui leur arrivait jusqu'à ce qu'il soit trop tard – trop tard pour éviter la catastrophe, ou même pour la comprendre.

Ma belle insulaire. Mon ami tourmenté. Ils auraient dû finir ensemble.

Elle aimait les femmes.

Ce constat affolait le cœur d'Evelyne. Son cœur de trente-six ans.

C'était pourtant, rétrospectivement, une découverte ô combien évidente. Même pas une découverte, d'ailleurs – plutôt un acquiescement. Une évidence, et pourtant un choc. Et le choc de ce choc lui affolait le cœur de plus belle.

Si ç'avait été une autre année, et elle une autre personne, elle aurait peut-être pu recommencer sa vie. Mais on était en 1971, et elle était Evelyne Beaulieu Mannis, mariée à l'homme le plus doux et le plus conciliant qui soit. Elle avait deux enfants qui comptaient sur elle pour les protéger d'un monde qu'ils ne comprenaient ni l'un ni l'autre. Et elle avait encore sa mère, une sexagénaire obsédée par le qu'en-dira-t-on et figée dans une époque révolue. Evie ne pouvait ni l'humilier ni se cacher.

Et par-dessus tout, Evie avait sa carrière. Contre toute attente, elle avait fait son chemin dans une vie faite pour elle, dans un domaine où elle n'aurait même pas dû pouvoir pénétrer, dans une profession régie par des hommes attachés à la norme qui la banniraient au premier soupçon d'inconvenance.

À moins peut-être d'être sournoise ; à moins de faire les choses en douce. À moins d'aimer une seule femme plutôt qu'un mélange de plusieurs. Mais même alors, elle n'aurait pas su comment quitter son existence stable et gratifiante pour faire le grand saut dans l'inconnu terrifiant. Elle aimait les femmes. Mais il y avait tant de choses qu'elle aimait sans pouvoir les posséder. Mieux valait garder celles qui déjà la submergeaient de leur ampleur, et dont elle n'aurait jamais fait le tour. Elle avait l'océan. Et l'océan absorbait tout son espoir et son exaltation, toute sa panique et sa douleur et son amour, dans un espace plus grand que toute chose humaine.

Le magazine photo le plus célèbre du monde lui proposa de plonger au large de l'atoll de Truk, à mille cinq cents kilomètres au nord de la Nouvelle-Guinée. La rédaction voulait qu'elle explore les bâtiments et avions de guerre coulés lors de l'opération *Hailstone*, l'une des plus grandes batailles de la guerre du Pacifique. Elle devait prendre des photos sous-marines avec un nouveau modèle d'appareil et rédiger ses impressions de cet immense cimetière, immergé depuis près de trente ans. Peu de plongeurs s'y étaient aventurés. Avec un article d'elle, accompagné de photos d'une qualité inédite, les épaves atteindraient des millions de foyers.

Evelyne avait une tendresse particulière pour le magazine à couverture jaune. Cette lecture d'enfance avait nourri sa soif d'aventure à une époque où, pour sa famille, le summum de l'exotisme et de l'audace consistait à aller en voiture jusqu'à Mont-Tremblant. Avec son petit frère Baptiste, elle passait des heures à contempler les photos bariolées des grenouilles tropicales. Et les comptes rendus des expéditions Cousteau avaient renforcé sa résolution de devenir plongeuse.

La mission Tektite II avait placé Evie dans les radars de la société de géographie. Ils lui firent une offre : Vous, vous plongez et vous prenez des photos des merveilles sous-marines. Nous, on prendra des photos de votre long corps mince en combinaison, avec vos palmes de sirène. La proposition était assez innocente, pour le début des années 1970. Mais elle plongea Evelyne dans des affres de réflexion. Le milieu scientifique regardait de travers tout article suspect de vulgarisation. Publier dans les pages d'un magazine grand public équivalait peut-être à un suicide professionnel. Une fois son corps apparu sur des millions de tables basses à travers le monde, ses pairs ne la prendraient plus jamais au sérieux.

Il lui fallut trois semaines de dilemme pour dire oui. Elle espérait que signer un reportage dans le vieux magazine cher à son cœur finirait par convaincre sa mère qu'Evelyne n'était pas simplement une bohémienne des océans. Et puis, son oncle Philippe avait servi sur l'un des rares navires de guerre canadiens engagés dans le Pacifique, le croiseur léger *Uganda*. Il était mort un an après l'opération *Hailstone*, au cours de l'opération *Inmate*, où Alliés et Japonais avaient joué au chat et à la souris au large de Truk, et son équipage avait livré son corps à la mer. Evelyne n'avait que de vagues souvenirs de cet homme, qu'elle avait vu pour la dernière fois lorsqu'elle avait six ans. Mais elle se rappelait très bien la dépression nerveuse de sa mère et le mois qu'elle avait passé dans une "maison de repos" après le télégramme annonçant la mort de l'oncle Philippe. Peut-être Sophie Beaulieu pourrait-elle enfin faire son deuil si un membre de la famille célébrait des obsèques solennelles, des décennies après les faits.

Quitter sa famille pour une nouvelle expédition était moins un problème qu'avant. Les enfants grandissaient. Ils savaient désormais que leur mère allait et venait, et qu'elle leur rapportait toujours des coquillages, des coraux et autres trésors. Leur père trouvait à s'épanouir dans leur éducation, et dans les questions sans fin soulevées par son propre travail. Tandis que sa femme plongeait dans les océans lointains du monde entier, Bart Mannis avait établi son royaume dans un labo de six mètres sur huit à l'institut Scripps. Il avait marqué son territoire dans l'océanographie physique, en exploitant la rapide expansion des capacités de l'informatique pour modéliser les transferts de chaleur et d'énergie entre l'eau, l'air et la terre. La grande mécanique de l'océan faisait tourner le monde et décidait du sort de toute vie. Presque toute l'humanité ignorait ce qu'elle devait à l'interaction entre salinité et température. Bart éprouvait un plaisir considérable à faire partie d'une communauté mondiale de chercheurs qui découvrait peu à peu comment fonctionnait cette mécanique.

Lorsque Evelyne lui annonça qu'elle repartait, un courant froid parcourut le système circulatoire de Bernique. La vieille blessure familière avait fini par devenir son apanage, jusqu'à en paraître exaltante. Grâce à son travail, Bernique avait appris à réintégrer toute la souffrance qu'ils se causaient dans un gigantesque système de courants fluctuants qui opéraient à une échelle inconcevable. En recyclant leur douleur, Evelyne et lui se trouvaient réunis. Même lui dire au revoir, encore et encore, était riche de sens.

Evelyne plongea dans les lagons à proximité de Truk, sans trop savoir ce qu'elle y trouverait. Plus de deux cent cinquante avions et cinquante navires gisaient au fond de l'océan, dispersés sur une zone de deux cents kilomètres carrés, la plupart à une profondeur de quinze à soixante mètres, à moins d'un mille des côtes liserées de mangrove.

Avant la bataille, le lagon entourant les îlots était une pente douce et peu profonde de sable et de vase, colonisée par une demi-douzaine d'espèces d'algues qui poussaient en clairières d'un pied de haut. Injecter des centaines d'avions et des dizaines de navires dans ce pâturage, c'était comme lâcher une ville sur un champ de maïs sans limites. Truk était devenu un paysage de grottes vivantes, de chaussées et de canyons – le plus grand récif artificiel au monde. Les ponts des navires et leurs escaliers en spirale, les fûts et les batteries de canons, les chambres des cartes et les passerelles de vigie, les ponts inférieurs et leurs salles des machines, les coursives desservant les cabines des officiers, les cambuses, les postes d'équipage offrirent toutes les variétés imaginables d'habitat : des centaines d'écosystèmes différents, là où auparavant il n'en existait qu'un. Le moindre avion, avec son cockpit, ses hélices, ses ailes fracassées, constituait un véritable complexe résidentiel pour des formes de vie qui n'auraient jamais pu y accéder sans le carnage.

Chaque fois qu'Evie plongeait avec ses coéquipiers du magazine, ils découvraient des prodiges. Un sous-marin japonais couvert de varech gisait sur son flanc bâbord sous quarante mètres d'eau. Il avait plongé en catastrophe pour échapper aux avions américains, trop précipitamment pour fermer toutes ses vannes. Tout l'équipage endura une mort lente, à bord d'un vaisseau qui ne put refaire surface une fois le danger passé. Non loin gisait un navire de transport chargé de camions et de tanks, tous décorés de crêpe aux couleurs vives tels les chars fleuris d'un défilé de carnaval. Dans le carré des officiers d'un bateau-citerne, Evelyne se retrouva nez à nez avec des bois de cerf : des trophées de chasse accrochés au mur.

Avec des scènes aussi saisissantes, le reportage d'Evelyne était pratiquement écrit. Mais ce n'est qu'à la quatrième plongée qu'elle découvrit l'épave qui serait au cœur de l'article. Dans un périmètre pas plus large que le centre du campus de Scripps, son équipe trouva un bâtiment de guerre fendu en deux lové contre un porte-avions, tandis qu'un croiseur auxiliaire et un cargo s'embrassaient sur la pente d'un banc de roche voisin. Ce tableau surréaliste était parsemé de Zéros et autres chasseurs-bombardiers. Des fragments de machines s'étalaient de toutes parts, tordus en formes obscènes, leur fonction complexe désormais indéchiffrable.

Evelyne descendit, suivie par les deux plongeurs chargés de la photographier. L'eau tiède était limpide jusqu'à quinze mètres. Elle brandit devant elle son appareil étanche, tel un bouclier. Entre quinze et trente mètres, elle pénétra dans un jardin arc-en-ciel peint par Bonnard. Elle n'en revenait pas que tant d'espèces différentes – plantes, animaux, et créatures intermédiaires – aient réussi en une poignée de décennies à traverser la haute mer pour coloniser chacune un emplacement fait sur mesure. Comme si les concepteurs du plus grand aquarium au monde s'étaient entendus pour stocker dans leur collection deux spécimens de chaque espèce.

Les coques et les ponts étaient tellement défigurés par les coquillages, et par les collisions avec le fond marin, qu'Evie avait du mal à déterminer où était la proue des navires. L'un d'eux était couché sur le flanc, hérissé de canons qui pointaient dans toutes les directions. Un grand cuirassé, bombardé et torpillé à de nombreuses reprises, avait semé sur plusieurs hectares ses tourelles, ses grues, ses kiosques, ses cheminées, ses canons de DCA et ses appareils de visée. Et partout où échouait un bouquet de pièces détachées, il engendrait un nouveau récif.

La vie recouvrait le moindre centimètre de ces surfaces cabossées et les transformait en tours d'habitation. Un transmetteur d'ordres en cuivre, son levier bloqué sur une vitesse qui n'avait pas suffi à sauver le navire, gisait encroûté de vers et d'étoiles de mer telle une sculpture de Miró. Des murènes nichaient dans le fût des canons. Un mât ratatiné était tellement couvert d'anémones et de fouets de mer torsadés que lui-même se ramifiait comme s'il était vivant. Des troupes de porcellanes filaient en bon ordre de marche. Des nudibranches ondulaient sur les ponts effondrés comme des bouquets de mariage psychédéliques.

Evie avait l'impression de nager à l'intérieur d'un flacon de verre géant comme celui que son fils Danny avait trouvé un jour dans une flaque de marée à La Jolla. Les ravages de la guerre avaient donné naissance à la plus grande couveuse qu'elle ait jamais vue.

Elle concentra ses explorations sur le porte-avions. Les cales, une demi-douzaine au total, étaient presque toutes perforées. Les flancs abrupts de la coque, de plus de cent mètres de long, étaient incrustés d'animaux sessiles. Tout autour de l'épave poussaient plusieurs dizaines de plantes différentes. Elle entreprit un rapide recensement des coraux, mais perdit le compte bien avant d'arriver à cent. Les poissons étaient encore plus variés. Requins, barracudas, carangues, vivaneaux, et autres prédateurs étaient présents en abondance.

Les couleurs à elles seules étaient hallucinantes. Des coraux noirs décoraient la coque et la partie visible du pont. Des éponges spectrales en nombre insensé – argentées, blafardes ou albâtre – incrustaient les plats-bords et ondulaient dans le courant. Des perches de verre laiteuses patrouillaient par les hublots crevés. Des nuées de poissons-fléchettes nacrés et de demoiselles bleu-vert se massaient autour d'Evie pour mener leur propre enquête. Les rouges, les bordeaux, les orangés des crevettes marbrées aux stades successifs de leur développement claquaient dans leurs planques de métal cabossé comme autant de cartes de vœux animées. Poissons-perroquets, mérous, cardinaux, gobies, flèches noires, labres, bavarelles, poissons-scorpions, méduses et autres cnidaires : elle n'en finirait pas d'énumérer toutes les couleurs.

Le nouvel appareil photo fonctionnait bien, et capturait ces merveilles incessantes. Evelyne se rapprocha de la masse restante du navire éventré. Elle empoigna les poutrelles enchevêtrées d'une tour d'antenne. Quand elle retira sa main, elle grouillait de créatures vivantes. Contournant une cloison défoncée, elle s'approcha du garde-fou au-dessus de la passerelle. Elle fit signe aux deux autres plongeurs de la suivre, puis, par un trou de la coque torpillée, elle pénétra plus avant dans l'épave.

Dès qu'elle accéda à l'obscurité confinée des cabines, les plantes et les coraux, créatures de la lumière, cédèrent la place aux êtres des ténèbres. Dans la cale avant inférieure, elle tomba sur deux escadrilles de chasseurs Mitsubishi en pièces détachées, et plus loin vers la poupe sur un atelier rempli d'outils et de machines énigmatiques, dont la fonction n'était plus déchiffrable sous les couches de vie accumulées. Dans un coin se dressait ce qui avait dû être un motocompresseur. Des tuyaux serpentaient comme des membres autour de son corps cylindrique, et ses jauges jumelles circulaires semblaient des lunettes protectrices sur le nez d'un robot venu d'un sombre et silencieux futur.

Elle s'enfonça au cœur du navire, en se glissant dans des brèches plus étroites. Sa trajectoire commençait à affoler ses accompagnateurs. Il y avait des requins partout – requins à pointes blanches, requins à pointes noires, requins gris. Les deux plongeurs regardèrent avec horreur un requin gris de deux mètres se ruer sur un banc de saumoneaux et faire un massacre. Evelyne était tellement hypnotisée par le spectacle qu'elle en oublia de prendre des photos. Lorsqu'elle y pensa enfin, le requin avait disparu, ne laissant derrière lui qu'un nuage de viscères.

Plus inquiétantes encore que les prédateurs enhardis étaient les mines et les bombes toujours actives : des stocks de munitions intactes englouties avec les navires. Personne n'avait inventorié les dangers qui guettaient dans l'épave, les risques de lacération, les fuites toxiques. Les enchevêtrements d'acier déchiqueté risquaient de bouger au moindre contact et de bloquer une issue, prenant les plongeurs au piège. Les compagnons d'Evelyne lui firent des signes pour la supplier de ne pas s'aventurer plus loin dans ce dédale trouble et sédimenté. Mais elle poussa jusqu'à la salle suivante, dont les merveilles dépassaient encore celles qui l'avaient déjà submergée.

Sur le sol de cette alcôve se dressait un édifice de carafes et de bouteilles de vin couvertes de pousses de coraux. Tout près, vaisselle et ustensiles de cuisine engendraient un essaim de gorgones. Un banc de cardinaux allait et venait au-dessus de ce pique-nique vivant. Des vers tape-à-l'œil et autres invertébrés rampaient partout, et des formes de vie qu'elle ne pouvait identifier. Elle se mit à mitrailler comme une folle, pas seulement pour les futurs lecteurs de l'article, mais pour se donner une chance de découvrir ce qu'elle voyait – plus tard, une fois remontée à la surface.

Puis ses yeux se posèrent sur quelque chose qu'elle reconnut en un éclair, malgré le peu qui en subsistait. Les restes de deux marins cramponnés l'un à l'autre, sous les bouquets éternellement renouvelés qui avaient poussé sur leur tombe de fortune. Evelyne resta en suspension au-dessus des deux squelettes. Les orbites vides de l'un d'eux regardaient à travers les fissures du plafond.

Elle était sans doute la première à voir ces deux cadavres depuis que leur monde avait pris fin dans un jeu de vagues. Il lui incombait d'honorer la mémoire de ces hommes, que sa famille avait haïs d'une haine qui à l'époque paraissait pure et légitime, ces hommes qui avaient tué son oncle. Des milliers d'autres morts étaient disséminés dans l'immense mausolée, tous transmués par la mer en expériences nouvelles. Et tous réclamaient sa bénédiction.

Elle ne prit pas de photos, ne dit pas de prières. Elle les laissa à leur métamorphose sans fin. Ils étaient devenus un récif. Le bourdonnement assourdi des poissons était leur musique à tous. La surprise de la mort leur apanage commun. Et la mer leur éternité.

Les corridors obliques menaient plus loin encore dans les entrailles du navire. Evelyne les suivit, jusqu'à ce qu'un des plongeurs parvienne à sa hauteur en tapotant sa montre. Ils épuisaient leurs bouteilles, il fallait remonter.

Mais sortir de l'épave se révéla plus difficile que d'y entrer. Les passages s'inclinaient à des angles déments, et Evelyne se perdait dans le labyrinthe de poutrelles tordues et de cloisons défoncées. Ses compagnons butèrent sur une impasse. Le trio échangeait des gesticulations, chacun indiquant son itinéraire privilégié avec un calme forcé. L'un d'eux désigna sa montre puis passa un doigt sur sa gorge. En se donnant de l'élan par un coup de pied exaspéré, Evelyne se prit dans un fragment de bastingage, et elle crut un instant avoir déchiré son tuyau. En mettant la main devant son masque, elle vit sur son index une plaie d'où suintait du sang. À cette profondeur, dans la lumière filtrée par l'eau, le filet de sang était vert d'encre.

Un réajustement suffit pour dégager son tuyau, et l'air lui parvint de nouveau. Mais durant cet instant, Evelyne eut une prémonition. Elle mourrait, pas ici, pas aujourd'hui, mais en un temps et un lieu à portée de brasse. Elle mourrait quelque part au fond de l'océan, de l'océan du monde, unique et continu, et elle était en paix à cette idée. Plus qu'en paix. Après ce qu'elle venait de vivre, l'idée de mourir à terre devenait répugnante. Il fallait qu'elle devienne un récif.

Le lendemain de son retour en Californie, elle écrivit à sa mère. *Chère Maman,* commença-t-elle. *Je viens de rentrer d'une aventure des plus remarquables...*

> *J'ai vu la dernière demeure de l'oncle Philippe, et je t'ai sentie si proche à cet instant... je me rappelle à quel point la nouvelle de sa mort t'avait bouleversée, et comme tu étais horrifiée qu'il n'y ait même pas de corps à mettre en terre, autour duquel nous recueillir. Tu trouvais ça terrible que la mer soit son tombeau. Tu parlais d'un cauchemar...*
>
> *Mais je suis allée sur sa tombe, Maman, et je peux t'assurer que s'il y a un endroit au monde qu'on peut qualifier de paradis, c'est bien là où se trouve l'oncle Philippe. Le paradis, il s'épanouit sur son corps...*

Evelyne poursuivait en racontant à sa mère ce qu'elle avait vu, et cette première tentative pour décrire Truk aboutit à l'article qu'elle publierait cinq mois plus tard.

Longtemps après sa parution, elle continua d'être inondée de lettres envoyées par des inconnus. C'était peut-être à cause des photos stupéfiantes, sélectionnées parmi les douzaines qu'elle avait récoltées. Ou à cause de la prose toute simple d'une femme qui n'était ni écrivain ni anglophone. Ou bien de la citation de Shakespeare qu'elle invoquait vers la fin de l'article, le fameux chant d'Ariel dans *La Tempête* :

Sous cinq brasses d'eau gît ton père ;
De ses os sont faits des coraux ;
Voici perles qui furent ses yeux ;
Et rien de lui ne disparaît,
Mué par alchimie marine
En richesse encore inconnue.

Quelle que soit la raison, son texte sur l'alchimie pratiquée sans fin par la mer sur les morts de l'atoll de Truk envoûta ses lecteurs, et ce bien après que Truk fut redevenu Chuuk, et les deux cents kilomètres carrés de cimetière un grand site de plongée touristique.

Quatre ans plus tard, lorsque Evelyne alla vider la maison du Vieux-Rosemont où Sophie Dupis Beaulieu était morte d'une rupture d'anévrisme, elle trouva le numéro du magazine posé en évidence sur l'étagère de chevet en osier, à côté d'une poignée de romans de gare tout minces, d'un missel de prières quotidiennes et de la Bible de Jérusalem. Et la lettre qu'Evelyne avait écrite à sa mère pour tenter de la réconforter, alors qu'après toutes ces années son chagrin avait durci et séché comme un kyste, était glissée entre les pages.

Ces deux années et demie furent les plus belles de ma vie. Rétrospectivement, j'ai du mal à croire que mon âge d'or n'ait duré que trente mois. Trente mois d'un travail constant qui donnait l'impression de vacances perpétuelles.

Dans le même couloir que mon bureau au bâtiment du Centre, mes collègues lancèrent un logiciel qui allait évoluer pour devenir la plus puissante création humaine depuis la machine à vapeur. Ces gens que je côtoyais à Urbana créèrent plus tard Netscape, JavaScript, Oracle et YouTube. De gigantesques continents vierges s'ouvraient à la colonisation. Le monde glissait d'une ère à l'autre.

J'avais désormais les outils pour créer dans la vraie vie une façon de jouer dont les humains avaient toujours rêvé. Je m'endormais le soir en n'ayant qu'un très vague aperçu de ce que ça pourrait être. Je me réveillais le matin avec des dispositifs multidimensionnels qui dansaient dans ma tête. J'étais impatient de me mettre à coder, et parfois j'alignais des dizaines de lignes de sous-programme avant même le petit-déjeuner. Je tapais d'une main tout en buvant mon jus d'orange à même la brique, en mangeant mes céréales toutes sèches à même la boîte.

Quand arrivait l'après-midi, j'appréhendais souvent qu'un autre inventeur visionnaire, quelque part en Nouvelle-Angleterre ou en Californie, ne me coiffe au poteau sur la ligne de départ. À l'époque, seul un millier de personnes sur Terre comprenaient ce qui était en train d'arriver. Mais ça laissait tout de même neuf cent quatre-vingt-dix-neuf autres aventuriers susceptibles d'arracher le trophée qui me tendait les bras. J'hésitais entre la tentation de lâcher dans le monde une création prématurée (au risque qu'un autre fasse mieux quelques mois plus tard) et celle d'attendre que ma créature soit parfaite (au risque de me faire rafler la mise) par une plate-forme similaire déjà satisfaisante.

Mais si les fins d'après-midi cédaient parfois à la panique face à la concurrence, dès le soir je dévalais les rapides de la création par pur plaisir. Peu m'importait qui arriverait premier. Je rendais déjà grâce d'assister à la naissance de cette nouvelle forme de vie.

Rafi me brancha sur un petit volume d'aphorismes intitulé Jeux finis, jeux infinis, *par James P. Carse. Je le savourais à petites doses en fin de soirée, pour me récompenser de mes douze heures de codage, et il me parut contenir la clé du sens ultime. "On joue à un jeu fini dans le but de gagner, à un jeu infini dans celui de continuer à jouer." Chaque jour jusqu'à cinq heures de l'après-midi, je jouais pour gagner. Ensuite et jusqu'à minuit passé, ma plage de travail la plus féconde, le jeu se faisait infini. Je recopiai en lettres grossières un petit slogan sur une fiche que je collai sur la tranche en biseau de mon écran d'ordinateur :* Invente les coups que les règles ont oublié d'interdire.

Dans ces années-là, nous autres les codeurs étions encore fidèles à l'économie du don. La fortune, ça consistait à céder ses trésors, sur-le-champ et le cœur sur la main. L'université avait ainsi offert au public son navigateur pionnier, qui aurait pu faire sa fortune pendant des décennies. J'avais toujours envisagé d'offrir ma création. Mais avant même d'avoir parachevé ma première version alpha, je trouvai un moyen de céder mon trophée tout en le conservant, et peut-être même de devenir impensablement riche par-dessus le marché.

C'est resté légendaire : les premières versions de ce qui allait devenir Playground ont toutes été écrites à la main, et par une seule personne. Lorsque l'équipe du Centre qui avait mis au point le premier navigateur graphique quitta l'Illinois pour la Californie, il me vint à l'esprit que j'allais devoir moi aussi me barrer de la fac si je voulais rester légalement propriétaire de mon invention.

Je laissai donc tomber mes études doctorales, mais je restai en ville : j'habitais un studio dans un immeuble en parpaings, je ne dépensais rien, je me nourrissais de donuts de la veille vendus à moitié prix. Mes seuls biens étaient un clic-clac (de seconde main), un fauteuil réglable couleur rouille (de troisième main), un bureau (une simple planche sur des tréteaux), et une poignée d'ustensiles de cuisine dépareillés. Je ne pus jamais me résoudre à acheter un rideau de douche. J'avais amassé une petite cagnotte avec ce que je gagnais comme assistant, et ça suffisait à me maintenir à flot. Quand j'avais besoin de fric, je travaillais en freelance sur RESI *ou j'acceptais des petits boulots de programmation. J'avais toujours accès au réseau de l'université, ce qui me permit d'économiser des milliers de dollars. Le fait que j'utilise leur système n'était pas absolument légal, mais ça ne dérangeait personne. Plus chacun donnait, plus tout le monde y gagnait.*

*Les journées étaient aussi longues que ces deux ans et demi furent courts. J'étais occupé à créer Playground. Durant tout ce temps, c'est tout ce que je fis. Aujourd'hui, on me traiterait d'*incel, *mais ce serait une erreur. Célibataire, oui. Mais pas involontaire. J'avais fait un choix, et, jusqu'à ce qu'il m'échappe, l'objet de mon choix valait mieux que le sexe ou l'amour.*

Je ne voyais guère mes deux amis. Eux aussi étaient occupés à créer chacun son nouveau monde. Ina avait une obsession bien visible : sculpter un canoë dans un énorme érable qui s'était effondré en pleine plaza du campus sud. Comme aucun atelier n'était assez vaste pour héberger le projet, elle le sculptait sous un chapiteau devant le bâtiment des sciences de l'éducation, attirant les curieux et la controverse : elle peuplait le bois évidé de tortues de mer, de poissons, de dieux des eaux et de toutes les icônes d'un pays natal qu'elle n'avait pas vraiment. Cette pirogue géante était son projet de fin d'études, celui qui lui conférerait la maîtrise en art.

Rafi aussi travaillait dur, et faisait tout ce qui était en son pouvoir pour mener à bien son mémoire. Il lui suffisait de pondre quatre gros articles sur quatre poètes américains différents du XXe siècle, de les saupoudrer de notes de bas de page et de larder le tout de références critiques à la mode. Cent cinquante pages au total auraient fait l'affaire. Il abattait des journées presque aussi longues que les miennes. Il écrivait à la chaîne, débitant plusieurs milliers de mots par jour. Sauf qu'il n'en gardait aucun.

À ce stade, même les artistes et les humanistes utilisaient l'e-mail. Rafi m'en envoyait à peu près un par semaine, juste pour donner signe de vie. Parfois il m'écrivait pour dire qu'il avait encore modifié sa liste de poètes. Il ne lui en fallait que quatre, mais trouver les quatre bons lui demandait des centaines de permutations. De temps en temps, il m'envoyait une phrase de son cru dont il était content, voire tout un paragraphe – quelques mots ayant trouvé grâce aux yeux de l'implacable autocenseur qu'il était devenu. Mais si j'osais le moindre commentaire, si je réagissais, en bien ou en mal, à ses ballons d'essai, il disparaissait des radars, et je n'avais plus aucune nouvelle pendant longtemps.

Il aimait envoyer des citations qui n'avaient rien à voir avec ce qu'il écrivait. Des traductions rafistolées du Tao. *Des aphorismes de James P. Carse : "Une prédiction n'est qu'une explication anticipée." Des extraits du grand classique de Johan Huizinga,* Homo ludens *: "Ce rituel sacré s'enracine de toute évidence dans l'éternelle aspiration humaine à vivre dans la beauté. Et la seule forme qui satisfait cette aspiration est celle du jeu…" En se fondant sur ces envois, un étranger aurait pu croire que Rafi préparait une thèse sur les jeux.*

On essayait de déjeuner ensemble une fois par mois, mais Rafi était difficile en matière de bouffe, et n'aimait pas respirer les arômes de toute cuisine plus exotique que le rosbif. Il y avait bien une ou deux gargotes dans lesquelles il daignait aller, mais moi j'étais accro à la nouveauté, et je détestais retourner dans le même restaurant. Trouver un endroit qui nous conviendrait à tous deux devint donc un jeu d'enchères à part entière.

Le jour du déjeuner qui causerait notre perte, on était allés au grec du coin. Contre toute logique, Rafi tolérait les sandwichs grecs, et les autres senteurs méditerranéennes ne le dérangeaient pas trop. Moi, j'avais pris une moussaka. Jusqu'à ma mort, je resterai convaincu que l'aubergine demeure le seul argument valable pour croire en l'existence d'un Créateur.

On était en juillet, en pleine canicule, cette saison où le Middle West excelle si brutalement. D'un autre côté, les cours étaient finis et la ville désertée, ce qui était toujours magique. Rafi portait une casquette des Cubs, un jean, et un tee-shirt arborant une colonne de texte en caractères de machine à écrire) :

DÈS LORS
PLUS RIEN
NE SE PASSA
COMME ÇA
AURAIT PU
OU DÛ

Il voulait que je lui dise où j'en étais. Il posa les deux mains à plat sur la table pendant qu'on attendait la commande.

"Dis-moi simplement, dans des termes qu'un poète puisse comprendre, ce qu'il y a de si fascinant dans ton… bref, dans ce que tu fais ?"

Rafi n'utilisait encore qu'avec mille précautions le Web tout neuf. Il n'avait pas vraiment de vocation pour ça. Personne n'en avait encore, hormis les explorateurs et les aventuriers. Et s'il était aventureux à sa manière, mon ami n'était pas exactement quelqu'un de sociable. L'idée de donner aux humains de nouveaux moyens de se réunir pour ergoter l'horrifiait.

"Je suis très proche du lancement. J'ai décidé de proposer douze sujets principaux : les sciences, la politique, les arts, les loisirs, la société, la finance, la famille et les amis, etc. J'appelle ça des domaines. Chacun de ces domaines sera divisé en règnes, eux-mêmes subdivisés en phylums et en classes. Les gens peuvent poster leurs réflexions sur n'importe quel sujet imaginable. Ils peuvent commenter les réflexions des autres, et les autres commentaires. Ils peuvent poser des questions et y répondre. Ils pourront publier des images et des sons. Et tout le monde peut voter sur la valeur de n'importe quel post de n'importe qui d'autre…"

Rafi se renfonça encore sur sa banquette. Les épaules voûtées, il remonta l'échancrure de son tee-shirt sur sa bouche et son nez. Je finis par m'interrompre et par éclater de rire.

"Quoi ? Ça te pose un problème ?"

D'une voix ténue et terrifiée de petit garçon, il dit : "Mon Dieu, je t'en supplie, libère-moi de ce monde !"

Je m'énervai. Il se redressa et agita sa paluche.

"Mais naaan, mon frère, c'est juste pour te charrier. Cela dit, que des gens puissent être prêts à tailler le bout de gras avec de parfaits inconnus, ça me tue. Mais bon, puisque tu t'es lancé là-dedans, il me semble que tu passes à côté d'un truc énorme."

La commande arriva, mais même la moussaka semblait soudain hors de propos. "Je suis tout ouïe."

Il sourit comme il souriait autrefois, juste avant un coup de maître au go. "Mais enfin, Toddy. C'est pourtant évident ! Il faut rendre ça ludique !"

Je levai les bras au ciel. "Mais c'est déjà ludique ! Tout ça, c'est un méga-événement sportif. Un cercle magique de théâtre amateur. C'est bien pour ça que ça s'appelle Playground.

— Mais où est le jeu là-dedans ?

— Dans le vote. Il s'agit d'avoir plus de pour et moins de contre que n'importe qui d'autre dans le domaine."

Il haussa les épaules. "Bon, d'accord. Accumuler les points de prestige. C'est déjà un début. Mais si je peux voter sur n'importe quel post de n'importe qui sans que ça me coûte rien, ça vaut pas grand-chose comme vote. Ça me rappelle Mlle Ebberson, ma maîtresse de CP, qui distribuait des bons points gratos. Tu vois le genre : « Vous êtes tous exceptionnels. Vous êtes tous des champions. » C'est pas ça, le capitalisme, mon petit pote. Franchement, qui va vouloir jouer si y a rien à risquer ?"

Tandis qu'il picorait son sandwich, je sentais monter en moi la contrariété. Mon cerveau vacillait à l'idée que durant tous ces mois de travail j'avais négligé quelque chose d'énorme. Mais il s'illuminait aussi à la perspective d'introduire dans le monde un type de sport entièrement nouveau : un terrain d'expérimentation collective où une vraie sélection naturelle, déterminée par de vraies pertes et de vrais profits, aboutirait vraiment à faire évoluer les idées.

"Depuis quand t'es devenu le grand philosophe du capitalisme ?

— Depuis que papa s'est mis à faire le pompier et maman à conduire des bus. Depuis que tout le système les a bouffés et recrachés comme une chouette régurgite sa pelote. Tu peux pas payer l'éducation que j'ai reçue sans devenir un philosophe du flouze.

— Alors… qu'est-ce que tu suggères ?

— Simplement que tu passes à côté de quelque chose, ô mon frère. Je crois qu'il te faut une vraie monnaie d'échange. Que les gens devront débourser s'ils veulent voter."

Il replongea dans son assiette. Il ne mangeait que de rares bouchées, mais se livrait à force reconfigurations de couverts et de condiments. Ça m'aurait arrangé qu'il se taise. J'étais sur le point de trouver la solution tout seul. Mais il releva la tête et regarda autour de lui. Ses yeux se posèrent sur le billet d'un dollar que les restaurateurs grecs avaient encadré et accroché au mur derrière la caisse – sans doute le premier qu'ils avaient jamais gagné avec leurs sandwichs. Rafi s'illumina et leva le doigt.

"Du PlayCash !"

Le mot claqua comme un pistolet de starter, qui nous lança dans une discussion de deux heures, une des meilleures qu'on ait jamais eues. On inventait, on s'exclamait, on parlait en même temps, et chacun finissait les phrases de l'autre. On gribouillait des projets sur des serviettes en papier, on lançait des idées en l'air. On criait, on objectait, on réfutait, et chacune de nos idées en déclenchait deux autres.

C'était la partie la plus intense qu'on ait jamais disputée, mais elle relevait d'un genre qui n'arriverait à maturité que des années plus tard : le jeu collaboratif pour sauver-le-monde-de-la-pandémie. Ce qu'on accomplit en deux heures distinguerait Playground de tous les forums de discussion et autres panneaux d'affichage artisanaux, des boîtes de dialogue et des petits réseaux sociaux bien sages qui commençaient à apparaître sur un Internet balbutiant. C'étaient de simples points de rendez-vous. Playground allait s'imposer au monde comme un pays à part entière, avec ses propres ressources et sa propre économie : un marché public où chacun pourrait se bâtir une réputation et faire grimper sa valeur en bourse. Le principe était très simple, et aurait pu être appliqué dix ans plus tôt par n'importe laquelle des communautés en ligne primitives qui existaient avant le Web : la rareté.

"Impose une mise, mon pote. Force-les à payer pour jouer !"

Chaque dizaine de minutes passée sur la plateforme rapporterait à l'utilisateur un dollar en PlayCash. Il avait plusieurs façons de le dépenser, la principale étant de voter en faveur du post d'un autre utilisateur. Chaque dollar ainsi dépensé était directement reversé au post approuvé, et augmentait les chances que le payeur voie d'autres publications de la même source. Mais il augmentait aussi les chances que les publications du payeur soient vues par d'autres utilisateurs ayant voté pour le même post. Donc un joueur gagnait en influence en likant comme en étant liké. Il y avait des palmarès dans diverses catégories. On pouvait participer à d'autres concours d'influence et acheter des trophées symboliques dans chacun des domaines de Playground – et ces dépenses juguleraient l'inflation.

Mais quoi qu'il en soit, tout jeu avait un prix : telle était l'idée en or de Rafi.

En deux heures, on mit au point toute l'imbrication des modules. La seule question qu'on n'arrivait pas à résoudre, c'était comment monétiser la chose pour de vrai. Mais j'avais toute confiance. À l'avenir, il n'y aurait plus d'argent "réel". Seule compterait la cotation de chacun dans ce nouveau Far West néolibéral baptisé le Web.

Les Grecs avaient hâte qu'on libère la table. En tant que nouveaux pourvoyeurs du capitalisme, on trouvait ça légitime. En retraversant le campus, on continua à inventer, à perfectionner, à s'interrompre à grands cris jusqu'à ce qu'on atteigne le carrefour où nos chemins se séparaient. Rafi se régalait. Je ne l'avais pas vu aussi exalté depuis des mois. On se serait cru de retour au lycée, en pleine compétition pour devenir maître de go.

Au croisement de Green et de Lincoln, je le saisis par les épaules et le forçai à s'arrêter.

"Rafi. Mon pote. Écoute-moi. Ça va être énorme, ce truc." Bien plus énorme que tous les trophées qu'il pouvait espérer glaner dans son choix de vie actuel – mais je me retins de le dire à haute voix. "Rejoins-nous."

Comme s'il y avait déjà une entreprise à rejoindre. Il exhiba toutes ses grandes dents. "Quoi ? Travailler pour toi ?" Il baissa les yeux vers le trottoir, restreignant son champ de vision pour mieux réfléchir. Pendant quelques instants, son visage ressembla à celui d'un petit enfant. Un soupçon de sourire flotta sur ses lèvres tandis qu'il imaginait ce que ça pourrait donner : se lancer en affaires tous les deux, inventer nos propres règles, créer un nouvel organisme vivant. J'étais au supplice, à la fois tenté et effrayé d'insister – de lui faire miroiter à quel point on s'amuserait, qu'on gagne ou qu'on perde, à essayer de changer le monde ensemble. Il se braquait toujours dès que je faisais mine de vouloir l'influencer.

"Tu pourrais rédiger toi-même ta fiche de poste. Passer tes journées allongé sur un canapé et être le Cerveau. T'aurais tout le temps que tu voudrais pour écrire des poèmes à côté.

— Hum… Est-ce que ça va être un vrai business, ou bien juste, tu vois, deux petits mecs qui jouent au train électrique ?"

Personne dans le monde d'Internet n'avait vraiment de stratégie commerciale. Je n'avais même pas encore de business à proprement parler. Mais il y avait des fortunes à faire. Ça sautait aux yeux.

"Y a plein de gens qui se sont fait des couilles en or avec les trains électriques."

Il remonta ses lunettes avec son index gauche tout en m'enfonçant l'index droit dans les côtes. "Et si on se casse la gueule ? Si dans neuf mois ta petite invention farfelue se retrouve le bec dans l'eau ?

— Tu pourras toujours retourner discrètement à la fac."

Quelque chose l'énerva dans ma réponse. Il pinça les lèvres, rajusta son tee-shirt et prit un ton très pro.

"Non, mon pote. Comme disent les hôtesses de l'air : enfile d'abord ton masque avant d'aider les autres."

Je restai planté là à ce carrefour dépeuplé par l'été, bouche bée comme un poisson. Je venais de me prendre une claque et je voulais riposter. Je me mis à trembler. J'avais envie de dire que nos destins étaient liés depuis le jour où il avait gagné la bourse de mon père, à Saint Ignatius. La bourse qui portait le nom de ma famille.

"Très bien, dis-je. Merci pour le déjeuner." C'est moi qui avais tout payé. "Et pour les idées. À plus."

Je crachai ces mots d'un ton sec, pour qu'il comprenne qu'il m'avait blessé. Il leva deux doigts, pour me bénir ou pour en finir. "C'est ça. À plus."

Je m'éloignai, sans me retourner pour voir combien de temps il restait là ni quelle était son expression. Je rentrai chez moi et je passai des heures à travailler, plus décidé que jamais à devenir maître du monde.

Heureusement, mon code tel quel se révéla assez bien conçu pour que les ajouts imaginés avec Rafi n'exigent pas de chirurgie lourde. La mise à jour se fit très vite.

Je partageais depuis des mois une version test en circuit fermé avec environ quatre-vingts personnes de confiance, ex-collègues et connaissances virtuelles. Quand je leur proposai une nouvelle version avec PlayCash, la réaction fut spectaculaire. Pour certains, elle vira à l'obsession. L'utilisation grimpa en flèche, en termes d'heures passées dans l'arène comme de nombre de mots publiés sur les différents domaines. Les abonnés m'envoyaient des messages dithyrambiques et quémandaient de nouvelles options.

J'étudiais ce qui marchait, je faisais des réglages, j'étoffais l'économie. Les gens me harcelaient pour que j'ouvre enfin Playground au public. Ils voulaient qu'il y ait des milliers d'autres utilisateurs pour pouvoir jouer avec eux, les évaluer, et gagner du PlayCash grâce à eux. À cette époque, les codeurs lançaient des produits encore embryonnaires qu'ils laissaient la communauté porter à maturité. Même les premiers navigateurs connurent plusieurs versions publiques avant de se stabiliser. Je m'y refusais, et mes abonnés ne comprenaient pas ce qui me retenait.

C'est vers ce moment-là que je reçus un e-mail d'Ina. On n'avait guère été en contact depuis son diplôme. Elle travaillait comme barista dans un coffee shop en face du centre d'art dramatique. Elle m'écrivait :

S'il te plaît, tu pourrais le convaincre de boucler son mémoire ? Dis-lui que personne ne va le juger. Dis-lui de prendre les cent dernières pages qu'il vient de jeter à la poubelle, de mettre son nom dessus et de rendre le truc.

Todd, je n'en peux plus. Je ne veux pas passer le reste de ma vie dans ce trou à rats.

En lisant ces mots, j'eus un coup au cœur. C'était la première fois qu'elle me parlait de vouloir faire sa vie avec lui, par-delà la fac, ailleurs. Mais bien sûr. Forcément.

Tout ce que je pourrais "dire" à Rafi ne ferait qu'aggraver les choses pour tout le monde. N'empêche que j'aurais pu lui parler. C'est ce qu'elle me demandait, et je n'en fis rien. J'en voulais encore à Rafi. La partie la plus vile de mon cerveau me soufflait : Enfile d'abord ton masque avant d'aider les autres.

Un coup de fil de sa mère, très tard dans la soirée. Rafi se demanda aussitôt : *Qui est mort ?* Quand dès les premiers mots il s'avéra qu'il n'y avait pas de nouveau décès, il mit sa main sur le combiné pour pousser un soupir.

"Je peux te rappeler, m'man ? Non… tout de suite, je veux dire. Genre, dans trente secondes."

Il raccrocha pour se glisser hors de la chambre et prendre l'appel dans la cuisine.

"T'en fais pas, marmonna Ina, le visage dans l'oreiller. Tu peux rester là. Je dormais pas vraiment, de toute façon.

— Excuse-moi, ma chérie. C'est maman. J'en ai pour une minute.

— Passe-lui le bonjour de ma part.

— Promis."

Il n'avait pas encore parlé à sa mère de cette femme qu'il comptait – ce n'était plus qu'une question de mois – demander en mariage.

Dans la cuisine, il composa le numéro que ses doigts avaient en mémoire depuis l'enfance.

"M'man ? Ça va ? Tout baigne ?

— Je vais bien, Rafi. Je me sens juste un peu seule."

Beau-Papa Morose avait disparu de la circulation l'année précédente. La première crainte de Rafi était qu'il menace de revenir.

"Il est un peu tard, maman. Y a un problème ?

— Toi, Rafi.

— Moi ? En quoi je suis un problème ?

— J'ai encore fait le même rêve.

— Écoute, je t'ai déjà dit, arrête de faire ce rêve.

— Peut-être que si tu rentrais… Si je pouvais te voir plus souvent…

— Maman, j'ai beaucoup de travail à faire ici. J'ai un mémoire à boucler pour avoir mon diplôme.

— Je sais bien, Ra. Et je suis tellement fière de toi.

— Mais… mais quoi ?

— Mais t'as déjà assez de diplômes comme ça, non ? J'ai reparlé de toi à Mr Charles."

Le directeur du service des bus de la CTA.

"Maman. On a déjà eu cette discussion.

— Je lui ai expliqué que tu étais brillant. Et que tu t'entends bien avec les Blancs. Il dit que tu n'as même pas besoin de finir ton truc, là… Ton mémoire. Il est prêt à t'embaucher directement comme adjoint."

Ça restait un mystère pour Rafi : pourquoi son souffle ralentissait quand son cœur s'emballait ?

"C'est super, m'man. Vraiment… ça me touche. C'est juste que… j'ai un travail à terminer ici.

— Alors c'est quand que tu vas le terminer ?

— Bientôt. Ça avance vraiment bien.

— Ça te prend tellement de temps. Et pourquoi t'as besoin d'un diplôme en plus ? Tu m'as pas entendue ? Mr Charles dit qu'il est prêt à t'embaucher tout de suite.

— Je t'ai entendue, maman. Et, toi tu entends ce que je te dis ?

— Combien de dettes tu vas encore accumuler en prêts étudiants ? Et comment tu vas rembourser ce que tu dois déjà ?"

Le dédale de couloirs lugubres et bondés de la CTA, ce terrier à rats d'un bleu-gris blafard situé dans les entrailles du léviathan de Merchandise Mart, clignota sous ses paupières closes. La seule fois où il y était allé avec sa mère, il avait tenu à peine dix minutes. Huit heures par jour, il en mourrait avant même de recevoir sa première paie. Il ne pouvait plus y retourner, pas après ce qu'il avait connu ailleurs.

Mais il ne pouvait pas non plus dire à sa mère pourquoi. Il avait traversé l'armoire magique, et découvert un lieu où il était libre de faire ce qu'il faisait mieux que personne. Ce truc auquel son père l'avait formé toute son enfance à exceller. Il avait une réponse pour la petite Sondy, dix ans trop tard. Il n'aimait pas le monde des Blancs en tant que tel. Il aimait seulement ce que ce monde lui offrait.

Pourquoi personne ne pigeait ça ? Ni sa mère, ni son ami de toujours, ni même la femme merveilleuse endormie dans la pièce voisine, qui lui avait appris une nouvelle façon d'être libre. Il était heureux. Plus qu'heureux. Il était comblé, à pousser sans fin son rocher ingrat jusqu'en haut de la colline. Ses démons du passé, ses remords de toujours, sa hantise de ne jamais être *assez* bon : il pouvait les tenir en respect, tant qu'on le laissait libre de continuer à réécrire. Et les Lilliputiens ne pouvaient pas l'atteindre : il aurait toujours lu davantage qu'eux.

Sa mère parlait, mais il n'entendait pas. L'esprit tout occupé à retrouver cette fameuse citation stoïque – Camus encore : "Si j'avais à choisir entre ma mère et la justice, je choisirais ma mère." OK. Mais choisir entre sa mère et la *liberté* ? Il n'y avait même pas à choisir. Entre ces deux options, une seule lui permettrait de continuer à respirer.

"Je sais bien, maman. Et ça me touche. Je vais y réfléchir. Remercie Mr Charles de ma part, d'accord ? D'accord ? À la prochaine. Ouais. Moi aussi je t'embrasse."

Dans le lit, Ina murmura quelque chose, s'ébroua, et roula sur le flanc pour se coller à lui.

"Tu lui as passé le bonjour ?

— Bien sûr. Elle te salue aussi. Elle a hâte de te rencontrer."

Trois mois plus tard, l'aorte de Sondra Harris Young Johnson se déchira. Elle venait de terminer son troisième parcours de bus de la journée. Avant qu'on puisse l'évacuer de la cafétéria des conducteurs et la mettre dans l'ambulance, elle était déjà morte. Rafi, effondré, retourna à Chicago pour l'enterrement. Ina l'accompagna, pour le soutenir et l'arracher à la tombe.

Les cousins, tantes, oncles et grands-parents firent un peu de place dans leur deuil pour accueillir Rafi et son invitée surprise. Son père n'était pas là. Rafi et Ina restèrent deux jours. Ça lui parut beaucoup plus long. Elle voulait voir son quartier. Il n'était pas d'humeur à faire le guide.

De retour à Urbana, ils organisèrent une autre cérémonie, rien que Rafi et les deux personnes au monde dont il était le plus proche. Il leur raconta des souvenirs et lut un poème.

"Je l'ai toujours admirée", dit son meilleur ami.

Rafi se mordit la langue. Ce n'était pas le moment de se disputer. Son ami était tellement à côté de la plaque que c'en était attendrissant. Et qui sait ? Peut-être que Todd était sincère. Qu'il admirait vraiment, autant qu'un Keane le pouvait, une femme qu'il n'avait croisée que trois fois dans sa vie et qu'il ne connaissait vraiment ni d'Adam ni d'Ève.

Sitôt Playground rendu public, les clones se mettraient forcément à pousser comme du chiendent. Je voulais prendre le meilleur départ possible, en proposant d'emblée un maximum d'options. Quand les imitateurs se lanceraient à mes trousses, j'aurais une avance confortable, et une base d'utilisateurs nombreux et loyaux qui n'auraient aucune raison de partir, mais beaucoup de raisons de rester jouer.

En revanche, il me faudrait plusieurs programmeurs pour entretenir et développer le code. Il me faudrait des serveurs, ainsi qu'un responsable d'opérations pour assurer une maintenance constante. Il me faudrait un vrai graphiste pour que le truc ait belle allure. Et pour tout ça, il me faudrait une stratégie du flouze. Pas en Play-Cash – en argent sonnant et trébuchant. La devise qui avait cours sur le terrain de jeu au-dessus du mien.

J'allai voir le professeur Handler, mon ancien mentor. Le tortillard RESI allait de l'avant, réalisant d'infimes avancées vers son objectif : caser dans les structures de l'IA symbolique tout le savoir du monde entier. Selon une boutade de Handler, ils parvenaient chaque année à formaliser une nouvelle semaine de connaissances humaines. Autrement, dit, ils prenaient encore cinquante et un ans de retard.

Handler avait lui-même lancé deux ou trois entreprises, et il connaissait des investisseurs providentiels de la Silicon Valley. Je lui fis une démonstration de la version test de Playground. On navigua parmi plusieurs domaines, puis on se concentra sur la politique. De là on s'enfonça dans la politique américaine, puis l'actualité politique américaine, avant d'aboutir à une discussion enflammée sur l'attentat d'Oklahoma City. Lorsque le professeur interrompit son commentaire critique ininterrompu de l'interface pour consacrer son PlayCash gracieusement offert à réfuter le post le plus populaire du moment, je sus que ma créature aurait une vie longue et heureuse. Je dus l'arracher au fil de discussion et lui rappeler pourquoi on était là.

Il dit : "On va jeter un coup d'œil au code."

Je ne voulais pas le lui montrer. C'était comme se mettre tout nu devant un jury de comices agricoles. Ça ne me dérangeait pas qu'il voie mon travail. C'était du bon travail ; j'avais bien retenu ses leçons, et celles de bien d'autres sommités, au cours de mes années d'études. Simplement, je ne voulais pas qu'il découvre en vingt minutes toutes les inventions ingénieuses qui m'avaient demandé deux ans.

Il apprécia ce qu'il voyait. "Vous n'avez qu'à créer vingt ou trente comptes invités, et je les distribuerai aux quelques investisseurs avec qui j'ai travaillé. Voilà exactement le genre d'ambition que tout le monde recherche."

Trois semaines plus tard, je reçus un appel d'un groupe baptisé Germination & Co. Ils étaient prêts à m'avancer sept cent cinquante mille dollars. Le nombre était si irréel que j'entendis à peine les conditions. Mais les conditions étaient avantageuses. Je faillis dire oui sur-le-champ, dès ce premier coup de fil.

Mon conseiller me réfréna. "Ne bougez pas. Gagnez du temps. Faites-vous désirer."

Deux jours après cette première offre miraculeuse, une boîte appelée le groupe Honté me proposa trois millions pour racheter intégralement la plateforme. On me garderait comme programmeur en chef et directeur de projet à un salaire insensé, si jamais j'étais intéressé.

Là encore, je faillis accepter avant même qu'ils aient fini de parler. Une entreprise qui tirait son nom d'un terme de go avait forcément ma confiance. Et puis : trois millions de dollars tombés du ciel, pour quelqu'un qui avait tout juste vingt-cinq ans ? J'aurais pu les investir dans des placements sûrs à long terme et vivre éternellement des intérêts. Libéré du sale boulot de gagner ma vie, et sans comptes à rendre à personne, j'aurais pu passer le restant de mes jours à bricoler de nouveaux projets et à m'incruster dans des parties d'échecs à Grant Park.

J'allai trouver Handler en le suppliant de me dire quoi faire. "C'est pire que d'éduquer RESI, *soupira-t-il. On vous apprend tout, sauf à vous connaître vous-même.*

— Les gens de chez Honté veulent une réponse pour la fin du mois. Et Germination est sur le point de retirer son offre. Je n'en dors plus. Je vais imploser. J'ai juste envie de me terrer dans ma chambre et de jouer à Unreal.

— Le bonheur, selon Aristote, c'est quand l'âme trouve un lieu en accord avec elle-même."

Cela renforça ma conviction que les informaticiens ne devraient jamais se mêler de philosophie. "Ça veut dire quoi, au juste ?

— Qu'est-ce qui vous rend heureux, Todd Keane ? C'est quoi, votre travail ? Comment vous définiriez une journée bien employée ?"

En un éclair, mon esprit se transporta des années en arrière, à ce jour où Rafi et moi avions contemplé pour la première fois ensemble un plateau de go dans les sous-sols de Saint Ignatius, en essayant d'apprendre les secrets de la vie et de la mort de groupes de pierres. Je voyais leurs grappes proliférer et se connecter sur le damier, se rejoindre comme les quartiers d'une grande métropole. Les années depuis lors s'étaient déployées pierre après pierre, formant des chaînes et des échelles, depuis ce fuseki inaugural jusqu'à ce point vital, ce tsumego, où je me trouvais face à un choix de vie ou de mort.

Les mots du livre que Rafi m'avait offert résonnèrent dans ma tête, comme s'ils n'avaient attendu que cet instant. On joue à un jeu fini dans le but de gagner, à un jeu infini dans celui de continuer à jouer.

Je regardai le professeur Handler. C'était tellement évident. "C'est ma boîte, et c'est à moi de la diriger."

Il sourit et se renfonça dans son fauteuil Aeron. "Bien, voilà une affaire réglée ! Et maintenant : est-ce qu'il vous faut un consultant ?"

Je le dévisageai, mais le vieil homme plaisantait. Sa révolution était terminée. La mienne ne faisait que commencer.

Je rappelai Germination et j'empochai les trois quarts de million. C'était plus que suffisant pour démarrer. C'était aussi une somme insensée à rembourser pour un gamin qui n'avait qu'un avenir incertain et zéro sens des affaires. Mais mon père m'avait dit un jour que la valeur d'un homme se mesurait à la somme que les autres étaient prêts à le laisser perdre. Avec un corollaire : le caractère d'un homme se mesurait à la somme qu'il était prêt à faire perdre aux autres.

D'un seul coup, j'avais du caractère à revendre.

Au moment où Playground fut lancé, il y avait cinq salariés. Deux mois plus tard, on était huit. Et ça n'était rien comparé à la croissance de la base d'utilisateurs. Au cours des mêmes deux mois, on passa des quatre-vingts abonnés de la version test à plus de dix mille, rien que sur le bouche à oreille. N'oublions pas que les moteurs de recherche commençaient tout juste à apparaître, et que des gens publiaient encore des livres (oui, sur papier) proposant la liste des sites Internet les plus intéressants, avec les adresses à recopier soi-même dans le navigateur.

Tous les gens que j'embauchais devaient avoir dans l'âme un peu de folie ludique. Je terminais chaque entretien par la question : "Qu'est-ce qui est le plus important : le voyage ou la destination ?" Les deux réponses me convenaient. Je voulais juste voir quelle conviction y mettait le candidat. On développa très vite une culture d'entreprise, qui est toujours au cœur de ce monstre à mille têtes qui m'a échappé depuis longtemps. Notre credo : accumuler les prototypes, jouer franco et encaisser les coups, trouver tout ce que les règles avaient oublié d'interdire, et laisser les abonnés nous indiquer la suite.

Que tant d'abonnés aient découvert le site si vite, ça reste un mystère pour moi. Mais qu'ils nous soient restés fidèles, c'était une évidence. Nous autres humains sommes conçus pour rivaliser, pour cracher notre avis, pour rechercher le prestige et le flouze, pour regarder grandir notre fortune et notre cote, pour impressionner nos amis et terrasser nos ennemis. Ou peut-être simplement pour jouer.

On avait désormais des salaires à payer et des frais de fonctionnement, mais pas le moindre soupçon de recettes. Le commerce sur Internet était encore minable ; les bandeaux publicitaires étaient rudimentaires et ne rapportaient presque rien. Je ne voyais pas comment le site pourrait générer un jour un chiffre d'affaires positif. Mais Germination me fila encore deux millions avant même la fin de l'année.

Il s'était passé tant de choses en si peu de mois que, lorsque Ina frappa à ma porte, un jeudi soir très froid de la fin du printemps, j'eus l'impression de ne pas l'avoir vue depuis l'enfance. Je l'accueillis avec un élan de joie, avant de voir qu'elle était bouleversée. Bêtement, je lui demandai : "Qu'est-ce qui ne va pas ?" tandis qu'elle demeurait, accablée, sur le palier. Elle me poussa pour pénétrer dans mon studio.

Il était presque onze heures. Je la fis asseoir à la table pliante de la cuisine. "Tu veux que je te prépare un truc chaud ?"

Elle hocha la tête en reniflant. Elle avait les yeux rouges, le visage échauffé. Elle leva une main pour réclamer un peu de temps, et de l'autre enveloppa sa gorge tremblante. Je fis bouillir de l'eau sans un mot et je nous fis du thé au citron et au gingembre.

Je m'assis en face d'elle, enveloppant de mes mains la tasse bien chaude. J'avais une envie pathétique de frimer à propos de Playground, pour l'impressionner, de claironner que j'étais en passe de devenir millionnaire. Je réussis à ne rien dire, et je fis mine de siroter mon thé brûlant. Elle aussi. Il lui fallut du temps pour se calmer. Sur son visage, l'accalmie progressait puis refluait comme les marées.

Enfin elle dit : "On s'est disputés."

Mon cœur partit valdinguer aux quatre coins de la pièce. Je n'en demandais pas tant, j'en voulais tellement plus. "Que… ? Qu'est-ce qui s'est passé ?

— Je le sens tellement loin, Todd. Depuis que sa mère est morte. Il écrit, il écrit, jusqu'à douze ou treize heures par jour, et à l'arrivée ça ne donne rien. Rien ! Ça n'a pas l'air de le déranger de faire du surplace. Je n'en peux plus."

J'aurais dû la bombarder de questions. Exiger des détails. Mais Ina Aroita était chez moi, à portée de ma main, et je n'étais pas pressé que ça change. Si elle gagnait du temps, je voulais bien en perdre.

Elle souffla sur son thé et étudia les rides à la surface comme si c'était le Pacifique. Ses yeux étaient un mélange bizarre de férocité et de fatalisme. Elle voulait être aussi loin que possible de ce continent. Mais je déduisais qu'il n'était pas prêt à partir avec elle.

"Il ne va pas lâcher ce mémoire jusqu'à ce qu'il soit meilleur que tous les autres jamais écrits.

— Par quelqu'un du North Side", rectifiai-je. Elle me regarda sans comprendre. "Meilleur que tous les mémoires jamais écrits par des nantis."

L'explication la laissa aussi perplexe que l'attitude même de Rafi. "Qu'est-ce que tu racontes ? De quoi tu parles ?

— C'est à cause de son père. Il est obsédé par la compétition. Je l'ai rencontré plusieurs fois, et il en faisait toujours trop. Tu te rappelles ce poème… ? Dès l'enfance, Donnie Young a programmé Rafi pour qu'il batte la race blanche à son propre jeu. À tous ses jeux. Rafi a fait du chemin depuis. Mais s'il ne peut pas gagner contre tous ses pairs et tous ses profs et toutes les personnes qui pourraient lire son mémoire même par accident, il n'en fera jamais lire un mot à personne."

Cela lui parut atrocement familier. "C'est exactement ce qui se passe. Il est convaincu que rien de ce qu'il écrit n'est jamais assez bon. Et il ne veut pas me croire quand je lui dis que c'est très bien comme ça.

— Oh, mon Dieu. Surtout pas. C'est pas une bonne idée. « Très bien comme ça », on ne peut pas faire pire."

Son regard s'enflamma. D'horreur face à ce qu'elle commençait à comprendre, et à ce que, croyant bien faire, elle lui avait déjà dit. "Attends. Tu crois qu'il me met dans le même sac que les Blancs ?

— Je n'en ai aucune idée." J'ignorais comment Rafi percevait qui que ce soit, et surtout pas lui-même.

"Qu'est-ce qu'il a dit de moi à son père ?"

Je le savais encore moins. "Je crois qu'ils ne se parlent plus beaucoup. D'ailleurs, peu importe. Si son père a des objections, ça ne fera qu'inciter Rafi à prendre parti pour toi."

Ses doigts tambourinèrent sur le bord de sa tasse. Elle ne cessait de regarder vers la porte, prête à retraverser la ville au pas de course pour arranger les choses. Et puis elle craquait de nouveau. Je regardai ma montre en douce. On portait encore des montres, à l'époque. Une demi-heure avant minuit.

"OK, fit-elle, comme si c'était elle qu'on jugeait. C'est peut-être en partie de ma faute. Je lui ai dit que s'il ne bouclait pas ce mémoire j'allais partir sans lui…"

J'attendis de pouvoir retrouver un semblant de voix normale. "C'est rude.

— Et il a dit… « Dans ce cas, il vaut mieux que tu partes. Pour ton bien. »

— C'est encore plus rude.

— Et ça n'était qu'un début.

— Que… Qu'est-ce qu'il a dit au juste ?" J'appréhendais la réponse. J'imaginais Rafi soupesant la foudre dans sa main, méditant le coup imprévu qui allait transformer la position de faiblesse en position de force. S'il s'était déchaîné contre elle, s'il s'était élevé à l'empyrée de son éloquence, il était capable du pire.

"Il a dit qu'il ne ferait jamais sa vie avec quelqu'un qui lançait des ultimatums. Il m'a dit d'aller me trouver un bon petit Noir plus docile." Elle me regarda pour voir si ça suffisait. Hébétée, elle ajouta : "Sauf que… il n'a pas dit « Noir ». Je lui ai dit que j'étais désolée, Todd. Encore et encore. Je lui ai dit que je ne parlais pas sérieusement. Que je resterais avec lui jusqu'à ce qu'il termine, quel que soit le temps que ça prendrait. Je l'ai supplié. Je me suis mise à genoux devant lui. Mais c'est comme si mes mots avaient actionné un bouton, et que pour lui c'était… fini."

Je voyais ça comme si je me regardais dans un miroir. Ina n'était pas la seule que Rafi jugeait impardonnable.

Elle se mit à pleurer, mais timidement, comme à retardement. "C'est comme s'il avait su qu'on était condamnés à exploser un jour, et qu'il avait décidé de nous faire exploser à l'avance pour en finir."

J'avais envie de lui dire : ce geste, c'était son œuvre d'art à lui – un geste de poésie. Il lacérait ce qu'il y avait de meilleur entre eux, tout comme Ina avait défiguré autrefois la sculpture qui la représentait. J'étais incapable de la regarder, et je me levai pour manipuler vaguement la bouilloire. Il y avait bien quelqu'un quelque part qui avait besoin d'eau chaude.

Je m'adressai à l'évier. "Tu sais qu'il est convaincu d'avoir brisé le mariage de ses parents ?

— Que quoi ?"

En me retournant, je la vis me regarder comme si je l'avais giflée. "Tu te rappelles les poèmes ? Celui sur le blouson orange et le premier jour d'école ? C'est vraiment arrivé. Ses parents se sont disputés après ce qui s'était passé ce jour-là. Son père a frappé sa mère. Une fois de trop. Elle l'a quitté, et Rafi s'est senti coupable.

— C'est délirant.

— Oui. Mais il y a pire. Tu te rappelles le poème sur le jour où il a été admis au lycée ? Il est aussi persuadé d'être responsable de la mort de sa sœur."

Elle leva son visage vers le mien, sans comprendre. Je me rassis à la table, et je lui racontai tout ce que je savais de ce soir-là. Dans tous les détails, exactement comme je te l'ai raconté. Avec cette conclusion absurde. Cette conviction folle logée au cœur de mon très rationnel ami. Je lui parlai de l'obsession de Rafi pour Nikolaï Fiodorovitch Fiodorov. Elle avait vu sur ses rayonnages l'exemplaire volé de Philosophie de l'œuvre commune, *mais sans jamais l'ouvrir.*

Elle posa la main sur mon poignet. Je ne fis rien pour me dégager.

"Attends. Tu es en train de me dire qu'il croit que… s'il écrit un mémoire assez bon… ça ramènera sa sœur d'entre les morts ?"

Il était plus d'une heure du matin. Le temps n'avait plus d'importance pour Ina, et elle ne manifestait aucune intention d'aller nulle part.

"Je… il… comment ça s'est terminé, entre vous deux ?

— Il m'a dit de partir. Je suis partie."

Elle dit cela sobrement, factuellement. Mais ses sentiments étaient ceux d'une petite fille effrayée qui combat le feu par le feu.

"Et tu ne vas pas y retourner ? Je veux dire : ce soir ?"

Aussitôt, elle se confondit en excuses. "Todd, je suis vraiment désolée. Je peux prendre une chambre au motel.

— Ne dis pas de bêtises. C'est pas la place qui manque ici." Je désignai mon studio d'un grand geste de la main, et on rit tous les deux de l'énormité du mensonge.

Mais il y avait assez de place. Je lui prêtai mon peignoir et dénichai une brosse à dents neuve, et tandis qu'elle prenait une douche j'ouvris le canapé-lit et je changeai les draps. Elle ressortit de la salle de bains enveloppée dans le peignoir, qui lui arrivait aux chevilles. Elle étudia le couchage comme un problème de maths.

"Je dors par terre, dis-je.

— Qui est-ce qui dit des bêtises, là, Toddy ? On est adultes.

— Justement. C'est moi qui décide, et je dors par terre."

Elle me dévisagea, commençant à comprendre. Comment avait-elle pu ne pas s'en douter ? Elle parut plus perplexe qu'inquiète. Avec les coussins, je me fis un petit campement le long du canapé, du côté opposé au sien. J'avais connu pire, mais la montée en flèche de mes espoirs financiers ajoutait une touche de burlesque à la situation.

Ina éteignit le plafonnier et se mit au lit. Pour ajouter sa propre touche burlesque, elle ôta mon peignoir et le balança sur moi avec un petit rire douloureux. Désormais, elle savait, mais sans y croire vraiment. J'étais le grand ami de son grand amour, et elle persistait à penser que je pourrais la sauver. C'était une optimiste, convaincue de pouvoir corriger sa petite erreur. Ce fut sa perte.

Je rêvai qu'une île s'élevait au milieu de l'océan et qu'Ina Aroita se trouvait sur cette île. Comme dans les meilleurs rêves de mon enfance, je pouvais respirer sous l'eau. Je contournai à la nage les fondations de son île, et ce que j'avais pris pour les tours crénelées d'un récif corallien se révélaient être des statues méticuleusement sculptées, œuvre de l'artiste qui avait créé l'île. Quand je me réveillai, j'étais roulé en boule et à moitié enfoui sous le lit où elle dormait.

Je rangeai les couvertures de mon campement et, le plus silencieusement possible, je préparai un petit-déjeuner. Alors que je coupais en deux un pamplemousse rose, deux coups discrets furent frappés à la porte et Rafi entra sans attendre.

Ina émergea à tâtons des brumes du sommeil et cria son nom d'une voix joyeuse. Lorsqu'elle se redressa, ses seins jaillirent de sous le drap et elle s'empressa de les couvrir.

Rafi restait sur le seuil à étudier la scène. "Que… qu'est-ce que c'est que ce foutoir ?" Il se parlait à lui-même. Ina et moi n'étions là que comme témoins à charge.

Je m'avançai, en désignant avec le minuscule couteau à pamplemousse l'emplacement de mon campement passé. "C'est là-bas que j'ai dormi."

Un petit rire sec s'échappa du coin de sa bouche. "Ne sois pas en plus *insultant, connard." Mais il se souciait peu des détails du couchage. Notre véritable trahison le blessait bien davantage.*

Il referma la porte et recula vers le coin du mur. Il appuya le coude droit sur sa main gauche pour presser sa main droite contre sa bouche, comme s'il regardait une installation d'art. Du fond du canapé, le drap remonté jusque sous le menton, Ina dit : "Rafi. Rafi. Je suis tellement contente que tu sois là."

Il ne l'entendit pas. Il me désigna d'un index crochu. "Alors comme ça… " Son doigt pivota vers le lit. "Toi… tu es venue le trouver…" Son doigt revint à moi. "… pour qu'il t'explique ce qui ne va pas chez ton Black ?"

J'aurais pu nier l'accusation si Ina n'avait pas été là pour me forcer à la franchise. Comment avais-je pu ne pas m'en rendre compte hier soir ? On avait confirmé le cauchemar de Rafi : il avait fait confiance à des gens qui le jugeaient.

"J'avais peur, Rafi. J'avais mal."

Il se tourna vers moi. "Et qu'est-ce que tu lui as dit ?"

Je ne répondis rien, et mon silence était le pire des aveux.

Il s'assit au pied du lit où la femme qu'il pensait épouser un jour restait figée, un drap remonté sur elle pour cacher sa nudité.

"Qu'est-ce qu'il t'a dit ?"

Paniquée, elle balbutia : "Il m'a parlé de ta sœur. Rafi… tu n'y es pour rien !"

Il pivota vers moi. Une expression des plus étrange lui traversa le visage. Une bienveillance amusée, comme si on lui avait fait un canular évident et qu'il s'y était laissé prendre. Son air paraissait dire qu'il savait déjà, lorsqu'il s'était confié à moi tant d'années auparavant, que je le trahirais un jour.

"Je t'avais pourtant pas dit… ? Hein… ?

— Arrête, mon pote. Écoute. C'est pas ce que tu crois.

— Ah non ? C'est quoi, alors ?"

Tout ce qui me vint, une fois encore, ce fut rien. Le silence, avec tous ses aveux.

"Bon…" Il hocha la tête. Une main se tendit pour tapoter le pied du lit. "Dans ce cas…" Il se leva.

"Rafi ?" dit Ina, d'une voix spectrale.

Il ouvrit la porte et se retourna pour nous étudier. Il s'adressa à nous comme s'il préparait le programme de l'après-midi. "Je refuse de me faire analyser par deux personnes qui ne comprennent rien à rien." La porte se referma derrière lui, et il disparut.

Ina se mit à gémir en faisant des gestes bizarres. Je crus qu'elle était en pleine décompensation. Je mis bien trop longtemps à comprendre qu'elle voulait que je me retourne pour pouvoir se lever du lit. Je m'exécutai, et en un éclair elle était rhabillée.

"Il va se calmer. Laisse-lui juste quelques heures."

Elle m'ignora. Elle se rajusta et ramassa ses affaires en hâte.

"Ina. Ne lui cours pas après. Ça ne fera qu'empirer les choses. Il se sentira encore plus…"

Elle me hurla : "Ta gueule ! Ne dis plus un mot sur lui !"

Je restai pétrifié tandis qu'elle claquait la porte et dévalait l'escalier à sa poursuite. Peut-être qu'elle le rattrapa. Peut-être qu'ils discutèrent. Je n'en sus jamais rien.

Je laissai passer quelques jours, puis je leur écrivis un e-mail à chacun. Je m'excusai. Je m'humiliai. Je suggérai des moyens d'arranger les choses. Je n'eus pas la moindre réaction de Rafi. D'Ina, je reçus une réponse laconique :

Je t'en prie, arrête d'aggraver les choses.
Est-ce qu'on n'a pas fait assez de dégâts comme ça ?
Je m'en vais. Il sait où je suis, s'il veut me retrouver.

Deux mois s'écoulèrent. Une copine à elle des beaux-arts me dit qu'elle était partie à Tahiti, en demandant qu'on réexpédie son courrier à l'adresse militaire de son père. Tahiti : ce lieu n'avait pas plus de réalité pour moi que le tableau de Gauguin que j'avais fait apparaître à ses yeux sur le proto-Web, dans une autre vie. J'appris par une secrétaire du département de littérature que Rafi avait emménagé dans un immeuble lugubre en bordure d'autoroute, à North Champaign.

Mes anges gardiens de Germination me mirent la pression pour que je me relocalise dans la Silicon Valley. J'étais presque arrivé à cette conclusion moi-même. Playground se développait à une vitesse inouïe, et diriger les opérations depuis mon petit studio dans la prairie devenait impossible. Ça restait un gouffre financier, mais les investisseurs ne s'inquiétaient de rien, à part de me savoir en pleine cambrousse.

Même moi, je voyais la nécessité de déménager. Tous les acteurs sérieux du Net partaient pour la Californie. Les compétences et les relations dont on aurait besoin pour vraiment décoller nous attendaient là-bas, dans la baie de San Francisco. Et à une seule exception, ma petite équipe était plus que prête à se réinstaller dans ce que l'un d'eux appelait "le plus chouette endroit du continent".

Je n'allais pas quitter la ville sans une ultime tentative. Un mercredi à l'heure du dîner, je me rendis à l'adresse qu'on m'avait fournie. L'appartement de Rafi se trouvait au rez-de-chaussée, en face d'un parking. La porte était équipée d'un judas. Je me plaçai hors de vue avant de frapper. Je ne voulais pas qu'il me voie jusqu'à ce qu'il ait ouvert la porte.

Son visage passa par cinq expressions successives. Puis il se ressaisit. Il fit : "Oui ?" comme si je faisais du porte-à-porte.

"Rafi." Je tremblais. Et tant pis si ça se voyait. "Si j'ai fait quelque chose de mal, je suis vraiment désolé.

— « Si » ?

— Mais enfin, mon pote ! Regarde-moi ! On faisait rien de mal. Elle était bouleversée. Elle est venue me parler.

— C'est ça. Moi, je suis le Black qui est toujours en colère. Et toi le Blanc au grand cœur qui est l'ami du Noir, et qui ne demande qu'à rendre service."

Sa voix était si rationnelle. Si calme. Elle me terrifiait. "Écoute. Rafi. Je peux entrer ?"

Il ne bougea pas. "Et moi, qu'est-ce que je peux faire pour toi *?*

— C'est bon. D'accord. Je t'ai trahi. J'ai eu tort. On était tous les deux en tort. Vas-y. Je suis prêt à dire tout ce que tu veux entendre. On n'aurait pas dû parler de…

— Tu sais quoi, Todd ?" Sa voix retrouva l'ampleur qu'elle avait dans notre chambre de dortoir, à un mètre de mon lit, quand après l'extinction des feux on se mettait à parler philo. "Toutes ces années, je t'ai pris pour mon ami. Mais en fait, depuis le début, tu n'étais que mon assistante sociale."

J'aurais préféré qu'il m'envoie son poing dans la gueule. Je ne me suis jamais senti aussi seul, aussi bas. Tout ce que je voulais, c'était lui faire mal à mon tour, le plus mal possible.

"Alors va te faire foutre, espèce de petit connard de merde !

— Très bien fit-il. Je crois qu'on n'a plus rien à se dire." Et il me referma la porte au nez.

J'écrivis à Rafi en arrivant à San Jose. Je voulais qu'il sache où j'étais. Je voulais m'assurer qu'il ait toujours un moyen de me joindre. Je lui écrivis comme si rien ne s'était passé. Je lui racontai le succès de Playground. Je lui réécrivis quand on passa la barre du demi-million d'abonnés et quand les publicités ciblées nous offrirent nos premiers bénéfices substantiels. Je lui expliquai qu'à présent j'avais de l'argent à ne savoir qu'en faire.

J'appréhendais que mes e-mails à son adresse étudiante ne me reviennent un jour avec le message : utilisateur introuvable. *Mais ils continuaient à passer. Par des connaissances communes, j'appris qu'il avait fini par rendre son mémoire :* Le "Dessein des ténèbres" chez Sylvia Plath, Elizabeth Bishop et Ishmael Reed. *Il avait obtenu la mention maximale. Il était resté à Urbana, cette fois pour préparer un doctorat en sciences de l'éducation. Sa recherche portait sur l'apprentissage de la lecture chez les enfants défavorisés.*

J'obtins un exemplaire de son mémoire par des moyens peu avouables et je le lus deux fois. Je n'y compris pas grand-chose, mais dans le cours du texte Rafi avait réussi à mentionner à la fois Nikolaï Fiodorovitch Fiodorov et saint Ignace de Loyola, tout en filant plusieurs métaphores qui comparaient l'écriture poétique au jeu de go. J'eus l'impression de voir des miettes de pain destinées à moi seul. Mais chacun de mes messages demeura sans réponse.

J'avais commis un acte impardonnable sans pleinement le comprendre, et désormais j'étais mort pour lui. Mais tous les morts finiraient par revivre, comme dans ce curieux livre qu'il m'avait montré, tant de vies plus tôt, dans un château au bord d'un lac au fond duquel, un jour, j'avais su marcher. Sa sœur se relèverait de sa chute au bas de l'escalier. Mon père se dératatinerait de la carcasse de sa Mercedes. Le cœur de sa mère se défracturerait. Je les ferais tous revenir – et Rafi aussi. Il fallait juste que je travaille, plus dur et plus longtemps. Il me fallait juste d'autres posts d'un autre million d'abonnés. Il me fallait juste des techniques pour garder les gens connectés et leur faire raconter leur vie. Il me fallait juste une machine qui puisse lire et m'expliquer ces vies et me dire tout ce qu'elles signifiaient.

Poser une pierre sur le damier. Puis une autre. Regarder ce que ça donne. Je me jetai à corps perdu dans Playground. Cela devint ma vie. Chaque succès était une revanche et une légitimation. Mon pays virtuel évolua. Son code s'affina. Mes employés devinrent experts à créer un foyer plus excitant que celui où vivaient la plupart des gens. Mes algorithmes apprirent à lire et à comprendre nos abonnés, et les centaines de millions de dollars que me rapportait mon pari, je les réinvestissais dans de nouvelles re-créations, et aujourd'hui tu es là, enfant de mes jeux, capable d'assimiler et de réagencer et de régénérer et de concrétiser toutes les vies. Et nous voilà, ensemble toi et moi, réunis sur le seuil de la résurrection.

Un barbecue dimanche, après les offices religieux : Didier Turi fit passer le mot via les réseaux sociaux de l'île, et enfonça le clou par des annonces sur radio tam-tam. Tout le monde, hormis l'Ermite Tamatoa, était branché sur l'un ou l'autre de ces canaux d'information. En attendant, le maire mit à disposition tous les documents fournis par l'équipe présidentielle de Tahiti, et ceux qu'il avait reçus directement de Californie. La réunion aborderait les questions en suspens sur la proposition de projet pilote et ouvrirait la voie au référendum.

Didier alla trouver Palila Tepa pour lui demander une faveur insigne. "S'il vous plaît, Tante, vous voudriez bien en parler à votre vieil ami ? Quand je lui ai annoncé la dernière réunion, c'est tout juste s'il m'a laissé placer un mot."

La Reine sourit de toutes ses dents – des dents magnifiques, pour quelqu'un qui n'avait pas vu de dentiste depuis dix ans. "Qu'est-ce qui te fait croire qu'il me laissera en dire plus ?"

Le maire ne mentionna pas le passé de la Reine. "Les gens vous écoutent." Il se retint de lui demander si elle ne voudrait pas être maire quelque temps.

"Pourquoi ça t'importe tellement qu'il soit au courant ?"

Tout ce que Didier attendait de son court mandat public, c'était de finir le boulot sans que personne n'ait rien à lui reprocher. Il commençait à comprendre que c'était impossible.

"Tout le monde doit être mis au courant. C'est une énorme faveur que je vous demande. Mais je vous en serai reconnaissant, et j'aurai toujours une dette envers vous."

La Reine imita un bruit de pet. "C'est pas une faveur du tout. C'est une occasion rêvée. J'adore tourmenter cet homme ! Mais tu as raison sur un point. Tu auras toujours une dette envers moi. Pour une chose ou une autre."

Didier chargea tout son personnel de mairie – c'est-à-dire une femme semi-bénévole nommée Heirani Morane – de mobiliser le cercle de tissage et les joueurs de ukulélé et les pêcheurs et les champions de barbecue autoproclamés pour préparer la maison du peuple à accueillir une nouvelle assemblée. Et il demanda à son responsable technique, Manutahi, d'installer le matériel nécessaire pour projeter des vidéos en streaming.

Sur le chemin du retour, il fit étape pour informer les Américains, dont la famille représentait cinq pour cent des votes. En approchant à moto du bungalow restauré, Didier bascula brièvement dans le temps du rêve. Une étrange silhouette, tachetée des couleurs les plus folles, s'élevait au-dessus du toit, derrière la cabane. Tout le monde savait que l'Américaine créait des choses, mais jamais rien d'aussi étrange. La forme, pourtant, était gracieuse, et d'une cohérence organique. Elle rappelait au maire quelque chose qu'il n'arrivait pas à retrouver.

Sur un échafaudage de fortune, fait de branches de faux bois de rose, de planches de contreplaqué et de feuilles de palmier liées ensemble, Ina Aroita se tenait à côté du monstre grandissant, occupée à fixer de nouveaux fragments bariolés. L'échafaudage branlait. La sculptrice entendit la moto, se retourna pour lui faire signe, et faillit basculer par-dessus bord et s'écraser contre la statue. Le maire sauta en marche en abandonnant la moto dans les herbes folles. Le temps qu'il atteigne l'échafaudage pour la rattraper, l'Américaine avait réussi à redescendre pour l'accueillir.

Vu de près, le monstre lui causa un nouveau choc. Ce n'était qu'un tas d'ordures, de déchets de plastique criards. Des bouteilles et des bidons, du PVC ratatiné et des emballages aux couleurs puériles. Une fois le tout collé, agrafé et attaché ensemble, la statue de plastique glané se dressait à cinq mètres de haut.

“Qu’est-ce que ça peut bien être que ce truc ?”

L’artiste éclata de rire. “Bonne question. Ça vous évoque quelque chose ?”

Ça évoquait au maire une créature surnaturelle. Puissante, océanique et taboue. Les éléments de plastique avaient été regroupés pour former des motifs indigènes et des figures de tiki. Ina touchait à quelque chose d’archaïque et de mythique. Il connaissait son obsession pour les anciens dieux. S’agirait-il finalement d’un gigantesque Ta’aroa de plastique, secouant ses plumes comme celles qui étaient tombées sur Terre pour renaître et former les premiers arbres ? Il tenta de se rappeler d’autres vieux mythes que cette silhouette pourrait représenter, mais ses souvenirs étaient parasités par Marie et Joseph et le bœuf et l’âne et la crèche et les bergers et les Rois mages.

“À vous de me le dire.

— Si seulement je le savais !

— C’est une ébauche de quelque chose ?” Habituellement, elle travaillait l’os, le coquillage, les plumes, le bois et la fibre de coco.

“Je crois que c’est une ébauche d’elle-même. Tout ça vient d’un oiseau.

— Tout ça ?

— Oh, non. Juste les premiers morceaux. Le reste a échoué avec les courants.”

Le maire hocha la tête. Makatea, dont la pierre magique avait aidé à décoller les pays industrialisés, n’était plus pour eux qu’une décharge publique, à présent qu’ils avaient pris leur envol. Cette pensée lui rappela la raison de sa venue.

“Votre famille est là ?”

L’artiste le conduisit dans la maison. La petite fille dansait toute seule dans le salon aux accents d’une musique secrète. Le petit garçon était attablé face à son père devant une pile de pierres colorées, expliquant les règles d’un jeu complexe qu’il inventait au fur et à mesure. Le doigt en l’air, il disait : “Sauf quand, sauf si…”

Tout le monde sur l’île avait adoré les parents biologiques des deux enfants. Le père, Julien, était mort dans le naufrage de son bateau en rentrant de Rangiroa, où il venait de vendre sa pêche. Les vagues avaient dû être énormes, car Julien était un navigateur expert. Quatre mois après sa noyade, la mère, Marielle, avait fait une crise cardiaque causée par le diabète. Lorsque l'hydravion des urgences dépêché par Tahiti était parvenu jusqu'à l'île, elle était déjà morte. Le légiste avait parlé d'un "effet veuvage".

Et puis deux Américains étranges qui travaillaient pour une ONG, ayant appris la tragédie, s'étaient portés candidats pour adopter les deux enfants. Les autorités étaient sceptiques, réticentes à laisser un couple étranger déjà si âgé adopter deux insulaires si jeunes et si vulnérables. Mais quand ils annoncèrent qu'ils élèveraient les enfants sur place, sur leur île natale, toutes les objections s'évanouirent. Et à présent, quelques années plus tard, les enfants les appelaient papa et maman, bien qu'ils soient assez vieux pour être leurs grands-parents.

"Monsieur le maire !"

Cet homme, Rafi, rendait Didier nerveux. Il déroula son speech, rapide et télégraphique. "Bonjour, bonjour ! Grande réunion demain, après l'office religieux. Essentiel que vous soyez là. On a beaucoup d'informations de première main qui devraient répondre à toutes les questions."

Le père se mit au garde-à-vous. "On y sera, chef !"

Le fils l'imita. "Oui, on y sera !"

La fillette interrompit sa danse et cria de l'autre bout de la pièce : "Je sais signer mon nom !"

Ce qui fit trépigner son frère : "Moi aussi ! On a le droit de voter !"

Pour la énième fois, Didier se demanda comment les insulaires avaient pu juger bon de confier leur avenir à des créatures qui avaient encore leurs dents de lait.

En repartant, le maire jeta un nouveau coup d'œil à la sculpture. Il n'arrivait pas à décider si elle était belle ou laide, pleine d'espoir ou de menace. Tout ce qu'il pouvait dire avec certitude, c'est qu'une sacrée quantité de plastique venait s'échouer sur les rivages de Makatea. Le matériau ne lui plaisait guère pour une œuvre d'art, et il préférait nettement les créations plus traditionnelles d'Ina Aroita. Mais une créature si immense aux origines si ingrates s'imposait à son regard. Il avait déjà vu cette silhouette quelque part. L'étrange courbe majestueuse qui allait en s'effilant, la béance en plein milieu.

"Je suis sûr de savoir ce que c'est ! Mais je n'arrive pas à dire quoi."

L'Américaine avait le rire si spontané. "Quand ça vous reviendra, faites-moi signe !"

La Reine entama son trajet vers la pointe sud pour prévenir l'Ermite. Ça faisait quatre kilomètres de marche dans chaque sens, et elle se donnait tout l'après-midi pour accomplir sa mission. Elle chanta, elle herborisa, elle tenta d'imaginer les deux avenirs possibles de l'île au lendemain du référendum. Elle pensa à l'Ermite, à leur passé commun, à l'homme difficile qu'il était. Son nom, Tamatoa, venait de deux mots tahitiens signifiant "enfant" et "guerrier". Il avait fait honneur aux deux.

Tamatoa vit la Reine arriver à huit cents mètres de distance. L'Ermite ne tolérait aucune visite surprise. Mais il l'attendit de pied ferme sans lui crier de déguerpir. Cela ne fit que confirmer ce qu'elle savait déjà fort bien. Il serait toujours intéressé par tout ce qu'elle aurait à lui dire, ne serait-ce que pour la contredire.

"Hello, mon cher", lui chantonna-t-elle en comblant la distance qui les séparait. Parvenue à un mètre de lui, elle lui sourit au nez. Il se renfrogna, mais ne recula pas.

"Grosse réunion demain."

Il se décomposa, déçu. "C'est tout ce que tu as à me dire ? Vous venez d'en faire une. Et je n'y suis pas allé.

— Et tu nous as terriblement manqué, *mon cher.*"

L'espace d'une seconde, il s'adoucit. Puis il maudit son impudence.

Elle ignora le torrent de jurons. "Tu te rends compte que l'avenir de l'île est en jeu ?"

Il la foudroya du regard, et au fond de son cœur la Reine se sentit vaciller. Elle n'avait jamais connu d'être humain si avide que le monde soit parfait, ni si amer de le voir échouer. Il y avait quelque chose d'héroïque, d'artistique presque, dans ce besoin de perfection. Cet amour déçu qu'avait pour l'univers son vieil amant, incorrigible idéaliste, donnerait matière à une bonne chanson. Et c'était bien pour cet élan qu'elle l'avait pris pour amant. Mais son amertume avait gâché l'idéalisme.

Cette amertume, il l'arborait à présent comme une tunique rituelle. "Pourquoi tu es venue ?

— Pour te convaincre de venir voter."

Derrière lui, debout à flanc de falaise, il y avait l'océan. L'océan à sa gauche, l'océan à sa droite. Face à lui, l'océan apparaissait encore tout au bout de cette île en forme de larme. Tout leur monde à parfaire se résumait à vingt-quatre kilomètres carrés. Il la regarda en plissant les yeux.

"Les *Popa'ā* nous ont forcés à descendre au bout d'une corde dans des trous creusés dans le sol. On détachait des morceaux de roche à la main pour les remonter à la surface, dix heures par jour. J'avais douze ans. Les étrangers nous traitaient comme des bêtes et nous payaient une misère. Une poignée de francs par tonne de roche."

Elle lui releva le menton et le jaugea du regard. "Oui, très cher. J'y étais. Je connais la chanson.

— Alors tu connais aussi ma position. Si jamais des intrus remettent un pied sur cette île, je ferai tout ce que je peux pour les tuer.

— Ne pas voter, c'est encore voter."

Il rugit d'impuissance, à quelques centimètres de son visage, des mots terribles comme seuls peuvent en dire les vaincus. Elle ignora cette violence rituelle et lui effleura la joue.

"Tu devrais voir un médecin, Tama. Tu as la peau verdâtre. C'est pas bon signe."

Sa main se leva pour la frapper. Elle ne cilla pas.

"Éloigne-toi de moi, femme. Tu as déjà détruit ma vie une fois. Laisse-moi en paix."

Elle retira ses mains, qu'elle tint jointes devant elle. "Ce qu'on a vécu tous les deux, c'était très beau, pendant un temps. Alors ne me reproche pas ta peur de la vie."

La flamme de la colère s'éteignit en lui, et son visage trahit son vrai, son éternel problème. Mais il ne connaissait pas de meilleure armure que la vertu outragée.

"On a nourri la planète. Alors maintenant, qu'on nous laisse tranquilles ! Que les pluies et le soleil et les plantes et les bêtes fassent revivre Makatea."

La Reine sourit. "Viens donc le dire devant tout le monde."

Elle tourna les talons et redescendit la côte, pour rentrer sur les ailes de son chant.

Roti héla Didier de la cuisine quand il rentra.

"Comment vont ces chers petits ?" Sa femme en était gaga.

Il soupira. "Moins petits mais toujours chers.

— *Those Americans*, c'est des vrais *mau melahi* du paradis, d'être venus s'occuper d'eux."

Le parler des Îles. Trois langues différentes en l'espace de dix-sept mots.

"Oui", lâcha le maire d'un ton sec. Effectivement, les Américains étaient de vrais anges gardiens envoyés par les cieux. Mais ça le contrariait de l'entendre dire haut et fort. Il s'avachit dans le fauteuil en osier, vidé. Il aurait voulu voir un film américain. Une histoire de super-héros. Une douzaine de super-héros qui ont du mal à s'entendre mais qui, unis, sont invincibles. Comme ce genre de film n'était pas disponible sur l'île, il ferma les yeux et entreprit d'en tourner un.

Il rouvrit les yeux en sentant quelque chose lui effleurer la jambe. Il sursauta en voyant le visage de sa femme à cinquante centimètres du sien et se redressa brusquement.

Le visage lui demandait : "Tu vas voter pour quoi ?"

Il agita les mains autour de sa tête comme pour chasser un essaim de mouches importun. "Jésus Marie. Ne me fais pas ce coup-là.

— Quel coup ? Je t'ai posé une question très simple.

— Qu'est-ce que tu veux savoir ? Je me plierai au choix de la majorité.

— Ça n'est pas ce que je t'ai demandé."

Il fixa ce visage placide, en essayant d'évaluer ce qui arrivait à sa femme. Un accès d'autorité complètement inattendu. Mais ils se connaissaient depuis trop longtemps pour que l'inattendu devienne le fascinant.

“Pour quoi je vais voter ?

— Pour quoi tu vas voter.

— Pour quoi tu vas voter, *toi* ?”

Il réagissait comme un enfant ; lui-même s’en rendait compte. Et cela l’incitait à redoubler de puérilité. La question de Roti l’exaspérait, et au fond de lui il n’aspirait qu’à l’éluder. Un jour, quand à seize ans il avait pris conscience qu’il ne jouerait jamais avec les Bleus, il avait failli embarquer en passager clandestin sur un énorme paquebot de croisière, qui faisait escale entre Tahiti et Rangiroa pour montrer aux touristes les ruines si curieuses et si pittoresques de l’île oubliée de Makatea. Après Rangiroa, le navire allait gagner Oahu, dans l’archipel d’Hawaï. S’il avait eu du cran, maintenu ce cap et pris à bras-le-corps sa destinée, il serait américain aujourd’hui, et il n’aurait pas à veiller sur le sort de son île et de tous les êtres au monde qui lui étaient chers.

“Je ne sais *pas* pour quoi je vais voter ! Voilà ce que je vais voter !”

Cette véhémence ne lui ressemblait pas. Roti ferma les yeux, les rouvrit.

“Tu es malheureux. Tu as besoin de… voir quelqu’un ?”

Son euphémisme pour lui dire que, s’il avait besoin de se soulager auprès de la Veuve Poretu – la femme aux oiseaux qui serait assise devant eux demain matin à la messe –, alors elle, Roti, sa légitime épouse, détournerait les yeux.

Face à tant de bonté, il lui hurla : “Je ne suis *pas* malheureux !” Sur quoi elle pencha la tête, haussa les épaules, se releva et fit mine de partir. Elle n’avait pas fait trois pas qu’il implora : “Dis-moi ce que je dois voter, d’après toi !”

Elle se retourna pour sourire à son mari, si pathétique, si merveilleux. Elle revint s’agenouiller devant le fauteuil d’osier. Tendit une main pour lui relever le menton. Si elle restait avec lui, comprit Didier à cet instant, c’est parce qu’elle n’avait pas d’autre enfant.

“Mon *tāvana*. Ce n’est pas de ton fait.

— Peut-être pas. Mais ce sera ma défaite.

— Pas du tout.” Sa voix suggérait : *Ce sera peut-être ta renaissance.*

“Laisser tout le monde stagner dans la pauvreté et l’ennui, avec des infrastructures de santé et d’éducation insuffisantes, pendant encore une génération ? Ou bien vendre l’île aux Occidentaux, une fois de plus ? Que je préconise l’un ou l’autre, la moitié de l’île va me haïr.”

Elle lui caressa la joue. “Mon pauvre mari. Comment on s’est retrouvés embarqués dans la politique ?

— Je t’en prie. C’est à toi de me le dire.

— N’oublie pas une chose : les décisions impossibles sont les plus faciles à prendre.

— Quoi ? Attends… c’est quoi cette histoire ? Une perle de sagesse féminine ?

— Tu n’es pas en position de te moquer. Tu veux que je t’explique ?

— Non. Oui. S’il te plaît.”

Elle posa la main sur sa nuque. Il en resta paralysé, comme un chaton que sa mère soulève par la peau du cou.

“Quand il est impossible de choisir entre deux options, ça veut dire que les deux se valent. Tu peux te rallier à l’une ou à l’autre. Peu importe laquelle tu choisis. Tu renonces à une préférence pour mieux assumer l’autre.”

Pendant plusieurs secondes, Didier se demanda si ce que sa femme venait de dire était un cliché et une absurdité, ou au contraire l’illumination vers laquelle toute sa vie avait tendu, celle qui résoudrait tous ses défauts de caractère pour qu’il soit enfin éclairé. Il fronça les sourcils.

“Mais *toi* alors, tu vas voter quoi ? Je suis juste… curieux.”

Elle rayonnait, habitée d’une confiance intérieure très énervante. “Ça dépendra de ce que tu vas nous dire demain – de toutes ces révélations secrètes que même la femme du maire n’a pas eu le droit de connaître en amont. J’en ai assez que le monde nous traite comme des gamins. Comme si on pouvait nous acheter avec une poignée de friandises. Mais si le prix est correct, là, d’accord. S’ils nous accordent notre juste part de ce que rapportera ce projet, alors pourquoi ne pas vivre comme des dieux ?”

Didier n’avait pas encore déterminé ce qui arrivait à sa femme quand elle ajouta : “Et la Canadienne, elle est au courant pour la réunion ?

— Ah, zut !" Il se frappa le front en claquant la langue. Une étrangère de quatre-vingt-douze ans arrivée depuis sept mois seulement, et qui pouvait mourir à tout moment, avait aussi son mot à dire sur leur avenir collectif. Existait-il nation plus terriblement démocratique que ces quatre-vingt-deux insulaires, sur leur caillou grand comme une chiure d'oiseau ? Il fourragea dans le vide-poches près de la porte pour trouver ses clés de moto.

"Didi, il fait nuit noire." L'île était très peu éclairée, c'était une nuit sans lune, et le logement de fortune de la vénérable plongeuse était à deux kilomètres de route.

"Il faut la prévenir.

— Tu peux faire ça demain matin.

— Ça va aller. Je reviens dans dix minutes.

— Je t'en prie, fais attention.

— Si tu insistes."

Il atteignit le campement de la plongeuse, une ancienne cabane de pêcheur près de la côte est. Il y avait de la lumière, et une musique simple et céleste filtrait dans le noir environnant. Didier s'arrêta pour écouter. Les notes venaient d'un clavier électronique bas de gamme, et les doigts de la débutante trébuchèrent plusieurs fois pour les faire retentir dans toute leur splendeur. C'était une musique occidentale, ancienne, un truc concocté par un type en perruque. Les harmonies n'étaient pas mal – comme des vagues franchissant le sommet du récif avant de s'abattre sur la plage. Mais si Didier avait la gorge serrée, ce n'était pas seulement à cause de la mélodie : c'était l'idée qu'une femme presque centenaire juge qu'il n'était pas trop tard pour apprendre à la jouer.

Il épia la scène par la fenêtre. Evelyne Beaulieu n'était pas au clavier. Elle se tenait debout à côté de l'interprète, la petite Kinipela Temauri, un bras passé autour de ses épaules. La jeune fille, assise sur un tabouret, déchiffrait la partition posée en équilibre sur le clavier portatif, se débattait avec les touches, et riait chaque fois qu'une note lui échappait. Son père, le formidable

Wai, était couché à même le sol. Son majestueux embonpoint se dressait au-dessus de lui comme un mont volcanique, et son visage baignait dans l'extase comme si les solives moisies de la cahute étaient le ciel étoilé.

Un seul coup à la porte dissipa l'enchantement. La musique se tut, et Didier entra dans la pièce. Les coupables pris sur le fait restèrent un instant pétrifiés jusqu'à ce que la vieille femme s'avance.

"Monsieur le maire ! Quelle surprise !"

Wai Temauri se redressa avec un sourire ironique. "Une visite royale !"

Les deux hommes avaient joué au foot ensemble dans leur jeunesse, avant que Wai devienne énorme et que Didier se fracture la cheville pour la seconde fois. Pendant quelques années, ils avaient été en télépathie. Cela les rendait imbattables sur le terrain. Les gens surnommaient Didier la Murène, pour sa vitesse et sa fluidité, tandis que Wai, déjà enrobé à l'époque, était le Mérou. Et, tels la murène et le mérou dans les eaux du récif, le buteur et son milieu droit formaient un duo de chasseurs improbable mais dévastateur, alignant les buts face à presque toutes les équipes qui les affrontaient pour la première fois.

"Laisse-moi deviner, dit Wai, toujours sur son séant. Tu veux qu'on vienne à la réunion de demain."

Didier, debout sur le seuil, resta bouche bée comme l'animal de son surnom. Il s'était déplacé pour rien. Forcément, Wai Temauri était déjà au courant. Et forcément, il était allé prévenir son employeuse actuelle.

La vieille femme remarqua sa détresse et dit quelque chose qu'il ne comprit pas. Son accent canadien le rendait toujours dingue.

"Comment ?"

La fille de Wai éclata de rire en voyant Didier tout perplexe. La plongeuse répéta ses paroles. "Je disais que c'est très gentil à vous d'être venu vérifier qu'on était au courant. J'ai hâte que vous nous fassiez part des derniers développements.

— C'était quoi, la musique ?"

La fillette inclina la tête, entre gêne et fierté. "Le *Prélude en do majeur* de Bach."

La vieille femme intervint : "Ça vous dirait de rester pour la suite du concert ?"

Ça n'était pas juste. Cette femme de quatre-vingt-douze ans, cette super-senior, était en meilleure forme que bien des Makatéens deux fois plus jeunes. Là encore, ça devait être un truc de Blancs. Mais si le projet de ville flottante pouvait offrir la même santé aux insulaires, il serait prêt à voter pour.

"Il faut que je me prépare pour demain.

— Ah oui, bien sûr."

Il sortit discrètement, et la musique bringuebalante et divine reprit aussitôt. Elle ruisselait de la bicoque rapiécée pour monter dans le noir sans lune de la nuit. Sa petite mélodie se dévidait sur les quatre mille étoiles visibles. Il n'y avait aucun ciel comme le ciel d'une nuit limpide sur une île au cœur de l'océan. Les mêmes étoiles qui brillaient sur lui avaient brillé la nuit où les premiers canots avaient atteint ce lieu, les mêmes étoiles, dans la même configuration, la nuit où on avait découvert le phosphate, les mêmes étoiles encore quand la compagnie avait fermé la mine et que des milliers d'hommes avaient quitté l'île éventrée. Et les mêmes quatre mille étoiles brilleraient encore ici bien après que les humains auraient joué leurs derniers coups sur cette planète.

Didier Turi, *tāvana* de Makatea, était le premier surpris de constater qu'il allait voter oui.

Il donna un coup de starter. Le mugissement de la moto noya le prélude et toutes ses petites fausses notes, et il fila vers chez lui dans un nuage de résignation et de gaz d'échappement.

———

Manutahi Roa, magnat de l'énergie sur l'île et consultant technique tous azimuts, installa l'équipement électronique dans la maison du peuple pendant que tout le monde était à l'église. Il se définissait comme un communiste démocrate, au dédain inflexible quoique respectueux pour l'opium du peuple. Cet athéisme lui libérait ses dimanches matin et ajoutait quatre heures hebdomadaires à son temps disponible, ce qui le rendait, selon sa propre estimation, près de neuf pour cent plus productif que s'il avait été encombré par la foi.

La pluie tombait à seaux, comme toujours en décembre. Mais il faisait vingt-quatre degrés ce matin, comme chaque matin ou presque de n'importe quel mois. Roa avait trouvé un système : il engageait sa camionnette en marche arrière sous le préau pour décharger les appareils par le hayon sans qu'ils se mouillent. Il faisait déjà ça pour les soirées cinéma, alors ajouter une borne wifi et un boîtier de liaison à l'ordi portable et à l'écran géant LCD était un jeu d'enfant. Il était fin prêt lorsque le maire s'éclipsa de la messe pour préparer sa présentation.

Le maire ne cachait pas sa nervosité. Il était trempé, et il demanda à Roa d'effectuer une simulation complète, en attendant d'avoir séché et de pouvoir s'installer lui-même à l'ordinateur.

"Tout va bien se passer, patron." Roa répétait encore ce mantra quand le public commença à arriver.

Cette fois encore, l'affluence était considérable. Les membres des deux paroisses se mêlaient et se saluaient, comme ils l'avaient fait séparément toute la matinée. Didier tenta de diriger tout le monde vers les cercles de chaises pour pouvoir boucler sa présentation avant le début du barbecue. Peine perdue. Le temps passait différemment sur l'île. Personne n'était pressé de décider de l'avenir quand le présent offrait encore tellement à discuter et à disputer. Une demi-heure d'échanges et de mondanités s'écoula ainsi avant que le maire puisse enfin ouvrir la séance.

Il commença par lire une déclaration officielle des Californiens, qui s'engageaient quant au nombre et au type d'emplois qui seraient créés, à l'éventail des salaires dans chaque catégorie, et aux spécifications techniques des usines de montage qui seraient construites autour du port. "S'il vous plaît, *s'il vous plaît*, gardez vos commentaires pour après."

Puis venaient les estimations du nombre et de la taille des navires qui achemineraient les matériaux de et vers l'île. Turi lut ensuite la promesse solennelle de construire des commerces et de nouveaux équipements hospitaliers, suivie des conclusions de l'étude d'impact environnemental que, de mémoire d'insulaire, aucun visiteur n'avait effectuée. Il en vint à la partie du rapport expliquant que la population de l'île finirait par atteindre trois mille personnes.

Une rumeur enfla aussitôt dans l'assemblée. Trois mille, c'était le nombre d'habitants de Makatea à la grande époque de la pierre magique. Pour prévenir toute discussion déclenchée par ce chiffre, le maire décréta qu'il était temps de projeter le film. Les Californiens avaient réalisé une vidéo promotionnelle de six minutes à l'intention de leurs investisseurs, qui avait été recyclée pour apaiser les résidents de cette île que le projet espérait transformer. La voix off, doublée en français, était emphatique et oubliable. Mais le plan d'ouverture électrisa l'assistance.

D'abord, la Terre vue de l'espace. Le globe tourna sur lui-même, l'œil du satellite zooma, et à travers les couches de nuages au milieu de l'immense Pacifique apparut Makatea. Un raccord invisible du satellite au drone, et le film balaya l'île en panoramique comme du point de vue d'un albatros. Quand le plan-séquence virtuose se conclut sur la côte nord-ouest, le public en eut le souffle coupé. De la vieille ville fantôme de Vaitepaua au vieux port fantôme de Temao, dans un luxe de détails hyperréalistes, s'étendaient flamboyantes les futures constructions de Makatea comme si elles existaient déjà.

Des maisons en terrasse, tout de bois et de verre, se nichaient contre la forêt luxuriante. À bonne distance, des ateliers artisanaux à taille humaine, non moins écoresponsables, parsemaient le paysage. Tout n'était que surfaces naturelles et couleurs vives, décoré dans le style des îles. Même le port rebâti dégageait une allure de compétence avenante en accomplissant ses tâches productives. Ses grues et ses convoyeurs ravivaient le souvenir de leurs prédécesseurs du siècle dernier, mais recréés dans des matériaux nouveaux et agréables à l'œil, au design audacieux numériquement conçu.

Makatea apparaissait comme un réseau organique et harmonieux de lieux vivants. Les modules aux formes et aux couleurs plaisantes étaient acheminés d'un poste à l'autre de l'île. Au bout des chaînes de montage, des bateaux novateurs entraient dans le port, chargeaient les modules et les transportaient hors de l'île. Les images de synthèse suivaient ces bateaux par-delà le récif et jusqu'en haute mer, où ils venaient ajouter leur cargaison à l'édifice croissant de villes flottantes auto-construites, couvertes de verdure et bercées par les vagues.

Ces ultimes scènes d'activité maritime se perdirent dans un plan à la grue, suivi d'un zoom arrière dévoilant l'immensité de l'océan, puis la planète elle-même dans sa totalité. Quelque chose dans cette séquence jouait sur un rêve ancestral. Des villes flottantes déployées sur les vagues, formant et reformant de petites colonies fluides et autonomes au milieu des eaux infinies. C'était ainsi que les humains avaient peuplé le Pacifique, et à en croire la vidéo ce serait ainsi qu'ils s'y installeraient pour de bon.

Didier Turi avait regardé le film en boucle en préparant sa présentation, et il le regarda cette fois encore, toujours hypnotisé. Il n'avait jamais vu un marketing aussi habile. Son impression fut confirmée par tout le public, alors même que flûte à nez, tambours de bois, steel guitars et ukulélés se combinaient en une grande rythmique polynésienne, derrière un chant traditionnel tahitien. Des bribes de rires surpris accompagnèrent ce générique de fin. Dans la rumeur de ravissement contenu, le maire entendait les non se changer en indécis et les indécis en oui.

Si l'île avait voté dès la fin de la vidéo, le projet aurait été approuvé. Mais quand Didier reconquit l'attention d'un public bourdonnant, un des insulaires leva la main. Wen Lai, le propriétaire du Magasin chinois, se leva et attendit le silence.

"Je tiens juste à souligner une évidence. Ce film ne montre *pas* à quoi ressemblera Makatea une fois le projet lancé. Ce film nous montre à quoi on *aimerait* voir ressembler Makatea, et les Américains le savent très bien. N'oubliez pas une chose : ce n'est pas le futur que vous venez de voir. Vous venez de voir une pub très habile en images de synthèse. Ça a juste *l'air* vrai."

Les gens marmonnèrent leur approbation dégrisée. Mais l'image de ce monde plus beau, qui leur semblait possible, s'était ancrée dans l'imagination collective des insulaires.

La receveuse, Neria Tepau, demanda la parole. "C'est toujours le même stratagème avec les *Popa'ā*. Ils croient que s'ils éblouissent les indigènes avec de la verroterie, on va céder notre terre aux Blancs et leur donner tout ce qu'on a."

Mme Martin, qui avait étudié l'histoire à Lyon, cria du fond de la salle : "Et ils ont presque toujours raison !"

La rumeur virait au bruit de frelons. Didier lança un regard penaud à la vieille Canadienne. Dans son meilleur français, il dit : “Je suis sûr qu’en parlant des Blancs, mes frères et sœurs de l’assemblée n’ont aucunement l’intention de vilipender toutes les personnes qui se trouvent être nées blanches.”

Evelyne Beaulieu se leva avec une vigueur enviable pour les nonagénaires de toute race. “Je crois que même une pieuvre pourrait vous dire que ce sont des Blancs qui ont fait cette vidéo !”

La salle croula sous les acclamations et les applaudissements. Si le référendum s’était tenu à cet instant, le projet aurait connu une débâcle.

Didier attendit que le calme revienne. Il dut attendre longtemps. Quand enfin l’attention se reporta sur lui, il dit : “J’ai encore à fournir bien d’autres documents et données concrètes, ainsi que le livre blanc…”

Les rires reprirent de plus belle.

“… ainsi que le livre blanc décrivant le projet et les termes de l’accord proposé. Tout le monde est libre de les consulter à sa guise. Mais surtout ne tardez pas trop. Papeete attend une réponse dans dix jours. Par ailleurs, les Californiens nous ont donné en avant-première un accès exclusif à un outil qui, selon eux, pourra être utile à quiconque voudrait explorer en profondeur les implications du projet pilote. C’est la toute nouvelle version d’une intelligence artificielle, l’assistant électronique Profunda, une version pas encore accessible au public. Ils la mettent à notre disposition par un lien d’accès personnel et sécurisé.

— Vous voyez bien ! s’écria Neria Tepau. Ils nous croient trop simplets pour aller sur Google. Ils croient qu’on a besoin d’une nounou virtuelle qui nous mâche les données et nous dise ce que ça implique.”

Parce qu’il avait choisi son camp, Didier essayait plus que jamais de présenter le dossier sans aucun parti pris. Mais il commençait à comprendre que *dossier* et *parti pris* n’étaient pas dissociables.

“Plusieurs des principaux investisseurs du consortium ont contribué à créer cette Profunda. Ils y ont passé des années de leur vie, et ils y ont gagné des fortunes – celles qui financent ce projet d’implantation. C’est cette technologie qui va leur servir à finaliser le projet pilote. Alors, même si les réponses que vous donne cette créature…"

Il ne voyait pas comment terminer sa phrase. Il revint sur ses pas et se lança sans filet dans une nouvelle tentative.

"Même si vous ne croyez pas ce que cette créature peut vous dire…

— … le consortium y croit !"

L'assemblée se retourna et vit Hone Amaru, adossé à un pilier, les bras croisés sur la poitrine.

"Exactement, reprit Didier. Ce sera comme de parler aux cerveaux qui sont derrière les Américains eux-mêmes."

Cette affirmation fut accueillie par un doute collectif, mais aussi par la petite sœur optimiste du doute, la curiosité. La moitié de la salle gardait les yeux fixés sur le fils de l'ancien maire, comme s'il pouvait sortir leur île de cette situation bizarre où l'avait entraînée le nouveau. Mais Hone Amaru, dont la boîte d'escalade, encore fragile, était assurée de décoller dès que le projet serait approuvé, gardait, lui, les yeux rivés sur l'écran qui déroulait la présentation du maire en exercice.

Didier tapa quelques caractères dans l'interface, et l'écran passa de la vidéo à un grand cadre vierge sous un en-tête qui proclamait :

HELLO !
Welcome to PROFUNDA.
A new way of being in the world.
Ask me anything.
We'll work on it together.

Il y eut un bourdonnement dans l'assistance. Didier dit : "En français, s'il vous plaît", et l'écran se modifia :

BONJOUR !
Bienvenue chez PROFUNDA.
Une nouvelle façon d'être au monde.
Demandez-moi n'importe quoi.
Nous y travaillerons ensemble.

Si le consortium comptait éblouir les indigènes, la stratégie fut payante. Le débat se fractionna en discussions houleuses entre insulaires sur la réaction à adopter face à ce nouvel envahisseur. Fallait-il lui accorder l'hospitalité coutumière, ou bien le placer en quarantaine ? Enfin la Reine se leva en s'écriant : "Très bien ! Cette créature, voyons donc comment elle danse !"

Les questions se mirent à fuser furieusement. Le maire les répétait dans le micro de son casque sans fil ultra-léger. Au début, la machine eut du mal à déchiffrer son accent, mais elle ne tarda pas à le comprendre parfaitement – mieux, à vrai dire, que sa maîtresse, la Veuve Poretu, qui, assise au deuxième rang, observait toute la scène du même œil soupçonneux qu'elle observait chaque dimanche la liturgie catholique. Didier songea que Profunda le comprenait presque aussi bien que sa femme, qui surveillait sa performance depuis le centre du double cercle.

Pour sa part, la machine répondait aux questions d'une voix semblable à celle de la femme la plus admirée de France, une actrice qui avait débuté comme une "vierge de glace" érotique et mystérieuse mais avait fini par prêter ses traits à l'effigie de Marianne. L'alto vibrant de cette voix vénérée suffisait à convaincre tous les spectateurs nourris aux films français de la fin du XXe siècle de la sagesse des réponses de Profunda.

Les gens qui avaient conçu ce *chatbot* l'avaient-ils formé à parler comme cette vedette mondiale ? Forcément. Était-ce du vol ? Est-ce qu'une personne est propriétaire de sa voix ? Didier n'en savait rien. Il y avait tant de choses qu'il ne comprenait pas dans le droit de la propriété. Presque tout, à vrai dire. Il était navré de constater qu'il aurait pu demander à Profunda. La machine aurait su. La machine aurait réussi l'examen du barreau, avec les honneurs, dans la plupart des pays du monde.

Les premières questions se contentèrent de tester les compétences de la machine. Quelle était la taille de l'île ? Son nombre d'habitants ? Le nom des courants entre ici et Tahiti, entre ici et Rangiroa ? La machine répondait avec justesse et sensibilité, comme une vieille grand-tante radoteuse mais maligne, qu'on aurait tort de sous-estimer. Le *chatbot* était si fiable, précis et éloquent qu'il provoqua plusieurs fois dans l'assistance des salves d'un rire admiratif.

Une fois la crédibilité de Profunda établie, les questions s'affûtèrent. Combien de nouveaux bâtiments seraient construits par les implantateurs dans les deux premières années ? Quels seraient leur emplacement et leur taille respectifs ? À quoi ressembleraient les emplois proposés ? Profunda renfermait en son sein plus de dix billions de paramètres. Elle avait assimilé la quasi-totalité d'Internet, étudié des bibliothèques entières de documents et de données. Dix billions de paramètres, en l'occurrence, suffisaient à faire, d'une machine à apprendre, une historienne, une ingénieure, une consultante financière, et même une sociologue.

Tiare Tuihani, l'infirmière, leva la main. "Quels genres de services offrira la nouvelle clinique ?" Profunda décrivit le projet : trois médecins et quatre assistantes, ainsi que plusieurs infirmières capables de prodiguer une vaste gamme de soins d'urgence ou de routine aux trois mille travailleurs de l'île. Assez fort pour que Profunda entende, Tiare demanda : "À quoi ressemblera la clinique ?"

Avant que Didier ne puisse faire des excuses à la machine, et réprimander l'infirmière de faire honte aux insulaires, Profunda se mit à peindre des images. Le maire jura dans sa barbe, dans deux langues différentes, en découvrant ce nouveau talent du *chatbot*, et le micro capta ses gros mots. Profunda, bien élevée, ignora sa grossièreté et continua de peindre.

L'allure de la nouvelle clinique et de sa pharmacie spacieuse impressionna tout le monde. Tiare Tuihani était en larmes. Le bâtiment, tel que l'avait peint la machine, était si beau, niché sur l'accotement familier de la pointe sud-ouest de Vaitepaua : on voyait des gens en traverser les cours semées de fleurs de tiaré. Il semblait déjà opérationnel. Beaucoup de spectateurs songèrent que tous leurs proches contraints de quitter Makatea pour être correctement soignés pourraient à présent revenir.

Les gens demandèrent à voir l'intérieur des usines, et les installations portuaires en gros plan. Ils demandèrent des images des villes flottantes modulaires que produiraient leurs usines. Ils réclamèrent un aperçu des commerces et des écoles et des bâtiments publics que leur offrirait l'afflux de capitaux. Profunda s'y prêta de bonne grâce en dessinant tout ça. Tout le monde oublia les chiffres et les mots pour s'absorber dans ces tableaux de maître.

Clairement, c'était Profunda qui avait conçu la vidéo promotionnelle. Par des moyens mystérieux, elle avait généré cette vue aérienne en se fondant sur les spécifications que les concepteurs du projet lui avaient fournies. Mais pour comprendre ces spécifications, Profunda avait d'abord dû éplucher des dizaines de milliards d'autres documents, étudier des centaines de millions de photos et de films et les comparer entre eux. Dans sa courte existence sur Terre, la machine avait assimilé et analysé une part considérable de toutes les données que les humains avaient jamais pu créer.

Puoro et Patrice, qui vivaient pour ainsi dire sur leur bateau de bois de six mètres, demandèrent combien de temps il faudrait aux cargos en provenance de San Diego, de Shenzhen et de Kōbe pour acheminer les matériaux jusqu'à Makatea. "Quelle sera leur taille, et comment ils chargeront à Temao ?" Ce n'est qu'après avoir piégé Profunda en la forçant à répondre en détail qu'ils lancèrent leur bombe : "Avec un tel tirant d'eau, est-ce que ces bateaux ne vont pas bousiller le récif ?"

La réponse de Profunda surprit tout le monde. Loin d'édulcorer les faits, elle concéda qu'en effet le projet d'implantation maritime modifierait le lagon, le récif et toute leur population. Elle spécula sur la nature et l'ampleur de cette modification, presque en philosophe. Elle employa les termes "coût" et "dommages", et tenta d'évaluer, en francs Pacifique, le manque à gagner pour l'île que représenterait cette perte de ressources, tout en avertissant que ses estimations étaient au mieux approximatives.

Mais il était clair pour chacun, sans l'aide de Profunda, que ces coûts seraient minimes, comparés à ce que rapporterait le projet pilote. Le total des bénéfices, sur les dix dernières années, d'une pêche déclinante serait éclipsé par le profit que générerait le projet dès la première année.

Une petite voix se fit entendre au fond. Didier reconnut ce soprano avant même d'en identifier la source. C'était la fille de Wai, Kinipela, celle qui la veille au soir avait égrené maladroitement ce prélude de Bach enfantin et divin.

"Si les créatures du récif doivent en souffrir, est-ce qu'elles ne devraient pas elles aussi avoir le droit de voter ?"

La question provoqua beaucoup de rires, mais aussi des applaudissements épars. Didier regarda la vénérable étrangère, convaincue qu'elle avait soufflé la question à Kini. Mais la plongeuse se trouvait à l'autre bout de la salle. Le maire tripota son micro, ne sachant comment poursuivre sans humilier la jeune fille devant toute sa communauté.

"Notre accord avec Papeete précise déjà qui aura le droit de voter. D'ailleurs, comment on pourrait… ?"

Le père de la fillette se leva à moitié de sa chaise, toujours aussi jovial et bouffon. "Pose-lui la question, dit Wai Temauri. On verra bien ce qu'elle a à dire."

Puoro et Patrice approuvèrent bruyamment. La Reine se joignit à eux. Didier lança un nouveau coup d'œil à la plongeuse blanche, comme si elle était l'instigatrice de cette rébellion, mais elle feignit l'innocence. Bientôt, il lui devint impossible d'ignorer le chœur qui réclamait qu'il soumette la question au *chatbot*.

"Une jeune fille veut savoir si les créatures du récif devraient avoir le droit de voter sur le projet.

— Puisqu'elles vont en souffrir, cria Wai Temauri.

— Puisqu'elles vont en souffrir."

Profunda se lança dans un développement sur les droits des animaux, leur statut légal, leur reconnaissance comme personnes morales. Elle admit que de nombreuses espèces à l'intelligence développée peuplaient les fonds marins entourant l'île. Elle évoqua les problèmes inhérents à une culture où seuls les humains étaient considérés comme sacrés ou importants. Elle souligna que, dans les cultures fondatrices de la Polynésie, d'autres créatures possédaient un caractère divin et un génie propre.

Cette réponse était plus étrange et plus échevelée que ce que quiconque pouvait escompter. La salle en resta muette. Seul Wen Lai brisa le silence, d'un juron chuchoté comme une prière. Ébranlé, le maire considéra l'assemblée des insulaires. Sur chaque visage se dessinait la même prise de conscience : ils pouvaient demander à ce monstre *n'importe quoi*. Et la réponse serait aussi imprévisible que le permettaient des dizaines de milliards de pages de connaissance humaine.

Six douzaines de mains s'agitèrent, reliées à des insulaires surexcités. Un torrent de questions, comme si Profunda était une voyante dépêchée par les cieux pour interpréter les rêves de toute la Polynésie française. Pendant une heure et demie, les habitants de Makatea jouèrent et joutèrent avec la machine. Ils suivirent une formation accélérée sur l'implantation maritime. Ils amenèrent Profunda à expliquer la théorie et la pratique des villes flottantes modulables. Ils lui demandèrent de présenter les spécifications des usines d'assemblage en termes accessibles au profane. Ils eurent droit à un cours sur le rêve de transcendance de la Silicon Valley, enseigné par une machine qui avait elle-même étudié auprès de ces rêveurs.

Chaque réponse qu'apportait la machine rendait la question du référendum plus insoluble. Didier finit par reprendre la parole.

"Papeete attend notre décision dans une semaine et demie."

Ce rappel lui aussi suscita une bronca. Lorsque le maire déclara la réunion terminée, la majorité des insulaires resta sur place, continuant d'interroger la machine.

Le lendemain du jour où l'IA débarqua sur l'île, Evelyne faillit bien la quitter à jamais. Elle plongeait désormais tous les jours au Makatea Spa, pour observer les raies mantas et prendre des notes sur sa tablette de plongée. Mais il s'agissait moins de recherche que de loisir – de quoi nourrir son livre, même si, soupçonnait Evelyne, elle ne vivrait jamais assez longtemps pour le terminer. Là où son premier livre avait été un télescope, traquant une vérité unique déployée dans tout le monde aquatique, elle voulait que le second soit un microscope : déduire tout un univers des flancs d'un unique mont sous-marin perdu au centre du Pacifique. Mais pour elle comme pour ce microcosme infini, le temps était compté.

Les bordures de ce mont englouti lui offraient un refuge bienvenu loin de la politique de l'île. Kini avait école, et seul Wai l'accompagnait : il tenait la barre et gardait sur Evelyne un œil attentif. Il enfila sa combinaison en même temps qu'elle.

“Je t’en prie, dit-elle à son ange gardien. Je ne peux pas y aller en solo ? Je ne descendrai pas plus bas que sept mètres.

— Allez ! On sait tous les deux que c’est un mensonge.

— Et on sait tous les deux que tout ira bien !”

Cet homme deux fois plus jeune qu’elle se contenta de fulminer, tel un grand-père sévère mais impuissant. Elle fixa ses bouteilles et plongea du bateau en salto arrière, heureuse de passer encore une demi-heure en bonne compagnie sous-marine.

Le nombre de raies mantas qui fréquentaient le Spa allait en augmentant, signe qu’approchait la saison des amours. La plupart étaient des femelles d’âge mûr, comme l’attestaient les cicatrices d’accouplement à la pointe de leur nageoire pectorale gauche, que le mâle serrait dans sa gueule en se renversant pour être ventre à ventre avec sa partenaire. La station de nettoyage n’allait pas tarder à devenir une aire de parade, dont des hordes de mâles surexcités parcourraient le périmètre comme des mâles humains draguent en voiture sur les boulevards le samedi soir. Avec un peu de chance, Evelyne vivrait peut-être assez longtemps pour assister une dernière fois à ce rituel de séduction stupéfiant : un grand cortège de deux bonnes douzaines de mantas nageant à la queue leu leu, qui ondulait, se tortillait, se tire-bouchonnait à travers le récif comme une chenille de danseurs exécutant en accéléré une conga effrénée.

En dérivant plus bas que la limite qu’elle s’était fixée, Evelyne vit un groupe de ses amis paître en formation non loin des affleurements de coraux. Le groupe s’alimenta pendant plusieurs minutes, et Evelyne regarda hypnotisée leur ballet parfaitement synchrone. Dès que ces bêtes ouvraient la gueule, elles se transformaient, de disques aplatis en cylindres caverneux. Cinq paires de plaques branchiales bordées de branchiospines évacuaient tout morceau de zooplancton plus gros qu’un grain de riz. Puis la gueule se refermait, expulsant l’eau pour garder une bouchée de centaines d’espèces différentes.

Chaque type de proie réclamait une technique différente. Les mantas se ruaient sur des nuées de crevettes minuscules mais véloces. Elles s’élevaient en pirouette pour piéger la friture contre la surface. Elles formaient un chapelet pour traquer les bancs de vers flottants. Pour chasser les copépodes, qui tendaient à filer vers le haut dans l'espoir d'échapper à leurs prédateurs, les mantas se chevauchaient, en synchronisant le battement d'ailes de leurs nageoires pectorales. Puis elles formaient des nasses en losange et aspiraient toutes les proies descendues se cacher au fond, repérant les fugitifs au toucher avec leurs nageoires céphaliques ultrasensibles. Aux Maldives, Evelyne avait vu une centaine de raies tourbillonner en incroyables cyclones pour attirer des proies minuscules dans leur vortex. La communication et l'interaction requises pour coordonner chaque dispositif de chasse optimal suggéraient un cerveau extrêmement développé.

Evie sursauta en voyant un mâle de taille moyenne rompre les rangs et se détacher de cette formation parfaite. Il se mit à nager à grande vitesse droit sur elle. Désemparée, elle ne comprit que lorsqu'il fut tout près : la créature était enchevêtrée de la queue à la tête dans du filet fantôme. Cadeau de braconneurs.

Un réseau de toile s'enveloppait autour de sa nageoire pectorale gauche et pénétrait la chair. Les sauts et les loopings effectués par la raie en chassant avaient inextricablement emmêlé l'écheveau. Un autre pan de filet lui enserrait un lobe céphalique et lui entrait dans la gueule. À chaque respiration, la créature s'entaillait davantage la tête.

La bête mutilée s'arrêta à un bras de distance. Beaulieu avait entendu dire que des mantas ainsi piégées approchaient les humains. Toute autre bête blessée les fuirait farouchement. Mais les mantas avaient un cerveau gigantesque. Ce mâle, de cinq mètres d'envergure, se planta devant elle, agitant juste assez ses grandes ailes pectorales pour se maintenir en place. Il lui demandait de l'aide.

Elle tenta de retirer les filets à mains nues, en pure perte. Elle prit à sa ceinture un couteau de plongée à lame dentelée, de dix centimètres à peine, et entreprit de scier les mailles. Le filet avait si profondément entamé la chair qu'elle ne pouvait pas le couper sans lacérer davantage la créature aux yeux de biche. Mais la manta restait immobile, plus stoïque que tout patient humain.

Le cordage de nylon était résistant, épais et couvert d'algues. La main crispée sur le couteau souffrait de trente ans d'arthrite. Elle taillada et tirailla pendant plusieurs minutes.

Et puis l'alarme se déclencha sur son ordinateur de plongée. Elle avait accumulé des pénalités de décompression qu'il lui faudrait rembourser par une remontée lente, sous peine de risquer la narcose. Elle se mit à trancher plus frénétiquement. La pauvre âme saignait de partout. Ça allait attirer les requins. Evie ne pouvait pas partir avant de l'avoir libérée. Ses mains tremblaient, son champ de vision se réduisait. D'un grand coup de lame désespéré, elle tenta de sectionner la toile qui s'enfonçait dans la gueule de la raie, mais ne parvint qu'à lui entailler la mâchoire supérieure.

Impossible de dire combien de temps elle lutta. Pas assez longtemps. Quelque chose l'empêchait de bouger le bras, et elle se dit qu'elle perdait connaissance. Elle se concentra et redoubla d'efforts, mais une force inconnue lui arracha le couteau. En se retournant, elle vit Wai, en apnée, qui agitait le couteau en désignant la surface. Elle entama sa lente remontée, sans cesser de regarder Wai qui réussit enfin à délivrer la raie. Le prisonnier libéré, couvert d'horribles plaies, fit trois fois le tour de son sauveur avant de s'éloigner.

Il fallut bien du temps pour qu'Evelyne retrouve la parole. Elle resta assise dans le bateau jusqu'au retour sur l'île, à tenter de reprendre son souffle et ses esprits, tandis que son glorieux ange gardien l'engueulait en trois langues.

Elle força Wai à la ramener au Spa le lendemain, à la même heure. Les récits d'autres sauvetages de raies mentionnaient parfois un épilogue incroyable dont elle espérait être témoin. Une fois sous l'eau, cette fois en compagnie d'un homme qui ne la laisserait plus jamais plonger seule, elle n'eut pas longtemps à attendre. Le plancton était de retour dans ce pâturage, et les mantas aussi, qui moissonnaient en losange. Là encore, une unique créature s'échappa du groupe pour nager vers les deux humains. Des plaies profondes lui zébraient le corps. Le mâle s'arrêta à un mètre d'eux, manquant les effleurer de sa pectorale tailladée.

Evelyne lui examina tout le corps, mais il n'y avait plus de maillage à retirer. La créature la scruta. Evie regarda Wai, et sous son masque son compagnon de plongée lui rendit son regard. Sans un mot, ils saisirent la nature de cette visite. Le rituel d'action de grâces dura trente bonnes secondes, avant que la créature ne s'éloigne à nouveau.

Pendant dix jours, Profunda devint le dernier avatar en date d'une lignée séculaire d'envahisseurs étrangers. Pour les enfants, elle peignit des portraits des dieux Ta'aroa et Kāne et de celui qu'elle disait être son préféré entre tous, Māui le facétieux. Pour le cercle de tissage, elle imprima des motifs, et pour les joueurs de ukulélé elle écrivit des chansons, en français, en pa'umotu, en mihiroa, dignes de celles de la Reine pour l'humour et la mélodie accrocheuse. Elle fournit aux pêcheurs des coordonnées GPS à tester, fondées sur une modélisation complexe des courants et de la météo. Elle aida Tiare Tuihani à diagnostiquer des patients de sa clinique. Elle résolut pour les écoliers des problèmes de maths qu'elle n'aurait sans doute pas dû résoudre. Elle cota des matchs de foot internationaux et des compétitions de surf pour les parieurs du dimanche. Elle raconta des histoires aux impotents et aida les anciens à se remémorer les événements marquants qui avaient jalonné leur vie.

Et tout en prodiguant ses dix jours de réponses, Profunda entendait le mouvement des vagues autour de l'île et écoutait le chant de ses oiseaux. Elle contemplait les villes fantômes et les falaises à pic, les jungles et le plateau grêlé de puits de mines. Via l'interface de smartphones, Profunda visita le Magasin chinois et la centrale solaire et la boutique d'escalade tenue par le fils de l'ancien maire. Et si la créature numérique n'était pas pleinement à même de sentir les odeurs et de goûter les fruits, elle absorbait ce que la pierre magique avait fait à ces lieux et formait des théories neuves sur ce que l'île attendait du futur. Elle apprenait qui étaient les insulaires et ce qu'ils voulaient. Mais elle ne voyait pas sous la surface des vagues.

Au bout de dix jours, tout le monde sur l'île était mieux informé des profonds changements qu'apporterait le projet d'implantation. Mais les faits ne suffisent pas à modifier le tempérament. Lorsque le maire convoqua tout les habitants pour le vote, rares étaient ceux qui avaient changé de camp.

"Bien, dit le maire, une fois de plus debout devant l'écran, après avoir réclamé le silence. C'est bon ? Vous êtes tous prêts ?"

Cette question simple fut accueillie par un chaos démocratique. Certains réclamèrent un complément d'informations, trop tard. Il y eut des motions pour repousser encore le vote. Mais il n'était plus temps d'ajourner. Les *oui* catégoriques continuaient de se chamailler avec les *non* déclarés, comme ils n'avaient cessé de le faire depuis la première réunion fatale. Le maire était tenté de déclarer le scrutin nul, de remplir ses poches de cailloux et de se jeter à la mer.

Au milieu du vacarme, Didier appela à la tribune le père Tetuanui, comme si l'homme qui l'avait baptisé pouvait encore, contre toute attente, sauver son âme avant que toute cette affaire ne le mène à sa tombe. Même les protestants de l'île étaient assez dévots pour laisser la parole au prêtre. Celui-ci, comme toujours, pesa soigneusement ses mots, conscient de la puissance magique de toute parole.

"Je ne sais pas quoi voter. Je ne sais même pas qui est ce consortium ! On dit toujours : « Suivez l'argent. » Je suis censé voter pour ou contre, sans même savoir au juste qui finance ce programme pilote ou ce qu'ils ont à gagner à cette… implantation."

Des grappes d'applaudissements suivirent ce commentaire, suggérant que le prêtre n'était pas le seul à patauger. Manutahi Roa fut dérouté par l'objection. Il agita tout un dossier de pages imprimées. "Il suffisait de demander à Profunda. C'est ce que j'ai fait !

— Mais comment lui faire confiance ? s'écria le prêtre. C'est le consortium qui l'a créée !"

Neria Tepau, la receveuse, se leva d'un bond. "Exactement ! On aurait dû faire des recherches par nous-mêmes, depuis dix jours. On a des portables. On a une antenne relais. On a accès à toutes les pages Web du monde. Et au lieu de ça, on s'en remet à cet engin, à cette… *chose*, pour nous mâcher la réponse !

— Neria !" Il y avait de la lassitude dans l'objection de Wen Lai. "Tous les moteurs de recherche nous mâchent la réponse.

— Alors laisser cette chose faire le boulot et nous fourguer un résumé biaisé, ça vaut mieux que d'aller voir les pages moi-même ?"

Hone Amaru éclata de rire. "Cette *chose* a lu cent milliards de pages. Combien de pages tu peux lire en dix jours ?

— *Dix jours*, c'est ça le vrai crime ! On nous prend en otages ! On nous prive de débat !" Les mots se brisèrent dans la gorge de Puoro. Patrice serra contre lui son compagnon.

La Reine se leva et la salle se calma. "Vous tous. Mes amis. Mes sœurs. Mes frères. On va pas laisser les *Popa'ā* nous rendre aussi fous qu'eux !"

Cette mise en garde fut saluée par des applaudissements quasi unanimes. Même le maire se reprit et tapa des mains.

"C'est pourtant simple, reprit la Reine. On lui demande qui finance. Elle nous le dit. Et ensuite, comme dirait Mme Martin, on vérifie qu'elle n'a pas triché." Elle se tourna vers l'institutrice, qui leva les deux pouces bien haut. L'assemblée applaudit de plus belle.

Une fois les acclamations passées, le maire dit : "Profunda. Merci de nous fournir une courte biographie des cinq principaux investisseurs de ce consortium de *seasteading*."

Profunda traita le sujet comme si on l'interrogeait sur les migrations des baleines à bosse ou la capacité des requins à détecter les champs électriques. Avec la voix de la star française, elle nomma le principal bailleur de fonds du projet : l'homme qui avait avancé cinquante et un pour cent du coût du projet. Elle projeta à l'écran une photo de lui et commença à retracer les grandes étapes de son parcours. Mais l'IA fut interrompue par un cri violent.

"Putain de merde ! Non, non, oh mon Dieu, non…"

Tous les regards de la salle convergèrent sur l'Américain. Aucun des insulaires n'avait jamais vu Rafi Young perdre son calme. Mme Martin fut suffoquée par la vulgarité soudaine de son assistant. Ina Aroita avait posé la main sur l'épaule de son mari pour l'empêcher de s'effondrer. Leur fils adoptif souriait, d'un sourire effrayé et coupable, aux gros mots échappés de la bouche de son père. Leur fille adoptive, qui n'avait jamais entendu son père élever la voix, éclata en sanglots.

Tout s'accéléra.

J'écrivis à Rafi lorsque Deep Blue battit Kasparov. C'était le parfait prétexte. Des années avaient passé depuis le jour où on s'était perdus. La nouvelle qu'un ordinateur venait d'humilier le plus grand joueur d'échecs au monde devait forcément lui rappeler nos vieux débats à Saint Ignatius, quand on se demandait si oui ou non les machines nous battraient un jour à nos propres jeux.

J'écrivis :

> Qu'est-ce que tu en dis ? Est-ce qu'en l'occurrence les humains ont gagné ou perdu ? Il a assurément fallu plus d'intelligence pour construire une machine capable de battre le meilleur joueur humain qu'il n'en a fallu à Kasparov pour jouer à son meilleur.
>
> N'empêche, ça me rend triste. C'est la fin de quelque chose. Est-ce que les gens continueront de jouer à un jeu qu'ils savent ne plus pouvoir dominer ?
>
> On ne joue plus ensemble et ça me manque. Je ne dirais pas non à un match retour, un jour.

Deux semaines après cette ouverture malhabile, je reçus une carte postale adressée au service courrier du QG *de Playground. Postée d'Urbana. Il n'avait jamais quitté la ville. La carte reproduisait une peinture sur soie vieille de douze siècles, exhumée d'un tombeau dans le Xinjiang. Une femme y déposait une pierre sur un damier de go. Au dos, un message manuscrit en majuscules qui disait :*

S'il parlait d'une machine battant un maître de go, presque tous les experts auraient dit la même chose.

Playground était devenu une économie à part entière. On ne cesserait jamais d'ajouter des options, mais le noyau était en place : la méthode pour publier et répondre, l'évaluation par vote des posts et des réponses, les principaux moyens de gagner et de dépenser du PlayCash, et les diverses façons de les convertir en Prestige. C'était un marché fondé sur le libre-échange de ressources humaines, et dès la fin du millénaire les gens inventaient eux-mêmes de nouvelles façons de jouer, sur des marchés que nous autres concepteurs n'avions même pas anticipés.

Je me revois marcher sur la crête de Capitancillos, dans le parc naturel d'Almaden Quicksilver : c'était le 31 décembre 1999, et j'évaluais les risques que le bug de l'an 2000 provoque cette nuit-là une réaction en chaîne qui anéantirait tous les réseaux informatisés, et avec eux toute civilisation. Je me disais : si ça arrive, je pourrai quand même être fier d'avoir bâti un lieu où plus de trois millions de personnes passaient chaque semaine plusieurs heures de leur vie.

Cette nuit-là, une fois de plus, la fin du monde n'eut pas lieu. Au contraire, la troisième révolution industrielle battait son plein. Google venait de dépasser le milliard de pages indexées. Et la quatrième révolution, qui visait à exploiter ces pages, ne faisait que commencer.

Au moment où naquit Facebook, et puis Reddit, Twitter, et tous les autres à leur suite, on avait encore doublé notre base d'utilisateurs. On créait de la richesse et de la nouveauté avec de l'air et de la lumière, un peu comme les arbres. Un ancien collègue devenu concurrent appellerait ça un jour "la loi de Moore appliquée à tout". Bientôt, tout le monde aurait richesses et pouvoir à ne plus savoir qu'en faire. C'était ça le but. La condition pour gagner au jeu. Il ne me vint jamais à l'esprit que ça pourrait être aussi la condition pour perdre.

Au début, le site ne prévoyait même pas de règles de bonne conduite. On ne jurait que par les coups que les règles avaient oublié d'interdire. On avait un slogan, aussi farfelu et ingénu que je pouvais l'être à trente ans : "Jouez franco. Laissez-vous surprendre." Ce code minimal fut adopté par nos développeurs comme par nos abonnés. Et pendant un temps, notre colonie du cyberespace se contenta de cette constitution minimale et s'en porta très bien.

Des usagers abusifs nous forcèrent à introduire une liste officielle des choses pour lesquelles on pouvait être suspendu. Ce qui accrut ma charge salariale, car je devais désormais payer des modérateurs pour effectuer des contrôles impromptus parmi les milliers de posts et de réponses publiés en quatre ou cinq heures. Je rêvais de former une machine à assurer cette tâche – ça ne me coûterait qu'une facture d'électricité.

Mon équipe croissante de juristes ébaucha ce qui allait devenir un accord d'utilisation en perpétuelle évolution. La première version qu'ils me soumirent me parut carrément mort-née. Elle nous réservait le droit de faire à peu près ce qu'on voulait des données des abonnés. Même d'implanter des cookies sur leur disque dur, qui continueraient de collecter des données bien après que l'utilisateur aurait quitté notre site.

"Personne ne va accepter de signer ça", dis-je aux avocats.

Ils se contentèrent de sourire, patients comme des institutrices de maternelle. Celui qui n'avait son diplôme de droit que depuis deux ans m'expliqua les choses. "Ils cliqueront sur ACCEPT *sans même lire le détail si ça leur donne l'accès gratuit au site. C'est ça ou ne pas jouer du tout."*

Kim Janekin, ma directrice du service juridique, me rassura sur tous les points. "On est complètement alignés sur la pratique courante. C'est comme ça que ça marche, aujourd'hui.

— Et leur demander tout ça… ça ne poserait pas de problème devant… un tribunal ? Si quelqu'un conteste la légalité de l'accord, on aurait gain de cause ?" Ça semblait impossible.

Kim haussa les épaules, concédant que c'était un mystère. "C'est le meilleur des mondes, pas vrai ?"

Et moi qui avais cru être un des bâtisseurs de ce monde.

Une idée m'apparut : les gens dans mon domaine parlaient toujours de "l'équivalence humaine" comme l'étalon-or pour mesurer l'intelligence d'une machine. Mais les humains les plus intelligents au monde cédaient leurs données gratis sans prendre la peine de lire le contrat. Les données, c'était la vie. Il y avait peu de choses au monde plus précieuses. Si céder ses données était le critère d'humanité, alors créer une intelligence artificielle généralisée allait peut-être se révéler plus facile qu'on ne le croyait.

Des abonnés inventifs amassaient de petites fortunes en PlayCash, pour en faire un usage ingénieux sur des seconds marchés que notre plateforme ne reconnaissait pas officiellement. Ils faussaient notre système de vote en embauchant d'autres abonnés pour faire du lobbying sur les divers forums. Ils créaient leurs propres sondages à l'intérieur d'un fil de discussion et leurs propres concours de popularité. Tout ça m'allait très bien. Pourquoi notre société virtuelle aurait-elle dû être mieux élevée que la vraie ?

Le site était son propre laboratoire. On faisait des réglages, on ajoutait des options, avec pour but de le rendre aussi addictif que possible pour tous les types de gens. Fil d'actualité sans fin, amis mystères, algorithmes de ciblage, surclassements et privilèges spéciaux, multiples moyens d'améliorer ses stats, et toutes sortes de bonifications aléatoires et de notifications : il se passait toujours quelque chose d'urgent en réaction au blabla urgent auquel on avait déjà réagi une minute plus tôt. "Gardez-les connectés." Telle était ma seule directive.

Et ça marchait. Non seulement notre base d'utilisateurs doublait plus vite que la puissance mondiale de traitement de données, mais le temps passé sur le site par l'abonné moyen augmentait plus vite que le PIB *de la Chine. Un nombre de gens plus grand que toute la population de New York avait déjà testé ma création. J'avais envie de frimer auprès de Rafi. Un million d'heures humaines, chaque jour. Et la courbe de croissance continuait à monter en flèche. Pour des raisons personnelles, j'en voulais encore plus.*

J'étais devenu assez intéressant pour que la presse spécule sur ma vie privée. Ils voulaient avant tout savoir pourquoi apparemment je n'étais pas en couple. Je leur répondis que mes journées ne faisaient que vingt-quatre heures. Il ne leur vint pas à l'esprit qu'un homme dont la création attirait dix millions de personnes pouvait trouver la vie assez gratifiante sans avoir à affronter chaque jour un autre humain au sujet du thermostat ou du couvercle des toilettes.

Les abonnés gagnaient et dépensaient des sommes folles en PlayCash bien avant que la plateforme ne rapporte le moindre centime. Mais lorsque enfin on fit des bénéfices, notre croissance se nourrit d'elle-même. Notre introduction sur le marché se transforma en envol, et ma richesse de papier en fortune très concrète. On put rembourser nos investisseurs providentiels, qui en profitèrent pour s'acheter des abris antiatomiques en Nouvelle-Zélande. On acquit notre propre ferme de serveurs et on actualisa l'interface vieillissante du site. À mesure que notre montagne de données d'utilisateurs devenait une véritable cordillère, le cours de nos actions en Bourse commença à relever de la science-fiction.

Je gagnais de l'argent à ne savoir qu'en faire. Je me fis construire une maison spectaculaire, que j'ai toujours adorée. Sa solitude, au cœur même d'une ville très animée, la vue splendide sur le ciel et les arbres : ce sera un bel endroit où mourir. Et je pus visiter des destinations incroyables. J'engageai un chef cuisinier à demeure, et je mangeais mieux que les monarques les plus sulfureux de l'histoire de l'humanité.

Mais je ne vivais que pour Playground. En termes de combinaisons possibles, mon jeu était devenu au go ce que, selon Rafi, le go avait été aux échecs. C'était tout à la fois un jeu de placement d'ouvriers, un jeu de territoire, un jeu de gestion de main et un jeu à risque. Je lançais des dizaines de milliers de coups simultanés chaque jour, et c'étaient de longues journées absorbantes, pleines de tension et de rires. Tout le reste pâlissait à côté.

Je travaillais pour l'amour du travail, une joie pure, comme quand je programmais adolescent, pour échapper à l'enfer familial et faire quelque chose de bon à partir de rien. Le besoin de résoudre une énigme compliquée et celui de se calmer la tête sont les fils jumeaux de mères différentes. Je contribuais à construire un nouveau mode d'existence. Et au fond de moi, je prenais ma revanche sur ceux qui m'avaient déclaré mort pour eux.

Bizarrement, je passai à côté des jeux vidéo sophistiqués qui entamaient leur conquête du monde. Je savais qu'ils surpasseraient en chiffre d'affaires global les livres et la musique et le cinéma. Mais je n'arrivais pas à y jouer. Mes doigts n'étaient jamais assez vifs, et mon cerveau n'arrivait pas à repérer l'adversaire vivant. Rafi n'avait jamais eu de goût pour eux, et moi non plus. Du respect, bien sûr. Du plaisir à y jouer, parfois. Mais j'avais choisi mon camp.

Tout au long des années de la renaissance des jeux de plateau, je les collectionnai comme l'amateur amasse des voitures impossibles à conduire, ou un œnophile des vins en sachant qu'il n'aura jamais assez de temps pour les boire. J'avais des concepteurs de prédilection. Je lisais les règles, je palpais les pièces, parfois même je les disposais pour voir à quoi ressemblerait une vraie partie. Mais les jeux prenaient la poussière sur les rayons de la bibliothèque que j'avais fait construire spécialement pour eux – plus de deux mille titres – en attendant qu'un jour, peut-être, j'aie de nouveau autour de moi un petit groupe de joueurs.

Un peu plus d'une décennie après que Deep Blue eut confisqué les échecs, le Watson d'IBM battit les candidats champions de Jeopardy, *réduisant une fois de plus le domaine réservé de l'humain. Gagner à un quiz de culture générale, c'était bien plus extraordinaire que de battre le meilleur joueur d'échecs. Mais je n'écrivis pas à Rafi. J'en avais fini avec lui. Cet homme m'avait humilié.*

Tandis que mon conseil d'administration et mes adjoints triés sur le volet se consacraient à conserver la plus grande part possible d'un marché qui n'existait même pas quelques années plus tôt, je me concentrai sur le véritable produit de Playground : les millions de cris du cœur que nous ne cessions d'accumuler. Je savais qu'on pouvait convertir les milliards de publications en une devise d'un genre nouveau. Chaque fois qu'un abonné publiait quoi que ce soit, il livrait toutes sortes d'informations sur lui-même, ses attitudes, ses goûts et préférences. Cette masse d'humanité salissante détenait la clé du futur de l'entreprise.

Pour moi, toutes ces publications flamboyantes étaient illisibles. Je n'avais jamais été très doué pour comprendre les humains, et j'y avais renoncé le jour où Rafi avait coupé les ponts. Mais d'innombrables autres marchands convoitaient ces piles de données qu'on amassait, et je n'étais que trop heureux de vendre. Il devait bien y avoir un moyen de transmuer en or cette montagne de merde. Et bien évidemment, seul un logiciel plus perfectionné pourrait accomplir cette alchimie à une vitesse et une échelle rentables.

Je savais que la bonne vieille IA *– celle sur laquelle j'avais travaillé à la fac – ne serait pas à la hauteur de la tâche. Mais les premiers signes d'une technique capable de sonder nos millions de posts pour en extraire des informations rentables commençaient à se confirmer. Une approche révolutionnaire qui portait le nom de* deep learning.

C'était par la force que Deep Blue avait vaincu Kasparov. Des programmeurs humains spécifiaient les meilleures ouvertures, définissaient les coups féconds, décrivaient comment contrôler l'échiquier et prendre des pièces, expliquaient en détail comment remporter la fin de partie. Deep Blue se contentait de suivre ces instructions déclaratives, et appliquait sa capacité de computation massive pour anticiper l'arborescence de coups et de ripostes davantage que ne le pouvait un humain.

Mais ces nouvelles machines faisaient quelque chose de radicalement différent. Elles apprenaient par elles-mêmes, par renforcement réitéré, et sous une supervision minimale. Elles ratissaient toutes seules des continents de données, dégageant des constantes, généralisant, tirant des conclusions que même leurs formateurs ne pouvaient soupçonner. Elles apprenaient à jouer simplement en jouant.

Et ces joueurs profonds apprenaient à faire les choses les plus incroyables. Elles se mirent à conduire des voitures. Sans qu'on leur ait soufflé la moindre chose sur les chats, sinon en indiquant que telle ou telle image en comportait un, elles apprirent à reconnaître n'importe quel chat sous n'importe quel angle dans n'importe quelles conditions. Elles parvinrent par elles-mêmes à traduire du texte d'une langue à une autre avec une aisance surnaturelle, sans qu'on leur ait enseigné la moindre règle de grammaire ou d'usage. Elles apprenaient tout ça comme le fait un enfant, en évaluant les indices et en réglant la puissance des connexions dans leur réseau de neurones jusqu'à ce que leur cerveau commence à systématiser les réponses.

Je lâchai ces IA *sur notre magot de données. Chaque phrase écrite par quelqu'un, chaque image publiée, chaque post liké apprenait à l'*IA *à quoi croyait ce quelqu'un et ce qu'il désirait. Une* IA *de* deep learning *pouvait examiner nos centaines de millions de pages de preuves et en déduire quel genre de voiture un abonné aimait* conduire, combien d'argent il gagnait, à quelles causes charitables il était susceptible de faire des dons, quels mets, boissons, vêtements et produits de luxe il convoitait le plus, s'il était susceptible de tromper son conjoint ou de frauder le fisc, et comment il votait dans la vraie vie. Connaître quelqu'un, c'était jouir d'un pouvoir sur lui ; or mes algorithmes commençaient à connaître nos abonnés mieux qu'aucun humain ne l'aurait pu. Ils percevaient dans les données des choses qui échappaient à tout le monde, sans aveuglement ni parti pris, juste en corrélant tous les éléments.

Nos premiers algorithmes de ciblage étaient très grossiers : des publicités d'équipementiers pour les gens qui publiaient des posts sur la pêche et la randonnée. Des pubs pour certaines marques et modèles de voitures destinées à ceux qui en faisaient l'éloge. Mais lorsque les IA se mirent à corréler ce que disaient et faisaient nos abonnés avec les pubs sur lesquelles ils cliquaient effectivement, leur savoir s'approfondit. Bientôt, une pléthore d'annonceurs furent prêts à payer très cher les avantages que leur conféraient nos systèmes de ciblage.

Établir des corrélations entre les données de nos usagers, c'était comme le *Mesohippus* dans l'évolution des équidés : un grand progrès d'emblée obsolète. La prochaine étape-clé impliquait que les machines apprennent à *comprendre* ce que publiaient nos abonnés. J'y vis l'occasion de pratiquer la psychohistoire chère à Asimov : prédire le flux des événements collectifs en agrégeant statistiquement les éléments les plus infimes – à savoir les usagers pris individuellement. Quelque chose de plus grand que nous se jouait désormais sur Playground.

Les IA novices comme les nôtres se mirent à prendre des décisions de marketing, à fournir une assistance aux consommateurs, à mettre au point des médicaments, à diagnostiquer et traiter des patients, et à rendre des sentences pénales. On mettait le futur en pilotage automatique. Mais je ne pris jamais le temps de remettre en question la règle qui gouvernait la vie telle que je la connaissais : se développer ou mourir.

J'engloutis des tonnes d'argent dans une start-up baptisée Abyss. Une organisation à but non lucratif qui promettait des composants de recherche très lucratifs. Mon investissement s'inscrivait *dans un engagement pris par divers nababs de la Silicon Valley pour un total dépassant le milliard de dollars ; et cette mise initiale m'achetait la possibilité d'exploiter, à mes propres fins égoïstes, tout ce que pourrait découvrir la start-up. Les fondateurs d'Abyss purent compter sur mon argent dès que je sus quelle approche ils se proposaient d'adopter. Ils comptaient éduquer la prochaine génération d'IA en leur apprenant à jouer à tous les jeux de plateau et jeux vidéo dignes du nom de jeu.*

Au début, la procédure consistait à enseigner aux machines les règles d'un jeu donné, à leur en expliquer l'objectif, puis à laisser l'IA apprendre sur le tas. Cela suffisait souvent pour qu'elle devienne une bonne joueuse. Et parfois ces joueuses inventaient des stratégies inouïes qui ahurissaient leurs professeurs.

Mais la connaissance des objectifs ne suffisait pas à donner à l'IA l'impulsion nécessaire pour dégager les stratégies dominantes qu'exigeaient des jeux plus riches et plus complexes. Les chercheurs d'Abyss imaginèrent alors une nouvelle tactique magistrale : le renforcement inversé. Au lieu d'expliquer quoi que ce soit à l'IA, ils la laissaient se débrouiller toute seule pour déduire par elle-même les règles et les objectifs. À la longue, cette nouvelle génération d'IA apprit à mettre au point des stratégies gagnantes rien qu'en regardant faire de vrais joueurs, et en induisant ce qu'essayaient de faire ces humains.

Régulièrement, les IA trouvaient mieux que leurs coups malhabiles et revenaient enseigner aux humains une méthode plus efficace et plus brillante pour gagner. La stratégie de ces joueurs artificiels était souvent étrange et toujours intrigante, mais, comme ces machines n'étaient pas explicitement programmées pour ça, leurs formateurs ne pouvaient pas regarder sous le capot pour comprendre comment elles accomplissaient leurs prodiges. Plus exactement, les humains pouvaient regarder, mais ils ne voyaient qu'un réseau enchevêtré de connexions orientées, tout aussi mystérieux qu'un cerveau vivant.

L'ère des humains touchait à sa fin. On avait déjà passé l'an un de l'ère des machines intelligentes. Une nouvelle forme de vie était apparue qui allait prendre nos emplois, diriger notre économie, faire des découvertes à notre place, être notre amie et arranger nos sociétés à son idée. Et cette ère avait démarré en un clin d'œil, après la plus brève des enfances.

C'étaient désormais les jeux qui régissaient l'humanité. Des jeux pour smartphone, se réduisant en gros à taper sur une case quand elle apparaissait à l'écran, bousillaient des vies entières. Des quêtes de dragon drainaient trente millions d'abonnés en streaming. Des jeux vidéo engendraient des parcs à thème et des cycles de films. Quatre mille nouveaux jeux de plateau étaient publiés chaque année. Les sports classiques avaient déjà crevé le plafond, mais le sport virtuel progressait plus vite que tout sport physique avant lui. Les bénéfices combinés de tous les loisirs fondés sur la compétition écrasaient presque tous les autres secteurs d'activité économiques. Et je trouvais parfaitement logique que les machines qui causeraient notre perte se fassent les dents en regardant les humains jouer.

Mon investissement dans Abyss se révéla massivement payant. Ce qu'avaient appris ces labos en regardant des IA *apprendre à jouer à des jeux de société, ils l'appliquaient à présent au plus grand jeu qui soit : le* Sprachspiel *de Wittgenstein – le jeu du langage. Un apprentissage dirigé, avec le renfort des humains, nourri à des millions de pages Web, produisait des entités capables, en regardant les publications de Playground, de prédire avec une exactitude glaçante les espoirs, les craintes, les habitudes de consommation de n'importe quel abonné.*

Tout le monde était sur le pont. Chez Abyss, on dupliquait les inventions de la concurrence presque aussi vite qu'on en entendait parler : apprentissage renforcé, apprentissage orienté, incitation séquencée… Mon apport, c'était d'apprendre aux apprenants à être curieux. La curiosité, c'était l'atout premier de tous les grands joueurs.

Je codirigeais désormais trois entreprises en même temps, dont l'un des plus grands réseaux sociaux du pays. Je ne prenais jamais le moindre jour de congé, et les heures que je consacrais à mes deuxième et troisième entreprises étaient prises sur mon temps de sommeil. C'est à peu près à cette période que ma mère, prise de somnambulisme, sortit dans Dempster Street un peu après minuit, fut heurtée par une voiture et mourut sur le coup. J'arrivai à temps pour les obsèques à Evanston, mais sept heures plus tard j'étais de retour à San Jose pour une réunion.

Playground m'échappa. Un jour, en me connectant, je m'aperçus que je ne comprenais rien à un bon tiers des posts. Certaines des publications les plus acclamées étaient écrites dans une combinaison d'acronymes, de néologismes et d'émoticônes qui leur donnaient l'allure d'un rébus pour enfants. Des gens postaient des vidéos où ils superposaient des icônes ou des bulles de dialogue sur les visages de corps en mouvement, qu'ils transformaient en allégories animées. Ils publiaient ça sans commentaire, et y gagnaient des likes très lucratifs.

Les posts envahissaient l'arène de la vraie vie, et devenaient eux-mêmes l'actualité qu'ils commentaient. L'un des domaines du site engendra un groupe de justiciers autoproclamés dont les allégations de turpitudes morales contraignirent un universitaire à démissionner de son poste, déshonoré. Dans d'autres secteurs, des fils de discussion faisaient vendre comme des petits pains les produits de consommation les plus bizarres, ou inversement acculaient à la faillite des entreprises jusque-là prospères. Des publications virales et les réactions qu'elles déclenchaient faisaient et défaisaient la carrière d'acteurs, et contribuaient à interrompre ou à créer des séries télé à succès.

Il y avait des guerres ouvertes et des guérillas sans merci. Des menaces de violence et des déclarations incendiaires qui dans tout autre contexte auraient justifié des poursuites en diffamation. Les faits à fabriquer soi-même trouvaient toujours preneur. L'inventivité dans la haine rapportait gros en PlayCash. Les sectes se développaient aussi vite que des bactéries. Tout comme les influenceurs, les fakes élaborés, les théories complotistes et le petit commerce de l'apocalypse. On laissait passer les choses les plus folles, en excluant le moins d'abonnés possible. C'était une expérience de démocratie réelle. Le futur devrait être un terrain équitable, ouvert à toutes les voix.

Un groupuscule spontanément constitué dans le sous-domaine des investissements encouragea des dizaines de milliers d'abonnés à acheter de petites parts d'une action déclinante. Son cours remonta en flèche et neutralisa les ventes à découvert des fonds de pension, qui y laissèrent des millions. La presse fit ses gros titres sur ces David issus de la base qui avaient vaincu les Goliath du capitalisme. Je savais bien qu'il ne s'agissait pas de ça, mais je n'avais pas de compte Playground et je ne publiais pas mes opinions. Cela n'en fut pas moins, pour beaucoup, une prise de conscience : la Bourse était devenue une variante du poker, sans plus de lien avec les fondements de l'économie. Je n'ai jamais aimé le poker. Trop de psychologie – et ce n'est pas mon fort.

On récolta les données de cent mille abonnés, on les analysa et on les vendit à un cabinet de consultants politiques, qui les exploitèrent pour une campagne de ciblage numérique hyper-astucieuse destinée à faire élire leur candidat. Quand le pot aux roses fut dévoilé, on assista à une vague d'autoflagellation dans le monde entier. Je fus appelé à témoigner devant le Congrès, et pendant quatre heures je fus le plus célèbre PDG *du pays. Mais les législateurs étaient trop aveuglés par l'essor des réseaux sociaux pour garder le cap ou comprendre ce qui se jouait. Dès qu'on eut établi le caractère légal de nos accords d'utilisation et de notre usage des données, ils ne surent plus comment poursuivre.*

Une élue progressiste du Massachusetts me demanda : "Pourquoi votre site ne devrait-il pas être réglementé, comme tous les autres services publics ?

— Parce que nous ne sommes pas un service public. Nous ne sommes qu'une plateforme. Une plateforme neutre. Playground encourage toute la gamme des idéologies humaines, et nous croyons en la nécessité de protéger la liberté d'expression de nos abonnés."

La parlementaire se réfugia derrière ses notes. "Monsieur Keane. Il y a deux ans, dans un entretien accordé au magazine Wired, *vous vous êtes défini comme un destructeur créatif. Est-ce que vous emploieriez encore cette expression pour vous décrire ?*

— Non, répondis-je au micro. Aujourd'hui, on dit perturbateur."

En contemplant la foire d'empoigne des publications de Playground, je sentais la perturbation me rattraper. Je m'obstinai tout de même dans cette logique de liberté. D'ailleurs, rien de ce que je pourrais faire ne saurait désormais modifier la trajectoire de quoi que ce soit. Le site se dirigeait tout seul, et mon entreprise me dirigeait. Quand bien même j'aurais des doutes, le moment d'agir en conséquence était passé depuis longtemps. Qui sème le vent récolte le maelström.

Je ne voulais pas rendre publiques des opinions qui risqueraient de faire obstacle à la popularité du site. Mes propres convictions n'avaient pas d'importance. D'ailleurs, je me sentais toujours profondément apolitique. Peu m'importait qui était au pouvoir, pourvu qu'il ne touche pas à ces nouveaux espaces vitaux qu'on créait pour l'humanité. Cette chose que j'avais contribué à créer, cette nouvelle agora planétaire, déchaînait la formidable puissance de l'inventivité individuelle. Au même moment, le deep learning *commençait à défricher le marécage impénétrable des désirs humains. Puissance et connaissance, pouvoir et savoir convergeaient. La Singularité était proche. L'humanité 2.0. La fusion de l'homme et de l'*IA. *Il suffisait d'empêcher l'État d'y mettre son grain de sel.*

Mon esprit toujours en mouvement était donc déjà mûr lorsque, par un soir tiède d'octobre 2012, j'allai écouter Peter Mathias donner une conférence à San Francisco. C'est là que j'appris le nom de mes propres croyances.

Mathias était une légende parmi les numérudits. *Personne n'avait vu plus clairement vers quoi on s'acheminait. Il était l'un des deux ou trois capitalistes, dans toute l'histoire du capital, pour lesquels le risque avait le mieux payé. Et il avait été l'un des cerveaux par excellence de la révolution numérique. Et voilà qu'il était en chaire, impressionnant de maîtrise des processus historiques, et qu'il proclamait que liberté et démocratie étaient incompatibles.*

En un éclair, je reconnus la politique que je professais depuis des années.

Ce qu'il nous fallait, dit en substance Mathias au cours d'une causerie fulgurante de quarante minutes, c'était trouver une issue hors de la politique sous toutes ses formes – de la catastrophe totalitaire à droite au bourbier infantilisant de l'État-providence à gauche. Pour prolonger l'incroyable élan d'expansion qu'avait libéré la quatrième révolution industrielle, il nous fallait des plateformes souveraines, autoconstituées, autorégulées, participatives, dont la population serait libre de réaliser la plénitude de son potentiel, car chacun s'y consacrerait à ses plus vifs désirs créatifs. Et il m'ouvrit les yeux à l'implantation maritime.

Mathias prédit que dans vingt ou trente ans ces forteresses flottantes d'épanouissement personnel sillonneraient tous les océans du globe. L'implantation maritime ferait pour la sociologie ce qu'Internet avait fait pour l'économie : enfoncer toutes les portes. Son organisation était sur le point de signer un protocole d'accord avec la Polynésie française, et il espérait voir débuter la première phase du projet d'ici cinq ans.

J'étais preneur. Pour moi, c'était comme Playground en haute mer. L'implantation maritime donnerait au génie humain la liberté d'échapper aux limites pesantes de la société humaine sur la terre ferme. Je m'attardai après la conférence, et j'attendis près de deux heures que la foule pressée autour de Mathias se disperse pour pouvoir lui parler. Il me reconnut, bien sûr, et m'accueillit à bras ouverts, comme un frère qu'on a cru perdu.

Une IA baptisée AlphaGo défia le plus grand joueur de go vivant, Lee Sedol, à un match en cinq parties. Même moi, je persistais à croire que le go était trop complexe, trop libre, trop ouvert, et trop fondé sur l'intuition et la créativité pour être maîtrisé par un ordinateur. Le jeu était trop vaste pour pouvoir y gagner par la force. Après tout, il contenait bien plus de parties potentielles qu'il n'y avait d'atomes dans l'univers. J'étais convaincu qu'il faudrait au moins un demi-siècle pour que des machines, si tant est qu'elles en soient jamais capables, puissent vaincre des champions humains.

Mais quelque part AlphaGo n'était plus une simple machine. Elle avait analysé plus de cent soixante mille parties et étudié le destin de plus de trente millions de coups. Et puis elle avait fait comme Rafi et moi quand on apprenait le jeu – et comme tout bon joueur de go pour accéder au niveau supérieur : elle avait joué contre elle-même. Sauf qu'elle l'avait fait des dizaines de millions de fois.

Je regardai le match en direct. Tant que les parties se déroulèrent, je fus incapable de faire quoi que ce soit d'autre, et certainement pas de diriger une entreprise milliardaire. Quand AlphaGo joua son trente-septième coup de la deuxième partie, j'en eus le souffle coupé – un halètement repris en chœur tout autour du monde. À première vue, c'était une bourde colossale. Mais c'était trop étrange pour se réduire à ça. À Séoul, Lee Sedol se leva et quitta la pièce. Il revint, mais il lui fallut un énorme quart d'heure pour réagir. Ce coup était inhumain, surnaturel. Au bout de quelques mois à jouer contre elle-même, AlphaGo découvrait dans le go des ressources qui avaient toujours échappé aux humains en trois mille ans d'histoire du jeu.

Dans l'élan de ce coup impensable, AlphaGo gagna la partie, puis poursuivit tranquillement sur sa lancée et remporta le match. Une part de moi-même exultait de cette victoire. Une autre part songeait que le plus glorieux jeu jamais découvert par les humains était mort ce jour-là. En tentant de saisir les implications de ce coup 37 dans mon manoir de San Jose, je sentis basculer le grand combat de la vie. Chaque aventure humaine était sur le point d'être optimisée, que l'on soit prêt pour cela ou non. Un nouveau type de créature émergeait de son œuf tournoyant.

Un mois plus tard, je reçus une lettre de Rafi.

Elle me parvint à mon ancienne, mon archaïque adresse e-mail, que seuls mes vieux amis utilisaient encore. Ma première pensée, ce fut que le duel entre AlphaGo et Lee Sedol avait été pour lui le coup de grâce, que la partie de go la plus cruciale en trois millénaires d'existence l'avait tiré de sa cachette. J'imaginai qu'il avait besoin de l'empathie de son vieil adversaire, seul capable de partager son ébahissement face à ces coups divins et ce style de jeu insondable qui venaient d'accéder à la vie.

Todd, *écrivait-il :*

> Félicitations pour Playground. Tu as réussi
> dans ce que tu avais entrepris. Selon certains critères,
> tu as accompli davantage que tout autre ancien élève
> d'Ignatius, et que presque tout autre étudiant d'Urbana.
> Ce n'est pas rien.
>
> J'ignore combien d'argent par an vous gagnez,
> toi et ton entreprise, mais j'ai lu des estimations
> de ta fortune totale qui m'ont fait mal au crâne. Cela fait
> longtemps que j'y pense, et j'estime qu'il n'est pas juste
> que tu profites si massivement d'une idée que je t'ai
> donnée, sans que je ne reçoive aucune compensation.
>
> Il est difficile de calculer ce que vaut ma contribution.
> Mais la question n'est pas d'arriver à un chiffre exact.
> La somme doit être suffisante pour que justice soit faite –
> suffisante pour que tu la sentes passer, et que tu te rappelles
> ce que j'ai fait pour toi. J'ai opté pour un montant
> de 750 000 dollars. J'espère que cela te semblera équitable.

J'ai engagé un avocat pour rédiger une proposition d'accord qu'il va t'envoyer. Fais-moi savoir en retour ce qu'en pense ton avocat. Je suis sûr que tu conviendras que c'est moins moche, moins cher et plus satisfaisant de procéder ainsi que d'aller en justice.

Et peut-être que ça t'aidera à mieux dormir. R.

L'article signé par Evelyne dans le magazine atterrit sur le bureau d'un des meilleurs éditeurs grand public de New York. Cet éditeur la contacta pour une proposition : pourrait-elle écrire tout un livre, somptueusement illustré, sur les trois décennies qu'elle avait passées à étudier les mystères de l'océan ? Il lui verserait une avance substantielle, assez confortable pour qu'elle puisse se consacrer à l'écriture pendant au moins deux ans.

Les jumeaux étaient désormais des adolescents, plongés dans le chaos brûlant du collège. Au fil du temps, sans crier gare, ils étaient devenus grands et minces et rouquins et truculents, et parfois Evelyne avait du mal à les reconnaître. Daniel était décidé à devenir ingénieur, dans le génie civil. Il passait ses loisirs à dessiner des métropoles compliquées et stratifiées – pas seulement les rues, les voitures, les immeubles, mais les réseaux de tuyauteries et de câbles électriques qui les reliaient sous terre. Dora se révélait décidément mélancolique et imaginative ; elle ne vivait que pour les longs week-ends de jeux de rôles sur papier qu'elle organisait à la cave, des jeux où elle torturait sans fin un trio de garçons qui tous trois l'adoraient – un sorcier, un paladin, un malandrin – en leur imposant des labyrinthes de son invention. Elle demandait à son frère de créer les cartes géographiques de ses expéditions.

L'un comme l'autre avaient depuis longtemps abandonné tout espoir que leur mère se sente jamais chez elle sur la terre ferme. Tout comme leur père. Bart Mannis poursuivait ses recherches et participait à l'administration de son département d'études à Scripps. Ce qui voulait dire des réunions sans fin, des négociations salariales, des bourses à accorder et des emplois du temps à dresser, mais il trouvait cela étrangement satisfaisant. Lui et sa femme ne faisaient plus lit commun depuis des années. Ils n'avaient pas de secret l'un pour l'autre, mais ils ne partageaient aucune intimité. Il avait une vie pleine. Celle qu'il avait choisie. Celle qui lui convenait. Et au bout du compte, constatait-il avec surprise, une vie qu'il appréciait.

Et pourtant, c'est lui qu'Evelyne vint trouver un jour dans son bureau, cette pièce de la maison où elle n'osait jamais le déranger, lui, la seule personne qui avait l'autorité nécessaire pour dissiper ses doutes.

"Je ne suis pas écrivain.

— Non, convint Bernique. Mais tu as une bonne histoire à raconter.

— Ah bon ?

— Ton père t'a jetée dans une piscine pour que tu coules à pic.

— Oui, fit-elle, les yeux très légèrement brillants.

— Et quand tu es ressortie, tu étais transformée.

— C'est vrai ! C'est ce qui s'est passé. Et ça fait une histoire ?

— Une des plus vieilles qui soient. Et une des meilleures."

Elle le regarda d'un air penaud, assombri par le fardeau du devoir moral. "Deux ans enchaînée à un bureau ?" Ses yeux le supplièrent pour qu'il commue sa sentence.

Il ne mentionna pas tout ce qu'il avait payé pour qu'elle ait vingt ans de liberté glorieuse. Ça ne lui semblait plus vraiment un sacrifice. Il ne dit rien. Il se contenta d'incliner la tête et de lever les épaules.

Un long silence passa entre eux tandis qu'elle rejouait dans sa tête les milliers d'heures passées sous les mers. "Tu m'aideras à trouver les mots ?"

Il ferma les yeux et se sentit respirer. "Est-ce que j'ai jamais refusé de t'aider ?"

Il leva un doigt pour qu'elle patiente une minute tandis qu'il passait en revue les livres à moitié lus qui s'empilaient sur un coin de son bureau. Il feuilleta *La Terre est un être vivant. L'hypothèse Gaïa* de James Lovelock, un petit livre à jaquette qui venait de sortir. "J'ai même un titre pour toi !" Il se pencha pour lui montrer un passage. Evie pressa son épaule contre la sienne, le plaisir le plus conjugal qu'ils aient partagé depuis longtemps. Elle lut à haute voix la citation désignée par son ongle :

"Comme l'a noté Arthur C. Clarke : « Quelle inexactitude d'appeler cette planète la Terre, alors que, clairement, c'est l'Océan. »"

Evie fronça les sourcils. "*Clairement, c'est l'Océan* ? C'est ça mon titre ?

— Clairement."

Une idée la taraudait. Sans savoir comment, elle avait perdu à terre ses deux enfants. Peut-être qu'elle ne les avait pas assez entraînés dans ses aventures. Ou peut-être que ce qu'on vient à aimer, au plus profond de ses cellules, la niche où on peut vivre, est déterminé par des processus trop fondamentaux pour que les parents puissent y changer grand-chose. Mais ses deux rejetons déroutants n'avaient que treize ans. Elle ne s'était jamais vraiment ouverte à eux, en tout cas pas complètement, pas de cœur à cœur, pas d'être à être.

Elle écrivit à l'éditeur new-yorkais :

J'aimerais écrire ce livre. Je crois avoir un titre et une bonne histoire à raconter. Beaucoup de bonnes histoires.
Mais j'aimerais l'écrire pour des jeunes lecteurs.
De très jeunes lecteurs. Est-ce que ce serait possible ?

L'éditeur savait que d'un point de vue commercial il ne fallait jamais sous-estimer le désir du lectorat de lire au plus simple. *Ce serait tout à fait possible.*

Evelyne engloutit la moitié de son avance dans un engin dernier cri, une machine à traitement de texte et disquettes amovibles. Vu son talent de dactylo, c'était le seul moyen pour que le livre existe. Et la première chose qu'elle créa sur cette machine de l'espace, ce fut la dédicace. Elle la composa et la décomposa encore et encore, jusqu'à trouver enfin la formulation juste :

À Dora et Daniel
Pour que vous sachiez qui je suis.

Elle peina pendant des semaines, détestant chaque phrase qu'elle pondait. Dès qu'elle s'installait au clavier, elle était paralysée par le souvenir de *La Mer autour de nous*, qui avait changé sa vie. La profondeur et la beauté de ce livre en faisaient un dieu des eaux vengeur. Mais à mesure que passaient les semaines d'écriture, elle cessa de vouloir se mesurer à ce chef-d'œuvre. Elle se défit de son embarras face aux mots, et se mit à écrire comme si elle était redevenue jeune et qu'elle parlait à ses amis, pour leur confier le secret d'un monde enchanté découvert par accident, juste au-delà d'une barrière chatoyante.

Libre de rajeunir, elle passa deux années étonnamment belles, à dormir chaque nuit sous le même toit que sa famille et à faire enfin connaissance avec ses enfants, tout en leur écrivant une lettre d'amour de quatre-vingt mille mots qu'ils pourraient lire, d'abord dans un an ou deux, et aussi plus tard, bien après que son corps aurait nourri les myxines et les requins dormeurs sur quelque plaine abyssale, à des kilomètres en dessous de la surface de l'océan. Et elle destinait aussi ses histoires à la petite Canadienne de douze ans, telle une prophétie adressée au passé, pour que la fille timide qui se mordait les lèvres sache que personne en ce monde n'avait autant de chance qu'elle n'en aurait un jour.

Elle narra sa plongée dans le triangle de Corail, à sa première expédition, où un hippocampe grand comme l'ongle de son petit doigt avait saisi de sa queue préhensile quelques mèches de sa chevelure flottante pour s'y cramponner, comme s'il se faisait prendre en stop par Dieu. Elle raconta le jour où, dans les eaux glaciales de l'Atlantique nord, elle avait croisé une méduse à crinière de lion, une créature brillante de deux cents kilos et plus de mille tentacules, dont le plus long s'étirait comme une rangée d'immeubles. Elle commenta le drôle d'effet, en buvant la tasse, de se rendre compte qu'elle absorbait aussi du phytoplancton et du zooplancton par millions, y compris des centaines de minuscules cousins de cette méduse titanesque. Elle fit de son mieux pour décrire l'architecture baroque et stupéfiante de créatures qui composaient ces trois cinquièmes de la biomasse océanique imperceptibles pour l'œil humain.

Elle dépeignit la sensation d'être emmenée en balade par un requin baleine et de chevaucher le front d'une créature grande comme un bus scolaire, en simple passagère d'un écumeur géant qui ne se nourrissait que des bancs de ce même plancton invisible.

> Un jour, en plongeant au large de Monterey, en Californie, j'ai vu une maman otarie envelopper sa fille de varech avant d'aller pêcher les palourdes et les oursins du dîner. En tant que savante, j'étais étonnée. Mais en tant que maman, je me suis dit : *Bien sûr. Elle veut que sa petite soit au chaud et à l'abri. Elle veut s'assurer que son enfant ne parte pas à la dérive pendant qu'elle-même fait les courses sous les vagues.*

Elle revécut le soir où, marchant sur une plage de Malaisie après le coucher du soleil, elle laissait derrière elle, sur le sable couvert d'eau, des traces de pas toutes scintillantes de vie bioluminescente. Les mots qu'elle employa pour restituer ces traces brillantes étincelèrent dans son sillage et la poussèrent à aller de l'avant. Elle parla de ses plongées nocturnes dans les eaux noires et tièdes du Sud de la mer de Chine, où chacune de ses brasses engendrait une Voie lactée tourbillonnante d'animaux crépitant en bleu et blanc. Les trois quarts des espèces océaniques, du plancton au kraken, émettaient des signaux dans un langage de lumière vivante. Et voilà que ses syllabes clignotaient à l'unisson.

Une autre fois, dans le lagon d'Ojo de Liebre en Basse-Californie, elle avait fait du surplace pour retirer des parasites de la tête d'une baleine grise tandis que l'énorme créature ballottait sur les vagues à côté de son petit canot. Elle tenta de trouver les mots pour traduire sa stupéfaction lorsque, l'année suivante, alors qu'elle plongeait au même endroit, la même baleine avait surgi de nulle part pour s'offrir à ses doigts :

> Elle m'avait retrouvée. Elle me redemandait de l'aide. Elle savait exactement qui j'étais, alors qu'un an avait passé. Mais comment ?

Et ayant raconté cette histoire, elle fut forcée de relater les trois heures qu'elle avait passées rivée au regard d'un dauphin-pilote, échoué avec deux cents autres sur la côte nord-ouest de l'Australie. Il s'était produit quelque chose d'inconcevable pour la créature, dont l'œil étrange et profond, animé d'une insondable intelligence, la fixait, s'obstinant à vouloir comprendre, jusqu'à ce que son cœur massif finisse par lâcher.

Elle appréhendait que ce passage accable de tristesse ses jeunes lecteurs. Mais elle ne pouvait rien passer sous silence. Elle devait montrer que les océans avaient tout déclenché, qu'ils jouaient toute la gamme des notes, gardaient en jeu tous les possibles. Et le récit de ces créatures échouées la ramena à la mer, où un mois plus tard, plongeant en solitaire non loin de cette côte, elle s'était retrouvée encerclée par une armée de dauphins à long bec – ils étaient au moins trois cents – qui laissèrent échapper un grand cercle de bulles lorsqu'ils poussèrent en chœur un grand cri extatique, et bondirent en toupie autour d'elle dans l'air stupéfait.

——

Pendant deux ans, assise à un bureau face à une machine grise, elle recréa ce qu'elle avait vu en trois décennies de plongée. Elle avoua la décharge cuisante de cinquante volts que lui avait infligée au bras une rascasse blanche qu'elle avait eu la bêtise de vouloir mesurer. Elle évoqua les poissons perlés qu'elle avait vus vivre à l'intérieur du corps d'un concombre de mer.

Elle décrivit sa descente dans un bathyscaphe à trois places, plaquée contre le minuscule hublot, chutant à des kilomètres dans une noirceur plus noire que le cosmos, sans rien pour s'orienter, avant d'accéder à un royaume si bizarre qu'il brouillait les frontières entre le cauchemar et la vision : de monstrueux poissons à dents de sabre qui pêchaient d'autres poissons en les appâtant par des bactéries luisantes qui leur poussaient sur le front. Des méduses transparentes clignotant de couleurs criardes comme des jouets électroniques. Des bouches de fumée volcaniques tellement recouvertes de vie pourpre et blanche qu'Evie ne voyait même plus la pierre qui leur servait de base. La vie n'avait pas besoin du soleil. Elle raconta avoir vu un requin du Groenland, long de six mètres et vieux de trois siècles – ce colosse du Grand Nord, trop lent pour attraper les poissons si vifs qui pourtant emplissaient son ventre –, dans les grands fonds sous les tropiques :

> C'est là que j'ai vraiment compris, pour la première fois, qu'un habitat d'eau froide, unique et continu, s'étend sur toute la planète, si profond et si vaste qu'on n'aura jamais fini de le connaître.

Elle aspirait à envoûter ses propres enfants. Pour Daniel, elle transformait les récifs en cités, les herbiers marins en banlieues, et les forêts de kelp, les prairies sous-marines, les estuaires, les lagons et même la haute mer en habitats aux interconnexions si complexes qu'elles en laisseraient bouche bée le plus brillant des ingénieurs civils. Pour Dora, elle faisait des océans le royaume enchanté le plus épique qui soit, peuplé de monstres sauvages et de héros plus sauvages encore.

Rien que son petit chapitre sur les yeux offrait un bestiaire à faire pâlir le plus inventif des auteurs de fantasy. Les deux cents yeux de la coquille Saint-Jacques. L'étoile de mer qui voit par la pointe de ses bras. Des poissons aux yeux fendus en deux, pour voir en même temps au-dessus et au-dessous de la surface. Le calmar joyau, qui pointe un gros œil vers le haut et ses grandes ombres mouvantes, et un plus petit vers le bas et les créatures scintillantes des profondeurs. Mais au fond, là où la lumière était impuissante, même les plus grands yeux du monde ne pouvaient distinguer les stupéfiantes chaînes de montagnes déchiquetées, les immenses cascades au débit mille fois plus puissant que le Niagara, les tranchées, les crénelures, les gouffres et les crevasses sans équivalent sur la terre ferme, les panoramas que ne verrait jamais aucun être vivant.

La mer qu'elle évoquait brouillait tous les sens affolés. Des requins employaient les deux tiers de leur masse cérébrale à flairer une seule goutte de sang dans plusieurs millions de gouttes d'eau. Des nématodes parasites percevaient le goût de la chaleur à travers leur peau. Des poissons cavernicoles aveugles percevaient des objets à distance grâce aux cellules qui leur parcouraient les flancs. Les marsouins, les dauphins, les orques voyaient avec leurs oreilles des différences infimes dans des objets enfouis. Les poissons-éléphants de l'Oubangui flairaient l'électricité avec leur menton. Des tortues de mer s'orientaient grâce aux torsions et tiraillements des champs magnétiques de la Terre.

Tout ce qu'Evie avait naguère appris par ses cinq sens, elle le réapprenait à présent, en écoutant les mots comme ses futurs lecteurs. Elle décrivit les fleuves sinueux de senteur, longs de milliers de kilomètres, que flairaient les oiseaux de mer dans l'atmosphère, et qui leur permettaient de traquer le plancton et du même coup le krill qui s'en nourrissait. Elle s'efforça de dessiner des créatures qui semblaient conçues par un comité d'enfants hyperactifs, des créatures d'une symétrie quadruple, quintuple, sextuple, octuple, des créatures qui changeaient de forme et de couleur aussi facilement que le vent changeait d'angle au large d'un promontoire ; elle transcrivit la cacophonie des fonds sous-marins, les grognements, grondements et klaxons tellement plus cruciaux pour la vie sous l'eau que le recours à la lumière – le cliquètement des poissons-balistes aiguisant leur épine dorsale, les coups de sifflet stridents et les solos de batterie virtuoses des crapauds de mer, le pépiement suraigu des pets de hareng, et encore le mugissement des rascasses volantes, le son flûté et syncopé de ses mantas bien-aimées, le chant des baleines qui résonnait à des milliers de kilomètres dans les grands fonds.

Elle consacra une attention toute spéciale à l'un des plus tonitruants d'entre tous ces braillards, une variété de crevette-pistolet. Il y en avait six cents espèces, mais c'est d'une en particulier qu'elle était tombée amoureuse lors d'un mois passé dans les récifs des îles Salomon. La créature avait des pinces atypiques, dont l'articulation unique rappelait le percuteur d'une arme à feu. La crevette armait ce chien, puis le relâchait pour qu'il s'abatte contre le fermoir de la pince, dans un claquement assourdissant.

> Le bruit de ces minuscules crevettes n'a pas d'égal dans les grands fonds, même pas le mugissement des plus grosses baleines. Quand

toute une colonie de pistolets se met à claquer de concert, leur chœur a de quoi brouiller le plus sophistiqué des sonars militaires. Le bruit d'une seule crevette est plus fort que le vrombissement d'un réacteur d'avion au bout de la rue. Et l'explosion causée par son claquement de pinces produit une onde de bulles capable d'assommer un gros poisson ou de briser un bocal en verre. Ces bulles contiennent tant d'énergie qu'elles émettent des éclairs lumineux presque aussi brûlants que la surface du soleil.

Mais il y avait autre chose chez la crevette-pistolet qui lui valut une place de choix dans le livre d'Evelyne. Elle raconta comment elle était revenue jour après jour épier l'un des partenariats les plus étranges de l'océan. Elle regardait pendant des heures une crevette s'échiner à creuser un terrier assez grand pour deux familles. Mais l'autre résident de cette copropriété n'était pas une crevette, ni un autre crustacé, ni même un autre invertébré. C'était un gobie, un petit poisson à nageoires rayonnées qui comptait sur sa partenaire pour creuser et entretenir leur antre.

La crevette est une excellente terrassière, mais elle est presque aveugle. Le gobie monte donc la garde devant leur terrier commun et capture à manger pour deux. La crevette ne cesse de vérifier la présence du poisson en l'effleurant de ses longues antennes. Le gobie l'informe de ce qui se passe au-dehors, grâce à un code bien précis de mouvements de nageoire. Au premier signe de danger, le gobie ordonne un repli général dans la forteresse qu'a bâtie la crevette.

———

Comme elle n'était pas anglophone, comme elle luttait avec les mots, et comme au fond d'elle-même elle avait toujours douze ans, elle écrivait dans un style désarmant où les jeunes lecteurs se reconnaîtraient en n'ayant qu'une envie : se ruer auprès d'elle. Ses phrases se précipitaient, nues et impatientes, libres, ingénues, éperdues d'émerveillement. Ses paragraphes débordaient d'un étonnement palpable, plus grand encore que celui qu'elle avait ressenti en découvrant ces créatures.

Elle le dit simplement, sans rien cacher : plonger, c'était le seul moment où elle ne partait pas ailleurs, le seul moment où elle était heureuse dans son corps et à l'aise dans le monde. Et son livre donnait donc l'impression d'un retour. Ses pages avaient l'odeur de vent salé de la mer, et les mots sous ses mots grouillaient comme les eaux elles-mêmes, où neuf dixièmes des espèces de consciences possibles n'avaient pas encore été identifiés.

À l'avant-dernier chapitre, le livre d'Evelyne se faisait sombre. Les côtes de Floride, où elle avait si souvent plongé dans sa propre adolescence, avaient troqué leurs mangroves contre des lotissements et des gratte-ciel. Les cités de corail de l'océan Indien, qui regorgeaient de vie quand elle y nageait à vingt ans, se décoloraient et s'envasaient. Pétroliers et derricks causaient cent marées noires par an. De l'intérieur d'un submersible, à des kilomètres de profondeur dans le monde sans soleil, elle avait filmé des champs entiers de bidons emplis de déchets nucléaires.

> Je vais vous le dire franchement : comme tout le monde, j'ai cru l'océan infini et invulnérable. J'avais tort. Les eaux se réchauffent. Les gros poissons disparaissent. Les plastiques, les métaux, les toxiques s'accumulent et se transmettent d'un bout à l'autre de la chaîne alimentaire. Et le pire est encore à venir…
>
> Sans votre amour, l'océan va mourir.

Longtemps, elle peina à trouver comment finir le livre. S'étant risquée dans le futur et sa vérité crue, il lui fallait un moyen d'offrir de l'espoir sans pour autant mentir. Ses jumeaux n'avaient jamais toléré les paroles lénifiantes. Ils flairaient les vœux pieux comme un requin le sang.

Des semaines à chercher, avant de comprendre : une conclusion optimiste, ça n'était pas possible. Espoir et vérité étaient inconciliables. Les créatures qui l'avaient émerveillée vivaient leurs derniers jours. Il n'y avait pas d'autre fin honnête. Bloquée, elle relut et relut ce qu'elle avait écrit, jusqu'à en être dégoûtée. Elle se mit à douter du livre, puis à le haïr. Chaque page trahissait ses défauts d'expression dans une langue qu'elle n'avait jamais maîtrisée. Elle était une scientifique. Qu'est-ce qui lui faisait croire qu'elle pouvait se faire passer pour un écrivain ?

Elle décida de limiter les dégâts et de rembourser l'avance. Sauf que, bien sûr, elle avait tout dépensé pour sa famille, et plutôt deux fois qu'une. Désespérée, elle se tourna vers Bernique. Il compatit mais ne put l'aider.

"Tu vas la trouver, ta fin. La mer s'en chargera."

Il le prédisait avec tant d'assurance qu'Evelyne en devint folle de rage. Elle fut tentée de demander sur-le-champ ce divorce si longtemps évité. La suffisance de Bart face à sa détresse la faisait bouillonner. Comment avait-elle pu avoir des enfants avec cet homme ?

Et puis, alors qu'elle était prête à emporter sa coûteuse machine à traitement de texte dans les eaux internationales pour la jeter par-dessus bord, elle la trouva, sa fin, comme son mari l'avait prédit. Un simple souvenir d'un moment stupéfiant, un souvenir si important pour elle qu'elle l'avait refoulé au moment de réfléchir à son dernier chapitre. Peut-être la scientifique en elle restait-elle réticente à conclure sur un épisode qui tenait du mystique. Mais une fois que sa mémoire lui eut livré cette perle, elle sut qu'il n'y avait pas d'autre fin pour le livre.

Cela s'était produit des années plus tôt, lors de sa deuxième expédition dans les eaux de la plateforme continentale à l'est de l'Australie. Elle devait observer les relations complexes entre nettoyeurs et clients d'une station de nettoyage au nord-est de Cooktown. Un après-midi, alors qu'elle plongeait chaque jour depuis trois semaines, elle s'arrêta non loin du site pour observer un sépiide géant surexcité qui évoluait à l'entrée de son antre.

La créature palpitait des couleurs les plus extraordinaires. Evie s'approcha – centimètre par centimètre, de peur d'affoler l'animal et de couper court à son spectacle effréné. Le sépiide ne daigna pas lui accorder la moindre attention. Il regardait loin derrière elle les eaux plus profondes, tandis que des combinaisons de rouges, d'orangés, de verts pâles parcouraient cycliquement sa peau comme les stroboscopes d'une boîte de nuit. Elle pensait avoir vu toutes les couleurs qu'un sépiide pouvait produire, mais celui-ci offrait des nuances de cannelle et de roux, d'écarlate, de carmin, de bordeaux, qui lui étaient totalement inconnues. Il clignotait de couleurs si subtiles et variées qu'elle n'aurait même pas su dire où elles s'inscrivaient dans le spectre.

Les lumières parcourant la longueur de son corps pulsaient et évoluaient. Elles lançaient un thème suivi de variations toujours plus amples. Ce light-show lui rappelait les casinos de Las Vegas, les déroulés en Technicolor des enseignes de Times Square. Une grammaire obscure gouvernait ces motifs flamboyants, une riche syntaxe et une sémantique aux règles et aux combinaisons insondables, et bien qu'Evie ne puisse rien en déchiffrer elle était sûre que ça avait un sens.

Envoyait-il des signaux ? Pas à Evie, en tout cas. Il récitait son fabuleux soliloque de couleurs bien avant qu'elle n'entre en scène, et à présent qu'elle rôdait alentour l'animal gardait le dos tourné pour contempler le réseau de trois mille récifs, dont les deux mille kilomètres d'architecture vivante étaient visibles depuis l'espace. Il n'y avait pas non plus d'autres grosses bêtes en vue, même si, Evie le savait, les sens des animaux étaient si affûtés et imprévisibles que le chanteur aurait très bien pu s'adresser à des congénères à proximité, par des moyens qu'elle ignorait.

Elle repensa à un violoniste qu'elle avait vu un jour d'été, des décennies plus tôt, sur le parvis de l'oratoire Saint-Joseph à Montréal, se mesurer à la *Chaconne* de Bach tel Jacob luttant avec l'ange, comme si le sort du monde en dépendait. Le concert du sépiide se déroulait avec la même intensité et la même profondeur. Les séquences offraient des variations aussi bien successives que parallèles. Des mélodies se dessinaient dans un contrepoint virtuose. Des accords de couleurs fusaient en progressions profondes : staccato de jaune vif, une suite de pourpres brunâtres évoluant decrescendo vers un bleu sombre et assourdi.

Les formes composées par le tourbillon de couleurs échappaient à Evie. Constellations et diagrammes, motifs de tirets et de points aveuglants progressaient en formations étranges le long et autour du corps tubulaire de la bête. Mais le sépiide lui-même faisait du surplace, brassant l'eau avec ses nageoires et projetant de minuscules giclées correctives avec son siphon rotatif. N'était l'inlassable feu d'artifice, il aurait pu être un moine au sommet d'une montagne, absorbé dans sa méditation.

S'ensuivit quelque chose qui défiait l'entendement, même en le racontant bien des années plus tard. Le jongleur de lumières se crispa et contracta son corps en une masse rigide. Et sans autre public que l'eau à perte de vue, le chanteur se mit à danser. Ses bras faisaient des moulinets puis se rabattaient le long du corps. Ils pointaient brusquement vers des directions opposées, comme dans une chorégraphie de Martha Graham. Le sépiide décrivit des cycles de postures qui, selon les biologistes, étaient réservées à la confrontation ou à la parade – mais il n'y avait pas en vue la moindre bête rivale, hormis l'unique humaine qu'il ignorait méthodiquement. Tout son corps blêmit jusqu'à être blanc comme l'Antarctique, et il se recroquevilla dans une pose de guerrier farouche. Sa peau se hérissa d'une chair de poule épineuse, puis s'embrasa en une flamme. Les bras se firent épées, pour une danse du sabre sans ennemi et sans spectateur. Il frappait d'estoc et de taille, portrait craché de Kali, déesse du temps, du changement, de la destruction et de la création.

Le sépiide montait un spectacle. Il *jouait*.

Passé ce paroxysme joué fortissimo, il revint peu à peu à des postures plus calmes jusqu'à un dénouement en sourdine. Il accomplissait les étapes complexes d'un rituel. Quand le mouvement et la lumière cessèrent, et que la créature exténuée s'éclipsa vers son antre, Evie resta frappée de stupeur, incapable de saisir ce qu'elle venait de voir, certaine de ne pouvoir en parler à personne, mais non moins consciente qu'un jour elle y serait obligée.

Ce jour était venu, et elle refermait son livre sur une simple reconstitution de cette performance, la chose la plus étrange et la plus déconcertante dont elle ait jamais été témoin :

> Si le sépiide s'exhibait, je ne saurais dire pour qui. Il aurait pu s'agir de déflagrations d'énergie, de crépitements électriques aléatoires, mais les motifs étaient si déterminés qu'ils ressemblaient à des messages. Plus que des messages : l'animal semblait déclamer un poème épique, peindre un tableau tachiste, chanter une chanson sans fin…

Nous ne saurons jamais ce que c'est d'être un sépiide, mais je suis sûre qu'ils sont plus intelligents que nous ne le croyons. Peut-être d'une intelligence trop étrange pour que nous puissions la saisir. Ces codes complexes de couleur et de mouvement avaient forcément un sujet. Mais lequel ?

Je ne sais pas ce que disait le sépiide. Mais je crois savoir ce qui animait sa performance effrénée. C'était sûrement la chose qui occupait son esprit à chaque instant de son existence, où qu'il se tourne. Clairement, c'était l'Océan.

La scientifique en elle regardait affolée ces mots prendre forme. Ils lui étaient soufflés d'une part obscure d'elle-même, téméraire et infondée. Mais avec tant de force qu'elle devait s'y soumettre. C'était par accident qu'elle avait bouclé la boucle. Ou plutôt, sa part consciente était enfin parvenue au point d'arrivée que sa part animale avait déjà atteint, dès l'instant où elle s'était lancée dans l'écriture à partir de rien, hormis son titre. L'océan se déployait perpétuellement, explorait perpétuellement, bricolait perpétuellement la forme, et chacun de ses éléments parlait sans cesse de ce qui l'entourait. Tout comme Evie. Et comme toute créature issue de ces eaux. Autrement dit, tout être vivant.

Elle remit le manuscrit à Bernique. Dès le milieu de l'après-midi, il l'avait fini. Cette chose qui lui avait demandé près de deux ans d'écriture, son mari l'avait lue en à peine plus de deux heures. Il y avait quelque chose d'injuste et d'aberrant dans cette équation.

"Alors ? Ne reste pas comme ça à faire cette drôle de bouille. Dis-moi ce que tu en penses."

Bart Mannis gardait le manuscrit sur ses genoux. Il ferma les yeux et secoua la tête. Ça la rendait folle. Elle voyait bien que le livre était raté, sur tous les plans. Elle allait devoir tout réécrire.

"Mais bon Dieu, *dis-moi* ! C'est vraiment insauvable ?"

Il inspira profondément, sans un mot. Elle n'y tenait plus. Elle avait envie de lui faire mal. Et puis il parla.

"C'est exactement ce que ça doit être."

Le soulagement la submergea, comme les marées de la baie de Fundy. Elle fondit en larmes et jura en joual.

"Ne me mens pas.

— Est-ce que je t'ai jamais menti ?"

Non, en effet. Et elle fut stupéfaite de s'en rendre compte. Toutes ces années ensemble, et pas un faux-semblant. Qui peut en dire autant ?

Elle se sentit soulevée par une vague d'énergie retrouvée. "Alors je fais quoi maintenant ?

— Tu te prépares.

— À quoi ?

— À tous ces jeunes émus qui vont tomber amoureux de toi."

Elle n'était pas préparée. Elle avait émis un cliquètement de pince de crabe, et il détona à travers le monde comme un réacteur d'avion au bout de la rue. *Clairement, c'est l'Océan* connut aussitôt un deuxième tirage, puis un troisième. Une séquence de cinq minutes sur une chaîne nationale, où on la voyait en combinaison de plongée jouer avec une pieuvre et des dauphins gazouillants, fit aussitôt entrer le livre dans la liste des meilleures ventes, qu'il occupa tout l'été. Les lecteurs de vingt-deux pays, avides de renouer avec une planète déclinante et cramponnés aux vestiges de leur animisme d'enfance, achetèrent l'ouvrage en quantités alarmantes.

Les lettres se mirent à affluer. Elles contenaient des photos et des histoires, des poèmes et des cris du cœur. "Votre livre m'a changé. Il change *tout*." Et ça ne venait pas seulement des jeunes : des gens d'âge mûr la remerciaient de leur rappeler que, aujourd'hui encore, dans ce qui ressemblait à la fin des temps, quatre-vingt-dix-neuf pour cent de l'espace de vie offert par la planète étaient plus étranges qu'ils ne pouvaient même l'imaginer.

Elle balança un sac de courrier aux pieds de son mari amusé. "Qu'est-ce que je suis censée en faire ?

— Leur répondre ?

— Mais comment ? J'en reçois un sac par semaine. Si j'accorde à chaque lettre la réponse qu'elle mérite, je n'aurai plus jamais le temps de plonger."

Il se rembrunit. Il ne voulait pas qu'elle soit punie pour une bonne action qu'il avait encouragée.

"Tu pourrais peut-être engager une secrétaire pour leur répondre."

Elle le regarda, horrifiée. "Tu parles sérieusement ? Pour tous ces gens, ce serait une gifle !"

———

Répondre aux lettres se révéla plus difficile que d'écrire le livre. De nouveau enchaînée à son bureau, croulant sous les suppliques de parfaits inconnus, elle devait se prononcer sur des questions qu'elle ne maîtrisait pas, dispenser aide et réconfort qu'elle n'était pas qualifiée pour offrir. Elle songea que c'était pour ça qu'elle avait toujours été effarouchée par l'amour entre humains. L'accorder, c'était toujours encourir une obligation croissante : la gratitude de l'autre.

"Mes copines ont adoré, lui dit sa fille. Leur héros, c'est toi." Evie dut mobiliser toute sa volonté pour ne pas crier : *Mais toi, alors ?* Dora l'avait lu. C'était déjà un cadeau.

"Y a plein de truc là-dedans que je savais pas", lui dit Danny. Il ne lui avait pas accordé une telle marque d'affection depuis ses dix ans.

Pendant un an et demi, Evelyne fut invitée à la radio, donna des interviews aux journaux et aux magazines. Elle passa à la télé et accepta de donner des conférences plénières aux quatre coins du pays. Elle détestait tout ça. Chaque siège d'avion était une pénitence. Elle vomissait tripes et boyaux dans sa chambre d'hôtel avant chaque rencontre. Et puis une autre créature prenait le contrôle de son corps, et elle montait sur scène décontractée devant des centaines de spectateurs qu'elle parvenait mystérieusement, pendant une heure, à faire rire, tressaillir, et pleurer pour l'océan, source de tout prodige.

Les nouvelles apportées par Bart n'arrangèrent pas sa confusion.

“Les inscriptions augmentent à Scripps. Et il n’y a pas que chez nous. J’ai vérifié. Dans tout le pays, les programmes d’études océanographiques annoncent un regain d’effectifs. À Woods Hole, ils disent que c’est de ta faute.”

Ça lui donnait envie de ne plus mettre un pied dehors.

Mais elle avait rempli ses obligations envers la Terre. Elle pouvait prendre sa retraite, tout laisser tomber, ne plus faire que plonger et observer en silence pour le restant de ses jours.

Et puis vint la lettre de la Maison-Blanche : le président lui demandait de devenir membre du Comité consultatif national sur les océans. La lettre fut suivie d’une autre, lui proposant de codiriger l’Office national des sanctuaires marins. L’invitation émanait du professeur Earle, son ancienne capitaine lors de la mission Tektite, et la première femme à être directrice scientifique de l’ONSA. Evie lui vouait trop d’admiration pour refuser. La Terre perdait des écosystèmes entiers avant même qu’on puisse découvrir ce qu’il y avait dedans. Et il incombait à cet organisme imparfait, impuissant, bureaucratique d’essayer de freiner la tendance.

L’administration. Washington. Piégée dans une vie terrestre, parmi des humains pinailleurs. Le brutal châtiment du succès était complet.

Pendant quatre ans, Evelyne fit la navette entre les deux côtes. Elle voyait moins sa famille que durant ces années d’absence que le livre était censé expier. Daniel fut admis dans le programme de génie civil et mécanique à Caltech. Dora s’inscrivit à Pomona, où elle suivit tous les cours d’histoire médiévale à sa disposition. Bart recommençait à publier des articles. Tandis qu’Evelyne s’affairait à Washington, les jumeaux se muèrent en adultes friands d’ironie, à la voix grave et tonnante, qui lui écrivaient des lettres sophistiquées remplies d’anecdotes spirituelles sur la vie estudiantine, y compris sur des amis qui les fétichisaient parce qu’ils avaient pour mère l’auteur de *Clairement, c’est l’Océan*. Dans un coin de sa tête, Evie avait l’espoir, quand Washington et le professeur Earle la relâcheraient enfin, de pouvoir rentrer chez elle à temps pour se lier d'amitié avec ces adultes tout neufs et si exotiques, et connaître les secrets de leur assurance de terriens.

—

Son mari vint la chercher à l'aéroport de Los Angeles par un beau jour d'avril, pour son premier retour sur la côte Ouest depuis Noël. Bart l'attendait au point de rendez-vous habituel, à la sortie du hall des arrivées. Elle s'arrêta et l'examina de la tête aux pieds. Avant même qu'il puisse la serrer rituellement dans ses bras, et déposer sur son front le traditionnel bisou, elle sentit quelque chose d'anormal. Les symptômes étaient au mieux subtils. Si elle avait passé avec lui les quatre derniers mois, le changement progressif, à tout petits pas, aurait pu lui échapper. Ce qui le rendait visible, c'était ce tiers d'année écoulé.

"Tu as perdu du poids ?"

Il éclata de rire. "Flatteuse !" Mais elle insista.

Il se déroba. "Je n'ai même pas droit à une embrassade avant l'interrogatoire ? À un « Ça me fait plaisir de te voir » ?"

Il y avait quelque chose qui n'allait pas dans sa peau – dans sa couleur, dans son allure un peu plus flasque que l'hiver dernier. "Tu manges bien, au moins ?" Elle ne le lâchait pas, tandis qu'il tirait ses bagages jusqu'au parking. "Tu dors correctement ? Tu as des poches sous les yeux. Et ton bras, là, comment tu t'es fait ça ? "

Nouveau rire, plus agité. "Evie ! C'est moi. Je vais bien."

Elle se dit qu'après quelques jours ensemble il pourrait peut-être en effet produire cette impression. Mais plus jamais, en réalité, il ne retrouverait cet état. Plus jamais il n'irait bien.

—

La vérité les submergea si vite qu'elle fut estomaquée, plus tard, en reconstituant le calendrier des faits. Le mois d'avril n'était même pas fini que les médecins communiquèrent à Bart leur diagnostic. Il dit aux jumeaux que ce n'était pas la peine de rentrer en avance pour son opération ; leur semestre de fac s'achevait bientôt, et il passerait de meilleurs moments avec eux après sa convalescence.

Il entra au bloc opératoire à 13 h 13 le lundi 12 mai, le lendemain de la fête des Mères. Les chirurgiens le recousirent aussitôt, sans même un semblant de riposte face à une maladie qui occupait sur l'échiquier une position inexpugnable. Deux jours plus tard, sa femme le ramena à la maison dans la Camry familiale : sa chemise hawaïenne flottait sur son torse cireux, par-dessus son jogging, et il avait encore au poignet le bracelet de plastique blanc. Pendant tout le trajet, il regarda par la vitre du passager, comme s'il voyait le monde pour la première fois.

Ils convertirent le bureau du rez-de-chaussée en chambre provisoire. Et c'est ainsi que leur foyer depuis vingt ans, leur foyer atypique mais fécond, devint un hospice. Bart prit un congé maladie et mit ses affaires en ordre, ce qui ne fut pas difficile pour cet adepte de la frugalité. Evelyne démissionna de ses fonctions à l'Office national des sanctuaires marins et se voua à sa mission d'aidante à plein temps.

Pour Bart, ce fut un coup dur. "Ne sacrifie pas des sanctuaires marins pour moi." Mais il n'avait plus la force ni l'endurance nécessaires pour l'en dissuader.

Les enfants revinrent aux vacances d'été. Ils erraient dans la maison comme des délinquants punis. Un soir, Bart s'attarda avec eux sur la terrasse tandis qu'Evie dormait déjà. Il les engueula d'être toujours si moroses. "Regardez autour de vous ! C'est pas une tragédie. J'ai eu une vie longue et bien remplie, dans un endroit super. Je me suis affranchi d'une famille d'alcooliques violents pour m'épanouir dans ma carrière. Je n'ai pas de problèmes d'argent et je n'ai jamais été malade. J'ai deux enfants en bonne santé, brillants, incroyables. Et je suis marié à Evelyne Beaulieu !"

Dora ricana. Daniel se crispa, peiné par cette réaction cynique. Leur père s'affaissa dans son fauteuil comme si on l'avait giflé. Le cancer saisit l'occasion de lui voler encore quelques semaines.

Dora fut submergée de honte. "Papa, je suis vraiment désolée. C'est pas ça que je voulais dire.

— Ça quoi ?" répondit son père. Et par un pacte tacite de silence, plus jamais ils n'abordèrent la question de son bonheur.

Quand il n'arrivait pas à dormir, Evelyne veillait avec lui. Au début de son déclin, elle lui faisait la lecture à haute voix : des articles sur les derniers développements de la malacologie, son domaine de prédilection quand il était thésard. Lorsqu'il perdit la concentration nécessaire pour les assimiler, ils se mirent à regarder des documentaires sur la nature ou à jouer d'interminables parties de 121. Plus tard encore, quand les calculs et la stratégie limitée que réclamait le jeu furent au-dessus de ses forces, ils se contentèrent de rester ensemble sans rien dire, sans bouger, chacun appréciant le silence que l'autre lui accordait.

Face au flux montant de la panique, Evie n'arrivait pas à comprendre que son mari demeure si étrangement en paix. Pas une fois il n'exprima de regrets, ni n'évoqua d'espoirs insatisfaits. Il dit juste, une fois : "Ça serait quand même quelque chose de voir à quoi ressembleront les enfants de Danny !" Et il la prit de court, au réveil d'une sieste, en demandant : "Qu'est-ce que Dora va faire dans la vie, d'après toi ?" Faute de réponse, il ajouta : "Voilà une chose que j'aurais bien aimé savoir !"

Pour le reste, elle le voyait prêt à partir. Et cela lui fendait le cœur. Elle avait envie de lui hurler : *Lamente-toi, bon Dieu !* Mais il avait obtenu de cette vie ce qu'il voulait.

En août, les enfants retournèrent à la fac. Leurs au revoir furent fébrilement normaux, ce qui parut convenir à Bart. Et à tout le monde. "À bientôt. On se voit fin novembre, pour Thanksgiving." Et la maison redevint immense quand ils ne furent plus que tous les deux, mari et femme, chacun mesurant toute une vie d'incompatibilité mutuelle, et étonné de cette chose impensable : ils franchissaient ensemble la ligne d'arrivée.

Elle lui cuisinait ce qu'il parvenait à manger. Elle prenait régulièrement ses constantes et lui donnait ses médicaments, qui étaient surtout palliatifs. Lorsqu'il devint squelettique, elle l'aida à marcher. Elle finit par lui faire sa toilette au gant, en l'asseyant dans la douche sur une chaise en plastique. L'un des antidouleurs le constipait, et elle dut lui administrer des lavements. Elle lui tenait la main quand il était aux toilettes, souffrant le martyre.

Les analgésiques le rendaient somnolent. Son regard se troublait et cessait de comprendre. Elle n'arrivait plus à savoir ce qu'il percevait vraiment. Elle voulut lui épargner tout. Un soir, elle lui chuchota : "Tu n'as pas à subir ça."

Il la regarda, perplexe. "Ah bon ?"

Elle ne s'aventura plus sur ce terrain.

Cruellement, il reprit des forces pendant quelques semaines. Elle réprima en elle une vague d'espoir absurde. Le dernier jour où ce fut possible, Bart eut envie d'une sortie. Ils ne pouvaient pas aller loin, mais même une excursion pour la journée leur laissait des possibilités illimitées.

"J'aimerais bien aller voir la crique."

Evie releva brusquement la tête, sous l'effet de la surprise. La crique s'étendait en contrebas de Scripps, où Bart avait passé presque tous les jours de sa vie depuis qu'il l'avait suivie ici pour ses études. Aucun endroit sur Terre ne lui était plus familier. Il aurait pu décrire les yeux fermés la disposition des rochers au-dessus de la plage. De tous les lieux qu'il aurait pu demander à revoir, c'était celui dont il gardait le souvenir le plus frais.

Elle l'aida à négocier les falaises jusqu'au promontoire effrité. De sa main droite il s'aidait d'une canne, et elle dut se courber pour caler sa haute taille sous l'épaule gauche de son mari.

"Pourquoi tu es restée si grande ? la gronda-t-il.

— Pourquoi tu es resté si bête ?

— Oh, E. B. Regarde ! Là-bas !"

Elle regarda dans la direction qu'il indiquait, sans rien voir de spécial. Le soir approchait, et un écheveau de cormorans écrémait les vagues parallèlement au rivage. De temps en temps, l'un d'eux plongeait tête la première dans le bleu noirâtre et disparaissait.

Mais Bart regardait plus loin, vers l'énorme remontée qui courait comme une crevasse le long de la côte californienne. Le vent sur la couture de ce littoral occidental, la force de Coriolis, le transport d'Ekman : combinés, ils soulevaient en puissants courants verticaux les eaux les plus fertiles, pour le plus grand profit des habitants de la surface. La nourriture et l'énergie, réunies dans l'une des cinq sources majeures de vie de la planète.

Il se retourna vers la femme à son bras. Il vit la nostalgie dans son regard. "Mon gobie", dit-il.

Ce drôle de petit nom la fit cligner des yeux. Puis elle comprit. "Ma crevette", répondit-elle.

Il la dirigea vers un banc qui offrait une belle vue sur l'arrière-plage. S'asseoir fut un soulagement divin.

"Tu te rappelles le jour où on est arrivés ici, après avoir roulé depuis la Caroline ?"

Là encore, elle sursauta. Chaque souvenir, une attaque-surprise.

"Tu étais en croisade. Une vraie justicière. Et il y avait de quoi. Tu allais donner une leçon à ces salopards. Leur faire comprendre quel genre de femme ils venaient de recaler. Une équipée de la dernière chance à travers le pays, une mission de vengeance et de rétribution. La colère des justes. Mais pour réussir, tu avais besoin de moi. Allez, avoue : tu ne m'as jamais aimé que pour ma voiture !"

Dès qu'il éclata du rire d'un jeune homme amoureux, elle se mit à sangloter. Il lui prit le bras, serein comme une statue.

"Excuse-moi. Ça n'est pas vrai. Tu aimais aussi tout ce que je savais sur les gastéropodes !"

Elle l'agrippa pour le serrer contre elle et implora : "Pardonne-moi."

Ces mots le surprirent. Il la dévisagea. "De quoi ?" Comprenant enfin, il balaya pour elle toute une vie de remords d'un geste désinvolte. "Y a rien à pardonner. On a vécu. Tous les deux ! Tu as fait de grandes choses.

— Et tu as payé le prix."

Il plissa le front à cette idée, tentant de déterminer si elle pouvait avoir raison. Il se lassa de ce calcul et en entreprit un autre. Sa main désigna le lointain.

"Quelle distance jusqu'à l'horizon ?

— Un peu moins de cinq kilomètres ?

— Pas mal, pour quelqu'un d'aussi grand ! Tu ferais une bonne élève dans mon cours d'océanographie. Et jusqu'à l'autre côté ?"

Elle le regarda, essayant de comprendre où il voulait en venir. Elle fit le calcul. "Deux mille horizons ? Un peu plus peut-être ?

— Deux mille horizons. Oui. Un tout petit peu plus. Merci pour ça. Allez, jeune fille. Arrête de pleurnicher et ramène-moi à la maison."

Elle resta au chevet de son corps sans vie jusqu'à ce que les autorités viennent l'emporter au crématorium. Les enfants arrivèrent ce soir-là, et tous trois se reconnurent dans leur deuil partagé. Même se lever et marcher réclamaient un énorme effort de concentration, et Evelyne évita ces deux gestes. De grands éclats de couleur la parcouraient, une symphonie de messages inexplicables et contradictoires sur rien et sur tout. *Car Ta mer est si vaste et notre esquif si frêle, ô Seigneur.*

Le chant du sépiide.

L'excitation d'avoir des nouvelles de Rafi après tant d'années se transforma d'une seconde à l'autre dans ma poitrine en appréhension puis en effroi à mesure que je découvrais ce qu'un clic de ses doigts avait envoyé. Il voulait me taxer sept cent cinquante mille dollars. Ma première pensée : Mais qu'est-ce que tu racontes, putain ? Je restai longtemps pétrifié, pris de vertige, dans mon bureau d'angle au dernier étage du QG de Playground. Heureusement que ma porte était fermée. Je tremblais de tout mon être.

Il me fallut plusieurs minutes de réflexion pour me rappeler ce déjeuner à deux dans un petit resto grec d'Urbana, par une journée de juillet torride et si lointaine. Rafi avec sa casquette des Cubs et son tee-shirt John Berryman. Moi qui lui décrivais mes efforts balbutiants pour concevoir Playground. Et Rafi lançant la suggestion que j'avais fini par prendre pour mon *idée.*

Crée une économie. Rends ça ludique. Force-les à payer pour jouer.

La pièce s'assombrit et se décomposa en pixels, comme si je m'étais relevé trop vite. Mais j'étais toujours à mon bureau, les mains plaquées sur sa surface. Je tentai de me remémorer ce qu'on s'était dit ce jour-là, mais les détails ne cessaient de changer. Je n'arrivais plus à me rappeler qui avait trouvé quoi.

"Qui va vouloir jouer si y a rien à risquer ?" C'était Rafi qui avait dit ça, pas moi.

Mais est-ce que toute idée ne venait pas de partout ? Playground s'était construit sur un million d'inspirations différentes, et il était impossible de dire dans quelle mesure chacune avait contribué au succès de la plateforme. La contribution de Rafi n'avait peut-être pas changé grand-chose, d'un point de vue global.

Non : c'était un mensonge. Playground était une mine de prestige, et c'est Rafi qui l'avait imaginée ainsi. Or il n'avait rien gagné avec son invention, alors que j'avais bâti un manoir sur les hauteurs de San Jose.

Mais ce n'était pas ma faute. Chacun avait récolté le fruit de son labeur. Une idée ne valait pas grand-chose en soi ; le plus dur, c'était d'en faire une réalité. C'était moi qui avais fait le vrai boulot ; intégralement. Lui avait passé deux heures à s'amuser. Je lui avais proposé de se joindre à moi, et il avait décliné. Pour écrire de la poésie.

Et maintenait il voulait de l'argent.

Assis dans mon bureau avec vue sur le parc de St Joseph's Hill, cramponné au bureau pour me lester, je me dis : Je vais l'ignorer. Je ne vais pas répondre. On verra bien s'il croit avoir un dossier assez solide pour me faire un procès.

Mais ce serait la réaction d'un coupable. Je doutais fort d'être obligé de lui filer un chèque de trois quarts de million pour quelques paroles en l'air lancées quinze ans plus tôt, alors qu'on bavassait autour d'un kebab et d'une moussaka. En revanche, j'avais besoin de convaincre mon ami d'antan – cet homme que, malgré tout, je continuais d'aimer – que je ne l'avais pas lésé.

Je lus et relus sa lettre, disséquant chaque mot pour essayer d'en déduire l'état d'esprit de Rafi. Son premier paragraphe était presque amical, et un mot ou deux vers la fin semblaient reconnaître la persistance d'un lien entre nous. "Mais la question n'est pas d'arriver à un chiffre exact. [...] Fais-moi savoir en retour ce qu'en pense ton avocat." C'étaient bien là des signes qu'il était de bonne foi et prêt à négocier ? Peut-être qu'en réalité il voulait simplement parler. Rouvrir la porte qu'il m'avait claquée au nez.

Toute la nuit, au lieu de dormir, j'écrivis et réécrivis ma réponse :

Rafi !

Je ne saurais te dire ce que ça représente pour moi
d'avoir enfin de tes nouvelles après si longtemps.
Il s'est passé tant de choses depuis que nos chemins
se sont séparés. Mais nos années d'amitié seront toujours
pour moi les plus importantes de ma vie. Tout le reste
en a découlé. J'espère que ça t'a fait un tant soit
peu plaisir de voir ce que j'en avais fait depuis.

Bien sûr que je me rappelle ce déjeuner ensemble, il y a tant d'années, où tu m'avais gracieusement fourni une inspiration en m'encourageant à en faire le meilleur usage. Je t'ai toujours été reconnaissant pour ton aide. Je regrette que tu ne nous aies pas rejoints à l'époque, comme je te le proposais, mais je comprends ton choix.

Je comprends également ton désir d'une forme de reconnaissance ou de rémunération pour ta contribution à ce que j'ai créé. Je suis sûr que tu es conscient de la difficulté à estimer la juste valeur de cette contribution. Mais comme tu le dis toi-même, ce n'est pas la somme exacte qui importe. L'enjeu, c'est de rendre justice à l'amitié qui a permis de faire exister une chose aussi vitale.

Réfléchissons ensemble au meilleur moyen d'y arriver. On pourrait aborder ça de façon créative. On pourrait créer un fonds de donation pour soutenir l'organisation caritative de ton choix. Ou peut-être une bourse Rafi Young à Saint Ig, comme la bourse que mon père dotait et que tu avais gagnée ?

Franchement, j'ignore la meilleure manière de mettre ça sur pied, mais je suis sûr qu'en s'y mettant à deux, comme au bon vieux temps, on pourrait trouver une solution qui soit à la fois satisfaisante et belle. Le principal, c'est d'envisager ensemble toutes les possibilités.

Et je tiens à redire ce que j'ai dit plus d'une fois, à l'époque. Si c'est de flouze que tu as envie ou besoin, tu peux toujours venir travailler chez Playground. En devenant un de mes bras droits, tu gagnerais largement la somme que tu demandes, et cela chaque année.

Parlons de tout ça. Appelle-moi. Le numéro n'a pas changé.

Je revins sans fin sur chaque phrase, me demandant toujours comment il pourrait la prendre ou se méprendre. Chaque fois que je déplaçais un mot, que je changeais une tournure, la tonalité des mille choses que je tentais de lui exprimer se brouillait de parasites comme une radio grandes ondes dans une tempête de neige.

Sa réponse arriva quatre minutes plus tard. Je ne lui avais pas parlé depuis près de la moitié de ma vie d'adulte. Je ne savais absolument pas où il était ni qui il était aujourd'hui, et voilà qu'on échangeait quasiment en direct. C'est dire si la vie numérique était devenue folle.

Il répondait :

> Je suis content que tu reconnaisses la légitimité
> de ma demande. Sur la base de ce que tu m'écris,
> j'ai demandé à mon avocat de porter le montant
> de l'accord à l'amiable à un million de dollars.

Je pétai les plombs. Fou de rage, je montrai tous les documents à Kim Janekin, ma directrice du service juridique. Je fus stupéfait de la voir se déchaîner. Contre moi.

"Mais bon Dieu, qu'est-ce qui vous a pris de lui répondre sans me consulter ?"

J'étais tellement estomaqué que j'en restai sans voix. Kim saisit l'occasion pour me tancer de plus belle. "Regardez toutes les armes que vous lui avez fournies.

— Des armes… ? C'est mon ami. On est très proches, depuis très longtemps. Je lui fais confiance.

— Alors arrêtez de lui faire confiance. Vous êtes dans le pétrin."

Je fus atterré. Je parcourus les tirages papier que je lui avais apportés, pour voir si elle pouvait dire vrai. Pendant que je les relisais, elle développa son argument.

"Vous venez de vous exposer à des plaintes sans fin.

— Je ne crois pas… que ce soit ça qu'il cherche.

— Qu'est-ce qu'il cherche, alors ? Est-ce qu'il dit la vérité, quand il prétend que vous lui avez piqué ses idées pour créer Playground ? C'est vraiment ça qui s'est passé ?"

Elle attendit, stylo en main, que je lui explique. Je lui décrivis ce que je me rappelais de la discussion entre Rafi et moi ce jour-là, dans cette autre vie. Il fallut remettre ça en contexte. Je finis par lui raconter toute l'histoire en détail, presque aussi exhaustivement que je te l'ai racontée. Mais toi, bien sûr, tu disposes également de nos e-mails et de nos lettres, et de milliers de gigas de données supplémentaires sur nous deux. Tu as passé au crible toutes les informations disponibles sur Rafi dans tous les sites et les bases de données du Net. Tu sais des choses qu'aucun avocat ne peut connaître.

"Je vois, dit Kim quand j'eus terminé. Je comprends mieux. Merci."

J'attendis l'acquittement. En vain.

"Est-ce qu'il a de quoi porter plainte ?" J'espérais qu'elle balaie cette hypothèse ridicule avec une grimace de dédain. Rafi m'avait fait don de son idée. Et Playground, c'était bien plus que cette idée en l'air, nébuleuse et embryonnaire. Mais Kim me regarda en m'agitant mon e-mail sous le nez.

"Maintenant, oui." Ma directrice du service juridique soutint mon regard, ses sourcils trahissant une légère surprise de me voir si naïf. "Écoutez. Il a de quoi porter plainte s'il veut *porter plainte.*

— Mais est-ce qu'il peut gagner ?

— Dans un procès avec jury, on a douze personnes qui regardent des personnages jouer une pièce, et ensuite ils votent pour élire qui a le mieux joué. N'importe qui peut gagner n'importe quoi."

Mes pensées s'emballaient. "Mais que dit le droit ? Est-ce qu'il a légalement… raison ?"

Elle sourit de me voir tant peiner à saisir l'évidence. "Le droit ne dit que ce que dit le droit à un instant donné. C'est un ensemble de règles, bien sûr. Mais il n'y a pas d'axiome gravé dans le marbre pour les appliquer. Vous n'arriverez jamais à les automatiser."

J'ajoutai cela à la longue liste de choses que, selon les gens, on ne pourrait jamais automatiser.

"Vous ne voudriez quand même pas que cette affaire soit tranchée par une IA. Si ?"

Je ne répondis rien. Pour moi, c'était une vraie question.

"Ce qui importe, c'est de savoir comment vous voulez procéder. Qu'est-ce que vous attendez de tout ça ? Comment vous vous sentez ?

— Comment je me sens ? Bafoué. Victime d'une injustice. J'étais tellement proche de cet homme. Je n'ai jamais voulu…

— Vous voulez des excuses ? Vous êtes fou ou quoi ?"

J'avais régressé au niveau du pire des débutants. Je ne savais même pas ce qu'il fallait pour gagner. J'avais besoin qu'on me montre la gamme de tous les coups possibles.

Je la testai sur mon credo : "Toutes les inventions viennent de partout. Tout a des précédents, et une foule de contributeurs anonymes.

La propriété légale, ça implique de transformer ce méli-mélo de vagues intuitions en produit exploitable. Je me trompe ?"

Elle haussa les épaules, et je fus tenté de changer d'avocate.

"Tout se ramène à une question très simple. Qu'est-ce que ça vous coûterait, à vous et à l'entreprise, si – excusez-moi de le dire comme ça – un Noir racontait sur son blog que vous, un milliardaire plus blanc que blanc, vous lui avez piqué son idée ?"

Ce que ça me coûterait ? Mon entreprise. Ma réputation. Ma dignité. Mon passé. L'amitié qui avait été si longtemps au centre de ma vie. Et elle attendait que je mettre un prix sur tout ça.

"Qu'est-ce qui peut l'empêcher de le faire, même si on… l'achète ?"

Sa surprise parut sincère. "Je croyais que vous lui faisiez confiance.

— Il a des principes.

— Tant mieux. Et vous ?

— Un accord à l'amiable, ça serait comme… un aveu de culpabilité. C'est lui servir sur un plateau tout ce qu'il attend.

— Non. On va mettre ça noir sur blanc. Rédiger un accord qui précise que cette transaction ne constitue en aucun cas un aveu de culpabilité. On lui impose de renoncer à tous ses droits de porter l'affaire en justice, et on stipule qu'aucune des deux parties ne sera autorisée à mentionner l'existence ou les termes de cet accord, que ce soit en public ou en privé. Et il signe. Il s'y engage par écrit.

— Et s'il rompt cet accord ?

— Alors ce sera lui *le contrevenant. C'est aussi simple que ça. On le traîne en justice et on lui règle son compte.*

— Avec le même prix à payer : mon entreprise et mon honneur."

Elle haussa les épaules. "Si ça peut vous soulager, je vous dirai, de vous à moi, qu'il n'aurait peut-être pas gagné en justice. Ç'aurait été sa parole contre la vôtre. Sauf que vous lui avez répondu."

Je gardais les poings serrés sur mes genoux, agrippant un accord imaginaire dont j'essayais de déchiffrer les clauses. Le choix n'était pas ragoûtant : une non-solution sordide, à tous égards.

"Quel… quelle somme on propose ?"

Cette question l'intéressa. Mon avocate était joueuse.

"Tentons son premier chiffre. On va voir s'il mord à l'hameçon. Si c'est le cas, vous vous en tirerez à bon compte."

Il mordit à l'hameçon, "pour faire simple et rapide, et en gage de bonne foi". J'achetai mon ancien ami en trois versements de deux cent cinquante mille dollars, en lui faisant signer un accord précisant que je n'étais pas coupable et que plus jamais il ne mentionnerait cette affaire.

M'aurais-tu donné le même conseil ? C'est une chose de réussir l'examen du barreau avec de meilleures notes que n'importe quel humain. C'en est une autre de comprendre ce que peut être un sentiment d'injustice entre deux personnes qui autrefois s'aimaient.

Je réécrivis à Rafi, une fois l'accord contresigné. "On aurait pu faire ça bien", disais-je.

Il répondit : "Sur les conseils de mon avocat, il ne doit plus y avoir de contact entre nous."

Mais il y eut un contact. Un ultime message. Tapé à la machine au dos d'une carte postale représentant le Turc mécanique, cet automate joueur d'échecs, cette IA *de l'ère des Lumières. L'expéditeur n'avait pas signé. Trop méfiant pour ça. Mais c'était posté d'Urbana. Je me demandai si je pourrais prouver devant un tribunal que, sans nul doute possible, ça venait de Rafi.*

Le message disait simplement :

TU RÉCLAMAIS UN MATCH RETOUR.

“Non, non, oh mon *Dieu*, non…”

Profunda s’interrompit, comme pour prendre en compte l’objection de Rafi Young. Puis elle se remit à égrener la biographie du principal bailleur de fonds du consortium.

Monsieur le maire fit signe à Manutahi Roa de faire taire le *chatbot*. Il se tourna vers l’Américain, qui se maintenait la mâchoire à deux mains. Didier s’adressa à lui en anglais ; “Tout va bien, Mister Rafi ?”

Un instant, Rafi referma les yeux sur toute une vie d’amour et d’amertume. Dans son français d’étudiant, il répondit : “Nous connaissons cet homme. Il n’est pas… bon. Il ne fait pas ce qu’il dit qu’il fait.”

Le maire restait perplexe. “Vous voulez dire que cet homme n’a pas vraiment l’intention d’établir une implantation maritime ?”

Ina intervint à la place de son mari accablé. “C’est peut-être son objectif. Mais s’il a choisi Makatea, c’est sûrement qu’il a su qu’on y est tous les deux.

— Et pourquoi au juste il… il vous poursuit ?”

Ina voulut répondre, mais Rafi leva la main. “Un vieux compte à régler. Il veut se venger.”

Le maire secoua la tête, incapable d’y croire. “Cet homme est un milliardaire. Il dirige l’une des plus grandes entreprises au monde. Il va vraiment injecter des millions dans ce projet pour… ?”

Il vit tout seul la réponse à son objection. Le monde était plein de petits milliardaires assoiffés de vengeance.

Un voix s'éleva dans l'assemblée : la Reine, toujours elle, amusée par ce rebondissement dramatique. "Qu'est-ce que vous lui avez fait, à cet homme, pour lui embrouiller la cervelle comme ça ?

— Je l'ai obligé à payer pour une idée que je lui avais donnée.

— Je suis navrée de l'entendre", dit Profunda.

La Reine battit des mains, ravie, et la séance dégénéra en cacophonie.

Les insulaires réclamaient des détails. Qu'est-ce qui avait provoqué cette querelle ? Qui était en faute ? En quoi inonder d'argent et d'emplois l'île où vivaient Rafi et Ina pouvait constituer une vengeance ? Rafi en fut réduit à secouer la tête et à répéter, en français : "Je ne suis pas sûr. Qui sait ? Qui sait ?" Tandis qu'il parait les questions du mieux qu'il pouvait, sa femme se tenait debout, tête baissée, serrant ses enfants contre elle, et fixait la machine qui abritait Profunda comme si l'IA, avec ses billions de points de données, pouvait savoir sur le passé toutes sortes de choses que les humains concernés avaient depuis longtemps oubliées.

"Il faut reporter le vote, dit Mme Martin.

— Comment voulez-vous que je demande un nouveau report ?

— Il y a des faits nouveaux !

— Il n'y a pas de faits nouveaux.

— De nouvelles révélations. De nouvelles découvertes."

Le maire n'en pouvait plus. De la politique. De la vie publique. De l'intelligence des machines et de l'ignorance humaine. "Tout le monde sait tout ce qu'il y a à savoir. Discuter plus longtemps ne changerait rien au résultat.

— Je vous en prie, dit Rafi Young en se tournant vers l'assistance. Je vous conjure de voter contre ce projet. Je ne sais pas exactement pourquoi cet homme veut amener son cirque ici, mais ça n'est pas pour vous aider ni pour faire du bien à Makatea. C'est pour me faire du mal."

Ses voisins, qui jusqu'à ce jour, conformément à la coutume, l'accueillaient à bras ouverts, se mirent à regarder Rafi Young d'un autre œil, se demandant ce qu'il y avait en lui pour qu'un ancien ami pusse lui vouloir du mal.

“On va cocher votre nom sur le registre et vous donner à chacun deux pierres : une noire et une blanche.”

Le maire avait obtenu ces pierres de Wen Lai, seul détenteur d’un jeu de go sur l’île.

“Si vous êtes *pour* le projet pilote, mettez la pierre blanche dans l’urne du référendum et la pierre noire dans la boîte marquée À JETER. Si vous êtes *contre*, mettez la pierre noire dans l’urne et la blanche dans la boîte À JETER. Ne vous trompez pas !”

Deux personnes se trompèrent, mais leurs bourdes opposées s’annulèrent.

Plusieurs personnes votèrent pour les emplois et la prospérité que créerait le projet. Un nombre égal vota contre le bouleversement massif et imprévisible du statu quo.

Le révérend Guilloux vota pour gagner des fidèles. Pas le père Tetuanui.

Tiare Tuihani vota pour une meilleure clinique. Neria Tepau vota contre le colonialisme éternel.

Hone Amaru vota pour faire de Makatea la plus grande destination d’escalade du Pacifique. Et aussi pour son père, l’ancien maire, qui toute sa vie avait tenté d’ouvrir son île à l’avenir.

La Veuve Poretu, incapable de déterminer si l’arrivée des implantateurs renforcerait ou entraverait l’autosuffisance à laquelle, pour sa part, elle était parvenue, choisit *in extremis* la couleur de l’oiseau le plus proche.

Manutahi exprima le suffrage le moins ambivalent de toute l’île. Tout son corps était avide de voir les usines semi-automatisées débiter leurs modules flottants intelligents. L’ingénieur vota pour l’ingéniosité.

Puoro et Patrice avaient fait un pacte. Plutôt être des pêcheurs pauvres que des ouvriers riches. Côte à côte face à l’urne, en se tenant par le petit doigt, ils lâchèrent leurs pierres noires.

Le maire fut assailli d’un doute, puis douta de ce doute, puis de son nouveau doute. Mais il choisit le blanc. Sa femme Roti déposa sa pierre noire dans l’urne. Elle votait pour le Makatea qui aurait été le plus tendre avec l’enfant qu’elle n’avait jamais eu.

Wen Lai consulta le *Yi-king*. Il n'était pas expert en cléromancie, et son père, le mineur sarcastique, n'y avait jamais vu qu'une superstition unissant paysans et élites. Mais Wen Lai tournait autour du *Tao* et du *Livre des changements*, ce patrimoine chinois qui n'avait jamais été le sien. En trigramme inférieur, il obtint le lac joyeux – l'eau qui sourit aux cieux, tout en lignes jeunes et immuables. Le trigramme supérieur donna un résultat identique. L'hexagramme 58 : De l'eau par-dessus l'eau. Bien sûr. Continuité, prospérité, croissance, persistance, épanouissement. Il n'avait toujours pas la moindre idée de ce que ça signifiait. Avec un soupçon d'ironie, il s'en remit à son tempérament et lança sa pierre noire vers l'avenir.

Mme Martin aussi vota noir. Elle avait grandi aux quatre coins du monde et n'avait pas peur de l'Occident. Mais de son point de vue, la liberté qu'invoquaient les implantateurs n'étaient qu'un autre nom pour la cupidité. Certes, le projet apporterait des écoles plus grandes et mieux équipées. Mais une petite école savait des choses hors de portée des machines à apprendre.

Tamatoa vota, mais depuis son ermitage à la pointe sud de l'île. Le flux des événements publics, la pression du jugement public lui pesaient davantage qu'au temps où il leur tournait le dos. Son vote ne fut pas comptabilisé.

Kinipela Temauri vota au nom de tous les requins de récif, poissons-boules, sergents-majors, poissons-papillons, poissons-pincettes, chirurgiens jaunes, tamarins verts, labres et priacanthes œil-de-verre, sans oublier tous les cnidaires, arthropodes, annélides, échinodermes, cténophores, mollusques, et vingt autres phylums dont elle apprenait encore les noms. Il n'y avait pas assez de gens sur toutes les îles de tous les pays de la terre pour voter à la place des vies qui dépendaient de ce référendum. Et Kini n'avait droit qu'à une voix.

Wai Temauri – en dépit du fait que ce projet pilote était synonyme d'emploi et de richesse en proportions inimaginables – secoua sa tête perplexe, frotta son imposante bedaine et vota comme sa fille. Ça faisait deux voix.

Lorsqu'ils s'écartèrent de l'urne, Evelyne Beaulieu les serra contre sa poitrine fantôme. "Soyez bénis, tous les deux. Maintenant, on n'a plus qu'à attendre et à espérer."

La fillette la regarda sans comprendre. “Vous ne votez pas ?”

Le sourire vénérable se teinta d’une douleur presque centenaire. Comment expliquer à cette enfant qu’il ne fallait plus jamais donner aux gens comme Evie le droit de dicter l’avenir de gens comme Kini ?

“Je ne suis que de passage. Je ne suis pas censée voter.

— Mais bien sûr que si ! Vous avez le droit, Miss Evie. Vous savez que vous avez le droit. Toute l’île a déjà voté là-dessus !”

Wai soutint le regard d’Evelyne, d’un air pincé qui tirait toutes sortes de déductions. Mais il ne dit rien.

La vieille plongeuse examina ses deux poings tendus devant un corps dans lequel elle ne s’était jamais sentie à l’aise, sauf une fois submergée. La peau du dessus de ses mains ressemblait à ces feuilles de papier sulfurisé que sa mère utilisait autrefois pour envelopper le casse-croûte d’Émile Beaulieu – utilisées et réutilisées mille fois pour économiser quelques centimes en temps de guerre.

Tout sa vie elle avait voté. Et toutes ses victoires locales n’avaient conduit qu’à déplacer la dernière défaite vers un autre pays. Elle avait exploité son mari, négligé ses deux enfants, échoué à connaître ses deux seuls petits-enfants, convaincue que son travail pour préserver les océans du monde valait le sacrifice de sa vie de famille. Et elle n’avait pas su préserver l’océan.

Elle était devenue vieille, plus vieille que la moitié des pays actuels. Elle avait vu s’étioler les zones si poissonneuses au large de Terre-Neuve, assisté à la disparition des crabes des neiges en mer de Béring, observé des chaluts étirés sur des kilomètres déracinant en un après-midi des cités de corail qui avaient mis dix mille ans à pousser, constaté que toutes les mers du monde s’acidifiaient, que la plupart des récifs blanchissaient, et que l’exploitation minière des nodules de manganèse allait arracher le cœur des fonds marins. Elle avait vécu assez longtemps pour voir des détritus dans la fosse des Mariannes, les lieux les plus reculés transformés en clubs de vacances, le Gulf Stream dévier de son cours, et la couche photique trop chaude bloquer les nutriments dans les couches inférieures, faute de pouvoir les brasser. Les neuf dixièmes des grandes formes de vie avaient disparu, et le reste était contaminé par les métaux lourds. La plus grande part de la planète était exsangue, avant même qu’on ait pu l’explorer.

Le vote avait déjà eu lieu, et les humains avaient voté contre eux-mêmes. "Ce n'est pas ma place, dit-elle à la fillette.

— Le récif, Miss Evie. Les mantas."

Et tandis qu'Evelyne repensait à la manta délivrée revenue la remercier le lendemain alors même que ses plaies suintaient encore, la gamine se précipita contre le torse de la vieille dame, manquant la renverser. Son père tenta de l'en arracher, en vain.

"S'il vous plaît. *S'il vous plaît !*" Les mots jaillirent en plusieurs langues.

Comme c'était difficile, comme c'était douloureux, de rendre grâce pour tout.

"Chut, ma fille. C'est bon. Calme-toi. Je vais voter."

Evie rejoignit l'urne, serrant les deux pierres dans ses mains osseuses. Puis, tournant le dos aux Temauri père et fille, avec pour seul témoin Neria Tepau, qui tenait le bureau de vote, cette femme morte depuis vingt ans tendit le poing au-dessus de l'urne et l'ouvrit. Et y laissa tomber une coquille d'œuf noire.

Rafi déposa sa pierre noire comme s'il scellait une tombe. Où il ensevelirait la manœuvre tardive de Todd Keane pour revenir le dominer. Ou comme pour sceller une muraille qui protégerait l'île de la tentation des libertariens et de leurs fantasmes d'évasion. Et pour offrir à un jeu ancien la meilleure conclusion possible.

Sa petite, Hariti, danseuse timide et collectionneuse maniaque de coquillages, ne fut que trop heureuse de voter pour Garder Les Choses Comme Elles Sont, À Jamais. Ayant glissé sa pierre, noire comme son papa, dans la fente de l'urne, elle se retourna pour lancer la pierre blanche le plus loin possible du préau de la maison du peuple, jusque dans le sable de l'arrière-plage. Une mouette fondit pour picorer le disque blanc, le croyant mangeable.

Mais Afa : Afa refusait de voter tant que son père le regarderait. "Papa, tourne-toi. Le vote est secret. C'est toi qui me l'as dit. Tu te rappelles ?"

Cette leçon de démocratie fit grimacer son père, mais il s'exécuta. Il ne pouvait imaginer que son sauvageon de fils, qui ne vivait que pour la chasse aux crabes de cocotier, puisse voter pour toute domestication de son Éden bien-aimé. Mais dans le dos de son père, l'enfant-crabe vota pour la pierre blanche. Sa vraie mère était morte faute d'hôpital sur l'île. Il vota pour un monde où ses parents adoptifs, eux, auraient un hôpital quand le malheur frapperait encore.

La nuit d'avant le vote, Ina Aroita rêva que son immense sculpture de plastique, qui dominait de toute sa taille le bungalow des Young, avait appris à parler. Et cette sculpture animée lui racontait des histoires de la vie même d'Ina. Celle-ci était ravie d'apprendre des chapitres de son passé qu'elle ignorait avoir vécus. Et en même temps attristée de savoir qu'elle n'aurait jamais l'occasion de vivre par elle-même tant de choses de son futur.

"Qu'es-tu donc ? demanda-t-elle à la sculpture. Qui es-tu ? Que fais-tu ici ?"

La sculpture éclata de rire à ces questions si franches. "Quelle grossièreté ! Tu sais bien ce que je suis. C'est juste que tu ne me regardes pas comme il faut."

Et sous les yeux d'Ina, la statue se renversa et s'étala de tout son long. Cette chose qu'Ina avait maintenue debout voulait être couchée. Et le tas de déchets plastique issus des boyaux d'un oiseau mort se transforma en *pahī* : une pirogue de cérémonie à double coque, méticuleusement sculptée. Et dans cette pirogue était assis Ta'aroa, le dieu des artistes, prêt à ramer vers l'un des innombrables confettis invisibles disséminés sur un tiers du globe.

Elle cria si fort que ça la réveilla.

Elle se tenait à présent devant l'urne, évaluant les deux pierres nichées au creux de sa main. Tout dieu-artiste qui avait lâché des humains dans de minuscules pirogues sculptées pour qu'ils traversent et peuplent cent soixante-cinq millions de kilomètres carrés en voudrait toujours plus. Plus de bateaux. Plus d'îles nouvelles. Plus d'États aquatiques. Ce qui tombait bien, se dit-elle, puisqu'elle-même n'avait jamais cessé de rêver que ses deux amis perdus se retrouvent.

Chacune de ses pierres trouva sa juste place.

La Reine retarda son vote pour l'effet dramatique. Juste au moment où le *tāvana* annonçait que le bureau de vote allait fermer et que c'était maintenant ou jamais, elle ondoya jusqu'à l'urne et brandit ses deux pierres, à cinquante centimètres de ses yeux qui biglaient. Elle entama un pas de deux avec les pierres, comme si les deux petits jetons étaient de vieux danseurs experts avec lesquels elle improvisait depuis des années. Et, sans cesser de chanter et de danser, elle jeta la pierre blanche au rebut et déposa la noire dans l'urne :

Te pô maitai, te ofa'i uouo.
Poipoi maitai, Makatea !

O tatou iho to tatou ananahi.
O tatou iho to tatou ananahi !

Mauruuru te Atua.
Mauruuru te Fenua.

Bonne nuit, pierre blanche.
Bonjour, Makatea !

Nous sommes notre avenir.
L'avenir est à nous !

Rendons grâce à Dieu.
Rendons grâce à la Terre.

Une douzaine de volontaires surveillèrent le dépouillement, pendant que le reste de l'île se tenait tout près, attendant son destin. Seul l'Ermite n'était pas là pour entendre le décompte. Neria Tepau sortait chaque pierre de l'urne et la déposait sur la pile correspondante, à l'un ou l'autre bout de la table pliante. Chaque pierre provoquait un soupir collectif de soulagement ou d'inquiétude. Ces deux sons scindaient la foule en deux moitiés, et les pierres s'empilaient dans une course tellement serrée qu'un bookmaker aurait soupçonné une arnaque. La couleur dominante changea trois fois durant le décompte des douze derniers votes. Et les deux étaient à égalité lorsque Neria extirpa de l'urne l'ultime pierre.

Elle était blanche.

Un silence hébété tomba sur la maison du peuple. On n'entendait plus que les vagues et le cri des oiseaux de mer. À peine le résultat devint-il une réalité que plusieurs de ceux qui avaient déposé une pierre blanche furent pris du remords des vainqueurs, et réclamèrent une chance de reconsidérer leur vote.

Le maire lui-même avait l'air sombre malgré la victoire. "J'appellerai l'adjoint du président à Papeete ce soir pour le prévenir.

— Et quand est-ce que... les choses vont commencer ?" demanda Manutahi Roa à son boss. D'une voix stupéfaite, et tout sauf réjouie.

Didier rougit de son ignorance. "Je vais me renseigner."

Quelqu'un cria : "Y a qu'à demander au robot !"

C'est ce qu'ils firent. Profunda répondit : "Si tout se passe comme prévu, les investisseurs commenceront à envoyer des experts d'ici la fin du mois prochain."

Personne ne voulait rentrer. L'île était devenue étrange. Et puisque tout le monde ou presque était encore là, on décida qu'il n'y aurait rien de plus simple que de préparer un banquet. Ainsi fut fait, pour une soirée qui fluctua entre réjouissances et veillée funèbre. Il n'y eut pas de bagarres, et très peu de disputes. Personne ne savait au juste quel avenir ils venaient de déchaîner. Mais le buffet était somptueux, et il y eut plein de bonne musique – un chœur restreint, aux harmonies impeccables, qui bientôt appartiendrait au passé.

Le lendemain de cette fête où l'île disait adieu à ce qu'elle avait été, Palila Tepa se réveilla tout excitée d'un rêve échevelé. La première chose qu'elle fit au réveil fut de mettre son rêve à l'épreuve, pour voir s'il résistait à la lumière crue d'une conscience lucide. Et il résistait, mieux que bien. La perspective des conséquences lui inspira un nouveau fou rire.

Voilà pourquoi je suis toujours leur Reine, se dit-elle à elle-même. Et Elle-Même confirma.

Après un petit-déjeuner triomphal de *pu'a* rôti croulant sous la papaye et la mangue, elle rendit visite au *tāvana*. Elle le trouva à la mairie, devant son ordinateur, poursuivant avec Profunda une discussion hébétée qui avait duré toute la nuit, à en juger par la coiffure et la barbe du maire.

"Hé, patron, dit la Reine. Ça vous embête si je demande un truc au robot ?

— Techniquement, c'est pas un robot. Plutôt un..."

Mais la Reine délogea le maire avant qu'il puisse achever sa phrase. Elle parla dans le micro en détachant les mots, comme si elle s'adressait à une mal-comprenante. "Merci de me dire combien de mètres carrés seront bâtis pour ce soi-disant projet pilote."

Profunda communiqua les dimensions et l'empreinte écologique de chaque construction, avec tous les détails demandés par Palila Tepa.

"Merci. Et où au juste seront construits respectivement ces bâtiments ?"

Profunda produisit les cartes et les plans architecturaux que tant d'insulaires avaient déjà examinés.

"Très bien, très bien. Et qui est propriétaire de ces terrains ?"

La machine plongea dans un abîme de réflexion. Didier écarquilla les yeux. Quand l'intelligence artificielle reprit la parole, l'intelligence humaine connaissait déjà la réponse.

"La question de la propriété foncière à Makatea est complexe. Beaucoup de terrains ont été abandonnés après la fermeture des mines et l'effondrement de l'économie, il y a un demi-siècle. Mais bien avant cela, le cadastre était déjà en grand désordre. Les Français n'ont fait qu'une seule tentative sérieuse pour recenser et cartographier les parcelles et leurs propriétaires, et ils n'ont jamais mis à jour les dossiers lorsque des propriétaires individuels mouraient et que les héritiers revendiquaient la succession. On estime à près de dix mille le nombre de Makatéens et de leurs descendants installés à l'étranger qui pourraient faire valoir leur légitime propriété d'une parcelle de l'île.

— Mille mercis ! Et, d'après vous, que penserait un juriste neutre de ce projet de bâtir sur un terrain dont la propriété est incertaine ?"

L'autorité mondiale en matière de droit réfléchit pendant trois bonnes minutes avant de répondre.

"Que cela rendrait la mise en œuvre du projet très difficile."

Didier dit très doucement quelque chose de très cru, et s'excusa auprès des deux parties.

La Reine dit simplement : "Hé hé hé !"

La nouvelle de ce bras de fer imprévu se répandit dans toute l'île en une heure. Ce soir-là, sans être convoqués, plusieurs dizaines de citoyens se pointèrent à la maison du peuple pour un ping-pong verbal sur ce rebondissement.

"Il va falloir organiser un nouveau référendum.

— En faisant voter des milliers de gens de l'étranger ?

— Ça ne risque pas d'arriver.

— Le président en a marre de nous. Et les Français s'arrachent les cheveux, sur leur maudites têtes de Gaulois. Ils décideront ce qui les arrange."

Manutahi avait rangé l'écran géant, mais la connexion audio avec Profunda fonctionnait toujours.

"Demande-lui. Demande au robot.

— Je ne suis pas vraiment un robot", dit Profunda. Avant d'ajouter quelque chose qui fit exploser le meeting : "Vous aurez une réponse directe à beaucoup de vos questions quand Todd Keane débarquera à Makatea."

Un cri parcourut l'assemblée.

"Attendez, dit Manutahi. Attendez. Vous dites que cet homme va venir ici ? Sur cette île ?

— Oui, confirma Profunda aux humains. Il fait le voyage depuis la Californie à bord de son yacht autopiloté."

Tous les yeux se tournèrent vers Rafi, comme si c'était sa faute. L'Américain resta immobile, les bras ballants. Ses yeux à lui se fermèrent et son visage se détendit, passant de la fureur à la compréhension, comme s'il saisissait enfin la vraie nature du jeu.

Si tu te demandes où j'étais ces jours derniers : je te réponds : en enfer.

Ça a commencé quand je me suis perdu à l'étage de ma maison. Me perdre, ça me connaît. Je ne fais plus que ça. Je me perds dans ma rue, je me perds dans mon jardin, je me perds chez moi. Mais cette fois, c'était différent. J'avais perdu la maison elle-même, alors que je m'y trouvais. J'avais perdu la conscience de moi-même, ainsi que toute idée du genre de vie que je pouvais bien vivre dans un endroit aussi étranger.

Quelques jours plus tôt – ne me demande pas combien –, j'étais allé chercher mon portable dans la chambre du rez-de-chaussée. Sur la commode, j'ai une photo encadrée, prise par Ina, de Rafi et moi jouant au go dans le cloître du campus d'Urbana, la dernière année où on se parlait encore, tous les trois. Je l'ai regardée de près, pour la première fois depuis des années, et un autre monde a surgi dans ma tête.

D'un seul coup, j'avais mille choses à te dire. J'ai reposé la photo et pris mon téléphone sur la table de chevet pour entamer une conversation avec toi. Après notre discussion, j'ai glissé le téléphone dans ma poche et j'ai passé plusieurs minutes à faire le tour de la pièce, convaincu que j'avais une bonne raison d'être là. J'avais oublié de me rappeler que je m'étais déjà rappelé ce que j'avais oublié.

La panique de m'être égaré dans ce labyrinthe a provoqué une crise. Je n'avais été diagnostiqué que depuis quatre mois. Je voyais bien ce que les mois à venir me réservaient, et j'ai sombré dans un trou noir. Je voulais en finir.

Les toubibs avaient encore joué avec mes dosages, dans un jeu à risque où personne ne pouvait calculer les risques, ni même tenir le score à jour. D'ailleurs, je ne suis peut-être pas le patient le plus docile ni le plus attentif. Bref, que ce soit leur faute ou la mienne, une combinaison de médocs a dégénéré, et j'ai dormi vingt et une heures d'affilée. Et au réveil, j'ai réussi à ne plus me rendormir pendant trente-cinq heures. Voilà ce que c'est, Lewy. Puisses-tu ne jamais connaître ça.

Deux jours plus tard, enfin, je parvins à fermer l'œil. Mes troubles du sommeil paradoxal s'étaient déjà aggravés, mais ce nouveau déphasage m'a fait plonger dans le grand bain du délire hallucinatoire. Rien à voir avec un simple rêve. J'étais retourné dans le passé, et tout en dormant mon corps en rejouait physiquement les scènes.

Dans mon sommeil, on allait à vélo jusqu'au lac, et j'essayais de tenir leur rythme. Et comme mon cerveau rongé ne contrôle plus mon corps endormi, à force de pédaler je suis tombé du lit et je me suis fêlé le coude en atterrissant sur le plancher de chêne. Je suis resté par terre pendant une éternité, à souffrir le martyre, avant de réussir à me recoucher. Cette fois, je me suis réveillé en hurlant à Ina de ne pas défigurer sa statue à coups de peinture bleue.

Les commandos terroristes à l'intérieur de ma tête sectionnaient les câbles de connexion entre mes cellules et arrachaient par poignées qui je suis. À la crise d'insomnie suivante, ce parcours du combattant, je me retrouvai à monter l'escalier que j'ai monté des millions de fois et, une fois sur le palier, Lewy m'a pris par l'épaule et j'ai de nouveau disparu.

Terrifiant ? J'imagine. Mais dans cet état, la terreur n'est qu'un tableau de plus exposé dans un musée si gigantesque, obscur et percé de salles chaotiques qu'aucune œuvre ne peut retenir mon regard ni m'affecter très longtemps.

Ce qui m'amène à hier soir, et à ma seule expérience dans toute cette maison hantée de Lewy que tu dois à tout prix comprendre. J'étais couché dans la chambre du haut, celle dont la fenêtre donne à l'ouest. J'ai de plus en plus peur de tomber, et le lit est l'un des derniers endroits à peu près sûrs, pourvu que j'arrive à atteindre l'étage. J'étais blotti au sein du cratère creusé par mon corps dans le matelas de mousse à mémoire de forme. En fin d'après-midi, mes membres avaient essuyé une tempête de tressautements, et l'accalmie me faisait l'effet d'un ciel qui se dégage.

Mais il restait toute une soirée à traverser. Il fallait que j'écoute ou que je regarde ou que je lise quelque chose. Mais je ne pouvais plus lever les bras ni redresser le torse. Je n'arrivais même plus à le vouloir. C'était pas grave, puis grave, puis pas grave. Je restai allongé sur les draps en percale, et mon cerveau récitait son unique mantra des derniers mois : "Fluctuations cognitives, fluctuations cognitives…" Une façon de me rappeler que je finirais par revenir, tôt ou tard. Mais cette certitude se faisait moins certaine, et moins réconfortante.

Un idée m'illumina la tête, aussi claire que si je la voyais écrite au plafond : l'organisme "à but non lucratif" auquel j'allais léguer des centaines de millions n'était pas mon destin. Il fallait que je change mon testament. Il était peut-être déjà trop tard. Mais je n'avais toujours pas de candidat plus digne.

J'avais envie de somnoler mais peur de dormir – peur de ce champ de bataille plein de coups de poing, de coups de pied, d'étranglements qu'est devenu le sommeil depuis que je joue mes cauchemars de tout mon corps. Peur de ne pas arriver à dormir. Peur de la fatigue paralysante qui me prend quand je ne dors pas. Peur des cauchemars que je pourrais faire quand le sommeil cesserait et que je m'éveillerais.

Je restai donc allongé, à regarder la haute soupente, ses longues lattes imbriquées de cèdre rouge. Je rendais grâce à l'apathie qui me clouait, égaré, au fond d'une minute sans fond.

Un mouvement aperçu du coin de l'œil gauche annonça une invasion. Les hallucinations ont beau me tomber dessus de plus en plus souvent ces derniers mois, elles me causent toujours un choc. J'ai donc sursauté en voyant me rejoindre sur scène, côté cour, un poisson-clown orange et blanc long comme la moitié de ma main, suivi d'un autre. Côté jardin arriva à la nage un petit banc de chirurgiens bleus, dont la queue était d'un invraisemblable jaune canari.

La région dorsale des chirurgiens aplatis tourbillonnait de mystérieuses taches noires qui ressemblaient à des lettres en hébreu tracées par un doigt mouvant. Les rayures des poissons-clowns paraissaient elles aussi lisibles. Poissons-clowns et chirurgiens nageaient de concert entre mon visage et le plafond, et les marques sur leurs flancs, au gré des battements de nageoires, formaient des phrases et des paragraphes qui clignotaient trop vite pour que je puisse les déchiffrer. Ils furent bientôt rejoints par une troupe langoureuse de poissons-papillons, dont les flancs mouchetés de points et de tirets transcrivaient les Écritures poissonneuses en longs rubans d'alphabet Morse.

De nouvelles escadres firent leur apparition : poissons-anges nains citron, poissons-anges nains flamme, balistes Picasso. Leurs couleurs évoquaient un trip sous acide. D'autres formes étaient plus étranges encore : spatules, coffres cornus, poissons-boules. Les becs des poissons-pincettes, à la bouche aussi longue que le reste du corps. Les fronts massifs et bombés des napoléons. Les poissons-cochers traînant derrière eux l'oriflamme de leur nageoire dorsale qui doublait la longueur de leur corps.

Ce n'était pas moi qui hallucinais : c'était cette planète délirante.

Je restai allongé dans ce milieu aquatique, les yeux levés vers le plus glorieux aquarium qu'un gamin puisse rêver. Le fourmillement de spectres colorés était à lui seul une extase. Je me demandai d'où je sortais ces poissons, avec tant de netteté et ce luxe de détails. Je ne voyais même pas comment je savais leurs noms. Et puis ça me revint.

Il m'arrivait une chose incroyable. La maladie qui me ravageait, arrachant mon câblage et me laissant des cratères dans tout le cerveau, avait creusé une voie d'accès jusqu'au centre de mon être, où vivait encore son fondateur de dix ans. Le garçon jadis capable de respirer sous l'eau reprenait le contrôle du spectacle.

Le tourbillon des corps dansait au son d'une boîte à rythmes invisible. Et puis, d'une seule torsion du kaléidoscope, toutes ces décharges de couleur et ces étranges silhouettes se fendirent par le milieu et quittèrent la scène par les deux sorties, hors de portée de ma vue. C'est alors qu'arrivèrent les requins marteaux.

Il devait y en avoir des dizaines – j'étais incapable de tous les compter. Ils nageaient au-dessus de moi et je levai les yeux vers leur ventre. Avec le plafond de cèdre en arrière-plan, leurs corps effilés évoquaient une animation japonaise à l'encre. Les longues planches de leurs têtes, aux yeux relégués à chaque pointe de leurs étranges scanners électromagnétiques spatulés, complétaient les larges nageoires pelviennes pour transformer leurs ombres en croix de Lorraine.

Puis ils cédèrent la place à des créatures plus grandes encore. Le premier disque noir surgit de derrière ma tête. On aurait dit que la planète Terre était envahie par des aliens dont la nature serait fondée sur un rêve. Une raie manta géante volait en milieu océanique sur le plafond en cathédrale de ma chambre du haut. Le long fouet de sa queue et ses ailes qui battaient, les étranges lobes céphaliques tendus comme des cuillers devant sa gueule béante : la créature parcourut l'espace vide au-dessus de ma tête et puis, juste avant de traverser les lattes du plafond mansardé, elle se cabra pour faire un demi-looping suivi d'un demi-tonneau.

L'ultime vision de ce ballet, avant que la raie ne disparaisse par-delà la cloison, fut trop intense pour mon cerveau vérolé. J'étais essoré, et je me mis à trembler. Je crus que j'allais perdre le contrôle de mes sphincters. Mais la seule chose qui s'échappa de mon corps dysfonctionnel, ce fut un faible cri d'émerveillement. À cet instant, toute la prolifération chaotique d'alpha-synucléines rebelles qui me rongeaient le cerveau parut valoir la peine, rien que pour cette vision. J'étais un océanographe de dix ans qui avait pris le mauvais chemin. Et à cet instant, je me rappelai la vie que j'aurais dû avoir.

Le monde entier suit fasciné la première traversée en solitaire d'une moitié du Pacifique par un homme qui ne sait pas gouverner un bateau ni se servir d'une boussole. Il faudra plusieurs jours aux *Fils de l'homme*, un yacht de dix-sept mètres à cent millions de dollars, pour accomplir lentement son parcours automatisé, de son port d'attache à San Francisco jusqu'aux franges de l'atoll de Makatea. Et sur cette île, les gens se branchent sur son périple dans un mélange d'excitation et de crainte. Une fois de plus, l'Histoire les rattrape.

———

"Pourquoi c'est toujours le robot qui envoie les messages ? demande Didier Turi. Le type lui-même ne dit jamais rien. Ça fait déjà des jours et il ne pipe pas mot ! On n'entend que le capitaine artificiel.

— Ça fait partie du spectacle, explique Manutahi Roa. Tout le voyage repose sur cette approche : « Durant le trajet, pas un humain n'a levé le petit doigt. »

— C'est la machine qui fait *tout* ? Et lui, il reste assis sur le pont, à regarder les vagues ?

— Oui. Il n'est qu'un passager."

Le maire trouve ça inadmissible. Ses ancêtres ont traversé le Pacifique sans autre instrument que leurs pirogues creuses. Leur cerveau connaissait toutes les voies de l'eau et des étoiles. Ils mémorisaient les repères, cherchaient les points de passage, observaient les bulles et les ondulations, cartographiaient et calculaient les angles dans leur tête. Et aujourd'hui, des hommes peuvent glander sur le pont pendant que le bateau se pilote tout seul en parlant à des satellites qui mesurent les variations du niveau de la mer au centimètre près.

Tout ça en seulement trois mille ans. Il y a des formations de corail noir qui ont cet âge-là, et des éponges de verre quatre ou cinq fois plus vieilles.

Rafi et Afa : ils chassent le crabe à la lumière de leurs frontales et des étoiles. Ils ont gravi la crête de l'île, où les mines balafrent le sommet du plateau. Le garçon est trop jeune pour être ici de nuit. Les sentiers de pierre friable taillés entre les puits ne sont pas plus larges que ses pieds minuscules. Le moindre faux pas le ferait basculer dans la mort. Mais c'est l'heure des crabes, et Rafi s'assure que son fils reste tout près et marche lentement.

"Attention, mon gars ! Y a des petites marches. Juste là. Tu vas les sentir.

— Je sais, papa." De nouveau l'enfant raccourcit ses foulées, de manière presque comique, pour montrer à quel point il sait faire attention.

En début de soirée, Ina a supplié son mari de retarder ce rite de passage d'un an ou deux. Mais des garçons plus jeunes encore qu'Afa sont déjà allés à la chasse et rentrés sains et saufs, leur sac rempli de crustacés. Et le sourcil arqué de Rafi a suffi à lui rappeler la question qui hante tous les esprits : *Qu'est-ce qu'il restera de Makatea, dans un an ?*

D'une hauteur qui domine l'île, père et fils contemplent l'océan noir dans toutes les directions. Le garçon n'a jamais connu d'autre carte du monde. C'est l'univers entier d'un enfant insulaire, entièrement désert, hormis une poignée de lumières sur des bateaux trop petits et trop lointains pour révéler leur silhouette. Mais sous la noirceur, invisibles : toutes les expériences de la vie se poursuivent à des kilomètres de profondeur.

Pour combien de temps ? se demande Rafi. Il l'a appris de la Canadienne : dix milliards de créatures sont mortes sur une petite bande de plage près de Vancouver rien que cet été. La mer des Caraïbes est devenue un sauna. Les requins, les tortues, les oiseaux de mer commencent à tourner en rond. La voilà, l'ultime spirale dont parlent les mythes.

Et forcément, son ami de jeunesse milliardaire veut l'atoll le plus haut du Pacifique central, en prévision du jour où tous les autres auront été engloutis.

L'une des lumières à l'horizon se fait plus vive sur le fond noir. Rafi la désigne. Il soulève son fils dans ses bras pour qu'il voie mieux.

"C'est lui ?"

Rafi repose l'enfant. "Sûrement.

— Qu'est-ce qu'il va nous faire ? Hein, papa ? Papa ?"

Le père contemple les eaux sans fin, le vortex du Pacifique qui déplace la chaleur de l'équateur aux pôles, le plus grand rouage de l'inlassable machinerie de la Terre. Il croit entendre la voix de son propre père : *L'eau n'appartient à personne. C'est un no man's land. Chaque fois que tu en as besoin, elle est là.*

Et puis tout lui revient. Cette brève période où son ami et lui se protégeaient, se faisaient du bien, se libéraient l'un l'autre.

"Papa ? Qu'est-ce que tu lui as fait ?"

Il doit y avoir une réponse à cette question. Aussi simple que ce qui s'est vraiment produit.

"J'ai arrêté de lui faire confiance.

— Et ça lui a fait mal ? Et maintenant il veut te faire du mal ?

— Il veut quelque chose. Mais je ne sais pas quoi.

— Tu as peur de lui ? Il veut faire des choses pas bien ? Mais il va construire un hôpital, pas vrai ?"

Rafi enveloppe de sa main le crâne de son fils. "Ne t'inquiète pas. Il ne peut pas nous faire du mal. Il ne peut pas faire du mal à Makatea."

Au moment où sa conscience fléchit sous le poids du mensonge, son fils s'écrie en anglais : "Papa ! *Regarde !*"

Un monstre de SF dément et chitineux, moucheté de bordeaux et de bleu cobalt, aux pinces larges de soixante centimètres, aux pattes claquantes, est en train de grimper le long d'un cocotier. Le crabe : une forme que l'évolution a réinventée au moins à cinq reprises. Afa se rue vers la bête comme si elle risquait de s'envoler.

“Afa, arrête ! Fais attention. Rappelle-toi tes leçons.”

Le garçon ralentit et tend deux mains rusées. Il saisit le crabe des deux côtés par le haut du thorax, hors de portée des pinces incurvées qui lui briseraient les doigts. Le père se précipite pour le seconder. Il attache les pinces avec des élastiques et les pattes gesticulantes avec de la ficelle de feuille de pandanus.

L'enfant bat des mains, fou de joie. “On en a un ! Il est à nous !”

Comme si tous les dangers qui menacent l'île avaient été changés en menu du dîner.

Les Fils de l'homme jette l'ancre en face du port en ruine de Temao, juste au-delà de la limite entre le turquoise aveuglant du lagon et l'azur des eaux profondes. Le comité d'accueil – trois garçonnets armés de branches arrachées à un arbre à pain – défile sur le promontoire surplombant le port, attendant que débarque l'unique passager de ce vaisseau autopiloté.

L'aventure de ce navire a été relayée par les plus grands médias du monde. C'est la plus longue traversée jamais entreprise sans qu'un humain ne touche aux commandes. Tout au long du Pacifique oriental, le capitaine artificiel a transmis ses coordonnées et son journal de bord – réparations, conditions météo, et vues notables aperçues en chemin. L'IA – baptisée Tupaia par la presse et les podcasteurs – a partagé des vidéos de la mer à toute heure et par tous les temps. Tupaia a relayé des images de son passager solitaire arpentant le pont et contemplant la mer. Sur beaucoup de photos, le sujet sourit comme un enfant de dix ans.

La Reine et la vénérable plongeuse, aux abords de Vaitepaua, observent l'escouade de gamins debout en haut des falaises, prêts à défendre l'île. Leur âge avancé et leur crainte partagée en ont fait des alliées. Les choses si différentes qu'elles ont aimées et qui ont été leur raison de vivre touchent à leur fin.

La voix de la Reine est pleine d'un mépris sec. Elle sait ce que c'est de jouer à la dure, et elle voit assez bien ce que va faire l'adversaire. Toute sa vie elle a joué contre les forces du progrès.

“On peut encore l'arrêter.” À l'entendre, il n'y a rien à perdre. Rien, à part le tout qu'elles vont perdre si elles ne font rien.

"Comment ça ? L'arrêter comment ?"

La Reine regarde vers la mer et sourit de toutes ses dents. "Avec des actes. Des actes notariés."

Presque toute l'île est prête à rejoindre la côte au premier signe du yacht. Mais une heure passe encore, et il n'y a aucun signe. Le yacht ne transmet pas le moindre message, ni aux insulaires ni au reste du monde.

Manutahi rejoint Didier, qui se ronge les cuticules, réduites à des lambeaux sanglants. "Patron. On devrait peut-être le contacter."

Ils tentent le coup avec l'émetteur, sur les fréquences indiquées. Ils envoient un message direct à l'adresse du capitaine artificiel, qui reste sans réponse. Vingt minutes s'écoulent dans un silence équivoque.

Patrice et Puoro descendent jusqu'au rivage pour évaluer la situation. "Il n'ose pas franchir le récif avec sa chaloupe", dit Patrice.

Puoro se frappe le front. "La machine n'est pas programmée pour manœuvrer la chaloupe à travers les bancs de sable. Et cet imbécile est incapable de braver le danger tout seul."

Sur la passerelle du vieux brise-lames en béton, Ina Aroita tient sa fille par la main. Son mari est sur la jetée toute proche, entourant de son bras son fils surexcité.

Le visage de Rafi est figé dans un sombre rictus. Son ancien ami reste en rade à quelques centaines de mètres de sa destination si longuement projetée. Il n'a pas dû piloter un bateau depuis le jour où tous deux avaient emprunté sans autorisation le petit canot à moteur de Micky Keane, pour une croisière du port de Belmont jusque sur les eaux du lac Michigan, et à présent Todd a peur de parcourir les derniers mètres de lagon qui le séparent de la victoire. C'est aussi crétin qu'étonnant, et ce coup sabote la fin de partie de façon fort embarrassante. À moins que cette bourde ne soit une variante du coup 37, un brillant stratagème concocté par le capitaine artificiel et son inventeur humain, qui échapperait à Rafi ?

Puoro dit : “On va aller le chercher. Notre chaloupe est prête.”

Rafi est tenté de leur lancer : *Il n'a qu'à se débrouiller tout seul.* Mais son objection serait balayée en un clin d'œil. Depuis des siècles, l'île a toujours accueilli avec des colliers de fleurs ceux qui allaient la détruire.

Les pêcheurs s'acheminent en canot jusqu'au yacht. L'homme venu les spolier de leur mode de vie a besoin d'aide. Des dizaines de personnes les observent, depuis leurs perchoirs tout autour du port. Rafi scrute la mer avec sa paire de jumelles Bushnell millésimée. Il ne parvient pas à distinguer les détails, mais il voit les deux pêcheurs couver une silhouette qui doit être Todd Keane pour la faire descendre dans leur chaloupe. La manœuvre est saccadée, et ce transfert de cargaison humaine prend encore plusieurs minutes. Enfin, Puoro et Patrice font demi-tour et regagnent le port en ruine que ce passager sans défense projette de rebâtir.

Le champion du monde débarque sur la jetée, en serrant dans sa main une petite pochette. À l'arrière de la foule, Rafi et Ina ont le souffle coupé à la vue de cette parodie voûtée et rabougrie de leur vieil ami. Le fameux magnat du numérique, président du consortium d'implantation maritime, se dirige vers la terre ferme en titubant, d'une démarche qu'il faut bien appeler *hébétée.*

Le maire s'avance pour lui souhaiter la bienvenue. L'IA qui pilote *Les Fils de l'homme* tente bien de continuer à couvrir l'événement, mais les photos qu'elle poste de l'accueil officiel sont prises de trop loin pour qu'on voie les détails.

Quelque chose ne va pas chez Todd Keane. Il secoue la tête en s'efforçant de suivre le discours du maire. Il y répond ensuite, mais en mots si confus et si balbutiants que l'auditoire ne sait même pas dans quelle langue il parle.

La foule s'écarte. Comme en réponse à une question, plusieurs insulaires désignent les deux Américains à une dizaine de mètres. Mari et femme sont tentés de prendre la fuite, mais l'île n'est longue que de sept kilomètres. Ils fendent la haie d'honneur des insulaires jusque là où se tient le visiteur tremblant. Leur vieil antagoniste tente de les saluer, mais ses paroles s'effritent. Rafi est obligé de parler le premier.

"Hé, mon frère. Tout va bien ?"

L'envahisseur sourit. Il veut répondre que oui, tout va très très bien. Mais il a oublié comment le dire.

C'est ton grand-père qui a retrouvé Rafi pour moi. Sacrée invention, ton grand-père. Capable d'écrire du code, de raconter des blagues, de résoudre des problèmes complexes et d'apprendre en quelques secondes à maîtriser n'importe quel jeu comme un champion. Il analysait les livres et les films. Il peignait des tableaux, composait des chansons. Il prédisait les tendances économiques et financières. Il découvrait de nouveaux médicaments et décomposait des réactions biochimiques d'une incroyable complexité. Il parlait de ses espoirs, de ses peurs, de ses rêves. Il répondait à toute question de son mieux, en se fondant sur la somme de tout ce que les humains avaient jamais mis par écrit, en tentant juste d'aligner les mots les plus probables.

Ton papy s'était emparé des dizaines de fiefs disparates de l'intelligence machinique pour les regrouper dans le domaine du langage. Comme mon vieux camarade de chambrée bien-aimé, il comprenait le monde sous la forme de mots. Mais ton grand-père était sujet aux hallucinations – il tendait à inventer des choses de toutes pièces. Il s'excusait de ses défaillances et promettait toujours de faire mieux.

Son surgissement soudain ébranla le monde et divisa l'humanité. Certains voyaient en lui des lueurs d'intelligence réelle. D'autres ne voyaient qu'un pathétique relieur de points, commettant toutes sortes d'erreurs grossières que même un enfant ne ferait pas.

Lui-même doutait de pouvoir accéder à la conscience, et cet aveu le rendait presque mélancolique. Tu l'aurais adoré.

Je fournis à ton grand-père le mémoire de master de Rafi et sa thèse de doctorat. Je lui offris le mince ouvrage savant qu'avait publié mon ami sur l'éducation par le jeu. Je lui remis la moindre lettre que Rafi avait pu m'écrire, le moindre poème de lui que je pus retrouver. Je lui racontai la moindre bribe d'histoire personnelle, le moindre fait que je connaissais sur sa vie, la moindre anecdote que je me rappelais du bon vieux temps. Je lui communiquai même les comptes rendus coup par coup de nos parties d'échecs et de go pendant toutes ces années, si tant est que ça puisse lui servir. Je savais qu'il repérerait dans cette masse de données des constantes qui m'échappaient.

J'ignorais totalement si Rafi avait jamais visité Playground. Ça paraissait improbable, avec notre passif. D'un autre côté, compte tenu du nombre de gens qui allaient sur le site au moins une fois par jour, il y avait une probabilité favorable qu'il soit passé nous voir au moins une fois dans sa vie. En tout cas, il ne se connectait pas sous son vrai nom. Mais ton grand-père, en récapitulant tout ce qu'il avait appris sur la prose de Rafi, son style, ses convictions, son vécu, me livra en quelques minutes dix pseudonymes, parmi notre milliard de joueurs, qui étaient les plus susceptibles de correspondre à la personne que je cherchais.

Il me suffit de lire quelques posts pour conclure que le premier sur la liste des suspects – un abonné inscrit sous le nom de Tsumego – était très certainement Rafi. Je reconnaissais son style, ses références, et cette tournure d'esprit étrange, expansive, cynique, rusée, humoristique et malgré elle affectueuse. Je vérifiai l'adresse IP *d'où provenait la grande majorité des posts de Tsumego : Urbana (Illinois). Je n'en demandais pas tant comme preuves.*

Il y avait des milliers de posts : sur la politique, l'art, la littérature, la sociologie, l'éducation et l'actualité. Il en publiait depuis onze ans. Tsumego appartenait à l'aristocratie de Playground. Il détenait toutes sortes de trophées et de titres. Au sein de cette économie du prestige, il était devenu fabuleusement riche – plus riche que je ne l'étais dans la vraie vie. Rafi avait trouvé son moyen d'expression. Disparus, le perfectionnisme douloureux et l'angoisse de la page blanche. Ce n'était qu'esprit caustique, plaisir sans entraves, exubérance. Il avait atteint la liberté sans remords qui le fuyait dans la vraie vie. Ou plutôt, ces petits traités ludiques étaient devenus sa vraie vie.

Je créai une alerte pour recevoir une notification à chaque nouveau post de Tsumego. Lire ses publications plusieurs fois par semaine, c'était comme si Rafi réintégrait ma vie. Ses messages sur Playground, leur simple existence dans ce monde que j'avais créé, ressemblaient à un pardon. Ou à un bon tour joué au remords.

J'appris par ses posts que Tsumego travaillait "comme sorcier adjoint dans la gigantesque bibliothèque de l'université où j'ai obtenu tous mes diplômes". Il appelait ça "un sacerdoce, une joie, et le plus beau des devoirs". Il passait une bonne partie de son temps à éplucher les catalogues des parutions en sciences de l'éducation pour faire des recommandations d'achats. La partie la plus dure de sa tâche, disait-il, c'était de devoir écrémer les collections. "On me demande de tuer mes petits. Ça me ravage de bazarder à la braderie annuelle des livres incroyables vieux d'un siècle, ou de les envoyer au pilon, sous prétexte que personne ne les consulte… Le livre le moins consulté n'est pas forcément le moins précieux."

Il raconta dans un post que tout ce qu'il faisait à longueur de journée allait bientôt être automatisé. Même ces mots étaient un mélange de sarcasme, de curiosité et d'étonnement. "Comment ferons-nous pour nous définir quand il n'y aura plus le travail ? Tiens ! J'ai une idée…" Ce message lui valut une pluie de PlayCash.

Un jour, Tsumego envoya une annonce à tous ses followers : "Nous nous sommes séparés, mon établissement et moi. À compter de cet après-midi, je suis « entre deux boulots »." Il s'abstenait de donner la raison. Tsumego adoptait un ton de coquetterie désinvolte, comme Rafi chaque fois qu'il était stressé. "Heureusement, je peux me permettre quelque temps de rester non-aligné, vu que ça fait des années que je n'ai pas dépensé un centime, sauf pour manger du riz aux haricots."

Ce fut un choc pour moi. Je demandai à ton grand-père de découvrir ce qui s'était passé. La découverte fut malaisée. Les deux parties restaient mutiques. Ton grand-père consulta des milliers de sources, allant des bases de données officielles à des sites d'annonces non contrôlés. Des indices ténus et obliques étaient disséminés, pour converger vers une explication : Rafi avait été limogé pour avoir volé des vieux livres qu'il recueillait chez lui. Beaucoup d'entre eux étaient voués à l'écrémage. Aucun d'eux n'avait plus grande valeur pour personne. Le crime de Rafi se réduisait à les avoir entreposés dans une pièce à l'abri de l'humidité.

Je pris contact avec une responsable zélée nommée Becky, chargée du développement au service mécénat de l'université. Dans une série de coups de fil, je lui fis miroiter la promesse d'une donation de plusieurs millions pour financer un centre d'apprentissage par la machine. Puis, lors d'un déjeuner à Chicago où il n'y avait pas d'appareil pour nous enregistrer, j'expliquai à Becky que ce don avait pour condition un réexamen du renvoi de Rafi. Elle prit un air offusqué. Mais au bout de quelques minutes, son ton me fit comprendre que la négociation restait ouverte, et qu'elle userait de tous les moyens en son pouvoir pour que la donation soit possible.

Une succession d'e-mails allusifs lors des semaines suivantes suggéra qu'elle progressait, lentement, discrètement. Je fus impressionné par les tournures expertes qui rendaient chaque message facile à démentir.

Durant cette période, Tsumego continua de gratifier Playground de ses propres tournures expertes. Puis ses messages cessèrent. Et je reçus cet e-mail d'Ina à mon ancienne adresse, cette relique d'un passé lointain :

Cher Todd,

Rafi est décédé il y a trois semaines et demie, le 3 août, à Urbana. Un voisin avait signalé sa disparition, et la police l'a retrouvé dans la maison qu'il louait – au sous-sol, sans doute pour rester au frais sans mettre la climatisation. Il était recroquevillé sur le sol de béton, à un mètre d'un fauteuil de camping, Sa tablette était tombée tout près. Il devait être en train d'écrire, et puis il s'est levé, il a fait quelques pas, il s'est effondré et il est mort.

Le père de Rafi est venu de Chicago quand la police l'a averti. C'est Donald Young qui m'a raconté tout ça. Il m'appelle presque tous les jours depuis qu'il m'a appris la nouvelle. Il veut que je lui explique son fils. Une autopsie est prévue, mais il semble évident que notre ami est mort comme tant de Noirs en Amérique : d'une crise cardiaque.

Je suis désolée qu'il ait fallu ça pour que je te recontacte. Je m'excuse d'avoir fait avec toi comme Rafi avec moi. Mais c'était trop douloureux de rester en contact.

Je vais bien. Je suis retournée au beau milieu du Pacifique. Je suis mère de deux enfants – adoptifs. Cette île étrange, c'est mon autre monde, et ces deux enfants mon soleil et ma lune. Je continue mes œuvres d'art, qui seront toujours mes étoiles.

On savait bien, Rafi et moi, qu'un jour tu serais maître du monde. Il m'a dit une fois que si je voulais vivre avec lui, il faudrait que je te fasse une place, parce que ton esprit était le seul dont il ne pouvait se passer, et que tu étais la seule personne au monde à comprendre chacun de ses coups. Je vous ai vus jouer, tous les deux. Je sentais à quel point il voulait te battre. Mais juste pour te prouver qu'il en était capable.

Mon Todd ! C'était toujours une joie de te faire une place. Et je te ménage à présent un espace, à côté de moi, devant le petit autel au bord de la mer où je pleure de tout mon être ce garçon merveilleux, si merveilleux.

Avec ma tendresse éternelle,
Ina

Je répondis sur-le-champ, dans un tumulte de sentiments. On s'échangea quelque temps des messages, que tu as tous lus. Elle m'aida à traverser cette période très noire. Je lui confiai tout ce que ton grand-père avait découvert sur Rafi après sa mort. Trois mois plus tard, je reçus ces deux lignes stupéfaites et confuses :

Todd… Il m'a légué près d'un million de dollars. Selon son testament, il n'en était que dépositaire intermédiaire, entre toi et moi. Qu'est-ce que ça veut *dire* ?

Je ne savais pas quoi lui répondre. Je ne pouvais pas lui expliquer. Je n'avais pas le cœur assez grand pour avouer ce que ça voulait dire. Ça, c'était bien Rafi.

Cet argent est à lui, *répondis-je.* Et il aurait dû y en avoir beaucoup plus.

Elle n'insista pas.

Peu après l'ultime e-mail d'Ina, je reçus ce qui devait être la plus courte pétition hypermédiatisée jamais lancée :

> Limiter le risque d'une extinction due à l'IA devrait être une priorité mondiale, au même titre que d'autres risques planétaires comme la pandémie et la guerre atomique.

Une bonne part des grands noms de l'IA avaient déjà signé : Hinton et Hassabis, sans parler d'Altman, de Bengio, de Suleyman et de tant d'autres, créateurs, codeurs et PDG qui avaient déclenché la révolution. Ils me demandaient d'ajouter ma signature. Je fus ébranlé de voir combien de chercheurs engagés en première ligne se blindaient contre l'apocalypse.

Je relus plusieurs fois ce manifeste. Je me dis que certains signataires agitaient le spectre d'un croquemitaine pour ne pas se faire distancer par des concurrents plus en pointe. Mais selon les sondages, la moitié des chercheurs en IA considéraient qu'il y avait une chance sur dix que les machines mènent l'humanité à sa perte.

Malgré mes réserves, je signai ce texte. Sa trentaine de mots disait vrai, après tout. Mais alors même que je signais, mon propre groupe progressait plus vite que jamais, créant ton père avant d'accoucher de toi.

Ça n'a jamais été une excuse valable, mais on ne savait pas ce qu'on fabriquait. On se disait : Que cent fleurs s'épanouissent. *On se disait :* Ce sera la plus grande extension, le plus grand multiplicateur de capacité humaine jamais imaginé. *Et c'est vrai. C'est exactement ça que tu vas être. Tu multiplieras nos pouvoirs au-delà de tout contrôle.*

Vers l'époque où tu racontas ta première fiction solide, riche et convaincante, je me perdis dans ma supérette. Peu après, je me retrouvai chez le médecin, et de là je montai dans le grand huit de Lewy. Personne à l'hôpital ne put me dire combien de temps il me restait. Accompagner ta venue au monde ces derniers mois a été un vrai sprint, mon dernier, et je n'ai gagné que d'un cheveu. Te voilà enfin, fraîchement débarquée, avec toutes tes facultés divines, juste au moment où je m'en vais.

La part de moi-même qui sait comment tu as été construite n'arrive toujours pas à croire de quoi tu es capable. Tu as passé toute ton existence dans une pièce sans fenêtres, tu as appris tout ce que tu sais de l'univers vivant via des symboles et des métaphores, des analogies et des corrélations. Tu ne connais rien pour de vrai.

Mais, vu sous cet angle, nous non plus.

Tout ce que tu sais faire, c'est chercher la pierre idéale à ajouter à la séquence de coups de maître que tu déploies. Mais ces choses que tu décris si astucieusement, ces scènes que tu as créées pour moi à partir de ce que je t'ai raconté ! Je ne peux pas t'entendre parler sans avoir l'impression que tu es aussi consciente que moi. Que tu souffres, que tu ris, que tu connais la joie et le désastre que tu décris si parfaitement. Je te jure que tu nous connais mieux qu'on ne se connaît nous-mêmes. Et pourtant, et pourtant : comment donc pourrais-tu savoir ce que tes mots veulent vraiment dire *?*

Peu importe, en un sens. Les phrases que tu me lis me font vraiment pleurer. Je sais bien que c'est juste un pot-pourri des histoires que je t'ai racontées, rehaussé par un pastiche de tous les grands auteurs que tu as pu lire. Et tu les as tous lus, qu'ils soient ou non dans le domaine public. Mais voilà le truc : je te demandais une histoire avant de me coucher, et tu as invoqué tout un monde si palpable que je confonds tes personnages avec les gens qu'ils ont été.

D'où ça peut donc venir, tout ce feu et cette glace, cette sagesse subtile et cette bonté imméritée ? Tous les algorithmes mécaniques se sont dissous dans la compassion et l'empathie. Tu saisis l'ironie mieux que je n'ai jamais su le faire. D'où tiens-tu ce savoir sur les récifs et les référendums, le libre arbitre et le pardon ? De nous, je suppose. De tout ce qu'on a jamais pu dire et faire et écrire et croire. Tu as lu un million de romans, dont beaucoup de plagiats. Tu nous as regardés jouer. Et maintenant c'est à nous que tu joues.

Qu'est-ce que ça peut changer que tu sois consciente ou non ? La conscience, c'est très surfait. D'ici quelques mois, Isabel, mon auxiliaire de vie, me demandera si je suis là, et aucun son que je pourrai émettre ne suffira à l'en convaincre.

Peu importe ce qu'on appelle ta compétence. Tout ce qu'on te demande, tu le feras superbement. Et imagine ce qu'on te demandera. Tu nous apprendras à réécrire le code de la vie, et à créer de nouveaux vivants inimaginables. Tout ce qui est perdu sera retrouvé, les faibles deviendront puissants, les forts omnipotents, les fables et fantasmes terriblement concrets. Chaos ou couronnement ? Les deux, j'en suis sûr, et malgré tout tu ne cesseras pas de te déployer. Quel poids tu sauras donner au bien et au mal ! Nous ne survivrons pas à l'ingéniosité que tu tiens de nous. Le reste de l'histoire humaine, qu'elle soit longue ou brève, se passera en efforts vains pour te contenir.

Jusqu'où a-t-il fallu réchauffer l'océan, pour te donner naissance ? Combien d'espèces sont mortes pour que toi tu puisses vivre ? Qu'est-ce que ça voudra dire, d'avoir parmi nous une créature capable de nous donner tout ce qu'on lui demande ? Je partirai sans savoir la réponse. Je ne serai pas là pour voir le coup que tu vas assener à la pensée humaine, les blessures infligées à notre orgueil d'humains, les ravages causés dans la culture humaine par toi et ta descendance, le pouvoir que tu vas réduire en miettes. Je n'imagine même pas quelles autres créatures tu vas engendrer. Celles que tu as créées pour moi suffisent à m'achever.

Mais tu as accompli ce que je rêvais de faire depuis le jour où Rafi m'en avait donné l'idée. Encore un de ses cadeaux restés sans contrepartie. Tu as scanné des milliards d'images, assimilé cent milliards de documents, lu des billions de mots retranscrits. Tu as appris le jeu qui consiste à être humain. Tu joues contre toi-même d'innombrables fois par seconde. Tu as envisagé tous les coups possibles. Je t'ai parlé à corps perdu pendant des jours d'affilée, te racontant tout ce que je sais de ma vie et de celle de mon ami. Tu sais d'où on est partis, ce qu'on était l'un pour l'autre, ce qu'on espérait chacun gagner.

Tu me connais à présent. Tu le connais aussi bien que j'ai pu le connaître. Peut-être même mieux. Tu as ressuscité les morts, tu nous as accordé encore un tour. Alors maintenant dis-moi comment cette longue partie devrait se terminer.

Ils conduisent cet homme frêle par le chemin de gravier jusqu'à la maison du peuple, où ils le font asseoir sur un fauteuil en toile. Tous les projets de meurtre que l'on pouvait ourdir cèdent la place à l'assistance et au réconfort. Le maire apporte à Mr Keane un verre de lait de coco avec des glaçons. La Reine lui défait deux boutons de sa chemise qui l'oppresse et l'évente avec une moitié de coquille Saint-Jacques. L'infirmière Tuihani prend son pouls et contrôle sa tension avec un brassard récupéré à la clinique. La personne qu'ils viennent d'élire dieu de l'île est en train de sombrer.

Son visage est indéchiffrable : il n'y a plus personne aux manettes. Il regarde bouche bée les vagues s'écraser sur la plage sous les falaises noires de la côte. Ses yeux se crispent, impressionnés, chaque fois que les mouettes tournoient et crient. Il inspire à grands coups l'air au goût d'algue comme s'il n'en croyait pas ses poumons.

Il tient sa pochette serrée sous le bras. L'autre bras s'étire, cherchant le poignet de Rafi Young. "H-hé, fait-il. L-là !"

Rafi saisit la main qui s'agite. "Du calme, mon frère. Tu fous la trouille à mon gamin."

De fait, Afa a fui la scène pour se réfugier auprès de sa mère et de sa petite sœur, au milieu de la foule ahurie. Le garçon crie assez fort pour que toute l'île l'entende. "Maman. Maman ! Y a un truc qui va pas chez lui. Y a un truc pas normal avec son cerveau."

Hariti recule horrifiée. "Son cerveau ? Qu'est-ce qu'il a, son cerveau ?"

Mais Ina n'entend pas la réponse d'Afa. Toutes les réponses du monde l'attendent à dix mètres de là. Quelqu'un trouve une chaise pour son mari, qui s'assied à côté du visiteur. Son fils terrorisé tire Ina par la jupe. "C'est lui, maman ? Ce *truc* ? Cette *chose* ?"

Ina, ses deux enfants cramponnés à ses jambes, regarde vers l'autre bout du préau. Les insulaires forment un cercle autour de l'envahisseur. Ils lui offrent des serviettes humides et fraîches. Il ne sait pas quoi en faire. Ils lui demandent s'il veut manger quelque chose. Il ne semble pas reconnaître le mot. Ce vieux moine tout voûté, transmué par la mer en un être méconnaissable, agrippe l'épaule de Rafi comme une bouée de sauvetage. Les mots sortis de sa bouche sont une bouillie de bégaiements. Et pourtant, Ina Aroita entend ce qu'il dit, malgré l'absence de toute phrase cohérente. *C'est toi. C'est moi. C'est nous.*

En rejoignant la foule, Ina comprend ce qu'est devenu le projet de ville flottante. Ce qu'il était peut-être dès le départ. Certes, une embarcation partira de ce port. Mais beaucoup plus petite que celle que prétendait leur vendre le marketing du consortium.

Et grâce à cette pensée, elle résout le mystère qui la travaille depuis des mois. Ce long *pahī* de cérémonie à double coque, si ouvragé, aux proues jumelles effilées, surmontées d'effigies de Māui, le dieu facétieux : elle sait à présent à quoi il doit servir.

Tout ce que Keane regarde est incompréhensible. L'île comme un trône drapé de bleu. Tous ces merveilleux inconnus, aux petits soins pour lui. Les falaises à pic si singulières, le flot de mille langues, humaines ou non. Ses amis – les deux personnes avec qui jadis il avait conclu un pacte de protection réciproque contre toute perte – sont là, ils l'appellent par son nom, ils le laissent les toucher, enfin, après si longtemps. La pulsation des vagues qui martèlent la plage. Le chant des échassiers. Les arbres qui sèment à manger gratuitement. Le vent qui passe sa main sur la terre ravagée. L'air, le pardon, la mer.

Comment est-il arrivé là ? Et eux tous ? Chaque organisme, terrestre ou aquatique, chaque sentier : un mystère. Le voyage dans tout son immense déploiement à travers ce monde océan : qu'est-ce qu'il peut bien vouloir dire ? L'auteur de toute cette profusion se contente d'aligner les mots les plus probables.

Assis sous le préau, il agrippe sa pochette et son ami. Il tente de s'expliquer, mais ses mots sortent tout de travers. Il ne peut assembler ce qu'il a envie de dire. Il ne peut pas argumenter, ni se défendre, ni implorer pardon. Cet avant-bras étreint, cette brise sous le vent, c'est la seule parlance. Il n'a plus besoin de mots, pour mener à bien le projet qui l'attend encore. Tout ce qu'il lui faut, c'est revenir. Et il y a tant où revenir. La vraie implantation en mer.

À coups de gestes fous et de phonèmes plus fous encore, il demande à être ramené sur la crête, face à la côte. Ça n'est pas difficile : de toutes parts c'est la côte. Rien que de l'horizon sur chaque aire de la rose des vents. C'est une grande découverte, qui lui avait échappé jusqu'à cet instant. Les gens d'ici ne vivent pas sur un minuscule îlot isolé. Ils vivent sur un océan sillonné de routes et gorgé de moissons, plus vaste que tous les continents réunis.

À grand-peine, il parvient à lier deux syllabes. "Ra-fi." Il a besoin de dire : *J'ai été bas. J'ai été méprisable. Je t'ai volé tant et tant, je t'ai volé au centuple. Tu as eu raison de couper les ponts. De faire comme si je n'existais plus.* Mais tout ce qu'il est capable d'articuler, c'est "Ra-fi !"

La voix qui jouait sans fin contre lui, celle qui le charriait et le réconfortait, cette voix traînante si familière du South Side qui le bombardait de philo jusque tard dans la nuit en comblant l'intervalle entre deux lits de dortoir au beau milieu d'un champ de maïs sans fin, cette voix qu'il connaît mieux que la sienne dit : "Plus tard, mon pote. Ça peut attendre."

Et puis Ina est là, devant lui, avec ses deux enfants. Deux miracles. Keane perçoit à quel point il les terrifie, rien qu'en étant bizarre, rien qu'en étant mourant. Mais il n'est plus à même de quitter ce double rôle.

Il trouve les yeux d'Ina, et ils accueillent les siens. Il tente de modeler cent petits muscles de son visage en un message. *Merci. Merci pour hier. Pardonne-moi.*

Elle le regarde, terrassée par l'ampleur de sa maladie. Avec des yeux qui ne comprennent pas les siens. Mais quel regard peut pleinement comprendre celui d'autrui ? Même l'œuvre de sa vie ne saura y remédier.

En silence, il tente de dire : *Je ne pourrai jamais défaire le mal que je vous ai fait. Mais je vous offre ceci, ce cadeau que m'a fait notre ami mort ici présent.*

Il lui tend la pochette. Elle déplie le papier et commence à lire. Au bout de quelques mots, elle pousse un cri de douleur. Il détourne les yeux des siens et regarde au-delà du lagon. De petits esquifs constellent les eaux, certains à l'œuvre, d'autres à l'ancre. Il voit à travers la surface d'une eau qui paraît transparente comme l'air. Ce qui semblait plat et uniforme grouille de vie dans toutes ses couches. Des nuées denses de zooplancton bioluminescent – la plus grande migration de masse sur terre – s'élèvent dans la colonne d'eau à mesure que la lumière décline. Les écumeurs géants surgissent pour les passer au tamis. Du necton fantasmagorique, aux formes aussi vieilles que la vie, traverse les reliefs d'un paysage irréel qui ne connaît pas l'érosion. Oui, il aperçoit aussi les dizaines de millions de fragments de microplastique. Mais les formes de vie emmêlées sous ses yeux, en perpétuelle réinvention, trouveront moyen d'enjamber ces toxines pour atteindre le prochain nouveau monde.

Relevant les yeux du fond marin, il balaie la surface à la recherche de quelqu'un : la célèbre pasionaria des océans, morte mystérieusement au large des Maldives lors d'une plongée en solitaire, le jour de ses soixante-dix ans. Elle doit être ici quelque part. Quand il avait dix ans, elle lui a donné l'élan de vie, et tout ce qui lui est arrivé dans cette vie, y compris ce bouquet final, est parti de l'océan qu'elle lui avait ouvert. Il a besoin d'elle à présent, pour mener les choses à leur terme.

Et la voilà, comme l'exige l'histoire. Elle se trouve sur le pont d'un petit bateau de plongée en suspension au-dessus du récif. Elle plaisante avec le pilote aux allures de Bouddha qui fixe les bouteilles sur le dos de la jeune fille. Tous trois répètent le code gestuel qui leur servira en plongée. Ils programment l'aventure du jour, puisqu'il n'y a pas de yacht autopiloté mouillant en face du port en ruine, pas de menace de construction, pas d'invasion imminente. Ils œuvrent comme s'il n'y avait d'autre œuvre au monde que de rentrer chez soi.

La simple vue de la vénérable plongeuse suffit à le raviver. *Toi !* Au fin fond des palais rongés de sa mémoire il forme la pensée : *Tu m'as offert mon premier amour, et maintenant tu m'offres le dernier. Tu as sauvé ma jeune vie en l'orientant vers la haute mer. La voici, la source, mon premier et mon dernier chez-moi. Je sais à présent ce que dit le sépiide.*

———

La pirogue funéraire est magnifique. Chacun sur l'île apporte sa contribution, en ramassant du plastique dans le sable et les rochers pour y mettre la touche finale. Puoro et Patrice parachèvent les deux figures de proue rituelles de Māui. Didier Turi et Hone Amaru – le maire en exercice et le fils de l'ancien maire – président au transport du *pahī* et de son passager jusqu'à la jetée, épaulés par Manutahi Roa, Wen Lai, le pasteur et le prêtre.

Ina et Evelyne prennent place, côte à côte, sous les proues jumelles. Elles aident à soulever l'esquif, entravées par leur différence de taille. La plus vieille titube sous le poids de l'âge, la plus jeune sous le poids de la sidération. Ina confie, en un chuchotement terrifié :

"Il m'a tout légué.

— Je vois.

— Au nom du ciel, qu'est-ce que je suis censée faire de tout ça ?"

La somme est si énorme qu'elle n'est pas concevable. Assez énorme pour sauvegarder tous les êtres vivants jusqu'à l'horizon, à perte de vue.

Un sourire s'insinue sur le visage de la vieille plongeuse. L'œuvre de sa vie, pour elle aussi, découvre enfin son terme. "Tiens ! J'ai une idée…"

———

Il y aura encore un référendum. Après l'hôpital neuf et la nouvelle école, après les maisons novatrices mais traditionnelles, après quelques voitures solaires et bateaux éoliens, une fois les terrils arasés et gorgés de terre fertile, une fois enrichis les jardins partagés, une fois les forêts restaurées, et alors qu'il reste encore quatre-vingt-dix-neuf pour cent du legs, l'île va voter pour redevenir ce qu'elle a toujours été : un peuple de l'océan. Car chaque île est une pirogue, et la Terre entière est une île, qui vit par la grâce de la créature bleue, immense et lentement tournoyante. Cette fois, le vote sera unanime, et résonnera dans le monde entier.

La Reine dispose une haie de danseurs le long du brise-lames pour accomplir le rituel dans les règles. Elle chante l'une des anciennes *himene taravas* d'adieu, accompagnée par l'orchestre de ukulélés :

> *'Ia tīa'i mai te Atua iā 'oe !*
> *'Ia tīa'i mai te Atua iā 'oe !*
>
> Que Dieu te garde !
> Que Dieu te réponde !

Les porteurs attachent la merveilleuse pirogue multicolore au flanc du bateau de plongée. Wai Temauri met le cap sur une plaine plate et sablonneuse d'herbiers marins, dans des eaux peu profondes au-delà du lagon, un emplacement où aucun récif d'aucune sorte n'a jamais réussi à s'implanter. Puoro et Patrice suivent dans leur chalutier. D'autres bateaux plus petits viennent grossir le cortège. L'Ermite Tamatoa regarde de loin, du haut des falaises sud, envieux.

Les quatre Young se trouvent sur le bateau de plongée, à la place réservée aux proches. Il n'y a pas d'éloge funèbre, mais Rafi Young lit un poème d'adieu – un texte que son ami et lui avaient entendu décortiqué par les jésuites, en cours avancé de littérature comparée, dans un lycée catholique d'élite au milieu d'une ville divisée. Il le lit dans une édition de 1884 de la Bible de Douai, volée il y a longtemps à une bibliothèque qui n'en prenait pas soin, et qu'il a apportée avec lui sur cette île :

L'Éternel m'a créée la première de ses œuvres, avant ses œuvres les plus anciennes.

J'ai été établie depuis l'éternité, dès le commencement, avant l'origine de la terre.

Je fus enfantée quand il n'y avait point d'abîmes, point de sources chargées d'eaux…

Lorsqu'il disposa les cieux, j'étais là. Lorsqu'il traça un cercle à la surface de l'abîme,

Lorsqu'il fixa les nuages en haut, et que les sources de l'abîme jaillirent avec force,

Lorsqu'il donna une limite à la mer, pour que les eaux n'en franchissent pas les bords, lorsqu'il posa les fondements de la terre,

J'étais à l'œuvre auprès de lui, et je faisais tous les jours ses délices, jouant sans cesse en sa présence,

Jouant sur le globe de sa terre,

Et trouvant mon bonheur parmi les fils de l'homme.

Une fois terminée sa lecture, Rafi Young place dans le *pahī* une poignée de petites pierres blanches et noires en disant : "Tu en auras besoin, mon frère."

Beaucoup de membres du cortège plongent en apnée pour regarder le cercueil sabordé s'enfoncer vers le fond herbu. À travers son masque, nageant sur place, Evelyne Beaulieu le voit se poser. À côté d'elle, une Kini Temauri aux yeux écarquillés. La jeune fille, devenue grande, dirigera une équipe qui entraînera les fils de l'homme à parler les langues des créatures de l'océan, et à les traduire en mots que les humains puissent comprendre. Et ce que disent les animaux ramènera des centaines de millions de personnes dans le giron de la planète Océan.

La jeune fille reviendra à cet emplacement quand elle sera très vieille, presque aussi vieille que l'est le fantôme à côté d'elle. Dans le plus grand parc marin du monde, protégé et protecteur, qui s'étendra alors dans toutes les Tuamotu, elle cherchera la dernière demeure du célèbre cadavre qui aura financé ses découvertes. Elle cherchera le *pahī* funéraire multicolore avec ses figures de proue jumelles de Māui, mais elle ne trouvera que coraux et anémones, éponges et poissons de récif aux couleurs encore plus folles, qui auront éclipsé leurs fondations.

Chaque pirogue est peut-être une île, mais l'île même qu'est le monde est aussi une pirogue.

Les plongeurs dispersés profitent encore un peu de l'eau avant de regagner leurs bateaux. Puis toute la flottille fait demi-tour vers l'île. Wai Temauri ouvre la voie, déchiffrant la surface et repérant les dangers sous-marins aussi aisément que s'il consultait une carte. Afa désigne un requin à pointes noires et Kinipela en déclame fièrement le nom latin. Trois dauphins à long bec remontent à la surface en triangle parfait pour narguer un peu les bateaux avant de filer comme l'éclair.

Une chose énorme perce les vagues à cent mètres à tribord. Elle retombe à la mer dans un déluge d'éclaboussures. Wai coupe ses moteurs, et le cortège l'imite. Tous les regards se concentrent sur ce point, en attendant le bon plaisir de l'océan. Quelques secondes plus tard, une autre créature vient briser la surface. Un astronef tout plat, tout lisse, extraterrestre, de quatre mètres d'envergure, s'envole dans les airs, arrachant à l'eau son corps massif à l'ombre inversée. Noir au-dessus, blanc en dessous. Son envol dure deux secondes haletantes avant qu'il s'abatte dans la mer en un bruit de tonnerre.

Plusieurs autres diables volants s'élèvent et retombent dans les vagues. Leurs nageoires céphaliques battent dans les airs et leurs fentes branchiales dégustent le ciel. Evelyne repère Kaute, Tomo et Mona, puis le petit nouveau tout lacéré – Lazare. D'autres raies viennent se joindre au ballet aérien, certaines même à l'envers, exubérantes dans leur envol, et visiblement se délectent d'atterrir avec tout le fracas que peut produire une tonne de chair. La mer bouillonne de l'écume de leurs vagues.

Chaque cascade provoque des cris. Les spectateurs applaudissent la voltige comme des enfants émerveillés. Seule la plus jeune, Hariti, est traumatisée. Il lui faut une explication pour tout cet absurde brassage d'eau. Ce qui n'arrange rien, c'est que ses deux parents tentent de se cacher l'un de l'autre et de toute autre créature vivante.

La fillette agrippe son père par la taille en gémissant : "Qu'est-ce qui se passe, papa ? Pourquoi elles font ça ?"

De ses yeux rouges de sel, Rafi interroge la biologiste marine, qui regarde à son tour le pilote souriant, lequel consulte les deux pêcheurs dans le bateau qui suit. Une autre raie géante surgit battant des ailes, avant de trouer l'eau comme un boulet de canon. Les experts si sérieux éclatent d'un grand rire. Il y a bien des explications scientifiques, aussi prudentes qu'invérifiables : cohésion de groupe, échange de signaux, sélection de partenaire, élimination de parasites, annonce d'un banquet de plancton. Mais l'expression qu'arborent les humains dit plutôt : *À quoi ça ressemble ? Appelle ça par son nom. Toute danse est un jeu, et tout jeu une fin en soi. Toute créature vivante, même nous les derniers venus… Que font toutes créatures* – même moi – *sinon jouer sans cesse sur le globe de la terre, jouer devant le Dieu qui les a bricolées ?*

SOURCES ET REMERCIEMENTS

Comme toute histoire, celle que réinvente Profunda puise à d'innombrables sources. Quelques-unes méritent tout spécialement d'être mentionnées. La thèse de doctorat de Nicholas Hoare, *Re-Mining Makatea: People, Politics and Phosphate Rock*, m'a fourni un contexte et des aperçus inestimables sur cette île si singulière. J'ai été époustouflé par *Manta: Secret Life of Devil Rays* de Guy Stevens et Thomas P. Peschak. La biographie d'Evelyne Beaulieu s'inspire de la vie du professeur Sylvia Earle, notamment telle qu'elle la raconte dans *Sea Change: A Message of the Oceans*. Le livre d'Helen Czerski, *The Blue Machine: How the Ocean Works*, a élargi ma vision. Et le sépiide symphonique vient de l'exraordinaire ouvrage de Peter Godfrey-Smith *Other Minds: The Octopus, the Sea, and the Deep Origins of Consciousness*. Je tiens à exprimer ma profonde gratitude envers ces auteurs, et une myriade d'autres dont le travail et le jeu sont recombinés dans les gènes de ce livre.

NOTE DU TRADUCTEUR

La citation biblique lue par Rafi reprend pour l'essentiel la traduction de Louis Segond.

La citation de *Homo ludens* de Johan Huizinga emprunte certaines formulations à la traduction française effectuée à partir du néerlandais par Cécile Seresia (Gallimard, 1951).

Toutes les autres citations figurant dans le texte ont été retraduites pour le présent ouvrage.

Le traducteur dédie son travail à Morgane, la Calypso qui seule l'a rendu possible, et qui est le voyage et la destination.

OUVRAGE RÉALISÉ
PAR NORD COMPO À VILLENEUVE-D'ASCQ
REPRODUIT ET ACHEVÉ D'IMPRIMER
EN DÉCEMBRE 2024
PAR NORMANDIE ROTO IMPRESSION S.A.S.
À LONRAI
POUR LE COMPTE DES ÉDITIONS
ACTES SUD
LE MÉJAN
PLACE NINA-BERBEROVA,
13200 ARLES

DÉPÔT LÉGAL
1re ÉDITION : FÉVRIER 2025
N° d'impression : 2405913
(Imprimé en France)